Über die Autorin

P. D. James (eigtl. Phyllis White), geboren 1920 in Oxford, die unter ihrem Mädchennamen schreibt, war in einer Krankenhausverwaltung tätig und mit einem britischen Arzt verheiratet. So lernte sie das Milieu kennen, in dem drei ihrer berühmten Krimis spielen: «Eine Seele von Mörder» (rororo Nr. 4306), «Tod im weißen Häubchen» (rororo Nr. 4698) und «Der schwarze Turm» (rororo Nr. 5371). Nach dem Tod ihres Mannes arbeitete sie überdies von 1968 bis 1980 in einer hohen Position in der Kriminalabteilung des britischen Innenministeriums. Mit ihren Kriminalromanen erwarb sie sich in den anspruchsvollen angelsächsischen Ländern große Anerkennung. «Im Reich des Krimis regieren die Damen», schrieb die «Sunday Times» in Anspielung auf Agatha Christie und Dorothy L. Sayers, «ihre Königin aber ist P. D. James.»

In der Reihe der rororo-Taschenbücher liegen außerdem vor: «Ein Spiel zuviel»(Nr. 5041) und «Ein unverhofftes Geständnis» (Nr. 5509).

P. D. James

Ein reizender Job für eine Frau

Tod eines Sachverständigen

Zwei Krimis in einem Band

Aus dem Englischen
von Wolfdietrich Müller

rororo
Rowohlt

«Ein reizender Job für eine Frau»
Die Originalausgabe erschien 1972 unter dem Titel
«An Unsuitable Job for a Woman»
im Verlag Faber & Faber Ltd., London

«Tod eines Sachverständigen»
Die Originalausgabe erschien 1977 unter dem Titel
«Death of an Expert Witness»
im Verlag Faber & Faber Ltd., London

Veröffentlicht im Rowohlt Taschenbuch Verlag GmbH,
Reinbek bei Hamburg, Mai 1992

Umschlaggestaltung Susanne Müller
(Foto: P. Thomann/G + J Fotoservice)
Gesamtherstellung Clausen & Bosse, Leck
Printed in Germany
1000-ISBN 3 499 13169 2

Ein reizender Job für eine Frau

Für Jane und Peter, die zwei meiner Personen freundlicherweise erlaubten, in der Norwich Street 57 zu wohnen.

Vorbemerkung der Verfasserin

Ein Kriminalschriftsteller hat auf Grund seines unerfreulichen Handwerks die Pflicht, in jedem Buch wenigstens eine höchst verwerfliche Person zu schaffen, und es ist vielleicht unvermeidlich, daß ihre blutigen Verbrechen von Zeit zu Zeit in die Behausungen der Gerechten eindringen. Ein Autor, dessen handelnde Personen ihre Tragikomödie in einer alten Universitätsstadt aufzuführen belieben, steht vor einer besonderen Schwierigkeit. Er kann die Stadt natürlich Oxbridge nennen, kann nach unwahrscheinlichen Heiligen benannte Colleges erfinden und seine Personen auf den Camsis schicken, um Boot zu fahren, aber dieser ängstliche Kompromiß verwirrt nur gleichermaßen Akteure, Leser und den Autor selbst, mit dem Ergebnis, daß keiner genau weiß, wo er sich befindet, und zwei Gemeinden statt einer Gelegenheit finden, gekränkt zu sein.

Den größten Teil dieser Geschichte habe ich ohne Bedenken in Cambridge angesiedelt, einer Stadt, in der unstreitig Polizisten, Untersuchungsrichter, Ärzte, Studenten, Collegebedienstete, Blumenverkäufer, Universitätslehrer, Naturwissenschaftler und zweifellos sogar pensionierte Majore leben und arbeiten. Keiner von ihnen hat meines Wissens die geringste Ähnlichkeit mit seinem Gegenstück in diesem Buch. Alle Personen, auch die unerfreulichsten, sind frei erfunden; die Stadt ist es zum Glück für uns alle nicht.

P. D. J.

1. Kapitel

Am Morgen von Bernie Prydes Tod – oder vielleicht am Morgen danach, denn Bernie starb aus freiem Willen und hielt es nicht für wert, die mutmaßliche Zeit seines Hinscheidens mitzuteilen –, an jenem Morgen wurde Cordelia wegen einer Betriebsstörung der Bakerloo Line vor Lambeth North aufgehalten und kam eine halbe Stunde zu spät ins Büro. Sie kam aus dem U-Bahnhof Oxford Circus herauf in die strahlende Junisonne, eilte an den ersten Käufern vorbei, die bei Dickins & Jones die Auslage prüften, tauchte in den schrillen Lärm der Kingly Street und schlängelte sich zwischen dem verstellten Bürgersteig und den zahllosen glänzenden Autos und Lieferwagen durch, die die schmale Straße verstopften. Die Eile, das wußte sie, war unsinnig, ein Symptom ihrer zwanghaften Vorstellung von Ordnung und Pünktlichkeit. Es waren keine Verabredungen vorgemerkt, kein Klient wartete auf ein Gespräch, es gab keinen unerledigten Fall, nicht einmal ein Schlußbericht mußte geschrieben werden. Auf Cordelias eigenen Vorschlag hin waren sie selbst und Miss Sparshott, die Aushilfsschreibkraft, zur Zeit damit beschäftigt, Informationen über das Büro an sämtliche Londoner Anwälte in Umlauf zu bringen in der Hoffnung, Kundschaft anzuziehen; Miss Sparshott saß vermutlich jetzt über dieser Arbeit, ließ ihre Augen immer wieder zu ihrer Armbanduhr schweifen und hämmerte ihren Ärger über jede einzelne Minute, die Cordelia bereits zu spät war, aus sich heraus. Sie war eine reizlose Frau, mit Lippen, die sie stets zusammenpreßte, als wolle sie ihre vorstehenden Zähne daran hindern, aus dem Mund zu springen, einem fliehenden Kinn mit einem einzelnen starken Haar, das genauso schnell wieder nach wuchs, wie es ausgezupft wurde, und blondem, in steife, enge Wellen gelegtem Haar. Dieses Kinn und dieser Mund erschienen Cordelia als die leibhaftige Widerlegung des Satzes, daß alle Menschen gleich geboren seien, und sie versuchte von Zeit zu Zeit, Miss Sparshott gern zu haben und Mitleid mit ihrem Leben zu empfinden, das sie in Wohnschlafzimmern führte und das sich in Fünf-Penny-Stükken, mit denen der Gasofen gefüttert wurde, bemaß, ein Leben, umgrenzt von Kappnähten und Handgesäumtem. Denn Miss Sparshott war eine geschickte Schneiderin und eifrige Besucherin der von der Stadt veranstalteten Abendkurse. Ihre Kleider waren schön gearbeitet, aber so zeitlos, daß sie nie wirklich in Mode waren; schlichte Röcke in Grau und Schwarz, gleichsam Übungen, wie man eine Falte näht oder einen Reißverschluß einsetzt; Blusen mit Männerkragen und Umschlagmanschetten in faden Pastelltönen, auf denen sie ohne jeden Geschmack ihren Modeschmuck verteilte; knifflig geschnittene Kleider, die genau in der richtigen Länge umgenäht waren, um ihre unschönen Beine und plumpen Fesseln zu unterstreichen.

Cordelia hatte keine schlimme Vorahnung, als sie die Haustür aufstieß, die zur Bequemlichkeit der verschwiegenen und geheimnisvollen Mieter und ihrer ebenso geheimnisvollen Besucher immer nur eingeklinkt war. Die neue Bronzetafel links der Tür glänzte hell in der Sonne und hob sich ungehörig von dem verblaßten, schmutzverschmierten Anstrich ab. Cordelia warf einen kurzen, anerkennenden Blick darauf.

PRYDES DETEKTIVBÜRO
INH.: BERNARD G. PRYDE – CORDELIA GRAY

Cordelia hatte ein paar Wochen lang ihre ganze Überredungskunst aufbringen müssen, bis sie Bernie geduldig und taktvoll davon überzeugt hatte, daß es unpassend wäre, seinem Namen die Worte «Kriminalbeamter a. D.» anzufügen oder ihrem ein «Miss» voranzustellen. Sonst hatte es wegen der Tafel kein Problem gegeben, da Cordelia keine besonderen Qualifikationen oder einschlägigen Erfahrungen in die Beteiligung eingebracht hatte und in der Tat auch kein anderes Kapital als ihren zierlichen, zweiundzwanzig Jahre alten Körper, eine beachtliche Intelligenz, die Bernie, wie sie glaubte, gelegentlich eher verwirrend als bewundernswert fand, und eine halb kritische, halb mitleidige Zuneigung zu Bernie selbst. Es war Cordelia sehr früh klargeworden, daß sich das Leben irgendwie undramatisch, aber endgültig gegen ihn gewandt hatte. Sie erkannte die Zeichen. Bernie erwischte nie den begehrten Platz links vorne im Bus; er konnte nie die Aussicht von einem Zugfenster aus bewundern, ohne daß sie prompt von einem anderen Zug verdeckt wurde; das Brot, das er fallen ließ, fiel stets mit der bestrichenen Seite nach unten; der Mini, der ziemlich zuverlässig war, wenn sie ihn fuhr, blieb bei Bernie an den belebtesten und ungünstigsten Kreuzungen stehen. Manchmal fragte sie sich, ob sie nicht freiwillig sein ganzes

Pech mit hingenommen hatte, als sie in einem Anfall von Depression oder perversem Masochismus auf sein Angebot eingegangen war. Gewiß hielt sie sich niemals für stark genug, es zu ändern.

Das Treppenhaus roch wie immer nach abgestandenem Schweiß, nach Möbelpolitur und Desinfektionsmitteln. Die Wände waren dunkelgrün und immer feucht, ganz gleich zu welcher Jahreszeit, als schieden sie einen Gifthauch verzweifelter Ehrbarkeit und Resignation aus. Die Treppe mit ihrem reichverzierten schmiedeeisernen Geländer war mit rissigem und fleckigem Linoleum belegt, das von dem Hausbesitzer nur dann, wenn sich ein Mieter beklagte, in den verschiedensten unpassenden Farben geflickt wurde. Das Büro befand sich im dritten Stock. Cordelia hörte kein Schreibmaschinengeklapper, als sie eintrat, und sie sah, daß Miss Sparshott dabei war, ihre Maschine zu reinigen, eine altertümliche Imperial, die ein ständiger Anlaß zu berechtigter Klage war. Als Miss Sparshott aufsah, war ihr Gesicht vor Groll rot gefleckt, ihr Rücken steif wie die Leertaste.

«Ich war schon gespannt, wann Sie wohl aufkreuzen, Miss Gray. Ich mache mir Gedanken wegen Mr. Pryde. Ich meine, er muß im hinteren Büro sein, aber man hört nichts von ihm, überhaupt nichts, und die Tür ist abgeschlossen.»

Cordelia überkam ein Kältegefühl, als sie am Türgriff rüttelte.

«Warum haben Sie nichts unternommen?»

«*Was* unternommen, Miss Gray? Ich habe an die Tür geklopft und laut gerufen. Es war nicht meine Aufgabe, das zu tun, ich bin nur die Aushilfsschreibkraft, ich habe hier keine Vollmachten. Ich wäre in eine sehr peinliche Lage geraten, wenn er geantwortet hätte. Schließlich hat er wohl das Recht, sich in seinem Büro aufzuhalten. Außerdem bin ich nicht einmal sicher, ob er da ist.»

«Er muß da sein. Die Tür ist abgeschlossen, und sein Hut ist hier.»

Bernies Schlapphut, ein Komödiantenhut, mit seinem ringsum aufgeschlagenen fleckigen Rand, hing an dem gewundenen Hutständer, ein Symbol hoffnungsloser Hinfälligkeit. Cordelia suchte in ihrer Umhängetasche nach ihrem eigenen Schlüssel. Wie üblich war das, was sie am dringendsten brauchte, auf den Grund der Tasche gerutscht. Miss Sparshott begann mit den Tasten zu klappern, als wollte sie sich vor einem bevorstehenden Schock schützen. Durch den Lärm hindurch sagte sie, wie zu ihrer Verteidigung:

«Auf Ihrem Tisch liegt ein Brief.»

Cordelia riß ihn auf. Er war kurz und klar. Bernie hatte sich immer knapp ausdrücken können, wenn er etwas zu sagen hatte:

Es tut mir leid, Partner, aber man hat mir gesagt, es ist Krebs, und ich mache mich auf dem bequemeren Weg davon. Ich habe gesehen, was die Behandlung den Menschen antut, ich werde mich keiner unterziehen. Ich habe mein Testament gemacht, es liegt bei meinem Anwalt. Du findest seinen Namen im Schreibtisch. Ich habe Dir das Geschäft vermacht. Alles, einschließlich des ganzen Inventars. Viel Glück und danke.

Darunter hatte er mit der Unbesonnenheit des Verurteilten eine letzte rücksichtslose Bitte gekritzelt:

Wenn Du mich lebend findest, rufe um Himmels willen nicht gleich um Hilfe. Ich verlasse mich ganz auf Dich, Partner. Bernie.

Sie schloß die Tür zum hinteren Büro auf, ging hinein und zog die Tür sorgfältig hinter sich zu. Mit Erleichterung sah sie, daß es nicht notwendig war zu warten. Bernie war tot. Er lag über dem Schreibtisch, als sei er in äußerster Erschöpfung zusammengebrochen. Seine geballte rechte Hand hatte sich halb geöffnet, und ein aufgeklapptes scharfes Rasiermesser war über die Schreibtischplatte gerutscht, hatte einen dünnen Blutfaden, wie eine Schneckenspur, hinterlassen und war in unsicherem Gleichgewicht am äußeren Rand des Tisches liegen geblieben. Sein linkes Handgelenk lag, von zwei parallelen Schnitten geritzt, mit der Innenseite nach oben in der Emailschüssel, die Cordelia zum Geschirrabwaschen benutzte. Bernie hatte sie mit Wasser gefüllt, aber jetzt war sie bis an den Rand voll von einer blassen rötlichen Flüssigkeit, die widerlich süß roch und durch die seine Finger, die wie zum Gebet gebogen und weiß und zart wie die eines Kindes waren, glatt wie Wachs schimmerten. Blut und Wasser waren auf Schreibtisch und Boden übergeschwappt und hatten die prunkvolle Brücke durchnäßt, die Bernie vor kurzem gekauft hatte in der Hoffnung, die Besucher zu beeindrucken, die aber, wie Cordelia insgeheim meinte, nur auf die Armseligkeit aller anderen Dinge im Büro aufmerksam machte. Einer der Schnitte war zaghaft und oberflächlich, aber der andere war bis auf den Knochen gegangen, und die gespaltenen Ränder der Wunde, aus der alles Blut ausgetreten war, klafften säuberlich auseinander wie auf einer Illustration in einem anatomischen Lehrbuch. Cordelia erinnerte sich, wie Bernie einmal die Entdeckung eines Selbstmordversuchs, als er zum erstenmal als junger Polizist seine Runde machte, beschrieben hatte. Es war ein alter Mann gewesen, der im Eingang eines Warenhauses kauerte und sich das Handgelenk mit einer zerbrochenen Flasche zerfetzt hatte, später aber in ein ungeliebtes Halbleben zurückgeholt worden war, weil ein großer Blutpfropfen die durchschnittenen Venen blockiert hatte. Bernie hatte sich daran erinnert und Vorsorge getroffen, um sicherzustellen, daß sein Blut nicht gerinnen würde. Er hatte, wie sie bemerkte, noch eine andere Vorsichtsmaßnahme ergriffen; rechts auf dem Schreibtisch stand eine leere Teetasse, die, in der sie ihm seinen Nachmittagstee brachte, und an ihrem Rand und an der Seite klebten Körnchen eines Pulvers, Aspirin vielleicht oder ein Barbiturat. Ein getrockneter Schleimtropfen von gleicher Farbe hing an seinem Mundwinkel. Sein Mund war gespitzt und stand halb offen wie bei einem schlafenden Kind, launisch und verletzlich. Sie streckte ihren Kopf durch die Bürotür und sagte ruhig:

«Mr. Pryde ist tot; kommen Sie nicht herein. Ich rufe die Polizei von hier aus an.»

Die telefonische Nachricht wurde gelassen entgegengenommen; jemand würde vorbeikommen. Als sie neben dem Toten saß und wartete, fühlte Cordelia, daß sie irgendeine Geste des Bedauerns oder Trostes machen mußte, und legte ihre Hand auf Bernies Haar. Der Tod hatte bis jetzt noch keine Macht, diese kalten und nervenlosen Zellen zu verändern, und das Haar faßte sich rauh und unangenehm lebendig wie das eines Tieres an. Schnell zog sie ihre Hand wieder weg und berührte prüfend seine Schläfe. Die Haut war klebrig und sehr kalt. Das war der Tod; so hatte Vater sich angefühlt. Wie bei ihm war die Geste des Bedauerns auch hier sinnlos und unwichtig. Es gab im Tod keine stärkere Verbindung als im Leben.

Sie überlegte, wann Bernie genau gestorben war. Niemand würde es jemals wissen. Vielleicht hatte Bernie es selbst nicht gewußt. Doch es mußte, dachte sie, eine meßbare Sekunde in der Zeit gegeben haben, in der er aufgehört hatte, Bernie zu sein, und diese unwesentliche, aber peinlich unhandliche Masse aus Fleisch und Knochen geworden war. Wie seltsam, wenn ein Stückchen Zeit, das so wichtig für ihn war, ohne sein Wissen vorübergegangen wäre. Ihre zweite Pflegemutter, Mrs. Wilkes, hätte wohl gesagt, Bernie habe gewiß erfahren, daß es einen Augenblick unbeschreiblicher Herrlichkeit, leuchtender Türme, grenzenlosen Klingens, triumphierender Himmel gab. Arme Mrs. Wilkes! Als Witwe – ihr einziger Sohn war im Krieg gefallen und ihr kleines Haus war ständig erfüllt vom Lärm der Pflegekinder, die ihr Lebensunterhalt waren – hatte sie ihre Träume gebraucht. Sie hatte ihr Leben nach tröstlichen Maximen gelebt, die sie hortete wie Kohlenbrocken für den Winter. Cordelia dachte jetzt zum erstenmal seit Jahren an sie und hörte wieder die müde, entschlossen heitere Stimme: «Wenn der Herr bei seinem Weggang nicht hereinschaut, wird Er auf seinem Rückweg hereinschauen.» Nun, bei Bernie hatte er weder beim Gehen noch beim Kommen einen Besuch gemacht.

Es war seltsam, aber irgendwie typisch für Bernie, daß er seinen hartnäckigen und unbesiegbaren Optimismus bewahrt hatte, was das Geschäft anging, selbst wenn nichts in der Kasse war als ein paar Münzen für den Gaszähler, und doch die Hoffnung aufs Leben aufgegeben hatte, ohne sich auch nur zu wehren. Hatte er vielleicht im Unterbewußtsein erkannt, daß weder er noch das Büro eine wirkliche Zukunft hatten, und deshalb beschlossen, auf diese Art könne er Leben und Lebensunterhalt einigermaßen ehrenvoll aufgeben? Er hatte es wirksam, aber schmutzig getan, was bei einem ehemaligen Polizisten, der sich mit den Todesarten auskannte, um so mehr überraschte. Und dann begriff sie, warum er das Rasiermesser und Tabletten gewählt hatte. Die Waffe. Er hatte wirklich nicht den leichtesten Ausweg gewählt. Er hätte die Waffe benutzen können, aber er hatte gewollt, daß sie sie bekäme; er hatte sie ihr hinterlassen, zusammen mit den wackligen Aktenschränken, der antiquierten Schreibmaschine, dem kriminalistischen Handwerkszeug, dem Mini, seiner stoßfesten und wasserdichten Armbanduhr, dem blutgetränkten Teppich, dem peinlich großen Vorrat an Schreibpapier mit dem schmuckvollen Kopf *Prydes Detektivbüro – Wir bürgen für Qualität.* Das *ganze* Inventar; er hatte es unterstrichen. Bestimmt hatte er sie an die Waffe erinnern wollen.

Sie schloß die kleine Schublade zuunterst in Bernies Schreibtisch auf, zu der nur sie und er einen Schlüssel hatten, und zog sie heraus. Sie steckte immer noch in dem Beutel aus Wildleder mit dem Zugband, den sie dafür genäht hatte, mit drei extra verpackten Schuß Munition. Es war eine Pistole, eine halbautomatische .38er; sie hatte nie erfahren, wie Bernie dazu gekommen war, aber sie war sicher, daß er keinen Waffenschein besaß. Sie hatte sie nie als tödliche Waffe angesehen, vielleicht weil Bernies jungenhafte naive Vernarrtheit in die Pistole sie zu einem wirkungslosen Kinderspielzeug degradiert hatte. Er hatte sie gelehrt, ein – wenigstens theoretisch – achtbarer Schütze zu werden. Sie waren zum Üben tief in den Epping Forest gefahren, und ihre Erinnerung an die Waffe verband sich mit gesprenkelten Schatten und dem schweren Geruch modernden Laubes. Sie hatte immer noch die aufgeregten, abgehackten Befehle im Ohr. «Beuge deine Knie ein wenig. Füße auseinander. Arm ausstrecken. Leg jetzt die linke Hand an die Trommel, so daß du sie umschließt. Richte deine Augen aufs Ziel. Arm gerade, Partner, Arm gerade! Gut! Nicht schlecht; nicht schlecht; durchaus nicht schlecht.» – «Aber Bernie», hatte sie gesagt, «wir können sie nie abfeuern! Wir haben keinen Waffenschein.» Er hatte gelächelt, das listige, selbstzufriedene Lächeln dessen, der es besser weiß. «Falls wir jemals im Ernst schießen, dann nur, um unser Leben zu retten. In einem solchen Eventualfall ist die Frage des Scheines irrelevant.» Er war von diesem hochtrabenden Satz befriedigt gewesen und hatte ihn wiederholt und dabei sein schweres Gesicht wie ein Hund zur Sonne erhoben. Sie hätte gern gewußt, was er in seiner Phantasie gesehen hatte. Sie beide, wie sie in einem einsamen Moor hinter einem Findling kauerten, während die Kugeln den Granit peitschten und die rauchende Waffe von Hand zu Hand ging?

Er hatte gesagt: «Wir müssen sorgfältig mit der Munition umgehen. Nicht daß ich keine bekommen kann, natürlich ...» Das Lächeln war finster geworden, als sei daran die Erinnerung an jene geheimnisvollen Verbindungen schuld, an jene allgegenwärtigen gefälligen Bekannten, die er nur aus ihrer Schattenwelt herbeirufen mußte.

Er hatte ihr also die Waffe hinterlassen. Sie war sein am höchsten geschätzter Besitz gewesen. Sie ließ sie, immer noch in der Hülle, in die Tiefen ihrer Umhängetasche gleiten. Es war gewiß unwahrscheinlich, daß die Polizei bei einem eindeutigen Selbstmordfall die Schreibtischschubladen durchsuchen würde, aber es konnte nicht schaden, kein Risiko einzugehen. Bernie hatte die Waffe für sie bestimmt, und sie würde sie nicht so einfach preisgeben. Mit der Tasche vor ihren Füßen setzte sie sich wieder neben der Leiche hin. Sie sprach ein kurzes, in der Klosterschule gelerntes Gebet an den Gott, von dem sie nicht wußte, ob er existierte für die Seele, an die Bernie nie geglaubt hatte, und wartete ruhig auf die Polizei.

Der erste Polizist, der ankam, war tüchtig, aber jung, noch nicht erfahren genug, um seinen Schock und Ekel angesichts dieses gewaltsamen Todes und sein Mißfallen, daß Cordelia so ruhig sein konnte, zu verbergen. Er blieb nicht lange im hinteren Büro. Als er herauskam, grübelte er über Bernies Nachricht, als könne eine sorgfältige Prüfung dem knappen Todesurteil einen verborgenen Sinn entlocken. Dann steckte er sie weg.

«Ich muß diese Nachricht vorerst behalten, Miss. Was hat er hier getrieben?»

«Er hat hier nichts getrieben. Das war sein Büro. Er war Privatdetektiv.»

«Und Sie haben für diesen Mr. Pryde gearbeitet? Sie waren seine Sekretärin?»

«Ich war seine Partnerin. So steht es auch in der Nachricht. Ich bin zweiundzwanzig. Er war der Seniorchef; er hat die Firma gegründet. Vorher hat er bei der Londoner Kriminalpolizei unter Kriminalrat Dalgliesh gearbeitet.»

Kaum hatte sie diese Worte ausgesprochen, bedauerte sie es. Sie waren eine zu versöhnliche, zu naive Verteidigung des armen Bernie. Und der Name Dalgliesh sagte ihm nichts, wie sie sah. Warum auch? Er war ein ganz gewöhnlicher uniformierter Polizeibeamter dieses Stadtbezirks. Man konnte nicht erwarten, daß er wußte, wie oft sie mit höflich verheimlichter Ungeduld Bernies wehmütigen Erinnerungen an seine Zeit bei der Kriminalpolizei, bis er als dienstuntauglich entlassen wurde, oder seinen Lobeshymnen auf Adam Dalglieshs Tugenden und Weisheit zugehört hatte. «Der Chef – das heißt, damals war er einfacher Kommissar – sagte uns immer ... Der Chef beschrieb einmal einen Fall ... Wenn es eines gab, was der Chef überhaupt nicht vertragen konnte ...»

Manchmal hatte sie sich gefragt, ob dieses Vorbild tatsächlich existierte oder ob es, unfehlbar und allmächtig, Bernies Hirn entsprungen war, ein notwendiger Held und Mentor. Es hatte sie wie ein Überraschungsschock getroffen, als sie später ein Zeitungsbild von Oberkriminalrat Dalgliesh gesehen hatte, ein dunkles, zynisches Gesicht, das sich bei einem näheren, prüfenden Blick in die Vieldeutigkeit eines Musters aus winzigen Punkten aufgelöst und nichts preisgegeben hatte. Nicht alle Weisheit, an die sich Bernie so zungenfertig erinnerte, gehörte zu dem empfangenen Evangelium. Sie vermutete, daß vieles seiner eigenen Philosophie entstammte. Sie dagegen hatte sich eine persönliche Litanei der Verachtung ausgedacht: hochnäsig, überheblich; sarkastischer Chef; was für eine Weisheit, überlegte sie, hätte er parat, um Bernie jetzt zu trösten?

Der Polizist hatte ein paar diskrete Telefongespräche geführt. Er durchstöberte jetzt das vordere Büro und bemühte sich kaum, ein erstauntes Naserümpfen über die schäbigen, gebraucht gekauften Möbel zu verbergen, über den ramponierten Aktenschrank, in dessen einer halboffenen Schublade eine Teekanne und Becher zu sehen waren, über das abgenutzte Linoleum. Miss Sparshott saß starr an der altmodischen Schreibmaschine und staunte ihn mit fasziniertem Ekel an. Schließlich sagte er:

«Wie wär's, wenn Sie sich eine schöne Tasse Tee machten, während ich auf den Polizeiarzt warte? Man kann doch irgendwo Tee kochen?»

«Im Flur hinten ist eine kleine Teeküche, die wir uns mit den anderen Mietern auf dieser Etage teilen. Aber Sie brauchen doch gewiß keinen Arzt? Bernie ist tot!»

«Er ist amtlich nicht tot, bis ein approbierter praktischer Arzt es bestätigt.» Er machte eine Pause. «Es ist einfach eine Vorsichtsmaßnahme.»

Wogegen? fragte sich Cordelia – göttliches Gericht, Verdammnis, Verfall? Der Polizist ging wieder in das hintere Büro. Sie folgte ihm und fragte leise:

«Können Sie nicht Miss Sparshott gehen lassen? Sie kommt von einer Sekretärinnenvermittlung, und wir müssen sie stundenweise bezahlen. Sie hat noch nichts gearbeitet, seit ich hier bin, und ich glaube nicht, daß sie jetzt noch etwas tun wird.»

Ihre offensichtliche Gefühllosigkeit, an so eine Nebensache wie die Bezahlung der Sekretärin zu denken, während sie auf Armeslänge neben Bernies Leiche stand, schockierte ihn ein wenig, wie sie sah, aber er sagte ziemlich bereitwillig:

«Ich will nur kurz mit ihr reden, dann kann sie gehen. Das ist kein angenehmer Ort für eine Frau.» Sein Ton deutete an, daß er das auch nie gewesen war.

Danach beantwortete Cordelia im vorderen Büro die unvermeidlichen Fragen.

«Nein, ich weiß nicht, ob er verheiratet war. Ich habe das Gefühl, daß er geschieden war; er sprach nie von einer Frau. Er wohnte in der Cremona Road 15, S. E. 2. Er hat mir dort ein Wohnschlafzimmer überlassen, aber wir haben nicht viel voneinander gesehen.»

«Ich kenne die Cremona Road; meine Tante hat dort gewohnt, als ich klein war – eine von den Straßen beim Reichskriegsmuseum.»

Die Tatsache, daß er die Straße kannte, schien ihn zu beruhigen und menschlicher zu machen. Er sann glücklich einen Augenblick darüber nach.

«Wann haben Sie Mr. Pryde zum letztenmal lebend gesehen?»

«Gestern ungefähr um fünf Uhr, nachdem ich zeitig mit der Arbeit aufgehört hatte, um ein Paar Einkäufe zu machen.»

«Ist er letzte Nacht nicht nach Hause gekommen?»

«Ich habe ihn hin und her gehen gehört, aber gesehen habe ich ihn nicht. Ich habe einen Gaskocher in meinem Zimmer, und ich koche gewöhnlich da, es sei denn, ich weiß, daß er weg ist. Ich habe ihn heute morgen nicht gehört, was ungewöhnlich ist, aber ich dachte, er läge vielleicht noch im Bett. Das kommt manchmal vor, wenn es sein Krankenhausmorgen ist.»

«War heute sein Krankenhausmorgen?»

«Nein, er hatte letzten Mittwoch einen Termin, aber ich dachte, sie hätten ihn vielleicht gebeten, noch einmal hinzukommen. Er muß das Haus sehr spät letzte Nacht oder heute ganz früh, bevor ich aufwachte, verlassen haben. Ich habe ihn nicht gehört.»

Es war unmöglich, das fast zur fixen Idee gewordene Feingefühl zu beschreiben, mit dem sie sich aus dem Weg gingen, versuchten, sich nicht aufzudrängen, das Eigenleben des andern achteten, nach dem Geräusch von Spülkästen lauschten, auf Zehenspitzen gingen, um festzustellen, ob die Küche oder das Bad nicht besetzt war. Sie hatten sich eine unendliche Mühe gegeben, sich nicht gegenseitig lästig zu fallen. Obgleich sie im selben kleinen Reihenhaus wohnten, hatten sie sich kaum außerhalb des Büros gesehen. Sie fragte sich, ob Bernie beschlossen hatte, sich in seinem Büro umzubringen, damit das kleine Haus unbefleckt und ungestört bliebe.

Endlich war das Büro leer, und sie war allein. Der Polizeiarzt hatte seine Tasche geschlossen und war gegangen; Bernies Leiche war, von vielen Augen aus den halb geöffneten Türen anderer Büros beobachtet, die enge Treppe hinuntergeschafft worden; der letzte Polizist war fort. Miss Sparshott war für immer gegangen, da ein gewaltsamer Tod eine noch schlimmere Beleidigung war als eine Schreibmaschine, die für eine geschulte Stenotypistin eine Zumutung darstellte, oder eine Waschgelegenheit, die ganz und gar nicht dem entsprach, was sie gewohnt war. Allein in der Leere und Stille, spürte Cordelia das Bedürfnis nach körperlicher Betätigung. Sie begann energisch das hintere Büro zu säubern, scheuerte die Blutflecken von Schreibtisch und Stuhl und rieb den feuchten Teppich trocken.

Um ein Uhr ging sie rasch in ihr Stammlokal. Es fiel ihr ein, daß es eigentlich keinen Grund mehr gab, im *Goldfasan* Stammgast zu bleiben, aber sie ging weiter, da sie es nicht fertigbrachte, jetzt schon Untreue zu zeigen. Sie hatte das Lokal und die Wirtin nie gemocht und sich oft gewünscht, Bernie würde ein Haus mehr in der Nähe finden, vorzugsweise eines mit einer großen vollbusigen Kellnerin mit einem Herz aus Gold. Das war jedoch ein Typ, vermutete sie, der sich eher in Romanen als im wirklichen Leben bewegte. Die um die Mittagszeit übliche Gesellschaft drängte sich an der Theke, und wie gewohnt führte Mavis mit ihrem leicht bedrohlichen Lächeln, ihrer Miene äußerster Ehrbarkeit dahinter die Aufsicht. Mavis zog sich dreimal am Tag um, änderte einmal jedes Jahr die Frisur, ihr Lächeln blieb immer gleich. Die beiden Frauen hatten sich nie leiden können, obwohl Bernie wie ein liebevoller alter Hund zwischen ihnen hin und her stolziert war und es bequem gefunden hatte, sie für dicke Freundinnen zu halten und das fast hörbare Knistern der Feinschaft nicht zu bemerken oder bewußt zu übergehen. Mavis erinnerte Cordelia an eine ihr aus der Kinderzeit bekannte Bibliothekarin, die die neuen Bücher aus Angst, sie könnten entliehen und beschmutzt werden, unter dem Schalter versteckt hatte. Vielleicht rührte Mavis' kaum unterdrückter Verdruß daher, daß sie gezwungen war, ihre Waren so auffällig auszustellen, daß sie ihre Gaben vor wachsamen Augen abmessen mußte. Sie schob auf Cordelias Bestellung hin ein kleines Glas Bier mit Limonade und eine Frikadelle über die Theke und sagte:

«Ich habe gehört, daß Sie die Polizei im Haus hatten.»

Cordelia betrachtete die gierigen Gesichter und dachte: Natürlich wissen sie davon; die Einzelheiten wollen sie hören; dann sollen sie es eben hören. Sie sagte:

«Bernie hat sich zweimal ins Handgelenk geschnitten. Beim erstenmal hat er die Pulsader nicht getroffen; beim zweitenmal hat er es geschafft. Er hat seinen Arm in Wasser gelegt, damit es besser blutet. Er hatte erfahren, daß er Krebs hat und konnte der Behandlung nicht ins Auge sehen.»

Das war etwas anderes, sie sah es. Die paar Männer um Mavis schauten einander an, dann wandten sie rasch die Augen ab. Gläser wurden auf dem Weg zum Mund plötzlich angehalten. Die Pulsader aufschneiden war etwas, was andere Leute eben taten, aber der drohende kleine Krebs mit seinen Scheren der Angst war in allen ihren Köpfen. Selbst Mavis sah aus, als sähe sie seine glänzenden Scheren zwischen ihren Gläsern lauern. Sie sagte:

«Sie werden sich wohl nach einer neuen Arbeit umsehen? Schließlich können Sie das Büro kaum auf eigene Faust weiterführen. Das ist doch kein Beruf für eine Frau.»

«Nicht anders, als hinter einer Theke zu arbeiten; man trifft alle möglichen Leute.»

Die zwei Frauen sahen sich an, und das Bruchstück eines lautlosen Zwiegesprächs fand zwischen ihnen statt, von beiden deutlich gehört und verstanden.

«Und denken Sie bloß nicht, daß die Leute jetzt, wo er tot ist, weiter Nachrichten für das Büro hier abgeben können.»

«Ich hatte nicht die Absicht, darum zu bitten.»

Mavis begann energisch ein Glas zu polieren, ohne dabei ihre Augen von Cordelias Gesicht abzuwenden.

«Ich kann mir nicht denken, daß Ihre Mutter es für gut hält, wenn Sie allein hier bleiben.»

«Ich hatte nur in der ersten Stunde meines Lebens eine Mutter, also brauche ich mir deswegen keine Sorgen zu machen.»

Cordelia sah sofort, daß die Bemerkung alle zutiefst bestürzte, und wunderte sich wieder einmal über die Fähigkeit älterer Menschen, von schlichten Tatsachen schockiert zu sein, wo sie doch fähig zu sein schienen, jede Menge boshafter oder anstößiger Ansichten hinzunehmen. Aber ihr Schweigen, voller Tadel, ließ sie wenigstens in Ruhe. Sie trug Glas und Essen zu einem Platz an der Wand und dachte ohne Rührseligkeit an ihre Mutter. Aus einer Kindheit voll Entbehrungen hatte sich ihr nach und nach eine Philosophie der Kompensation herausdestilliert. In ihrer Vorstellung hatte sie die Liebe für ein ganzes Leben in einer Stunde ohne Enttäuschungen und ohne Bedauern genossen. Ihr Vater hatte nie vom Tod ihrer Mutter gesprochen, und Cordelia hatte vermieden, ihm Fragen zu stellen, weil sie fürchtete zu hören, ihre Mutter habe sie nie in den Armen gehalten, nie das Bewußtsein wiedererlangt, vielleicht sogar nicht einmal erfahren, daß sie eine Tochter hatte. Dieser Glaube an die Liebe ihrer Mutter war eine Phantasie, die zu verlieren sie immer noch nicht riskieren konnte, obgleich die daraus geschöpfte Befriedigung mit jedem Jahr weniger notwendig und weniger real geworden war. Jetzt fragte sie im Geist ihre Mutter um Rat. Es war genau so, wie sie erwartet hatte: Ihre Mutter fand den Beruf durchaus geeignet für eine Frau.

Die kleine Gruppe an der Theke hatte sich wieder den Getränken zugewandt. Zwischen ihren Schultern konnte sie ihr Spiegelbild in dem Spiegel über der Theke sehen. Das Gesicht von heute sah nicht anders aus als das Gesicht von gestern: Dichtes hellbraunes Haar umrahmte Gesichtszüge, die aussahen, als habe ein Riese die eine Hand auf ihren Kopf und die andere unter ihr Kinn gelegt und das Gesicht ein wenig zusammengedrückt; große Augen, bräunlichgrün unter einem tiefen Pony; breite Backenknochen; ein weicher, kindlicher Mund. Ein Katzengesicht, dachte sie, aber auf eine leise Art hübsch zwischen den Spiegelbildern der bunten Flaschen und dem ganzen hellen Geglitzer von Mavis' Bar. Trotz seines jungen Aussehens konnte es ein geheimnisvolles, verschwiegenes Gesicht sein. Cordelia hatte frühzeitig Gelassenheit gelernt. Alle ihre Pflegeeltern, alle freundlich und wohlmeinend auf unterschiedliche Art, hatten eines von ihr verlangt: Sie sollte glücklich sein. Sie hatte rasch gelernt, daß sie riskierte, ihre Liebe zu verlieren, wenn sie sich unglücklich zeigte. Verglichen mit dieser frühen Übung im Versteckspielen waren alle späteren Täuschungen leicht gewesen.

Der Schnüffler schob sich zu ihr durch. Er setzte sich auf die Bank, und sein fettes Hinterteil in dem scheußlichen Tweed drückte sich an sie. Sie konnte den Schnüffler nicht ausstehen, obwohl er Bernies einziger Freund gewesen war. Bernie hatte erklärt, daß der Schnüffler ein Polizeispitzel war und ein recht gutes Auskommen hatte. Manchmal stahlen seine Freunde berühmte Bilder oder wertvollen Schmuck. Dann gab der Schnüffler, der entsprechend instruiert war, der Polizei einen Wink, wo die Beute zu finden war. Es gab eine Belohnung für den Schnüffler, die er natürlich später mit den Dieben teilen mußte, und eine Zahlung an den Detektiv, der schließlich den größten Teil der Arbeit getan hatte. Wie Bernie erklärte, kam die Versicherungsgesellschaft glimpflich davon, die Eigentümer bekamen ihren Besitz unbeschädigt zurück, die Diebe hatten nichts von der Polizei zu befürchten, und der Schnüffler und der Detektiv bekamen ihren Lohn. Das war das System. Cordelia war bestürzt gewesen, hatte aber nicht zu stark protestieren wollen. Sie ahnte, daß auch Bernie früher einige Spitzeldienste geleistet hatte, wenn auch nie mit so viel Geschick oder so lukrativen Ergebnissen.

Die Augen des Schnüfflers waren feucht, seine Hand um das Whiskyglas zitterte.

«Der arme alte Bernie, ich habe es auf ihn zukommen sehen. Er hat im letzten Jahr abgenommen, und er hat so grau ausgesehen, die Krebsfarbe, hat mein Vater immer dazu gesagt.»

Der Schnüffler wenigstens hatte es bemerkt; sie nicht. Bernie war ihr immer grau und krank aussehend vorgekommen. Ein feister, warmer Schenkel schob sich näher heran.

«Hat nie Glück gehabt, das arme Schwein. Bei der Kripo haben sie ihn gefeuert. Hat er Ihnen das gesagt? Kriminalrat Dalgliesh war es, damals noch Kommissar. Menschenskind, der konnte ein ganz schöner Schweinehund sein; keine Chance mehr für ihn, kann ich Ihnen sagen.»

«Ja, Bernie hat es mir gesagt», log Cordelia. Sie fügte hinzu: «Anscheinend war er nicht besonders verbittert darüber.»

«Hat ja wohl auch keinen Sinn, verbittert zu sein. Nimm, was kommt, das ist mein Motto. Ich nehme an, Sie sehen sich nach einer anderen Stelle um?»

Er sagte es sehnsüchtig, als würde ihr Auszug ihm das Büro zur Ausbeutung sichern.

«Noch nicht sofort», sagte Cordelia. «Ich will mir nicht gleich eine neue Stelle suchen.»

Sie hatte zwei Beschlüsse gefaßt: Sie würde Bernies Geschäft weiterführen, bis nichts mehr da wäre, um die Miete zu bezahlen, und sie würde nie mehr, so lange sie lebte, in den *Goldfasan* kommen.

Dieser Beschluß, das Geschäft weiterzuführen, überlebte die nächsten vier Tage – überlebte die Entdeckung des Mietbuches und des Mietvertrags, aus denen hervorging, daß das kleine Haus in der Cremona Road doch nicht Bernie gehört hatte und daß die Vermietung ihres Wohnschlafzimmers gesetzwidrig war, überlebte die Mitteilung des Bankleiters, daß Bernies Kontostand kaum für die Bezahlung des Begräbnisses ausreichen würde, und der Werkstatt, daß der Mini demnächst für eine Generalüberholung fällig war; überlebte das Aufräumen des Hauses in der Cremona Road. Überall stieß sie auf die traurigen Überbleibsel eines einsiedlerischen und schlecht organisierten Lebens.

Dosen mit Eintopf und Bohnen – hatte er nie etwas anderes gegessen? – zu einer sorgfältig geordneten Pyramide wie im Fenster eines Lebensmittelhändlers übereinandergestapelt; große Dosen von Metall- und Bodenpolitur, angebrochen, mit eingetrocknetem oder fest gewordenem Inhalt; eine Schublade mit alten Lumpen, als

Staubtücher gebraucht, aber steif durch die Mischung von Politur und Schmutz; ein voller Wäschekorb; dicke, wollene Hemdhosen, von der Maschinenwäsche verfilzt und am Zwickel braunfleckig – wie hatte er es ertragen können, sie der Entdeckung zu überlassen?

Sie ging täglich ins Büro, machte sauber, räumte auf, brachte die Akten wieder in Ordnung. Es kamen keine Anrufe und keine Kunden, und doch war sie immer beschäftigt. Da stand die gerichtliche Voruntersuchung an, bei der sie anwesend sein mußte, bedrückend in ihrer unparteiischen, fast langweiligen Förmlichkeit, in ihrem unvermeidlichen Urteil. Dann mußte sie Bernies Anwalt aufsuchen. Er war ein mutloser älterer Mann mit einem ungünstig gelegenen Büro nahe dem Bahnhof Mile End, der die Nachricht vom Tod seines Klienten mit kummervoller Resignation aufnahm, als sei es eine persönliche Beleidigung. Nach kurzem Suchen fand er Bernies Testament und starrte es verwirrt und mißtrauisch an, als sei es nicht das Schriftstück, das er vor kurzem aufgesetzt hatte. Er brachte es fertig, Cordelia den Eindruck zu vermitteln, daß er gemerkt habe, daß sie Bernies Geliebte gewesen war – warum sollte er ihr sonst das Geschäft hinterlassen haben? –, daß er aber ein Mann von Welt sei und sie trotz dieses Wissens nicht tadle. Er beteiligte sich nicht an der Vorbereitung des Begräbnisses, sondern nannte Cordelia nur den Namen eines Bestattungsunternehmens; sie hatte den Verdacht, daß es ihm wahrscheinlich eine Provision zukommen ließ. Nach einer Woche in bedrückend gedämpfter Stimmung stellte sie erleichtert fest, daß der Bestattungsunternehmer nicht nur freundlich, sondern auch sachkundig war. Als er erst einmal entdeckt hatte, daß Cordelia nicht in Tränen aufgelöst zusammenbrechen oder in den theatralischeren Darbietungen trauernder Hinterbliebener schwelgen würde, freute er sich, die relativen Kosten und Vorzüge von Beerdigung und Einäscherung mit einverständlicher Offenheit zu erörtern.

«Einäscherung jederzeit. Es existiert keine private Versicherung, sagen Sie? Dann sollten Sie es so schnell, einfach und billig wie möglich hinter sich bringen. Glauben Sie mir, das wäre neun von zehn Verstorbenen am liebsten. Ein Grab ist heutzutage ein teurer Luxus – ohne Nutzen für ihn, ohne Nutzen für Sie. Staub zu Staub, Asche zu Asche, aber wie steht es mit der Prozedur dazwischen? Nicht schön, daran zu denken, nicht wahr? Warum soll man es also nicht mit den zuverlässigsten modernen Methoden möglichst schnell über die Bühne bringen? Sehen Sie, Miss, ich berate Sie gegen meine eigenen Interessen.»

Cordelia sagte:

«Das ist sehr freundlich von Ihnen. Meinen Sie, wir sollten einen Kranz besorgen?»

«Warum nicht, das gibt dem Ganzen ein bißchen Stil. Überlassen Sie das nur mir.»

Also hatte es eine Einäscherung und einen einzigen Kranz gegeben. Der Kranz war ein sehr gewöhnliches, unpassendes Gebinde aus Lilien und Nelken mit bereits welkenden und nach Verfall riechenden Blüten gewesen. Die Einäscherungsliturgie war vom Pfarrer mit sorgfältig gesteuerter Geschwindigkeit gesprochen worden, und in seinem Ton war eine Entschuldigung angeklungen, als wolle er seine Zuhörer versichern, daß er, obwohl er selbst sich einer besonderen göttlichen Fügung erfreute, von ihnen nicht erwartete, das Unglaubhafte zu glauben. Bernie war unter den Klängen von Tonbandmusik zur Verbrennung gebracht worden, gerade noch rechtzeitig, wie aus dem ungeduldigen Geraschel der Trauergäste zu schließen war, die bereits darauf warteten, die Kapelle zu betreten.

Danach stand Cordelia allein in der strahlenden Sonne und spürte die Wärme der Kieselsteine durch ihre Schuhsohlen. Die Luft war satt und schwer vom Duft der Blumen. Plötzlich von Traurigkeit und einem ohnmächtigen Zorn um Bernie gepackt, suchte sie einen Sündenbock und fand ihn in einem gewissen Kriminalrat vom Yard. Er hatte Bernie aus dem einzigen Beruf hinausgeworfen, zu dem er jemals Lust gehabt hatte; er hatte sich nicht die Mühe gemacht herauszufinden, was später aus ihm geworden war; und – der unsinnigste Anklagepunkt von allen – er hatte sich nicht einmal bereit gefunden, zum Begräbnis zu kommen. Detektiv zu sein, war für Bernie eine Notwendigkeit gewesen, wie für andere Männer Malen, Schreiben, Trinken oder Huren. Die Kriminalpolizei war doch gewiß groß genug, um die Schwärmerei und die Unzulänglichkeit eines einzigen Mannes auszugleichen? Zum erstenmal weinte Cordelia um Bernie; heiße Tränen verwischten und vervielfältigten die langen Reihen wartender Leichenwagen mit ihren strahlenden Krönchen, so daß sie sich in eine Unendlichkeit aus schimmerndem Chrom und zitternden Blumen auszudehnen schienen. Cordelia zog den schwarzen Chiffonschal, ihr einziges Zugeständnis an die Trauer, vom Kopf und machte sich auf den Weg zur U-Bahn-Station.

Sie war durstig, als sie zum Oxford Circus kam, und beschloß, im Restaurant bei Dickins & Jones Tee zu trinken. Das war ungewöhnlich und ausschweifend, aber es war ein ungewöhnlicher und ausschweifender Tag gewesen. Sie blieb lange genug dort sitzen, um den vollen Gegenwert für ihre Rechnung zu bekommen, und Viertel nach vier war vorbei, als sie in das Büro zurückkam.

Sie hatte Besuch. Eine Frau wartete, die Schultern an die Tür gelehnt – eine Frau, die kühl aussah und fehl am Platz vor dem schmutzigen Anstrich und den schmierigen Wänden war. Cordelia hielt vor Überraschung den Atem an und unterbrach ihren schnellen Lauf nach oben. Ihre leichten Schuhe hatten auf der Treppe kein Geräusch gemacht, und ein paar Sekunden lang betrachtete sie ihre Besucherin unbemerkt. Sie gewann einen unmittelbaren und lebendigen Eindruck von Kompetenz und Autorität und einer einschüchternd korrekten Kleidung. Die Frau trug ein graues Kostüm mit einem kleinen Stehkragen, der einen schmalen Streifen von weißem Baumwollstoff am Hals freigab. Ihren schwarzen Lackschuhen sah man den Preis an; eine große schwarze Tasche mit aufgesetzten Seitentaschen hing von ihrer linken Schulter. Sie war groß, und ihr Haar, weißer, als es ihr Alter erwarten ließ, war kurz geschnitten und lag, sorgfältig geformt, wie eine Mütze um den Kopf. Ihr Gesicht war blaß und schmal. Sie las die *Times*, die sie zusammengefaltet hatte, um sie in der rechten Hand halten zu können. Nach ein paar Sekunden bemerkte sie Cordelia, und ihre Blicke trafen sich. Die Frau sah auf ihre Armbanduhr.

«Wenn Sie Cordelia Gray sind, dann sind Sie achtzehn Minuten zu spät. Auf dem Zettel steht, daß Sie um vier Uhr zurückkommen würden.»

«Ich weiß, entschuldigen Sie.» Cordelia sprang die letzten paar Stufen hinauf und steckte den Sicherheitsschlüssel ins Schloß. Sie öffnete die Tür.

«Möchten Sie bitte eintreten?»

Die Frau trat vor ihr ins Büro und drehte sich zu ihr um, ohne auch nur einen Blick auf das Zimmer zu werfen.

«Ich hoffte, Mr. Pryde anzutreffen. Wird er lange wegbleiben?»

«Es tut mir leid; ich bin gerade von seiner Einäscherung zurückgekommen. Ich meine ... Bernie ist tot.»

«Das liegt ja dann auf der Hand. Unseres Wissens war er vor zehn Tagen noch am Leben. Er muß auffallend schnell und diskret gestorben sein.»

«Diskret nicht gerade. Bernie hat sich umgebracht.»

«Wie außerordentlich!» Die Besucherin schien von der Außerordentlichkeit betroffen zu sein. Sie preßte ihre Hände zusammen und ging ein paar Sekunden lang in seltsamer Gebärde des Schmerzes unruhig im Zimmer auf und ab.

«Wie außerordentlich!» sagte sie noch einmal. Sie lachte kurz auf. Cordelia sprach nicht, aber die beiden Frauen betrachteten einander ernst. Dann sagte die Besucherin:

«Ja, dann habe ich anscheinend meine Reise vergebens gemacht.»

Cordelia hauchte ein kaum hörbares «O nein!» und widerstand der absurden Regung, ihren Körper gegen die Tür zu werfen.

«Bitte, gehen Sie nicht, bevor Sie mit mir gesprochen haben. Ich war Mr. Prydes Mitarbeiterin, und das Geschäft gehört jetzt mir. Ich bin sicher, daß ich helfen kann. Möchten Sie sich nicht setzen?»

Die Besucherin nahm keine Notiz von dem angebotenen Stuhl.

«Keiner kann helfen, keiner in der ganzen Welt. Das gehört jedoch nicht zur Sache. Es gibt da etwas, was mein Arbeitgeber wissen will – einige Aufschlüsse, die er braucht –, und er hatte entschieden, daß Mr. Pryde die Person sei, sie ihm zu beschaffen. Ich weiß nicht, ob er Sie für einen gleichwertigen Ersatz halten würde. Kann ich hier ungestört telefonieren?»

«Hier hinein, bitte.»

Die Frau ging in das hintere Büro, wieder ohne ein Anzeichen, daß dessen schäbiges Aussehen irgendeinen Eindruck auf sie machte. Sie wandte sich nach Cordelia um.

«Entschuldigen Sie, ich hätte mich vorstellen sollen. Mein Name ist Elizabeth Leaming, und mein Arbeitgeber ist Sir Ronald Callender.»

«Der Naturschützer?»

«Das würde er nicht gerne hören, daß Sie ihn so nennen. Ihm ist es lieber, wenn man ihn als Mikrobiologen bezeichnet, was er tatsächlich ist. Bitte, entschuldigen Sie mich.»

Sie schloß die Tür fest. Cordelia fühlte sich plötzlich schwach und setzte sich vor die Schreibmaschine. Die Tasten, seltsam bekannte Symbole, in schwarze Medaillons eingeschlossen, verschoben ihr Muster vor ihren müden Augen, sprangen dann, als sie blinzelte, wieder in ihre normale Lage zurück. Sie packte die Seiten der Maschine, die sich kalt und klamm anfaßten, und versuchte, sich Ruhe einzureden. Ihr Herz klopfte.

Ich muß ruhig sein, muß ihr zeigen, daß ich stark bin. Diese Verdrehtheit kommt nur von der Anspannung bei Bernies Beerdigung und vom langen Stehen in der heißen Sonne.

Aber die Hoffnung brachte sie durcheinander; sie war auf sich selbst böse, daß sie sich so viel daraus machte.

Das Telefongespräch war nur kurz. Die Tür des hinteren Büros wurde geöffnet; Miss Leaming zog ihre Handschuhe an.

«Sir Ronald hat darum gebeten, Sie zu sehen. Können Sie gleich mitkommen?»

Wohin kommen? dachte Cordelia, aber sie fragte nicht.

«Ja, brauche ich mein Werkzeug?»

Das Werkzeug war Bernies sorgfältig angelegte und ausgestattete Polizeitasche mit ihren Pinzetten, Scheren, der Ausrüstung für Fingerabdrücke, den Gläsern zum Sammeln von Proben. Cordelia hatte noch nie Gelegenheit gehabt, sie zu benutzen.

«Es hängt davon ab, was Sie unter Ihrem Werkzeug verstehen, aber ich glaube nicht. Sir Ronald möchte Sie sehen, bevor er entscheidet, ob er Ihnen die Arbeit anbietet. Das bedeutet eine Zugfahrt nach Cambridge, aber Sie dürften heute nacht noch zurückkommen. Müssen Sie irgendwem Bescheid sagen?»

«Nein, ich bin allein.»

«Vielleicht sollte ich mich ausweisen.» Sie machte ihre Handtasche auf. «Hier ist ein adressierter Briefumschlag. Ich bin keine Mädchenhändlerin, falls es die gibt und falls Sie Angst haben.»

«Ich habe vor einer ganzen Menge von Dingen Angst, aber nicht vor Mädchenhändlern, und wenn doch, würde mich ein adressierter Briefumschlag kaum beruhigen. Ich würde darauf bestehen, Sir Ronald Callender anzurufen, um es nachzuprüfen.»

«Vielleicht möchten Sie das tun?» schlug Miss Leaming vor, ohne beleidigt zu sein.

«Nein.»

«Wollen wir also gehen?» Miss Leaming ging zur Tür voran. Als sie in den Flur hinaustraten und Cordelia sich umdrehte, um das Büro hinter sich abzuschließen, deutete ihre Besucherin auf den Notizblock und den Bleistift, die zusammen an einem Nagel an der Wand hingen.

«Wollen Sie nicht lieber die Mitteilung ändern?»

Cordelia riß die alte Nachricht ab, dachte einen Augenblick nach und schrieb:

Ich bin in einem dringenden Fall abberufen worden. Alle Nachrichten, die unter der Tür durchgeschoben werden, finden bei meiner Rückkehr sofortige und persönliche Beachtung.

«Das», erklärte Miss Leaming, «dürfte Ihre Klienten beruhigen.» Cordelia fragte sich, ob die Bemerkung spöttisch gemeint war, aber es war nicht möglich, das aus dem gleichgültigen Tonfall herauszuhören. Doch hatte sie nicht das Gefühl, daß Miss Leaming sich über sie lustig machte, und sie war überrascht, daß sie über die Art, in der ihre Besucherin die Dinge in die Hand genommen hatte, nicht verstimmt war. Bereitwillig folgte sie Miss Leaming die Treppe hinunter auf die Kingly Street.

Sie fuhren mit der Central Line bis zum Bahnhof Liverpool Street und erreichten den Zug um 17 Uhr 36 nach Cambridge ganz bequem. Miss Leaming kaufte Cordelias Fahrkarte, holte eine Reiseschreibmaschine und eine Aktentasche mit Papieren bei der Gepäckaufbewahrung ab und ging zu einem Erster-Klasse-Wagen voran. Sie sagte:

«Ich muß im Zug arbeiten. Haben Sie etwas zu lesen?»

«Das ist mir ganz recht. Ich unterhalte mich auf Zugfahrten auch nicht gern. Ich habe Hardys ‹*Trumpet Major*› dabei – in meiner Handtasche ist immer ein Taschenbuch.»

Hinter Bishops Stortford hatten sie das Abteil für sich, aber nur einmal sah Miss Leaming von ihrer Arbeit auf, um Cordelia etwas zu fragen.

«Wie kamen Sie dazu, für Mr. Pryde zu arbeiten?»

«Nachdem ich aus der Schule war, habe ich bei meinem Vater auf dem Kontinent gewohnt. Wir sind ziemlich viel herumgereist. Er starb im Mai letzten Jahres in Rom nach einem Herzanfall, und ich kam zurück. Ich hatte mir ein wenig Stenografie und Schreibmaschine beigebracht, deshalb bewarb ich mich um eine Stelle bei einer Vermittlung für Sekretärinnen. Sie schickten mich zu Bernie, und nach ein paar Wochen ließ er mich bei einem oder zwei Fällen helfen. Er beschloß, mich auszubilden, und ich willigte ein zu bleiben. Vor zwei Monaten hat er mich zur Teilhaberin gemacht.»

Das bedeutete nichts anderes, als daß Cordelia einen regelmäßigen Lohn eintauschte gegen die ungewissen Erfolgsprämien in Form eines gleichen Anteils am Verdienst zusammen mit einem mietfreien Wohnschlafzimmer in Bernies Haus. Er hatte sie nicht beschwindeln wollen. Das Angebot der Teilhaberschaft war in dem aufrichtigen Glauben gemacht worden, daß sie es als das gelten ließe, was es war: keine Auszeichnung für gute Führung, sondern ein Beweis des Vertrauens.

«Was war Ihr Vater?»

«Er war ein marxistischer Wanderpoet und ein Amateurrevolutionär.»

«Sie müssen eine interessante Kindheit gehabt haben.»

Cordelia dachte an die Reihe von Pflegemüttern, die unerklärten, unverständlichen Umzüge von Haus zu Haus, die Schulwechsel, die besorgten Gesichter von Beamten der örtlichen Wohlfahrtsbehörden und Schullehrern, die sich verzweifelt fragten, was sie in den Ferien mit ihr anfangen sollten, und sie antwortete, wie sie es immer auf diese Behauptung tat, ernst und ohne Ironie.

«Ja, es war sehr interessant.»

«Und wie war die Ausbildung, die Sie von Mr. Pryde bekommen haben?»

«Bernie brachte mir ein paar Dinge bei, die er bei der Kriminalpolizei gelernt hatte: wie man einen Tatort ordnungsgemäß untersucht, wie man Beweisstücke sammelt, einige Grundzüge der Selbstverteidigung, wie man Fingerabdrücke entdeckt und aufnimmt – derartige Dinge.»

«Das sind Fähigkeiten, die Sie in diesem Fall kaum für geeignet halten werden, habe ich das Gefühl.»

Miss Leaming beugte ihren Kopf über ihre Papiere und sprach nicht wieder, bis der Zug Cambridge erreichte.

Vor dem Bahnhof sah sich Miss Leaming kurz auf dem Parkplatz um und ging auf einen kleinen schwarzen Lieferwagen zu. Daneben stand steif wie ein Chauffeur in Uniform ein stämmig gebauter junger Mann in einem weißen Hemd mit offenem Kragen, dunklen Reithosen und hohen Stiefeln, den Miss Leaming beiläufig und ohne Erklärung als Lunn vorstellte. Er erwiderte die Vorstellung mit einem knappen Nicken, lächelte aber nicht. Cordelia streckte ihre Hand aus. Sein Händedruck war knapp, aber auffallend kräftig und zerquetschte ihr fast die Finger, so daß sie vor Schmerz beinahe das Gesicht verzogen hätte; dabei sah sie etwas in den großen erdbraunen Augen aufflackern, und sie fragte sich, ob er ihr absichtlich weh getan hatte. Die Augen waren gewiß merkwürdig und schön, feuchte Kälberaugen unter dichten Wimpern mit einem Blick angstvollen Schmerzes über die Unvorhersehbarkeit der Schrecken der Welt. Aber ihre Schönheit unterstrich eher, wie wenig anziehend seine ganze Erscheinung war, als daß sie es vergessen ließ. Er war, dachte sie, eine finstere Schwarzweißstudie mit seinem dicken, kurzen Hals und den kräftigen Schultern, die die Nähte seines Hemdes spannten. Er hatte einen Helm aus kräftigem schwarzem Haar, ein schwammiges, ein wenig pockennarbiges Gesicht und einen feuchten, launischen Mund, das Gesicht eines ordinären Engels. Er war ein Mann, der stark zum Schwitzen neigte; sein Hemd war unter den Armen fleckig, und der Baumwollstoff klebte auf dem Körper und betonte die starke Rückenlinie und die aufdringlichen Muskelpakete.

Cordelia sah, daß alle drei zusammengepfercht vorne im Lieferwagen sitzen müßten. Lunn hielt die Tür auf und erklärte als einzige Entschuldigung:

«Der Rover ist immer noch in der Werkstatt.»

Miss Leaming zögerte, so daß Cordelia gezwungen war, zuerst einzusteigen und sich neben ihn zu setzen. Sie dachte: Sie können sich nicht leiden, und ich bin ihm lästig.

Sie überlegte, welchen Platz er in Sir Ronald Callenders Haushalt haben mochte. Miss Leamings Stellung hatte sie bereits erraten; keine gewöhnliche Sekretärin, sei sie noch so lange im Dienst, noch so unentbehrlich, hatte dieses ausgesprochen selbstbewußte Auftreten oder sprach von «meinem Arbeitgeber» in diesem besitzergreifenden, ironischen Ton. Aber bei Lunn war sie sich nicht sicher. Er benahm sich nicht wie ein Untergebener, kam ihr aber auch nicht wie ein Wissenschaftler vor. Zugegeben, Naturwissenschaftler waren für sie exotische Geschöpfe. Schwester Mary Magdalen war die einzige, die sie gekannt hatte. Die Schwester hatte unterrichtet, was der Lehrplan als allgemeine Naturwissenschaft bezeichnet hatte, einen Mischmasch aus elementarer Physik, Chemie und Biologie, die unfeierlich in einen Topf geworfen wurden. Naturwissenschaftliche Fächer wurden im allgemeinen wenig geachtet im Kloster zur Unbefleckten Empfängnis, während der Unterricht in den Geisteswissenschaften gut war. Schwester Mary Magdalen war eine ältliche, schüchterne Nonne gewesen, mit verwunderten Augen hinter stahlumrandeten Brillengläsern und ungeschickten, ständig von Chemikalien fleckigen Händen, die offenbar über die seltsamen Explosionen und Dämpfe, die ihr Umgang mit Reagenzgläsern und Kolben gelegentlich erzeugte, genauso überrascht war wie ihre Schülerinnen. Sie war mehr daran interessiert, die Unbegreiflichkeit des Universums und die Unergründlichkeit Gottes zu beweisen als wissenschaftliche Prinzipien aufzudecken, und hierin hatte sie zweifellos Erfolg gehabt. Cordelia fühlte, daß Schwester Mary Magdalen ihr im Umgang mit Sir Ronald Callender keine Hilfe sein würde – Sir

Ronald, der für die Sache des Naturschutzes geworben hatte, lange bevor sein Interesse eine allgemein populäre Idee geworden war, der sein Land auf internationalen ökologischen Kongressen vertreten hatte und für seine Leistungen auf dem Gebiet des Naturschutzes geadelt worden war. Das alles wußte Cordelia, wie alle im Lande, durch seine Fernsehauftritte und die bunten Sonntagsbeilagen. Er war der anerkannte Wissenschaftler, der politisch sorgsam auf Ungebundenheit bedacht war und zu jedermanns Beruhigung den armen Jungen personifizierte, der es zu etwas gebracht hatte und dabei gut geblieben war. Wie, fragte sich Cordelia, war er auf den Gedanken gekommen, Bernie Pryde anzustellen?

Nicht sicher, wie weit Lunn das Vertrauen seines Arbeitgebers oder Miss Leamings hatte, fragte sie vorsichtig:

«Wie kam Sir Ronald auf Bernie?»

«John Bellinger hat es ihm gesagt.»

Also war der Bellinger-Bonus doch noch eingetroffen! Bernie hatte immer damit gerechnet. Der Fall Bellinger war sein einträglichster, vielleicht sein einziger Erfolg gewesen. John Bellinger war der Direktor eines kleinen Familienunternehmens, das hochentwikkelte wissenschaftliche Apparate herstellte. Im vorigen Jahr war sein Büro von einer Flut obszöner Briefe belästigt worden, und da er ungern die Polizei zuziehen wollte, hatte er Bernie angerufen. Bernie, auf eigenen Vorschlag als Bote eingestellt, hatte das nicht sehr schwierige Problem schnell gelöst. Der Schreiber war Bellingers hochgeschätzte persönliche Sekretärin gewesen. Bellinger hatte sich dankbar gezeigt. Bernie hatte nach banger Erwägung und Beratung mit Cordelia eine Rechnung geschickt, deren Höhe beide mit Schrecken erfüllte, aber die Rechnung war umgehend bezahlt worden. Sie hatte das Büro einen Monat lang über Wasser gehalten. Bernie hatte gesagt: «Der Fall Bellinger verschafft uns einen Bonus, warte nur ab. Alles ist möglich in diesem Beruf. Er hat sich zufällig für uns entschieden, indem er unseren Namen im Telefonbuch herausgegriffen hat, aber jetzt wird er uns seinen Freunden empfehlen. Dieser Fall könnte der Anfang von etwas Großem werden.» Und jetzt, dachte Cordelia, am Tag von Bernies Begräbnis, war der Bonus eingetroffen.

Sie stellte keine weiteren Fragen, und die Fahrt, die weniger als dreißig Minuten dauerte, ging schweigsam vorbei. Die drei saßen Schenkel an Schenkel und dennoch auf Abstand. Sie sah nichts von der Stadt. Am Ende der Station Road am Kriegerdenkmal bog das

Auto links ab, und sie waren bald auf dem Land. Dann kamen ausgedehnte Felder mit jungem Getreide, ab und zu ein Streifen gesprenkelten Schattens von den Alleebäumen, verstreut liegende Dörfer mit strohgedeckten Häusern und hingeduckte rote Landhäuser an der Straße aufgereiht, niedrige Erhebungen, von denen Cordelia die Türme und Spitzen der Stadt sehen konnte, die trügerisch nahe in der Abendsonne aufleuchteten. Zuletzt dann noch ein Dorf, eine lichte Reihe von Ulmen, die die Straße säumte, eine lange, geschwungene Ziegelmauer, und der Lieferwagen bog durch ein offenes schmiedeeisernes Tor ein. Sie waren am Ziel.

Das Haus war offensichtlich georgianisch, vielleicht nicht im besten Stil dieser Zeit, aber gediegen gebaut, gefällig in den Proportionen und schien, wie bei aller guten einheimischen Architektur, natürlich aus seiner Umgebung herausgewachsen zu sein. Der weiche Stein, von Glyziniengirlanden geschmückt, schimmerte satt in der tiefstehenden Sonne, so daß das Grün der Kletterpflanze leuchtete und das ganze Haus plötzlich so künstlich und unwirklich wie eine Filmszenerie aussah. Es war eigentlich ein Haus für eine Familie, ein einladendes Haus. Aber jetzt lag eine drückende Stille über ihm, und die Reihen der schön geformten Fenster waren leere Augen.

Lunn, der schnell, aber geschickt gefahren war, bremste vor dem Portal. Er blieb auf seinem Sitz, während die beiden Frauen ausstiegen, dann fuhr er den Wagen um die Hausecke. Als sie von dem hohen Sitz rutschte, konnte Cordelia flüchtig eine Reihe von niedrigen Gebäuden sehen, alle von kleinen schmückenden Türmchen gekrönt, die sie für Ställe oder Garagen hielt. Durch den breiten Bogen der Einfahrt konnte sie erkennen, daß das Gelände sich allmählich in der Ferne verlor und einen weiten Ausblick auf die flache Landschaft von Cambridgeshire bot, gemustert mit den zarten Grün- und hellen Brauntönen des frühen Sommers. Miss Leaming sagte:

«Der Stalltrakt ist zum Laboratorium umgebaut worden. Fast die ganze Ostseite ist jetzt aus Glas. Es ist eine tüchtige Arbeit von einem schwedischen Architekten, funktionell, aber reizvoll.»

Zum erstenmal, seit sie sich begegnet waren, klang ihre Stimme interessiert, fast begeistert.

Die Eingangstür stand offen. Cordelia kam in eine geräumige getäfelte Halle mit einer Wendeltreppe links und einem gemauerten Kamin rechts. Sie nahm einen Duft von Rosen und Lavendel wahr, Teppiche, die sich in kräftigen Farben von dem gebohnerten Holz abhoben, das gedämpfte Ticken einer Uhr.

Miss Leaming ging durch die Halle voraus zu der Tür direkt gegenüber. Sie führte in ein Arbeitszimmer, einen geschmackvollen Raum mit Bücherschränken ringsum und einem Blick auf ausgedehnte Rasenflächen und einen Schirm aus Bäumen. Vor den Glastüren stand ein King George-Schreibtisch, und dahinter saß ein Mann.

Cordelia hatte Fotos von ihm in der Zeitung gesehen und wußte, was sie erwartete. Aber er war kleiner und zugleich beeindruckender, als sie sich vorgestellt hatte. Sie wußte, daß sie vor einem angesehenen und hochintelligenten Mann stand; sie fühlte seine Stärke wie eine physische Kraft. Aber als er sich von seinem Platz erhob und ihr mit einer Handbewegung einen Stuhl anbot, sah sie, daß er schlanker war, als die Fotos vermuten ließen, und die starken Schultern und der eindrucksvolle Kopf ließen ihn gedrungen erscheinen. Er hatte ein zerfurchtes, sensibles Gesicht mit einer hoch ansetzenden Nase, tiefliegenden Augen, auf denen schwere Lider lagen, und einem lebhaften, scharfgeschnittenen Mund. Sein schwarzes Haar, noch ohne graue Strähnen, lag voll über der Stirn. Sein Gesicht war von Müdigkeit überschattet, und als Cordelia näher kam, konnte sie das Zucken eines Nervs an seiner linken Schläfe und die fast unmerkliche Färbung der Äderchen in der Iris der tiefliegenden Augen sehen. Sein gedrungener Körper, gespannt vor Energie und verborgener Vitalität, machte kein Zugeständnis an die Müdigkeit. Der arrogante Kopf war hoch erhoben, die Augen waren scharf und wachsam unter den schweren Lidern. Vor allen Dingen sah er erfolgreich aus. Cordelia hatte diesen Ausdruck schon früher gesehen, hatte ihn von den hintersten Reihen von Menschenansammlungen aus erkannt, wenn sie, aus rätselhaften Gründen, die berühmten und allbekannten Männer betrachteten, die an ihnen vorbeizogen – diese fast körperliche, der Sexualität verwandte und nicht von Müdigkeit oder Kränklichkeit eingeschränkte Glut von Männern, die die Wirklichkeit der Macht kannten und genossen.

Miss Leaming sagte:

«Das ist alles, was von Prydes Detektivbüro übrig ist – Miss Cordelia Gray.»

Die scharfen Augen fixierten Cordelia.

«Wir bürgen für Qualität. Wirklich?»

Cordelia war nach der Fahrt am Ende eines folgenschweren Tages müde und nicht zu Scherzen über Bernies rührenden Spruch aufgelegt. Sie sagte:

«Sir Ronald, ich bin hierhergekommen, weil Ihre Sekretärin sagte, Sie möchten mich vielleicht beschäftigen. Wenn sie sich geirrt hat, wüßte ich das gern, damit ich nach London zurückfahren kann.»

«Sie ist nicht meine Sekretärin, und sie irrt sich nicht. Sie müssen meine Unhöflichkeit entschuldigen; es ist ein wenig verwirrend, wenn man einen stämmigen Expolizisten erwartet und dann Sie vorgesetzt bekommt. Ich beklage mich nicht, Miss Gray; Sie sind vielleicht sehr gut dafür geeignet. Wie ist Ihr Honorar?»

Die Frage hätte beleidigend klingen können, aber sie war es nicht; er war völlig sachlich. Cordelia sagte es ihm, ein wenig zu schnell, ein wenig zu eifrig.

«Fünf Pfund am Tag und die Unkosten, aber wir versuchen, sie so niedrig wie möglich zu halten. Dafür bekommen Sie natürlich meine ausschließlichen Dienste. Ich meine, ich arbeite für keinen anderen Klienten, bis Ihr Fall zu Ende geführt ist.»

«Und gibt es einen anderen Klienten?»

«Na ja, zur Zeit gerade nicht, aber es wäre sehr gut möglich.» Sie fuhr schnell fort:

«Wir haben eine Fairplay-Klausel. Wenn ich in irgendeinem Stadium der Untersuchung beschließe, daß ich sie lieber nicht fortführen möchte, haben Sie ein Recht auf sämtliche Erkenntnisse, die ich bis zu diesem Zeitpunkt gewonnen habe. Wenn ich beschließe, Ihnen diese vorzuenthalten, dann berechne ich die bereits getane Arbeit nicht.»

Das war eines von Bernies Prinzipien. In Prinzipien war er groß gewesen. Selbst wenn sie eine Woche lang keinen Fall hatten, konnte er zufrieden darüber diskutieren, bis zu welchem Grade sie berechtigt waren, einem Klienten weniger als die volle Wahrheit zu sagen, über den Punkt, an dem die Polizei in eine Untersuchung eingeschaltet werden sollte, über die Moral der Täuschung oder Lüge im Dienst der Wahrheit. «Aber keine Wanzen», sagte Bernie dann. «Ich bin strikt gegen Wanzen. Und wir lassen die Finger von Industriesabotage.»

Die Versuchung war ohnehin nicht groß. Sie hatten weder Abhörgeräte, noch hätten sie gewußt, wie man sie anwendet, wenn sie welche gehabt hätten, und niemals war Bernie aufgefordert worden, sich mit Industriesabotage zu befassen.

Sir Ronald sagte:

«Das klingt vernünftig, aber ich glaube nicht, daß dieser Fall Ihnen eine Gewissenskrise bescheren wird. Er ist relativ einfach. Vor achtzehn Tagen erhängte sich mein Sohn. Ich möchte, daß Sie herausbekommen, warum. Können Sie das?»

«Ich würde es gern versuchen, Sir Ronald.»

«Mir ist klar, daß Sie gewisse Auskünfte über Mark benötigen. Miss Leaming wird sie für Sie aufschreiben, dann können Sie sich das durchlesen und uns sagen, was Sie sonst noch brauchen.»

Cordelia sagte:

«Ich wäre froh, wenn Sie es mir selbst erzählen würden, bitte.»

«Ist das notwendig?»

«Es würde mir helfen.»

Er setzte sich wieder auf seinen Stuhl, nahm einen Bleistiftstummel auf und drehte ihn in den Händen. Nach einer Weile ließ er ihn geistesabwesend in seine Tasche gleiten. Ohne sie anzusehen, begann er zu reden.

«Mein Sohn Mark wurde am 25. April dieses Jahres einundzwanzig. Er studierte Geschichte an meinem alten College in Cambridge und war im letzten Jahr. Vor fünf Wochen verließ er ohne Vorwarnung die Universität und nahm eine Arbeit als Gärtner bei einem Major Markland an, der in einem Haus namens Summertrees außerhalb von Duxford lebt. Mark gab mir keine Erklärung für dieses Benehmen, weder damals noch später. Er wohnte allein in einem Gartenhaus auf Major Marklands Besitz. Achtzehn Tage später wurde er von der Schwester seines Arbeitgebers gefunden; er hing mit dem Hals in einem Riemen, der an einen Haken an der Decke seines Wohnzimmers geknüpft war. Das Urteil der gerichtlichen Voruntersuchung lautete, daß er sich in einem Zustand geistiger Verwirrung das Leben nahm. Ich weiß wenig vom Geisteszustand meines Sohnes, aber ich lehne diese bequeme Beschönigung ab. Er war ein vernünftiger Mensch. Er hatte einen Grund für seine Tat. Ich möchte wissen, was für einen.»

Miss Leaming, die durch die Glastür in den Garten geblickt hatte, drehte sich um und sagte mit überraschender Heftigkeit:

«Immer diese Sucht, wissen zu wollen! Es ist nichts als Neugier. Wenn er gewollt hätte, daß wir es wissen, hätte er es uns gesagt.»

Sir Ronald sagte:

«Ich bin nicht gewillt, mit dieser Ungewißheit weiterzuleben. Mein Sohn ist tot. *Mein* Sohn. Falls ich irgendwie dafür verantwortlich bin, ist es mir lieber, es zu wissen. Falls irgendein anderer dafür verantwortlich ist, möchte ich es ebenfalls wissen.»

Cordelia sah vom einen zum anderen. Sie fragte:

«Hat er eine Nachricht hinterlassen?»

«Er hat eine Nachricht hinterlassen, aber keine Erklärung. Man hat sie in seiner Schreibmaschine gefunden.»

Leise begann Miss Leaming zu sprechen:

«Durch die gewundene Höhle ertasteten wir unseren mühseligen Weg nach unten, bis sich eine Leere, grenzenlos wie der niedere Himmel, unter uns auftat, und wir hielten uns an den Baumwurzeln fest und hingen über dieser Unendlichkeit; aber ich sagte: Wenn du möchtest, wollen wir uns dieser Leere anvertrauen und sehen, ob die Vorsehung auch hier weilt.»

Die heisere, eigenartig tiefe Stimme verstummte. Sie schwiegen. Dann sagte Sir Ronald: «Sie behaupten, Detektiv zu sein, Miss Gray. Was folgern Sie daraus?»

«Daß Ihr Sohn William Blake las. Ist das nicht eine Stelle aus ‹*Die Hochzeit von Himmel und Hölle*›?»

Sir Ronald und Miss Leaming tauschten einen Blick. Sir Ronald sagte:

«Das hat man mir gesagt.»

Cordelia dachte, Blakes leise, uneindringliche Ermunterung, frei von Leidenschaft oder Verzweiflung, passe eigentlich eher zu einem Selbstmord durch Ertränken oder Gift – ein feierliches Treiben oder Sinken in die Vergessenheit – als zu dem Schock des Erhängens. Und doch war das Fallen, das Sichhineinwerfen in die Leere etwas Ähnliches. Aber diese Betrachtung war müßige Phantasie. Er hatte Blake gewählt; er hatte Erhängen gewählt. Vielleicht waren andere und sanftere Mittel nicht zur Hand gewesen; vielleicht hatte er impulsiv gehandelt. Was sagte doch der Kriminalrat immer? «Stelle nie Theorien auf, bevor du die Fakten hast.» Sie würde sich das Gartenhaus ansehen müssen.

Sir Ronald sagte mit einem Anflug von Ungeduld:

«Wie sieht es aus? Wollen Sie den Auftrag nicht?»

Cordelia schaute Miss Leaming an, aber die Frau erwiderte ihren Blick nicht.

«Ich möchte ihn sehr gern. Ich weiß nur nicht, ob Sie wirklich wollen, daß ich ihn annehme.»

«Ich biete ihn Ihnen an. Machen Sie sich über Ihre eigene Verantwortung Gedanken, Miss Gray, und ich kümmere mich um meine.»

Cordelia sagte:

«Gibt es sonst noch etwas, was Sie mir erzählen könnten? Die alltäglichen Dinge. War Ihr Sohn bei guter Gesundheit? Schien er sich um seine Arbeit oder seine Liebesgeschichten Sorgen zu machen? Oder um Geld?»

«Mark hätte ein beträchtliches Vermögen von seinem Großvater mütterlicherseits geerbt, wenn er das Alter von fünfundzwanzig Jahren erreicht hätte. In der Zwischenzeit bekam er ein angemessenes Taschengeld von mir, aber an dem Tag, an dem er das College verließ, überwies er sein Guthaben auf mein Konto zurück und beauftragte seinen Bankdirektor, mit allen künftigen Zahlungen ähnlich zu verfahren. Vermutlich lebte er in den letzten zwei Wochen seines Lebens von seinem Lohn. Die Obduktion deckte keine Krankheiten auf, und sein Tutor erklärte, daß seine Arbeit an der Universität zufriedenstellend war. Ich verstehe natürlich nichts von seinem Fach. Er vertraute mir nichts über seine Liebesgeschichten an – welcher junge Mann tut das gegenüber seinem Vater? Falls er welche hatte, nehme ich an, daß es heterosexuelle waren.»

Miss Leaming, die den Garten betrachtet hatte, wandte sich um. Sie streckte ihre Hände mit einer Geste von sich, die Resignation oder Verzweiflung ausdrücken konnte:

«Wir wußten nichts von ihm, nichts! Warum also warten, bis er tot ist, und dann anfangen nachzuforschen?»

«Und seine Freunde?» fragte Cordelia ruhig.

«Sie kamen selten zu Besuch, aber es gab zwei, die ich bei der gerichtlichen Voruntersuchung und dem Begräbnis wiedererkannte: Hugo Tilling aus seinem eigenen College und dessen Schwester, die am New Hall ist und in Philologie promoviert. Erinnerst du dich an ihren Namen, Eliza?»

«Sophie. Sophie Tilling. Mark brachte sie ein- oder zweimal zum Abendessen mit.»

«Könnten Sie mir etwas über die Kinderjahre Ihres Sohnes erzählen? Wo ging er zur Schule?»

«Er kam in eine Vorschule, als er fünf war, und anschließend in eine Internatsvolksschule. Ich konnte hier kein Kind brauchen, das unbeaufsichtigt im Labor herumrannte. Später ging er auf Wunsch seiner Mutter – sie starb, als er neun Monate alt war – in eine Woodard-Stiftung. Meine Frau war, was man, glaube ich, streng anglikanisch nennt, und wollte, daß der Junge in dieser Tradition erzogen würde. Soviel ich weiß, hatte es keinen verderblichen Einfluß auf ihn.»

«War er glücklich im Internat?»

«Ich nehme an, er war so glücklich wie die meisten Achtjährigen, was bedeutet, daß er sich die meiste Zeit elend fühlte und dazwischen Perioden erlebte, in denen sich die Lebensgeister regten. Ist das alles denn wichtig?»

«Alles kann wichtig sein. Wissen Sie, ich muß versuchen, ihn kennenzulernen.»

Was hatte doch der überlegene, weise, übermenschliche Kriminalrat gelehrt? «Lerne die tote Person kennen. Nichts über sie ist zu banal, zu unwichtig. Tote Menschen können sprechen. Sie können direkt zu ihrem Mörder führen.» Nur gab es diesmal natürlich keinen Mörder. Sie sagte:

«Es wäre mir eine Hilfe, wenn Miss Leaming die Auskünfte, die Sie mir gegeben haben, auf der Maschine schreiben und die Namen seines Colleges und seines Tutors hinzufügen könnte. Und dürfte ich bitte ein paar Zeilen mit Ihrer Unterschrift haben, die mich ermächtigen, Nachforschungen anzustellen?»

Er langte nach unten in eine Schublade links in seinem Schreibtisch, nahm ein Blatt Papier heraus und schrieb etwas darauf. Dann reichte er es Cordelia. Der gedruckte Kopf lautete: Sir Ronald Callender, F. R. C., Garforth House, Cambridgeshire. Darunter hatte er geschrieben:

Die Überbringerin, Miss Cordelia Gray, ist berechtigt, in meinem Namen Nachforschungen über den Tod meines Sohnes Mark Callender am 26. Mai anzustellen. Darunter hatte er Unterschrift und Datum gesetzt. Er fragte:

«Gibt es sonst noch etwas?»

Cordelia sagte: «Sie sprachen von der Möglichkeit, daß irgendein anderer für den Tod Ihres Sohnes verantwortlich sein könnte. Haben Sie etwas an dem Urteilsspruch auszusetzen?»

«Das Urteil stimmte mit dem Beweismaterial überein, und mehr kann man von einem Urteil nicht erwarten. Ein Gericht ist nicht dazu geeignet, die Wahrheit festzustellen. Ich beschäftige Sie, damit Sie diesen Versuch unternehmen. Haben Sie alles, was Sie brauchen? Ich glaube nicht, daß wir Ihnen noch mit weiteren Auskünften helfen können.»

«Ich hätte gern ein Foto.» Sie sahen sich verblüfft an. Er sagte zu Miss Leaming:

«Ein Foto. Haben wir ein Foto, Eliza?»

«Irgendwo liegt sein Paß, aber ich weiß nicht genau wo. Ich habe noch dieses Bild, das ich letzten Sommer im Garten von ihm aufgenommen habe. Es zeigt ihn ziemlich deutlich, glaube ich. Ich gehe es holen.» Sie ging aus dem Zimmer. Cordelia sagte:

«Und dann würde ich gern sein Zimmer sehen, wenn ich darf. Ich nehme an, daß er seine Ferien hier verbrachte?»

«Nur manchmal, aber natürlich hatte er hier ein Zimmer. Ich zeige es Ihnen.»

Das Zimmer lag im zweiten Stock auf der Rückseite. Sobald er drinnen war, nahm Sir Ronald keine Notiz mehr von Cordelia. Er ging zum Fenster hinüber und starrte hinaus über den Rasen, als ob weder das Zimmer noch sie ihn interessierten. Es sagte Cordelia nichts über den erwachsenen Mark. Es war einfach möbliert, das Heiligtum eines Schuljungen, und sah aus, als sei in den letzten zehn Jahren kaum etwas verändert worden. An der einen Wand stand ein niedriger weißer Schrank mit der üblichen Reihe beiseite gelegter Kinderspielsachen; ein Teddybär mit abgenutztem Fell vom vielen Ansichdrücken und einem heraushängenden Perlenauge; bemalte Holzeisenbahnen und -lastwagen; eine Arche Noah, auf deren Dach steifbeinige Tiere kunterbunt durcheinanderlagen, darüber ein rundgesichtiger Noah mit seiner Frau; ein Schiff mit schlaffen, traurigen Segeln; eine Minizielscheibe für ein Pfeilspiel. Über den Spielsachen waren zwei Reihen Bücher. Cordelia ging hinüber, um sie genauer anzusehen. Es war die herkömmliche Bibliothek eines Kindes aus bürgerlichem Haus, die bewährten Klassiker, von Generation zu Generation weitergegeben, das übliche Erzählgut von Mutter und Kindermädchen. Cordelia war erst spät als Erwachsene zu diesen Dingen gekommen; sie hatten in ihrer von den wöchentlichen Comics und vom Fernsehen beherrschten Kindheit keinen Platz gehabt. Sie sagte:

«Und seine jetzigen Bücher?»

«Sie liegen in Kartons im Keller. Er schickte sie zur Aufbewahrung her, als er das College verließ, und wir haben noch keine Zeit gehabt, sie auszupacken. Es hat wohl kaum viel Sinn.»

Neben dem Bett stand ein kleiner runder Tisch mit einer Lampe darauf und einem glänzenden, runden Stein, vom Meer vielfach durchlöchert, ein Schatz, vielleicht an irgendeinem Ferienstrand aufgelesen. Sir Ronald berührte ihn leicht mit langen, zaghaften Fingern, dann begann er, ihn unter seiner Handfläche über die Tischplatte zu rollen. Schließlich ließ er ihn, offenbar gedankenlos, in seine Tasche fallen. «So», sagte er, «wollen wir jetzt nach unten gehen?»

Sie wurden unten an der Treppe von Miss Leaming empfangen. Sie sah zu ihnen auf, als sie langsam nebeneinander die Treppe herunterkamen. In ihrem Blick lag eine solche gezügelte Kraft, daß Cordelia fast ängstlich darauf wartete, was sie sagen würde. Aber sie wandte sich ab, ließ die Schultern wie in plötzlicher Erschöpfung hängen, und alles, was sie sagte, war: «Ich habe das Foto gefunden. Ich hätte es gern zurück, wenn Sie mit allem fertig sind. Ich habe es zu dem Brief in den Umschlag gesteckt. Der nächste Schnellzug nach London zurück geht erst um 21 Uhr 37. Hätten Sie vielleicht Lust, zum Abendessen zu bleiben?»

Die folgende Abendgesellschaft war ein interessantes, aber ziemlich seltsames Erlebnis, das Essen selbst eine Mischung aus Förmlichkeit und Zwanglosigkeit, die nach Cordelias Gefühl eher das Ergebnis bewußter Bemühung waren als Zufall. Eine bestimmte Wirkung, spürte sie, war beabsichtigt, ob es aber der Eindruck einer ganz in ihrer Aufgabe aufgehenden Gruppe von Mitarbeitern war, die am Ende eines Tages zu einem Gemeinschaftsessen zusammenkamen, oder die rituelle Auferlegung von Ordnung und Förmlichkeit auf eine ungleiche Gesellschaft, konnte sie nicht entscheiden. Die Gesellschaft bestand aus zehn Personen: Sir Ronald Callender, Miss Leaming, Chris Lunn, einem amerikanischen Professor auf Besuch, dessen unaussprechlichen Namen sie vergaß, sobald Sir Ronald sie vorgestellt hatte, und fünf jungen Wissenschaftlern. Alle Männer, einschließlich Lunn, hatten Smokings an, und Miss Leaming trug einen langen Rock aus Satin-Patchwork unter einem schlichten ärmellosen Oberteil. Die kräftigen Blau-, Grün- und Rottöne leuchteten und veränderten sich im Kerzenlicht, wenn sie sich bewegte, und unterstrichen das matte Weiß ihres Haars und den fast farblosen Teint. Cordelia war ziemlich in Verlegenheit gewesen, als ihre Gastgeberin sie im Wohnzimmer gelassen hatte und nach oben gegangen war, um sich umzuziehen. Da sie in einem Alter war, das Eleganz höher als Jugend einschätzte, wünschte sie, sie hätte etwas, das besser mithalten könnte als der hellbraune Rock und die grüne Bluse.

Sie war in Miss Leamings Schlafzimmer geführt worden, um sich frisch zu machen, und war von der Eleganz und Schlichtheit der Einrichtung und dem davon abstechenden Komfort des anstoßenden Badezimmers beeindruckt gewesen. Als sie ihr abgespanntes Gesicht im Spiegel betrachtete und etwas Lippenstift auftrug, wünschte sie, einen Lidschatten dabeizuhaben. Impulsiv und mit Schuldgefühl zog sie eine Schublade im Toilettentisch heraus. Sie war angefüllt mit einem ganzen Sortiment von Kosmetikartikeln: alte Lippenstifte in Farben, die längst aus der Mode waren, halb aufgebrauchte Flaschen mit Tagescreme, Augenbrauenstifte, Feuchtigkeitscremes, halbvolle Parfumflaschen. Sie hatte die Schublade durchstöbert und schließlich einen Lidstift gefunden, und angesichts des verschwenderischen Durcheinanders von ausrangierten Artikeln in der Schublade hatte sie wenig Gewissensbisse verspürt, ihn zu benutzen. Das Ergebnis war bizarr, aber eindrucksvoll. Sie konnte nicht mit Miss Leaming wetteifern, aber zumindest sah sie fünf Jahre älter aus. Die Unordnung in der Schublade hatte sie überrascht, und sie hatte gegen die Versuchung ankämpfen müssen nachzusehen, ob der Kleiderschrank und die anderen Schubladen in einem ähnlich unordentlichen Zustand waren. Wie widersprüchlich und wie interessant doch die Menschen waren! Sie fand es erstaunlich, daß eine so penible und tüchtige Frau mit einem solchen Durcheinander leben konnte.

Das Speisezimmer lag auf der Vorderseite des Hauses. Miss Leaming setzte Cordelia zwischen sich und Lunn, eine Sitzordnung, die wenig Aussicht auf angenehme Unterhaltung bot. Die anderen in der Gesellschaft nahmen Platz, wo sie wollten. Der Kontrast zwischen Einfachheit und Eleganz zeigte sich in der Art, wie der Tisch gedeckt war. Es gab kein Lampenlicht, statt dessen standen drei silberne Armleuchter in gleichen Abständen auf dem Tisch. Dazwischen waren vier Weinkaraffen aus dickem grünem Glas mit gewölbtem Rand, wie Cordelia sie oft in billigen italienischen Restaurants gesehen hatte, verteilt. Die Platzdecken waren aus gewöhnlichem Kork, die Gabeln und Löffel dagegen aus altem Silber. Die Blumen standen in flachen Schalen, aber sie waren nicht geschickt zusammengestellt, sondern sahen aus wie Opfer eines Unwetters, das über den Garten gezogen war, Blüten, die im Wind abgeknickt waren und von denen jemand gedacht hatte, es sei nett, sie in Wasser zu stellen.

Die jungen Männer wirkten fehl am Platz in ihren Smokings, zwar nicht befangen, da sie sich jener Selbstschätzung, wie sie den Klugen und Erfolgreichen eigen ist, erfreuten, aber als hätten sie die Anzüge in einem Gebrauchtwarenladen oder bei einem Maskenkostümverleiher aufgelesen und träten als Figuren einer Scharade auf. Cordelia wunderte sich über ihre Jugend; sie schätzte, daß nur einer über dreißig war. Drei waren unordentliche, hastig redende, nervöse junge Männer, mit lauten, eindringlichen Stimmen, die nach der ersten Vorstellung keine weitere Notiz von Cordelia nahmen. Die beiden anderen waren stiller, und einer, ein großer schwarzhaariger junger Mann mit ausgeprägten ungleichmäßigen Zügen, lächelte ihr über den Tisch zu und sah aus, als würde er gern näher bei ihr sitzen und sich unterhalten.

Das Essen wurde von einem italienischen Diener und seiner Frau aufgetragen, die warmen Gerichte auf Wärmeplatten auf einen Beistelltisch gestellt. Die Auswahl war groß, und der Geruch wirkte auf Cordelia, die bis jetzt nicht gemerkt hatte, wie hungrig sie war, fast unerträglich appetitanregend. Es gab eine hoch mit glänzendem Reis beladene Platte, eine große Kasserolle mit Kalbfleisch in einer kräftigen Pilzsauce, eine Schüssel mit Spinat. Daneben gab es ein kaltes Büfett mit einem großen Schinken, einer Rinderlende und einer verlockenden Auswahl von Salaten und Obst. Die Gäste bedienten sich selbst und trugen ihre Teller mit einer beliebigen Zusammenstellung von warmen oder kalten Speisen, je nach Geschmack, an den Tisch. Die jungen Wissenschaftler luden ihre Teller voll, und Cordelia folgte ihrem Beispiel.

Sie interessierte sich kaum für die Unterhaltung und stellte nur fest, daß sie sich vorwiegend um Wissenschaftliches drehte und daß Lunn, obgleich er weniger redete als die anderen, als Gleichberechtigter mit ihnen sprach. Sie hatte sich vorgestellt, er müßte in seinem ziemlich engen Smoking lächerlich aussehen, aber erstaunlicherweise schien er sich am wohlsten zu fühlen, die zweitstärkste Persönlichkeit im Zimmer. Cordelia versuchte zu analysieren, warum das so war, mußte sich aber geschlagen geben. Er aß langsam, widmete der Anordnung der Speisen auf seinem Teller übertriebene Aufmerksamkeit und lächelte von Zeit zu Zeit heimlich in seinen Wein.

Am anderen Ende des Tisches schälte Sir Ronald einen Apfel und unterhielt sich mit zur Seite geneigtem Kopf mit seinem Gast. Die grüne Schale glitt dünn über seine langen Finger und ringelte sich auf seinen Teller hinunter. Cordelia warf einen Blick auf Miss Leaming. Sie starrte Sir Ronald mit einem solch beharrlichen und forschenden Interesse an, daß Cordelia das ungute Gefühl hatte, jedes anwesende Auge müsse unwiderstehlich auf diese bleiche hochmütige Maske gezogen werden. Dann schien Miss Leaming sich ihres Blickes bewußt zu werden. Sie entspannte sich und wandte sich an Cordelia.

«Als wir zusammen hierhergefahren sind, haben Sie Hardy gelesen. Gefällt er Ihnen?»

«Sehr. Aber Jane Austen lese ich noch lieber.»

«Dann müssen Sie zusehen, daß Sie eine Gelegenheit finden, das Fitzwilliam-Museum in Cambridge zu besuchen. Sie haben dort einen Originalbrief von Jane Austen. Ich denke, das wird Sie interessieren.»

Sie sprach mit der beherrschten künstlichen Fröhlichkeit einer Gastgeberin, die versucht, für einen schwierigen Gast ein interessantes Thema zu finden. Cordelia, den Mund voll mit Kalbfleisch und Pilzen, fragte sich, wie sie dieses Essen überstehen sollte. Zum Glück hatte jedoch der amerikanische Professor das Wort «Fitzwilliam» aufgeschnappt und rief jetzt über den Tisch, um sich nach der Majolikasammlung des Museums, für die er sich offenbar besonders interessierte, zu erkundigen. Das Gespräch wandte sich allgemeinen Themen zu.

Miss Leaming fuhr Cordelia zum Bahnhof, diesmal nach Audley End anstatt nach Cambridge, eine Änderung, für die kein Grund genannt wurde. Sie sprachen während der Fahrt nicht über den Fall. Cordelia war von Müdigkeit, Essen und Wein erschöpft und ließ sich bereitwillig führen und in den Zug setzen, ohne daß sie versuchte, weitere Auskünfte zu erhalten. Sie glaubte auch nicht ernsthaft, daß sie welche bekommen hätte. Als der Zug aus dem Bahnhof fuhr, rissen ihre müden Finger ungeschickt die Klappe des festen Briefumschlags auf, den Miss Leaming ihr gegeben hatte, und sie zog den Brief heraus und las ihn. Er war fachmännisch getippt und angeordnet, teilte ihr aber wenig mehr mit, als sie bereits erfahren hatte. Dabei lag das Foto. Sie sah das Bild eines lachenden Jungen, der seinen Kopf halb der Kamera zuwandte und mit einer Hand seine Augen vor der Sonne schützte. Er trug Jeans und eine Weste und lag aufgestützt auf dem Rasen, einen Stapel Bücher hinter sich im Gras. Vielleicht hatte er da unter den Bäumen gearbeitet, als sie mit der Kamera durch die Verandatür herausgekommen war und ihm gebieterisch zugerufen hatte zu lächeln. Das Foto sagte Cordelia nur, daß er, zumindest in der festgehaltenen Sekunde, gewußt hatte, wie man glücklich sein kann. Sie steckte es wieder in den Umschlag; ihre Hände schlossen sich schützend darüber. Cordelia schlief.

2. Kapitel

Am nächsten Morgen verließ Cordelia vor sieben Uhr die Cremona Road. Trotz ihrer Müdigkeit hatte sie noch in der letzten Nacht die wichtigsten Vorbereitungen getroffen, bevor sie zu Bett gegangen war. Sie hatte nicht lange dazu gebraucht. Wie Bernie es ihr beigebracht hatte, überprüfte sie systematisch die Tasche mit dem kriminalistischen Zubehör, eine überflüssige Routine, da sie nicht mehr angerührt worden war, seit Bernie sie ihr zur Feier ihrer Partnerschaft zum erstenmal vorgeführt hatte. Sie legte die Polaroidkamera bereit, sortierte die Straßenkarten aus dem Durcheinander im hintersten Winkel des Schreibtisches, schüttelte den Schlafsack aus und rollte ihn zusammen, füllte eine Tragetasche mit einer eisernen Ration aus Bernies Konservenvorrat an Suppen und Bohnen, überlegte, ob sie ihr Exemplar von Professor Simpsons Buch über Gerichtsmedizin und ihr eigenes tragbares Radio mitnehmen sollte, und entschied sich schließlich dafür, überprüfte ihr Erste-Hilfe-Köfferchen. Schließlich trieb sie ein neues Notizbuch auf, schrieb *Fall Mark Callender* darauf und zog auf den letzten Seiten Linien für die Aufstellung ihrer Auslagen. Diese Vorbereitungen waren immer der befriedigendste Teil eines Falles gewesen, bevor sich Langeweile oder Widerwille einstellten, bevor Hoffnung in Ernüchterung und Mißlingen zerbröckelte. Bernies Planung war immer peinlich genau und erfolgreich gewesen; die Realität war es, die ihn im Stich gelassen hatte.

Zuletzt dachte sie über die Kleiderfrage nach. Wenn dieses heiße Wetter anhielt, war ihr Wollkostüm, das sie nach langen, sorgfältigen Überlegungen von ihrem Ersparten gekauft hatte, um so gut wie jede Unterredung bestehen zu können, unangenehm warm, aber sie würde vielleicht den Leiter eines College sprechen müssen, und dann entsprach ein würdiges und standesgemäßes Auftreten, durch ein Kostüm am besten gewährleistet, genau der Wirkung, die es zu erzielen galt. Sie beschloß, in ihrem rehbraunen Wildlederrock und einem kurzärmeligen Pulli zu fahren und Jeans und wärmere Pullover für eventuelle Geländearbeit einzupacken. Cordelia hatte Spaß an Kleidern, hatte Spaß, sie sich auszudenken und zu kaufen, ein Vergnügen, das weniger von Geldmangel als von ihrem zwanghaften Bedürfnis, ihre ganze Garderobe wie ein ständig zur Flucht bereiter Flüchtling in einen einzigen mittelgroßen Koffer packen zu können, eingeschränkt war.

Sowie sie die ausgreifenden Arme des Londoner Nordens abgeschüttelt hatte, genoß Cordelia die Fahrt. Der Mini schnurrte dahin, und sie meinte, er sei noch nie so leicht gelaufen. Cordelia mochte die flache ostenglische Landschaft, die breiten Straßen der Marktstädte, die Felder, die, nicht von Hecken begrenzt, bis an den Straßenrand reichten, die Offenheit und Freiheit der fernen Horizonte und weiten Himmel. Das Land paßte zu ihrer Stimmung. Sie hatte um Bernie getrauert und würde wieder um ihn trauern, würde seine Kameradschaft und seine anspruchslose Zuneigung vermissen, aber dies war gewissermaßen ihr erster Fall, und sie war froh, daß sie ihn allein in Angriff nehmen konnte. Es war ein Fall, den sie für lösbar hielt. Weder erschreckte er sie, noch fand sie ihn abstoßend. So fuhr sie in glücklicher Erwartung durch die sonnenbeschienene Landschaft, den Kofferraum sorgfältig mit ihrem ganzen Gepäck beladen, und war von der Hochstimmung der Hoffnung erfüllt.

Als sie schließlich das Dorf Duxford erreichte, hatte sie zunächst Schwierigkeiten, Summertrees zu finden. Major Markland war offenbar ein Mann, der glaubte, seine Bedeutung rechtfertige es, den Straßennamen bei seiner Adresse wegzulassen. Aber die zweite Person, die sie fragte, war ein Mann aus dem Dorf, der ihr den Weg zeigen konnte und sich unendliche Mühe bei den einfachsten Richtungsangaben machte, als habe er Angst, eine nachlässige Antwort könnte unhöflich wirken. Cordelia mußte eine passende Stelle zum Wenden suchen und dann ein paar Meilen zurückfahren, denn sie war bereits an Summertrees vorbei.

Und das endlich mußte das Haus sein. Es war ein großes viktorianisches Gebäude aus rotem Backstein, ein gutes Stück zurückgesetzt, mit einem breiten Rasenstreifen zwischen dem offenen Holztor, das zu dem Fahrweg führte, und der Straße. Cordelia fragte sich, warum irgend jemand ein so abschreckend häßliches Haus hatte bauen wollen oder warum er, wenn er sich schon dazu entschlossen hatte, diese Vorstadtungeheuerlichkeit mitten aufs Land gesetzt hatte. Vielleicht war es an der Stelle eines früheren, schöneren Hauses gebaut worden. Sie fuhr den Mini auf das Gras, aber in einiger Entfernung vom Tor, und ging die Zufahrt hinauf. Der Garten paßte zum Haus; er war streng bis zur Künstlichkeit angeordnet, und fast zu gut gepflegt. Sogar die Steingartenpflanzen sprossen wie krankhafte Auswüchse in sorgfältig geplanten Abständen zwischen den Terrassenplatten hervor. Im Rasen gab es zwei rechteckige Beete, beide mit roten Rosensträuchern bepflanzt und mit abwechselnden Borten von Lobelien und Steinkraut umrandet. Sie sahen wie eine patriotische Schaustellung in einem öffentlichen Park aus. Cordelia vermißte nur noch den Fahnenmast.

Die Eingangstür war offen und gab den Blick in eine dunkle, braungestrichene Halle frei. Bevor Cordelia läuten konnte, kam eine ältere Frau, die einen Schubkarren voller Pflanzen vor sich herschob, um die Ecke des Hauses. Trotz der Hitze trug sie Stulpenstiefel, einen Pullover und einen langen Tweedrock und hatte ein Tuch um den Kopf gebunden. Als sie Cordelia sah, ließ sie die Griffe des Schubkarrens los und sagte:

«Oh, guten Morgen. Sie kommen wohl von der Kirche wegen dem Trödel?»

Cordelia sagte:

«Nein, nicht deswegen. Ich komme von Sir Ronald Callender. Es geht um seinen Sohn.»

«Dann kommen Sie wohl wegen seiner Sachen vorbei? Wir haben uns schon gefragt, wann Sir Ronald danach schicken würde. Sie sind noch im Gartenhaus. Wir sind, seit Mark gestorben ist, nicht mehr unten gewesen. Wir haben ihn Mark genannt, wissen Sie. Nun, er hat uns nie erzählt, wer er war, was ziemlich ungezogen von ihm war.»

«Es ist auch nicht wegen Marks Sachen. Ich möchte mich über Mark selbst unterhalten. Sir Ronald hat mich angestellt, damit ich versuche herauszubekommen, warum sein Sohn sich umbrachte. Mein Name ist Cordelia Gray.»

Diese Neuigkeit schien Mrs. Markland eher zu verblüffen als aufzuregen. Sie blinzelte Cordelia rasch mit ängstlichen, ziemlich einfältigen Augen an und griff krampfhaft nach den Schubkarrengriffen, als müsse sie sich stützen.

«Cordelia Gray? Dann sind wir uns noch nicht begegnet, oder? Ich glaube nicht, daß ich eine Cordelia Gray kenne. Vielleicht wäre es besser, wenn Sie ins Wohnzimmer kommen und mit meinem Mann und meiner Schwägerin sprechen.»

Sie ließ den Schubkarren stehen, wo er stand, mitten auf dem Weg, und ging ins Haus voran, wobei sie ihr Kopftuch abzog und fruchtlos an ihrem Haar herumrückte. Cordelia folgte ihr durch die dürftig möblierte, nach Bohnerwachs riechende Halle mit ihrem Durcheinander von Spazierstöcken, Schirmen und Regenmänteln, die den schweren Kleiderständer aus Eichenholz zierten, in ein Zimmer auf der Rückseite des Hauses.

Es war ein gräßliches Zimmer, mit unharmonischem Grundriß, ohne Bücher, nicht in schlechtem Geschmack, sondern in überhaupt keinem Geschmack möbliert. Ein ausladendes Sofa mit abstoßendem Muster und zwei Sessel umrahmten den Kamin, und ein schwerer Mahagonitisch mit reichem Schnitzwerk, auf seinem Piedestal schwankend, nahm die Mitte des Zimmers ein. Das war fast das ganze Mobiliar. Die einzigen Bilder waren gerahmte Gruppenfotos, blasse, längliche Gesichter, zu klein, um sie zu erkennen, in geraden, namenlosen Reihen vor der Kamera aufgebaut. Eines war ein Regimentsfoto; das andere zeigte ein Paar gekreuzte Ruder über zwei Reihen von stämmigen Jünglingen, die alle flache Schildmützen und gestreifte Blazer trugen. Cordelia vermutete, daß es der Ruderklub einer Schule war.

Trotz der Wärme des Tages war das Zimmer düster und kalt. Die Verandatüren standen offen. Auf dem Rasen draußen waren eine Hollywoodschaukel mit einem fransenbesetzten Baldachin, drei Rohrstühle, jeder mit einem Fußbänkchen und verschwenderisch mit grellblauer Kretonne gepolstert, und ein hölzerner Lattentisch gruppiert. Sie sahen aus, als gehörten sie zu einem Bühnenbild, wobei es dem Bühnenbildner irgendwie mißlungen war, die Stimmung zu treffen. Alle Gartenmöbel sahen neu und unbenutzt aus. Cordelia fragte sich, warum die Familie an einem schönen Sommermorgen lieber drinnen saß, wo der Rasen so viel bequemer ausgestattet war.

Mrs. Markland stellte Cordelia vor, indem sie mit dem Arm eine ausholende Geste der Übergabe machte und leise zu den Versammelten im allgemeinen sagte:

«Miss Cordelia Gray. Sie kommt nicht wegen dem Trödel für die Kirche.»

Cordelia war verblüfft, wie ähnlich sich der Mann, seine Frau und Miss Markland sahen. Alle drei erinnerten sie an Pferde. Sie hatten lange, knochige Gesichter, einen schmalen Mund über einem ausgeprägten eckigen Kinn, unschön eng stehende Augen und graues, grob aussehendes Haar, das die beiden Frauen in dicken Ponies bis fast auf die Augen trugen. Major Markland trank Kaffee aus einer übergroßen, am Rand und außen ziemlich verschmierten weißen Tasse, die auf einem runden Blechtablett stand. Er hielt die *Times* in den Händen. Miss Markland strickte, eine Beschäftigung, die für Cordelias Geschmack irgendwie nicht zu einem warmen Sommermorgen paßte.

Die zwei Gesichter, unfreundlich, kaum neugierig, betrachteten sie mit einer gewissen Ablehnung. Miss Markland konnte stricken, ohne auf die Nadeln zu sehen, und diese Fertigkeit erlaubte es ihr, Cordelia mit scharfen, fragenden Augen zu fixieren. Von Major Markland aufgefordert, Platz zu nehmen, setzte Cordelia sich auf die Sofakante und erwartete fast, daß das weiche Polster ein unfeines Geräusch von sich geben würde, wenn es unter ihr zusammensank. Sie fand es jedoch überraschend hart. Sie gab ihrem Gesicht den angemessenen Ausdruck – Ernsthaftigkeit kombiniert mit Tüchtigkeit und einem Anflug von versöhnender Bescheidenheit schienen in etwa richtig, aber sie war sich nicht sicher, ob es ihr gelang, das so hinzukriegen. Als sie da saß, die Knie geziert geschlossen, ihre Umhängetasche vor ihren Füßen, war ihr schmerzlich bewußt, daß sie wahrscheinlich mehr einer eifrigen Siebzehnjährigen glich, die ihr erstes Vorstellungsgespräch vor sich hat, als einer reifen Geschäftsfrau, der alleinigen Inhaberin von Prydes Detektivbüro.

Sie überreichte Sir Ronalds Vollmacht und sagte:

«Sir Ronald war Ihretwegen sehr unglücklich, ich meine, es war schrecklich für Sie, daß es auf Ihrem Grundstück passieren mußte, wo Sie doch so nett gewesen sind, Mark eine Arbeit zu geben, die ihm gefiel. Sein Vater hofft, es macht Ihnen nichts aus, darüber zu sprechen; es geht nur darum, daß er wissen möchte, was seinen Sohn veranlaßt hat, sich umzubringen.»

«Und er hat Sie geschickt?» In Miss Marklands Stimme war eine Mischung aus Ungläubigkeit, Belustigung und Geringschätzung. Cordelia nahm die Grobheit nicht übel. Sie fühlte, daß Miss Markland irgendwie recht hatte. Sie gab eine Erklärung, die, wie sie hoffte, glaubwürdig klang. Sie war wahrscheinlich richtig.

«Sir Ronald glaubt, es müßte irgend etwas mit Marks Leben an der Universität zu tun haben. Er verließ das College ganz plötzlich, wie Sie vielleicht wissen, und sein Vater erfuhr nie warum. Sir Ronald dachte, daß ich vielleicht mit größerem Erfolg mit Marks Freunden reden könnte als der übliche Typ des Privatdetektivs. Er meinte, er könne damit nicht die Polizei behelligen; schließlich ist diese Art von Untersuchung wirklich nicht ihr Geschäft.»

Miss Markland sagte grimmig:

«Ich hätte gedacht, genau das ist ihre Arbeit; das heißt, wenn Sir Ronald glaubt, daß irgend etwas bei dem Tod seines Sohnes nicht stimmt ...»

Cordelia unterbrach sie:

«O nein, ich glaube nicht, daß er irgendeine derartige Vermutung hat! Er ist mit dem Urteil völlig zufrieden. Er möchte nur unbedingt wissen, was ihn dazu gebracht hat, das zu tun.»

Miss Markland sagte mit einer überraschenden Heftigkeit:

«Er war ein Drop-out, ein Ausbrecher. Er brach aus der Universität aus, er brach anscheinend aus seinen familiären Verpflichtungen aus, er brach schließlich aus dem Leben aus. Buchstäblich.»

Ihre Schwägerin gab einen kleinen Ausruf des Protestes von sich.

«Oh, Eleanor, ist das ganz gerecht? Er hat hier wirklich gut gearbeitet. Ich habe den Jungen gern gehabt. Ich glaube nicht ...»

«Ich leugne nicht, daß er sein Geld verdient hat. Das ändert nichts an der Tatsache, daß er zur Gärtnerarbeit weder geboren noch ausgebildet war. Er war deshalb ein Drop-out. Ich weiß den Grund nicht, und ich bin auch nicht daran interessiert, ihn aufzudecken.»

«Wie kamen Sie dazu, ihn anzustellen?» fragte Cordelia.

Diesmal antwortete Major Markland.

«Er sah meine Anzeige wegen einem Gärtner in den *Cambridge Evening News* und kreuzte hier eines Abends auf seinem Fahrrad auf. Ich nehme an, daß er den ganzen Weg von Cambridge her mit dem Rad gefahren ist. Es muß vor ungefähr fünf Wochen gewesen sein, an einem Dienstag, glaube ich.»

Wieder unterbrach Miss Markland:

«Es war Dienstag, der 9. Mai.»

Der Major sah sie mißbilligend an, als ärgerte es ihn, daß er diese Auskunft nicht widerlegen konnte.

«Ja, gut, Dienstag der 9. Er sagte, daß er beschlossen habe, die Universität zu verlassen und Arbeit zu suchen, und daß er meine Anzeige gesehen habe. Er gab zu, daß er nicht viel von Gartenarbeit verstand, sagte aber, er sei stark und bereit zu lernen. Seine Unerfahrenheit störte mich nicht! Wir wollten ihn vor allem für den Rasen und das Gemüse. Den Blumengarten rührte er nie an; meine Frau und ich kümmern uns selbst darum. Wie dem auch sei, der Junge machte einfach einen guten Eindruck auf mich, und ich dachte, ich lasse es auf den Versuch ankommen.»

Miss Markland sagte:

«Du hast ihn genommen, weil er der einzige Bewerber war, der bereit war, für den kläglichen Hungerlohn, den du angeboten hast, zu arbeiten.» Der Major, weit davon entfernt, wegen dieser Direktheit beleidigt zu sein, lächelte selbstgefällig.

«Ich zahlte ihm, was er wert war. Wenn mehr Arbeitgeber dazu bereit wären, würde das Land nicht von dieser Inflation heimgesucht.» Er sprach wie einer, für den die Nationalökonomie ein offenes Buch ist.

«Haben Sie es nicht eigenartig gefunden, wie er so aufkreuzte?»

«Natürlich, verdammt eigenartig! Ich dachte, er wird wohl rausgeflogen sein; Alkohol, Drogen, Revolution, Sie wissen ja, was die da heute in Cambridge aushecken. Aber ich fragte ihn nach dem Namen seines Tutors als Referenz und rief ihn an, einen Burschen namens Horsfall. Er war nicht besonders entgegenkommend, aber er versicherte mir, daß der Junge freiwillig gegangen sei und, um seine eigenen Worte zu gebrauchen, daß sein Benehmen im College fast bis zur Langeweile einwandfrei gewesen sei. Ich brauchte keine Angst zu haben, daß die Schatten von Summertrees beschmutzt würden.»

Miss Markland wendete ihr Strickzeug und fiel in den leisen Ausruf ihrer Schwägerin «Was kann er damit gemeint haben?» mit der trockenen Bemerkung:

«Ein wenig mehr Langeweile von dieser Art wäre willkommen aus diesem Sodom und Gomorrha.»

«Sagte Mr. Horsfall Ihnen, warum Mark das College verlassen hat?» fragte Cordelia.

«Danach habe ich nicht gefragt. Das ging mich nichts an. Ich habe eine klare Frage gestellt und eine mehr oder weniger klare Antwort bekommen, so klar, wie Sie es von diesen akademischen Typen erwarten können. Wir hatten bestimmt keine Klagen über den Burschen, solange er hier war. So jedenfalls sehe ich es.»

«Wann ist er in das Gartenhaus eingezogen?» fragte Cordelia.

«Sofort. Das war natürlich nicht unsere Idee. Wir hatten die Stelle durchaus nicht mit Wohnmöglichkeit angeboten. Er hatte das Gartenhaus jedoch anscheinend gesehen und Gefallen an dem Platz gefunden, und er fragte, ob wir etwas dagegen hätten, wenn er sich dort einquartierte. Es war für ihn nicht gut möglich, jeden Tag von Cambridge hierher zu radeln, das haben wir natürlich eingesehen, und soviel wir wußten, gab es niemand im Dorf, der ihn hätte aufnehmen können. Ich kann nicht behaupten, daß ich von der Idee begeistert war; am Gartenhaus müßte eine Menge getan werden. Tatsächlich spielen wir mit dem Gedanken, einen Umbauzuschuß zu beantragen und das Haus dann abzustoßen. In seinem jetzigen Zustand würde es für eine Familie nicht ausreichen, aber der Junge war anscheinend richtig erpicht darauf, also stimmten wir zu.»

Cordelia sagte:

«Er muß also das Gartenhaus besichtigt haben, bevor er wegen der Arbeit kam.»

«Besichtigt? Hm, ich weiß nicht. Vermutlich hat er ein bißchen herumgeschnüffelt, um zu sehen, was für ein Anwesen das war, bevor er tatsächlich an die Tür kam. Ich weiß nicht, ob ich ihm das vorwerfen soll, ich hätte es genauso gemacht.»

Mrs. Markland mischte sich ein:

«Er war richtig hinter dem Gartenhaus her, wirklich. Ich habe ihm erklärt, daß es dort weder Gas noch Elektrizität gibt, aber er sagte, das würde ihm nichts ausmachen; er würde einen Gaskocher kaufen und sich mit Petroleumlampen behelfen. An die Wasserleitung ist es natürlich angeschlossen, und der größte Teil des Daches ist wirklich ganz intakt. Das glaube ich wenigstens. Wissen Sie, wir gehen da gar nicht hin. Er schien sich sehr gut einzuleben. Wir haben ihn eigentlich nie besucht, es gab keinen Grund dafür, aber soweit ich sehen konnte, ist er bestens allein zurechtgekommen. Natürlich war er, wie mein Mann gesagt hat, sehr unerfahren, das eine oder andere mußten wir ihm beibringen, zum Beispiel, daß er jeden Morgen früh in die Küche kommen mußte, um sich die Anweisungen zu holen. Aber ich hatte den Jungen gern; er hat immer tüchtig gearbeitet, wenn ich im Garten war.»

Cordelia sagte:

«Ob ich mir wohl das Gartenhaus einmal ansehen könnte?»

Die Bitte verwirrte sie. Major Markland sah seine Frau an. Es herrschte verlegenes Schweigen, und Cordelia fürchtete einen Augenblick, die Antwort würde nein heißen. Dann spießte Miss Markland ihre Nadeln in den Wollknäuel und stand auf:

«Ich komme gleich mit», sagte sie.

Das Gelände von Summertrees war ausgedehnt. Zuerst kam der streng angelegte Rosengarten, die Sträucher dicht gepflanzt und nach Art und Farbe zusammengestellt wie in einer Gärtnerei, die Namensschilder in genau gleicher Höhe über dem Erdboden angebunden. Danach kam der Küchengarten, durch einen Kiespfad zweigeteilt, der mit seinen gejäteten Reihen von Kopfsalat und Kohlsorten und den Flecken von umgegrabenem Erdreich von Marks Arbeit zeugte. Schließlich gingen sie durch ein Tor in einen kleinen Obstgarten mit alten und unbeschnittenen Apfelbäumen.

Das gemähte Gras, das kräftig nach Heu roch, lag in dicken Schwaden um die knorrigen Stämme.

Am anderen Ende des Obstgartens war eine dichte Hecke so wild gewuchert, daß die kleine Tür in den Garten hinter dem Gartenhaus zuerst kaum zu sehen war. Aber das Gras war auf beiden Seiten geschnitten, und die Tür ließ sich von Miss Marklands Hand leicht öffnen. Auf der anderen Seite war eine dicke Brombeerhecke, dunkel und undurchdringlich, die man ein Leben lang offenbar wild hatte wachsen lassen. Irgend jemand hatte einen Weg freigeschlagen, aber Miss Markland und Cordelia mußten sich tief bücken, damit ihr Haar sich nicht in dem Gewirr der Dornenzweige verfing.

Sobald sie dieses Hindernis hinter sich hatte, hob Cordelia den Kopf und blinzelte im strahlenden Sonnenschein. Sie stieß einen kleinen Freudenschrei aus. Mark Callender hatte in der kurzen Zeit, die er hier gewohnt hatte, aus Chaos und Vernachlässigung eine kleine Oase der Ordnung und Schönheit geschaffen. Er hatte alte Blumenbeete entdeckt und die übriggebliebenen Pflanzen gepflegt; der Plattenweg war von Gras und Moos gesäubert; ein kleines Rasenviereck rechts von der Tür zum Gartenhaus war gemäht und vom Unkraut befreit worden. Auf der anderen Seite des Weges war ein Flecken von ein paar Quadratmetern zum Teil umgegraben. Der Spaten steckte noch in der Erde, tief hineingestoßen, ungefähr einen halben Meter vom Ende der Reihe entfernt.

Das Gartenhaus war ein niedriges Backsteingebäude unter einem Schieferdach. Es strahlte im Licht der Morgensonne trotz der nackten, vom Regen verwaschenen Tür, den morschen Fensterrahmen und dem Blick auf freiliegende Dachbalken den leisen melancholischen Zauber von Alter aus, das noch nicht dem Verfall ausgeliefert war. Direkt vor der Haustür stand ein nachlässig fallen gelassenes Paar erdverkrusteter schwerer Gartenschuhe.

«Gehören die ihm?» fragte Cordelia.

«Wem sonst?»

Sie standen eine Weile nebeneinander und betrachteten die umgegrabene Erde. Keiner sprach. Dann gingen sie zu der Hintertür. Miss Markland steckte den Schlüssel ins Schloß. Er drehte sich leicht, als sei das Schloß vor kurzem geölt worden. Cordelia folgte ihr in das Wohnzimmer des Hauses.

Die Luft war kühl nach der Hitze im Garten, aber muffig und verströmte einen Hauch von Krankheit. Cordelia sah, daß das Gartenhaus einen einfachen Grundriß hatte. Es gab drei Türen; die eine geradeaus ging offensichtlich auf den Vorgarten, aber sie war abgeschlossen und verriegelt, und von den Angeln hingen Spinnweben, als sei sie seit Generationen nicht mehr geöffnet worden. Eine andere, an der rechten Seite, führte, wie Cordelia annahm, in die Küche. Die dritte Tür stand halb offen, und sie konnte flüchtig eine blanke Holztreppe erkennen, die zum ersten Stock führte. In der Mitte des Zimmers standen ein Tisch mit einer Holzplatte, deren Oberfläche vom vielen Scheuern zerkratzt war, und zwei Küchenstühle, an jedem Ende einer. Mitten auf dem Tisch stand ein blauer geriffelter Becher mit einem Strauß verwelkter Blumen, schwarze dürre Stengel, die traurige Reste unkenntlicher Blüten trugen, deren Pollen die Tischplatte wie mit Goldstaub gefärbt hatten. Sonnenstrahlen fielen durch die reglose Luft; in den Strahlen tanzten Myriaden von winzigen Teilchen, Körnchen von Staub und unendlichem Leben, ihren bizarren Tanz.

Rechts war ein Kamin, ein altmodischer Eisenherd mit Backröhren zu beiden Seiten des offenen Feuers. Mark hatte Holz und Papier verbrannt; auf dem Rost häufte sich weiße Asche, und ein Stapel Anmachholz und kleine Scheite lagen für den nächsten Abend bereit. Auf der einen Seite des Feuers stand ein niedriger Stuhl aus Holzlatten mit einem verblichenen Kissen, auf der anderen ein Stuhl mit einer radförmigen Lehne, dessen Beine abgesägt waren, vielleicht um ihn niedrig genug für einen Kinderstuhl zu machen. Cordelia dachte, daß es vor der Verstümmelung ein schönes Stück gewesen sein mußte.

Zwei gewaltige, vom Alter geschwärzte Balken liefen über die Decke. In der Mitte des einen war ein stählerner Haken angebracht, der vermutlich früher dazu benutzt worden war, um Speck daran aufzuhängen. Cordelia und Miss Markland sahen ihn wortlos an; Frage und Antwort waren überflüssig. Nach einer Weile gingen sie, als hätten sie es abgesprochen, zu den beiden Stühlen am Kamin und setzten sich. Miss Markland sagte:

«Ich war es, die ihn gefunden hat. Er kam nicht rüber in die Küche, um sich die Aufträge für den Tag zu holen, deshalb ging ich nach dem Frühstück hierher, um nachzusehen, ob er verschlafen hatte. Es war genau 9 Uhr 23. Die Tür war nicht abgeschlossen. Ich klopfte, aber es kam keine Antwort, also stieß ich die Tür auf. Er hing an dem Haken da mit einem Ledergürtel um den Hals. Er hatte seine blauen Baumwollhosen an, in denen er gewöhnlich arbeitete, und seine Füße waren nackt. Der Stuhl da lag umgekippt auf dem Boden. Ich berührte seine Brust. Sie war ganz kalt.»

«Haben Sie ihn runtergeholt?»

«Nein. Er war eindeutig tot, und ich hielt es für besser, die Leiche so zu lassen, bis die Polizei kam. Ich habe allerdings den Stuhl aufgehoben und so hingestellt, daß er seine Füße stützte. Es war gegen jede Vernunft, ich weiß, aber ich konnte es nicht ertragen, ihn da hängen zu sehen, ohne den Druck an seiner Kehle zu erleichtern. Es war, wie ich gesagt habe, eine unsinnige Handlung.»

«Ich meine, es war ganz natürlich. Ist Ihnen sonst irgend etwas an ihm oder am Zimmer aufgefallen?»

«Ein halbleerer Becher mit irgendwas, das nach Kaffee aussah, stand auf dem Tisch, und im Kamin war ziemlich viel Asche. Es sah aus, als hätte er Papiere verbrannt. Seine Reiseschreibmaschine war da, wo Sie sie jetzt sehen, auf diesem Beistelltisch; der Abschiedsbrief war noch in der Maschine. Ich las ihn, dann ging ich zum Haus zurück, sagte meinem Bruder und meiner Schwägerin, was passiert war, und rief die Polizei an. Nachdem die Polizei gekommen war, brachte ich sie zum Gartenhaus und erzählte nochmals, wie ich ihn gefunden hatte. Bis zu diesem Augenblick bin ich nicht wieder hierhergekommen.»

«Haben Sie oder Major und Mrs. Markland Mark am Abend, bevor er starb, gesehen?»

«Keiner von uns hat ihn gesehen, nachdem er, ungefähr um halb sieben, mit der Arbeit aufgehört hatte. Er war an jenem Abend ein bißchen später dran, weil er den Rasen vorm Haus fertig mähen wollte. Wir alle haben gesehen, wie er den Rasenmäher wegbrachte und dann durch den Garten auf den Obstgarten zuging. Wir haben ihn nicht mehr lebend gesehen. Keiner von uns war an jenem Abend in Summertrees. Wir hatten eine Einladung zum Abendessen in Trumpington – bei einem alten Kriegskameraden meines Bruders. Wir kamen erst nach Mitternacht nach Hause. Da muß Mark nach Aussage des Arztes schon ungefähr vier Stunden tot gewesen sein.»

Cordelia sagte:

«Bitte erzählen Sie mir von ihm.»

«Was gibt es da zu erzählen? Seine Arbeitszeit ging von halb neun bis sechs Uhr, mit einer Stunde Pause zum Mittagessen und einer halben Stunde zum Tee. An den Abenden arbeitete er gewöhnlich im Garten hier oder um das Gartenhaus. Manchmal fuhr er in seiner Mittagspause in den Laden im Dorf. Ich habe ihn ab und zu dort getroffen. Er kaufte nicht viel – einen Laib Vollkornbrot, Butter, die billigste Sorte Speck, Tee, Kaffee – das übliche. Ich habe einmal gehört, wie er nach Gutshofeiern fragte, und Mrs. Morgan sagte ihm, daß Wilcox auf der Grange-Farm ihm immer ein halbes Dutzend verkaufen würde. Wir unterhielten uns nicht, wenn wir uns begegneten, aber er lächelte mir zu. Abends, sobald es dämmerte, las er gewöhnlich an diesem Tisch oder schrieb auf der Maschine. Ich konnte seinen Kopf im Lampenlicht sehen.»

«Sagte Major Markland nicht, daß Sie das Gartenhaus nie aufgesucht haben?»

«Die andern nicht; für sie sind gewisse peinliche Erinnerungen damit verbunden. Aber ich.» Sie schwieg und blickte in das erloschene Feuer.

«Mein Verlobter und ich verbrachten hier viel Zeit vor dem Krieg, als er in Cambridge war. Er kam 1937 ums Leben, als er in Spanien für die Sache der Republik kämpfte.»

«Das tut mir leid», sagte Cordelia. Sie empfand die Unzulänglichkeit, die Unaufrichtigkeit ihrer Antwort, und doch, was hätte sie sonst sagen sollen? Das war alles vor fast vierzig Jahren geschehen. Sie hatte nie von ihm gehört. Das kurze Gefühl von Schmerz, so kurz, daß sie es kaum merkte, war nicht mehr als eine vorübergehende Unannehmlichkeit, ein sentimentales Bedauern für alle Liebhaber, die jung sterben mußten, für die Unvermeidlichkeit menschlichen Verlustes.

Miss Markland sprach mit einer unvermuteten Leidenschaft, als drängten die Worte gewaltsam aus ihr heraus.

«Ich mag Ihre Generation nicht, Miss Gray. Ich hasse eure Arroganz, eure Selbstsucht, euer Ungestüm, die eigenartige Verteilung eures Mitgefühls. Ihr zahlt für nichts mit gleicher Münze, nicht einmal für eure Ideale. Ihr lästert und zerstört und baut nie auf. Ihr fordert die Strafe heraus wie widerspenstige Kinder, dann schreit ihr, wenn ihr bestraft werdet. Die Männer, die ich gekannt habe, mit denen ich aufgewachsen bin, waren nicht so.»

Cordelia sagte leise:

«Ich glaube, Mark Callender war auch nicht so.»

«Vielleicht nicht. Zumindest richtete sich die Gewalt, die er anwandte, gegen ihn selbst.» Sie sah Cordelia forschend an.

«Sicher werden Sie sagen, ich sei eifersüchtig auf die Jugend. Es ist eine ziemlich verbreitete Erscheinung in meiner Generation.»

«Das sollte nicht sein. Ich kann nie verstehen, warum die Menschen eifersüchtig sein müssen. Schließlich ist die Jugend kein bestimmtes Privileg, wir alle bekommen den gleichen Anteil davon. Manche Menschen werden vielleicht in eine leichtere Zeit geboren oder sind reicher und privilegierter als andere, aber das hat mit Jungsein nichts zu tun. Und jung zu sein, das kann manchmal schrecklich sein. Erinnern Sie sich nicht, wie schrecklich es sein konnte?»

«Doch, ich erinnere mich. Aber ich erinnere mich auch an andere Dinge.»

Cordelia saß schweigend da und dachte, daß das Gespräch einen eigenartigen Verlauf nahm, aber auch irgendwie unvermeidlich war, und daß sie es, aus was für Gründen auch immer, nicht schlimm fand. Miss Markland blickte auf.

«Seine Freundin besuchte ihn einmal. Wenigstens nehme ich an, daß sie seine Freundin war, oder warum wäre sie sonst gekommen? Das war ungefähr drei Tage nachdem er zu arbeiten angefangen hatte.»

«Wie sah sie aus?»

«Schön. Sehr blond, mit einem Gesicht wie ein Botticelli-Engel – glatt, oval, unintelligent. Sie war Ausländerin, Französin, glaube ich. Sie war auch reich.»

«Woher wissen Sie das, Miss Markland?» Cordelia war verblüfft.

«Weil sie mit einem ausländischen Akzent sprach; weil sie in einem weißen Renault vorgefahren kam, den ich für ihr eigenes Auto hielt; weil ihre Kleidung, die ausgefallen war und nicht aufs Land paßte, nicht billig war; weil sie mit der selbstsicheren Arroganz der Reichen auf die Haustür zuging und verkündete, daß sie ihn besuchen wollte.»

«Und haben sie sich getroffen?»

«Er arbeitete da gerade im Obstgarten und mähte das Gras. Ich brachte sie zu ihm. Er begrüßte sie ruhig und ohne Verlegenheit und ließ sie im Gartenhaus sitzen, bis es für ihn Zeit war, mit der Arbeit aufzuhören. Er schien ziemlich erfreut zu sein, sie zu sehen, aber weder begeistert noch überrascht, dachte ich. Er stellte sie nicht vor. Ich ließ sie allein und ging zum Haus zurück, bevor er Gelegenheit dazu hatte. Ich habe sie nicht wiedergesehen.»

Bevor Cordelia sprechen konnte, sagte sie plötzlich:

«Sie denken daran, eine Zeitlang hier zu wohnen, nicht wahr?»

«Werden sie etwas dagegen haben? Ich möchte nicht fragen – falls sie nein sagen.»

«Sie werden es nicht erfahren, und wenn doch, ist es ihnen egal.»

«Aber macht es Ihnen etwas aus?»

«Nein. Ich werde Sie nicht belästigen, und es macht mir nichts aus.» Sie unterhielten sich flüsternd, als wären sie in einer Kirche. Dann stand Miss Markland auf und ging zur Tür. Sie wandte sich um.

«Sie haben diese Arbeit natürlich wegen des Geldes angenommen. Warum nicht. Aber wenn ich Sie wäre, würde ich die Sache auf dieser Ebene belassen. Es ist unklug, in eine zu persönliche Beziehung zu einem Menschen zu treten. Wenn dieser Mensch tot ist, ist es vielleicht nicht nur unklug, sondern auch gefährlich.»

Miss Markland stapfte den Gartenpfad hinunter und verschwand durch das Türchen. Cordelia freute sich, sie gehen zu sehen. Sie zappelte vor Ungeduld, das Gartenhaus zu durchsuchen. Hier war es geschehen; hier war es, wo ihre Arbeit erst richtig anfing.

Was hatte der Kriminalrat noch gesagt? «Wenn du ein Gebäude untersuchst, betrachte es, wie du es bei einer Kirche auf dem Land tun würdest. Mach zuerst einen Rundgang. Betrachte die ganze Szene von innen und außen; dann ziehe deine Schlüsse. Frage dich, was du gesehen hast, nicht, was du zu sehen erwartet oder gehofft hast, sondern was du gesehen hast.»

Er mußte demnach ein Mann sein, der ländliche Kirchen mochte, und das war wenigstens einmal ein Punkt zu seinen Gunsten; denn das war bestimmt ein echtes Dalglieshsches Dogma. Bernie hatte auf Kirchen, sei es auf dem Land oder in der Stadt, mit halb abergläubischer Vorsicht reagiert. Cordelia beschloß, dem Rat zu folgen.

Sie ging zuerst auf die Ostseite des Gartenhauses. Hier, diskret zurückgesetzt und fast von der Hecke umschlossen, gab es eine Toilette aus Holz mit einer Tür mit Schnappschloß ähnlich einer Stalltür. Cordelia spähte hinein. Der Abort war sehr sauber und sah aus, als sei er vor kurzem gestrichen worden. Als sie an der Kette zog, rauschte – zu ihrer Erleichterung – das Wasser. Eine Rolle Toilettenpapier hing an einer Schnur an der Tür und an einem Nagel daneben eine kleine Plastiktüte mit einem Vorrat von zerknülltem Apfelsinenpapier und anderem weichem Einpackmaterial. Er war ein sparsamer junger Mann gewesen. Neben der Toilette lag ein großer baufälliger Schuppen. Sie fand darin ein Herrenfahrrad, alt, aber gut gepflegt, eine große Blechbüchse mit weißer Emulsionsfarbe, deren Deckel fest zugedrückt war, und daneben, mit dem Stiel nach unten, einen sauberen Pinsel in einem Marmeladeglas, eine Zinkbadewanne, ein paar saubere Säcke und eine Reihe Gartengeräte. Alles lehnte blitzblank und ordentlich an der Wand oder hing an einem Nagel.

Sie ging zur Vorderseite des Hauses. Sie bot ein deutlich anderes Bild als der Anblick von Süden her. Hier hatte Mark Callender keinen Versuch unternommen, der hüfthohen Wildnis aus Nesseln und Gras, die den kleinen Vorgarten erdrückte und den Weg fast unkenntlich machte, Herr zu werden. Ein dichter, mit kleinen weißen Blüten gesprenkelter Kletterstrauch hatte seine schwarzen dornigen Zweige vorgeschoben und versperrte die beiden unteren Fenster. Das Tor, das zum Weg führte, klemmte und ließ sich nur so weit öffnen, daß sich ein Besucher durchzwängen konnte. Auf beiden Seiten stand ein Eibisch Wache, die Blätter grau vor Staub. Die Ligusterhecke nach vorn war mannshoch. Cordelia konnte erkennen, daß früher Blumenrabatten, die mit großen, weißbemalten Steinen eingefaßt waren, den Pfad auf beiden Seiten gesäumt hatten. Jetzt waren die meisten Steine unsichtbar unter dem ausgreifenden Unkraut versunken, und von den Beeten war nur ein Gestrüpp von wildwuchernden Rosen übrig.

Als sie einen letzten Blick auf den Vorgarten warf, sahen ihre Augen etwas Buntes aufleuchten, das halb unter das Unkraut neben dem Pfad getreten war. Es war eine zerknüllte Seite aus einer Illustrierten. Sie strich sie glatt und sah, daß es eine Farbaufnahme eines weiblichen Aktes war. Die Frau wandte ihren Rücken der Kamera zu und beugte sich nach vorn, wobei sie den fetten Hintern über schenkelhohen Stiefeln ins Bild reckte. Sie lachte frech über ihre Schulter in einer schamlosen Einladung, die durch das lange androgyne Gesicht, das auch durch taktvolles Ausleuchten nicht anders als abstoßend wirken konnte, noch grotesker wurde. Cordelia nahm das Datum oben auf der Seite zur Kenntnis; es war die Mainummer. Demnach war es möglich, daß die Illustrierte, oder zumindest das Bild, in das Gartenhaus gekommen war, als er schon da wohnte.

Sie blieb mit dem Bild in der Hand stehen und versuchte, der Art ihres Ekels, der ihr übertrieben schien, auf den Grund zu kommen. Das Bild war vulgär und obszön, aber nicht anstößiger und ungehöriger als Dutzende andere, die in den Londoner Seitenstraßen ausgestellt waren. Aber als sie es zusammenfaltete und in ihre Tasche steckte – denn es war eine Art von Beweisstück –, fühlte sie sich beschmutzt und deprimiert. War Miss Markland scharfsichtiger gewesen, als sie wußte? War sie, Cordelia, in Gefahr, sich gefühlsmäßig zu sehr mit dem toten Jungen einzulassen? Das Bild hatte vermutlich nichts mit Mark zu tun; es konnte gut von einem beliebigen Besucher des Gartenhauses fallen gelassen worden sein. Aber sie wünschte, sie hätte es nicht gesehen.

Sie ging um die Ecke an die Westseite des Hauses und machte eine weitere Entdeckung. Versteckt hinter einer Gruppe von Holunderbüschen war ein kleiner Brunnen, der etwas über einen Meter im Durchmesser maß. Er hatte keinen Aufbau, war aber mit einem gewölbten Deckel aus Holzlatten und einem Eisenband obendrauf fest verschlossen. Cordelia sah, daß der Deckel mit einem Vorhängeschloß an den Holzrand des Brunnens angeschlossen war, und das Schloß hielt ihrem heftigen Ruck stand, obwohl es vor Alter rostig war. Irgend jemand hatte sich die Mühe gemacht, dafür zu sorgen, daß der Brunnen für Kinder mit Entdeckerdrang und vorbeikommende Landstreicher ungefährlich war.

Und jetzt war es an der Zeit, das Gartenhaus von innen zu erforschen. Zuerst die Küche. Es war ein kleiner Raum mit einem Fenster über dem Spülstein, das nach Osten ging. Sie war offensichtlich vor kurzem gestrichen worden und der große Tisch, der fast den ganzen Raum einnahm, hatte eine rote Plastikdecke bekommen. Es gab eine winzige Speisekammer, die ein halbes Dutzend Bierdosen, ein Glas Marmelade, ein Steinguttöpfchen mit Butter und einen verschimmelten Kanten Brot enthielt. Hier in der Küche fand Cordelia die Erklärung für den unangenehmen Geruch, der ihr aufgefallen war, als sie das Gartenhaus betreten hatte. Auf dem Tisch stand eine offene, ungefähr halbvolle Milchflasche, der silberne Deckel lag zerknüllt daneben. Die Milch war gestockt und von der Zersetzung mit einem Pelz überzogen; eine fette Fliege saugte am Rand der Flasche und blieb auch bei ihrem Festmahl sitzen, als Cordelia instinktiv versuchte, sie wegzuschnipsen. Auf der anderen Seite des Tisches stand ein zweiflammiger Propankocher mit einem schweren Topf auf der einen Kochstelle. Cordelia zog an dem festsitzenden Deckel, der mit einemmal nachgab und einen starken, ekelhaften Geruch entweichen ließ. Sie zog die Tischschublade auf, nahm einen Löffel heraus und rührte das Gericht um. Es sah nach einem Rindfleischeintopf aus. Brocken von grünlichem Fleisch, seifig aussehende Kartoffelstücke und unidentifizierbare Gemüseblätter kamen durch den Schaum nach oben wie ertrunkene, verwesende Kadaver.

Neben dem Spülstein stand eine Apfelsinenkiste, in der er Gemüse aufbewahrt hatte. Die Kartoffeln waren grün, die Karotten runzlig und schlaff, die Zwiebeln waren geschrumpft und hatten Keime getrieben. Es war also nichts aufgeräumt, nichts fortgeschafft worden. Die Polizei hatte die Leiche und alle Beweisstücke, die sie brauchte, weggebracht, aber niemand, weder die Marklands noch die Familie oder die Freunde des Jungen, hatten daran gedacht hierherzukommen und die armseligen Überbleibsel seines jungen Lebens wegzuräumen.

Cordelia ging nach oben. Ein enger Flur führte zu zwei Schlafzimmern, von denen das eine offenbar seit Jahren nicht mehr benutzt worden war. Hier war der Fensterrahmen morsch, der Verputz von der Decke abgebröckelt, und die verblaßte Tapete mit einem Rosenmuster löste sich durch die Feuchtigkeit ab. Im zweiten und größeren Zimmer hatte er geschlafen. Ein einzelnes Eisenbett mit Roßhaarmatratze stand darin, und darauf lagen ein Schlafsack und ein Kopfkeil, der einmal zusammengelegt war, um ein hohes Kissen daraus zu machen. Neben dem Bett war ein alter Tisch mit zwei Kerzen, die mit ihrem eigenen Wachs auf die rissige Platte geklebt waren, und einer Schachtel Streichhölzer. Seine Kleider hingen in dem einteiligen Schrank, eine hellgrüne Kordhose, ein paar Hemden, Pullover und ein guter Anzug. Ein bißchen Unterwäsche, sauber, aber nicht gebügelt, lag zusammengefaltet auf dem Brett darüber. Cordelia befühlte die Pullover. Es waren vier, alle mit komplizierten Mustern aus dicker Wolle handgestrickt. Irgend jemand hatte sich also genug für ihn interessiert, um sich seinetwegen einige Mühe zu machen. Sie fragte sich wer.

Sie fuhr mit ihren Händen über seine kärgliche Garderobe und fühlte nach Taschen. Sie fand nichts außer einer braunen Lederbrieftasche in der linken unteren Tasche seiner Anzugjacke. Aufgeregt ging sie damit ans Fenster in der Hoffnung, sie könnte einen Schlüssel enthalten – einen Brief vielleicht, eine Liste mit Namen und Adressen, eine persönliche Notiz. Aber die Brieftasche war leer bis auf ein paar Pfundnoten, seinen Führerschein und eine Blutspendekarte, die vom Cambridger Bluttransfusionsdienst ausgestellt war und seine Blutgruppe als B, Rhesusfaktor negativ, auswies.

Durch das vorhanglose Fenster hatte man einen Blick auf den Garten. Seine Bücher waren auf dem Fensterbrett aufgebaut. Es waren nicht viele: mehrere Bände der *Cambridge Modern History*; ein paar Bände Trollope und Hardy, eine Gesamtausgabe von William Blake, Schulausgaben von Wordsworth, Browning und Donne, zwei Taschenbücher über Gartenbau. Am Ende der Reihe stand ein in weißes Leder gebundenes Buch, das Anglikanische Gebetbuch, wie Cordelia sah. Es war mit einem hübsch gearbeiteten Messingschloß versehen und sah nach häufiger Benutzung aus. Sie war von den Büchern enttäuscht; sie sagten ihr wenig, was über seine oberflächlichen Vorlieben hinausging. Wenn er sich für dieses einsiedlerische Leben entschlossen hatte, um zu studieren, zu schreiben oder zu philosophieren, war er denkbar schlecht gerüstet gekommen.

Der interessanteste Gegenstand im Zimmer befand sich über dem Bett. Es war ein kleines Ölgemälde, etwa fünfundzwanzig Zentimeter im Quadrat. Cordelia betrachtete es. Es war mit Sicherheit italienisch und wahrscheinlich, dachte sie, spätes 15. Jahrhundert. Es stellte einen jungen Mönch mit Tonsur dar, der lesend an einem Tisch saß, die sensiblen Finger zwischen den Seiten seines Buches. Das lange, beherrschte Gesicht war angespannt vor Konzentration, die Augen unter schweren Lidern fest auf die Seite gerichtet. Die Aussicht aus dem Fenster hinter ihm war eine entzückende Miniatur. Cordelia dachte, daß man wohl niemals müde werden könne, sie zu betrachten. Es war eine toskanische Szene und zeigte eine ummauerte Stadt mit Türmen, umgeben von Zypressen, einen Fluß, der sich wie ein Silberstrom schlängelte, eine prunkend gekleidete Prozession, der Banner vorangetragen wurden, angeschirrte Ochsen, die auf den Feldern arbeiteten. Sie verstand das Bild als Gegenüberstellung der Welten des Geistes und der Tat und versuchte sich zu erinnern, wo sie ähnliche Gemälde gesehen hatte. Die Genossen – wie Cordelia jene allgegenwärtige Clique von Mitrevolutionären, die sich um ihren Vater scharte, in Gedanken immer nannte – hatten ihre Botschaften mit Vorliebe in Gemäldegalerien ausgetauscht, und Cordelia war stundenlang von Bild zu Bild gegangen und hatte gewartet, daß der unauffällige Besucher neben ihr stehenblieb und seine wenigen Worte der Warnung oder Information flüsterte. Das Manöver war ihr immer als eine infantile und unnötig theatralische Art der Kontaktaufnahme erschienen, aber die Galerien waren wenigstens warm, und es hatte ihr Spaß gemacht, die Bilder zu betrachten. Ihr gefiel dieses Bild; offensichtlich hatte er es auch gemocht. Hatte er auch jenes vulgäre Illustriertenfoto gemocht, das sie im Garten gefunden hatte? Offenbarten beide einen wichtigen Teil seines Charakters?

Nach ihrem Besichtigungsrundgang machte sie sich einen Kaffee, indem sie ein Päckchen aus seinem Vorratsschrank benutzte und das Wasser auf der Gasflamme kochte. Sie nahm einen Stuhl aus dem Wohnzimmer, setzte sich mit dem Becher Kaffee im Schoß draußen an die Hintertür und lehnte den Kopf zurück, um die Sonne zu genießen. Sie war von einem leisen Glück erfüllt, als sie dasaß, zufrieden und entspannt, auf die Stille lauschend, die halbgeschlossenen Lider vom Widerschein der Sonne durchdrungen. Aber jetzt war es an der Zeit nachzudenken. Sie hatte das Gartenhaus gemäß den Anweisungen des Kriminalrats untersucht. Was wußte sie jetzt über den toten Jungen? Was hatte sie gesehen? Was konnte sie folgern?

Er war fast zwanghaft ordentlich und sauber gewesen. Seine Gartengeräte wurden nach Gebrauch sorgfältig gereinigt und weggestellt, seine Küche war frisch gestrichen und sauber und aufgeräumt. Dennoch hatte er mit dem Umgraben einen halben Meter vor dem Ende einer Reihe aufgehört, hatte den ungereinigten Spaten in der Erde stecken lassen, hatte seine Gartenschuhe nachlässig an der Hintertür fallen gelassen. Er hatte anscheinend alle Papiere verbrannt, bevor er sich umbrachte, jedoch seinen Kaffeebecher ungespült stehenlassen. Er hatte sich einen Eintopf zum Abendessen gekocht, den er nicht angerührt hatte. Das Gemüse mußte er früher am Tag oder vielleicht einen Tag vorher vorbereitet haben, aber der Eintopf war eindeutig für das Essen an jenem Abend bestimmt gewesen. Der Topf stand noch auf dem Herd und war voll bis zum Rand. Das war keine aufgewärmte Mahlzeit, die vom vorigen Abend übrig war. Dies bedeutete mit Sicherheit, daß er den Entschluß, sich umzubringen, erst gefaßt hatte, nachdem der Eintopf vorbereitet und zum Kochen auf den Herd gestellt worden war. Warum hätte er sich die Mühe machen sollen, eine Mahlzeit zuzubereiten, wenn er gewußt hatte, daß er nicht mehr am Leben sein würde, um sie zu essen?

Aber war es wahrscheinlich, fragte sie sich, daß ein gesunder junger Mann, der nach ein paar Stunden anstrengender Gartenarbeit ins Haus kam, wo ein warmes Essen wartete, in jener Stimmung von Überdruß, Unlust, Seelenqual und Verzweiflung sein sollte, die zum Selbstmord führen kann? Cordelia wußte von Zeiten tiefen Unglücks, aber sie konnte sich nicht erinnern, daß sie auf sinnvolle Betätigung im Freien, in der Sonne, noch dazu mit einem Essen in Aussicht, gefolgt wären. Und warum der Becher Kaffee auf dem

Tisch, der Becher, den die Polizei zur Untersuchung mitgenommen hatte? In der Speisekammer stand Dosenbier; warum hatte er denn nicht eine Dose Bier aufgemacht, wenn er durstig vom Umgraben hereingekommen war? Bier wäre die schnellste, die naheliegendste Art gewesen, seinen Durst zu löschen. Sicher würde niemand, und sei er noch so durstig, kurz vor dem Essen Kaffee kochen und trinken. Kaffee kam nach dem Essen.

Aber angenommen, irgend jemand hätte ihn an jenem Abend besucht? Es war nicht wahrscheinlich, daß jemand wegen einer nebensächlichen Mitteilung im Vorbeigehen hereingeschaut hatte; für Mark war es so wichtig gewesen, daß er einen halben Meter vor dem Ende der Reihe mit dem Umgraben aufgehört und den Besucher in das Gartenhaus gebeten hatte. Vermutlich war es ein Besucher gewesen, der nicht gern Bier trank – konnte das auf eine Frau hindeuten? Es war ein Besucher gewesen, von dem nicht erwartet wurde, daß er zum Essen blieb, der sich aber doch lang genug im Haus aufgehalten hatte, um eine Stärkung angeboten zu bekommen. Vielleicht war es jemand, der auf dem Weg zu seinem eigenen Abendessen war. Offensichtlich war der Besucher nicht vorher zum Abendessen eingeladen worden, oder warum hätten die beiden die Mahlzeit mit Kaffeetrinken beginnen sollen, und warum hatte Mark dann so spät noch im Garten gearbeitet, anstatt hineinzugehen, um sich umzuziehen? Also handelte es sich um einen unvorhergesehenen Besucher. Aber warum gab es nur den einen Becher Kaffee? Bestimmt hätte Mark seinem Besucher dabei Gesellschaft geleistet oder für sich eine Dose Bier aufgemacht, wenn er keine Lust auf Kaffee gehabt hätte. Aber in der Küche war weder eine leere Bierdose noch ein zweiter Becher. Hatte er ihn vielleicht abgewaschen und weggestellt? Aber warum hätte Mark den einen Becher spülen sollen und den anderen nicht? Etwa um die Tatsache zu verschleiern, daß er an jenem Abend Besuch gehabt hatte?

Die Kaffeekanne auf dem Küchentisch war fast leer, und die Milchflasche nur halb voll. Sicher hatten mehr als eine Person Milch und Kaffee genommen. Aber vielleicht war das eine gefährliche und unberechtigte Folgerung; der Besucher hätte natürlich mehr als einen Becher trinken können.

Aber angenommen, es war nicht Mark, der die Tatsache, daß ein Besucher in jener Nacht dagewesen war, hatte verschleiern wollen; angenommen, es war nicht Mark, der den zweiten Becher gespült und weggestellt hatte; angenommen, es war der Besucher, der die Tatsache, daß er dagewesen war, hatte verschleiern wollen. Aber warum sollte er sich damit abgeben, wo er doch gar nicht wissen konnte, daß Mark sich umbringen würde? Cordelia schüttelte sich ungeduldig. Das war natürlich alles Unsinn. Es lag auf der Hand, daß der Besucher den Becher nicht gespült hätte, solange Mark noch da und am Leben gewesen wäre. Er hätte den Beweis für seinen Besuch nur verwischt, wenn Mark schon tot gewesen wäre. Und wenn Mark schon tot war, schon an diesem Haken gehangen hatte, bevor sein Besucher aus dem Gartenhaus gegangen war, konnte es dann wirklich Selbstmord sein? Ein Begriff, der durch Cordelias geheimste Gedanken tanzte, ein gestaltloses, halbgeformtes Gewirr von Buchstaben wurde plötzlich scharf und setzte sich zum erstenmal deutlich zu dem blutbefleckten Wort zusammen. Mord.

Cordelia blieb noch fünf Minuten in der Sonne sitzen und trank ihren Kaffee aus, dann spülte sie den Becher und hängte ihn wieder an den Haken in der Speisekammer. Sie ging den Weg hinunter zur Straße, wo der Mini immer noch auf dem Grasstreifen vor Summertrees stand, froh über das instinktive Gefühl, das sie veranlaßt hatte, ihn außer Sichtweite vom Haus stehenzulassen. Sie ließ weich die Kupplung kommen, fuhr langsam den Weg entlang und hielt dabei auf beiden Seiten Ausschau nach einem möglichen Parkplatz; ließ sie ihn vor dem Gartenhaus stehen, lenkte sie nur die Aufmerksamkeit auf ihre Anwesenheit. Es war schade, daß Cambridge nicht näher war; dann hätte sie Marks Fahrrad benutzen können. Der Mini war für ihre Aufgabe nicht nötig, würde aber immer unangenehm ins Auge fallen, wo immer sie ihn parkte.

Aber sie hatte Glück. Ungefähr fünfzig Meter den Weg hinunter war die Einfahrt zu einem Feld, ein breiter Grasstreifen mit einem kleinen Dickicht am Rand. Das Dickicht sah feucht und unheimlich aus. Man konnte sich nicht vorstellen, daß Blumen aus dieser verpesteten Erde sprießen oder zwischen diesen narbigen und verkrüppelten Bäumen blühen konnten. Auf dem Boden verstreut lagen alte Töpfe und Pfannen, das umgekippte Gerippe eines Kinderwagens, ein ramponierter rostiger Gasherd. Neben einer verkümmerten Eiche zerfiel ein verfilzter Haufen Wolldecken und wurde eins mit der Erde. Aber es war genügend Platz, den Mini vom Weg herunter und in eine Art Deckung zu fahren. Wenn sie ihn sorgfältig abschloß, wäre er hier besser aufgehoben als vor dem Gartenhaus, und nachts, dachte sie, würde man ihn nicht bemerken.

Doch jetzt fuhr sie ihn zum Gartenhaus und begann auszupakken. Sie schob Marks wenige Wäschestücke auf die eine Seite des Bords und setzte ihre eigenen daneben. Sie legte ihren Schlafsack auf das Bett über seinen und freute sich über diese zusätzliche Bequemlichkeit. Auf der Fensterbank am Küchenfenster standen eine rote Zahnbürste und eine halb aufgebrauchte Tube Zahnpasta in einem Marmeladeglas; sie legte ihre gelbe Bürste und ihre eigene Zahnpasta daneben. Ihr Handtuch hängte sie neben seines über die Schnur, die er mit zwei Nägeln unter dem Spülstein angebracht hatte. Dann machte sie eine Bestandsaufnahme vom Inhalt der Speisekammer und schrieb die Dinge auf, die sie brauchen würde. Es war besser, sie in Cambridge zu kaufen; sie würde nur Aufmerksamkeit auf sich ziehen, wenn sie im Dorf einkaufte. Der Kochtopf mit dem Eintopf und die halbvolle Milchflasche machten ihr Kummer. Sie konnte sie nicht in der Küche lassen, wo sie das Gartenhaus mit ihrem fauligen Geruch verpesteten, aber es widerstrebte ihr, den Inhalt wegzuschütten. Sie erwog, sie zu fotografieren, entschied sich aber dagegen; greifbare Gegenstände gaben bessere Beweisstücke ab. Schließlich trug sie sie nach draußen in den Schuppen und bedeckte sie mit einem dicken Packen alter Säcke.

Zuletzt dachte sie über die Waffe nach. Es war ein schwerer Gegenstand, zu schwer, um ihn die ganze Zeit mit sich herumzutragen, aber sie wollte sich nur ungern von ihm trennen, nicht einmal vorübergehend. Obwohl die Hintertür des Gartenhauses abgeschlossen werden konnte und Miss Markland ihr den Schlüssel gegeben hatte, wäre es für einen ungebetenen Gast nicht schwer, durch ein Fenster einzudringen. Sie hielt es für die beste Idee, die Munition unter ihrer Unterwäsche im Schlafzimmerschrank zu verstecken, die Pistole aber für sich in oder nahe dem Gartenhaus zu verbergen. Der genaue Platz kostete sie etwas Nachdenken, aber dann fielen ihr die dicken, knorrigen Äste des Holunderbusches am Brunnen ein; als sie sich hochreckte, konnte sie eine passende Aushöhlung bei einer Astgabel ertasten und die immer noch in dem Beutel steckende Waffe zwischen die bergenden Blätter gleiten lassen.

Endlich war sie bereit, nach Cambridge aufzubrechen. Sie sah auf ihre Uhr. Es war halb elf; sie konnte bis elf in Cambridge sein und hatte dann immer noch zwei Stunden am Morgen vor sich. Sie entschied, daß es am besten war, zuerst das Zeitungsbüro aufzusuchen und den Bericht über die gerichtliche Voruntersuchung zu lesen, dann die Polizei zu sprechen; danach würde sie sich auf die Suche nach Hugo und Sophia Tilling machen.

Sie fuhr mit einem Gefühl, das Bedauern sehr ähnlich war, vom Gartenhaus weg, als verlasse sie ein Zuhause. Es war ein seltsamer Ort, dachte sie, mit einer dichten Atmosphäre und zwei unterschiedlichen Gesichtern, die es der Welt wie zwei Seiten einer menschlichen Persönlichkeit zeigte. Die Nordseite mit ihren blinden, von Dornenzweigen versperrten Fenstern, dem überwuchernden Unkraut und der abweisenden Ligusterhecke war eine unheimliche Bühne für Schrecken und Tragödien. Doch die Rückseite, wo er gewohnt und gearbeitet hatte, den Garten gelichtet und umgegraben und die wenigen Blumen aufgebunden hatte, wo er den Pfad gejätet und die Fenster der Sonne geöffnet hatte, war so friedlich wie ein Heiligtum. Sie hatte gespürt, als sie dort an der Tür saß, daß nichts Entsetzliches sie jemals berühren könnte; sie konnte der Nacht allein da draußen ohne Furcht entgegensehen. War es diese Atmosphäre heilsamer Stille, fragte sie sich, was Mark Callender angezogen hatte? Hatte er das empfunden, bevor er die Arbeit annahm, oder war es auf irgendeine geheimnisvolle Weise das Ergebnis seines vorübergehenden verhängnisvollen Aufenthalts dort? Major Markland hatte recht gehabt: offensichtlich hatte Mark das Gartenhaus besichtigt, bevor er zum Haus hinaufgegangen war. War es das Gartenhaus gewesen, was er gewollt hatte, oder die Arbeit? Warum kamen die Marklands so ungern an diesen Ort, so ungern, daß sie offenbar nicht einmal hingegangen waren, um nach seinem Tod Ordnung zu schaffen? Und warum hatte Miss Markland hinter ihm herspioniert, denn solch ein genaues Beobachten kam dem Nachspionieren gewiß sehr nahe. Hatte sie diese vertrauliche Geschichte von ihrem toten Geliebten nur erzählt, um ihr Interesse am Gartenhaus zu rechtfertigen, ihre zwanghafte Beschäftigung mit dem Tun und Treiben des neuen Gärtners? Und war die Geschichte überhaupt wahr? Dieser alternde Körper voller verborgener Kraft, dieses Pferdegesicht mit dem Ausdruck ständiger Unzufriedenheit – konnte sie wirklich einmal jung gewesen sein, vielleicht an langen, warmen Abenden längst vergessener Sommer mit ihrem Geliebten auf Marks Bett gelegen haben? Wie fern, wie unmöglich und lächerlich das alles schien.

Cordelia fuhr die Hills Road hinunter, vorbei an dem mächtigen Denkmal eines jungen Soldaten von 1914, der dem Tod entgegenschritt, vorbei an der römisch-katholischen Kirche und in das Stadtzentrum hinein. Wieder wünschte sie, sie hätte das Auto stehenlassen und statt dessen Marks Fahrrad nehmen können. Alle anderen schienen mit Fahrrädern unterwegs zu sein, und die Luft klirrte von den Fahrradklingeln wie an einem Festtag. In diesen engen und belebten Straßen war selbst der kleine Mini ein Nachteil. Sie entschloß sich, ihn auf dem erstbesten Platz zu parken und zu Fuß eine Telefonzelle zu suchen. Sie hatte beschlossen, ihr Programm umzustellen und zuerst die Polizei aufzusuchen.

Aber als sie schließlich die Polizeiwache anrief, überraschte es sie nicht zu hören, daß Sergeant Maskell, der mit dem Fall Callender befaßt gewesen war, den ganzen Morgen unabkömmlich war. Das gab es nur in Romanen, daß die Leute, die man sprechen wollte, zu Hause oder in ihren Büros bereitsaßen, um einem ihre Zeit, Energie und ihr Interesse zu widmen. Im wirklichen Leben gingen sie ihren eigenen Geschäften nach und man wartete, bis es ihnen paßte, selbst wenn sie sich, was untypisch war, über die Aufmerksamkeit von Prydes Detektivbüro freuten. Gewöhnlich taten sie das nicht. Sie erwähnte Sir Ronalds Vollmacht, um ihren Gesprächspartner mit der Echtheit ihres Anliegens zu beeindrucken. Der Name blieb nicht ohne Wirkung. Er ging weg, um sich zu erkundigen. In weniger als einer Minute kam er zurück und sagte, Sergeant Maskell könne Miss Gray um halb drei an diesem Nachmittag empfangen.

Also kam das Zeitungsbüro doch zuerst dran. Alte Nummern wenigstens waren zugänglich und konnten nichts dagegen einwenden, wenn man sie zu Rate zog. Sie fand schnell, was sie wollte. Der Artikel über die gerichtliche Voruntersuchung war knapp und in der üblichen förmlichen Sprache von Gerichtsberichten abgefaßt. Er sagte ihr wenig Neues, aber sie notierte sorgfältig die wichtigsten Zeugenaussagen. Sir Ronald Callender sagte aus, er habe zuletzt mit seinem Sohn über zwei Wochen vor dessen Tod gesprochen, als Mark telefoniert hatte, um seinem Vater den Entschluß mitzuteilen, daß er das College verlasse und eine Arbeit in Summertrees annehme. Er hatte Sir Ronald weder um Rat gefragt, bevor er den Entschluß faßte, noch hatte er seine Gründe erläutert. Sir Ronald hatte darauf mit dem Rektor gesprochen, und die Collegeleitung hatte sich bereit erklärt, seinen Sohn im nächsten akademischen Jahr wieder aufzunehmen, falls er seine Meinung änderte. Sein Sohn hatte nie von Selbstmord gesprochen und hatte keine gesundheitlichen oder finanziellen Probleme, soviel er wußte. Auf Sir Ronalds Aussage folgte ein kurzer Hinweis auf die anderen Zeugen. Miss Markland beschrieb, wie sie die Leiche gefunden hatte; ein Gerichtsmediziner gab zu Protokoll, daß die Todesursache Erstikken durch Strangulierung war; Sergeant Maskell zählte im einzelnen auf, welche Maßnahmen er für angebracht gehalten hatte, und ein Bericht des gerichtsmedizinischen Labors wurde vorgelegt, der bestätigte, daß ein auf dem Tisch vorgefundener Becher mit Kaffee untersucht und für harmlos befunden worden war. Das Urteil war, daß der Verstorbene von eigener Hand im Zustand geistiger Verwirrung gestorben war. Als Cordelia die schwere Mappe zuschlug, fühlte sie sich deprimiert. Es sah so aus, als sei die Arbeit der Polizei gründlich gewesen. War es tatsächlich möglich, daß diese erfahrenen Profis die Bedeutung des nicht fertig umgegrabenen Stückes, der achtlos an der Hintertür fallen gelassenen Gartenschuhe, des nicht angerührten Abendessens übersehen hatten?

Und jetzt, es war gerade Mittag, war sie bis halb drei Uhr frei. Sie konnte Cambridge erforschen. Sie kaufte den billigsten Führer, den sie bei Bowes & Bowes finden konnte, und widerstand der Versuchung, dort in den Büchern zu schmökern, da die Zeit knapp war und das Vergnügen rationiert werden mußte. Sie füllte ihre Umhängetasche mit einer Fleischpastete und Obst, das sie an einem Marktstand kaufte, und betrat die Kirche St. Mary, um sich in Ruhe hinzusetzen und ihre Marschroute auszuarbeiten. Dann lief sie anderthalb Stunden benommen vor Glück durch die Stadt und ihre Colleges.

Sie sah Cambridge von seiner schönsten Seite. Der Himmel war eine blaue Unendlichkeit, aus deren durchsichtigen Tiefen die Sonne in wolkenlosem, aber mildem Glanz schien. Die Bäume in den Collegegärten und die Alleen, die zu den Backs führten, reckten ihr grünes Maßwerk, noch unberührt von der Schwere des Hochsommers, gegen Stein und Fluß und Himmel. Boote schossen mit eingezogener Stange unter den Brücken durch und scheuchten die Wasservögel auf, und wo sich die neue Garret Hostel Bridge über den Fluß spannte, ließen die Weiden ihre hellen, beladenen Zweige im dunkleren Grün des Cam treiben.

Sie schloß alle besonderen Sehenswürdigkeiten in ihren Rundgang ein. Sie schritt feierlich die ganze Länge der Trinity Library ab, besuchte die Old Schools, saß still ganz hinten in der Kapelle des King's College und bestaunte den schwungvollen Aufstieg des großartigen Gewölbes John Wastells, das sich in gebogene Fächer aus zartem weißem Stein ausbreitete. Das Sonnenlicht floß durch die großen Fenster herein und färbte die reglose Luft blau, karmesinrot und grün. Die feingeschnitzten Tudorrosen, die Wappentiere, die die Krone stützten, traten in arrogantem Stolz aus der Holztäfelung hervor. Ungeachtet dessen, was Milton und Wordsworth geschrieben hatten, war diese Kapelle wohl doch zum Ruhm eines irdischen Souveräns und nicht, um Gott zu dienen, errichtet worden? Aber das konnte weder ihrem Zweck etwas anhaben noch schadete es ihrer Schönheit. Es war immer noch ein überaus religiöses Gebäude. Konnte ein Ungläubiger dieses herrliche Innere entworfen und ausgeführt haben? Gab es eine notwendige Einheit von Motiv und Schöpfung? Dies war eine Frage, der Carl, wohl als einziger unter den Genossen, nachzugehen versucht hätte, und sie dachte an ihn in seinem griechischen Gefängnis, versuchte von sich zu schieben, was sie ihm vielleicht antaten, und wünschte, seine untersetzte Gestalt könnte neben ihr sitzen.

Während ihres Rundgangs gönnte sie sich ein paar kleine besondere Freuden. Sie kaufte an einem Stand beim Westportal eine kleine, mit einem Bild der Kapelle bedruckte Leinendecke; sie lag mit dem Gesicht auf dem geschnittenen Gras über dem Fluß bei der King's Bridge und ließ das kalte grüne Wasser um ihre Arme strudeln; sie schlenderte zwischen den Bücherständen auf dem Marktplatz umher und kaufte, nachdem sie sorgfältig nachgerechnet hatte, eine kleine Dünndruckausgabe von Keats und einen braunen Baumwollkaftan mit einem Muster in Grün- und Blautönen. Falls das warme Wetter anhielt, wäre er an den Abenden angenehmer zu tragen als eine Bluse und Jeans.

Schließlich kehrte sie zum King's College zurück. Sie fand eine Bank vor der großen Steinmauer, die von der Kapelle zum Fluß lief, und setzte sich dort in die Sonne, um ihren Lunch zu essen. Ein privilegierter Spatz hüpfte über den makellosen Rasen und sah sie mit sorglosen, glänzenden Augen an. Sie warf ihm Bröckchen von der Kruste der Fleischpastete hin und mußte über sein aufgeregtes Gepicke lächeln. Vom Fluß wurden der Klang von Stimmen, die über das Wasser riefen, das gelegentliche Knirschen von Holz auf Holz, der schrille Ruf einer jungen Ente herübergetragen. Alles um sich herum – die Kiesel, glitzernd wie Edelsteine auf dem Kiespfad, die kleinen Grasspitzen am Rand des Rasens, die zerbrechlichen Beinchen des Spatzes – sah sie mit einer ungewöhnlichen Schärfe, als habe das Glücksgefühl ihre Augen klarer gemacht.

Dann kamen ihr die Stimmen ins Gedächtnis. Zuerst die ihres Vaters:

«Unser kleiner Faschist ist von den Papisten erzogen worden. Das erklärt eine ganze Menge. Wie in aller Welt ist das überhaupt passiert, Delia?»

«Du weißt doch, Papa. Sie haben mich mit einer anderen C. Gray verwechselt, und die war römisch-katholisch. Wir haben beide im selben Jahr die Aufnahmeprüfung für die höhere Schule bestanden. Als sie den Fehler entdeckten, schrieben sie dir und fragten, ob du etwas dagegen hättest, wenn ich weiter in der Klosterschule blieb, da ich mich doch da eingelebt hatte.»

Tatsächlich hatte er nicht geantwortet. Die Ehrwürdige Mutter hatte taktvoll versucht zu verheimlichen, daß er sich nicht darum gekümmert hatte zu antworten, und Cordelia war in der Klosterschule geblieben und hatte dort die sechs glücklichsten und ruhigsten Jahre ihres Lebens verbracht, durch Ordnung und Ritual geschieden vom Drunter und Drüber der Außenwelt, die unverbesserlich protestantisch war, zügellos, milde bedauert für ihre unbesiegbare Unwissenheit. Zum erstenmal erfuhr sie, daß sie ihre Intelligenz, diese Klugheit, die eine Folge von Pflegemüttern irgendwie als eine Bedrohung angesehen hatte, nicht verbergen mußte. Schwester Perpetua hatte gesagt:

«Es dürfte keine Schwierigkeiten mit dem Abitur geben, wenn du so weitermachst. Das heißt, wir denken an die Zulassung zum Studium im Oktober in zwei Jahren. Cambridge, denke ich. Wir könnten uns durchaus um Cambridge bemühen, und ich sehe wirklich keinen Grund, warum du keine Chance für ein Stipendium haben solltest.»

Schwester Perpetua war selbst in Cambridge gewesen, bevor sie in das Kloster eingetreten war, und sie sprach immer noch vom studentischen Leben, allerdings nicht sehnsüchtig oder bedauernd, sondern als sei es ein Opfer gewesen, das ihre Berufung wert war. Sogar die fünfzehnjährige Cordelia hatte erkannt, daß Schwester Perpetua eine wirkliche Gelehrte war und hatte es für ziemlich ungerecht vom lieben Gott gehalten, daß er eine Frau, so glücklich und nützlich wie sie, mit einer Berufung bedacht hatte. Aber Cordelia selbst war die Zukunft zum erstenmal geregelt und vielversprechend erschienen. Sie würde nach Cambridge gehen, und die Schwester würde sie dort besuchen. Sie hatte eine romantische Vorstellung von breiten Wegen unter der Sonne, auf denen sie beide in Donnes Paradies wandelten.

«Ströme des Wissens gibt es dort, Künste und Wissenschaften fließen von dort; verschlossene Gärten; bodenlose Tiefen unergründlichen Wissens gibt es dort.» Mit Hilfe ihres eigenen Kopfes und der Gebete der Schwester würde sie ihr Stipendium gewinnen. Die Gebete beunruhigten sie gelegentlich. Sie hatte nicht die geringsten Zweifel an ihrer Wirksamkeit, da Gott notwendigerweise jemandem Gehör schenken *mußte*, der unter solchen persönlichen Opfern Ihm Gehör geschenkt hatte. Und falls der Einfluß der Schwester ihr einen ungerechten Vorteil gegenüber den anderen Kandidaten verschaffte – nun, daran war nichts zu ändern. In einer Sache von so großer Bedeutung war weder Cordelia noch Schwester Perpetua geneigt, sich um theologische Spitzfindigkeiten zu sorgen.

Inzwischen hatte ihr Vater auf den Brief geantwortet. Er hatte ein Verlangen nach seiner Tochter entdeckt. Vorbei war es mit dem Abitur und dem Stipendium, und mit sechzehn beendete Cordelia ihre geregelte Ausbildung und begann ihr Wanderleben als Köchin, Krankenschwester, Botin und allgemeine Begleiterin des Vaters und der Genossen.

Und auf was für gewundenen Pfaden und mit was für einer seltsamen Absicht war sie endlich nach Cambridge gekommen. Die Stadt enttäuschte sie nicht. Auf ihrer Wanderschaft hatte sie hübschere Orte gesehen, aber keinen, an dem sie glücklicher und ruhiger gewesen war. Wirklich, dachte sie, wie konnte das Herz gleichgültig bleiben gegenüber dieser Stadt, wo Stein und buntes Glas, Wasser und grüne Rasen, Bäume und Blumen in einer solchen geordneten Schönheit im Dienste der Gelehrsamkeit arrangiert waren. Aber als sie schließlich mit Bedauern aufstand, um zu gehen, und ein paar Krümel von ihrem Rock schüttelte, kam ihr ein Zitat, unvermutet und nicht einzuordnen, in den Sinn. Sie hörte es mit solcher Klarheit, als wären die Worte von einer menschlichen Stimme, einer jungen, männlichen Stimme, unbekannt und doch geheimnisvoll vertraut, gesprochen worden: «Dann sah ich, daß es sogar von den Pforten des Himmels einen Weg zur Hölle gab.»

Das Gebäude der Polizeidirektion war modern und funktionell. Es verkörperte Autorität, gemildert durch Diskretion; das Publikum sollte beeindruckt, aber nicht eingeschüchtert werden. Sergeant Maskells Büro und der Sergeant selbst stimmten mit dieser Absicht überein. Er war überraschend jung und geschmackvoll angezogen, hatte ein eckiges, energisches Gesicht, wachsam aus Erfahrung, und eine lange, aber geschickt geschnittene Frisur, die den Polizeivorschriften, selbst für einen Detektiv in Zivil, eben noch knapp entsprechen konnte, dachte Cordelia. Er war äußerst höflich, ohne galant zu sein, und das ermutigte sie. Es würde kein leichtes Gespräch werden, aber sie wollte nicht mit der Nachsicht behandelt werden, die man einem hübschen, aber aufdringlichen Kind gegenüber zeigt. Manchmal half es, die Rolle eines verletzlichen und naiven, auf Auskünfte begierigen jungen Mädchens zu spielen – das war die Rolle, die Bernie ihr häufig hatte zuweisen wollen –, aber sie spürte, daß Sergeant Maskell mehr auf nüchterne Kompetenz ansprechen würde. Sie wollte tüchtig erscheinen, aber nicht zu tüchtig, und ihre Geheimnisse mußte sie für sich behalten; sie war hier, um Auskünfte zu erhalten, und nicht, um welche zu geben.

Sie erläuterte ihre Aufgabe knapp und zeigte ihm ihre Vollmacht von Sir Ronald. Er gab sie ihr zurück und bemerkte ohne Groll:

«Sir Ronald sagte nichts zu mir, was angedeutet hätte, daß er mit dem Urteil nicht zufrieden war.»

«Ich glaube nicht, daß es darum geht. Er vermutet keine Unregelmäßigkeit. Andernfalls wäre er zu Ihnen gekommen. Ich denke, es ist die Neugier des Wissenschaftlers zu erfahren, was seinen Sohn dazu veranlaßt hat, sich umzubringen, und der kann er nicht gut auf Kosten des Steuerzahlers nachgeben. Ich meine, Marks private Sorgen sind eigentlich nicht Ihr Problem, nicht wahr?»

«Sie könnten es sein, wenn die Gründe für seinen Tod eine kriminelle Handlung aufgedeckt hätten, etwa Erpressung, Einschüchterung, aber darauf gab es keinen Hinweis.»

«Sind Sie persönlich davon überzeugt, daß er sich selbst umgebracht hat?»

Der Sergeant sah sie mit dem plötzlichen scharfen Verstand eines Jagdhunds an, der Witterung bekommt.

«Warum fragen Sie das, Miss Gray?»

«Ich meine, wegen der Mühe, die Sie sich gemacht haben. Ich habe Miss Markland gesprochen und den Zeitungsbericht über die Voruntersuchung gelesen. Sie haben einen Gerichtsmediziner zugezogen; Sie haben die Leiche fotografieren lassen, bevor sie heruntergeholt wurde; Sie haben den Kaffee, der noch in seinem Becher war, untersuchen lassen.»

«Ich habe den Fall als verdächtigen Todesfall behandelt. Das ist mein übliches Verfahren. Diesmal erwiesen sich die Vorsichtsmaßnahmen als überflüssig, aber sie hätten es nicht zu sein brauchen.»

Cordelia sagte:

«Aber etwas beunruhigte Sie, etwas schien nicht in Ordnung?»

Er sagte, als hänge er seinen Erinnerungen nach:

«Oh, es war allem Anschein nach ziemlich unkompliziert. Fast die übliche Geschichte. Wir haben mehr als genug mit Selbstmorden zu tun. Da ist ein junger Mann, der sein Universitätsleben aus nicht erkennbaren Gründen aufgibt und beginnt, trotz gewisser Unannehmlichkeiten auf sich selbst gestellt zu leben. Man bekommt den Eindruck eines nach innen gekehrten, ziemlich einsiedlerischen Studenten, der sich seiner Familie oder seinen Freunden nicht anvertraut. Drei Wochen, nachdem er das College verlassen hat, wird er tot aufgefunden. Es gibt kein Anzeichen eines Kampfes, keine Unordnung im Gartenhaus: Er läßt bequemerweise eine auf Selbstmord hinweisende Nachricht in der Schreibmaschine, genau die Art von Nachricht, die man erwarten würde. Zugegeben, er macht sich die Mühe, alle Papiere im Gartenhaus zu vernichten, und läßt dennoch den Spaten ungereinigt und seine Gartenarbeit unbeendet liegen und gibt sich noch damit ab, ein Abendessen zu kochen, das er nicht mehr ißt. Aber das alles beweist nichts. Die Menschen benehmen sich nun mal irrational, besonders Selbstmörder. Nein, das alles war es nicht, was mir ein wenig zu denken gegeben hat; es war der Knoten.»

Plötzlich beugte er sich hinunter und kramte in der linken Schreibtischschublade.

«Hier», sagte er. «Wie würden Sie das benutzen, um sich aufzuhängen, Miss Gray?»

Der Riemen war ungefähr anderthalb Meter lang. Er war knapp drei Zentimeter breit und bestand aus starkem, aber geschmeidigem Leder, das stellenweise vom Alter nachgedunkelt war. Ein Ende lief schmal zu und war mit einer Reihe kleiner, metallgefaßter Löcher versehen, das andere mit einer starken Messingschnalle ausgestattet. Cordelia nahm ihn in die Hand; Sergeant Maskell sagte:

«Das hier hat er genommen. Offensichtlich ist es als Riemen gedacht, aber Miss Leaming bestätigte, daß er ihn gewöhnlich zweimal um die Taille gebunden als Gürtel benutzte. Also, Miss Gray, wie würden Sie sich erhängen?»

Cordelia ließ den Riemen durch die Hände gleiten.

«Zuallererst würde ich natürlich das schmale Ende durch die Schnalle ziehen, um eine Schlinge zu machen. Dann würde ich mich mit der Schlinge um den Hals auf einen Stuhl stellen und das andere

Ende des Riemens über den Haken ziehen. Ich würde ihn ziemlich kräftig anziehen und dann noch zweimal darumschlingen, um ihn festzuhalten. Ich würde fest an dem Riemen reißen, um mich zu vergewissern, daß der Knoten nicht aufgeht und der Haken hält. Dann würde ich den Stuhl umstoßen.»

Der Sergeant schlug die Akte vor sich auf und schob sie über den Schreibtisch.

«Sehen Sie sich das an», sagte er. «Das ist ein Bild von dem Knoten.»

Das Polizeifoto, hart in Schwarz und Weiß, zeigte den Knoten in bewundernswerter Deutlichkeit. Es war ein Seemannsknoten am Ende einer flachen Schleife, und er hing ungefähr dreißig Zentimeter vom Haken.

Sergeant Maskell sagte:

«Ich bezweifle, daß er diesen Knoten mit den Händen über dem Kopf knüpfen konnte, das könnte niemand. Demnach muß er zuerst die Schlinge gemacht haben, so wie Sie, und dann den Seemannsknoten geknüpft haben. Aber das kann auch nicht stimmen. Zwischen der Schnalle und dem Knoten waren nur wenige Zentimeter. Wenn er es so gemacht hätte, dann hätte er nicht genug Spiel am Riemen gehabt, um seinen Kopf durch die Schlinge zu stecken. Es gibt nur eine Möglichkeit, wie er es gemacht haben könnte. Er machte zuerst die Schlinge, zog sie an, bis der Riemen an seinem Hals wie ein Kragen saß, und knüpfte dann den Seemannsknoten. Dann stieg er auf den Stuhl, legte die Schlinge über den Haken und trat den Stuhl zur Seite. Sehen Sie, das hier zeigt Ihnen, was ich meine.»

Er schlug eine andere Seite in der Akte auf und warf sie ihr plötzlich hin.

Die Fotografie, umbarmherzig, eindeutig, ein surrealer Horror in Schwarzweiß, hätte so unecht wie ein übler Scherz ausgesehen, wenn der Körper nicht so augenfällig tot gewesen wäre. Cordelia spürte ihr Herz gegen die Brust hämmern. Neben diesem Entsetzen war Bernies Tod sanft gewesen. Sie beugte ihren Kopf tief über die Akte, so daß ihr Haar nach vorn fiel und ihr Gesicht verdeckte, und zwang sich, die bedauernswerte Sache vor sich zu betrachten.

Der Hals war in die Länge gezogen, so daß die nackten Füße, die Zehen wie bei einem Tänzer gespitzt, nur eine Fußhöhe über dem Boden hingen. Die Bauchmuskeln waren gespannt. Der vorstehende Brustkorb sah zerbrechlich aus wie der eines Vogels. Der

Kopf lag grotesk auf der Schulter wie die schreckliche Karikatur einer aus dem Leim gegangenen Puppe. Die Augen waren unter halboffenen Lidern nach oben gerollt. Die geschwollene Zunge hatte sich zwischen die Lippen gedrängt.

Cordelia sagte ruhig:

«Ich sehe, was Sie meinen. Da sind nur gut zehn Zentimeter Riemen zwischen dem Hals und dem Knoten. Wo ist die Schnalle?»

«Hinten am Hals unter dem linken Ohr. Weiter hinten in der Akte ist eine Aufnahme von dem Einschnitt, den sie in das Fleisch gemacht hat.»

Cordelia sah nicht nach. Warum, fragte sie sich, hatte er ihr dieses Foto gezeigt? Es war nicht nötig, um seine Schlußfolgerung zu untermauern. Hatte er gehofft, sie zu schockieren, damit ihr klarwurde, in was sie sich da einließ, sie zu strafen, weil sie ihm ins Gehege kam, die brutale Wirklichkeit seines Berufs ihrer amateurhaften Einmischung gegenüberzustellen, sie vielleicht zu warnen? Aber wovor? Die Polizei hatte keinen echten Verdacht, daß etwas nicht mit rechten Dingen zugegangen war; der Fall war abgeschlossen. War es vielleicht die unerwartete Gehässigkeit, der Anflug von Sadismus eines Mannes, der dem Drang, zu verletzen und zu schockieren, nicht widerstehen konnte? Waren ihm überhaupt seine eigenen Motive klar?

Sie sagte:

«Ich stimme Ihnen zu, daß er es nur so getan haben kann, wie Sie es beschrieben haben, falls er es getan hat. Aber angenommen, ein anderer hat die Schlinge fest um seinen Hals gezogen und ihn dann aufgehängt. Er dürfte schwer gewesen sein, ein totes Gewicht. Wäre es nicht leichter gewesen, zuerst die Knoten zu machen und ihn dann auf den Stuhl zu heben?»

«Nachdem er ihn erst gebeten hätte, ihm seinen Gürtel zu reichen?»

«Warum sollte er einen Gürtel benutzen? Der Mörder hätte ihn auch mit einer Schnur oder Krawatte erwürgen können. Oder hätte das eine tiefere und feststellbare Strieme unter dem Abdruck des Riemens hinterlassen?»

«Der Pathologe hat nach so einem Mal gesucht. Er hat nichts gefunden.»

«Es gibt allerdings andere Möglichkeiten; eine Plastiktüte, so eine dünne, in die man Kleider einpackt, über seinen Kopf geworfen und fest gegen sein Gesicht gepreßt, ein dünner Schal, ein Damenstrumpf.»

«Ich sehe, Sie würden eine erfinderische Mörderin abgeben, Miss Gray. Das ist möglich, aber dafür wäre ein kräftiger Mann nötig, und es müßte ein Überraschungsmoment dazukommen. Wir haben keine Hinweise auf einen Kampf gefunden.»

«Aber es hätte auf diese Art gemacht werden können?»

«Natürlich, aber es gibt nicht den geringsten Beweis, daß es so war.»

«Und wenn er zuerst betäubt wurde?»

«An diese Möglichkeit dachte ich tatsächlich; deshalb ließ ich den Kaffee untersuchen. Aber es war keine Droge beigemischt, die Obduktion hat es bestätigt.»

«Wieviel Kaffee hat er getrunken?»

«Nur etwa einen halben Becher nach dem Obduktionsbefund, und er starb unmittelbar danach. Irgendwann zwischen sieben und neun Uhr abends, enger konnte es der Pathologe nicht eingrenzen.»

«Ist es nicht eigenartig, daß er den Kaffee vor dem Essen trank?»

«Da gibt es kein Gesetz. Wir wissen nicht, wann er vorhatte, sein Abendessen zu sich zu nehmen. Jedenfalls können Sie keinen Mordfall auf der Reihenfolge aufbauen, in der es einem Mann beliebt, zu essen und zu trinken.»

«Und was ist mit dem Brief, den er hinterließ? Es ist wohl nicht möglich, von den Schreibmaschinentasten Fingerabdrücke abzunehmen?»

«Bei diesem Typ von Tasten ist es nicht leicht. Wir versuchten es, aber es kam nichts deutlich zum Vorschein.»

«Also haben Sie schließlich akzeptiert, daß es Selbstmord war?»

«Schließlich habe ich akzeptiert, daß es nicht möglich war, etwas anderes zu beweisen.»

«Aber Sie hatten einen gefühlsmäßigen Verdacht? Der frühere Kollege meines Partners – er ist Kriminalrat beim Yard – setzte immer auf seine Eingebungen.»

«Ja, schön, das sind die Londoner, die können sich das leisten. Wenn ich auf alle meine Vorahnungen setzen würde, bekäme ich keine Arbeit fertig; nicht was Sie vermuten, sondern was Sie beweisen können, das zählt.»

«Darf ich den Abschiedsbrief und den Gürtel mitnehmen?»

«Warum nicht, wenn Sie beides quittieren? Anscheinend will sie sonst keiner haben.»

«Könnte ich jetzt bitte den Brief sehen?»

Er zog ihn aus dem Aktenordner und reichte ihn ihr. Cordelia begann für sich die ersten Worte zu lesen, die sie fast auswendig wußte.

... bis sich eine Leere, grenzenlos wie der niedere Himmel, unter uns auftat ...

Sie war, nicht zum erstenmal, von der Wichtigkeit des geschriebenen Wortes, der Magie geordneter Symbole beeindruckt. Würde Dichtung ihren Zauber behalten, wenn man die Zeilen als Prosa druckte, wäre Prosa so zwingend ohne die strukturgebende und Akzente setzende Kraft der Interpunktion? Miss Leaming hatte das Zitat aus Blake gesprochen, als sei ihr seine Schönheit aufgegangen, doch hier, auf dem Papier, übte es eine noch größere Kraft aus.

In diesem Augenblick fielen ihr zwei Dinge im Zusammenhang mit dem Zitat ein, die sie den Atem anhalten ließen. Das erste war etwas, was sie Sergeant Maskell lieber nicht mitteilen wollte, aber es bestand kein Grund, warum sie nicht über das zweite reden sollte. Sie sagte:

«Mark Callender muß viel Übung auf der Schreibmaschine gehabt haben. Das hat ein Fachmann geschrieben.»

«Das glaube ich nicht. Wenn Sie genau hinschauen, sehen Sie, daß ein paar Buchstaben schwächer sind als der Rest. Das ist immer ein Hinweis auf einen Amateur.»

«Aber die schwachen Buchstaben sind nicht immer dieselben. Gewöhnlich sind es die Tasten am Rand des Tastenfelds, die der ungeübte Schreiber schwächer anschlägt. Und die Raumeinteilung ist gut bis fast zum Ende des Abschnitts. Es sieht so aus, als sei dem Schreiber plötzlich eingefallen, daß er seine Fähigkeit verschleiern sollte, als hätte er aber keine Zeit mehr gehabt, den ganzen Abschnitt noch einmal zu tippen. Und es ist eigenartig, daß die Interpunktion so genau ist.»

«Es ist wahrscheinlich direkt von der gedruckten Seite abgeschrieben. Im Schlafzimmer des Jungen fand sich ein Buch von Blake. Das Zitat stammt von Blake, wissen Sie, dem Dichter des ‹*Tiger*›.»

«Ich weiß. Wenn er es aber aus dem Buch abgeschrieben hat, warum hat er sich dann die Mühe gemacht, den Blake in sein Schlafzimmer zurückzubringen?»

«Er war ein ordentlicher junger Mann.»

«Aber nicht ordentlich genug, um seinen Kaffeebecher zu spülen und seinen Spaten zu reinigen.»

«Das beweist nichts. Wie ich gesagt habe, benehmen sich die Menschen seltsam, wenn sie vorhaben, sich umzubringen. Wir wissen, daß es seine Schreibmaschine war und daß er sie seit einem Jahr besaß. Aber wir konnten das Geschriebene nicht mit seiner eigenen Arbeit vergleichen. Seine ganzen Papiere waren verbrannt worden.»

Er warf einen Blick auf seine Armbanduhr und stand auf. Cordelia merkte, daß die Unterredung zu Ende war. Sie unterschrieb einen Schein für den Abschiedsbrief und den Ledergürtel, dann gab sie ihm die Hand und bedankte sich förmlich für seine Hilfe. Als er ihr die Tür aufhielt, sagte er ziemlich unvermittelt:

«Da gibt es noch eine interessante Einzelheit, die Sie vielleicht wissen möchten. Es sieht so aus, als sei er irgendwann im Laufe des Tages, an dem er starb, mit einer Frau zusammengewesen. Der Pathologe fand eine winzige Spur – nicht mehr als eine dünne Linie – von purpurrotem Lippenstift auf seiner Oberlippe.»

3. Kapitel

New Hall mit seiner byzantinischen Atmosphäre, dem tiefliegenden Hof und dem glänzenden Kuppelsaal, der einer geschälten Orange glich, erinnerte Cordelia an einen Harem – zugegebenermaßen an den Harem eines Sultans mit aufgeschlossenen Ansichten und einer Vorliebe für kluge Mädchen, aber dennoch an einen Harem. Das College war bestimmt zu schön, um nicht von ernsthaften Studien abzulenken. Sie war sich auch nicht sicher, ob ihr die aufdringliche Weichheit der weißen Mauersteine, die manierierte Schönheit der flachen Teiche, wo die Goldfische wie blutrote Schatten an den Wasserlilien vorbeiglitten, die geschickt gesetzten jungen Bäumchen gefielen. Sie konzentrierte sich auf ihre Kritik an dem Gebäude, was ihr half, sich nicht einschüchtern zu lassen.

Sie hatte es vermieden, an der Pförtnerloge nach Miss Tilling zu fragen, weil sie befürchtete, nach ihrem Anliegen gefragt oder nicht eingelassen zu werden. Es schien ihr klüger, einfach hineinzugehen und sich auf ihr Glück zu verlassen. Das Glück war auf ihrer Seite. Nach zwei vergeblichen Erkundigungen nach Sophia Tillings Zimmer rief ihr eine vorbeieilende Studentin zu:

«Sie wohnt nicht im College, aber sie sitzt dort drüben mit ihrem Bruder im Gras.»

Cordelia trat aus dem Schatten des Hofes in das helle Sonnenlicht hinaus und ging über moosweichen Rasen auf die kleine Gruppe zu. Vier waren es, die da im warm duftenden Gras lagen. Die zwei Tillings waren unverkennbar Bruder und Schwester. Cordelias erster Gedanke war, daß die beiden sie mit ihren kräftigen dunklen Köpfen, in stolzer Haltung auf ungewöhnlich kurzen Hälsen, und ihren geraden Nasen über geschwungenen, verkürzten Oberlippen an einige präraffaelitische Porträts erinnerten. Neben ihrer eckigen Vornehmheit wirkte das zweite Mädchen sehr weich. Falls dies das Mädchen war, das Mark in seinem Gartenhaus besucht hatte, hatte Miss Markland es zu Recht als schön bezeichnet. Sie hatte ein ovales Gesicht mit einer hübschen schmalen Nase, einen kleinen, aber schön geformten Mund und schrägstehende Augen von einem überraschend tiefen Blau, die ihrem ganzen Gesicht ein orientalisches Aussehen verliehen, das mit ihrem hellen Teint und dem langen blonden Haar unvereinbar war. Sie trug ein knöchellanges Kleid aus feiner, lila gemusterter Baumwolle, von der Taille hoch geknöpft, sonst aber durch nichts anderes gehalten. Das geraffte Mieder umschloß ihre vollen Brüste, und der Rock fiel offen und enthüllte knapp sitzende Shorts aus demselben Stoff. Soviel Cordelia sehen konnte, trug sie sonst nichts. Ihre Füße waren nackt, und ihre langen, wohlgeformten Beine waren nicht von der Sonne gebräunt. Cordelia dachte für sich, daß diese weißen sinnlichen Schenkel erotischer wirken mußten als eine ganze Stadt voller sonnenverbrannter Gliedmaßen und daß das Mädchen es wußte. Sophia Tillings dunkles, gutes Aussehen ließ diese weichere, hinreißende Schönheit nur noch stärker zur Geltung kommen.

Auf den ersten Blick war das vierte Mitglied der Gruppe unauffälliger. Es war ein untersetzter, bärtiger junger Mann mit rostbraunem lockigem Haar und einem eckigen Gesicht, der im Gras neben Sophia Tilling lag.

Alle außer dem blonden Mädchen trugen verwaschene Jeans und sportliche Baumwollhemden.

Cordelia war neben die Gruppe getreten und hatte ein paar Sekunden über ihnen gestanden, ehe sie Notiz von ihr nahmen. Sie sagte:

«Ich suche Hugo und Sophia Tilling. Mein Name ist Cordelia Gray.» Hugo Tilling sah auf:

«Was sagt Cordelia nun? Sie liebt und schweigt.»

Cordelia sagte:

«Die Leute, die meinen, sie müssen einen Scherz wegen meines Namens machen, fragen mich gewöhnlich nach meinen Schwestern. Es wird auf die Dauer langweilig.»

«Das muß es wohl. Tut mir leid. Ich bin Hugo Tilling, das ist meine Schwester, das ist Isabelle de Lasterie und das Davie Stevens.»

Davie Stevens setzte sich wie ein Schachtelmännchen auf und sagte ein freundliches «Tag».

Er sah Cordelia mit spöttischer Aufmerksamkeit an. Sie wußte nicht recht, wie sie Davie einordnen sollte. Ihr erster Eindruck von der kleinen Gruppe, vielleicht beeinflußt von der Architektur des Colleges, war der von einem Sultan gewesen, der es sich mit zweien seiner Lieblingsfrauen gemütlich machte und von dem Hauptmann der Wache begleitet wurde. Aber als sie Davies festem, klugem Blick begegnete, schwand dieser Eindruck. Sie hatte den Verdacht, daß in diesem Serail eher der Hauptmann der Wache die beherrschende Persönlichkeit war.

Sophia Tilling nickte ihr zu und sagte «Hallo.»

Isabelle sagte nichts, aber ein Lächeln, schön und nichtssagend, breitete sich über ihrem Gesicht aus. Hugo sagte:

«Möchten Sie sich nicht setzen, Cordelia Gray, und das Wesen Ihrer Bedürfnisse erläutern?»

Cordelia kniete sich vorsichtig hin, um Grasflecke auf dem weichen Wildleder ihres Rockes zu vermeiden. Es war eine seltsame Art, Verdächtige zu verhören – nur waren diese Menschen natürlich keine Verdächtige –, sie sah eher wie eine Bittstellerin aus, als sie da vor ihnen kniete. Sie sagte:

«Ich bin Privatdetektiv. Sir Ronald Callender hat mich angestellt, um herauszubekommen, warum sein Sohn starb.»

Die Wirkung ihrer Worte war verblüffend. Die kleine Gruppe, die sich bequem gerekelt hatte wie erschöpfte Krieger, erstarrte vor plötzlichem Schrecken zu einem reglosen Bild, als sei sie in Marmor gehauen. Dann, kaum wahrnehmbar, entspannten sie sich. Cordelia konnte das langsame Ausströmen des angehaltenen Atems hören. Sie beobachtete ihre Gesichter. Davie Stevens war am wenigsten betroffen. Er lächelte ein wenig traurig, interessiert, aber ohne Angst, und warf Sophie einen Blick zu, als sei er ein Mitschuldiger. Der Blick wurde nicht erwidert; sie und Hugo sahen starr geradeaus. Cordelia spürte, daß die beiden Tillings sorgsam vermieden, sich in die Augen zu sehen. Es war jedoch Isabelle, die am meisten erschüttert war. Sie schnappte nach Luft und schlug ihre Hand vors Gesicht wie eine zweitrangige Schauspielerin, die Entsetzen mimt. Ihre Augen weiteten sich zu bodenlosen Tiefen dunklen Blaus und richteten sich verzweifelt auf Hugo. Sie sah so blaß aus, daß Cordelia halb damit rechnete, sie würde ohnmächtig. Sie dachte:

Falls ich mich mitten in einer Verschwörung befinde, dann weiß ich, wer ihr schwächstes Glied ist.

Hugo Tilling sagte:

«Sie wollen uns erzählen, daß Ronald Callender Sie angestellt hat, damit Sie herausfinden, warum Mark starb?»

«Ist das so außergewöhnlich?»

«Ich finde es unglaublich. Er hatte kein besonderes Interesse an seinem Sohn, solange er lebte, warum will er jetzt anfangen, wo er tot ist?»

«Woher wissen Sie, daß er sich nicht besonders für ihn interessiert hat?»

«Das ist nur so ein Gedanke von mir.»

Cordelia sagte:

«Nun, jetzt interessiert er sich dafür, selbst wenn es nur der Drang des Wissenschaftlers ist, die Wahrheit aufzudecken.»

«Dann sollte er sich lieber an die Mikrobiologie halten und entdecken, wie man Plastik in Salzwasser löslich macht oder was auch immer. Menschliche Wesen sind nicht empfänglich für seine Art von Behandlung.»

Davie Stevens sagte mit lässiger Gleichgültigkeit:

«Ich wundere mich, daß Sie diesen arroganten Faschisten ertragen können.»

Der Spott riß an zu vielen Saiten der Erinnerung. Sich absichtlich verständnislos stellend, sagte Cordelia:

«Ich habe nicht nachgefragt, welche politische Partei Sir Ronald bevorzugt.»

Hugo lachte.

«Das meint Davie nicht. Mit faschistisch meint Davie, daß Ronald Callender gewisse unhaltbare Ansichten vertritt. Zum Beispiel, daß vielleicht nicht alle Menschen gleich geschaffen sind, daß das allgemeine Wahlrecht vielleicht nicht notwendigerweise zum allgemeinen Glück der Menschheit beiträgt, daß die linken Diktaturen nicht merklich liberaler und erträglicher sind als die rechten Diktaturen, daß es kaum ein Fortschritt ist, wenn Schwarze von Schwarzen anstatt von Weißen getötet werden, soweit es die Opfer betrifft, und daß der Kapitalismus vielleicht nicht für alle Übel der Menschheit – von Drogenabhängigkeit bis zu schlechtem Satzbau – verantwortlich ist. Ich unterstelle nicht, daß Ronald Callender alle oder auch nur eine dieser verwerflichen Ansichten vertritt. Aber Davie ist davon überzeugt.»

Davie warf ein Buch nach Hugo und sagte ohne Groll:

«Hör auf! Du redest wie der *Daily Telegraph*. Und du langweilst unseren Gast.»

Sophie Tilling fragte plötzlich:

«Hat Sir Ronald Ihnen etwa vorgeschlagen, uns auszufragen?»

«Er sagte, daß Sie Marks Freunde sind; er sah Sie bei der gerichtlichen Voruntersuchung und bei der Trauerfeier.»

Hugo lachte:

«Um Gottes willen! Stellte er sich *das* unter Freundschaft vor?»

Cordelia sagte:

«Aber Sie waren dort?»

«Wir gingen zu der Voruntersuchung – wir alle außer Isabelle, die zwar eine Zierde, aber unzuverlässig gewesen wäre. Es war ziemlich öde. Es gab eine ganze Menge von unwichtigen medizinischen Beweisen über den ausgezeichneten Zustand von Marks Herz, Lunge und Verdauungsapparat zu hören. Soweit ich verstanden habe, hätte er ewig gelebt, wenn er sich keinen Gürtel um den Hals gelegt hätte.»

«Und die Trauerfeier? Waren Sie dort auch?»

«Ja, im Krematorium von Cambridge. Eine sehr gedämpfte Angelegenheit. Es waren nur sechs Leute da außer den Männern vom Bestattungsunternehmen – wir drei, Ronald Callender, diese Sekretärin-Haushälterin von ihm und eine alte Kinderschwester oder so was in Schwarz. Sie gab der ganzen Angelegenheit eine ziemlich düstere Note, fand ich. Tatsächlich sah sie so haargenau wie ein altes Familienfaktotum aus, daß ich den Verdacht habe, sie war eine verkleidete Polizistin.»

«Warum sollte sie das sein? Sah sie wie eine aus?»

«Nein, aber Sie sehen schließlich auch nicht wie ein Privatdetektiv aus.»

«Sie haben keine Ahnung, wer sie war?»

«Nein, wir wurden nicht vorgestellt; es war keine Trauerfeier von der geselligen Art. Jetzt fällt mir ein, daß keiner von uns ein einziges Wort zu einem von den anderen sagte. Sir Ronald trug eine

Maske öffentlicher Trauer – der König, der um den Kronprinzen trauert.»

«Und Miss Leaming?»

«Die Gemahlin des Königs; sie hätte einen schwarzen Schleier vor ihrem Gesicht tragen sollen.»

«Ich fand, daß ihr Leid ziemlich echt war», sagte Sophie.

«Das kannst du nicht sagen. Keiner. Was ist Leid? Was ist echt?»

Davie Stevens wälzte sich wie ein ausgelassener Hund auf den Bauch und sagte plötzlich: «Miss Leaming sah in meinen Augen ganz schön leidend aus. Übrigens hieß die alte Dame Pilbeam; jedenfalls war das der Name auf dem Kranz.»

Sophie lachte:

«Dieses scheußliche Kreuz aus Rosen mit der schwarz umrandeten Karte? Das hätte ich mir denken können, daß es von ihr war. Aber wieso weißt du das?»

«Ich habe nachgesehen, Schatz. Die Männer vom Bestattungsunternehmen haben den Kranz vom Sarg genommen und an die Wand gelehnt, also habe ich schnell einen Blick riskiert. Auf der Karte stand: ‹Mit aufrichtigem Mitgefühl von Nanny Pilbeam.›»

Sophie sagte:

«Stimmt, ich habe dich gesehen, jetzt weiß ich es wieder. Wie herrlich feudal! Seine arme alte Nanny, das muß sie eine schöne Stange Geld gekostet haben.»

«Hat Mark jemals von Nanny Pilbeam gesprochen?» fragte Cordelia.

Sie warfen sich einen raschen Blick zu. Isabelle schüttelte den Kopf. Sophie sagte: «Zu mir nicht.»

Hugo Tilling antwortete:

«Er hat nie von ihr gesprochen, aber ich glaube, ich habe sie vor der Trauerfeier schon einmal gesehen. Sie kam vor ungefähr sechs Wochen im College vorbei – tatsächlich an Marks einundzwanzigstem Geburtstag – und fragte nach ihm. Ich war gerade in der Pförtnerloge, und Robbins fragte mich, ob Mark im College sei. Sie ging in sein Zimmer hoch, und sie waren dort ungefähr eine Stunde zusammen. Ich sah sie weggehen, aber er hat sie mir gegenüber weder damals noch später erwähnt.»

Und bald darauf, dachte Cordelia, gab er die Universität auf. Konnte da ein Zusammenhang bestehen? Es war nur ein winziger Anhaltspunkt, aber sie würde ihm nachgehen müssen. Sie fragte aus einer Neugier, die verkehrt und unangebracht schien:

«Gab es noch andere Blumen?»

Es war Sophie, die antwortete:

«Ein einfacher Strauß Gartenblumen auf dem Sarg. Keine Karte. Miss Leaming, nehme ich an. Es war kaum Sir Ronalds Stil.»

«Sie waren seine Freunde. Bitte erzählen Sie mir von ihm», bat Cordelia.

Sie sahen einander an, als müßten sie beschließen, wer reden sollte. Ihre Verlegenheit war fast greifbar. Sophie Tilling zupfte kleine Grashalme aus und rollte sie zwischen ihren Fingern. Ohne aufzublicken, sagte sie:

«Mark war ein sehr in sich gekehrter Mensch. Ich bin mir nicht sicher, wie weit einer von uns ihn kannte. Er war still, freundlich, zurückhaltend, bescheiden. Er war intelligent, ohne raffiniert zu sein. Er war sehr liebenswürdig; er kümmerte sich um seine Mitmenschen, belastete sie aber nicht mit seinen Sorgen. Er verfügte über wenig Selbstachtung, aber das schien ihn nie zu beunruhigen. Ich glaube nicht, daß wir sonst noch etwas über ihn sagen können.»

Plötzlich sprach Isabelle, mit einer so leisen Stimme, daß Cordelia sie kaum verstehen konnte. Sie sagte:

«Er war lieb.»

Hugo sagte mit einer unerwarteten, ärgerlichen Ungeduld:

«Er war lieb, und er ist tot. Da haben Sie es. Wir können Ihnen über Mark Callender nicht mehr erzählen als das. Keiner von uns hat ihn gesehen, nachdem er das College hingeschmissen hat. Er fragte uns nicht um Rat, bevor er wegging, und er fragte uns nicht um Rat, bevor er sich umbrachte. Er war, wie meine Schwester Ihnen gesagt hat, ein sehr in sich gekehrter Mensch. Ich schlage vor, daß Sie ihm sein Eigenleben lassen.»

«Hören Sie», sagte Cordelia, «Sie sind zur Voruntersuchung gegangen, Sie sind zur Trauerfeier gegangen. Wenn Sie sich nicht mehr mit ihm getroffen haben, wenn er Ihnen so gleichgültig war, warum haben Sie sich dann diese Mühe gemacht?»

«Sophie ging aus Zuneigung. Davie ging, weil Sophie es tat. Ich ging aus Neugier und Achtung! Sie dürfen sich von meiner saloppen, frechen Art nicht verleiten lassen zu denken, ich hätte kein Herz.»

Cordelia sagte hartnäckig:

«Jemand hat ihn am Abend, an dem er starb, im Gartenhaus besucht. Jemand hat Kaffee mit ihm getrunken. Ich habe vor herauszukriegen, wer jene Person war.»

War es nur Einbildung, daß diese Neuigkeit sie überraschte? Sophie Tilling sah aus, als wollte sie eine Frage stellen, als ihr Bruder ihr schnell zuvorkam:

«Es war keiner von uns. In der Nacht, als Mark starb, saßen wir alle in der zweiten Reihe im ersten Rang des Arts Theatre und sahen uns Pinter an. Ich weiß nicht, ob ich es beweisen kann. Ich bezweifle, daß die Frau an der Kasse den Sitzplan von diesem bestimmten Abend aufgehoben hat, aber ich habe die Plätze bestellt, und sie erinnert sich vielleicht an mich. Wenn Sie unbedingt so schrecklich genau sein müssen, kann ich Sie wahrscheinlich mit einem Freund bekannt machen, der von meiner Absicht wußte, ein paar Leute mit in das Stück zu nehmen, und mit einem anderen, der wenigstens einen Teil von uns in der Pause gesehen hat, oder mit noch einem anderen, mit dem ich anschließend über die Vorstellung diskutiert habe. Nichts davon beweist etwas; meine Freunde sind eine hilfsbereite Clique. Es wäre einfacher für Sie, wenn Sie das, was ich sage, als die Wahrheit hinnehmen. Warum sollte ich lügen? Wir waren am Abend des 26. Mai alle vier im Arts Theatre.»

Davie Stevens sagte freundlich: «Warum sagen Sie diesem arroganten Schweinehund Pa Callender nicht, er soll sich zum Teufel scheren und seinen Sohn in Frieden lassen, und Sie suchen sich einen netten, einfachen Fall von Diebstahl?»

«Oder Mord», sagte Hugo Tilling.

«Suchen Sie sich einen netten, einfachen Mordfall.»

Als gehorchten sie irgendeinem geheimen Signal, begannen sie aufzustehen, ihre Bücher zusammenzusuchen und die Grashalme von ihren Kleidern abzuschütteln. Cordelia folgte ihnen durch die Innenhöfe und aus dem College. Immer noch schweigend, ging die Gruppe auf einen weißen Renault zu, der im Vorhof geparkt war.

Cordelia holte sie ein und sprach Isabelle direkt an.

«Hat Ihnen der Pinter gefallen? Hat diese furchtbare letzte Szene, in der Wyatt Gillman von den Eingeborenen erschossen wird, Sie nicht erschreckt?»

Es funktionierte so leicht, daß Cordelia sich beinahe selbst verachtete. Die großen dunkelblauen Augen bekamen einen verwirrten Ausdruck.

«O nein! Das hat mir nichts ausgemacht, ich war nicht erschreckt. Ich war ja bei Hugo und den anderen, wissen Sie.»

Cordelia wandte sich an Hugo Tilling.

«Ihre Freundin scheint den Unterschied zwischen Pinter und Osborne nicht zu kennen.»

Hugo setzte sich auf den Fahrersitz des Autos. Er drehte sich um, um die hintere Tür für Sophie und Davie zu öffnen. Er sagte ruhig:

«Meine Freundin, wie Sie sie nennen, lebt in Cambridge – unzureichend beaufsichtigt, kann ich zum Glück sagen – zu dem Zweck, Englisch zu lernen. Bis jetzt ist ihr Fortschritt fragmentarisch und in mancher Hinsicht enttäuschend gewesen. Man kann nie sicher sein, wieviel meine Freundin verstanden hat.»

Der Motor sprang an. Das Auto setzte sich in Bewegung. In diesem Augenblick streckte Sophie Tilling ihren Kopf aus dem Fenster und sagte spontan:

«Ich habe nichts dagegen, mich über Mark zu unterhalten, wenn Sie meinen, daß es nutzt. Das wird zwar nicht der Fall sein, aber Sie können heute nachmittag bei mir vorbeikommen, wenn Sie wollen – Norwich Street 57. Kommen Sie nicht zu spät; Davie und ich gehen Boot fahren. Sie können auch mitkommen, wenn Sie Lust haben.»

Das Auto wurde schneller. Cordelia sah ihm nach, bis es außer Sicht war. Hugo hob seine Hand zu einem ironischen Abschiedsgruß, aber keiner von ihnen wandte den Kopf.

Cordelia murmelte die Adresse vor sich hin, bis sie sicher aufgeschrieben war: Norwich Street 57. Ob Sophie hier wohl in Untermiete wohnte, vielleicht in einem Studentenheim, oder lebte ihre Familie in Cambridge? Nun, sie würde es ja bald feststellen. Wann sollte sie hingehen? Zu früh würde übertrieben eifrig aussehen; zu spät, dann wären sie vielleicht schon zum Fluß aufgebrochen. Welches Motiv auch immer Sophie Tilling veranlaßt hatte, diese verspätete Einladung auszusprechen, sie durfte jetzt nicht den Kontakt verlieren.

Sie wußten irgend etwas, das sie mit einem Schuldgefühl erfüllte; das war ganz deutlich gewesen. Warum hätten sie sonst so heftig auf ihr Erscheinen reagieren sollen? Sie wünschten, daß die Fakten von Mark Callenders Tod nicht aufgerührt würden. Sie würden versuchen, sie zu überreden, ihr gut zuzureden oder gar Schamgefühl in ihr zu wecken, damit sie den Fall aufgäbe. Würden sie, fragte sie sich, auch drohen? Aber warum? Die wahrscheinlichste Theorie war, daß sie jemanden deckten. Aber noch einmal, warum? Mord war etwas anderes, als wenn einer nachts ins College einstieg, eine entschuldbare Übertretung der Regeln, die ein Freund selbstverständlich verstehen und verheimlichen würde. Mark Callender war ihr Freund. Jemand, den er kannte und dem er vertraute, hatte einen Riemen fest um seinen Hals gezogen, hatte seinem qualvollen Ersticken zugesehen und zugehört, hatte seinen Körper an einen Haken gehängt wie den Kadaver eines Tieres. Wie ließ sich dieses entsetzliche Wissen vereinbaren mit Davie Stevens' leicht amüsiertem und wehmütigem Blick auf Sophie, mit Hugos zynischer Ruhe, mit Sophies freundlichen und interessierten Augen? Wenn sie Verschwörer waren, dann waren sie Ungeheuer. Und Isabelle? Falls sie jemanden deckten, war es am wahrscheinlichsten, daß es sich um Isabelle handelte. Aber Isabelle de Lasterie konnte Mark nicht ermordet haben. Cordelia erinnerte sich an die zarten, hängenden Schultern, diese unbrauchbaren, fast durchsichtigen Hände, die langen, wie zierliche rosa Krallen bemalten Nägel. Falls Isabelle schuldig war, hatte sie nicht allein gehandelt. Nur eine große und sehr kräftige Frau konnte jenen trägen Körper auf den Stuhl und hinauf an den Haken gehoben haben.

Die Norwich Street war eine Einbahnstraße, und Cordelia kam zuerst aus der falschen Richtung. Es dauerte eine Zeitlang, bis sie ihren Weg zurück zur Hills Road, an der katholischen Kirche vorbei und hinunter bis zur vierten Straße nach rechts gefunden hatte. Die Straße war mit kleinen Backsteinreihenhäusern, deutlich im frühen viktorianischen Stil, bebaut. Ebenso deutlich war sie im Begriff, sich zu einer besseren Wohnstraße zu wandeln. Die meisten Häuser sahen sehr gepflegt aus; der Anstrich auf den gleichartigen Eingangstüren war frisch und glänzend, glatte Vorhänge ersetzten die gerafften Spitzen an den einzelnen Erdgeschoßfenstern, und die Mauersockel trugen noch Narben, wo eine Isolierschicht angebracht worden war. Nummer 57 hatte eine schwarze Haustür mit einer Glasscheibe darüber, an die von innen die Hausnummer in Weiß gemalt war. Cordelia entdeckte erleichtert eine Parkmöglichkeit für ihren Mini. Von dem Renault war in der fast lückenlosen Reihe von alten Autos und ramponierten Fahrrädern, die den Bürgersteig säumten, nichts zu sehen.

Die Haustür stand weit offen. Cordelia drückte auf die Klingel und trat zögernd in eine enge weiße Diele. Das Äußere des Hauses war ihr sofort vertraut. Von ihrem sechsten Geburtstag an hatte sie zwei Jahre lang in einem ebensolchen viktorianischen Reihenhaus bei Mrs. Gibson am Rand von Romford gelebt. Sie erkannte die steile, enge Treppe direkt vor sich wieder, die Tür rechts, die in das vordere Wohnzimmer führte, die zweite Tür übereck, die in das hintere Wohnzimmer und durch das Zimmer zur Küche und auf den Hof ging. Sie wußte, daß es da Schränke und runde Nischen zu beiden Seiten des Kamins gäbe; sie wußte, wo sie die Tür unter der Treppe finden würde. Die Erinnerung war so klar, daß der Geruch von ungewaschenen Windeln, Kohl und Fett, der das Haus in Romford durchzogen hatte, dieses saubere, nach Sonne duftende Innere überdeckt. Sie konnte fast die Kinderstimmen hören, die ihren fremd klingenden Namen über die Hecke um den Schulhof der Grundschule auf der anderen Seite der Straße riefen und dabei über den Asphalt stapften mit den obligaten hohen Stiefeln, die sie das ganze Jahr über trugen, und ihre dünnen, in Wollpullovern steckenden Arme schwenkten: «Cor, Cor, Cor!»

Die gegenüberliegende Tür war angelehnt, und sie konnte in ein Zimmer sehen, das leuchtend gelb gestrichen und von Sonnenlicht überflutet war. Sophies Kopf tauchte auf.

«Ach, Sie sind's! Kommen Sie herein. Davie ist weggegangen, um ein paar Bücher im College zu holen und Essen für das Picknick zu kaufen. Möchten Sie gleich einen Tee, oder wollen wir warten? Ich bin gerade mit Bügeln fertig.»

«Ich warte lieber, vielen Dank.»

Cordelia setzte sich hin und sah zu, wie Sophie die Schnur um das Bügeleisen wickelte und das Tuch zusammenlegte. Sie sah sich im Zimmer um. Es war einladend und reizvoll, in keinem bestimmten Stil, keiner bestimmten Periode möbliert, ein gemütliches Sammelsurium von Billigem und Wertvollem, schlicht und freundlich. Da gab es einen massiven Eichentisch vor der Wand, vier ziemlich häßliche Eßzimmerstühle, einen Windsorstuhl mit einem dicken gelben Kissen, ein elegantes viktorianisches Sofa mit braunem Samtbezug unter dem Fenster, drei gute Figuren aus Staffordshire-Porzellan auf dem Sims über dem halb bedeckten schmiedeeisernen Kaminrost. Eine der Wände war fast ganz mit einem Anschlagbrett aus dunklem Kork bedeckt, an das Poster, Ansichtskarten, Merkzettel und aus Illustrierten ausgeschnittene Bilder geheftet waren. Zwei davon, sah Cordelia, waren schön fotografierte und attraktive Akte.

Der kleine ummauerte Garten vor dem Fenster mit den gelben Vorhängen war eine Orgie in Grün. Ein großer, mit Blüten übersäter Stockrosenstrauch wucherte an einem schäbig aussehenden Spalier; es gab große Kübel mit Rosen, und auf der Mauer stand eine Reihe von Töpfen mit leuchtend roten Geranien.

Cordelia sagte:

«Das Haus gefällt mir. Gehört es Ihnen?»

«Ja, es gehört mir. Unsere Großmutter starb vor zwei Jahren und hinterließ Hugo und mir eine kleine Erbschaft. Ich habe meinen Anteil für die Anzahlung auf dieses Haus verwandt und von der Stadt einen Zuschuß für die Umbaukosten bekommen. Hugo hat alles dafür ausgegeben, Wein einzulagern. Er hat für eine glückliche Lebensmitte gesorgt; ich habe mir eine glückliche Gegenwart gesichert. Ich nehme an, das ist der Unterschied zwischen uns.»

Sie faltete das Bügeltuch am Tischende zusammen und verstaute es in einem der Schränke. Sie setzte sich Cordelia gegenüber und fragte unvermittelt:

«Mögen Sie meinen Bruder?»

«Nicht besonders. Ich meine, er benahm sich mir gegenüber ziemlich unhöflich.»

«Das hat er nicht beabsichtigt.»

«Das ist meiner Meinung nach eher noch schlimmer. Unhöflichkeit sollte immer absichtlich sein, andernfalls ist es Unempfindlichkeit.»

«Hugo ist nicht der Liebenswürdigste, wenn er mit Isabelle zusammen ist. Sie hat diese Wirkung auf ihn.»

«War sie in Mark Callender verliebt?»

«Sie werden sie selbst fragen müssen, Cordelia, aber ich glaube es eigentlich nicht. Sie kannten sich kaum. Mark war mein Freund, nicht ihrer. Ich dachte, ich lasse Sie lieber hierherkommen, um es Ihnen selbst zu sagen, da irgend jemand es früher oder später ohnehin tut, wenn Sie in Cambridge herumlaufen, um Fakten über ihn aufzustöbern. Er hat natürlich nicht hier bei mir gewohnt. Er hatte ein Zimmer im College. Aber wir waren fast das ganze letzte Jahr zusammen. Es ging gleich nach Weihnachten zu Ende, als ich Davie begegnete.»

«Waren Sie verliebt?»

«Ich bin nicht sicher. Der ganze Sex ist eine Art von Ausbeutung, nicht wahr? Wenn Sie damit meinen, daß wir unsere eigene Identität durch die Persönlichkeit des anderen erforschten, dann waren wir vermutlich ineinander verliebt oder glaubten, es zu sein. Für Mark war es notwendig zu glauben, daß er verliebt sei. Ich bin nicht sicher, ob ich weiß, was das Wort bedeutet.»

Cordelia spürte eine Welle der Sympathie. Auch sie war sich nicht sicher. Sie dachte an ihre beiden Liebhaber; Georges, mit dem sie geschlafen hatte, weil er sanft und unglücklich war und sie Cordelia nannte, bei dem richtigen Namen, ihrem Namen, nicht Delia, Papas kleiner Faschist; und Carl, der jung und stürmisch war und den sie so gern gemocht hatte, daß sie es für unrecht gehalten hätte, es ihm nicht auf die einzige Art, die ihm wichtig zu sein schien, zu zeigen. Sie hatte die Jungfräulichkeit nie für etwas anderes als einen vorübergehenden und lästigen Zustand gehalten, Teil der allgemeinen Unsicherheit und Verletzlichkeit des Jungseins. Vor Georges und Carl war sie einsam und unerfahren gewesen. Danach war sie einsam und ein bißchen weniger unerfahren gewesen. Keines der beiden Verhältnisse hatte ihr die ersehnte Sicherheit im Umgang mit Papa oder den Zimmerwirtinnen gegeben, keines hatte ihr Herz richtig berührt. Aber für Carl hatte sie Zärtlichkeit empfunden. Es war schon gut so, daß er Rom verlassen hatte, bevor sein Sex zu angenehm und er zu wichtig für sie geworden war. Es war unerträglich zu denken, daß diese seltsamen sportlichen Übungen eines Tages notwendig würden. Der Sex, hatte sie entschieden, wurde überbewertet, was nicht schmerzhaft, aber erstaunlich war. Die Entfremdung zwischen Gedanke und Tun war so total. Sie sagte:

«Ich habe wohl nur gemeint, ob Sie sich gern hatten und ob Sie gern zusammen ins Bett gegangen sind.»

«Beides trifft zu.»

«Warum ging es zu Ende? Haben Sie sich gestritten?»

«Nein, das nicht. Man stritt nicht mit Mark. Das war eine der Schwierigkeiten mit ihm. Ich sagte ihm, daß ich diese Beziehung nicht weiterlaufen lassen wollte, und er nahm meine Entscheidung so ruhig hin, als würde ich einfach eine Abmachung, ein Stück im Arts Theatre anzusehen, brechen. Er versuchte nicht, darüber zu reden oder mich davon abzubringen. Und wenn Sie sich fragen, ob der Bruch etwas mit seinem Tod zu tun hatte, dann liegen Sie falsch. Soviel gibt keiner auf mich, schon gar nicht Mark. Ich habe ihn wahrscheinlich lieber gehabt als er mich.»

«Warum ging es dann zu Ende?»

«Ich hatte das Gefühl, daß ich mich in einer moralischen Prüfung befand. Das stimmte in Wirklichkeit gar nicht; Mark war kein Snob. Aber ich habe es eben so empfunden oder mir vorgemacht, daß ich es empfand. Ich konnte nicht ihm gemäß leben, und ich wollte es auch nicht. Da war zum Beispiel Gary Webber. Am besten erzähle ich Ihnen von ihm; das erklärt eine ganze Menge über Mark. Gary ist ein autistisches Kind, eines von der unkontrollierbaren, gewalttätigen Art. Mark begegnete ihm mit seinen Eltern und deren beiden anderen Kindern vor ungefähr einem Jahr im Jesus Green; die Kinder spielten dort auf der Schaukel. Mark sprach Gary an, und der Junge reagierte auf ihn. Das ging ihm bei Kindern immer so. Er fing an, die Familie zu besuchen und an einem Abend in der Woche auf Gary aufzupassen, damit die Webbers ins Kino gehen konnten. Während seiner letzten beiden Semesterferien blieb er im Haus und kümmerte sich ausschließlich um Gary, während die ganze Familie in Urlaub fuhr. Die Webbers konnten es nicht ertragen, den Jungen in ein Krankenhaus zu schicken; sie versuchten es einmal, aber er gewöhnte sich nicht ein. Doch sie ließen ihn sehr gern in Marks Obhut. Ich ging gewöhnlich an ein paar Abenden hin und besuchte die beiden. Mark hielt den Jungen dann auf seinem Schoß und wiegte ihn immer stundenlang hin und her. Das war die einzige Möglichkeit, ihn zu beruhigen. Wir hatten unterschiedliche Ansichten, was Gary anging. Ich dachte, er wäre besser tot, und sagte das auch. Ich denke immer noch, es wäre besser, wenn er sterben würde, besser für seine Eltern, besser für den Rest der Familie, besser für ihn selbst. Mark stimmte nicht zu. Ich erinnere mich, daß ich sagte:

«‹Nun gut, wenn du es für vernünftig hältst, daß Kinder leiden, damit du den emotionalen Kitzel, sie zu trösten, genießen kannst ...› Danach wurde das Gespräch ermüdend abstrakt. Mark sagte: ‹Weder du noch ich wären bereit, Gary zu töten. Er existiert. Seine Familie existiert. Sie brauchen Hilfe, die wir geben können. Es ist gleichgültig, was wir fühlen. Taten sind wichtig, Gefühle sind es nicht.›»

Cordelia sagte:

«Aber Taten gehen aus Gefühlen hervor.»

«Oh, Cordelia, nun fangen Sie nicht damit an! Ich habe diese bestimmte Unterhaltung früher zu oft geführt. Natürlich tun sie das.»

Sie schwiegen eine Weile. Cordelia wollte das schwache Vertrauen und die Freundschaft, die, wie sie spürte, zwischen ihnen zu wachsen begann, nur ungern zerstören, aber dann rang sie sich doch zu der Frage durch:

«Warum hat er sich umgebracht – falls er sich umgebracht hat?»

Sophies Antwort war so entschieden wie eine zugeschlagene Tür.

«Er hat eine Nachricht hinterlassen.»

«Eine Nachricht vielleicht, aber, wie sein Vater bemerkt hat, keine Erklärung. Es ist ein wunderschönes Stück Prosa – wenigstens denke ich das –, aber als Rechtfertigung für einen Selbstmord ist es einfach nicht überzeugend.»

«Es hat die Geschworenen überzeugt.»

«Mich überzeugt es nicht. Denken Sie selbst nach, Sophie! Bestimmt gibt es nur zwei Gründe, sich selbst zu töten. Jemand läuft entweder vor etwas weg oder auf etwas zu. Das erste ist rational. Wenn jemand mit unerträglichen Schmerzen, in Verzweiflung oder seelischer Qual lebt und keine vernünftige Möglichkeit auf Besserung besteht, dann ist es vermutlich klug, das Vergessen vorzuziehen. Aber es ist nicht klug, sich in der Hoffnung zu töten, man könne eine bessere Existenz erringen oder sein Bewußtsein um die Erfahrung des Todes erweitern. Es ist nicht möglich, den Tod zu erfahren. Ich bin nicht einmal sicher, ob es möglich ist, das Sterben zu erfahren. Man kann nur die Vorbereitungen auf den Tod erfahren, und selbst das scheint sinnlos, weil man von der Erfahrung hinterher keinen Gebrauch machen kann. Falls es irgendeine Art von Existenz nach dem Tod gibt, werden wir es früh genug erfahren. Falls es sie nicht gibt, werden wir nicht mehr existieren, um uns beklagen zu können, daß man uns betrogen hat. Menschen, die an ein Leben nach dem Tod glauben, sind völlig vernünftig. Sie sind die einzigen, die vor der allerletzten Enttäuschung sicher sind.»

«Sie haben das alles zu Ende gedacht, nicht wahr? Ich bin nicht sicher, ob Selbstmörder das tun. Diese Tat ist wahrscheinlich zugleich impulsiv und irrational.»

«War Mark impulsiv und irrational?»

«Ich habe Mark nicht gekannt.»

«Aber Sie waren doch seine Geliebte! Sie haben mit ihm geschlafen!»

Sophie sah sie an und rief in zornigem Schmerz aus:

«Ich habe ihn nicht gekannt! Ich habe es geglaubt, aber ich habe nicht das geringste von ihm gewußt!»

Sie saßen fast zwei Minuten da, ohne ein Wort zu reden. Dann fragte Cordelia:

«Sie waren zum Abendessen in Garforth House, nicht wahr? Wie war es dort?»

«Das Essen und der Wein waren erstaunlich gut, aber ich nehme an, das haben Sie nicht gemeint. Die Gesellschaft war ansonsten nicht bemerkenswert. Sir Ronald war recht liebenswürdig, als er merkte, daß ich da war. Miss Leaming betrachtete mich prüfend wie eine künftige Schwiegermutter, wenn sie ihre zwanghafte Aufmerksamkeit von dem präsidierenden Genius losreißen konnte. Mark war ziemlich still. Ich glaube, er hatte mich mitgenommen, um mir oder vielleicht sich selbst etwas zu beweisen; ich weiß es nicht. Er sprach nie von dem Abend und fragte mich nie, was ich dazu meinte. Einen Monat später gingen Hugo und ich gemeinsam zum Abendessen hin. Bei dieser Gelegenheit lernte ich Davie kennen. Er war der Gast eines der Biologen, und Ronald Callender versuchte, ihn zu bekommen. Davie hatte in seinem letzten Jahr einen Ferienjob dort. Wenn Sie vertrauliche Informationen über Garforth House wollen, sollten Sie ihn fragen.»

Fünf Minuten später kamen Hugo, Isabelle und Davie. Cordelia war nach oben ins Bad gegangen und hörte das Auto anhalten und das Geschnatter von Stimmen in der Diele. Schritte gingen unter ihr vorbei auf das hintere Wohnzimmer zu. Sie drehte das heiße Wasser an. Der Gasboiler in der Küche gab sofort ein Getöse von sich, als würde das kleine Haus von einer Dynamomaschine versorgt. Cordelia ließ den Wasserhahn laufen, dann trat sie aus dem Badezimmer und schloß die Tür leise hinter sich. Sie stahl sich zum Ende der Treppe. Es war Pech für Sophie, daß sie ihr heißes Wasser verschwendete, dachte sie schuldbewußt; aber noch schlimmer war das Gefühl des Verrats und gemeinen Opportunismus, als sie die drei obersten Stufen hinunterschlich und lauschte. Die Haustür war zugemacht worden, aber die Tür zum hinteren Zimmer stand offen. Sie hörte Isabelles hohe, ausdruckslose Stimme:

«Aber wenn dieser Sir Ronald sie bezahlt, damit sie etwas über Mark herausbekommt, warum kann ich sie dann nicht bezahlen, daß sie damit aufhört?»

Dann Hugos Stimme, belustigt, ein wenig verächtlich:

«Isabelle, Schatz, wann lernst du endlich, daß man nicht jeden kaufen kann?»

Dann redete Sophie. Ihr Bruder antwortete:

«Jedenfalls kann man das nicht bei ihr. Ich mag sie.»

«Wir alle mögen sie. Die Frage ist, wie werden wir sie los?»

Dann drang ein paar Minuten lang nur Stimmengemurmel zu ihr, keine erkennbaren Worte, bis Isabelle ausrief:

«Ich meine, das ist kein Beruf für eine Frau.»

Sie hörte das Geräusch von einem Stuhl, der über den Boden kratzte, das Schlurfen von Füßen. Sie sprang schuldbewußt ins Bad zurück und drehte den Wasserhahn zu. Sie erinnerte sich an Bernies selbstgefällige Belehrung, als sie ihn gefragt hatte, ob sie einen Scheidungsfall unbedingt übernehmen müßten.

«Du kannst unsere Arbeit nicht tun, Partner, und dich wie ein Gentleman benehmen.» Sie stand an der halboffenen Tür und paßte auf. Hugo und Isabelle gingen weg. Sie wartete, bis sie die Haustür zugehen und das Auto wegfahren hörte. Dann ging sie hinunter ins Wohnzimmer. Sophie und Davie waren zusammen und packten eine große Tragetasche voller Lebensmittel aus. Sophie lächelte und sagte:

«Isabelle gibt heute abend eine Party. Sie hat ein Haus ganz hier in der Nähe, in der Panton Street, Marks Tutor, Edward Horsfall, wird wahrscheinlich dort sein, und wir dachten, es könnte für Sie nützlich sein, mit ihm über Mark zu sprechen. Die Party fängt um acht Uhr an, aber Sie können uns hier abholen. Wir packen gerade die Sachen für ein Picknick zusammen; wir wollen für eine Stunde oder so auf dem Fluß Boot fahren. Kommen Sie doch mit, wenn Sie Lust haben. Es ist bei weitem die lustigste Art, Cambridge zu besichtigen.

Später setzten sich Cordelias Erinnerungen an das Picknick auf dem Fluß aus einer Reihe von kurzen, aber intensiven, klaren Bildern zusammen, Augenblicke, in denen Ansicht und Empfindung eins wurden und die Zeit vorübergehend angehalten schien, während das sonnenbeschienene Bild sich ihrem Gedächtnis einprägte. Sonnenlicht, das auf dem Fluß glitzerte und die Haare auf Davies Brust und Unterarmen vergoldete; das Fleisch seiner kräftigen Oberarme, gesprenkelt wie ein Ei; Sophie, die den Arm hob, um den Schweiß von ihrer Stirn zu wischen, wenn sie zwischen den Stößen mit der Bootsstange ausruhte; grünschwarze Wasserpflanzen, die von der Stange aus geheimnisvollen Tiefen gezogen wurden und sich schlängelnd unter der Oberfläche wanden; eine leuchtend bunte Ente, die ihren weißen Bürzel hochreckte, bevor sie in einem Wirbel von grünem Wasser verschwand. Als sie unter die Silver Street Bridge geschaukelt waren, schwamm ein Freund von Sophie heran, geschmeidig und stumpfnasig wie ein Otter, mit schwarzen Haaren, die wie Halme über seinen Backen lagen. Er legte seine Hände auf das Boot und sperrte den Mund auf, um sich von einer protestierenden Sophie mit Sandwichstücken füttern zu lassen. Die Boote scheuerten aneinander und rempelten sich in dem wirbelnden weißen Wasser, das unter der Brücke durchschoß. Lachende Stimmen schwirrten durch die Luft, und die grünen Ufer waren von halbnackten Menschen bevölkert, die auf dem Rücken lagen und ihre Gesichter der Sonne zuwandten.

Davie stakte das Boot flußaufwärts, und Cordelia und Sophie streckten sich in den Enden des Bootes auf Kissen aus. Auf diese Entfernung war es unmöglich, ein vertrauliches Gespräch zu führen; Cordelia vermutete, daß Sophie genau das beabsichtigt hatte. Ab und zu rief sie ihr kurze Erläuterungen zu, als wolle sie unterstreichen, daß der Ausflug ausschließlich der Bildung diente.

«Der Hochzeitskuchen hier ist von John – wir fahren gerade unter der Clare Bridge durch, eine der schönsten, meine ich. Thomas Grumbald baute sie 1639. Es heißt, man habe ihm nur drei Shilling für den Entwurf gezahlt. Sie kennen diese Ansicht natürlich; immerhin ist es ein guter Blick auf das Queen's College.»

Cordelia verließ der Mut bei dem Gedanken, dieses ziellose Touristengeplauder mit der Frage zu unterbrechen:

Haben Sie und Ihr Bruder Ihren Liebhaber getötet?

Hier, wo sie sanft auf dem sonnenbeschienenen Fluß schaukelten, schien die Frage ungehörig und zugleich lächerlich. Sie war in Gefahr, sich beschwichtigen zu lassen und ganz still ihre Niederlage hinzunehmen, alle ihre Verdächtigungen als neurotisches Verlangen nach Dramatik und Berühmtheit anzusehen, als Notwendigkeit, um ihren Lohn von Sir Ronald zu rechtfertigen. Sie glaubte, Mark Callender sei ermordet worden, weil sie es glauben wollte. Sie hatte sich mit ihm identifiziert, mit seinem einsiedlerischen Leben, seiner Unabhängigkeit, seiner Entfremdung vom Vater, seiner einsamen Kindheit. Sie war sogar – und das war die allergefährlichste Einbildung – soweit, sich als seine Rächerin zu sehen. Als Sophie die Stange übernahm, gerade nach dem Garden House Hotel, und Davie langsam durch das leicht schaukelnde Boot balancierte und sich neben ihr ausstreckte, wußte sie, daß sie Marks Namen nicht würde aussprechen können. Es war nicht mehr als eine unbestimmte, unaufdringliche Neugier, als sie sich fragen hörte:

«Ist Sir Ronald Callender ein guter Wissenschaftler?» Davie nahm ein kurzes Paddel in die Hand und begann träge das schimmernde Wasser aufzurühren.

«Seine Wissenschaft ist durchaus solide, wie meine Kollegen sagen würden. Tatsächlich eher mehr als solide. Zur Zeit arbeitet das Labor an Möglichkeiten, die Verwendung biologischer Warnzeichen zur Bestimmung der Verschmutzung von Meer und Flußmündungen auszuweiten; das bedeutet Routineüberwachung von Pflanzen und Tieren, die als Indikatoren dienen können. Und sie haben im letzten Jahr einige sehr nützliche Vorarbeiten über den Abbau von Plastikstoffen gemacht. R. C. selbst ist nicht so große Klasse, aber schließlich kann man von den Männern über fünfzig nicht mehr viele originelle Anstöße erwarten. Aber er hat einen ausgezeichneten Riecher für Talente, und er versteht sich unbedingt darauf, ein Team zu leiten, wenn Ihnen dieser ergebene brüderliche Gruppengeist, einer für alle, gefällt. Mir nicht. Sie veröffentlichen ihre Arbeiten sogar als Callender-Forschungslaboratorium, nicht unter ihrem eigenen Namen. Das wäre nichts für mich. Wenn ich etwas herausbringe, dann dient es ausschließlich dem Ruhm von David Forbes Stevens und übrigens auch Sophies Genugtuung. Die Tillings lieben Erfolg.»

«Wollten Sie deshalb nicht dort bleiben, als er Ihnen eine Stelle anbot?»

«Das neben anderen Gründen. Er zahlt zu großzügig und verlangt zuviel. Ich lasse mich nicht gern kaufen, und ich habe sehr viel dagegen, mich jeden Abend wie ein Affe, der im Zoo Kunststücke vorführt, in einen Smoking zu werfen. Ich bin Molekularbiologe. Ich suche nicht den Heiligen Gral. Vater und Mutter haben mich als Methodisten aufgezogen, und ich sehe nicht ein, warum ich eine gute, einfache Religion, die mir zwölf Jahre lang geholfen hat, wegwerfen sollte, nur um das große wissenschaftliche Prinzip oder Ronald Callender an ihre Stelle zu setzen. Ich mißtraue diesen priesterhaften Wissenschaftlern. Es ist ein Riesenwunder, daß diese kleine Gemeinschaft in Garforth House nicht dreimal täglich die Knie in Richtung des Cavendish-Laboratoriums beugt.»

«Und was ist mit Lunn los? Wie paßt er da hinein?»

«Oh, der Junge ist ein verdammtes Wunder! Ronald Callender fand ihn in einem Kinderheim, als er fünfzehn war – fragen Sie mich nicht wie – und bildete ihn als Laborassistenten aus. Sie könnten keinen besseren finden. Es gibt kein Gerät, das Chris Lunn nicht lernen würde, zu begreifen und sich darum zu kümmern. Er hat sogar selbst ein paar entwickelt, und Callender hat sie patentieren lassen. Wenn einer im Labor unentbehrlich ist, dann ist es wahrscheinlich Lunn. Bestimmt macht sich Ronald Callender zehnmal mehr aus ihm, als er sich aus seinem Sohn gemacht hat. Und Lunn, wie Sie sich denken können, betrachtet R. C. als Gott den Allmächtigen, was für beide sehr befriedigend ist. Es ist wirklich außergewöhnlich, wie dieses Ungestüm, das sich früher in Straßenschlachten und im Vermöbeln alter Damen ausdrückte, für den Dienst an der Wissenschaft nutzbar gemacht wurde. Das muß man Callender lassen. Er weiß zweifellos, wie man seine Sklaven aussucht.»

«Und ist Miss Leaming eine Sklavin?»

«Nun, ich kann nicht wissen, was Eliza Leaming genau ist. Sie ist für die Geschäftsführung verantwortlich, und wahrscheinlich ist sie, wie Lunn, unentbehrlich. Lunn und sie scheinen eine Haßliebe füreinander zu empfinden, oder vielleicht ist es eine Haß-Haß-Beziehung. Ich bin nicht sehr begabt, diese psychologischen Nuancen aufzuspüren.»

«Aber wie in aller Welt bezahlt Sir Ronald das alles?»

«Ja, das ist die Tausend-Dollar-Frage, nicht wahr? Man munkelt, daß das Geld zum größten Teil von seiner Frau kommt und daß er und Miss Leaming es gemeinsam ziemlich geschickt angelegt haben. Das hatten die bestimmt nötig. Und dann bekommt er gewisse Beträge für Auftragsarbeiten. Trotzdem ist es ein kostspieliges Hobby. Während ich dort war, sagten sie, daß die Wolvington-Stiftung anfängt, sich zu interessieren. Wenn sie mit einer großen Sache herauskommen – und ich vermute, daß es unter ihrer Würde ist, mit etwas Unbedeutendem herauszukommen –, dann dürften Ronald Callenders größte Sorgen vorbei sein. Marks Tod muß ihn getroffen haben. Mark hätte in vier Jahren zu einem ganz schön ansehnlichen Vermögen kommen sollen, und er sagte zu Sophie, daß er vorhabe, es größtenteils seinem Vater zu übergeben.»

«Warum um Himmels willen sollte er denn so etwas tun?»

«Wer weiß, Reugeld vielleicht. Auf jeden Fall dachte er offenbar, das sei etwas, das Sophie wissen sollte.»

Reugeld wofür? fragte sich Cordelia schläfrig. Weil er seinen Vater nicht genug liebte? Weil er dessen Schwärmereien ablehnte? Weil er nicht dem Sohn entsprach, den sein Vater sich erhofft hatte? Und was geschah jetzt mit Marks Vermögen? Wer gewann etwas durch Marks Tod? Sie dachte, sie würde das Testament seines Großvaters ansehen und das feststellen müssen. Aber das bedeutete eine Fahrt nach London. War es das wirklich wert?

Sie reckte ihr Gesicht wieder zur Sonne und ließ eine Hand in den Fluß hängen. Ein Wasserspritzer von der Bootsstange traf ihre Augen. Sie schlug sie auf und sah, daß das Boot nahe am Ufer im Schatten überhängender Bäume entlangglitt. Plötzlich war vor ihr ein abgerissener Ast, am Ende gespalten und dick wie der Körper eines Mannes; er hing an einem Rindenstreifen und drehte sich langsam, als das Boot darunter vorbeifuhr. Sie nahm Davies Stimme wahr; er mußte eine ganze Weile geredet haben. Wie merkwürdig, daß sie sich nicht erinnern konnte, was er gesagt hatte!

«Man braucht keine Gründe, um sich umzubringen; man braucht Gründe um sich *nicht* umzubringen. Es war Selbstmord, Cordelia. Ich würde es dabei belassen.»

Cordelia dachte, daß sie kurz geschlafen haben mußte, weil er anscheinend eine Frage beantwortete, aber sie konnte sich nicht erinnern, eine gestellt zu haben. Doch jetzt waren da noch andere Stimmen, lauter und eindringlicher. Sir Ronald Callenders Stimme: «Mein Sohn ist tot. *Mein* Sohn. Wenn ich auf irgendeine Art dafür verantwortlich sein sollte, möchte ich es lieber wissen. Wenn irgendein anderer dafür verantwortlich ist, möchte ich es ebenfalls wissen.» Sergeant Maskells Stimme: «Wie würden Sie das benutzen, um sich zu erhängen, Miss Gray?» Das Gefühl des Gürtels, glatt und sich schlängelnd, der wie etwas Lebendiges durch ihre Finger glitt.

Sie setzte sich, die Knie mit den Händen umklammernd, kerzengerade auf, so plötzlich, daß das Boot heftig schaukelte und Sophie nach einem überhängenden Ast greifen mußte, um das Gleichgewicht nicht zu verlieren. Ihr dunkles Gesicht, faszinierend in der Verkürzung und gefleckt vom Schatten der Blätter, sah auf Cordelia aus einer, wie ihr schien, unermeßlichen Höhe herab. Ihre Blicke trafen sich. In diesem Augenblick wußte Cordelia, wie nahe sie daran gewesen war, den Fall aufzugeben. Sie hatte sich von dem herrlichen Tag, dem Sonnenschein, von Trägheit, der Aussicht auf Kameradschaft oder gar Freundschaft bestechen lassen zu vergessen, warum sie hier war. Die Erkenntnis erschreckte sie. Davie hatte gesagt, Sir Ronald sei gut im Aussuchen. Gut, er hatte sie ausgesucht. Dies war ihr erster Fall, und nichts und niemand würde sie daran hindern, ihn zu lösen.

Sie sagte förmlich:

«Es war nett von Ihnen, mich mitzunehmen, aber ich möchte die Party heute abend nicht versäumen. Ich sollte mich mit Marks Tutor unterhalten, und vielleicht sind noch andere Leute da, die mir etwas sagen können. Ist es nicht Zeit, daß wir ans Umkehren denken?»

Sophie warf Davie einen Blick zu. Er zuckte fast unmerklich mit den Schultern. Ohne zu sprechen, stieß Sophie die Stange hart gegen das Ufer. Das Boot begann sich langsam zu drehen.

Isabelles Party sollte eigentlich um acht Uhr beginnen, aber es war fast neun, als Sophie, Davie und Cordelia ankamen. Sie gingen zu Fuß zu dem Haus, das nur fünf Minuten von der Norwich Street entfernt war; die genaue Adresse bekam Cordelia nie heraus. Das Haus gefiel ihr, und sie fragte sich, wieviel Miete es Isabelles Vater kosten mochte. Es war eine langgestreckte weiße zweistöckige Villa mit hohen Bogenfenstern und grünen Klappladen, ein gutes Stück von der Straße zurückgesetzt, mit einem Souterrain und ein paar Stufen zur Haustür. Eine ähnliche Treppe führte vom Wohnzimmer in den ausgedehnten Garten.

Das Wohnzimmer war schon ziemlich voll. Als Cordelia die anderen Gäste sah, war sie froh, daß sie den Kaftan gekauft hatte. Die meisten hatten sich anscheinend umgezogen, wenn sie auch, dachte sie, nun nicht unbedingt etwas Hübscheres trugen. Was man anstrebte, war Originalität; wichtig war, aufregend oder sogar exzentrisch auszusehen und ja nicht langweilig zu erscheinen.

Das Wohnzimmer war elegant, aber nichtssagend eingerichtet, und Isabelle hatte es mit ihrer unordentlichen, unpraktischen und nicht verschonenden Weiblichkeit geprägt. Cordelia glaubte nicht, daß die Besitzer den reichverzierten Kristalleuchter, der wie eine Sonne von der Deckenmitte hing, viel zu schwer und zu groß für das Zimmer, oder die vielen seidenen Kissen und Vorhänge, die den strengen Proportionen des Zimmers etwas von dem prahlerischen Überfluß eines Kurtisanenboudoirs gaben, zur Verfügung gestellt hatten. Auch die Bilder gehörten bestimmt Isabelle. Kein Hausbesitzer, der sein Eigentum vermietete, würde Bilder von dieser Qualität an den Wänden hängen lassen. Eines, das über dem Kamin hing, zeigte ein junges Mädchen, das einen jungen Hund an sich drückte. Cordelia starrte es aufgeregt vor Freude an. Bestimmt konnte sie dieses charakteristische Blau des Kleides des Mädchens nicht verwechseln, diese wunderbare Malweise der Wangen und rundlichen jungen Arme, die das Licht gleichzeitig in sich aufnahmen und zurückwarfen – entzückendes, fühlbares Fleisch. Sie rief unfreiwillig aus, so daß alle sich umdrehten und sie ansahen:

«Aber das ist ja ein Renoir!»

Hugo stand hinter ihr. Er lachte:

«Ja, aber sagen Sie das nicht so entsetzt, Cordelia. Es ist ja nur ein kleiner Renoir. Isabelle hat ihren Vater um ein Bild für ihr Wohnzimmer gebeten. Sie können von ihm doch nicht erwarten, daß er einen Druck von Constables ‹*Heuwagen*› oder eine dieser billigen

Reproduktionen von van Goghs langweiligem altem Stuhl daherbringt.»

«Hätte Isabelle den Unterschied gemerkt?»

«O ja! Isabelle erkennt einen teuren Gegenstand, wenn sie einen vor sich hat.»

Cordelia fragte sich, ob die Bitterkeit, der harte Klang der Verachtung in seiner Stimme Isabelle oder sich selbst galt. Sie blickten über das Zimmer zu der Stelle, wo sie stand und ihnen zulächelte. Hugo ging wie ein Träumender auf sie zu und nahm ihre Hand. Cordelia beobachtete sie. Isabelle hatte ihr Haar zu einem hohen Lockenschopf nach griechischer Art frisiert. Sie trug ein knöchellanges Kleid aus cremefarbener, matter Seide mit einem sehr tiefen, eckigen Ausschnitt und kleinen, raffiniert gefältelten Ärmeln. Es war offensichtlich ein Modellkleid und hätte eigentlich bei einer zwanglosen Party fehl am Platz wirken müssen, dachte Cordelia. Aber so war es nicht. Es ließ nur die Kleider aller anderen Frauen wie improvisiert aussehen und setzte ihr eigenes, dessen Farben beim Kauf gedämpft und zart gewirkt hatten, auf die Stufe eines knalligen Fähnchens herab.

Cordelia war entschlossen, irgendwann im Laufe des Abends Isabelle allein zu erwischen, konnte aber sehen, daß das nicht leicht sein würde. Hugo blieb hartnäckig an ihrer Seite und steuerte sie mit einer besitzergreifenden Hand auf ihrer Hüfte durch ihre Gäste. Er schien ständig zu trinken, und auch Isabelles Glas war immer gefüllt. Vielleicht wurden sie, wenn der Abend erst weiter fortgeschritten war, unvorsichtig, vielleicht bot sich dann eine Gelegenheit, sie zu trennen. In der Zwischenzeit beschloß Cordelia, das Haus zu erkunden und etwas Praktischeres zu tun, nämlich festzustellen, wo die Toilette war, bevor sie sie brauchte. Es war eine jener Parties, wo man es den Gästen überließ, solche Dinge selbst herauszufinden.

Sie ging hinauf in den ersten Stock, dann über den Flur und stieß leise die Tür am gegenüberliegenden Ende auf. Der Geruch von Whisky überfiel sie sofort; er war überwältigend, und Cordelia schlüpfte instinktiv in das Zimmer und schloß aus Angst, er könnte das ganze Haus durchziehen, die Tür hinter sich. Das Zimmer, das sich in einem unbeschreiblich unordentlichen Zustand befand, war nicht leer. Auf dem Bett lag halb mit einer Steppdecke zugedeckt eine Frau; eine Frau mit hellem rötlichem Haar, das sich auf dem Kissen ausbreitete, und mit einem rosaseidenen Morgenrock bekleidet. Cordelia ging auf das Bett zu und blickte auf sie hinunter.

Sie war vom Alkohol betäubt. Sie lag da und ließ in kurzen Zügen ihren übelriechenden whiskyträchtigen Atem ausströmen, der wie unsichtbare Rauchwölkchen aus dem halboffenen Mund aufstieg. Ihre Unterlippe und das Kinn waren angespannt und in Falten gezogen, was ihrem Gesicht ein strenges, kritisches Aussehen gab, als tadele sie heftig ihre eigene Lage. Ihre schmalen Lippen waren dick angemalt, die kräftige purpurrote Farbe war in die Fältchen um den Mund gedrungen, so daß der Körper aussah, als sei er vor großer Kälte erstarrt. Ihre Hände mit knorrigen Fingern, die braun vom Nikotin und mit Ringen überladen waren, lagen ruhig auf der Steppdecke. Zwei der krallenartigen Nägel waren abgebrochen, und der ziegelrote Lack auf den anderen war gesprungen oder abgesplittert.

Das Fenster war von einem schweren Toilettentisch verstellt. Cordelia vermied den Blick auf das Durcheinander von zerknüllten Papiertüchern, offenen Flaschen mit Gesichtscremes, verschüttetem Puder und einer halb ausgetrunkenen Tasse mit etwas, das nach schwarzem Kaffee aussah, zwängte sich hinter den Tisch und riß das Fenster auf. Sie pumpte ihre Lunge voll mit frischer, reinigender Luft. Unter ihr im Garten bewegten sich fahle Gestalten still auf dem Gras und zwischen den Bäumen wie die Geister längst verstorbener Nachtschwärmer. Sie ließ das Fenster offen und ging zum Bett zurück. Sie konnte hier nichts tun, aber sie steckte wenigstens die kalten Hände der Frau unter die Steppdecke und nahm einen anderen, wärmeren Morgenmantel vom Haken an der Tür, den sie fest um den Körper packte. Das würde zumindest die frische Luft, die über das Bett wehte, ausgleichen.

Danach schlich Cordelia gerade rechtzeitig hinaus auf den Flur, um Isabelle aus dem Zimmer nebenan kommen zu sehen. Sie streckte einen Arm aus und zerrte das Mädchen beinahe in das Schlafzimmer. Isabelle stieß einen kleinen Schrei aus, aber Cordelia lehnte ihren Rücken fest gegen die Tür und sagte in einem leisen, drängenden Flüsterton:

«Sagen Sie mir, was Sie von Mark Callender wissen.»

Die veilchenblauen Augen gingen von der Tür zum Fenster, als suchten sie verzweifelt einen Fluchtweg.

«Ich war nicht dort, als er es tat.»

«Als wer was tat?»

Isabelle zog sich zum Bett zurück, als könne die reglose Gestalt, die jetzt röchelnd seufzte, Hilfe bieten. Plötzlich wälzte sich die Frau auf die Seite und gab ein langes Schnauben von sich wie ein leidendes

Tier. Beide Mädchen sahen erstaunt und ängstlich hin. Cordelia wiederholte:

«Als wer was tat?»

«Als Mark sich umbrachte. Ich war nicht dort.»

Die Frau auf dem Bett stieß einen kurzen Seufzer aus. Cordelia senkte die Stimme:

«Aber Sie waren ein paar Tage vorher dort, nicht wahr? Sie waren da draußen und erkundigten sich nach ihm. Miss Markland sah Sie. Danach saßen Sie im Garten und warteten, bis er mit der Arbeit fertig war.»

Bildete sich Cordelia nur ein, daß das Mädchen plötzlich entspannter schien, daß es wegen der Harmlosigkeit der Frage erleichtert war?

«Ich habe einfach mal vorbeigeschaut, um Mark zu sehen. Sie gaben mir seine Adresse an der Pförtnerloge in seinem College. Ich ging hin, um ihn zu besuchen.»

«Warum?» Die schroffe Frage schien sie zu verwirren. Sie antwortete einfach:

«Er war mein Freund.»

«Haben Sie auch mit ihm geschlafen?» fragte Cordelia. Diese rücksichtslose Offenheit war gewiß besser, als zu fragen, ob sie mit ihm intim war oder ob sie ein Verhältnis mit ihm hatte – törichte Beschönigungen, die Isabelle vielleicht nicht einmal richtig verstehen würde. Es war schwierig, an diesen schönen, aber verschreckten Augen abzulesen, wieviel sie wirklich verstand.

«Nein, ich habe nicht mit ihm geschlafen. Er arbeitete im Garten, und ich mußte beim Gartenhaus auf ihn warten. Er stellte mir einen Stuhl in die Sonne und gab mir ein Buch, bis er Zeit hatte.»

«Was für ein Buch?»

«Ich weiß es nicht mehr, es war sehr langweilig. Ich war auch gelangweilt, bis Mark kam. Dann tranken wir Tee aus lustigen Bechern, die einen blauen Ringel hatten, und nach dem Tee gingen wir spazieren, und dann aßen wir zu Abend. Mark hatte einen Salat gemacht.»

«Und dann?»

«Dann fuhr ich nach Hause.»

Sie war jetzt ganz ruhig. Cordelia beeilte sich, da sie Schritte auf der Treppe auf und ab gehen und Stimmen hörte.

«Und in der Zeit davor? Wann haben Sie ihn vor jenem gemeinsamen Tee gesehen?»

«Das war ein paar Tage bevor Mark das College verließ. Wir fuhren mit meinem Auto zu einem Picknick ans Meer. Aber zuerst machten wir in einer Stadt halt – St. Edmunds, so hieß sie, glaube ich –, und Mark besuchte einen Arzt.»

«Warum? War er krank?»

«O nein, er war nicht krank, und er blieb nicht lang genug für ein – wie sagt man? – für eine Untersuchung. Er war nur ein paar Minuten in dem Haus. Es war ein sehr armes Haus. Ich wartete im Auto auf ihn, aber nicht direkt vor dem Haus, wissen Sie.»

«Hat er gesagt, warum er dort hingegangen ist?»

«Nein, aber ich glaube, er bekam nicht, was er wollte. Hinterher war er kurze Zeit traurig, aber dann fuhren wir ans Meer, und er war wieder glücklich.»

Auch sie schien jetzt glücklich zu sein. Sie lächelte Cordelia an, mit ihrem reizenden, nichtssagenden Lächeln. Cordelia dachte: Es ist nur das Gartenhaus, was sie erschreckt. Es macht ihr nichts aus, über den lebendigen Mark zu reden – sein Tod ist es, woran sie nicht denken kann. Und doch rührte diese Abneigung nicht aus persönlichem Kummer. Er war ihr Freund gewesen; er war lieb; sie hatte ihn gern. Aber sie kam sehr gut ohne ihn aus.

Es klopfte an die Tür. Cordelia trat zur Seite, und Hugo kam herein. Er sah Isabelle entrüstet an und sagte, ohne Cordelia zu beachten:

«Es ist deine Party, Herzchen; kommst du runter?»

«Cordelia wollte mit mir über Mark sprechen.»

«Das kann ich mir denken. Du hast ihr hoffentlich erzählt, daß du an einem Tag mit ihm ans Meer gefahren bist und einen Nachmittag und Abend bei ihm in Summertrees verbracht hast und daß du ihn seitdem nicht mehr gesehen hast.»

«Das hat sie mir gesagt», sagte Cordelia. «Sie hat es praktisch fehlerfrei gesagt. Ich glaube, sie ist jetzt sicher genug, um allein aus dem Haus gelassen zu werden.»

Er sagte ruhig:

«Sie sollten nicht sarkastisch sein, Cordelia, das paßt nicht zu Ihnen. Sarkasmus ist bei manchen Frauen ganz in Ordnung, aber nicht bei Frauen, die schön sind in der Art, wie Sie schön sind.»

Sie gingen zusammen die Treppe hinunter und wurden vom Lärm in der Diele überfallen. Das Kompliment ärgerte Cordelia. Sie sagte:

«Ich nehme an, diese Frau auf dem Bett ist Isabelles Anstandsdame. Ist sie oft betrunken?»

«Mademoiselle de Congé? So betrunken wie jetzt nicht oft, aber ich gebe zu, daß sie selten ganz nüchtern ist.»

«Sollten Sie dann nicht etwas dagegen tun?»

«Was könnte ich tun? Sie der Inquisition des 20. Jahrhunderts übergeben – einem Psychiater wie meinem Vater? Hat sie uns denn etwas getan, daß sie das verdiente? Außerdem ist sie in ihren wenigen nüchternen Augenblicken umständlich gewissenhaft. Wie es sich trifft, stimmen ihre Triebe und meine Interessen überein.»

Cordelia sagte ernst:

«Das mag nützlich sein, aber ich halte es nicht für sehr verantwortungsbewußt, und es ist jedenfalls nicht nett.»

Er blieb stehen, sah sie an und lächelte ihr gerade in die Augen.

«Ach, Cordelia, Sie reden wie das Kind fortschrittlicher Eltern, das von einer altmodischen Nanny großgezogen und dann in eine Klosterschule gegangen ist. Ich mag Sie wirklich.»

Er lächelte immer noch, als Cordelia entwischte und sich unter die Gäste mischte. Sie überlegte, daß seine Diagnose nicht sehr weit neben der Wirklichkeit lag.

Sie nahm sich ein Glas Wein, dann bewegte sie sich langsam durch das Zimmer und lauschte, ohne sich zu schämen, auf Gesprächsfetzen, in der Hoffnung, Marks Namen erwähnt zu hören. Sie hörte ihn nur einmal. Zwei Mädchen und ein hübscher, ziemlich fader junger Mann standen hinter ihr. Eines der Mädchen sagte:

«Sophie Tilling scheint sich auffallend schnell von Mark Callenders Selbstmord erholt zu haben. Sie und Davie sind bei der Einäscherung gewesen, habt ihr das gewußt? Typisch für Sophie, ihren augenblicklichen Liebhaber mitzunehmen, um den vorigen verbrennen zu sehen. Ich nehme an, das war für sie ein ganz besonderer Spaß.»

Ihre Begleiterin lachte.

«Und der kleine Bruder übernimmt Marks Mädchen. Wenn du nicht Schönheit, Geld und Köpfchen zusammen bekommen kannst, halte ich an die ersten beiden. Armer Hugo! Er leidet an Minderwertigkeitsgefühlen. Nicht so ganz gut aussehend; nicht so ganz intelligent – Sophies Eins muß ihn erschüttert haben; nicht so ganz reich. Kein Wunder, daß er sich an den Sex halten muß, um sein Selbstvertrauen zu stärken.»

«Und selbst da nicht so ganz ...»

«Liebes, du mußt es ja wissen.»

Sie lachten und entfernten sich. Cordelia spürte ihr Gesicht brennen. Ihre Hand zitterte, daß sie fast den Wein verschüttete. Sie stellte überrascht fest, wie nahe ihr das ging, wie sehr sie Sophie liebgewonnen hatte. Aber das war natürlich ein Teil des Plans, das war Tillingsche Strategie. Wenn du sie nicht so beschämen kannst, daß sie den Fall aufgibt, dann besteche sie; nimm sie auf den Fluß mit; sei nett zu ihr; bring sie auf deine Seite. Und es war richtig, sie war auf ihrer Seite, wenigstens gegenüber boshaften Lästerzungen. Sie tröstete sich mit der kritischen Überlegung, daß sie genauso gehässig waren wie Gäste einer Cocktailparty in der Provinz. Sie hatte nie in ihrem Leben an einer jener harmlosen, wenn auch langweiligen Zusammenkünfte für den immer gleichbleibenden Konsum von Klatsch, Gin und Appetithäppchen teilgenommen, aber wie ihrem Vater, der ebenfalls so etwas nie mitgemacht hatte, machte es ihr keine Schwierigkeiten, sich vorzustellen, daß sie Brutstätten von Angebertum, Gehässigkeit und sexuellen Anzüglichkeiten waren.

Ein warmer Körper drückte sich an ihr vorbei. Sie drehte sich um und sah Davie. Er trug drei Weinflaschen. Er hatte offenbar wenigstens einen Teil des Gesprächs mitgehört, was die Mädchen zweifellos beabsichtigt hatten, aber er grinste freundlich.

«Lustig, wie Hugos abgelegte Frauen ihn immer so sehr hassen. Bei Sophie ist das ganz anders. Ihre Exfreunde mit ihren scheußlichen Fahrrädern und klapprigen Autos geben sich in der Norwich Street die Tür in die Hand. Ich finde sie ständig im Wohnzimmer, wie sie mein Bier trinken und ihr die schrecklichen Probleme anvertrauen, die sie mit ihren derzeitigen Mädchen haben.»

«Haben Sie etwas dagegen?»

«Nicht wenn sie nicht weiter als ins Wohnzimmer kommen. Amüsieren Sie sich gut?»

«Nicht besonders.»

«Kommen Sie und lernen Sie einen Freund von mir kennen. Er hat gefragt, wer Sie sind.»

«Nein, danke, Davie. Ich muß mich für Mr. Horsfall freihalten. Ich will ihn nicht verpassen.»

Er lächelte sie an, ziemlich mitleidig, wie sie meinte, und schien etwas sagen zu wollen. Aber er überlegte es sich anders und ging weiter, indem er die Flaschen an seine Brust drückte und eine fröhliche Warnung rief, als er sich durch das Gedränge schob.

Cordelia bahnte sich einen Weg durch das Zimmer und beobachtete und lauschte. Das offene sexuelle Treiben verwirrte sie; sie hatte gedacht, daß Intellektuelle zu dünne Luft atmeten, um sich so sehr für das Fleischliche zu interessieren. Offensichtlich war das ein Mißverständnis. Wenn sie jetzt darüber nachdachte, waren die Genossen, von denen man hätte annehmen können, daß sie in liederlicher Promiskuität lebten, bemerkenswert gesetzt gewesen. Sie hatte manchmal gespürt, daß ihre sexuellen Aktivitäten eher von Pflicht als von Trieben angespornt wurden, daß sie mehr eine Waffe der Revolution oder eine Geste gegen die verachteten bourgeoisen Sitten waren als eine Reaktion auf ein menschliches Bedürfnis. Ihre eigentlichen Energien galten alle der Politik. Es war nicht schwer zu erkennen, worauf die Energien der meisten Anwesenden sich richteten.

Sie hätte sich keine Sorgen um den Erfolg ihres Kaftans zu machen brauchen. Mehrere Männer ließen durchblicken, daß sie bereit oder sogar begierig darauf waren, von ihren Partnerinnen loszukommen, weil es ihnen Spaß gemacht hätte, sich mit ihr zu unterhalten. Mit einem vor allem, einem gutaussehenden und spöttisch amüsanten jungen Historiker, fühlte Cordelia, hätte sie einen unterhaltsamen Abend verbringen können. Die ungeteilte Aufmerksamkeit eines einzigen angenehmen Mannes war alles, was sie sich von einer Party erhoffte, dann konnte sie auf die Beachtung von allen anderen verzichten. Sie war von Natur aus nicht sehr gesellig und war, da sie sich in den vergangenen sechs Jahren ihrer eigenen Generation entfremdet hatte, von dem Lärm, der unterschwelligen Rücksichtslosigkeit und den halbverstandenen Bräuchen dieser Stammespaarungen leicht eingeschüchtert. Und sie sagte sich standhaft, daß sie nicht hier war, um sich auf Sir Ronalds Kosten zu amüsieren. Keiner ihrer möglichen Gesprächspartner kannte Mark Callender oder ließ Interesse an ihm, tot oder lebendig, erkennen. Sie durfte sich nicht den ganzen Abend von Leuten festhalten lassen, die ihr keine Auskünfte geben konnten. Wenn diese Gefahr drohte und das Gespräch zu verführerisch wurde, murmelte sie eine Entschuldigung und entwischte ins Bad oder in die Schatten des Gartens, wo kleine Gruppen auf dem Gras saßen und kifften. Cordelia erinnerte sich an diesen Geruch, sie konnte sich nicht irren. Sie waren nicht zu Gesprächen aufgelegt, und so konnte sie hier wenigstens für sich herumschlendern und Mut schöpfen für ihren nächsten Beutezug, für die nächste listig beiläufige Frage, die nächste unvermeidliche Antwort.

«Mark Callender? Tut mir leid, wir sind uns nie begegnet. Ist das nicht der, der abgehauen ist, um das einfache Leben auszuprobieren, und sich schließlich erhängt hat oder so ähnlich?»

Einmal suchte sie Zuflucht in Mademoiselle de Congés Zimmer, aber sie sah, daß die träge Gestalt unfeierlich auf einem Polster aus Kissen verstaut worden war und das Bett für einen ganz anderen Zweck verwendet wurde.

Sie fragte sich, wann Edward Horsfall erscheinen würde oder ob er überhaupt käme. Und würde Hugo daran denken und sich darum kümmern, sie vorzustellen, falls er käme? Sie sah keinen der Tillings in dem dichten Gedränge von gestikulierenden Körpern, die inzwischen das Wohnzimmer verstopften und die Diele und die halbe Treppe überschwemmten. Allmählich beschlich sie das Gefühl, daß dieser Abend vergeudet war, als sich Hugos Hand auf ihren Arm legte. Er sagte:

«Ich möchte Sie Edward Horsfall vorstellen. Edward, das ist Cordelia Gray. Sie möchte sich über Mark Callender unterhalten.»

Edward Horsfall war eine weitere Überraschung. Cordelia hatte sich unbewußt das Bild eines älteren Universitätslehrers ausgemalt, ein wenig zerstreut durch die Last seiner Gelehrsamkeit, ein gütiger, wenn auch gleichgültiger Ratgeber der Jungen. Horsfall konnte nicht viel über dreißig sein. Er war sehr groß, sein Haar fiel lang über das eine Auge, sein schlanker Körper war gebogen wie eine Melonenschale, ein Vergleich, der durch das gefältelte gelbe Hemd unter der vorspringenden Fliege bekräftigt wurde.

Jede halbeingestandene, halbverschämte Hoffnung, die Cordelia gehegt haben mochte, daß er sich ihrer sofort annehmen und ihr herzlich gern seine Zeit widmen würde, solange sie zusammen wären, schwand schnell dahin. Seine Augen waren rastlos und flatterten zwanghaft immer wieder zur Tür. Sie vermutete, daß er wohl am liebsten allein gewesen wäre und sich absichtlich Verpflichtungen vom Leib gehalten hätte, bis die erhoffte Gesellschaft eintraf. Er war so kribbelig, daß sie Mühe hatte, sich nicht über seine Unruhe zu ärgern. Sie sagte:

«Sie müssen nicht den ganzen Abend mit mir verbringen, wissen Sie, ich möchte nur ein paar Auskünfte.»

Ihre Stimme rief ihm ihre Gegenwart ins Bewußtsein und erinnerte ihn an einen Versuch zur Höflichkeit.

«Das wäre eigentlich keine Strafe, entschuldigen Sie. Was möchten Sie wissen?»

«Alles, was Sie mir von Mark erzählen können. Sie haben ihn in Geschichte unterrichtet, nicht wahr? War er gut?»

Das war keine besonders wichtige Frage, eigentlich nur als Einleitung gedacht, weil sie meinte, darauf würden alle Lehrer ansprechen.

«Der Unterricht war bei ihm lohnender als bei vielen anderen Studenten, mit denen ich mich herumschlagen muß. Ich weiß nicht, warum er Geschichte gewählt hat. Er hätte sehr gut eine Naturwissenschaft studieren können. Er hatte eine lebhafte Neugier für physikalische Phänomene. Aber er hatte sich entschlossen, Geschichte zu studieren.»

«Glauben Sie, um seinen Vater vor den Kopf zu stoßen?»

«Sir Ronald vor den Kopf zu stoßen?» Er drehte sich um und streckte einen Arm nach einer Flasche aus. «Was trinken Sie? Eins haben Isabelle de Lasteries Parties für sich: Die Getränke sind hervorragend, vermutlich weil Hugo sie bestellt. Es ist vortrefflich, daß es kein Bier gibt.»

«Demnach trinkt Hugo kein Bier?» fragte Cordelia.

«Das behauptet er jedenfalls. Wovon haben wir gesprochen? Ach so, Sir Ronald vor den Kopf stoßen. Mark sagte, er habe Geschichte gewählt, weil wir unmöglich die Gegenwart verstehen könnten, ohne die Vergangenheit zu verstehen. Das ist so ein ärgerliches Klischee, mit dem die Leute bei Interviews ankommen, aber vielleicht hat er daran geglaubt. Tatsächlich ist natürlich das Gegenteil wahr, wir deuten die Vergangenheit aus unserer Kenntnis der Gegenwart.»

«War er denn gut?» fragte Cordelia. «Ich meine, hätte er eine Eins bekommen?»

Eine Eins, glaubte sie, sei das Höchste an gelehrter Vollendung, die Bescheinigung ausgeprägter Intelligenz, die den Empfänger unangefochten durchs Leben trug. Sie wollte hören, daß Mark eine Eins sicher gewesen wäre.

«Das sind zwei gesonderte und ganz verschiedene Fragen. Sie scheinen Wert und Leistung zu verwechseln. Es ist unmöglich, seine Note vorauszusagen, aber es wäre kaum eine Eins geworden. Mark war zu außergewöhnlich guter und origineller Arbeit fähig, aber er beschränkte sich auf seine originellen Ideen. Das Ergebnis war dann eher mager. Prüfer mögen Originalität, aber man muß zuerst die anerkannten Fakten und herkömmlichen Meinungen ausspucken, wenn auch nur, um zu zeigen, daß man sie gelernt hat. Ein ungewöhnliches Gedächtnis und eine flotte, leserliche Handschrift, das ist das Geheimnis einer Eins. Wo sind Sie übrigens?» Er bemerkte Cordelias kurzen, verständnislosen Blick. «Ich meine, an welchem College.»

«An keinem. Ich arbeite. Ich bin Privatdetektiv.»

Er schluckte diese Auskunft ohne weiteres.

«Mein Onkel hat einmal einen angestellt, um herauszubekommen, ob meine Tante von ihrem Zahnarzt gebumst wurde. Es stimmte, aber er hätte es leichter auf dem einfachen Weg, sie zu fragen, herausbekommen können. So verlor er gleichzeitig die Dienste einer Frau und eines Zahnarztes und bezahlte viel zuviel für eine Auskunft, die er umsonst hätte haben können. Es hat damals in der Familie ziemlich viel Staub aufgewirbelt. Ich hätte eigentlich gedacht, dieser Beruf sei ...»

Cordelia beendete den Satz für ihn.

«Kein geeigneter Beruf für eine Frau?»

«Ganz und gar nicht. Durchaus geeignet, würde ich sagen, ein Beruf, der, wie ich mir vorstelle, unendlich viel Neugier, unendliche Mühen und einen Hang, sich in die Angelegenheiten anderer Menschen einzumischen, erfordert.» Seine Aufmerksamkeit schweifte wieder ab. Eine Gruppe in ihrer Nähe unterhielt sich, und Gesprächsfetzen drangen zu ihnen.

«... typisch für die schlimmste Art von akademischem Stil. Geringschätzung der Logik; großzügiger Gebrauch von Modewörtern; unechte Tiefgründigkeit und eine wahnsinnig scheußliche Grammatik.»

Der Tutor widmete den Sprechern einen Augenblick seine Aufmerksamkeit, tat ihr akademisches Geschwätz als nicht beachtenswert ab und ließ sich herab, sein Ohr, wenn auch nicht seinen Blick, wieder Cordelia zuzuwenden.

«Warum interessieren Sie sich so sehr für Mark Callender?»

«Sein Vater hat mich angestellt, damit ich herausfinde, warum Mark starb. Ich habe gehofft, daß Sie mir vielleicht helfen könnten. Ich meine, hat er Ihnen gegenüber jemals zu erkennen gegeben, daß er womöglich unglücklich war, unglücklich genug, um sich umzubringen? Hat er erklärt, warum er das College aufgab?»

«Mir nicht. Ich hatte nie das Gefühl, daß ich ihm nahekam. Er verabschiedete sich förmlich, dankte mir für meine Hilfe, wie er sich ausdrückte, und ging weg. Ich gab die üblichen Äußerungen des Bedauerns von mir, und wir schüttelten uns die Hände. Ich war verlegen, Mark jedoch nicht. Er war, glaube ich, kein Typ, der anfällig für Verlegenheit war.»

Es gab eine kleine Verwirrung an der Tür, und eine Gruppe von Neuankömmlingen schob sich lärmend in das Gedränge. Unter ihnen war ein großes dunkles Mädchen in einem feuerroten Kleid, das fast bis zur Taille offen war. Cordelia spürte, wie der Tutor erstarrte, sah seine Augen mit einem gespannten, halb ängstlichen, halb bittenden Blick, den sie von anderen Gelegenheiten kannte, an der Neuen hängen. Ihre Stimmung sank. Jetzt mußte sie Glück haben, wenn sie noch weitere Auskünfte bekommen wollte. Verzweifelt versuchte sie, seine Aufmerksamkeit wieder auf sich zu lenken und sagte:

«Ich bin nicht sicher, ob Mark sich selbst getötet hat. Ich denke, es könnte Mord gewesen sein.»

Er sprach unaufmerksam, seine Augen auf die Neuankömmlinge gerichtet.

«Das ist unwahrscheinlich, bestimmt. Von wem? Aus welchem Grund? Er war eine unbedeutende Person. Er erregte nicht einmal eine vage Abneigung, außer vielleicht bei seinem Vater. Aber Ronald Callender kann es nicht getan haben, wenn es das ist, was Sie hoffen. In der Nacht, in der Mark starb, speiste er im College am Dozententisch. Wir hatten ein Festessen im College. Ich saß neben ihm. Sein Sohn rief ihn an.»

Cordelia zerrte fast an seinem Ärmel, als sie ungeduldig fragte:

«Um welche Zeit?»

«Bald nachdem das Essen angefangen hatte, glaube ich. Benskin, das ist einer der Collegediener, kam herein und sagte es ihm. Es muß zwischen acht und Viertel nach acht gewesen sein. Callender verschwand für etwa zehn Minuten, kam dann zurück und aß seine Suppe weiter. Wir anderen waren auch noch nicht beim zweiten Gang angelangt.»

«Sagte er, was Mark wollte? Schien er erregt?»

«Keins von beiden. Wir sprachen während des Essens kaum ein Wort miteinander. Sir Ronald verschwendet seine Gaben als Unterhalter nicht an Nichtnaturwissenschaftler. Würden Sie mich jetzt bitte entschuldigen?»

Er war weg und bahnte sich seinen Weg durch das Gedränge zu seiner Beute. Cordelia stellte ihr Glas ab und machte sich auf die Suche nach Hugo.

«Hören Sie», sagte sie, «ich möchte mit Benskin sprechen, einen Diener an Ihrem College. Ob er wohl heute abend da ist?»

Hugo stellte die Flasche ab, die er in der Hand hatte.

«Kann sein. Er ist einer der wenigen, die im College wohnen. Aber ich bezweifle, daß Sie allein ihn aus seinem Schlupfloch herausholen können. Wenn es wirklich so dringend ist, komme ich besser mit.»

Der Collegepförtner – mit neugierigem Blick – brachte in Erfahrung, daß Benskin im College war, und Benskin wurde gerufen. Er kam nach fünf Minuten Wartezeit, in der Hugo mit dem Pförtner plauderte und Cordelia vor der Pförtnerloge auf und ab ging und zum Zeitvertreib die Collegeanzeigen las. Benskin erschien, ohne Eile, und ließ sich nicht aus der Ruhe bringen. Er war ein korrekt gekleideter alter Mann mit silbernem Haar, sein Gesicht war zerknittert und dickhäutig wie eine anämische Blutorange, und er hätte, dachte Cordelia, wie eine Reklame für den idealen Butler ausgesehen, wäre da nicht ein Ausdruck von trauriger, heimlicher Verachtung gewesen.

Cordelia zeigte ihm Sir Ronalds Vollmacht und rückte sofort mit ihren Fragen heraus. Mit vorsichtiger Zurückhaltung war nichts zu gewinnen, und da sie Hugos Hilfe in Anspruch genommen hatte, konnte sie kaum hoffen, ihn abzuschütteln. Sie sagte:

«Sir Ronald hat mich gebeten, die Umstände des Todes seines Sohnes zu untersuchen.»

«Ich verstehe, Miss.»

«Ich habe gehört, daß Mr. Mark Callender seinen Vater angerufen hat, während Sir Ronald in der Nacht, in der sein Sohn starb, am Dozententisch speiste, und daß Sie Sir Ronald Bescheid gaben, kurz nachdem das Essen begonnen hatte.»

«Ich hatte damals den Eindruck, daß es Mr. Callender war, der anrief, Miss, aber ich irrte mich.»

«Wie können Sie das so genau wissen, Mr. Benskin?»

«Sir Ronald sagte es mir selbst, Miss, als ich ihn ein paar Tage nach dem Tod seines Sohnes im College sah. Ich kenne Sir Ronald seit seiner Studentenzeit, und ich erlaubte mir, ihm mein Beileid auszudrücken. Während unseres kurzen Gesprächs spielte ich auf den Anruf am 26. Mai an, und Sir Ronald sagte mir, ich hätte mich geirrt, es sei nicht Mr. Callender gewesen, der anrief.»

«Sagte er, wer es war?»

«Sir Ronald teilte mir mit, daß es sein Laborassistent Mr. Chris Lunn war.»

«Hat Sie das nicht überrascht – daß Sie sich geirrt haben, meine ich?»

«Ich gestehe, daß ich etwas überrascht war, Miss, aber das Versehen ist vielleicht entschuldbar. Meine nachträgliche Anspielung auf den Vorfall war zufällig und unter den Umständen bedauerlich.»

«Glauben Sie wirklich, daß Sie sich bei dem Namen verhört haben?»

Das eigensinnige alte Gesicht entspannte sich nicht.

«Sir Ronald kann keine Zweifel in bezug auf die Person, die ihn anrief, gehabt haben.»

«Hat Mr. Callender seinen Vater öfter angerufen, wenn er im College speiste?»

«Ich hatte vorher noch nie einen Anruf von ihm entgegengenommen, aber die Bedienung des Telefons gehört auch nicht zu meinen Pflichten. Es ist möglich, daß einige der anderen Collegebediensteten helfen könnten, aber ich glaube kaum, daß eine Nachfrage zu etwas führen würde oder daß die Nachricht, Collegebedienstete seien ausgefragt worden, für Sir Ronald erfreulich wäre.»

«Jede Nachfrage, welche die Wahrheit ermitteln helfen kann, ist wahrscheinlich erfreulich für Sir Ronald», sagte Cordelia. Tatsächlich, dachte sie, Benskins Redestil steckt langsam an. Sie fügte natürlicher hinzu:

«Sir Ronald liegt sehr viel daran, alles, was möglich ist, über den Tod seines Sohnes herauszubekommen. Können Sie mir irgend etwas erzählen, irgendeine Hilfe geben, Mr. Benskin?»

Das kam einer flehenden Bitte gefährlich nahe, machte aber keinen Eindruck auf ihn.

«Nichts, Miss. Mr. Callender war ein ruhiger und angenehmer junger Herr, der, soweit ich ihn beobachten konnte, bei guter Gesundheit und Stimmung zu sein schien, bis er uns verließ. Sein Tod hat das College sehr getroffen. Gibt es sonst noch etwas, Miss?»

Er wartete geduldig darauf, entlassen zu werden, und Cordelia ließ ihn gehen. Als sie und Hugo zusammen das College verließen und zurück zur Trumpington Street gingen, sagte sie bitter:

«Es ist ihm völlig egal.»

«Warum auch nicht? Benskin ist ein alter Schwindler, aber er ist seit siebzig Jahren am College und hat das alles schon erlebt. Tausend Jahre sind in seinen Augen bloß ein Abend, der vorüber ist. Ich habe Benskin wegen des Selbstmords eines Studenten nur einmal bekümmert gesehen, und da handelte es sich um einen Herzogssohn. Benskin dachte damals, es gäbe doch einige Dinge, die das College nicht geschehen lassen sollte.»

«Aber er hat sich mit Marks Anruf nicht geirrt. Das konnte man aus seinem Verhalten schließen, ich zumindest. Er weiß, was er gehört hat. Er wird es natürlich nicht zugeben, aber er weiß im Grunde seines Herzens, daß er sich nicht verhört hat.»

Hugo sagte gelassen:

«Er war ganz der alte Collegediener, sehr korrekt, sehr anständig; das war durch und durch Benskin. ‹Die jungen Herren sind nicht mehr, was sie waren, als ich damals ins College kam.› Das möchte ich auch verdammt hoffen! Sie trugen damals Backenbärte, und Adlige ließen sich in Phantasiekostümen blicken, um sich von der Plebs zu unterscheiden. Benskin würde das am liebsten wieder alles einführen, wenn er könnte. Er ist ein wandelnder Anachronismus, der Hand in Hand mit einer vornehmeren Vergangenheit über den Hof schlendert.»

«Aber er ist nicht taub. Ich habe absichtlich leise gesprochen, und er hat mich bestens verstanden. Glauben Sie wirklich, daß er sich verhört hat?»

«Wenn er sich mit Chris Lunn vorgestellt hat, klingt das ganz ähnlich wie ‹His son› – sein Sohn.»

«Aber Lunn meldet sich nicht so. Solange ich mit Sir Ronald und Miss Leaming zusammen war, haben sie ihn einfach Lunn genannt.»

«Hören Sie, Cordelia, Sie können unmöglich Ronald Callender verdächtigen, bei dem Tod seines Sohnes die Hand im Spiel zu haben! Bleiben Sie logisch. Sie lassen gelten, nehme ich an, daß ein vernünftiger Mörder hofft, nicht entdeckt zu werden. Sie geben gewiß zu, daß Ronald Callender zwar ein widerlicher Hund, aber ein vernünftiges, denkendes Wesen ist. Mark ist tot und sein Körper eingeäschert. Niemand außer Ihnen hat von Mord gesprochen. Dann stellt Sir Ronald Sie an, um alles aufzurühren. Warum sollte er das tun, wenn er etwas zu verbergen hat? Er hat es nicht einmal nötig, einen Verdacht abzulenken, weil es keinen Verdacht gibt.»

«Natürlich verdächtige ich ihn nicht, seinen Sohn getötet zu haben. Er weiß nicht, wie Mark gestorben ist und will es unbedingt wissen. Deshalb hat er mich angestellt. Das konnte ich bei unserem Gespräch erkennen; darin kann ich mich nicht irren. Aber ich verstehe nicht, warum er wegen des Anrufs gelogen haben sollte.»

«Wenn er da lügt, könnte es eine Handvoll harmloser Erklärungen geben. Falls Mark im College anrief, muß es etwas ziemlich Dringendes gewesen sein, vielleicht etwas, das sein Vater nicht bekannt werden lassen wollte, etwas, das vielleicht einen Anhaltspunkt für den Selbstmord seines Sohnes gibt.»

«Warum hätte er mich dann angestellt, um herauszubekommen, warum er sich umbrachte?»

«Das stimmt, kluge Cordelia; ich versuche es noch einmal. Mark bat um Hilfe, vielleicht um einen dringenden Besuch, den sein Vater ablehnte. Sie können sich seine Reaktion vorstellen. ‹Mach dich nicht lächerlich, Mark, ich speise gerade mit den Professoren. Es ist doch klar, daß ich die Koteletts und den Bordeaux nicht stehenlassen kann, nur weil du mich so hysterisch anrufst und mich sehen willst. Reiß dich zusammen.› So etwas würde sich in einer öffentlichen Verhandlung nicht so gut anhören; Untersuchungsrichter sind bekanntermaßen kritisch.» Hugos Stimme nahm einen tiefen, amtlichen Ton an. «‹Es steht mir nicht an, Sir Ronalds Schmerz zu vergrößern, aber es war vielleicht unglücklich, daß er beschloß, nicht zur Kenntnis zu nehmen, was offenbar ein Hilferuf war. Hätte er sein Essen sofort stehenlassen und sich an die Seite seines Sohnes begeben, wäre dieser hervorragende junge Student vielleicht gerettet worden.› Selbstmörder in Cambridge, habe ich bemerkt, sind immer hervorragend; ich warte immer noch darauf, den Bericht von einer Voruntersuchung zu lesen, wo die Collegeleitung bestätigt, daß der Student sich gerade rechtzeitig umgebracht hat, bevor sie ihn hinausgeworfen hätten.»

«Aber Mark starb zwischen sieben und neun Uhr abends. Dieser Anruf ist Sir Ronalds Alibi!»

«Er würde es nicht so sehen. Er braucht kein Alibi. Wenn man weiß, daß man nichts damit zu tun hat und die Frage eines Verbrechens sich überhaupt nicht stellt, denkt man nicht im Sinne von Alibis. Das tun nur Schuldbewußte.»

«Aber woher wußte Mark, wo sein Vater zu finden war? Bei seiner Aussage behauptete Sir Ronald, er hätte seit über zwei Wochen nicht mehr mit seinem Sohn gesprochen.»

«Hier haben Sie vielleicht wirklich recht. Fragen Sie Miss Leaming. Noch besser, Sie fragen Lunn, ob er es tatsächlich war, der im College angerufen hat. Wenn Sie einen Schurken suchen, würde Lunn vorzüglich passen. Ich finde ihn durch und durch unheimlich.»

«Ich wußte nicht, daß Sie ihn kennen.»

«Oh, er ist ziemlich gut bekannt in Cambridge. Er fährt diesen scheußlichen kleinen geschlossenen Lieferwagen mit grimmiger Hingabe durch die Gegend, als transportiere er unbotmäßige Studenten in die Gaskammern. Jeder kennt Lunn. Er lächelt selten, und wenn, dann auf eine Art, als mache er sich lustig und verachte den Teil seiner selbst, der sich dazu bringen ließ, über irgend etwas zu lächeln. Ich würde mich auf Lunn konzentrieren.»

Sie gingen schweigend weiter durch die milde, duftende Nacht und hörten das Wasser in den Rinnsteinen der Trumpington Street plätschern. Lichter leuchteten jetzt aus Collegetüren und Pförtnerlogen, und die fernen Gärten und untereinander verbundenen Höfe, die sie im Vorbeigehen flüchtig sahen, erschienen entrückt und ätherisch wie im Traum. Cordelia fühlte sich plötzlich niedergeschlagen vor Einsamkeit und Traurigkeit. Wenn Bernie noch lebte, würden sie jetzt gemütlich geborgen in der hintersten Ecke einer Cambridger Kneipe sitzen und den Fall besprechen, durch Lärm und Rauch und Anonymität von der Neugier ihrer Nachbarn abgeschirmt; mit gesenkter Stimme würden sie sich in ihrer eigenen, besonderen Sprache unterhalten. Sie würden über die Persönlichkeit eines jungen Mannes nachsinnen, der unter jenem zarten und klugen Gemälde geschlafen und dennoch eine vulgäre Illustrierte mit obszönen Aktfotos gekauft hatte. Aber hatte er das wirklich? Und wenn nicht, wie war sie in den Garten des Hauses gekommen? Sie würden über einen Vater sprechen, der wegen des letzten Anrufs seines Sohnes log, würden in glücklicher Komplicenschaft Vermutungen über einen ungereinigten Spaten anstellen, über ein nicht fertig umgegrabenes Stück Erde, einen ungespülten Kaffeebecher, ein sorgfältig getipptes Zitat von Blake. Sie würden von Isabelle sprechen, die Angst hatte, und Sophie, die bestimmt ehrlich war, und Hugo, der sicher etwas über Marks Tod wußte und der klug war, aber nicht so klug, wie er sein müßte. Zum erstenmal, seit sie mit dem Fall begonnen hatte, zweifelte Cordelia an ihrer Fähigkeit, ihn allein lösen zu können. Wenn es nur irgendeinen zuverlässigen Menschen gäbe, dem sie sich anvertrauen könnte, jemand, der ihr Selbstvertrauen stärken würde. Sie dachte wieder an Sophie, aber Sophie war mit Mark gegangen und war Hugos Schwester. Sie waren beide in die Sache verwickelt. Sie war auf sich gestellt, und das war, wenn sie darüber nachdachte, im Grunde nicht anders, als es immer gewesen war. Es war wie Ironie, aber diese Feststellung tröstete sie und ließ die Hoffnung zurückkehren.

An der Ecke der Panton Street blieben sie stehen, und er sagte:

«Kommen Sie wieder mit zur Party?»

«Nein, vielen Dank, Hugo. Ich habe noch zu arbeiten.»

«Bleiben Sie in Cambridge?»

Cordelia fragte sich, ob die Frage aus mehr als einem höflichen Interesse rührte. Plötzlich vorsichtig, sagte sie:

«Nur bis morgen oder übermorgen. Ich habe ein sehr ödes, aber billiges Zimmer mit Frühstück beim Bahnhof gefunden.»

Er nahm die Lüge kommentarlos hin, und sie sagten sich gute Nacht. Sie ging zurück zur Norwich Street. Das kleine Auto stand noch immer vor der Nummer siebenundfünfzig, aber das Haus war dunkel und still, als wolle es ihre Ausschließung unterstreichen, und die drei Fenster waren so blind wie abweisende, tote Augen.

Sie war müde, als sie wieder beim Gartenhaus war und den Mini am Rand des Gebüschs geparkt hatte. Das Gartentor knarrte unter ihrer Hand. Die Nacht war dunkel, und sie tastete in ihrer Handtasche nach der Taschenlampe und folgte dem hellen Kreis um das Haus herum zur Hintertür. Mit Hilfe des Lichts steckte sie den Schlüssel ins Schloß. Sie drehte ihn um und trat, benommen vor Müdigkeit, ins Wohnzimmer. Die immer noch brennende Taschenlampe hing lose in ihrer Hand und malte unregelmäßige Muster auf den Fliesenboden. Dann richtete sie sich durch eine unabsichtliche Bewegung nach oben und schien voll auf das Ding, das von dem Haken in der Mitte der Decke hing. Cordelia stieß einen Schrei aus und klammerte sich am Tisch fest. Es war das Keilkissen aus ihrem Bett; um das eine Ende war eine Schnur fest angezogen, wodurch ein grotesker dicker Kopf entstanden war, und das andere Ende war in eine von Marks Hosen gestopft. Die Beine hingen kläglich platt und leer herunter, das eine tiefer als das andere. Als sie es in gebanntem Grausen mit hämmerndem Herzen anstarrte, wehte ein leichter Zug durch die offene Tür, die sich langsam herumschwang, als würde sie von einer menschlichen Hand bewegt.

Sie konnte dort nur Sekunden gestanden haben, angewurzelt vor Angst und mit aufgerissenen Augen das Kissen anstarrend, doch schien es Minuten zu dauern, bis sie die Kraft fand, einen Stuhl unter dem Tisch vorzuziehen und das Ding herunterzuholen. Sogar in diesem Augenblick des Ekels und Schreckens fiel ihr ein, den Knoten genau zu betrachten. Die Schnur war mit einer einfachen Schleife und zwei Halbknoten am Haken befestigt. Also hatte ihr heimlicher Besucher entweder beschlossen, seine frühere Methode nicht zu wiederholen, oder er hatte nicht gewußt, wie der erste Knoten geknüpft gewesen war. Sie legte das Keilkissen auf den Stuhl und ging hinaus, um nach ihrer Waffe zu sehen. In ihrer Müdigkeit hatte sie sie vergessen, aber jetzt sehnte sie sich nach dem beruhigenden Gefühl des harten, kalten Metalls in ihrer Hand. Sie stand an der Hintertür und lauschte. Der Garten schien plötzlich voller Geräusche, geheimnisvolles Geraschel, Blätter, die sich in dem leichten Wind bewegten und wie menschliche Seufzer klangen, verstohlenes Getrippel im Unterholz, das fledermausähnliche Pfeifen eines Tieres beunruhigend nahe. Die Nacht schien den Atem anzuhalten, als sie zu dem Holunderbusch hinausschlich. Sie wartete, hörte auf ihr eigenes Herz, ehe sie den Mut fand, sich umzudrehen und ihre Hand auszustrecken, um nach der Pistole zu tasten. Sie war noch da. Sie seufzte hörbar auf vor Erleichterung und fühlte sich sofort wohler. Die Pistole war nicht geladen, aber das spielte anscheinend keine große Rolle. Die schreckliche Angst hatte sich gelegt, und sie sprang zum Haus zurück.

Erst fast eine Stunde später ging sie endlich zu Bett. Sie zündete die Lampe an und durchsuchte mit der Pistole in der Hand das ganze Haus. Dann überprüfte sie das Fenster. Es war ziemlich eindeutig, wie er hereingkommen war. Das Fenster hatte keine Arretiervorrichtung und konnte leicht von außen aufgestoßen werden. Cordelia holte eine Rolle durchsichtigen Klebstreifen aus ihrem Utensilienköfferchen, schnitt zwei schmale Streifen ab, wie Bernie es ihr gezeigt hatte, und klebte sie über den unteren Rand des Fensters und über den Holzrahmen. Sie glaubte nicht, daß die vorderen Fenster geöffnet werden konnten, aber sie wollte kein Risiko eingehen und versiegelte sie genauso. Das würde keinen Eindringling aufhalten, aber am nächsten Morgen wüßte sie wenigstens, ob er sich Zutritt verschafft hatte. Nachdem sie sich in der Küche gewaschen hatte, ging sie schließlich nach oben zu Bett. Es gab kein Schloß an ihrer Tür, aber sie ließ sie einen kleinen Spalt offen und legte einen Topfdeckel auf den oberen Rahmen. Falls jemand eindringen konnte, würde er sie nicht überraschen. Im Gedanken, daß sie es mit einem Mörder zu tun hatte, lud sie die Pistole und legte sie auf den Nachttisch. Sie untersuchte die Schnur. Es war ein über ein Meter langes Stück gewöhnlicher starker Bindfaden, offenbar nicht neu und am einen Ende ausgefranst. Es war hoffnungslos, seine Herkunft feststellen zu wollen, und das entmutigte sie. Dennoch beschriftete sie ihn sorgfältig, wie Bernie es ihr beigebracht hatte, und packte ihn in ihr Köfferchen. Dasselbe machte sie mit dem zusammengerollten Riemen und dem getippten Abschnitt aus Blake, die sie unten aus ihrer Umhängetasche herausholte und in ihre Plastikhüllen für Beweisstücke legte. Sie war so abgespannt, daß sie selbst für diese Routinearbeit ihre ganze Willenskraft aufwenden mußte. Dann legte sie das Keilkissen wieder aufs Bett, obwohl es sie Überwindung kostete, es nicht auf den Boden zu werfen und ohne es zu schlafen. Doch inzwischen hätte sie nichts mehr – weder Angst noch Unbequemlichkeit – wachhalten können. Sie lag nur ein paar Minuten und lauschte dem Ticken ihrer Uhr, bis die Müdigkeit sie überwältigte und unwiderstehlich hinab in den dunklen Strom des Schlafes trug.

4. Kapitel

Cordelia wurde früh am nächsten Morgen vom schrillen Gezwitscher der Vögel und dem starken, klaren Licht eines weiteren schönen Tages geweckt. Sie blieb noch einige Minuten liegen, streckte sich in ihrem Schlafsack und genoß den Duft eines ländlichen Morgens, jene feine, Erinnerungen weckende Mischung aus Erde, duftendem nassem Gras und starkem Bauernhofgeruch. Sie wusch sich in der Küche, wie Mark es offenbar getan hatte, indem sie sich in die Zinkwanne aus dem Schuppen stellte und, nach Luft schnappend, Kochtöpfe voll kalten Leitungswassers über ihren nackten Körper goß. Das einfache Leben hatte etwas an sich, das einen zu diesen Kasteiungen bereit machte. Cordelia hielt es für unwahrscheinlich, daß sie, unter welchen Umständen auch immer, in London freiwillig in kaltem Wasser gebadet hätte, daß sie den Geruch des Gaskochers, der über dem appetitanregenden Brutzeln des bratenden Specks lag, ertragen und das Aroma ihres ersten Bechers mit starkem Tee so sehr genossen hätte.

Das Gartenhaus war vom Sonnenlicht erfüllt, ein warmes, freundliches Heiligtum, von dem aus sie sich sicher an alles heranwagen konnte, was der Tag bringen mochte. Im stillen Frieden des Sommermorgens schien das kleine Wohnzimmer von dem tragischen Tod Mark Callenders unberührt. Der Haken an der Decke sah so harmlos aus, als hätte er nie seinem schrecklichen Zweck gedient. Das Entsetzen jenes Augenblicks, als ihre Taschenlampe zum erstenmal den dunklen gedunsenen Schatten des Keilkissens gefunden hatte, war jetzt so unwirklich wie ein Traum. Selbst die Erinnerung an die Vorsichtsmaßnahmen der vergangenen Nacht war peinlich, wenn man sie in dem unzweideutigen Licht des Tages besah. Sie kam sich ziemlich lächerlich vor, als sie die Waffe entlud, die Munition unter ihrer Unterwäsche verbarg und die Pistole im Holunderbusch versteckte, wobei sie sich gründlich umschaute, ob sie nicht beobachtet wurde. Als das Geschirr gespült und das einzige Tischdeckchen ausgewaschen und zum Trocknen ins Freie gehängt war, pflückte sie in einer Ecke des Gartens einen kleinen Strauß aus Stiefmütterchen, Schlüsselblumen und Mädesüß und stellte ihn in einem der geriffelten Becher auf den Tisch.

Sie hatte entschieden, daß sie als erstes versuchen mußte, Marks Kindermädchen, Miss Pilbeam, ausfindig zu machen. Selbst wenn die Frau ihr nichts über Marks Tod oder den Grund, warum er das College verlassen hatte, sagen konnte, würde sie von seiner Kindheit und Jugendzeit erzählen können; sie wußte wahrscheinlich besser als jeder andere, was für ein Mensch er wirklich gewesen war. Sie hatte ihn so lieb gehabt, daß sie an der Beisetzung teilgenommen und einen teuren Kranz geschickt hatte. Sie hatte ihn an seinem einundzwanzigsten Geburtstag im College besucht. Er war vermutlich mit ihr in Verbindung geblieben, hatte sich ihr vielleicht sogar anvertraut. Er hatte keine Mutter, und Nanny Pilbeam mochte in gewisser Hinsicht ein Ersatz gewesen sein.

Als sie nach Cambridge fuhr, dachte Cordelia über ihr Vorgehen nach. Es war anzunehmen, daß Miss Pilbeam irgendwo in der Umgebung wohnte. Es war unwahrscheinlich, daß sie in der Stadt selbst lebte, da Hugo Tilling sie nur einmal gesehen hatte. Aus seiner kurzen Schilderung ließ sich heraushören, daß sie alt und vermutlich arm war. Es war daher nicht wahrscheinlich, daß sie weit reisen würde, um an der Beisetzung teilzunehmen. Es war klar, daß sie keine der offiziellen Trauernden von Garforth House war, daß Sir Ronald sie nicht eingeladen hatte. Nach Hugo hatte keiner der Anwesenden auch nur ein Wort mit ihr geredet. Daraus ließ sich kaum schließen, daß Miss Pilbeam die alte geschätzte Hüterin der Tradition war, fast zur Familie gehörig. Daß Sir Ronald sie bei einer solchen Gelegenheit übersehen hatte, fand Cordelia höchst interessant. Sie fragte sich, welche Stellung Miss Pilbeam eigentlich in der Familie gehabt hatte.

Falls die alte Dame in der Nähe von Cambridge wohnte, hatte sie den Kranz wahrscheinlich in einem der Blumengeschäfte in der Stadt bestellt. Es war kaum anzunehmen, daß Dörfer solche Dienste anboten. Es war ein auffälliger Kranz gewesen, was zeigte, daß Miss

Pilbeam bereit gewesen war, viel dafür auszugeben, und vermutlich in eines der größeren Blumengeschäfte gegangen war. Es sprach viel dafür, daß sie ihn persönlich bestellt hatte. Ältere Damen, ohnehin selten im Besitz eines Telefons, erledigten diese Dinge lieber direkt, da sie, wie Cordelia vermutete, einen wohlbegründeten Verdacht hatten, nur dann aufs beste bedient zu werden, wenn sie im persönlichen Gespräch ihre Wünsche ganz genau vortrugen. Falls Miss Pilbeam mit dem Zug oder Bus aus ihrem Dorf gekommen war, hatte sie vermutlich ein Geschäft nahe der Stadtmitte ausgesucht. Cordelia beschloß, ihre Suche zu beginnen, indem sie Passanten fragte, ob sie ihr ein gutes Blumengeschäft empfehlen könnten.

Sie hatte bereits gelernt, daß Cambridge keine Stadt war, in der man mit dem Auto herumkurvte. Sie hielt an und zog die Faltkarte hinten in ihrem Stadtführer zu Rate, dann beschloß sie, den Mini auf dem Parkplatz am Parker's Piece abzustellen. Ihre Suche dauerte vielleicht eine Zeitlang und war zu Fuß am besten zu erledigen. Sie wollte nicht riskieren, daß sie einen Strafzettel bekam oder ihr Auto abgeschleppt würde. Sie sah auf die Uhr. Es war erst ein paar Minuten nach neun. Sie hatte den Tag gut angefangen.

Die erste Stunde war enttäuschend. Die Leute, die sie fragte, bemühten sich zu helfen, aber ihre Vorstellungen von dem, was einen zuverlässigen Blumenhändler in der Stadtmitte ausmachte, waren eigenartig. Cordelia wurde an kleine Gemüsehändler verwiesen, die nebenbei ein paar Sträuße Schnittblumen verkauften, an einen Lieferanten von Gartengeräten, der mit Pflanzen handelte, aber nicht mit Kränzen, und einmal an ein Bestattungsunternehmen. Die beiden Blumengeschäfte, die auf den ersten Blick in Frage zu kommen schienen, hatten nie von Miss Pilbeam gehört und keine Kränze für Mark Callenders Beisetzung geliefert. Ein wenig müde vom vielen Laufen fühlte Cordelia sich allmählich entmutigt. Sie entschied, daß es unvernünftig gewesen war, die ganze Sucherei so optimistisch zu sehen. Wahrscheinlich war Miss Pilbeam von Bury St. Edmunds oder Newmarket rübergekommen und hatte den Kranz in ihrer eigenen Stadt gekauft.

Aber ihr Besuch bei dem Bestattungsunternehmen war nicht umsonst. Als Antwort auf ihre Frage empfahlen sie ihr eine Firma, die «eine sehr hübsche Art von Kränzen liefert, Miss, wirklich sehr hübsch». Das Geschäft lag weiter von der Stadtmitte entfernt, als Cordelia erwartet hatte. Selbst auf dem Bürgersteig davor roch es nach Hochzeiten und Begräbnissen, je nach Stimmung, und als Cordelia die Tür aufstieß, wurde sie von einem Schwall warmer Luft empfangen, der ihr das Atmen schwer machte. Alles war voller Blumen. Große grüne Eimer mit Büscheln von Lilien, Iris und Lupinen standen an der Wand aufgereiht; kleinere Behälter waren zum Bersten mit Goldlack, Ringelblumen und Levkojen gefüllt; es gab kühle Bündel von Rosen mit festen Knospen und dornenlosen Stielen, eine Blüte wie die andere in Größe und Farbe, als seien sie in der Retorte gezüchtet worden. Töpfe mit Zimmerpflanzen, verziert mit bunten Bändern, säumten den Weg zum Ladentisch wie eine blühende Ehrengarde.

In einem Raum an der Rückseite des Geschäfts arbeiteten zwei Verkäuferinnen. Durch die offene Tür beobachtete Cordelia sie. Die jüngere, eine träge Blondine mit fleckigem Teint, war der Hilfshenker, der Rosen und Freesien bereitlegte, ausgewählte Opfer, sortiert nach Art und Farbe. Die ältere, deren Stellung durch eine besser passende Kittelschürze und eine gewichtige Miene gekennzeichnet war, drehte die Blütenköpfe ab, durchstach jede verstümmelte Blume mit Draht und fädelte sie dicht auf eine große herzförmige Unterlage aus Moos. Cordelia wandte entsetzt die Augen ab.

Eine vor Gesundheit strotzende Dame in einem rosa Kittel tauchte anscheinend aus dem Nichts hinter dem Ladentisch auf. Sie duftete genauso stark wie der Laden, hatte aber offenbar entschieden, daß hier kein gewöhnliches Blütenparfum konkurrieren konnte und sie sich deshalb besser auf das Exotische verließ. Sie roch so stark nach Currypulver und Ananas, daß die Wirkung fast betäubend war.

Cordelia sagte ihren vorbereiteten Spruch:

«Ich komme von Sir Ronald Callender aus Garforth House. Ich möchte gern wissen, ob Sie mir helfen können. Sein Sohn wurde am 3. Juni eingeäschert, und das alte Kindermädchen war so freundlich, einen Kranz zu schicken, ein Kreuz aus roten Rosen. Sir Ronald hat ihre Adresse verloren und möchte ihr sehr gern schreiben. Der Name ist Pilbeam.»

«Hm, ich glaube, wir haben keine derartige Bestellung für den 3. Juni ausgeführt.»

«Wenn Sie so freundlich wären, mal in Ihrem Buch nachzusehen ...»

Plötzlich sah die junge Blondine von ihrer Arbeit auf und rief: «Es ist Goddard.»

«Wie bitte, Shirley?» sagte die dralle Dame streng.

«Der Name ist Goddard. Auf der Karte beim Kranz stand Nanny Pilbeam, aber die Kundin war eine Mrs. Goddard. Es war schon eine andere Dame von Sir Ronald Callender da und hat nachgefragt, und das war der Name, den sie angab. Ich habe für sie nachgesehen: Mrs. Goddard, Lavender Cottage, Ickleton. Ein Kreuz, einen Meter lang, aus roten Rosen. Sechs Pfund. Es steht hier im Buch.»

«Vielen Dank», sagte Cordelia begeistert. Sie bedachte unparteiisch alle drei mit einem dankenden Lächeln und ging schnell hinaus, um nicht in eine Debatte über die andere wißbegierige Dame aus Garforth House verwickelt zu werden. Es mußte komisch ausgesehen haben, das war ihr klar, aber den drei Frauen würde es Spaß machen, das zu bereden, wenn sie erst weg war. Lavender Cottage, Ickleton. Sie sagte sich die Adresse immer wieder vor, bis sie in sicherer Entfernung vom Geschäft war und stehenbleiben konnte, um sie aufzuschreiben.

Ihr Müdigkeit schien wie durch ein Wunder verflogen, als sie eilends zum Parkplatz zurückging. Sie sah auf ihrer Straßenkarte nach. Ickleton war ein Dorf nahe der Grenze nach Essex, ungefähr zehn Meilen von Cambridge. Es war nicht weit von Duxford, so daß sie denselben Weg zurückfahren würde. Sie konnte in weniger als einer halben Stunde dort sein.

Aber sie brauchte länger, als sie gerechnet hatte, sich durch den Verkehr in Cambridge zu schlängeln, und war erst fünfunddreißig Minuten später an der hübschen Feldsteinkirche von Ickleton mit ihrer achteckigen Turmspitze. Sie fuhr den Mini direkt vor das Tor und war in Versuchung, einen raschen Blick hineinzuwerfen, aber sie widerstand ihr. Mrs. Goddard machte sich vielleicht in diesem Augenblick fertig, um den Bus nach Cambridge zu erreichen. Sie ging auf die Suche nach Lavender Cottage.

Tatsächlich war es alles andere als ein Cottage, nämlich die Hälfte eines kleinen Doppelhauses aus häßlichen roten Backsteinen am Ende der High Street. Zwischen der Haustür und der Straße gab es nur einen schmalen Streifen Rasen, und von Lavendel war weder etwas zu riechen noch zu sehen. Der eiserne Türklopfer in Form eines Löwenkopfes fiel schwer herunter und ließ die Tür erzittern. Die Antwort kam nicht aus dem Lavender Cottage, sondern aus dem nächsten Haus. Eine ältere Frau erschien, dürr, fast zahnlos und in eine umfangreiche Schürze mit Rosenmuster gehüllt. Sie hatte Pantoffeln an den Füßen, eine Wollmütze, die mit einer Bommel verziert war, auf dem Kopf und trug eine Miene zur Schau, die ein lebhaftes Interesse an der Welt im allgemeinen ausdrückte.

«Sie möchten bestimmt zu Mrs. Goddard.»

«Ja. Können Sie mir sagen, wo ich sie finde?»

«Ich bin sicher, sie ist auf dem Friedhof. Dort ist sie um diese Zeit immer bei schönem Wetter.»

«Ich komme gerade von der Kirche. Ich habe niemand gesehen.»

«Du lieber Gott, Miss, bei der Kirche ist sie nicht! Dort begraben sie uns schon seit vielen Jahren nicht mehr. Ihr Seliger ist dort, wo man auch sie hinbringt, wenn es soweit ist, auf dem Friedhof an der Hinxton Road. Sie können es nicht verfehlen. Gehen Sie nur immer geradeaus.»

«Ich muß erst noch zur Kirche zurücklaufen, mein Auto holen», sagte Cordelia. Es war klar, daß sie beobachtet würde, bis sie außer Sicht war, und sie hielt es deshalb für nötig zu erklären, warum sie in einer Richtung wegging, die der angegebenen genau entgegengesetzt war. Die alte Frau lächelte und nickte, kam heraus, um sich über ihr Gartentor zu lehnen, damit sie Cordelias Marsch die High Street hinunter besser im Auge hatte, und wackelte mit dem Kopf wie eine Marionette, so daß die leuchtende Bommel in der Sonne tanzte.

Der Friedhof war leicht zu finden. Cordelia parkte den Mini auf einem Grasbord, wo ein Wegweiser den Fußweg nach Duxford anzeigte, und ging die wenigen Schritte zu dem Eisentor zurück. Eine kleine Aussegnungskapelle aus Feldsteinen stand dort, und neben der Apsis am Ostende lehnte eine alte Holzbank, grün von Flechten und von Vogeldreck verspritzt. Von hier aus überblickte man den ganzen Friedhof. Ein breiter Grasstreifen lief gerade durch die Mitte hinunter, und zu beiden Seiten lagen die Gräber, abwechslungsreich bezeichnet mit weißen Marmorkreuzen, grauen Grabsteinen, kleinen rostigen Eisenbögen, die in dem weichen Rasen steckten, und leuchtenden Farbflecken von Blumen, die wie Flickenteppiche über der frisch umgegrabenen Erde lagen. Es war sehr friedlich. Der Friedhof war von Bäumen umgeben, deren Blätter sich in der stillen, heißen Luft kaum regten. Es war fast kein Laut zu hören, nur das Zirpen der Grillen im Gras und ab und zu das Klingeln des Signals am nahe gelegenen Bahnübergang und das dröhnende Signalhorn eines Dieselzugs.

Auf dem Friedhof war nur eine einzige andere Person, eine ältere Frau, die sich über eines der Gräber am anderen Ende beugte. Cordelia saß, die Hände im Schoß gefaltet, eine Weile still auf der Bank, bevor sie leise den Graspfad hinunter auf die Frau zuging. Sie wußte mit Sicherheit, daß dieses Gespräch entscheidend sein würde, und dennoch hatte sie seltsamerweise keine Eile, es zu beginnen. Sie ging auf die Frau zu und blieb, immer noch unbemerkt, am Fuß des Grabes stehen.

Sie war eine kleine Frau in Trauerkleidung, deren altmodischer Strohhut mit einem Kranz aus verblichenem Tüll um den Rand mit einer gewaltigen schwarzen Hutnadel am Haar festgesteckt war. Sie kniete mit dem Rücken zu Cordelia und zeigte die Sohlen eines Paars unförmiger Schuhe, aus denen ihre dünnen Beine wie Stöcke hervorkamen. Sie säuberte das Grab von Unkraut; ihre Finger schossen wie eine Schlangenzunge über das Gras und zupften an kleinen, fast unsichtbaren Pflänzchen. Neben ihr stand ein Spankorb, der eine gefaltete Zeitung und eine kleine Gärtnerschaufel enthielt. Von Zeit zu Zeit ließ sie ein kleines Häufchen Unkraut in den Korb fallen.

Nach ein paar Minuten, in denen Cordelia ihr schweigend zugesehen hatte, hielt sie zufrieden inne und begann die Oberfläche des Grases zu glätten, als streichle sie die Knochen darunter. Cordelia las die tief eingemeißelte Inschrift auf dem Grabstein. *Dem Gedenken von Charles Albert Goddard geweiht, dem geliebten Gatten Annies, der am 27. August 1962 dieses Leben im Alter von siebzig Jahren verließ. Er ruhe in Frieden.* In Frieden – der gewöhnlichste Grab-Spruch einer Generation, für die Frieden anscheinend der äußerste Luxus, die höchste Segnung gewesen sein mußte.

Die Frau lehnte sich einen Augenblick auf die Fersen zurück und betrachtete das Grab mit Genugtuung. Jetzt erst bemerkte sie Cordelia. Sie wandte ihr ein gescheites, sehr runzliges Gesicht zu und sagte ohne Neugier oder Unmut über ihre Anwesenheit:

«Es ist ein schöner Stein, nicht wahr?»

«Ja, wirklich. Ich habe die Inschrift bewundert.»

«Tief eingemeißelt ist sie. Das hat einen Haufen Geld gekostet, aber das ist sie wert. Das hält ewig, wissen Sie. Nicht wie die meisten von den Inschriften hier, sie sind zu flach. Es nimmt einem die Freude an einem Friedhof. Ich lese gern die Grabsteine, ich will gern wissen, wer die Leute waren und wann sie gestorben sind und wie lange die Frauen noch gelebt haben, nachdem sie ihre Männer begraben haben. Dann fängt man an zu überlegen, wie sie es geschafft haben und ob sie einsam waren. Ein Stein taugt nichts, wenn man die Inschrift nicht lesen kann. Natürlich sieht das Ganze jetzt ein bißchen unausgewogen aus. Ich habe nämlich darum gebeten, Platz für mich zu lassen: *Und für Annie, seine Frau, die dieses Leben …* und dann das Datum. Das bringt es dann schön ins Gleichgewicht. Ich habe Geld zurückgelegt, um es zu bezahlen.»

«An was für einen Text haben Sie gedacht?» erkundigte sich Cordelia.

«Ach, keinen Text! ‹In Frieden› reicht für uns beide. Um mehr wollen wir den lieben Gott nicht bitten.»

Cordelia sagte:

«Dieses Kreuz aus Rosen, das Sie zu Mark Callenders Beisetzung geschickt haben, war wunderschön.»

«Oh, haben Sie es gesehen? Sie waren aber nicht bei der Beisetzung? Ja, es hat mir sehr gut gefallen. Sie haben es sehr hübsch gemacht, finde ich. Der arme Junge, er bekam sonst nicht viel, nicht wahr?»

Sie sah Cordelia mit freundlichem Interesse an:

«Also haben Sie Mr. Mark gekannt? Waren Sie vielleicht seine Freundin?»

«Nein, das nicht, aber mir liegt viel an ihm. Es ist seltsam, daß er nie von Ihnen, seinem alten Kindermädchen, gesprochen hat. Aber ich war nicht seine Nanny, meine Liebe, oder wenigstens nur einen oder zwei Monate lang. Er war damals ein Säugling, er konnte nichts davon wissen. Nein, ich war das Kindermädchen seiner lieben Mutter.»

«Aber Sie haben Mark an seinem einundzwanzigsten Geburtstag besucht?»

«Das hat er Ihnen also erzählt? Ich habe mich gefreut, ihn nach all den Jahren wiederzusehen, aber ich hätte mich ihm nicht aufgedrängt. Es wäre nicht recht gewesen, so wie sein Vater darüber denkt. Nein, ich bin hingegangen, um ihm etwas von seiner Mutter zu geben, um etwas zu erledigen, worum sie mich gebeten hatte, als sie starb. Wissen Sie, ich hatte Mark über zwanzig Jahre nicht gesehen – wirklich eigenartig, wenn man bedenkt, daß wir nicht weit auseinander gewohnt haben –, aber ich habe ihn sofort erkannt. Er sah seiner Mutter sehr ähnlich, der arme Junge.»

«Können Sie mir davon erzählen? Es ist nicht bloße Neugier; es ist sehr wichtig für mich, das zu wissen.»

Mrs. Goddard stützte sich auf den Korbhenkel und kam schwerfällig auf die Beine. Sie zupfte an ein paar kurzen Grashalmen, die an ihrem Rock hingen, holte ein Paar graue baumwollene Handschuhe aus ihrer Tasche und zog sie an. Langsam gingen sie zusammen den Weg hinunter.

«Wichtig, so? Ich weiß nicht, was daran wichtig sein könnte. Das gehört jetzt alles der Vergangenheit. Sie ist tot, die arme Frau, und er auch. Die ganzen Hoffnungen und Erwartungen waren umsonst. Ich habe mit keinem darüber gesprochen, aber wer wird es auch wissen wollen?»

«Vielleicht könnten wir uns auf diese Bank setzen und uns ein wenig unterhalten?»

«Ja, warum nicht. Es wartet nichts zu Hause, weshalb ich mich beeilen müßte. Wissen Sie, meine Liebe, ich habe meinen Mann erst geheiratet, als ich dreiundfünfzig war, und trotzdem vermisse ich ihn, als hätten wir uns schon als Kinder geliebt. Die Leute haben gesagt, ich wäre verrückt, in diesem Alter einen Mann zu nehmen, aber sehen Sie, ich habe seine Frau vierzig Jahre gekannt, wir waren zusammen in der Schule, und ich habe ihn gekannt. Wenn ein Mann zu einer Frau gut ist, wird er auch zu einer anderen gut sein. Das habe ich damals gedacht, und es war richtig.»

Sie saßen nebeneinander auf der Bank und blickten über den grünen Streifen zum Grab hin. Cordelia sagte:

«Erzählen Sie mir von seiner Mutter.»

«Sie war eine Miss Bottley, Evenlyn Bottley. Ich kam als zweites Kindermädchen zu ihrer Mutter, bevor sie geboren wurde. Damals war nur der kleine Harry da. Er wurde bei seinem ersten Angriff über Deutschland abgeschossen. Sein Vater nahm es sehr schwer, es gab niemand, der Harry gleichgekommen wäre, aus seinen Augen schien die Sonne. Der Herr kümmerte sich nie richtig um Miss Evie, für ihn gab es nur den Jungen. Mrs. Bottley starb, als Evie geboren wurde, und das mag an allem schuld sein. Viele sagen das, aber ich habe nie daran geglaubt. Ich habe Väter gekannt, die ein Baby dann nur noch mehr geliebt haben – die armen, unschuldigen Dinger, wie kann man ihnen die Schuld geben? Wenn Sie mich fragen, hat er seine mangelnde Liebe einfach damit gerechtfertigt, daß das Kind seine Mutter getötet habe.»

«Ja, ich kenne auch einen Vater, der sich damit gerechtfertigt hat. Aber es ist nicht ihr Fehler. Wir können uns nicht dazu bringen, jemanden zu lieben, nur weil wir es wünschen.»

«Das ist das Unglück, meine Liebe, oder die Welt wäre ein bequemerer Ort. Aber sein eigenes Kind, das ist nicht natürlich!»

«Liebte sie ihn?»

«Wie konnte sie! Man erhält keine Liebe von einem Kind, wenn man keine Liebe gibt. Sie hatte nie den Dreh heraus, ihm Freude zu bereiten, ihn aufzuheitern – er war ein großer Mann, heftig, redete laut, furchteinflößend für ein Kind. Er wäre besser mit einem hübschen, vorlauten kleinen Ding zurechtgekommen, das keine Angst vor ihm gehabt hätte.»

«Wie ist es ihr dann ergangen? Wie hat sie Sir Ronald Callender kennengelernt?»

«Damals war er nicht Sir Ronald, meine Liebe. Oh, weiß Gott nicht! Er war Ronny Callender, der Gärtnerssohn. Sie wohnten in Harrogate, wissen Sie. Und was für ein wunderschönes Haus sie hatten! Als ich damals dorthin in Stellung kam, hatten sie drei Gärtner. Das war natürlich vor dem Krieg. Mr. Bottley arbeitete in Bradford; er war im Wollgeschäft. Aber Sie haben nach Ronny Callender gefragt. Ich erinnere mich gut an ihn, er war ein kämpferischer, gutaussehender junger Kerl, aber einer, der seine Gedanken für sich behielt. Er war klug, der Junge, ja, das war er! Er bekam ein Stipendium für das Gymnasium, und er machte sich sehr gut.»

«Und Evelyn Bottley verliebte sich in ihn?»

«Vielleicht verliebte sie sich, meine Liebe. Was da zwischen ihnen war, als sie jung waren, wer kann das sagen. Aber dann kam der Krieg, und er ging weg. Sie wollte unbedingt etwas Nützliches tun, und sie haben sie als Krankenpflegerin angenommen, obwohl mir unerklärlich ist, wie sie die ärztliche Untersuchung bestanden hat. Und dann trafen sie sich in London wieder, wie das den Leuten im Krieg so ging, und als nächstes hörten wir, daß sie verheiratet waren.»

«Und sie zogen hierher in die Nähe von Cambridge?»

«Erst nach dem Krieg. Zuerst arbeitete sie als Krankenschwester weiter, und er wurde nach Übersee geschickt. Er hatte, was die Männer einen richtigen Krieg nennen; wir würden es allerdings einen schlimmen Krieg nennen, all das Töten und Kämpfen, Gefangenschaft und Flucht. Es hätte Mr. Bottley stolz auf ihn machen und mit der Heirat aussöhnen müssen, aber das war nicht der Fall. Ich glaube, er dachte, daß Ronny hinter dem Geld her sei, denn Geld war da zu erwarten, da gibt es keine Zweifel. Er hatte vielleicht recht, aber wer wollte den Jungen deswegen tadeln? Meine Mutter sagte immer: ‹Heirate nicht wegen des Geldes, aber heirate, wo Geld ist!› Es ist nichts Schlimmes, wenn man aufs Geld sieht, solange auch Zuneigung vorhanden ist.»

«Und meinen Sie, daß Zuneigung da war?»

«Ich habe nie eine Lieblosigkeit gesehen, und sie jedenfalls war verrückt nach ihm. Nach dem Krieg ging er zum Studium nach Cambridge. Er hatte immer Naturwissenschaftler werden wollen, und als ehemaliger Soldat bekam er ein Stipendium. Sie hatte etwas Geld von ihrem Vater, und sie kauften das Haus, in dem er jetzt lebt, so daß er zu Hause wohnen konnte, während er studierte. Es sah damals natürlich nicht genauso aus. Er hat seitdem eine ganze Menge daran gemacht. Sie waren ziemlich arm, und Miss Evie kam praktisch ohne jede Hilfe aus, von mir abgesehen. Mr. Bottley kam hin und wieder zu Besuch. Sie fürchtete sich immer vor seinen Besuchen, das liebe, arme Ding. Er wartete auf ein Enkelkind, müssen Sie wissen, aber es wollte keins kommen. Und dann beendete Mr. Callender die Universität und bekam eine Stelle als Lehrer. Er wollte weiter am College bleiben, als Tutor oder so etwas, aber sie wollten ihn nicht nehmen. Er sagte immer, das kam daher, daß er keine Beziehungen hatte, aber ich denke, er war vielleicht nicht intelligent genug. In Harrogate dachten wir, er sei der klügste Junge des Gymnasiums. Aber Cambridge ist schließlich voll von klugen Männern.»

«Und dann wurde Mark geboren?»

«Ja, am 25. April 1951, neun Jahre nach ihrer Heirat. Er wurde in Italien geboren. Mr. Bottley freute sich so sehr, als sie schwanger wurde, daß er seine finanzielle Unterstützung erhöhte, und sie verbrachten viele Ferien in der Toskana. Die gnädige Frau liebte Italien, sie hatte es schon immer geliebt, und ich glaube, sie wollte, daß das Kind dort zur Welt kam. Sonst wäre sie nicht im letzten Monat der Schwangerschaft in die Ferien gefahren. Ich besuchte sie ungefähr einen Monat nach ihrer Rückkehr mit dem Baby, und ich habe nie eine so glückliche Frau gesehen. Ach, er war ein wunderschöner kleiner Junge!»

«Aber warum haben Sie sie besucht? Haben Sie denn nicht dort gewohnt und gearbeitet?»

«Nein, meine Liebe. Ein paar Monate nicht. Sie fühlte sich am Anfang ihrer Schwangerschaft nicht wohl. Ich konnte selbst sehen, daß sie erschöpft und unglücklich war, und dann ließ mich Mr. Callender eines Tages holen und sagte mir, daß sie eine Abneigung gegen mich gefaßt hätte und daß ich gehen müßte. Ich wollte es nicht glauben, aber als ich zu ihr ging, streckte sie nur ihre Hand aus und sagte: ‹Es tut mir leid, Nanny, ich glaube, es ist besser, wenn Sie gehen.›

Schwangere Frauen haben seltsame Launen, das weiß ich, und das Baby war so wichtig für beide. Ich dachte, sie würde mich vielleicht bitten, später wieder zurückzukommen, und das tat sie auch, aber nicht, um bei ihnen zu wohnen. Ich nahm ein Zimmer im Dorf bei der Postfrau und widmete mich vier Vormittage in der Woche der gnädigen Frau und sonst anderen Frauen im Dorf. Es klappte wirklich sehr gut, nur vermißte ich das Baby, wenn ich nicht bei ihm war. Ich hatte sie während ihrer Schwangerschaft nicht oft gesehen, aber einmal begegneten wir uns in Cambridge. Sie muß nahe vor der Niederkunft gestanden haben. Sie war sehr schwer und schleppte sich dahin, der arme Schatz. Zuerst tat sie so, als habe sie mich nicht bemerkt, dann überlegte sie es sich anders und kam über die Straße. ‹Wir fahren nächste Woche nach Italien, Nanny›, sagte sie. ‹Ist das nicht herrlich?› Ich sagte: ‹Wenn Sie nicht aufpassen, meine Liebe, dann wird das Baby ein kleiner Italiener›, und sie lachte. Es schien, als könne sie nicht erwarten, zurück in die Sonne zu kommen.»

«Und was geschah, nachdem sie wieder zu Hause war?»

«Sie starb nach neun Monaten, meine Liebe. Sie war nie kräftig gewesen, wie ich schon sagte, und sie bekam eine Grippe. Ich half sie pflegen, und ich hätte noch mehr getan, aber Mr. Callender übernahm die Pflege dann selbst. Er konnte keinen anderen in ihrer Nähe ertragen. Wir hatten nur ein paar Minuten zusammen, bevor sie starb, und bei dieser Gelegenheit bat sie mich, Mark an seinem einundzwanzigsten Geburtstag ihr Gebetbuch zu geben. Ich kann sie jetzt noch hören: ‹Geben Sie es Mark, wenn er einundzwanzig wird, Nanny. Packen Sie es gut ein und bringen Sie es ihm, wenn er volljährig wird. Sie werden es doch nicht vergessen?› Ich sagte: ‹Ich werde es nicht vergessen, mein Schatz, das wissen Sie.› Und dann sagte sie etwas Seltsames: ‹Wenn Sie es vergessen oder vorher sterben, oder wenn er es nicht versteht, macht es eigentlich nichts. Das bedeutet dann, daß Gott es so gewollt hat!›»

«Was, glauben Sie, meinte sie damit?»

«Wer kann das sagen, meine Liebe? Sie war sehr fromm, unsere Miss Evie, frommer, als gut für sie war, dachte ich manchmal. Ich glaube, wir sollten die Verantwortung für uns selbst auf uns nehmen, unsere Probleme selbst lösen, nicht alles Gott überlassen, als ob Er bei dem Zustand, in dem sich die Welt befindet, nicht genug zu bedenken hätte. Aber das sagte sie jedenfalls keine drei Stunden, bevor sie starb, und das habe ich versprochen. Als Mark also einundzwanzig wurde, stellte ich fest, in welchem College er war, und besuchte ihn.»

«Und wie war es?»

«Oh, wir verbrachten eine sehr schöne Zeit zusammen. Wissen Sie, sein Vater hatte nie von seiner Mutter geredet. Das gibt es manchmal, wenn eine Frau stirbt, aber ich meine, ein Sohn sollte alles über seine Mutter wissen. Er war voller Fragen über Dinge, die sein Vater ihm hätte erzählen müssen, denke ich.

Er freute sich über das Gebetbuch. Ein paar Tage darauf besuchte er mich. Er fragte nach dem Namen des Arztes, der seine Mutter behandelt hatte. Ich sagte ihm, daß es der alte Dr. Gladwin war. Mr. Callender und sie hatten nie einen anderen Arzt. Ich habe manchmal gedacht, daß das ein Jammer war, wo Miss Evie doch so zart war. Dr. Gladwin muß damals siebzig gewesen sein, und obwohl es Leute gab, die nie etwas auf ihn kommen ließen, habe ich nie viel von ihm gehalten. Der Alkohol, müssen Sie wissen, meine Liebe; man konnte sich nie richtig auf ihn verlassen. Aber ich nehme an, er hat seit langem seinen Frieden gefunden, der arme Mann. Jedenfalls sagte ich Mr. Mark den Namen, und er schrieb ihn auf. Dann tranken wir Tee und unterhielten uns ein wenig, und er ging weg. Ich habe ihn nie wieder gesehen.»

«Und sonst weiß keiner von dem Gebetbuch?»

«Keiner in der ganzen Welt, meine Liebe. Miss Leaming hatte den Namen des Blumengeschäfts auf meiner Karte gesehen und dort nach meiner Adresse gefragt. Sie kam am Tag nach der Beisetzung zu mir, um mir für meine Teilnahme zu danken, aber ich konnte sehen, daß es nur Neugier war. Wenn sie und Sir Ronald sich so sehr gefreut hätten, mich zu sehen, was hätte sie dann daran hindern sollen, zu mir zu kommen und mir die Hand zu geben? Sie deutete so in etwa an, ich sei ohne Einladung dort gewesen. Eine Einladung zu einer Trauerfeier! Hat man jemals so etwas gehört?»

«Sie haben ihr also nichts gesagt?» fragte Cordelia.

«Ich habe es niemand außer Ihnen erzählt, meine Liebe, und ich weiß nicht einmal genau, warum ich es Ihnen erzählt habe. Bestimmt nicht, ich habe ihr nichts gesagt. Ich habe sie nie leiden können. Ich will nicht sagen, daß zwischen ihr und Sir Ronald etwas war, jedenfalls nicht, solange Miss Evie lebte. Es gab nie irgendwelchen Klatsch; sie wohnte in einer Mietswohnung in Cambridge und lebte für sich, das will ich ihr zugestehen. Mr. Callender lernte sie kennen, als er an einer Dorfschule Naturwissenschaften unterrichtete. Sie war die Englischlehrerin. Erst nachdem Miss Evie gestorben war, baute er sein eigenes Laboratorium auf.»

«Wollen Sie damit sagen, daß Miss Leaming ein Examen in Englisch hat?»

«Ja, sicher, meine Liebe! Sie hat keine Ausbildung als Sekretärin. Natürlich gab sie die Schule auf, als sie anfing, für Mr. Callender zu arbeiten.»

«Sie verließen also Garforth House nach Mrs. Callenders Tod? Sie sind nicht geblieben, um sich um das Baby zu kümmern?»

«Ich war nicht erwünscht. Mr. Callender stellte eine von diesen neuen, am College ausgebildeten Mädchen an, und dann wurde Mark, als er noch ein kleines Kind war, in eine Schule weggegeben. Sein Vater gab zu verstehen, er wolle nicht, daß ich das Kind sähe, und ein Vater hat schließlich seine Rechte. Ich hätte Mr. Mark niemals weiter besucht, da ich wußte, daß sein Vater es nicht guthieß. Es hätte den Jungen nur in eine dumme Lage gebracht. Aber jetzt ist er tot, und wir alle haben ihn verloren. Der Untersuchungsrichter hat gesagt, er habe sich selbst umgebracht, und vielleicht hat er recht.»

Cordelia sagte:

«Ich glaube nicht, daß er sich selbst umgebracht hat.»

«Wirklich nicht, meine Liebe? Das ist nett von Ihnen. Aber er ist tot, nicht wahr, was spielt das also für eine Rolle? Ich glaube, es ist Zeit für mich, nach Hause zu gehen. Wenn Sie mir nicht böse sind, lade ich Sie nicht zum Tee zu mir ein, meine Liebe, ich bin heute ein bißchen müde. Aber Sie wissen, wo Sie mich finden, und wenn Sie mich einmal wiedersehen wollen, sind Sie jederzeit willkommen.»

Sie verließen zusammen den Friedhof und trennten sich am Tor. Mrs. Goddard tätschelte Cordelia auf die Schulter, eine Geste der unbeholfenen Zuneigung, mit der sie vielleicht auch ein Tier gestreichelt hätte, dann ging sie langsam auf das Dorf zu.

Als Cordelia um die Straßenbiegung fuhr, kam der Bahnübergang in Sicht. Ein Zug war gerade vorbeigefahren, und die Schranken gingen hoch. Drei Autos waren am Übergang aufgehalten worden, und der letzte in der Schlange zog an den beiden vorderen Autos vorbei, als sie langsam über die Gleise holperten, und war am schnellsten fort. Cordelia sah, daß es ein kleiner schwarzer Lieferwagen war.

Später konnte sich Cordelia kaum an die Rückfahrt zum Gartenhaus erinnern. Sie fuhr schnell, konzentrierte sich auf die Straße vor sich und versuchte, ihre wachsende Erregung durch erhöhte Aufmerksamkeit auf Gangschaltung und Bremse im Zaum zu halten. Sie fuhr den Mini hart an die vordere Hecke und achtete nicht darauf, ob er gesehen werden könnte. Das Gartenhaus roch und sah genauso aus, wie sie es verlassen hatte. Sie hatte fast damit gerechnet, daß man es durchstöbert hätte und das Gebetbuch verschwunden wäre. Mit einem Seufzer der Erleichterung sah sie, daß der weiße Rücken noch zwischen den größeren und dunkleren Einbänden stand. Cordelia schlug das Buch auf. Sie wußte nicht recht, was sie zu finden hoffte; eine Eintragung vielleicht oder eine Botschaft, rätselhaft oder klar, einen Brief, zusammengefaltet zwischen den Blättern. Aber die einzige Eintragung konnte keine denkbare Bedeutung für den Fall haben. Sie war in einer zittrigen altmodischen Handschrift geschrieben; wie eine Spinne war die Feder über die Seite gekrochen. *Für Evelyn Mary zu ihrer Konfirmation – mit herzlichen Grüßen von ihrer Patin. 5. August 1934.*

Cordelia schüttelte das Buch. Kein Papierschnipsel flatterte heraus. Sie überflog die Seiten. Nichts.

Sie saß auf dem Bett und ließ enttäuscht den Kopf hängen. War es unvernünftig gewesen, sich vorzustellen, daß das Vermächtnis des Gebetbuches etwas Wichtiges zu bedeuten hatte? Hatte sie bloß ein vielversprechendes Gebäude aus Vermutungen und Geheimnissen auf den verworrenen Erinnerungen einer alten Frau an eine vollkommen alltägliche und verständliche Handlung errichtet – eine gläubige Mutter auf dem Sterbebett, die ihrem Sohn ein Gebetbuch hinterläßt? Und selbst wenn sie sich nicht geirrt hatte – warum sollte die Botschaft noch dasein? Falls Mark eine zwischen die Blätter gelegte Mitteilung von seiner Mutter gefunden hatte, war es gut möglich, daß er sie gelesen und dann vernichtet hatte. Und falls er sie nicht vernichtet hatte, hätte ein anderer das tun können. Die Mitteilung, wenn es sie jemals gegeben hatte, war jetzt vermutlich ein Teil des vergänglichen Haufens weißer Asche im Kamin des Gartenhauses.

Sie riß sich aus ihrer mutlosen Stimmung. In einer Richtung mußte sie noch Nachforschungen anstellen; sie würde versuchen, Dr. Gladwin ausfindig zu machen. Sie überlegte kurz und steckte das Gebetbuch in ihre Tasche. Dann sah sie auf ihre Armbanduhr und stellte fest, daß es fast ein Uhr war. Sie beschloß, ein kleines

Mittagessen aus Käse und Obst im Garten zu sich zu nehmen und dann wieder nach Cambridge zu fahren, um die Hauptbibliothek aufzusuchen und im Ärzteverzeichnis nachzuschlagen.

Weniger als eine Stunde später fand sie die gewünschte Auskunft. Es gab in dem Verzeichnis nur einen Dr. Gladwin, der vor zwanzig Jahren, als alter Mann von über siebzig, Mrs. Callender behandelt haben konnte. Er hieß Emlyn Thomas Gladwin und hatte seine Ausbildung 1904 am St. Thomas-Krankenhaus abgeschlossen. Sie trug die Adresse in ihr Notizbuch ein: 4 Pratts Way, Ixworth Road, Bury St. Edmunds. St. Edmunds! Die Stadt, von der Isabelle erzählt hatte, daß sie und Mark auf ihrem Weg ans Meer dort gewesen waren.

Also war der Tag doch nicht vergeudet – sie folgte Marks Schritten. Um sofort auf einer Straßenkarte nachzusehen, ging sie in die Kartenabteilung der Bibliothek. Es war jetzt Viertel nach zwei. Wenn sie die A 45 nach Newmarket nahm, konnte sie in ungefähr einer Stunde in Bury St. Edmunds sein. Wenn sie eine Stunde für den Besuch bei dem Arzt und eine weitere Stunde für die Rückfahrt rechnete, konnte sie vor halb sechs wieder im Gartenhaus sein.

Sie fuhr durch die freundliche, gleichförmige Landschaft kurz vor Newmarket, als sie bemerkte, daß ihr der schwarze Lieferwaten folgte. Er war zu weit entfernt, als daß sie den Fahrer hätte erkennen können, aber sie nahm an, daß es Lunn war und daß er allein war. Sie beschleunigte und versuchte, die Entfernung zu ihm zu halten, aber der Lieferwagen schloß ein wenig auf. Es gab natürlich keinen Grund, warum Lunn nicht im Auftrag Sir Ronald Callenders nach Newmarket fahren sollte, aber der ständige Anblick des gedrungenen kleinen Lieferwagens in ihrem Rückspiegel beunruhigte sie. Cordelia beschloß, ihn abzuschütteln. Es gab nur wenige Abzweigungen an der Straße, auf der sie fuhr, und die Gegend war ihr fremd. Sie wollte warten, bis sie Newmarket erreicht hatte, und dann die erste Gelegenheit, die sich bieten würde, ergreifen.

Auf der Hauptdurchgangsstraße durch die Stadt herrschte dichter Verkehr, und jede Ecke schien blockiert. Erst an der zweiten Verkehrsampel sah Cordelia ihre Chance. Der schwarze Lieferwagen wurde an der Kreuzung ungefähr fünfzig Meter hinter ihr aufgehalten. Als die Ampel auf Grün umsprang, fuhr sie schnell an und bog nach links ab. Dann kam noch eine Seitenstraße nach links, in die sie einbog, dann eine nach rechts. Sie fuhr durch unbekannte Straßen weiter, dann, nach ungefähr fünf Minuten, hielt sie an einer Kreuzung und wartete. Der schwarze Lieferwagen tauchte nicht auf. Es sah so aus, als hätte sie es geschafft, ihn abzuschütteln. Sie wartete noch einmal fünf Minuten, dann fuhr sie langsam zur Hauptstraße zurück und reihte sich in den nach Osten fließenden Verkehr ein. Eine halbe Stunde später hatte sie Bury St. Edmunds hinter sich, fuhr langsam die Ixworth Road hinunter und hielt nach dem Pratts Way Ausschau. Fünfzig Meter weiter fand sie ihn, eine Reihe von sechs kleinen verputzten Häusern, die zurückgesetzt an einem Parkplatz standen. Sie hielt das Auto vor Nummer vier an, wobei sie an die gehorsame und willige Isabelle dachte, die offenbar hatte ein Stück weiterfahren und im Auto warten müssen. Und warum? Weil Mark den weißen Renault für zu auffällig hielt? Sogar die Ankunft des Mini hatte Interesse geweckt. Hinter den oberen Fenstern klebten Gesichter, und eine kleine Kinderschar war geheimnisvoll aufgetaucht, drängte sich um das nächste Gartentor und beobachtete sie mit großen ausdruckslosen Augen.

Das Haus Nummer vier war in einem trostlosen Zustand; im Vorgarten stand das Unkraut, und der Zaun wies Lücken auf, wo die Latten verfault oder zur Seite gedrückt waren. Die Außenfarbe war bis auf das blanke Holz abgeblättert, und der braune Anstrich der Haustür hatte sich in der Sonne geschält und Blasen geworfen. Aber Cordelia sah, daß die Erdgeschoßfenster blitzten und die weißen Tüllgardinen sauber waren. Mrs. Gladwin war vermutlich eine tüchtige Hausfrau, die sich abmühte, ihren selbstgesetzten Maßstäben gerecht zu werden, aber zu alt war für die schwere Arbeit und zu arm, um sich eine Hilfe leisten zu können. Cordelia empfand Sympathie für sie. Aber die Frau, die nach ein paar Minuten auf ihr Klopfen – die Klingel funktionierte nicht – die Tür öffnete, wirkte wie ein bestürzendes Gegenmittel auf ihr zartfühlendes Mitleid. Das Mitgefühl erstarb vor diesen harten, mißtrauischen Augen, diesem Mund, eng wie eine Falle, den dünnen Armen, die sie wie eine knöcherne Schranke gegen ihre Brust drückte, als wolle sie jeden menschlichen Kontakt abweisen. Es war schwierig, ihr Alter zu erraten. Ihr straff zu einem kleinen festen Knoten zurückgekämmtes Haar war noch schwarz, aber ihr Gesicht war stark zerfurcht, und die Sehnen und Adern traten an dem mageren Hals wie Schnüre hervor. Sie trug Hausschuhe und eine knallig bunte Kittelschürze. Cordelia sagte:

«Mein Name ist Cordelia Gray. Ich möchte fragen, ob ich Dr. Gladwin sprechen könnte, wenn er zu Hause ist. Es geht um eine alte Patientin.»

«Er ist zu Hause, wo sollte er sonst sein. Er ist im Garten. Sie gehen am besten gleich durch.»

Das Haus roch entsetzlich, eine Mischung von extrem hohem Alter, dem sauren Geruch von menschlichen Ausscheidungen und verdorbenem Essen, überdeckt von starken Desinfektionsmitteln. Cordelia ging durchs Haus in den Garten und vermied dabei den Blick auf die Diele oder die Küche, weil Neugier vielleicht ungezogen erschienen wäre.

Dr. Gladwin saß in einem Lehnstuhl, der in die Sonne gerückt war. Cordelia hatte noch nie einen so alten Mann gesehen. Er trug einen wollenen Trainingsanzug, seine geschwollenen Beine steckten in übergroßen Filzpantoffeln, und über seinen Knien lag eine gestrickte Flickendecke. Seine beiden Hände hingen über die Armlehnen, als seien sie zu schwer für die zerbrechlichen Gelenke; sie waren fleckig und spröde wie Herbstlaub und zitterten mit leiser Ausdauer. Der hochgewölbte Schädel, von dem ein paar graue Borsten wegstanden, sah klein und verletzlich aus wie der eines Kindes. Die Augen waren bleiche Dotter, die in ihrem klebrigen blauädrigen Weiß schwammen.

Cordelia ging auf ihn zu und sprach ihn leise bei seinem Namen an. Es kam keine Antwort. Sie kniete sich zu seinen Füßen ins Gras und sah zu ihm auf.

«Dr. Gladwin, ich möchte mit Ihnen über eine Patientin sprechen. Es ist schon lange her. Mrs. Callender. Erinnern Sie sich an Mrs. Callender vom Garforth House?»

Es kam keine Antwort. Cordelia wußte, daß auch keine mehr kommen würde. Sogar eine Wiederholung ihrer Frage kam ihr wie ein Frevel vor. Mrs. Gladwin stand neben ihr, als zeige sie ihn einer staunenden Welt.

«Machen Sie nur weiter, fragen Sie ihn! Es ist alles in seinem Kopf, wissen Sie. Das hat er immer gesagt. ‹Berichte und Aufzeichnungen sind nicht meine Art. Es ist alles in meinem Kopf.›»

Cordelia sagte:

«Was ist aus seinen Krankengeschichten geworden, als er die Praxis aufgab? Hat sie irgend jemand übernommen?»

«Das habe ich Ihnen ja gerade gesagt. Es hat nie irgendwelche Aufzeichnungen gegeben. Und es hat keinen Sinn, mich zu fragen. Ich habe das auch dem Jungen gesagt. Der Doktor hat mich zwar gern geheiratet, als er eine Krankenschwester brauchte, aber er hat nie von seinen Patienten gesprochen. Oh, weiß Gott nicht! Er hat den ganzen Verdienst aus der Praxis vertrunken, aber er brachte es fertig, dennoch über die medizinische Ethik zu reden.»

Die Bitterkeit in ihrer Stimme war schrecklich. Cordelia konnte ihr nicht in die Augen sehen. Gerade da glaubte sie, die Lippen des alten Mannes sich bewegen zu sehen. Sie beugte den Kopf hinunter und schnappte das eine Wort auf: «Kalt.»

«Ich glaube, er versucht zu sagen, daß ihm kalt ist. Haben Sie noch einen Schal, den man ihm um die Schultern legen könnte?»

«Kalt! In dieser Sonne! Ihm ist immer kalt!»

«Aber vielleicht würde eine zusätzliche Decke helfen. Soll ich sie für Sie holen?»

«Sie lassen ihn in Ruhe, Miss. Wenn Sie sich um ihn kümmern wollen, dann tun Sie es doch. Sehen Sie selbst, wie lustig es ist, ihn sauberzuhalten wie ein Baby, seine Windeln zu waschen, sein Bett jeden Morgen frisch zu beziehen. Ich hole ihm noch einen Schal, aber in zwei Minuten wird er ihn wegschieben. Er weiß nicht, was er will.»

«Es tut mir leid», sagte Cordelia hilflos. Sie fragte sich, ob Mrs. Gladwin alle verfügbare Hilfe bekam, ob die Bezirksschwester vorbeischaute, ob sie ihren Arzt gebeten hatte, sich um ein Krankenhausbett zu bemühen. Aber das waren im Grunde unsinnige Fragen. Selbst sie konnte die hoffnungslose Zurückweisung jeglicher Hilfe erkennen, die Verzweiflung, die nicht mehr die Energie übrigließ, auch nur nach Erleichterung zu suchen. Sie sagte:

«Es tut mir leid; ich will Sie beide nicht noch länger belästigen.»

Sie gingen zusammen durchs Haus zurück. Aber eine Frage mußte Cordelia noch stellen. Als sie das Gartentor erreicht hatten, sagte sie:

«Sie sprachen von einem Junge, der Sie besucht hat. Hieß er Mark?»

«Mark Callender. Er fragte nach seiner Mutter. Und etwa zehn Tage später hatten wir dann den anderen hier.»

«Welchen anderen?»

«Er war ein feiner Herr! Kam herein, als gehörte ihm das Haus. Er stellte sich nicht vor, aber irgendwo habe ich sein Gesicht schon gesehen. Er bat darum, Dr. Gladwin zu sprechen, und ich führte ihn hinein. Wir saßen im hinteren Wohnzimmer, weil es an diesem Tag windig war. Er ging auf den Doktor zu und sagte laut, als redete er mit einem Diener: ‹Guten Tag, Gladwin.› Dann beugte er sich hinunter und sah ihn an. Auge in Auge waren sie. Dann richtete er sich auf, wünschte mir einen guten Tag und ging weg. Oh, wir werden beliebt, wirklich! Noch so ein paar wie Sie, und ich werde Eintritt für die Vorstellung verlangen müssen.»

Sie standen zusammen am Gartentor. Cordelia fragte sich, ob sie ihre Hand ausstrecken sollte, aber sie spürte, daß Mrs. Gladwin sie noch nicht gehen lassen wollte. Plötzlich sprach die Frau mit einer lauten, schroffen Stimme und sah dabei geradeaus:

«Dieser Freund von Ihnen, der Junge, der hierherkam. Er hat seine Adresse hinterlassen. Er sagte, es würde ihm nichts ausmachen, an einem Sonntag bei dem Doktor zu sitzen, wenn ich eine Pause haben wollte; er sagte, er könne für sie beide auch ein kleines Essen kochen. Ich habe Lust, diesen Sonntag meine Schwester in Haverhill zu besuchen. Sagen Sie ihm, daß er rüberkommen kann, wenn er möchte.»

Die Kapitulation klang unfreundlich, die Einladung widerwillig. Cordelia konnte sich denken, was es sie gekostet hatte, das auszusprechen. Sie sagte impulsiv:

«Ich könnte an seiner Stelle am Sonntag kommen. Ich habe ein Auto, ich könnte früh hier sein.»

Der Tag ginge Sir Ronald Callender verloren, aber sie würde ihn nicht in Rechnung stellen. Und gewiß war auch ein Privatdetektiv zu einem arbeitsfreien Sonntag berechtigt.

«Er kann kein junges Mädchen gebrauchen. Es sind Dinge zu tun, die einen Mann erfordern. Er hat Gefallen an dem Jungen gefunden. Das konnte ich sehen. Sagen Sie ihm, daß er kommen kann.»

Cordelia drehte sich zu ihr um.

«Er wäre gekommen, das weiß ich. Aber er kann nicht. Er ist tot.»

Mrs. Gladwin sagte nichts. Cordelia streckte zögernd ihre Hand aus und berührte ihren Ärmel. Es kam keine Reaktion. Sie flüsterte:

«Es tut mir leid. Ich gehe jetzt.» Sie hätte beinahe hinzugefügt: Falls ich nichts für Sie tun kann, aber sie hielt sich rechtzeitig zurück. Es gab nichts, was sie oder irgendein anderer tun konnte.

Sie blickte einmal zurück, wo die Straße nach Bury abbog, und sah die starre Gestalt immer noch am Gartentor stehen.

Cordelia wußte nicht genau, was sie zu dem Entschluß veranlaßte, in Bury haltzumachen und zehn Minuten in den Abteigärten spazierenzugehen. Aber sie fühlte, daß sie die Rückfahrt nach Cambridge einfach nicht durchstehen konnte, ohne ihrer Erregung Herr zu werden, und der flüchtige Anblick des Grases und der Blumen durch die große normannische Pforte war zu verlockend. Sie parkte den Mini am Angel Hill, dann ging sie durch die Gärten zum Flußufer. Dort saß sie fünf Minuten in der Sonne. Es fiel ihr ein, daß sie Geld für Benzin ausgegeben hatte, was sie aufschreiben mußte, und sie suchte in ihrer Tasche nach dem Notizbuch. Ihre Hand zog das weiße Gebetbuch heraus. Sie saß in Gedanken versunken da. Angenommen, sie wäre Mrs. Callender gewesen und hätte eine Botschaft hinterlassen wollen, eine Botschaft, die Mark finden würde, andere, die suchten, aber übersahen. Wo hätte sie sie untergebracht? Die Antwort schien auf einmal kinderleicht. Sicher irgendwo auf der Seite der Kollekte, des Evangeliums und der Epistel zum St. Markustag. Er war am 25. April geboren. Er war nach dem Heiligen genannt worden. Sie fand die Stelle schnell. In dem hellen Sonnenlicht, das vom Wasser zurückgeworfen wurde, sah sie, was ihr beim schnellen Durchblättern entgangen war. Da hob sich gegen Cranmers milde Bitte um die Gnade der Kraft, den verderblichen Einflüssen falscher Lehre zu widerstehen, ein kleines Hieroglyphenmuster ab, so schwach, daß die Zeichen auf dem Papier kaum mehr als ein Fleck waren. Sie sah, daß es eine Gruppe von Buchstaben und Ziffern war

EMC
AA
14.1.52

Die ersten drei Buchstaben waren natürlich die Initialen seiner Mutter. Das Datum mußte der Tag sein, an dem sie die Botschaft aufgeschrieben hatte. Hatte Mrs. Goddard nicht gesagt, daß Mrs. Callender starb, als ihr Sohn ungefähr neun Monate alt war? Aber das zweifache A? Cordelias Gedanken jagten Automobilclubs nach, bis ihr die Karte in Marks Brieftasche einfiel. Bestimmt konnten die zwei Buchstaben unter den Initialen nur auf eine Sache hinweisen, auf die Blutgruppe. Mark hatte B gehabt. Seine Mutter war AA. Es gab nur einen einzigen Grund, warum sie ihm diese Auskunft hatte zukommen lassen wollen. Der nächste Schritt war, Sir Ronalds Blutgruppe herauszufinden.

Sie schrie fast auf vor Triumph, als sie durch die Gärten rannte und ihren Mini wieder in Richtung Cambridge wendete. Sie hatte noch nicht zu Ende gedacht, was diese Entdeckung eigentlich bedeuten konnte oder ob ihre Folgerungen stichhaltig waren. Aber sie hatte wenigstens etwas zu tun, hatte wenigstens einen Anhaltspunkt. Sie fuhr schnell, weil sie unbedingt in die Stadt kommen wollte, bevor die Post zumachte. Dort war es möglich, wie sie sich vage erinnerte, ein Exemplar des amtlichen Verzeichnisses der ortsansässigen Ärzte zu bekommen. Es wurde ihr ausgehändigt. Und jetzt zum Telefon. Sie kannte nur ein Haus in Cambridge, wo es die Möglichkeit gab, ungestört vielleicht eine Stunde lang zu telefonieren. Sie fuhr zur Norwich Street 57.

Sophie und Davie waren zu Hause und spielten im Wohnzimmer Schach, der blonde und der dunkle Kopf berührten sich fast über dem Brett. Sie zeigten sich nicht überrascht, als Cordelia bat, das Telefon für eine Reihe von Gesprächen benutzen zu dürfen.

«Ich bezahle es natürlich. Ich schreibe auf, wie viele.»

«Sie wollen allein im Zimmer sein, nehme ich an», sagte Sophie. «Wir spielen die Partie im Garten zu Ende, Davie.»

Ganz und gar nicht neugierig, trugen sie das Schachbrett vorsichtig durch die Küche und stellten es auf den Gartentisch. Cordelia zog einen Stuhl an den Tisch und setzte sich mit ihrer Liste hin. Sie war erschreckend lang. Es gab keinen Anhaltspunkt, wo sie beginnen sollte, aber vielleicht kamen die Ärzte mit Gruppenpraxen und Adressen nahe der Stadtmitte am ehesten in Frage. Sie würde mit ihnen anfangen und die Namen nach jedem Anruf abhaken. Sie erinnerte sich einer weiteren überlieferten Perle der Weisheit des Kriminalrats: «Die Arbeit des Detektivs erfordert eine geduldige Beharrlichkeit, die an Starrsinn grenzt.» Sie dachte an ihn, als sie die erste Nummer wählte. Was für ein unerträglich anspruchsvoller und lästiger Chef er gewesen sein mußte! Aber jetzt war er ziemlich sicher alt – fünfundvierzig mindestens. Vermutlich war er inzwischen ein bißchen umgänglicher geworden.

Aber die eine Stunde Hartnäckigkeit war fruchtlos. Ihre Anrufe wurden stets entgegengenommen; ein Vorteil, wenn man eine Arztpraxis anrief, war, daß das Telefon wenigstens besetzt war. Doch die Antworten, die sie erhielt, höflich, knapp oder in gequältem und gehetztem Ton von einer bunten Mischung von Gesprächspartnern, von den Ärzten selbst bis zu zuvorkommenden Zugehfrauen, die bereit waren, eine Nachricht weiterzugeben, die Antworten waren stets die gleichen: Sir Ronald Callender war kein Patient dieser Praxis. Cordelia wiederholte ihren Spruch: «Es tut mir wirklich leid, daß ich Sie belästigt habe. Ich muß den Namen mißverstanden haben.»

Aber nach fast siebzig Minuten geduldigen Wählens hatte sie Glück. Die Frau des Arztes kam ans Telefon.

«Sie sind leider mit der falschen Praxis verbunden. Um Sir Ronald Callenders Haushalt kümmert sich Dr. Venables.»

Das war in der Tat Glück! Dr. Venables stand nicht auf ihrer vorrangigen Liste, und zum V wäre sie frühestens in einer weiteren Stunde gekommen. Ihr Finger lief die Namen hinunter, und sie wählte zum letztenmal.

Dr. Venables Sprechstundenhilfe antwortete. Cordelia sagte ihren vorbereiteten Spruch: «Ich rufe im Auftag von Miss Leaming vom Garforth House an. Es tut mir leid, Sie zu belästigen, aber könnten Sie uns bitte Sir Ronald Callenders Blutgruppe in Erinnerung bringen? Er möchte es vor der Tagung in Helsinki im nächsten Monat wissen.»

«Einen Augenblick bitte.» Sie mußte kurz warten, dann hörte sie die Schritte zurückkommen.

«Sir Ronald hat Gruppe A. Ich würde es sorgfältig aufschreiben, wenn ich Sie wäre. Sein Sohn mußte vor etwa einem Monat wegen derselben Sache anrufen.»

Cordelia beschloß, ein Risiko einzugehen.

«Ich bin neu hier, als Hilfe von Miss Leaming, und sie hat mir beim letztenmal tatsächlich gesagt, ich soll es aufschreiben, aber ich habe es dummerweise vergessen. Wenn sie zufällig anrufen sollte, sagen Sie ihr bitte nicht, daß ich Sie noch einmal belästigen mußte.»

Die Stimme lachte nachsichtig über die Unzulänglichkeit der Jugend. Schließlich hatte es ihr ja nicht allzuviel Mühe gemacht.

«Machen Sie sich keine Gedanken, ich werde ihr nichts sagen. Ich bin froh, daß sie sich endlich eine Hilfe besorgt hat. Ich hoffe, alle sind gesund?»

«O ja! Es geht allen gut.»

Cordelia legte den Hörer auf. Sie schaute aus dem Fenster und sah, daß Sophie und Davie eben mit ihrem Spiel zu Ende waren und die Figuren wieder in das Kästchen legten. Sie war gerade rechtzeitig fertig geworden. Sie wußte nun die Antwort auf ihre Frage, aber sie mußte sie noch überprüfen. Die Auskunft war zu wichtig, als daß sie sich auf ihre eigene schwache Erinnerung an die Mendelschen Vererbungsgesetze verlassen hätte, die sie sich in dem Kapitel über Blut und Identität in Bernies gerichtsmedizinischem Handbuch angelesen hatte. Davie wüßte es natürlich. Am schnellsten ginge es, wenn sie ihn gleich fragte. Aber sie konnte Davie nicht fragen. Das bedeutete, daß sie wieder in die öffentliche Bibliothek gehen mußte, und sie mußte sich beeilen, wenn sie vor der Schließung dort sein wollte.

Aber sie kam gerade noch rechtzeitig hin. Der Bibliothekar, der sich inzwischen daran gewöhnt hatte, sie zu sehen, war so hilfsbereit wie immer. Das benötigte Nachschlagewerk wurde rasch gebracht. Cordelia stellte fest, was sie bereits gewußt hatte. Ein Mann und eine Frau, die beide die Blutgruppe A hatten, konnten kein Kind mit der Gruppe B zeugen.

Cordelia war sehr müde, als sie wieder ins Gartenhaus kam. So viel war während eines Tages passiert, so viel war aufgedeckt worden. War es denn möglich, daß noch keine zwölf Stunden vergangen waren, seit sie sich auf die Suche nach Nanny Pilbeam gemacht hatte? Und sie hatte nur eine vage Hoffnung gehabt, die Frau würde, falls sie sie fände, vielleicht einen Schlüssel zu Marks Persönlichkeit liefern, ihr vielleicht etwas über seine Entwicklungsjahre erzählen. Sie war erregt vom Erfolg des Tages, rastlos vor Aufregung, aber geistig zu erschöpft, um das wirre Knäuel von Vermutungen, das verknotet irgendwo in ihrem Kopf lag, aufzudröseln. Im Augenblick waren die Tatsachen durcheinandergeraten. Es gab kein klares Muster, keine Theorie, die das Geheimnis um Marks Geburt, Isabelles Entsetzen, Hugos und Sophies heimliches Wissen, Miss Marklands zwanghaftes Interesse am Gartenhaus, Sergeant Maskells fast widerwilligen Argwohn, das Sonderbare und die ungeklärten Widersprüche, die Marks Tod umgaben, auf einmal geklärt hätten.

Sie machte sich im Haus zu schaffen mit einer Energie, die geistiger Übermüdung entspringt. Sie wusch den Küchenboden auf, legte für den Fall, daß der nächste Abend kühl würde, Holz auf den Aschenhaufen, jätete das kleine Blumenbeet hinter dem Haus, bereitete sich dann ein Pilzomelett und aß es, wie er es getan haben mußte, an dem einfachen Tisch. Zu allerletzt holte sie die Pistole aus ihrem Versteck und legte sie auf den Tisch neben dem Bett. Sie schloß die Hintertür sorgfältig ab, zog die Vorhänge vor das Fenster und prüfte noch einmal, ob die Siegel unversehrt waren. Aber sie stellte keinen Kochtopf oben auf die Tür. Heute nacht erschien ihr diese Vorsichtsmaßnahme kindisch und unnötig. Sie zündete die Kerze neben dem Bett an und ging dann zum Fenster, um ein Buch auszusuchen. Der Abend war mild und windstill; die Flamme der Kerze brannte stetig in der reglosen Luft. Draußen war die Nacht noch nicht voll angebrochen, aber der Garten war sehr still, der Frieden wurde nur von einem fernen, auf der Hauptstraße vorbeifahrenden Auto oder dem Ruf eines Nachtvogels gestört. Und dann erblickte sie, undeutlich durch das Zwielicht, eine Gestalt am Gartentor. Es war Miss Markland. Die Frau zögerte, die Hand auf der Klinke, als überlege sie, ob sie den Garten betreten solle. Cordelia glitt zur Seite und drückte sich an die Wand. Die dunkle Gestalt stand so still, daß es schien, als habe sie die Anwesenheit eines Beobachters gespürt und sei erstarrt wie ein überraschtes Tier. Dann, nach zwei Minuten, ging sie weg und verlor sich zwischen den Bäumen des Obstgartens. Cordelia entspannte sich, nahm Trollopes ‹*Pfleger*› aus Marks Bücherreihe und kroch in ihren Schlafsack. Eine halbe Stunde später blies sie die Kerze aus und streckte ihren Körper bequem, um sich langsam und ergeben in den Schlaf sinken zu lassen.

In den frühen Morgenstunden schreckte sie auf und war sofort wach, die Augen weit offen im Halbdunkel. Die Zeit war aufgehoben; die stille Luft war voller Erwartung, als sei der Tag überrascht worden. Sie konnte das Ticken ihrer Armbanduhr auf dem Nachttisch hören und daneben den tröstlichen gekrümmten Umriß der Pistole und den schwarzen Zylinder ihrer Taschenlampe sehen. Sie lag still und lauschte auf die Nacht. Man erlebte diese ruhigen Stunden so selten, eine Zeit, die man fast immer schlafend oder träumend verbrachte, daß man sich nur zögernd und ungeübt wie ein neugeborenes Kind auf sie einstellte. Sie empfand keine Angst, nur eine alles umarmende Stille, eine sanfte Mattigkeit. Ihr Atem erfüllte das Zimmer, und die ruhige, reine Luft schien im Einklang mit ihr zu atmen.

Plötzlich merkte sie, was sie geweckt hatte. Besucher näherten sich dem Gartenhaus. Sie mußte unterbewußt in einer Phase unruhigen Schlafes das Geräusch eines Autos erkannt haben. Jetzt hörte sie das Quietschen des Gartentors, das Rascheln von Füßen, verstohlen wie von einem Tier im Unterholz, ein schwaches, gebrochenes Gemurmel von Stimmen. Sie wand sich aus ihrem Schlafsack und schlich zum Fenster. Mark hatte die Scheiben der vorderen Fenster nicht gesäubert; vielleicht hatte er keine Zeit gehabt, vielleicht war ihm ihr abschirmender Schmutz willkommen gewesen. Cordelia rieb mit ihren Fingern in verzweifelter Eile an der sandigen Ablagerung von Jahren. Aber schließlich spürte sie das kalte, glatte Glas. Es quietschte unter den reibenden Fingern, hoch und dünn wie das Quieken eines Tieres, so daß sie glaubte, der Lärm müsse sie verraten. Sie spähte durch den schmalen Streifen von klarem Glas in den Garten hinunter.

Der Renault war fast gänzlich durch die hohe Hecke verborgen, aber sie konnte den vorderen Teil der Motorhaube sehen, die am Gartentor glänzte, und die zwei Lichtflecke von den Parkleuchten, die wie Zwillingsmonde auf den Pfad schienen. Isabelle trug etwas Langes und Anliegendes; ihre helle Gestalt zitterte wie eine Welle vor dem Dunkel der Hecke. Hugo war nur ein schwarzer Schatten an ihrer Seite. Aber dann drehte er sich um, und Cordelia sah eine weiße Hemdenbrust aufblitzen. Sie waren beide in Abendkleidung. Sie kamen leise zusammen den Pfad herauf und besprachen sich kurz an der Vordertür, dann bewegten sie sich auf die Hausecke zu.

Cordelia griff zu ihrer Taschenlampe, eilte auf leisen, nackten Füßen die Treppe hinunter und stürzte durch das Wohnzimmer, um die Hintertür aufzuschließen. Der Schlüssel ließ sich leicht und lautlos drehen. Sie wagte kaum zu atmen, als sie sich in den Schatten am Fuß der Treppe zurückzog. Sie hatte es gerade rechtzeitig geschafft. Die Tür öffnete sich und ließ einen Streifen helleren Lichts herein. Sie hörte Hugos Stimme:

«Einen Augenblick, ich zünde ein Streichholz an.»

Das Streichholz flammte auf und beleuchtete in einem milden Licht flüchtig die beiden ernsten, erwartungsvollen Gesichter, Isabelles große ängstliche Augen. Dann ging es aus. Sie hörte Hugos gemurmelten Fluch, gefolgt vom Kratzen des zweiten Streichholzes, das über die Schachtel gestrichen wurde. Diesmal hielt er es hoch. Es schien auf den Tisch, auf den stummen, anklagenden Haken, auf den schweigenden Zuschauer am Fuß der Treppe. Hugo rang nach Luft, seine Hand zuckte, und das Streichholz ging aus. Sofort begann Isabelle zu schreien.

Hugos Stimme war scharf.

«Was zum Teufel ...»

Cordelia knipste ihre Taschenlampe an und trat vor.

«Ich bin's nur – Cordelia.»

Aber Isabelle hörte nichts. Die Schreie waren von einer so durchdringenden Stärke, daß Cordelia fast fürchtete, die Marklands müßten sie hören. Der Klang war unmenschlich, ein Schrei von tierischer Angst. Er wurde plötzlich durch eine Bewegung von Hugos Arm, dem Geräusch eines Klapses, einem Keuchen beendet. Darauf folgte ein Augenblick völliger Stille, dann fiel Isabelle Hugo leise schluchzend in die Arme.

Er wandte sich schroff an Cordelia:

«Warum zum Teufel haben Sie das getan?»

«Was getan?»

«Sie haben sie erschreckt, wie Sie da gelauert haben. Was machen Sie hier überhaupt?»

«Das könnte ich Sie fragen.»

«Wir sind gekommen, um den Antonello zu holen, den Isabelle Mark geliehen hat, als sie zum Abendessen hier war, und um sie von einer gewissen krankhaften Besessenheit von diesem Ort zu heilen. Wir waren auf dem Ball des Pitt-Clubs. Wir dachten, es wäre ein guter Einfall, auf unserem Heimweg hier hereinzuschauen. Anscheinend war es ein verdammt dummer Einfall. Gibt es hier im Gartenhaus etwas zu trinken?»

«Nur Bier.»

«O Gott, Cordelia, das habe ich mir gedacht! Sie braucht aber etwas Stärkeres.»

«Es gibt nichts Stärkeres, aber ich kann einen Kaffee kochen. Sie zünden das Feuer an. Es ist schon gerichtet.»

Sie stellte die Taschenlampe aufrecht auf den Tisch, zündete die Tischlampe an und drehte den Docht herunter. Dann half sie Isabelle auf einen der Stühle neben dem Kamin.

Das Mädchen zitterte. Cordelia holte einen von Marks dicken Pullovern und legte ihn ihr um die Schultern. Das Holz begann unter Hugos vorsichtigen Händen zu brennen. Cordelia ging in die Küche, um Kaffee zu kochen und legte die Taschenlampe seitlich auf die Fensterbank, damit sie auf den Kocher schien. Sie zündete die stärkere der beiden Flammen an und nahm vom Brett einen braunen Steingutkrug, die zwei blaurandigen Becher und eine Tasse für sich selbst. Eine zweite, angeschlagene Tasse enthielt den Zucker. Es dauerte nur ein paar Minuten, den halbvollen Wasserkessel zum Kochen zu bringen und über das Kaffeepulver zu gießen. Sie konnte Hugos Stimme aus dem Wohnzimmer hören, leise, eindringlich, tröstend, unterbrochen von Isabelles einsilbigen Antworten. Ohne abzuwarten, bis sich der Kaffee gesetzt hatte, stellte sie ihn auf das einzige Tablett, ein verbeultes aus Blech, gemustert mit einem zerkratzten Bild des Edinburgher Schlosses, trug es ins Wohnzimer und stellte es auf den Rost. Das Reisig zischte und flackerte und schleuderte einen Regen von hellen Funken hoch, der im Fallen Isabelles Kleid mit einem Sternenmuster übersäte. Dann ergriff die Flamme ein dickeres Scheit, und das Feuer glühte mit einer stärkeren, weicheren Wärme.

Als sie sich vorgeugte, um den Kaffee umzurühren, sah Cordelia einen kleinen Käfer, der in verzweifelter Eile an der Kante eines kleinen Scheits entlangkrabbelte. Sie hob einen Zweig vom Anmachholz auf, das noch im Kamin lag, und hielt ihn als Fluchtweg hin. Aber das verwirrte den Käfer noch mehr. Er machte erschreckt kehrt und lief auf die Flamme zu, schlug dann einen Haken auf seinem Weg und fiel schließlich in einen Spalt im Holz. Cordelia fragte sich, ob er in dem kurzen Augenblick sein schreckliches Ende erfaßte. Ein Streichholz an ein Feuer zu halten war eine so unbedeutende Handlung und erzeugte doch solche Todesangst, solchen Schrecken.

Sie reichte Isabelle und Hugo ihre Becher und nahm ihren eigenen. Der erquickende Duft des frischen Kaffees mischte sich mit dem harzigen Geruch des brennenden Holzes. Das Feuer malte lange Schatten auf den Fliesenboden, und die Petroleumlampe warf ihr sanftes Licht über die Gesichter. Bestimmt waren noch keine Mordverdächtigen in einer gemütlicheren Umgebung verhört worden, dachte Cordelia. Sogar Isabelle hatte ihre Ängste verloren. Ob es das beruhigende Gefühl von Hugos Arm um ihre Schultern, die belebende Wirkung des Kaffees oder die gemütliche Wärme und das Knistern des Feuers war – sie schien sich fast wohl zu fühlen.

Cordelia sagte zu Hugo:

«Sie haben gesagt, daß Isabelle krankhaft besessen ist von diesem Ort. Warum eigentlich?»

«Isabelle ist sehr sensibel; sie ist nicht so robust wie Sie.»

Cordelia dachte insgeheim, daß alle schönen Frauen robust waren – wie könnten sie sonst überleben? – und daß Isabelles Nerven sich an Spannkraft sehr wohl mit ihren messen konnten. Aber sie würde nichts gewinnen, wenn sie Hugos Illusionen in Frage stellte: Schönheit war zerbrechlich, vergänglich, verletzlich. Isabelles Empfindlichkeiten mußten geschützt werden. Die Robusten konnten sich selbst um sich kümmern. Sie sagte:

«Nach dem, was Sie sagen, ist sie bis jetzt nur einmal hiergewesen. Ich weiß, daß Mark Callender in diesem Zimmer starb, aber Sie erwarten wohl kaum von mir, daß ich glaube, sie trauert um Mark. Es gibt irgend etwas, das Sie beide wissen, und es wäre besser, wenn Sie es mir jetzt sagen würden. Wenn nicht, werde ich Sir Ronald Callender berichten müssen, daß Isabelle, Ihre Schwester und Sie irgendwie mit dem Tod seines Sohnes zu tun haben, und dann hat er zu entscheiden, ob er die Polizei zuzieht. Ich kann mir nicht vorstellen, daß Isabelle selbst ein noch so freundliches Verhör durch die Polizei durchstehen würde, oder Sie etwa?»

Selbst in ihren eigenen Ohren klang es wie eine hochtrabende, lehrhafte kleine Rede, eine aus der Luft gegriffene, auf eine leere Drohung gestützte Beschuldigung. Cordelia erwartete fast, daß Hugo ihr belustigt und geringschätzig widersprechen würde. Aber er sah sie eine Weile an, als schätze er mehr als nur die Echtheit der Gefahr ab. Dann sagte er ruhig:

«Können Sie nicht mein Wort gelten lassen, daß Mark durch eigene Hand starb und es seinem Vater und seinen Freunden nur Traurigkeit und Schmerz bereiten und keinem auch nur im geringsten helfen wird, wenn Sie die Polizei einschalten?»

«Nein, Hugo, das kann ich nicht.»

«Wollen Sie uns dann versprechen, daß es keine Folgen haben wird, wenn wir Ihnen sagen, was wir wissen?»

«Wie könnte ich das; genausowenig wie ich versprechen kann, Ihnen zu glauben.»

Plötzlich rief Isabelle:

«Oh, sag es ihr, Hugo! Was macht es schon?»

Cordelia sagte:

«Ich glaube, das müssen Sie, ich glaube, Sie haben keine andere Wahl.»

«Es scheint so. Nun gut.» Er stellte seinen Kaffeebecher auf den Rost und blickte ins Feuer.

«Ich habe Ihnen erzählt, daß wir – Sophie, Isabelle, Davie und ich – in der Nacht, in der Mark starb, in das Arts Theatre gingen, aber das war, wie Sie wahrscheinlich vermutet haben, nur zu drei Vierteln wahr. Sie hatten nur noch drei Plätze frei, als ich die Karten bestellte, und wir verteilten sie also auf die drei Leute, die wahrscheinlich am meisten Spaß an dem Stück haben würden. Isabelle geht eher ins Theater, um gesehen zu werden, als um etwas zu sehen, und langweilt sich in jeder Vorstellung, in der nicht wenigstens fünfzig Leute mitspielen, also war sie diejenige, die ausgelassen wurde. Da sie von ihrem derzeitigen Liebhaber so vernachlässigt wurde, beschloß sie vernünftigerweise, bei dem vorigen Trost zu suchen.»

Isabelle sagte mit einem verstohlenen, bedeutungsvollen Lächeln:

«Mark war nicht mein Liebhaber, Hugo.»

Sie sprach ohne Bitterkeit oder Groll. Es ging ihr nur darum, die Sache ins rechte Licht zu rücken.

«Ich weiß, Mark war ein Romantiker. Er nahm nie ein Mädchen

mit ins Bett – oder sonstwohin, soweit ich das sehen konnte –, bevor er entschieden hatte, daß es zwischen ihnen eine angemessene Tiefe interpersoneller Kommunikation gab oder wie immer er sich ausdrückte. Nein, das ist tatsächlich ungerecht. Das ist mein Vater, der solche verdammt scheußlichen, bedeutungslosen Phrasen benutzt. Aber Mark war im großen und ganzen der gleichen Ansicht. Ich bezweifle, daß er den Sex genießen konnte, bevor er davon überzeugt war, daß er und das Mädchen sich liebten. Es war eine notwendige Einleitung – wie das Ausziehen. Ich schließe, daß die Beziehung zu Isabelle nicht die notwendigen Tiefen erreicht hatte, daß sie nicht zu dem wesentlichen emotionalen Verhältnis gediehen war. Es war natürlich nur eine Frage der Zeit. Was Isabelle betraf, war Mark genauso wie wir alle der Selbsttäuschung fähig.» Die hohe, ein wenig zögernde Stimme klang scharf vor Eifersucht.

Isabelle sagte, langsam und geduldig wie eine Mutter, die einem sich dumm stellenden Kind etwas erklärt:

«Mark hat nie mit mir geschlafen, Hugo.»

«Das sage ich ja! Armer Mark! Er tauschte die Wirklichkeit gegen ein Schattenbild ein, und nun hat er keines von beiden.»

«Aber was geschah in jener Nacht?»

Cordelia sprach zu Isabelle, aber es war Hugo, der ihr antwortete:

«Isabelle fuhr hierher und kam kurz nach halb acht an. Die Vorhänge an den hinteren Fenstern waren zugezogen, das Fenster nach vorn ist sowieso undurchsichtig, aber die Tür war offen. Sie kam herein. Mark war bereits tot. Sein Körper hing an einem Riemen von diesem Haken. Aber er sah nicht so aus wie am nächsten Morgen, als Miss Markland ihn fand.»

Er wandte sich an Isabelle:

«Sag es ihr selbst.» Sie zögerte, Hugo beugte sich vor und küßte sie leicht auf die Lippen.

«Nun komm, sag es ihr. Es gibt einige Unannehmlichkeiten, die auch Papas ganzes Geld nicht völlig von dir fernhalten kann, und das hier, mein Schatz, ist eine davon.»

Isabelle wandte den Kopf und blickte angespannt in die vier Ecken des Zimmers, als wollte sie sich vergewissern, daß die drei wirklich allein waren. Die Iris ihrer auffallenden Augen waren purpurn im Feuerschein. Sie lehnte sich zu Cordelia hinüber. Die Geste erinnerte ein wenig an das Vergnügen einer Dorfklatschbase, die gerade vom letzten Skandal berichten will. Cordelia sah, daß die Angst von ihr abgefallen war. Isabelles Seelenängste waren elementar, heftig, jedoch kurzlebig und leicht zu beschwichtigen. Sie hätte ihr Geheimnis für sich behalten, solange Hugo sie anwies, es nicht preiszugeben, aber sie freute sich über die Entlassung aus der Pflicht. Vermutlich sagte ihr der Instinkt, daß die Geschichte, wenn sie erst einmal erzählt war, den Stachel des Schreckens verlieren würde. Sie sagte:

«Ich dachte, ich könnte Mark besuchen, und wir würden vielleicht zusammen zu Abend essen. Mademoiselle de Congé fühlte sich nicht wohl, Hugo und Sophie waren im Theater, und ich langweilte mich. Ich kam an die Hintertür, weil Mark mir gesagt hatte, daß sich die Vordertür nicht öffnen ließ. Ich dachte, ich würde ihn vielleicht im Garten sehen, aber er war nicht da, nur der Spaten steckte in der Erde und seine Schuhe standen vor der Tür. Also stieß ich die Tür auf. Ich klopfte nicht, weil ich dachte, ich könnte Mark überraschen.»

Sie zögerte und blickte in ihren Kaffeebecher, den sie in den Händen drehte.

«Und dann?» drängte Cordelia.

«Und dann sah ich ihn. Er hing am Gürtel von diesem Haken da an der Decke, und ich wußte, daß er tot war. Cordelia, es war entsetzlich! Er war wie eine Frau angezogen, mit einem schwarzen Büstenhalter und schwarzen Spitzenhöschen. Sonst nichts. Und sein Gesicht! Er hatte seine Lippen angemalt, ganz dick, Cordelia, wie ein Clown! Es war schrecklich, aber es war auch komisch. Ich wollte gleichzeitig lachen und schreien. Er sah nicht wie Mark aus. Und auf dem Tisch lagen drei Bilder. Keine schönen Bilder, Cordelia. Bilder von nackten Frauen.»

Ihre großen Augen starrten in Cordelias Augen, die entsetzt und verständnislos waren. Hugo sagte:

«Machen Sie nicht solche Augen, Cordelia. Es war damals entsetzlich für Isabelle, und jetzt ist es unschön, daran zu denken. Aber es ist nicht so furchtbar ungewöhnlich. Das kommt vor. Es ist wahrscheinlich eine der harmloseren sexuellen Abweichungen. Er hat keinen anderen hineingezogen, nur sich selber. Und er hatte nicht vor, sich umzubringen; das war einfach Pech. Ich stelle mir vor, daß die Schnalle des Gürtels verrutschte und er nichts mehr machen konnte.»

Cordelia sagte:

«Das glaube ich nicht.»

«Ich dachte mir, daß Sie es wohl nicht glauben würden. Aber es ist wahr, Cordelia. Kommen Sie doch mit uns, und wir rufen Sophie an. Sie wird es bestätigen.»

«Ich brauche keine Bestätigung für Isabelles Geschichte. Die habe ich bereits. Ich meine, ich glaube immer noch nicht, daß Mark sich umgebracht hat.»

Im selben Augenblick, als sie das sagte, war ihr klar, daß es ein Fehler gewesen war. Sie hätte ihren Verdacht nicht aufdecken sollen. Aber jetzt war es zu spät, und es gab noch Fragen, die sie stellen mußte. Sie sah Hugos Gesicht, ein schnelles, ungeduldiges Stirnrunzeln über ihre Begriffsstutzigkeit, ihre Hartnäckigkeit. Und dann entdeckte sie eine fast unmerkliche Veränderung der Stimmung: war es Ärger, Angst, Enttäuschung? Sie wandte sich direkt an Isabelle:

«Sie haben gesagt, die Tür war offen. Haben Sie den Schlüssel bemerkt?»

«Er steckte auf dieser Seite der Tür. Ich sah ihn, als ich hinausging.»

«Und die Vorhänge?»

«Sie waren wie jetzt vor die Fenster gezogen.»

«Und wo war der Lippenstift?»

«Was für ein Lippenstift, Cordelia?»

«Der benutzt wurde, um Marks Lippen anzumalen. Er war nicht in den Taschen seiner Jeans, sonst hätte ihn die Polizei gefunden, wo war er also? Haben Sie ihn auf dem Tisch gesehen?»

«Es lag nichts auf dem Tisch als die Bilder.»

«Was für eine Farbe hatte der Lippenstift?»

«Purpur. Eine Farbe für ältere Damen. Kein Mensch würde so eine Farbe aussuchen, meine ich.»

«Und die Unterwäsche? Können Sie sie beschreiben?»

«O ja. Sie war von M & S. Ich habe sie erkannt.»

«Sie meinen, daß Sie speziell diese erkannt haben, daß es Ihre war?»

«O nein, Cordelia! Es war nicht meine. Ich trage keine schwarze Unterwäsche. Ich mag nur weiß direkt auf der Haut. Aber es war die Marke, die ich gewöhnlich kaufe. Ich kaufe meine Unterwäsche immer bei M & S.»

Cordelia überlegte, daß Isabelle kaum eine der besten Kundinnen des Geschäfts war, daß aber kein anderer Zeuge so zuverlässig wäre, wenn es um Kleinigkeiten ging, besonders bei Kleidungsstücken.

Sogar in jenem Augenblick des größten Entsetzens und Ekels war Isabelle die Marke der Unterwäsche aufgefallen. Und wenn sie sagte, sie habe den Lippenstift nicht gesehen, dann deshalb, weil kein Lippenstift zu sehen gewesen war.

Cordelia fuhr unerbittlich fort:

«Haben Sie etwas angefaßt, vielleicht Marks Körper, um zu sehen, ob er tot war?»

Isabelle war entsetzt. Die Gegebenheiten des Lebens meisterte sie spielend, nicht aber die Gegebenheiten des Todes.

«Ich konnte Mark nicht berühren! Ich habe nichts angefaßt. Und ich wußte, daß er tot war.»

Hugo sagte:

«Ein ehrbarer, vernünftiger, gehorsamer Bürger hätte das nächste Telefon aufgesucht und die Polizei angerufen. Zum Glück paßt nichts davon auf Isabelle. Ihr Instinkt sagte ihr, zu mir zu kommen. Sie wartete, bis das Stück zu Ende war und fing uns dann vor dem Theater ab. Als wir herauskamen, ging sie auf dem Bürgersteig auf der anderen Seite auf und ab. Davie, Sophie und ich kamen mit ihr im Renault wieder hierher. Wir hielten nur kurz in der Norwich Street, um Davies Fotoapparat und Blitzlicht zu holen.»

«Warum das?»

«Das war meine Idee. Wir hatten natürlich nicht vor, die Bullen und Ronald Callender wissen zu lassen, wie Mark gestorben war. Unsere Absicht war, einen Selbstmord vorzutäuschen. Wir planten, ihm seine eigenen Kleider anzuziehen, sein Gesicht zu waschen und es dann jemand anderem zu überlassen, ihn zu finden. Wir kamen nicht auf die Idee, einen Abschiedsbrief zu fingieren; das war eine Raffinesse, die eher außerhalb unserer Fähigkeiten lag. Wir holten den Fotoapparat, um ihn zu fotografieren, wie er war. Wir wußten nicht, welches bestimmte Gesetz wir brachen, wenn wir einen Selbstmord vortäuschten, aber es dürfte eins geben. Man kann heutzutage seinen Freunden nicht den einfachsten Dienst erweisen, ohne daß es einem die Bullen falsch auslegen. Falls Probleme auftauchen würden, wollten wir einen Beweis für die Wahrheit. Wir alle hatten Mark auf unsere unterschiedliche Art gern, aber doch nicht genug, um eine Mordanklage zu riskieren. Unsere guten Absichten waren jedoch umsonst. Irgendein anderer war vor uns hiergewesen.»

«Erzählen Sie.»

«Es gibt nichts zu erzählen. Wir sagten den beiden Mädchen, sie sollten im Auto warten, Isabelle, weil sie schon genug gesehen hatte, und Sophie, weil Isabelle zuviel Angst hatte, im Auto allein gelassen zu werden. Außerdem schien es gegenüber Mark einfach anständig, Sophie herauszuhalten, sie daran zu hindern, ihn zu sehen. Finden Sie das nicht eigenartig, Cordelia, diese Rücksicht, die man auf die Gefühle von Toten nimmt?»

Cordelia dachte an ihren Vater und an Bernie und sagte:

«Vielleicht können wir erst, wenn Menschen tot sind, ungefährdet zeigen, wieviel uns an ihnen gelegen war. Wir wissen dann, daß es für sie zu spät ist, irgendwie darauf zu reagieren.»

«Das klingt bitter, aber es ist wahr. Jedenfalls gab es für uns nichts mehr zu tun. Wir fanden Marks Leiche und das Zimmer vor, wie Miss Markland es bei der Voruntersuchung beschrieben hat. Die Tür war offen, die Vorhänge waren zugezogen. Mark war bis auf seine Jeans nackt. Auf dem Tisch lagen keine Zeitschriftenbilder, und es war kein Lippenstift auf seinem Gesicht. Aber in der Schreibmaschine steckte ein Abschiedsbrief, und im Kamin lag ein Häufchen Asche. Es sah so aus, als hätte der Besucher gründliche Arbeit geleistet. Wir hielten uns nicht auf. Irgend jemand – vielleicht einer aus dem Haus – hätte jeden Augenblick auftauchen können. Zugegeben, es war inzwischen sehr spät, aber anscheinend war es für die Leute ein Abend für Überraschungsbesuche. Mark muß in dieser Nacht mehr Gäste gehabt haben als während seiner ganzen Zeit im Gartenhaus; zuerst Isabelle, dann der unbekannte Samariter, dann wir.»

Cordelia dachte, daß schon vor Isabelle jemand dagewesen war. Marks Mörder war zuerst dagewesen. Sie fragte plötzlich:

«Irgend jemand hat mir letzte Nacht einen dummen Streich gespielt. Als ich von der Party hierher zurückkam, hing ein Kissen von diesem Haken. Haben Sie das getan?»

Falls seine Überraschung nicht echt war, dann war Hugo ein besserer Schauspieler, als Cordelia für möglich hielt.

«Natürlich nicht! Ich dachte, Sie wohnen in Cambridge, nicht hier. Und warum um Himmels willen sollte ich so etwas tun?»

«Um mich aus dem Haus zu treiben.»

«Aber das wäre doch verrückt! Es würde Sie auch nicht vertreiben, nicht wahr? Eine andere Frau geriete vielleicht in Panik, aber Sie nicht. Wir wollten Sie davon überzeugen, daß es bei Marks Tod nichts zu untersuchen gibt. So ein Scherz hätte Sie doch nur vom Gegenteil überzeugt. Irgendein anderer hat versucht, Sie zu erschrecken. Am ehesten kommt dafür die Person in Frage, die vor uns hier gewesen ist.»

«Ich weiß. Irgendwer hat etwas für Mark riskiert. Er – oder sie – möchte nicht, daß ich hier herumspioniere. Aber er wäre mich auf eine vernünftigere Art losgeworden, indem er mir die Wahrheit gesagt hätte.»

«Wie sollte er wissen, ob er Ihnen vertrauen kann? Was werden Sie jetzt tun, Cordelia? Wieder nach London fahren?»

Er versuchte, seine Stimme beiläufig klingen zu lassen, aber sie glaubte, eine unterschwellige Angst herauszuhören. Sie antwortete:

«Ich glaube schon. Ich muß vorher Sir Ronald aufsuchen.»

«Was werden Sie ihm sagen?»

«Ich denke mir etwas aus. Machen Sie sich keine Sorgen.»

Die Dämmerung färbte den Himmel im Osten, und der erste Chor der Vögel protestierte lautstark gegen den neuen Tag, als Hugo und Isabelle gingen. Sie nahmen den Antonello mit. Cordelia spürte einen Stich des Bedauerns, als sie ihn von der Wand nahmen; ihr war, als verließe ein Stück von Mark das Gartenhaus. Isabelle untersuchte das Bild genau mit ernstem fachmännischem Blick, bevor sie es unter den Arm klemmte. Cordelia dachte, daß sie wahrscheinlich ziemlich großzügig mit ihren Besitztümern umging, mit Menschen wie mit Bildern, vorausgesetzt, daß sie nur ausgeliehen wurden, um auf Verlangen umgehend und im selben Zustand, wie sie sich von ihnen getrennt hatte, zurückgegeben zu werden. Cordelia beobachtete vom Gartentor aus, wie der Renault sich mit Hugo am Steuer aus dem Schatten der Hecke löste. Sie hob ihre Hand in einer förmlichen Abschiedsgeste wie eine müde Gastgeberin, die ihre letzten Gäste auf den Heimweg schickt, dann ging sie ins Haus zurück.

Das Wohnzimmer schien leer und kalt ohne sie. Das Feuer war am Erlöschen, und sie schob hastig die restlichen Zweige vom Rost hinein und blies sie an, um sie in Brand zu setzen. Sie ging unruhig im Zimmer auf und ab. Sie war zu munter, um wieder zu Bett zu gehen, doch die kurze gestörte Nacht hatte sie nervös gemacht vor Müdigkeit. Aber ihre Gedanken wurden von etwas Wesentlicherem als dem Mangel an Schlaf gequält. Zum erstenmal war ihr bewußt, daß sie Angst hatte. Das Böse existierte – es hatte nicht der Erziehung in einer Klosterschule bedurft, um sie von dieser Realität zu überzeugen –, und es war in diesem Zimmer gegenwärtig gewesen. Etwas hier war noch stärker gewesen als Bosheit, Rücksichtslosigkeit, Grausamkeit oder Berechnung. Das Böse. Sie zweifelte nicht daran, daß Mark ermordet worden war, aber mit welch teuflischer Klugheit war das ausgeführt worden! Wenn Isabelle ihre Geschichte erzählte, wer würde jetzt jemals glauben, daß er durch fremde Absicht gestorben war, und nicht durch eigene Hand? Cordelia brauchte nicht in ihrem Buch über Gerichtsmedizin nachzuschlagen, um zu wissen, wie es für die Polizei aussehen würde. Wie Hugo gesagt hatte, waren diese Fälle nicht so furchtbar ungewöhnlich. Er als Sohn eines Psychiaters hatte natürlich davon gehört oder gelesen. Wer würde es noch wissen? Vermutlich jede vernünftige, erfahrene Person. Doch Hugo konnte es nicht gewesen sein. Er hatte ein Alibi. Ihr Inneres lehnte sich gegen den Gedanken auf, Davie und Sophie könnten an dieser Ungeheuerlichkeit beteiligt gewesen sein. Aber wie typisch war es, daß sie den Fotoapparat geholt hatten. Sogar ihr Mitgefühl war hinter den Bedacht auf ihren eigenen Vorteil zurückgetreten. Hätten Hugo und Davie wirklich hier unter Marks groteskem Körper stehen und ruhig über Entfernung und Belichtung sprechen können, bevor sie das Bild knipsten, das sie, wenn nötig, auf seine Kosten entlastete?

Sie ging in die Küche, um Tee zu kochen, froh, von der tückischen Faszination jenes Hakens an der Decke befreit zu sein. Vorher hatte er sie kaum beunruhigt, jetzt war er so aufdringlich wie ein Fetisch. Er schien seit der vorigen Nacht gewachsen zu sein, schien immer noch zu wachsen, während er ihre Augen zwanghaft nach oben zog. Und das Wohnzimmer war bestimmt geschrumpft, war kein Heiligtum mehr, sondern eine beängstigend enge Zelle, grell und anstößig wie ein Hinrichtungsverschlag. Sogar die klare Morgenluft roch nach dem Bösen.

Während sie wartete, bis das Wasser kochte, zwang sie sich, darüber nachzudenken, wie sie den Tag nutzen sollte. Es war noch zu früh, Theorien aufzustellen. Ihre Gedanken waren zu sehr von dem Entsetzen in Anspruch genommen, als daß sie sich vernünftig mit ihrem neuen Wissen hätte beschäftigen können. Isabelles Geschichte hatte den Fall erschwert, nicht erhellt. Aber es gab immer noch wichtige Fakten zu entdecken. Sie würde mit dem bereits geplanten Programm weitermachen. Heute würde sie nach London fahren, um das Testament von Marks Großvater einzusehen.

Aber sie mußte immer noch zwei Stunden hinter sich bringen, ehe es Zeit war aufzubrechen. Sie hatte beschlossen, mit dem Zug nach London zu fahren und das Auto am Bahnhof in Cambridge stehen zu lassen, weil das schneller und bequemer war. Es war ärgerlich, einen Tag in der Stadt verbringen zu müssen, wenn der Kern des Geheimnisses ganz offensichtlich in Cambridgeshire zu suchen war, aber dieses eine Mal war sie über die Aussicht, das Gartenhaus zu verlassen, nicht traurig. Aufgeregt und unruhig, wanderte sie ziellos von Zimmer zu Zimmer, durchstreifte den Garten und drängte darauf wegzukommen. Schließlich griff sie in ihrer Verzweiflung zum Spaten und grub die von Mark angefangene Reihe weiter um. Sie war sich nicht ganz sicher, ob das klug war; Marks unterbrochene Arbeit war ein Teil der Beweisführung für seine Ermordung. Aber andere Personen, darunter Sergeant Maskell, hatten es gesehen und konnten es notfalls bezeugen, und der Anblick der halbfertigen Arbeit, des immer noch schräg in der Erde steckenden Spatens, war unerträglich aufreizend. Als die Reihe fertig war, fühlte sie sich ruhiger und grub ohne Pause eine Stunde lang weiter um, ehe sie den Spaten gründlich säuberte und zu den anderen Gartengeräten in den Schuppen stellte.

Endlich war es Zeit zu gehen. Die Wettervorhersage um sieben Uhr hatte gewittrige Schauer im Südosten angekündigt. Deshalb zog sie ihr Kostüm an, den besten Schutz, den sie mitgenommen hatte. Sie hatte es seit Bernies Tod nicht mehr getragen, und sie stellte fest, daß der Bund unangenehm locker saß. Sie hatte etwas abgenommen. Nach kurzem Nachdenken holte sie Marks Gürtel aus ihrem Köfferchen und schlang ihn zweimal um die Taille. Sie empfand keinen Widerwillen, als sich das Leder an sie drückte. Es war unvorstellbar, daß irgend etwas, das er jemals angefaßt oder besessen hatte, sie ängstigen oder bedrücken könnte. Die Stärke und der Druck des Leders so nahe auf ihrer Haut waren sogar seltsam tröstlich und beruhigend, als wäre der Gürtel ein Talisman.

5. Kapitel

Das Unwetter brach los, als Cordelia gerade aus dem Bus Nr. 11 vor dem Somerset House ausstieg. Sie sah einen gezackten Blitz, und fast gleichzeitig krachte der Donner wie Sperrfeuer in ihren Ohren. Sie rannte über den Innenhof zwischen den Reihen von geparkten Autos durch eine Wand aus Wasser, während der Regen um ihre Knöchel spritzte, als würden die Pflastersteine mit Kugeln beschossen. Sie stieß die Tür auf, ließ das Wasser von sich abtropfen, das auf der Fußmatte Pfützen bildete, und lachte laut vor Erleichterung. Ein paar Leute, die Testamente durchblätterten, sahen auf und lächelten ihr zu, während eine mütterlich aussehende Frau hinter dem Schalter ein besorgtes Ts-ts hören ließ. Cordelia schüttelte ihre Jacke über der Fußmatte aus, hängte sie dann über eine Stuhllehne und versuchte vergebens, mit einem Taschentuch ihre Haare trockenzureiben, bevor sie zum Schalter ging.

Die mütterliche Frau war hilfsbereit. Als Cordelia sie nach dem richtigen Vorgehen fragte, wies sie auf die Regale mit dicken gebundenen Bänden in der Mitte des Saales und erklärte ihr, daß die Testamente unter dem Nachnamen des Erblassers und dem Jahr, in dem das Dokument im Somerset House hinterlegt worden war, registriert waren. Cordelia mußte die Katalognummer ermitteln und den Band zum Schalter bringen. Dann würde man das Originaltestament holen lassen, und sie könnte es gegen eine Gebühr von 20 Pence durchsehen.

Da Cordelia nicht wußte, wann George Bottley gestorben war, machte es ihr Kopfzerbrechen, wo sie mit der Suche anfangen sollte. Aber sie folgerte, daß das Testament nach Marks Geburt oder zumindest nach der Empfängnis gemacht worden war, weil ihm von seinem Großvater ein Vermögen hinterlassen worden war. Mr. Bottley hatte jedoch auch seiner Tochter Geld hinterlassen, und dieser Teil seines Vermögens war nach deren Tod an den Ehemann gefallen. Es war sehr wahrscheinlich, daß er vor ihr gestorben war, weil er andernfalls sicher ein neues Testament abgefaßt hätte. Cordelia beschloß, ihre Suche 1951, im Jahr von Marks Geburt, zu beginnen.

Ihre Folgerungen erwiesen sich als richtig. George Albert Bottley aus Stonegate Lodge, Harrogate, war am 26. Juli 1951 gestorben, genau drei Monate und einen Tag nach der Geburt seines Enkels und nur drei Wochen nach Abfassung seines Testaments. Cordelia fragte sich, ob sein Tod plötzlich und unerwartet eingetreten war oder ob dies das Testament eines Sterbenden war. Sie sah, daß er ein Vermögen von fast einer Dreiviertel Million Pfund hinterlassen hatte. Sie überlegte, wie er wohl dazu gekommen war. Gewiß nicht allein mit Wolle. Sie schleppte den schweren Band zum Schalter, die Angestellte trug die Daten auf ein weißes Formular ein und zeigte ihr den Weg zur Kasse. Innerhalb von wenigen Minuten hatte Cordelia die ihrer Meinung nach bescheidene Gebühr bezahlt und saß unter der Lampe an einem der Schreibtische in Fensternähe mit dem Testament in der Hand.

Es hatte ihr nicht gefallen, was sie von Nanny Pilbeam über George Bottley hörte, und er gefiel ihr keinen Deut besser, nachdem sie sein Testament gelesen hatte. Sie hatte befürchtet, das Dokument könnte lang, verwickelt und schwer verständlich sein, aber es war erstaunlich kurz, einfach und klar. Mr. Bottley verfügte, daß sein gesamter Besitz verkauft werden sollte, «weil ich das übliche ungehörige Gezänk über Nippessachen verhindern möchte». Den Dienern, die zur Zeit seines Todes bei ihm angestellt waren, hinterließ er eine bescheidene Summe, sein Gärtner hingegen wurde, wie Cordelia auffiel, nicht erwähnt. Die Hälfte seines übrigen Vermögens vermachte er seiner Tochter, in vollem Umfang, «jetzt, wo sie bewiesen hat, daß sie wenigstens über eine der normalen Eigenschaften einer Frau verfügt». Die verbleibende Hälfte hinterließ er seinem geliebten Enkel Mark Callender bei Erreichen seines fünfundzwanzigsten Geburtstages, «bis zu welchem Alter er entweder den Wert des Geldes zu schätzen gelernt hat oder wenigstens in einem Alter sein wird, sich nicht ausnutzen zu lassen». Die Kapitalzinsen gingen an sechs Bottleys, von denen einige offenbar nur entfernte Verwandte waren. Das Testament begründete ein Treuhandverhältnis; wenn einer der Nutznießer starb, würde sein Anteil nicht auf die Überlebenden verteilt. Der Erblasser war zuversichtlich, daß diese Regelung bei den Nutznießern ein lebhaftes Interesse an der Gesundheit und dem Überleben aller anderen fördern und sie ermuntern würde, sich durch ein langes Leben auszuzeichnen, da keine andere Auszeichnung für sie erreichbar war. Sollte Mark vor seinem fünfundzwanzigsten Geburtstag sterben, würde die Familienstiftung weiterbestehen, bis alle Nutznießer tot wären, und das Kapital würde dann auf eine lange Liste von Wohltätigkeitseinrichtungen verteilt, die, soweit Cordelia es überblickte, ausgewählt worden waren, weil sie gut bekannt und erfolgreich waren und nicht so sehr, weil ihnen das besondere Interesse oder Mitgefühl des Erblassers galt. Es sah so aus, als habe er seine Anwälte um eine Liste der vertrauenswürdigsten Wohltätigkeitseinrichtungen gebeten, weil es ihm im Grunde gleichgültig war, was aus seinem Vermögen würde, wenn seine eigenen Nachkommen nicht mehr am Leben wären, um es zu erben.

Es war ein eigenartiges Testament. Mr. Bottley hatte seinem Schwiegersohn nichts hinterlassen, hatte sich jedoch anscheinend keine Gedanken über die Möglichkeit gemacht, daß seine Tochter, deren schwache Gesundheit ihm bekannt war, sterben und ihr Vermögen ihrem Mann hinterlassen könnte. In gewisser Hinsicht war es das Testament eines Spielers, und Cordelia fragte sich noch einmal, wie George Bottley zu seinem Vermögen gekommen war. Aber trotz der spöttischen Lieblosigkeit seiner Bemerkungen war das Testament weder ungerecht noch knauserig. Anders als viele reiche Männer hatte er nicht versucht, sein großes Vermögen von jenseits des Grabes zu kontrollieren, zwanghaft entschlossen, keinen Penny jemals in unerwünschte Hände gelangen zu lassen. Seiner Tochter und seinem Enkel waren ihre Vermögen zur vollen Verfügung hinterlassen worden. Es war nicht möglich, Mr. Bottley zu mögen, aber schwer, ihm die Achtung zu versagen. Und die Folgerungen aus seinem Testament waren sehr klar. Keiner außer einer Reihe von hochgeachteten Wohlfahrtseinrichtungen konnte durch Marks Tod gewinnen.

Cordelia notierte die wichtigsten Klauseln des Testaments, allerdings eher, weil Bernie auf genauester Dokumentation bestanden hatte, als daß sie fürchtete, sie zu vergessen, legte die Quittung über die 20 Pence in die Ausgabenseite ihres Notizbuchs, schrieb den Preis ihrer ermäßigten Tagesrückfahrkarte und den Busfahrpreis dazu und gab das Testament am Schalter zurück. Das Gewitter war kurz, aber heftig gewesen. Die heiße Sonne trocknete bereits die Fenster, und die Pfützen glitzerten in dem vom Regen gereinigten Hof. Cordelia beschloß, Sir Ronald nur einen halben Tag zu berechnen und ihre restliche Zeit in London im Büro zu verbringen. Vielleicht war Post abzuholen; vielleicht wartete sogar ein anderer Fall auf sie.

Aber der Entschluß erwies sich als Fehler. Das Büro schien noch heruntergekommener, als sie es verlassen hatte, und die Luft war abgestanden da drinnen im Gegensatz zu den Straßen draußen, die der Regen gereinigt hatte. Eine dicke Staubschicht lag auf den Möbeln, und der Blutfleck auf dem Teppich war zu einem Rostbraun nachgedunkelt, das noch unheimlicher aussah als das ursprüngliche helle Rot. Im Briefkasten lagen nur eine letzte Zahlungsaufforderung von den Stadtwerken und eine Rechnung vom Papierhändler. Bernie hatte für das verschmähte Briefpapier teuer bezahlt – oder vielmehr nicht bezahlt.

Cordelia schrieb einen Scheck für die Stromrechnung aus, staubte die Möbel ab, unternahm einen letzten vergeblichen Versuch, den

Teppich zu säubern. Dann schloß sie das Büro ab und machte sich auf den Weg zum Trafalgar Square. Sie würde in der Nationalgalerie Trost suchen.

Sie erreichte noch den Zug um 18 Uhr 16 vom Bahnhof Liverpool Street, und es war fast acht Uhr, als sie im Gartenhaus ankam. Sie parkte den Mini an seinem üblichen Platz im Schutz des Gestrüpps und ging um das Haus herum. Sie zögerte einen Augenblick und überlegte, ob sie die Pistole aus ihrem Versteck holen sollte, beschloß aber, das auf später zu verschieben. Sie war hungrig, und das Vordringlichste war, etwas zu essen zu bekommen. Sie hatte die Hintertür sorgfältig abgeschlossen und einen schmalen Streifen Klebband über den Fensterrahmen geklebt, bevor sie am Morgen weggegangen war. Falls es noch mehr heimliche Besucher gab, wollte sie gewarnt sein. Aber der Klebstreifen war noch unberührt. Sie fühlte in ihrer Umhängetasche nach dem Schlüssel und beugte sich hinunter, um ihn ins Schloß zu stecken. Sie rechnete nicht mit irgendwelchen Gefahren außerhalb des Hauses, und so kam der Überfall völlig überraschend. Sie merkte es eine halbe Sekunde, bevor die Decke über sie fiel, aber da war es zu spät. Eine Schnur um ihren Hals zog die Maske aus heißer Wolle, die ihr den Atem benahm, fest gegen Mund und Nase. Sie schnappte nach Luft und schmeckte die trockenen, stark riechenden Fasern auf ihrer Zunge. Dann zerriß ihr ein scharfer Schmerz die Brust, und sie erinnerte sich an nichts mehr.

Die befreiende Bewegung war Wunder und Schrecken zugleich. Die Decke wurde weggerissen. Sie sah ihren Angreifer nicht. Sie spürte einen Augenblick die milde, belebende Luft, erhaschte einen Blick, so kurz, daß sie es kaum begriff, auf einen blendenden Himmel durch das Grün hindurch, und dann fühlte sie sich fallen, in hilflosem Erstaunen in kalte Dunkelheit fallen. Der Fall war ein Wirbel von alten Alpträumen, unglaublichen Sekunden erinnerter Kindheitsängste. Dann schlug ihr Körper auf das Wasser. Eiskalte Hände zogen sie in einen Strudel des Schreckens. Unwillkürlich hatte sie ihren Mund im Augenblick des Aufpralls geschlossen, und sie kämpfte sich durch eine anscheinend endlose, kalte Dunkelheit, die alles einhüllte, an die Oberfläche. Sie schüttelte ihren Kopf und blickte durch ihre brennenden Augen nach oben. Der schwarze Tunnel, der sich über ihr dehnte, endete in einem Mond aus blauem Licht. Gerade als sie hinsah, wurde der Brunnendeckel langsam wie ein Kameraverschluß darübergezogen. Der Mond wurde ein Halbmond, dann eine Sichel. Schließlich gab es nichts mehr als acht schmale Lichtschlitze.

Verzweifelt trat sie Wasser und versuchte, den Grund zu erreichen. Es gab keinen Grund. Entsetzt bewegte sie Hände und Füße, dann zwang sie sich, nicht in Panik zu geraten, und tastete die Brunnenwand ringsum nach einem möglichen Halt ab. Sie fand nichts. Die Röhre aus Ziegelstein, glatt, schwitzend vor Feuchtigkeit, wölbte sich um sie und über ihr wie ein kreisrundes Grab. Als sie nach oben blickte, krümmte und weitete sich die Röhre, schwankte und drehte sich wie der Bauch einer riesigen Schlange.

Und dann verspürte sie den rettenden Zorn. Sie würde sich nicht ersäufen lassen, würde nicht an diesem entsetzlichen Ort sterben, allein und voller Angst. Der Brunnen war tief, aber eng, der Durchmesser kaum ein Meter. Wenn sie kaltes Blut bewahrte und sich Zeit ließe, könnte sie Beine und Schultern gegen die Steine stemmen und sich nach oben arbeiten.

Sie hatte sich nicht an den Wänden gestoßen und war nicht bewußtlos geworden, als sie fiel. Wie durch ein Wunder war sie unverletzt. Es war ein sauberer Fall gewesen. Sie war am Leben und in der Lage nachzudenken. Sie war bisher immer davongekommen. Sie würde überleben.

Sie schwamm auf dem Rücken und stützte die Schultern gegen die kalten Wände, indem sie die Arme ausbreitete und die Ellbogen in die Zwischenräume zwischen den Steinen drückte, um einen besseren Halt zu bekommen. Sie befreite sich mühsam von ihren Schuhen und stemmte beide Füße fest an die gegenüberliegende Wand. Knapp unter der Wasseroberfläche konnte sie fühlen, daß einer der Ziegelsteine nicht ganz in der Reihe war. Sie klammerte sich mit den Zehen daran fest. Das gab ihr einen unsicheren, aber willkommenen Halt, um mit dem Aufstieg zu beginnen. Durch diese Stütze konnte sie ihren Körper über das Wasser heben und für kurze Zeit die Anspannung ihrer Rücken- und Beinmuskeln lockern.

Dann begann sie langsam zu klettern, indem sie zuerst ihre Füße einen nach dem anderen in winzigen gleitenden Schritten hochschob, dann rückte sie ihren Körper qualvoll Stückchen um Stückchen nach oben. Sie richtete ihre Augen starr auf die gekrümmte Wand vor sich, zwang sich, weder nach unten noch nach oben zu blicken, maß ihr Fortkommen an der Breite jedes einzelnen Steins. Die Zeit verging. Sie konnte Bernies Armbanduhr nicht sehen, obgleich das

Ticken ihr unnatürlich laut vorkam, ein regelmäßiger, aufdringlicher Taktmesser zum Klopfen ihres Herzens und dem heftigen Keuchen ihres Atems. Der Schmerz in ihren Beinen war stark, und ihre Bluse klebte an ihrem Rücken mit einer warmen, fast tröstlichen Flüssigkeit, die, wie ihr klar war, Blut sein mußte. Sie zwang sich, nicht an das Wasser unter sich oder an die schmalen, aber breiter werdenden Lichtstreifen über sich zu denken. Wenn sie überleben wollte, mußte sie ihre ganze Energie für das nächste quälende Stückchen nutzen.

Einmal glitten ihre Beine ab, und sie rutschte mehrere Meter hinunter, ehe ihre Füße, die vergeblich über die schlüpfrige Wand kratzten, endlich einen Angriffspunkt fanden. Der Fall hatte ihren verletzten Rücken aufgeschürft, und sie wimmerte vor Selbstmitleid und Enttäuschung. Sie redete sich Mut ein und begann wieder zu klettern. Einmal bekam sie einen Krampf und lag ausgestreckt wie auf einer Folterbank, bis der schneidende Schmerz nachließ und ihre steifen Muskeln sich bewegen konnten. Ab und zu fanden ihre Füße einen anderen kleinen Halt, und sie konnte die Beine strecken und sich ausruhen. Die Versuchung, in der relativen Sicherheit und Bequemlichkeit zu verharren, war fast unwiderstehlich, und sie mußte sich zwingen, den langsamen Aufstieg wiederaufzunehmen.

Es schien ihr, als wäre sie schon Stunden geklettert, als ginge sie gleichsam durch schwierige Wehen einer hoffnungslosen Geburt entgegen. Die Dunkelheit brach an. Die Lichtstreifen vom Brunnenrand waren jetzt breiter, aber weniger hell. Sie sagte sich, daß das Klettern eigentlich nicht schwierig sei. Es waren nur die Dunkelheit und die Einsamkeit, die es so erscheinen ließen. Wenn dies Teil eines Hindernisrennens, eine Übung in der Turnhalle der Schule gewesen wäre, hätte sie es bestimmt ziemlich leicht geschafft. Sie führte sich tröstliche Bilder von Hockern und Sprungpferden vor Augen, Bilder von der fünften Klasse, die anfeuernd schrie. Schwester Perpetua war da. Aber warum sah sie Cordelia nicht an? Warum hatte sie sich abgewandt? Cordelia rief sie, und die Gestalt drehte sich langsam um und lächelte sie an. Aber es war gar nicht die Schwester. Es war Miss Leaming, das hagere, blasse Gesicht höhnisch verzogen unter dem weißen Schleier.

Und jetzt, als ihr klar war, daß sie ohne Hilfe nicht weiterkommen konnte, sah Cordelia die Rettung. Nicht viel über ihr war die unterste Sprosse einer kurzen Holzleiter, die am obersten Abschnitt des Brunnens festgemacht war. Zuerst dachte sie, es sei eine Sinnestäuschung, ein aus Erschöpfung und Verzweiflung geborenes Trugbild. Sie schloß die Augen ein paar Minuten; ihre Lippen bewegten sich. Dann schlug sie die Augen wieder auf. Die Leiter war immer noch da, verschwommen, aber tröstlich stabil im schwindenden Licht. Sie streckte ohnmächtig die Hände danach aus, obgleich sie im selben Augenblick wußte, daß sie außer Reichweite war. Die Leiter konnte ihr Leben retten, und sie wußte, daß sie nicht die Kraft hatte, sie zu erreichen.

In diesem Augenblick fiel ihr ohne bewußte Überlegung oder Planung der Gürtel ein. Ihre Hand glitt auf ihre Taille hinab und fühlte nach der schweren Messingschnalle. Sie machte sie auf und zog die lange, lederne Schlange von ihrem Körper. Vorsichtig warf sie das Ende mit der Schnalle nach der untersten Leitersprosse. Die ersten drei Male schlug das Metall mit einem harten Knall an das Holz, fiel aber nicht über die Sprosse; beim viertenmal klappte es. Sie schob das andere Ende des Gürtels vorsichtig nach oben, und die Schnalle kam auf sie zu, bis sie ihre Hand ausstrecken und sie packen konnte. Sie machte sie an dem anderen Ende fest, um eine starke Schleife zu bekommen. Dann zog sie, zuerst ganz leicht, dann stärker, bis fast ihr ganzes Gewicht an dem Riemen hing. Ihre Erleichterung war unbeschreiblich. Sie stützte sich gegen das Mauerwerk, um Kraft für die letzte erfolgreiche Anstrengung zu sammeln. Da geschah es. Die Sprosse, an ihren Fugen verfault, brach mit einem harten, krachenden Geräusch und trudelte an ihr vorbei in die Dunkelheit, wobei sie knapp ihren Kopf verfehlte. Es schien eher Minuten als Sekunden zu dauern, bis das ferne Klatschen an dem Mauerwerk widerhallte.

Sie machte den Gürtel auf und versuchte es noch einmal. Die nächste Sprosse war ein ganzes Stück höher, und der Wurf war schwerer. Selbst diese kleine Anstrengung erschöpfte sie in ihrem augenblicklichen Zustand, und sie zwang sich dazu, sich Zeit zu lassen. Jeder vergebliche Wurf machte den nächsten schwieriger. Sie zählte nicht, wie oft sie es versuchte, aber schließlich fiel die Schnalle über die Sprosse und kam ihr entgegen. Als sie sich in ihre Reichweite schlängelte, stellte sie fest, daß sie den Riemen gerade noch zuschnallen konnte. Die nächste Sprosse würde zu hoch sein. Wenn diese brach, war es das Ende.

Aber die Sprosse hielt. Sie hatte keine klare Erinnerung an die letzte halbe Stunde des Aufstiegs, aber schließlich erreichte sie die Leiter und band sich fest an die Pfosten. Zum erstenmal war sie äußerlich in Sicherheit. Solange die Leiter hielt, brauchte sie nicht zu fürchten hinabzustürzen. Sie ließ sich in eine kurze Bewußtlosigkeit fallen. Aber dann griffen die Gedankenrädchen, die sich einen Moment glücklich und frei gedreht hatten, wieder, und sie begann zu überlegen. Sie wußte, daß es keine Hoffnung gab, die schwere hölzerne Abdeckung ohne Hilfe zu bewegen. Sie streckte beide Hände aus und drückte dagegen, aber sie verschob sich nicht, und die hohe, gewölbte Kuppel machte es unmöglich, sich mit den Schultern gegen das Holz zu stemmen. Sie würde sich auf Hilfe von außen verlassen müssen, und diese würde bis Tagesanbruch nicht kommen. Sie kam vielleicht nicht einmal dann, aber sie schob den Gedanken von sich. Früher oder später würde jemand kommen. Sie konnte hoffen, so festgebunden, mehrere Tage durchzuhalten. Selbst wenn sie ohnmächtig werden sollte, gab es eine Möglichkeit, daß sie lebend herausgeholt würde. Miss Markland wußte, daß sie im Gartenhaus war; ihre Sachen waren noch dort. Miss Markland würde kommen.

Sie dachte nach, wie sie auf sich aufmerksam machen könnte. Die Schlitze waren breit genug, um etwas zwischen den Holzplanken durchzuschieben, wenn sie nur etwas hätte, das steif genug war, um sich schieben zu lassen. Mit der Kante der Schnalle war es wohl möglich, wenn sie sich enger anband. Aber sie mußte bis zum Morgen warten. Im Augenblick konnte sie nichts tun. Sie würde ausspannen und schlafen und auf Rettung warten.

Und dann brach das endgültige Grausen über sie herein. Es würde keine Rettung geben. Jemand würde zwar zum Brunnen kommen, würde auf leisen, verstohlenen Sohlen im Schutz der Dunkelheit kommen. Aber es würde ihr Mörder sein. Er mußte zurückkommen; das gehörte zu seinem Plan. Der Überfall, der im Augenblick so erstaunlich, so grenzenlos dumm geschienen hatte, war durchaus nicht dumm gewesen. Alles war so geplant, daß es wie ein Unfall aussah. Er würde diese Nacht zurückkommen und den Brunnendeckel wieder zur Seite schieben. Dann, am nächsten Tag oder innerhalb der nächsten paar Tage, würde Miss Markland zufällig durch den Garten gehen und entdecken, was geschehen war. Niemand würde jemals beweisen können, daß es kein Unfall war. Sergeant Maskells Worte fielen ihr ein: «Es geht nicht darum, was Sie vermuten; es geht darum, was Sie beweisen können.» Aber würde diesmal überhaupt ein Verdacht auftauchen? Da war eine junge, impulsive, überneugierige Frau, die ohne Erlaubnis des Eigentümers in dem Gartenhaus wohnte. Sie hatte offenbar beschlossen, den Brunnen zu untersuchen. Sie hatte das Vorhängeschloß zerschlagen, den Deckel mit der Seilschlinge, die der Mörder liegenlassen würde, damit sie jemand fände, weggezogen und sich, von der Leiter verführt, die wenigen Tritte hinuntergelassen, bis die letzte Sprosse unter ihr zerbrochen war. Man würde bloß ihre Fingerabdrücke auf der Leiter finden, wenn man sich die Mühe machte nachzusehen. Das Gartenhaus war völlig verlassen; die Möglichkeit, daß jemand ihren Mörder zurückkommen sah, war äußerst gering. Sie konnte nichts tun als warten, bis der Deckel langsam weggezogen würde, um sein Gesicht zu enthüllen.

Nach dem ersten heftigen Schrecken wartete Cordelia auf den Tod ohne Hoffnung und ohne weiteren Kampf. Es lag sogar eine Art von Frieden in dieser Ergebung. Wie ein Opfer an die Leiterpfosten angebunden, ließ sie sich dankbar in ein kurzes Vergessen treiben und betete, daß es genauso sein möge, wenn ihr Mörder zurückkäme, daß sie im Augenblick des letzten Schlages nicht bei Bewußtsein wäre. Sie war nicht mehr daran interessiert, das Gesicht ihres Mörders zu sehen. Sie würde sich nicht demütigen, indem sie um ihr Leben flehte, sie würde den Mann, der Mark aufgeknüpft hatte, nicht um Gnade bitten. Sie wußte, daß es keine Gnade gab.

Aber sie war bei Bewußtsein, als sich der Brunnendeckel langsam zu bewegen begann. Das Licht fiel über ihren gesenkten Kopf herein. Der Spalt wurde breiter. Und dann hörte sie eine Stimme, eine Frauenstimme, leise, drängend und schrill vor Entsetzen: «Cordelia!»

Sie blickte auf.

Auf dem Brunnenrand – ihr bleiches Gesicht schwebte groß und scheinbar körperlos im Raum wie das Trugbild eines Alptraums – kniete Miss Markland. Und die Augen, die in Cordelias Gesicht starrten, waren genauso wild vor Entsetzen wie ihre eigenen.

Zehn Minuten später lag Cordelia zusammengekrümmt im Sessel am Kamin. Ihr ganzer Körper schmerzte, und sie war machtlos, ihr heftiges Zittern zu beherrschen. Ihre dünne Bluse klebte an ihrem Rücken fest, und jede kleine Bewegung bereitete Schmerzen. Miss Markland hatte das Holz angezündet und kochte jetzt Kaffee. Cordelia konnte sie in der kleinen Küche hin und her gehen hören, konnte den Ofen riechen, als er stärker gestellt wurde, und bald darauf das anregende Aroma des Kaffees. Diese vertrauten

Anblicke und Geräusche wären normalerweise beruhigend und tröstlich gewesen, aber jetzt wollte sie unbedingt allein sein. Der Mörder würde zurückkommen. Er mußte zurückkommen, und wenn er kam, wollte sie dort sein, dort sein, um ihm entgegenzutreten. Miss Markland brachte die zwei Becher herein und drückte einen in Cordelias zitternde Hände. Sie stampfte nach oben und kam mit einem von Marks Pullovern herunter, den sie dem Mädchen um die Schultern wickelte. Das Entsetzen war von ihr abgefallen, aber sie war aufgeregt wie ein junges Mädchen bei ihrem ersten, halb ungehörigen Abenteuer. Ihre Augen waren wild, ihr ganzer Körper bebte vor Aufregung. Sie setzte sich direkt vor Cordelia und sah sie mit ihren scharfen, neugierigen Augen fest an.

«Wie ist das passiert? Sie müssen es mir erzählen.»

Cordelia hatte das Denken nicht verlernt.

«Ich weiß nicht. Ich kann mich an nichts erinnern, was passiert ist, bevor ich auf das Wasser schlug. Ich muß beschlossen haben, den Brunnen zu untersuchen, und habe das Gleichgewicht verloren.»

«Aber der Brunnendeckel! Der Deckel war am richtigen Platz!»

«Ich weiß. Irgend jemand muß ihn wieder hingelegt haben.»

«Aber warum? Wer könnte schon hier vorbeigekommen sein?»

«Ich weiß es nicht. Aber jemand muß ihn gesehen haben. Jemand muß ihn über den Brunnen gezogen haben.»

Sie sagte freundlicher:

«Sie haben mir das Leben gerettet. Wie haben Sie gemerkt, was geschehen war?»

«Ich kam zum Gartenhaus, um nachzusehen, ob Sie noch hier sind. Ich war heute schon einmal hier, aber da war nichts von Ihnen zu sehen. Die Seilschlinge – die, die Sie benutzt haben, denke ich – lag noch auf dem Pfad, und ich stolperte darüber. Dann merkte ich, daß der Deckel nicht ganz richtig lag und daß das Vorhängeschloß aufgebrochen worden war.»

«Sie haben mir das Leben gerettet», sagte Cordelia noch einmal, «aber gehen Sie jetzt bitte. Bitte gehen Sie. Es geht mir gut, wirklich.»

«Aber Sie sind nicht in der Verfassung, daß man Sie allein lassen kann! Und dieser Mann – der den Deckel wieder hingelegt hat – er könnte zurückkommen. Ich mag nicht daran denken, daß Fremde um das Haus schleichen und Sie allein hier sind.»

«Ich bin völlig in Sicherheit. Außerdem habe ich eine Pistole. Ich möchte nur in Frieden gelassen werden, um mich auszuruhen. Machen Sie sich bitte keine Sorgen um mich!»

Cordelia konnte den Ton der Verzweiflung, der Hysterie fast, aus ihrer eigenen Stimme heraushören.

Aber Miss Markland schien nichts zu hören. Plötzlich lag sie auf den Knien vor Cordelia und ließ einen Schwall von lautem, aufgeregtem Geplapper hervorsprudeln. Ohne Überlegung und ohne Mitgefühl vertraute sie dem Mädchen ihre schreckliche Geschichte an, eine Geschichte von ihrem Sohn, dem vierjährigen Kind, das sie mit ihrem Liebhaber hatte, wie es sich einen Weg durch die Hecken um das Gartenhaus gebrochen hatte und durch den Brunnen in den Tod gestürzt war. Cordelia versuchte, sich von den wilden Augen loszureißen. Es war gewiß alles Einbildung. Die Frau mußte verrückt sein. Und falls es die Wahrheit war, dann war es gräßlich und unvorstellbar, und sie konnte nicht ertragen, es zu hören. Irgendwann später würde sie sich daran erinnern, würde sich an jedes Wort erinnern und an das Kind denken, an seinen letzten Schrecken, seinen verzweifelten Schrei nach seiner Mutter, während das kalte, würgende Wasser es in den Tod gezogen hatte. Sie würde seinen Todeskampf in Alpträumen durchleben, wie sie ihren eigenen wiedererleben würde. Aber nicht jetzt. Durch den Wortschwall, die Selbstbezichtigungen, das wieder wachgerufene Entsetzen erkannte Cordelia den Ton der Befreiung. Was für sie Grausen gewesen war, bedeutete für Miss Markland Erlösung. Ein Leben für ein Leben. Plötzlich hielt Cordelia es nicht mehr länger aus. Sie sagte heftig:

«Es tut mir leid! Es tut mir leid! Sie haben mir das Leben gerettet, und ich bin Ihnen dankbar. Aber ich halte es nicht mehr aus, Ihnen zuzuhören. Ich möchte Sie nicht hier haben. Gehen Sie um Himmels willen!»

Ihr ganzes Leben lang würde sie sich an das verletzte Gesicht der Frau, an ihren schweigenden Rückzug erinnern. Cordelia hörte sie nicht gehen, erinnerte sich nicht an das leise Schließen der Tür. Sie wußte nur, daß sie allein war. Das Zittern war jetzt vorbei, obwohl sie immer noch sehr fror. Sie ging nach oben, zog ihre Hosen an, löste dann Marks Pullover von ihrem Hals und zog ihn an. Er würde die Blutflecken auf ihrer Bluse verdecken, und die Wärme machte sich sofort angenehm bemerkbar. Sie bewegte sich sehr schnell. Sie tastete nach der Munition, nahm ihre Taschenlampe und schlüpfte durch die Hintertür des Hauses hinaus. Die Pistole war, wo sie sie gelassen hatte, in der Astgabel des Baumes. Sie lud sie und spürte ihre vertraute Form, ihr vertrautes Gewicht in der Hand. Dann trat sie zurück zwischen die Büsche und wartete.

Es war zu dunkel, um das Zifferblatt ihrer Armbanduhr zu sehen, aber Cordelia schätzte, daß sie fast eine halbe Stunde reglos im Schatten gewartet haben mußte, ehe ihre Ohren das Geräusch auffingen, auf das sie wartete. Ein Auto näherte sich auf dem Weg. Cordelia hielt den Atem an. Das Motorengeräusch erreichte einen kurzen Höhepunkt und nahm wieder ab. Das Auto war weitergefahren, ohne anzuhalten. Es war ungewöhnlich, daß ein Auto nach Einbruch der Dunkelheit auf diesem Weg vorbeifuhr, und sie fragte sich, wer das gewesen sein mochte. Wieder wartete sie und zog sich noch tiefer in den Schutz des Holunders zurück, so daß sie sich mit ihrem Rücken anlehnen konnte. Sie hatte die Pistole so fest umklammert, daß ihr rechtes Handgelenk schmerzte, und sie nahm die Pistole in die andere Hand, ließ das Gelenk langsam kreisen und streckte die verkrampften Finger aus.

Sie wartete weiter. Die Minuten gingen schleppend dahin. Die Stille wurde nur vom heimlichen Scharren eines kleinen nächtlichen Jägers im Gras und dem plötzlichen wilden Schrei einer Eule unterbrochen. Und dann hörte sie noch einmal das Geräusch eines Motors. Diesmal war der Lärm schwach und kam nicht näher. Irgend jemand hatte sein Auto weiter oben an der Straße angehalten. Sie nahm die Pistole in die rechte Hand und umschloß die Mündung mit der linken. Ihr Herz klopfte so laut, daß sie meinte, sein wildes Hämmern müsse sie verraten. Sie bildete sich das leise Quietschen des Gartentores eher ein, als daß sie es hörte, aber das Geräusch von Füßen, die um das Gartenhaus herumgingen, war unverkennbar und klar. Und jetzt war er zu sehen, eine untersetzte, breitschultrige Gestalt, schwarz gegen das Licht. Er bewegte sich auf sie zu, und sie sah ihre Umhängetasche von seiner linken Schulter baumeln. Die Entdeckung verwirrte sie. Sie hatte die Tasche vollkommen vergessen. Aber jetzt hatte sie begriffen, warum er sie an sich genommen hatte. Er hatte sie nach Beweisstücken durchsuchen wollen, aber es war wichtig, daß sie schließlich bei ihrer Leiche im Brunnen entdeckt würde.

Er kam leise auf Zehenspitzen heran, die langen, affenähnlichen Arme steif vom Körper weggestreckt wie die Karikatur eines Filmcowboys, der bereit ist, den Colt zu ziehen. Als er an den Brunnenrand kam, wartete er, und der Mond traf das Weiße seiner Augen, als er sich langsam umschaute. Dann beugte er sich hinunter und tastete im Gras nach der Seilschlinge. Cordelia hatte sie hingelegt, wo Miss Markland sie gefunden hatte, aber irgend etwas daran, vielleicht ein winziger Unterschied in der Art, wie sie geschlungen war, schien ihm aufzufallen. Er richtete sich unsicher auf, stand einen Augenblick da und ließ das Seil von seiner Hand baumeln. Cordelia versuchte, regelmäßig zu atmen. Es erschien ihr unvorstellbar, daß er sie nicht hören, riechen oder sehen sollte, daß er so sehr einem Raubtier ähneln, aber dennoch nicht den Instinkt des Tieres für den Feind im Dunkeln haben sollte. Er bewegte sich vorwärts. Jetzt war er am Brunnen. Er beugte sich hinunter und steckte das Ende des Seils durch einen Eisenring.

Cordelia trat mit einem Schritt aus der Dunkelheit. Sie hielt die Pistole fest und gerade, wie Bernie es ihr gezeigt hatte. Diesmal war das Ziel sehr nahe. Sie wußte, daß sie nicht abdrücken würde, aber in diesem Augenblick wußte sie auch, was das war, das einen Mann zum Töten veranlassen konnte. Sie sagte laut:

«Guten Abend, Mr. Lunn.»

Sie erfuhr nie, ob er die Pistole gesehen hatte. Aber in der einen unvergeßlichen Sekunde, als der von Wolken verhüllte Mond in den offenen Himmel schwamm, sah sie sein Gesicht deutlich, sah den Haß, die Verzweiflung, die Qual und den Abgrund des Entsetzens. Er stieß einen rauhen Schrei aus, warf die Umhängetasche und das Seil weg und rannte in blinder Panik durch den Garten. Sie verfolgte ihn, kaum wissend, warum oder was sie zu erreichen hoffte, einzig und allein entschlossen, vor ihm im Garforth House anzukommen. Und noch immer feuerte sie die Pistole nicht ab.

Aber er war im Vorteil. Als sie durch das Tor stürzte, sah sie, daß er den Lieferwagen ungefähr fünfzig Meter weiter oben an der Straße geparkt und den Motor laufen gelassen hatte. Sie jagte ihm nach, sah aber ein, daß es aussichtslos war. Ihre einzige Hoffnung, ihn einzuholen, war, den Mini zu holen. Sie rannte den Weg hinunter und wühlte im Laufen in ihrer Umhängetasche. Das Gebetbuch und ihr Notizbuch waren weg, aber ihre Finger fanden die Autoschlüssel. Sie schloß den Mini auf, warf sich hinein und fuhr ihn mit Vollgas rückwärts auf die Straße. Die Rücklichter des Lieferwagens waren ungefähr hundert Meter vor ihr. Sie wußte nicht, wie schnell er fahren konnte, glaubte aber nicht, daß er den Mini abschütteln könnte. Sie trat auf das Gaspedal und nahm die Verfolgung auf. Sie bog von dem Weg links ab auf die Landstraße und konnte den Lieferwagen immer noch vor sich sehen. Er fuhr schnell und hielt den

Abstand. Jetzt machte die Straße eine Biegung, und ein paar Sekunden lang war er außer Sicht. Er mußte jetzt ganz nahe an der Kreuzung mit der Straße nach Cambridge sein.

Sie hörte den Aufprall gerade, bevor sie selbst die Kreuzung erreichte, einen ganz kurzen Knall, der die Hecken schüttelte und den Mini erzittern ließ. Cordelias Hände umklammerten für einen Augenblick das Steuer, und der Mini kam mit einem Ruck zum Stehen. Sie rannte um die Ecke und sah vor sich die glänzende, von Scheinwerfern beleuchtete Fläche der Hauptstraße nach Cambridge. Sie war voll von rennenden Gestalten. Der Lastwagen, der noch auf seinen vier Rädern stand, war eine riesengroße längliche Masse, die den Horizont verstellte, eine quer über die Straße geschleuderte Barrikade. Der Lieferwagen hatte sich unter den Vorderrädern zusammengedrückt wie ein Kinderspielzeug. Es roch nach Benzin, eine Frau schrie schrill auf, bremsende Reifen quietschten. Cordelia ging langsam auf den Lastwagen zu. Der Fahrer saß noch auf dem Sitz und blickte starr geradeaus, sein Gesicht war eine Maske gespannter Aufmerksamkeit. Menschen riefen ihm zu, streckten ihre Arme aus. Er rührte sich nicht. Irgend jemand – ein Mann mit schwerem Ledermantel und Motorradbrille – sagte:

«Das ist der Schock. Wir ziehen ihn besser raus.»

Drei Gestalten bewegten sich zwischen Cordelia und dem Fahrer. Schultern hoben sich im Einklang. Sie hörte ein Ächzen vor Anstrengung. Der Fahrer wurde herausgehoben, steif wie eine Puppe, mit gebogenen Knien, die verkrampften Hände ausgestreckt, als packten sie immer noch das riesige Steuerrad. Die Schultern beugten sich in geheimer Beratung über ihn.

Andere Gestalten standen um den zerquetschten Lieferwagen herum. Cordelia schloß sich dem Kreis von namenlosen Gesichtern an. Zigarettenenden glühten auf und erloschen wie Signale, warfen einen kurzen Schein auf zitternde Hände, auf aufgerissene entsetzte Augen. Sie fragte:

«Ist er tot?» Der Mann mit der Motorradbrille antwortete lakonisch:

«Was glauben Sie denn?»

Dann kam eine Mädchenstimme, zaghaft, atemlos:

«Hat jemand den Krankenwagen gerufen?»

«Ja. Ja. Der Mann im Cortina ist telefonieren gefahren.»

Die Gruppe stand unschlüssig da. Das Mädchen und der junge Mann, an den sie sich klammerte, zogen sich zurück. Ein weiteres

Auto hielt an. Eine große Gestalt schob sich durch die Menge. Cordelia hörte eine laute, herrische Stimme:

«Ich bin Arzt. Hat jemand den Krankenwagen gerufen?»

«Ja, Sir.»

Die Antwort kam respektvoll. Sie traten zur Seite, um den Fachmann durchzulassen. Er wandte sich an Cordelia, vielleicht weil sie am nächsten stand.

«Falls Sie den Unfall nicht beobachtet haben, junge Frau, dann fahren Sie lieber weiter. Und Sie da, treten Sie bitte zurück. Sie können hier nichts ausrichten. Und machen Sie die Zigaretten da aus!»

Cordelia ging langsam zu dem Mini zurück, indem sie vorsichtig einen Fuß vor den anderen setzte, wie eine Genesende, die die ersten schmerzhaften Schritte probiert. Sie fuhr langsam um die Unfallstelle herum, wobei der Mini über den Grasstreifen holperte. Näherkommende Sirenen heulten auf. Als sie von der Hauptstraße abbog, glühte ihr Rückspiegel plötzlich rot auf, und sie hörte ein zischendes Geräusch, gefolgt von einem leisen mehrstimmigen Stöhnen, das von dem lauten Aufschrei einer Frau durchbrochen wurde. Eine Wand aus Flammen zog sich über die Straße. Die Warnung des Arztes war zu spät gekommen. Der Lieferwagen stand in Flammen. Jetzt gab es keine Hoffnung mehr für Lunn; aber es hatte sowieso keine mehr gegeben.

Cordelia wußte, daß sie unberechenbar fuhr. Vorbeifahrende Autos hupten und blendeten auf, und ein Fahrer verringerte seine Geschwindigkeit und schrie sie wütend an. Sie sah ein Tor, bog von der Straße hinein und schaltete den Motor ab. Die Stille war vollkommen. Ihre Hände waren feucht und zitterten. Sie wischte sie an ihrem Taschentuch ab und legte sie in den Schoß, wobei sie ein Gefühl hatte, als wären sie von ihrem Körper losgelöst. Sie nahm kaum wahr, daß ein Auto vorbeifuhr, dann langsamer wurde und anhielt. Ein Gesicht tauchte an ihrem Fenster auf. Die Stimme war undeutlich und aufgeregt, aber widerlich einschmeichelnd. Sie konnte die Alkoholfahne riechen.

«Was nicht in Ordnung, Miss?»

«Nein. Ich habe hier nur gehalten, um mich auszuruhen.»

«Sie sollten sich nicht allein ausruhen – ein hübsches Mädchen wie Sie.»

Seine Hand war am Türgriff. Cordelia griff in ihre Umhängetasche und zog die Pistole heraus. Sie hielt sie ihm ins Gesicht.

«Sie ist geladen. Verschwinden Sie sofort, oder ich schieße.»

Die Drohung in ihrer Stimme klang selbst in ihren eigenen Ohren kalt. Das blasse, schwitzende Gesicht zerfiel vor Überraschung, die Kinnlade fiel herunter. Er wich zurück.

«Tut mir leid, Miss, bestimmt. Ein Mißverständnis. Nehmen Sie's mir nicht krumm.»

Cordelia wartete, bis sein Auto außer Sicht war. Dann ließ sie den Motor an. Aber sie wußte, daß sie nicht weiterfahren konnte. Sie schaltete den Motor wieder aus. Wellen von Müdigkeit schlugen über ihr zusammen, eine unwiderstehliche Flut, sanft wie eine Gnade, gegen die sich weder ihr erschöpftes Gehirn noch ihr Körper sträuben wollte. Ihr Kopf fiel nach vorn, und Cordelia schlief.

6. Kapitel

Cordelia schlief tief, aber kurz. Sie wußte nicht, was sie aufgeweckt hatte, entweder das blendende Licht eines vorbeifahrenden Autos, das über ihre geschlossenen Augen gehuscht war, oder ihr unterbewußtes Wissen, daß die Ruhepause auf eine knappe halbe Stunde beschränkt werden mußte; soviel mindestens war notwendig, damit sie in der Lage war, das zu tun, was getan werden mußte, bevor sie sich endgültig dem Schlaf überlassen konnte. Als sie sich aufsetzte, spürte sie den stechenden Schmerz in ihren überanstrengten Muskeln und das fast wohltuende Jucken des angetrockneten Blutes auf ihrem Rücken. Die Nachtluft war schwer und voll von der Hitze und den Gerüchen des Tages; sogar die Straße, die sich vor ihr wand, sah im grellen Licht ihrer Scheinwerfer klebrig aus. Aber Cordelias durchgefrorener und schmerzender Körper war immer noch dankbar für die Wärme von Marks Pullover. Zum erstenmal, seit sie ihn angezogen hatte, merkte sie, daß er dunkelgrün war. Wie seltsam, daß ihr seine Farbe nicht vorher aufgefallen war!

Sie fuhr den Rest des Weges wie eine Anfängerin, kerzengerade sitzend, die Augen streng geradeaus, Hände und Füße verkrampft an den Hebeln. Da waren endlich die Tore von Garforth House. Sie ragten im Scheinwerferlicht höher auf und schienen reicher verziert, als sie sie in Erinnerung hatte, und sie waren geschlossen. Sie stieg aus dem Mini, rannte darauf zu und betete, daß sie nicht abgeschlossen wären. Aber die Eisenklinke hob sich, wenn auch schwer, unter ihren verzweifelten Händen. Die Türen schwangen lautlos auf.

Es standen keine Autos an der Auffahrt, und sie parkte den Mini ein kleines Stück vom Haus entfernt. Die Fenster waren dunkel, und das einzige Licht schien durch die offene Haustür, weich und einladend. Cordelia nahm die Pistole in die Hand und trat, ohne zu klingeln, in die Halle. Sie war körperlich erschöpfter als damals, als sie zum erstenmal zum Garforth House gekommen war, aber in dieser Nacht sah sie es mit einer neuen Intensität, mit Nerven, die überempfindlich jede Einzelheit aufnahmen. Die Halle war leer, Erwartung hing in der Luft. Es schien, als habe das Haus auf sie gewartet. Derselbe Duft nach Rosen und Lavendel strömte ihr entgegen, aber heute nacht sah sie, daß der Lavendelduft aus einer großen Schale auf einem Tischchen kam. Sie erinnerte sich an das eindringliche Ticken einer Uhr, aber jetzt bemerkte sie zum erstenmal die zierliche Schnitzerei am Uhrenkasten, die verschlungenen Schnörkel und Wirbel auf dem Zifferblatt. Sie stand leicht schwankend mitten in der Halle, hielt die Pistole locker in ihrer herunterhängenden rechten Hand und sah nach unten. Der Teppich hatte ein strenges, geometrisches Muster in satten Olivtönen, blassen Blautönen und Karmesinrot, jedes Bild glich dem Schatten eines knienden Mannes. Er schien sie auf ihre Knie zu ziehen. War es vielleicht ein orientalischer Gebetsteppich?

Dann nahm sie wahr, daß Miss Leaming leise die Treppe herunter auf sie zukam, im langen roten Morgenrock, der ihr um die Knöchel wehte. Die Pistole wurde Cordelia unvermittelt, aber bestimmt aus der Hand genommen. Sie wußte, daß sie weg war, weil ihre Hand sich plötzlich leichter fühlte. Es war ihr gleich. Sie würde sich niemals damit verteidigen, niemals einen Menschen töten können. Das war ihr bewußt geworden, als Lunn erschrocken vor ihr davongelaufen war. Miss Leaming sagte:

«Es ist niemand hier, gegen den Sie sich verteidigen müßten, Miss Gray.»

Cordelia sagte:

«Ich bin hergekommen, um Sir Ronald zu berichten. Wo ist er?»

«Wo er das letzte Mal war, als Sie hier waren, in seinem Arbeitszimmer.»

Wie damals saß er an seinem Schreibtisch. Er hatte diktiert, und das Gerät stand rechts neben ihm. Als er Cordelia sah, schaltete er es ab, ging dann an die Wand und zog den Stecker aus der Steckdose.

Er ging an seinen Schreibtisch zurück, und sie nahmen einander gegenüber Platz. Er faltete seine Hände in dem Lichtkreis, den die Schreibtischlampe warf, und sah Cordelia an. Sie schrie fast auf vor Schreck. Sein Gesicht erinnerte sie an Gesichter, wie sie sich nachts verzerrt in schmutzigen Zugfenstern spiegeln – eingefallen, hart hervorstehende Knochen, Augen in bodenlosen Höhlen –, Gesichter von den Toten Auferstandener.

Als er zu sprechen anfing, war seine Stimme leise, rückwärts gewandt:

«Vor einer halben Stunde habe ich erfahren, daß Chris Lunn tot ist. Er war der beste Laborassistent, den ich jemals hatte. Ich holte ihn vor fünfzehn Jahren aus einem Waisenhaus. Er hat seine Eltern nie gekannt. Er war ein häßlicher, schwieriger Junge, der bereits unter Bewährung stand. Die Schule hatte nichts für ihn getan. Aber Lunn war einer der besten Naturwissenschaftler, die ich jemals gekannt habe. Wenn er eine Ausbildung bekommen hätte, wäre er genausogut wie ich gewesen.»

«Warum haben Sie ihm denn nicht die Gelegenheit geboten, warum haben Sie ihn nicht ausgebildet?»

«Weil er für mich als Laborassistent nützlicher war. Ich habe gesagt, er hätte genausogut wie ich sein können. Das ist aber nicht gut genug. Ich kann eine Menge ebenso gute Wissenschaftler finden. Dagegen hätte ich keinen anderen Laborassistenten finden können, der es mit Lunn aufgenommen hätte. Er konnte erstaunlich gut mit den Apparaten umgehen.»

Er blickte zu Cordelia auf, jedoch ohne Neugier, anscheinend ohne Interesse.

«Sie sind natürlich gekommen, um mir zu berichten. Es ist sehr spät, Miss Gray, und ich bin müde, wie Sie sehen. Kann es nicht bis morgen warten?»

Cordelia dachte, daß dies einer flehentlichen Bitte so nahe kam, als es ihm nur möglich war. Sie sagte:

«Nein. Ich bin auch müde. Aber ich möchte den Fall heute nacht zu Ende bringen, jetzt.» Er nahm ein Papiermesser aus Ebenholz vom Schreibtisch und hielt es auf seinem Zeigefinger im Gleichgewicht. Er sah Cordelia nicht an.

«Dann sagen Sie mir, warum sich mein Sohn umgebracht hat. Ich gehe davon aus, daß Sie tatsächlich Neuigkeiten für mich haben. Sie wären wohl kaum um diese Uhrzeit hier hereingeplatzt, wenn Sie nichts zu berichten hätten.»

«Ihr Sohn hat sich nicht umgebracht. Er wurde ermordet. Er wurde von jemand ermordet, den er sehr gut kannte, jemand, den er ohne weiteres in das Gartenhaus einließ, jemand, der vorbereitet kam. Er wurde erwürgt oder erstickt, dann mit seinem eigenen Gürtel an jenem Haken aufgehängt. Zuletzt malte der Mörder seine Lippen an, zog ihm Frauenunterwäsche an und breitete Aktfotos auf dem Tisch vor ihm aus. Es sollte nach einem Unfalltod während eines sexuellen Experiments aussehen; solche Fälle sind gar nicht so ungewöhnlich.»

Eine halbe Minute herrschte Schweigen. Dann sagte er vollkommen ruhig:

«Und wer war dafür verantwortlich, Miss Gray?»

«Sie. Sie haben Ihren Sohn umgebracht.»

«Aus welchem Grund?» Er war wie ein Prüfer, der seine unerbittlichen Fragen stellte.

«Weil er entdeckt hat, daß Ihre Frau nicht seine Mutter war, daß das Geld, das sein Großvater ihr und ihm hinterlassen hatte, durch einen Betrug an sie gefallen war. Weil er nicht die Absicht hatte, noch einen Augenblick länger seinen Nutzen daraus zu ziehen oder in vier Jahren sein Erbe anzunehmen. Sie hatten Angst, er könnte sein Wissen allgemein bekannt machen. Und was würde dann aus der Wolvington-Stiftung? Wenn die Wahrheit herauskäme, wäre es aus mit dem Zuschuß. Die Zukunft Ihres Labors stand auf dem Spiel. Sie konnten kein Risiko eingehen.»

«Und wer zog ihn wieder aus, tippte diesen Brief, wusch den Lippenstift von seinem Gesicht ab?»

«Ich glaube es zu wissen, aber ich werde es Ihnen nicht sagen. Das war es eigentlich, was ich in Ihrem Auftrag herausbekommen sollte, nicht wahr? Das war es, was Sie unbedingt wissen mußten. Aber Sie haben Mark getötet. Sie haben sogar ein Alibi vorbereitet, nur für den Fall, daß Sie eines brauchen würden. Sie haben Lunn dazu gebracht, Sie im College anzurufen und sich als Ihr Sohn auszugeben. Er war die einzige Person, auf die Sie sich voll und ganz verlassen konnten. Ich glaube nicht, daß Sie ihm die Wahrheit gesagt haben. Er war nur Ihr Laborassistent. Er verlangte keine Erklärungen, er tat, was Sie ihm sagten. Und selbst wenn er die Wahrheit erraten hätte, war er sicher, nicht wahr? Sie besorgten sich ein Alibi, das Sie dann nicht zu benutzen wagten, weil Sie nicht wußten, wann Marks Leiche entdeckt würde. Wenn jemand ihn vor Ihrer Behauptung, mit ihm am Telefon gesprochen zu haben, gefunden und diesen

Selbstmord vorgetäuscht hätte, wäre Ihr Alibi geplatzt, und ein geplatztes Alibi ist vernichtend. Also führten Sie eine Gelegenheit herbei, mit Benskin zu reden, und stellten die Dinge richtig. Sie sagten ihm die Wahrheit; daß es Lunn gewesen war, der Sie angerufen hatte. Sie konnten sich darauf verlassen, daß Lunn Ihre Geschichte stützen würde. Aber hätte es denn überhaupt etwas ausgemacht, wenn er geredet hätte? Kein Mensch hätte ihm geglaubt.»

«Nein, ebensowenig, wie man Ihnen glauben wird. Sie wollten unbedingt Ihr Honorar verdienen, Miss Gray. Ihre Erklärung ist klug ausgedacht; einige Einzelheiten sind sogar in gewisser Weise glaubwürdig. Aber Sie wissen ebensogut wie ich, daß kein Polizeibeamter auf der Welt das ernst nehmen würde. Es ist Pech für Sie, daß Sie Lunn nicht fragen können. Aber Lunn ist tot, wie ich gesagt habe. Er starb in den Flammen nach einem Autounfall.»

«Ich weiß, ich habe es gesehen. Er versuchte heute nacht, mich zu töten. Wußten Sie das? Und vorher versuchte er, mich einzuschüchtern, damit ich die Sache fallenlasse. Hatte er vielleicht angefangen, die Wahrheit zu ahnen?»

«Falls er tatsächlich versucht hat, Sie zu töten, dann ist er über seine Anweisungen hinausgegangen. Ich habe ihn nur gebeten, ein Auge auf Sie zu haben. Ich hatte Sie vertraglich auf Ihre ausschließlichen und ganztägigen Dienste verpflichtet, wenn Sie sich erinnern; ich wollte sichergehen, daß ich den Gegenwert erhielt. Ich bekomme gerade eine Art von Gegenwert. Aber Sie dürfen sich nicht außerhalb dieses Zimmers Ihren Phantasien hingeben. Weder die Polizei noch die Gerichte haben für üble Nachrede oder hysterischen Unsinn Verständnis. Und was für einen Beweis haben Sie? Keinen. Meine Frau wurde eingeäschert. Es gibt nichts Lebendes oder Totes auf dieser Erde, was beweisen könnte, daß Mark nicht ihr Sohn war.»

Cordelia sagte: «Sie haben Dr. Gladwin aufgesucht und sich überzeugt, daß er zu senil ist, um gegen Sie auszusagen. Sie hätten sich darüber nicht den Kopf zerbrechen müssen. Er hat nie einen Verdacht gehabt, nicht wahr? Sie haben ihn als Arzt Ihrer Frau ausgesucht, weil er alt und unfähig war. Aber ich habe ein kleines Beweisstück. Lunn wollte es Ihnen bringen.»

«Dann hätten Sie besser darauf aufpassen sollen. Nichts von Lunn als seine Knochen haben den Zusammenstoß überstanden.»

«Da sind immer noch die Frauenkleider, die schwarzen Höschen und der Büstenhalter. Irgend jemand könnte sich daran erinnern, wer sie gekauft hat, besonders wenn diese Person ein Mann war.»

«Es gibt doch Männer, die Unterwäsche für ihre Frauen kaufen. Aber wenn ich so einen Mord geplant hätte, glaube ich nicht, daß es mir Kopfzerbrechen bereitet hätte, das Zubehör zu kaufen. Würde irgendeine abgearbeitete Verkäuferin an der Kasse eines vielbesuchten Kaufhauses sich an einen ganz bestimmten Kauf erinnern, einen Kauf, der bar bezahlt wurde, einen unter einer ganzen Anzahl von harmlosen Gegenständen, die alle zusammen in der geschäftigsten Tageszeit vorgelegt wurden? Der Mann könnte vielleicht sogar eine einfache Verkleidung getragen haben. Ich bezweifle, daß sie sein Gesicht überhaupt bemerkt hätte. Erwarten Sie tatsächlich von ihr, daß sie sich Wochen später noch erinnert, einen von Tausenden von Kunden identifizieren, ihn mit ausreichender Gewißheit identifizieren kann, um damit eine Geschworenenversammlung zu überzeugen? Und wenn sie es könnte, was würde das beweisen, wenn Sie die fraglichen Kleidungsstücke nicht haben? Glauben Sie mir eines, Miss Gray – wenn ich es nötig hätte zu töten, würde ich es gründlich tun. Mich würde man nicht entdecken. Falls die Polizei jemals erfährt, wie mein Sohn gefunden wurde, was leicht geschehen kann, weil offenbar noch jemand außer Ihnen es weiß, wird sie nur mit noch größerer Gewißheit glauben, daß er sich selbst umgebracht hat. Marks Tod war notwendig und diente, anders als der Tod der meisten, einem Zweck. Menschenwesen haben einen unwiderstehlichen Drang zur Selbstaufopferung. Sie sterben fur jeden beliebigen oder auch ohne jeden Grund, für leere, abstrakte Begriffe wie Patriotismus, Gerechtigkeit, Frieden; für anderer Männer Ideale, für anderer Männer Macht, für ein paar Fußbreit Erde. Sie würden zweifellos Ihr Leben geben, um ein Kind zu retten, oder wenn Sie überzeugt wären, daß durch Ihr Opfer ein Heilmittel gegen Krebs gefunden würde.»

«Vielleicht. Ich möchte gern glauben, daß ich so handeln würde. Aber dann sollte die Entscheidung bei mir liegen, nicht bei Ihnen.»

«Natürlich. Das würde Ihnen die notwendige emotionale Befriedigung verschaffen. Aber es würde weder die Tatsache Ihres Sterbens noch das Ergebnis Ihres Todes ändern. Und sagen Sie nicht, das, was ich hier tue, sei nicht ein einzelnes Menschenleben wert. Ersparen Sie mir diese Heuchelei. Sie wissen nichts, und Sie sind unfähig, den Wert dessen, was ich hier tue, zu begreifen. Was macht Ihnen Marks Tod aus? Sie hatten nie von ihm gehört, bevor Sie nach Garforth House kamen?»

Cordelia sagte:

«Gary Webber wird es etwas ausmachen.»

«Soll ich etwa alles verlieren, wofür ich hier gearbeitet habe, weil Gary Webber jemand haben will, der mit ihm Squash spielt oder über Geschichte redet?»

Unvermittelt sah er Cordelia ins Gesicht. Er sagte heftig:

«Was ist los? Sind Sie krank?»

«Nein, ich bin nicht krank. Ich wußte, daß ich recht haben mußte. Ich wußte, daß meine Schlüsse wahr sind. Aber ich kann es nicht glauben. Ich kann nicht glauben, daß ein menschliches Wesen so böse sein kann.»

«Wenn Sie fähig sind, es sich auszumalen, dann bin ich fähig, es zu tun. Haben Sie das noch nicht herausbekommen über die Menschen, Miss Gray? Es ist der Schlüssel zu dem, was man die Niedertracht des Menschen nennt.»

Plötzlich konnte Cordelia diese menschenverachtenden Reden nicht mehr ertragen. Sie rief in leidenschaftlichem Protest aus:

«Aber was für einen Sinn hat es, die Welt schöner zu machen, wenn die Menschen, die darin leben, einander nicht lieben können?»

Sie hatte wenigstens seinen Zorn gereizt.

«Liebe! Das abgegriffenste Wort der Sprache. Hat es irgendeine Bedeutung außer dem besonderen Inhalt, den Sie ihm geben wollen? Was verstehen Sie denn unter Liebe? Daß die Menschen lernen müssen, mit einem unaufdringlichen Interesse am Wohl des anderen miteinander zu leben? Das macht das Gesetz geltend. Möglichst großes Wohlergehen einer möglichst großen Zahl. Neben dieser grundsätzlichen Erklärung des gesunden Menschenverstands sind alle anderen Philosophien metaphysische Theorien. Oder definieren Sie Liebe im christlichen Sinn – als Caritas? Lesen Sie Geschichte, Miss Gray. Sehen Sie, zu welchen Greueln, zu welcher Gewalt und Unterdrückung, zu welchem Haß die Religion der Liebe die Menschen geführt hat. Aber vielleicht ziehen Sie eine weiblichere, eine individuellere Erklärung vor; Liebe als leidenschaftliche Hingabe an die Persönlichkeit eines anderen. Gefühlsbetonte persönliche Hingabe endet immer in Eifersucht und Versklavung. Liebe ist zerstörerischer als Haß. Wenn Sie Ihr Leben etwas widmen müssen, widmen Sie es einer Idee.»

«Ich meine die Liebe, mit der ein Vater ein Kind liebt.»

«Um so schlimmer für beide vielleicht. Aber wenn er nicht liebt, gibt es keine Macht auf der Erde, die ihn dazu anregen oder zwingen kann. Und wo keine Liebe ist, kann es keine der Verpflichtungen der Liebe geben.»

«Sie hätten ihn leben lassen können! Das Geld war nicht wichtig für ihn. Er hätte Ihre Bedürfnisse verstanden und Stillschweigen gewahrt.»

«Wirklich? Wie hätte er – oder ich – in vier Jahren erklären können, warum er ein so großes Vermögen zurückweist? Menschen, die ihrem Gewissen, wie sie es nennen, ausgeliefert sind, kann man nie vertrauen. Mein Sohn war ein selbstgerechter Snob. Wie konnte ich mich und meine Arbeit in seine Hände legen?»

«Sie sind in meinen, Sir Ronald.»

«Sie irren sich. Keiner hat mich in der Hand. Zu Ihrem Pech läuft das Tonbandgerät hier nicht. Wir haben keine Zeugen. Sie werden nichts, was in diesem Zimmer gesagt worden ist, gegenüber irgend jemand draußen wiederholen. Andernfalls werde ich Sie vernichten müssen. Ich werde verhindern, daß Sie noch einmal eine Anstellung finden. Und zuallererst werde ich Ihre armselige Firma zugrunde richten. Nach dem, was mir Miss Leaming gesagt hat, dürfte das nicht schwer sein. Verleumdung ist ein sehr kostspieliges Vergnügen. Denken Sie daran, falls Sie jemals in Versuchung kommen sollten zu reden. Denken Sie auch an das: Sie werden sich selbst schaden; Sie werden Marks Andenken schaden; mir werden Sie nicht schaden.»

Cordelia erfuhr nie, wie lange die hohe Gestalt in dem roten Morgenmantel im Schatten der Tür zugesehen und zugehört hatte. Sie erfuhr nie, wieviel Miss Leaming gehört hatte oder in welchem Augenblick sie leise weggeschlichen war. Aber jetzt wurde sie des roten Schattens gewahr, der sich lautlos über den Teppich bewegte, die Augen auf die Gestalt hinter dem Schreibtisch gerichtet, die Pistole fest vor der Brust gehalten. Cordelia sah in fasziniertem Entsetzen zu, hielt den Atem an. Sie wußte genau, was geschehen würde. Es konnte nur weniger als drei Sekunden gedauert haben, aber sie gingen so langsam vorbei wie Minuten. Es wäre doch genug Zeit gewesen zu schreien, Zeit, ihn zu warnen, Zeit, vorzuspringen und dieser ruhigen Hand die Pistole zu entreißen? Er hätte doch genug Zeit gehabt zu schreien? Aber er gab keinen Laut von sich. Er erhob sich halb, ungläubig, und starrte die Mündung in blindem Zweifel an. Dann wandte er seinen Kopf zu Cordelia hin, als flehe er sie an. Sie würde diesen letzten Blick nie vergessen. Er war jenseits von Todesangst, jenseits von Hoffnung. Er enthielt nichts als das völlige Eingeständnis der Niederlage.

Es war eine Hinrichtung, sauber, nicht hastig, rituell genau. Die Kugel drang hinter dem rechten Ohr ein. Der Körper machte einen Sprung in die Luft, mit hochgezogenen Schultern, wurde vor Cordelias Augen weich, als zerschmölzen die Knochen zu Wachs, und lag schließlich über dem Schreibtisch wie etwas Weggeworfenes. Ein Ding – wie Bernie, wie ihr Vater.

Miss Leaming sagte:

«Er hat meinen Sohn getötet.»

«Ihren Sohn?»

«Natürlich. Mark war mein Sohn. Sein Sohn und meiner. Ich dachte, Sie hätten es vielleicht erraten.»

Sie stand mit der Pistole in der Hand da und starrte mit ausdruckslosen Augen durch das offene Fenster auf den Rasen. Es war vollkommen still. Nichts rührte sich. Miss Leaming sagte:

«Er hatte recht, als er sagte, niemand könne ihm etwas anhaben. Es gab keinen Beweis.»

Cordelia rief entsetzt aus:

«Wie konnten Sie ihn dann töten? Wie konnten Sie so sicher sein?»

Ohne den Griff um die Pistole zu lockern, steckte Miss Leaming ihre Hand in die Tasche ihres Morgenmantels. Die Hand glitt über die Schreibtischplatte. Ein kleiner goldener Zylinder rollte über das polierte Holz auf Cordelia zu und blieb dann liegen. Miss Leaming sagte:

«Es war mein Lippenstift. Ich fand ihn gerade in der Tasche seines Abendanzugs. Er hatte ihn nicht mehr getragen, seit er damals an dem Festessen im College teilgenommen hatte. Er war immer wie eine Elster. Er steckte kleine Sachen instinktiv in seine Taschen.»

Cordelia hatte nie an Sir Ronalds Schuld gezweifelt, aber jetzt verlangte sie mit jeder Faser eine nochmalige Absicherung.

«Aber er könnte hineingeschmuggelt worden sein! Lunn könnte ihn hineingesteckt haben, um ihn zu belasten.»

«Lunn hat Mark nicht umgebracht. Er war mit mir im Bett, als Mark starb. Er ließ mich nur fünf Minuten allein, und das war kurz nach acht Uhr, als er telefonieren ging.»

«Sie waren Lunns Geliebte!»

«Sehen Sie mich nicht so an! Ich habe nur einen Mann in meinem Leben geliebt, und das ist der, den ich eben getötet habe. Sprechen Sie von Dingen, die Sie verstehen. Liebe hatte nichts mit dem zu tun, was Lunn und ich voneinander brauchten.»

Einen Augenblick herrschte Schweigen. Dann sagte Cordelia: «Ist jemand im Haus?»

«Nein, die Angestellten sind in London. Im Labor macht heute nacht auch niemand Überstunden.»

Und Lunn war tot. Miss Leaming sagte mit müder Resignation: «Wäre es nicht besser, Sie rufen die Polizei?»

«Wollen Sie, daß ich das tue?»

«Was macht das schon aus?»

«Gefängnis macht etwas aus. Die Freiheit zu verlieren, macht etwas aus. Und wollen Sie wirklich, daß die Wahrheit in einer öffentlichen Verhandlung herauskommt? Wollen Sie, daß jeder erfährt, wie Ihr Sohn starb und wer ihn ermordet hat? Hätte Mark das selber gewollt?»

«Nein. Mark hat nie viel von Strafen gehalten. Sagen Sie mir, was ich tun muß.»

«Wir müssen schnell arbeiten und sorgfältig planen. Wir müssen einander vertrauen, und wir müssen klug sein.»

«Klug sind wir. Was müssen wir tun?»

Cordelia holte ihr Taschentuch heraus und ließ es über die Pistole fallen, nahm Miss Leaming die Waffe weg und legte sie auf den Schreibtisch. Sie packte das schlanke Handgelenk der Frau und drückte ihre widerstrebende, instinktiv zurückzuckende Hand gegen Sir Ronalds Handfläche, preßte die steifen, aber lebendigen Finger mit Gewalt gegen die weiche, nachgiebige Hand des Toten.

«Vielleicht gibt es da ein wenig Pulverschmauch. Ich weiß eigentlich nicht viel davon, aber die Polizei prüft es vielleicht daraufhin. Waschen Sie jetzt Ihre Hände und holen Sie mir ein Paar dünne Handschuhe. Schnell.»

Sie ging ohne ein Wort. Allein gelassen, sah Cordelia auf den toten Wissenschaftler hinunter. Er war mit dem Kinn auf die Schreibtischplatte gefallen, und seine Arme pendelten locker an seinem Körper, eine ungeschickte, unbequeme Haltung, die ihn aussehen ließ, als spähe er feindselig über seinen Schreibtisch. Cordelia konnte seine Augen nicht ansehen, aber es war ihr bewußt, daß sie nichts empfand, weder Haß noch Wut, noch Mitleid. Zwischen ihren Augen und der liegenden Gestalt pendelte ein langer, dünner Schatten mit häßlich schiefem Kopf und kläglich gestreckten Zehen. Sie ging hinüber zu dem offenen Fenster und sah mit der zwanglosen Neugier eines Gastes, der in einem fremden Zimmer warten muß, in den Garten hinaus. Die Luft war warm und sehr still. Der Duft der Rosen kam in Wellen durch das offene Fenster, mal widerlich süß, dann wieder unbestimmbar wie eine nicht ganz eingeholte Erinnerung.

Diese seltsame Spanne von Frieden und aufgehobener Zeit konnte nur weniger als eine halbe Minute gedauert haben. Dann begann Cordelia zu planen. Sie dachte an die Clandon-Sache. Die Erinnerung malte ihr aus, wie sie und Bernie rittlings auf einem umgestürzten Baumstamm im Epping Forest gesessen und ihr kaltes Picknick gegessen hatten. Sie erinnerte sich wieder an den hefigen Duft der frischen Brötchen mit Butter und scharfem Käse, den betäubenden Pilzgeruch des sommerlichen Waldes. Er hatte die Pistole auf die Rinde zwischen ihnen gelegt und durch Brot und Käse hindurch undeutlich geredet. «Wie würdest du dich hinter dem rechten Ohr erschießen? Komm, Cordelia, zeig's mir.»

Cordelia hatte die Pistole in die rechte Hand genommen, wobei ihr Zeigefinger leicht auf dem Abzug ruhte, und dann mit einiger Schwierigkeit ihren Arm nach hinten gebogen, um die Pistolenmündung an die Schädelbasis zu halten. «So?» – «So würdest du es bestimmt nicht machen. Nicht wenn du an den Umgang mit einer Pistole gewöhnt wärest. Das ist der kleine Fehler, den Mrs. Clandon gemacht hat, und er hätte sie fast an den Galgen gebracht. Sie erschoß ihren Mann hinter dem rechten Ohr mit seinem Dienstrevolver und versuchte dann, einen Selbstmord vorzutäuschen. Aber sie drückte den falschen Finger auf den Abzug. Wenn er sich wirklich selbst hinter dem rechten Ohr erschossen hätte, dann hätte er den Abzug mit seinem Daumen gedrückt und den Revolver mit der Handfläche um die Rückseite des Kolbens gehalten. Ich erinnere mich gut an diesen Fall. Es war der erste Mord, bei dem ich mit dem Kriminalrat – damals war er noch Kommissar Dalgliesh – zusammengearbeitet habe. Mrs. Clandon legte am Ende ein Geständnis ab.» – «Und was wurde aus ihr, Bernie?» – «Lebenslänglich. Sie wäre wahrscheinlich mit Totschlag davongekommen, wenn sie nicht versucht hätte, einen Selbstmord vorzutäuschen. Die Geschworenen fanden es nämlich nicht so nett, was sie von Major Clandons kleinen Gewohnheiten hörten.»

Aber Miss Leaming konnte nicht mit Totschlag davonkommen, es sei denn, sie würde die ganze Geschichte von Marks Tod erzählen.

Sie war jetzt wieder ins Zimmer gekommen. Sie reichte Cordelia ein Paar dünne Baumwollhandschuhe. Cordelia sagte:

«Ich halte es für besser, wenn Sie draußen warten. Was Sie nicht sehen, brauchen Sie nicht mühsam zu vergessen. Was haben Sie gerade gemacht, als Sie mich in der Halle trafen?»

«Ich wollte mir eben einen Schlaftrunk holen, einen Whisky.»

«Dann hätten Sie mich wieder gesehen, wie ich aus dem Arbeitszimmer kam, als Sie Ihren Whisky nach oben in Ihr Zimmer trugen. Holen Sie ihn, und lassen Sie das Glas auf dem kleinen Tisch in der Halle stehen. Solche Einzelheiten zu bemerken, darauf ist die Polizei trainiert.»

Wieder allein, hob Cordelia die Pistole auf. Es war erstaunlich, wie abstoßend ihr dieses tote Stück Metall jetzt erschien. Wie seltsam, daß sie darin jemals ein harmloses Spielzeug gesehen hatte! Sie rieb sie gründlich mit dem Taschentuch ab und tilgte Miss Leamings Fingerabdrücke. Dann faßte sie sie an. Es war ihre Pistole. Sie würden damit rechnen, auf dem Kolben außer denen des Toten ein paar von ihren Fingerabdrücken zu finden. Sie legte sie wieder auf die Schreibtischplatte und zog die Handschuhe aus. Sie drückte seinen Daumen fest gegen den Abzug, danach bog sie die kalte nachgiebige Hand um die Rückseite des Kolbens. Dann löste sie seine Finger und ließ die Pistole fallen. Sie traf den Teppich mit einem dumpfen Schlag. Sie streifte die Handschuhe ab, schloß leise die Tür zum Arbeitszimmer hinter sich und ging hinaus in die Halle zu Miss Leaming.

«Hier, die legen Sie besser wieder dahin, wo Sie sie gefunden haben. Wir dürfen sie nicht so herumliegen lassen, daß die Polizei sie findet.»

Sie blieb nur wenige Sekunden weg. Als sie zurückkam, sagte Cordelia:

«Jetzt spielen wir den Rest genauso, wie es stattgefunden haben könnte. Sie treffen mich, als ich aus dem Zimmer komme. Ich bin ungefähr zwei Minuten bei Sir Ronald gewesen. Sie stellen Ihr Whiskyglas auf den Tisch in der Halle und gehen mit mir zur Haustür. Sie sagen – was würden Sie sagen?»

«Hat er Sie bezahlt?»

«Nein, ich komme morgen wegen meinem Geld. Es tut mir leid, daß es nicht gut gelaufen ist. Ich habe Sir Ronald gesagt, daß ich den Fall nicht weiter untersuchen will.»

Sie gingen jetzt durch die Haustür nach draußen. Plötzlich wandte sich Miss Leaming an Cordelia und sagte eindringlich und mit ihrer normalen Stimme:

«Da ist eine Sache, die Sie besser wissen sollten. Ich war es, die Mark zuerst entdeckt und den Selbstmord vorgetäuscht hat. Er hatte mich früher am selben Tag angerufen und gebeten, ihn zu besuchen. Ich konnte wegen Lunn erst nach neun loskommen. Ich wollte ihn nicht mißtrauisch machen.»

«Aber ist Ihnen denn nicht der Gedanke gekommen, als Sie Mark fanden, daß irgend etwas mit seinem Tod möglicherweise nicht in Ordnung war? Die Tür war nicht abgeschlossen, obwohl die Vorhänge zugezogen waren. Der Lippenstift war nicht da.»

«Ich hatte keinen Verdacht bis heute nacht, als ich da im Dunkeln stand und Sie sprechen hörte. Wir sind heutzutage ja so aufgeklärt über Fragen der Sexualität. Ich habe geglaubt, was ich sah. Es war ganz entsetzlich, aber ich wußte, was ich zu tun hatte. Ich arbeitete schnell aus Angst, es könnte jemand vorbeikommen. Ich säuberte sein Gesicht mit meinem Taschentuch, das ich mit Wasser vom Spülstein in der Küche angefeuchtet hatte. Der Lippenstift schien überhaupt nicht mehr abgehen zu wollen. Ich zog ihn aus und streifte ihm seine Jeans über, die über eine Stuhllehne geworfen waren. Ich nahm mir nicht die Zeit, ihm seine Schuhe anzuziehen, das schien mir nicht so wichtig. Den Brief zu tippen, war der schlimmste Teil. Ich wußte, daß er seinen Blake irgendwo im Gartenhaus haben mußte und daß der Abschnitt, den ich aussuchte, vielleicht mehr überzeugen würde als ein gewöhnlicher Abschiedsbrief. Das Geklapper der Schreibmaschinentasten klang unnatürlich laut in der Stille; ich hatte Angst, jemand würde es hören. Er hatte eine Art Tagebuch geführt. Ich hatte keine Zeit, es zu lesen, sondern verbrannte die maschinengeschriebenen Blätter im Wohnzimmerkamin. Zuletzt packte ich die Kleider und die Bilder zusammen und brachte sie mit hierher, um sie im Ofen des Labors zu verbrennen.»

«Sie ließen eins der Bilder im Garten fallen. Und Sie schafften es nicht ganz, den Lippenstift von seinem Gesicht zu entfernen.»

«So also haben Sie es erraten?»

Cordelia antwortete nicht sofort. Was auch immer geschehen würde – sie mußte Isabelle de Lasterie aus der Sache heraushalten.

«Ich war nicht sicher, ob Sie es waren, die zuerst dort war, aber ich dachte, so müßte es gewesen sein. Da waren vier Punkte. Sie wollten nicht, daß ich Marks Tod untersuche; Sie haben in Cambridge Englisch studiert und konnten also wissen, wo Sie dieses Blake-Zitat finden würden; Sie haben Übung im Maschinenschreiben, und ich glaubte nicht, daß die Nachricht von einem Amateur geschrieben worden war, trotz des Versuchs am Ende, es wie Marks Arbeit aussehen zu lassen; als ich zum erstenmal im Garforth House war, sagten Sie das ganze Blake-Zitat auf, aber die getippte Version war zehn Worte kürzer. Ich habe das erst gemerkt, als ich auf dem Polizeikommissariat war und den Abschiedsbrief vorgelegt bekam. Das wies direkt auf Sie. Es war der stärkste Beweis, den ich hatte.»

Sie waren jetzt beim Auto angekommen und blieben zusammen stehen. Cordelia sagte:

«Wir dürfen keine Zeit mehr verlieren, wir müssen die Polizei anrufen. Vielleicht hat jemand den Schuß gehört.»

«Das ist unwahrscheinlich. Wir sind ein ganzes Stück vom Dorf weg. Hören wir ihn jetzt?»

«Ja, wir hören ihn jetzt.» Nach einer kurzen Pause sagte Cordelia:

«Was war das? Es hörte sich wie ein Schuß an.»

«Das kann nicht sein. Es war wahrscheinlich eine Fehlzündung von einem Auto.»

Miss Leaming redete wie eine schlechte Schauspielerin, die Worte waren steif, überzeugten nicht. Aber sie sagte sie; sie würde sie behalten.

«Aber da ist kein Auto. Und es kam eher vom Haus.»

Sie warfen sich einen Blick zu, dann rannten sie durch die offene Tür in die Halle. Miss Leaming blieb kurz stehen und sah Cordelia in die Augen, bevor sie die Tür zum Arbeitszimmer öffnete. Cordelia ging nach ihr hinein. Miss Leaming sagte:

«Er ist erschossen worden! Ich muß die Polizei anrufen.»

Cordelia sagte:

«Das würden Sie nicht sagen! Das dürfen Sie nicht einmal denken! Sie würden zuerst zu der Leiche gehen und dann sagen: ‹Er hat sich erschossen. Ich muß die Polizei anrufen.›»

Miss Leaming betrachtete teilnahmslos die Leiche ihres Liebhabers, dann schaute sie sich im Zimmer um. Ihre Rolle vergessend, fragte sie:

«Was haben Sie hier drinnen gemacht? Was ist mit den Fingerabdrücken?»

«Machen Sie sich keine Gedanken. Darum habe ich mich gekümmert. Sie müssen nur daran denken, daß Sie nicht wußten, daß ich eine Pistole besaß, als ich zum erstenmal ins Garforth House kam; Sie wußten nicht, daß Sir Ronald sie mir wegnahm. Sie haben die Pistole bis zu diesem Augenblick nicht gesehen. Als ich heute nacht ankam, führten Sie mich ins Arbeitszimmer und begegneten mir wieder, als ich zwei Minuten später herauskam. Wir gingen zusammen zum Auto und unterhielten uns, wie wir gerade geredet haben. Wir hörten den Schuß. Wir verhielten uns, wie wir es gerade getan haben. Vergessen Sie alles andere, was passiert ist. Wenn man Sie vernimmt, schmücken Sie nichts aus, erfinden Sie nichts, haben Sie keine Angst zu sagen, daß Sie sich nicht erinnern können. Und jetzt – rufen Sie die Polizei in Cambridge an.»

Drei Minuten später standen sie zusammen an der offenen Tür und warteten auf die Polizei. Miss Leaming sagte:

«Wir dürfen nicht mehr miteinander reden, sobald sie hier sind. Und danach dürfen wir uns nicht mehr begegnen oder irgendein besonderes Interesse füreinander zeigen. Es ist klar, daß das kein Mord sein kann, wenn wir nicht beide damit zu tun haben. Und warum sollten wir das gemeinsam aushecken, wo wir uns erst einmal vorher getroffen haben, wo wir uns nicht einmal mögen?»

Sie hatte recht, dachte Cordelia. Sie mochten einander nicht einmal. Es war ihr eigentlich gleichgültig, wenn Elizabeth Leaming ins Gefängnis käme; was ihr in Wirklichkeit etwas ausmachen würde, wäre, wenn Marks Mutter ins Gefängnis käme. Sie hatte auch ein Interesse daran, daß die Wahrheit über seinen Tod niemals bekannt würde. Die Stärke dieser Entschlossenheit kam ihr ganz irrational vor. Es konnte ihm jetzt nichts mehr ausmachen, und er war kein Junge gewesen, der sich viel darum gekümmert hatte, was die Leute von ihm dachten. Aber Ronald Callender hatte seinen Körper nach dem Tod entweiht, hatte geplant, ihn zum Gegenstand der Verachtung schlimmstenfalls, des Mitleids bestenfalls zu machen. Sie hatte sich gegen Ronald Callender gestellt. Sie hatte seinen Tod nicht gewollt, wäre nicht fähig gewesen, selbst den Schuß abzugeben. Aber er war tot, und sie konnte kein Bedauern empfinden, noch konnte sie ein Werkzeug der Vergeltung für seine Mörderin sein. Es war zweckmäßig, nicht mehr als das, daß Miss Leaming nicht bestraft würde. Während sie hinausstarrte in die Sommernacht und auf das Geräusch der Polizeiautos wartete, nahm Cordelia ein für allemal die ganze Ungeheuerlichkeit und die Rechtfertigung dessen, was sie getan hatte und was sie noch zu tun gedachte, auf sich. Sie durfte später niemals die kleinste Spur von Bedauern oder von Gewissensbissen spüren.

Miss Leaming sagte:

«Es gibt wahrscheinlich noch Dinge, die Sie fragen wollen, Dinge, die zu wissen Sie ein Recht haben, wie ich meine. Wir können uns am ersten Sonntag nach der Voruntersuchung in der Kapelle des King's College nach dem Spätgottesdienst treffen. Ich gehe durch den Lettner in den Chor, Sie bleiben im Schiff. Es wird ganz normal aussehen, daß wir uns dort zufällig treffen, das heißt, wenn wir beide noch auf freiem Fuß sind.»

Cordelia bemerkte mit Interesse, daß Miss Leaming die Dinge wieder in die Hand nahm. Sie sagte:

«Das werden wir sein. Wenn wir einen klaren Kopf behalten, kann es nicht schiefgehen.»

Einen Augenblick herrschte Schweigen. Dann sagte Miss Leaming:

«Sie lassen sich Zeit. Sie müßten doch jetzt eigentlich hiersein?»

«Es wird nicht mehr lange dauern.»

Miss Leaming lachte plötzlich auf und sagte mit verräterischer Bitterkeit:

«Wovor haben wir überhaupt Angst? Wir werden es auch nur mit Männern zu tun haben.»

Also warteten sie schweigend zusammen. Sie hörten die sich nähernden Autos, bevor die Scheinwerfer über die Zufahrt huschten und jeden Kieselstein anstrahlten, die kleinen Pflänzchen an den Rändern der Beete erkennen ließen, den blauen Schleier der Glyzinien in Licht badeten, die Augen der Wartenden blendeten. Dann wurden die Scheinwerfer abgeblendet, während die Autos langsam ausrollten und vor dem Haus hielten. Dunkle Schatten tauchten auf und kamen ohne Eile, aber entschlossen auf sie zu. Die Halle war plötzlich voll von großen ruhigen Männern, einige davon in gewöhnlicher Kleidung. Cordelia zog sich bescheiden in den Hintergrund zurück, während Miss Leaming auf sie zuging, leise mit ihnen sprach und sie ins Arbeitszimmer führte.

Zwei Männer in Uniform blieben in der Halle. Sie unterhielten sich, ohne Cordelia zu beachten. Ihre Kollegen ließen sich Zeit. Sie mußten das Telefon im Arbeitszimmer benutzt haben, weil noch mehr Autos und Männer nach und nach eintrafen. Zuerst kam der Polizeiarzt, den man an seiner Tasche erkannt hätte, auch wenn sie ihn nicht mit «Guten Abend, Doktor. Bitte hier herein!» begrüßt hätten.

Wie oft mußte er diesen Satz gehört haben! Er warf einen kurzen, neugierigen Blick auf Cordelia, als er durch die Halle lief, ein dickes, schlampiges Männchen mit einem Gesicht, das zerknittert und unwirsch war wie das eines Kindes, das man aus dem Schlaf gerissen hat. Dann kamen ein Fotograf in Zivil, der seine Kamera, ein Stativ und die Tasche mit seiner Ausrüstung trug; ein Mann von der Spurensicherung; zwei andere in Zivil, in denen Cordelia, von Bernie in der Verfahrensweise unterrichtet, Kriminalbeamte vermutete. Demnach behandelten sie die Sache als einen verdächtigen Todesfall. Und warum nicht? Er war verdächtig.

Der Vorstand des Haushalts war tot, aber das Haus selbst schien zum Leben erwacht zu sein. Die Polizisten redeten nicht flüsternd miteinander, sondern mit selbstsicheren normalen Stimmen, die sich dem Tod nicht unterwarfen. Sie hatten ihren Beruf und erledigten ihre Aufgabe, drangen in die Geheimnisse des gewaltsamen Todes ein; dessen Opfer konnten bei der vorgeschriebenen Routine nicht mehr so leicht Scheu wecken. Sie waren in diese Dinge eingeweiht worden. Sie hatten zu viele Leichen gesehen: Leichen, die von Autostraßen gekratzt und Stück für Stück in Krankenwagen geladen, mit Haken oder Netz aus Flußtiefen gezogen, verwesend aus der zähen Erde gegraben wurden. Wie Ärzte waren sie freundlich und herablassend liebenswürdig gegenüber den Uneingeweihten und ließen sie nicht an ihr schreckliches Wissen heran. Dieser Körper war, solange er geatmet hatte, wichtiger als andere gewesen. Jetzt war er nicht mehr wichtig, aber er konnte ihnen immer noch Schwierigkeiten machen. Sie würden um so gründlicher sein, um so taktvoller. Aber es war dennoch nicht mehr als ein Fall.

Cordelia saß allein und wartete. Sie wurde plötzlich von Müdigkeit überwältigt. Sie verlangte nichts sehnlicher, als ihren Kopf auf den Tisch in der Halle zu legen und zu schlafen. Sie bemerkte kaum Miss Leaming, die auf dem Weg zum Salon durch die Halle ging, oder den hochgewachsenen Beamten, der mit ihr sprach, als sie vorbeigingen. Keiner achtete auf die kleine Gestalt in dem viel zu großen wollenen Pullover, die an der Wand saß. Cordelia zwang sich, wach zu bleiben. Sie wußte, was sie sagen mußte; es war alles klar in ihrem Kopf. Wenn sie nur kämen, um sie zu verhören und dann schlafen zu lassen.

Erst als der Fotograf und der Mann von der Spurensicherung ihre Arbeit beendet hatten, kam einer der ranghöheren Beamten zu ihr heraus. Sie konnte sich später sein Gesicht nicht mehr vergegenwärtigen, aber sie erinnerte sich an seine Stimme, eine behutsame, ausdruckslose Stimme, aus der auch der kleinste Anflug einer Gefühlsregung verbannt war. Er hielt ihr die Pistole hin. Sie lag auf seiner offenen Handfläche und war durch ein Taschentuch vor dem Kontakt mit seiner Hand geschützt.

«Erkennen Sie diese Waffe, Miss Gray?»

Cordelia hielt es für eigenartig, daß er das Wort Waffe gebrauchte. Warum sagte er nicht einfach Pistole?

«Ich glaube wohl. Ich glaube, es muß meine sein.»

«Sie sind nicht sicher?»

«Es muß meine sein, wenn Sir Ronald nicht eine vom gleichen Fabrikat hatte. Er nahm sie mir weg, als ich vor vier oder fünf Tagen zum erstenmal hierherkam. Er versprach, sie mir zurückzugeben, wenn ich morgen früh vorbeikäme, um mein Geld zu holen.»

«Dann sind Sie heute also erst zum zweitenmal in diesem Haus?»

«Ja.»

«Sind Sie Sir Ronald Callender oder Miss Leaming jemals vorher begegnet?»

«Nein. Erst als Sir Ronald mich rufen ließ, damit ich diesen Fall übernehme.»

Er ging weg. Cordelia lehnte ihren Kopf an die Wand zurück und nickte immer wieder für einen Augenblick ein. Ein anderer Beamter kam. Diesmal hatte er einen Mann in Uniform dabei, der sich Notizen machte. Sie stellten weitere Fragen. Cordelia erzählte ihre vorbereitete Geschichte. Sie schrieben sie ohne eine Bemerkung mit und gingen weg.

Sie mußte ein wenig geschlafen haben. Als sie aufwachte, sah sie einen großen Mann in Uniform über sich stehen. Er sagte:

«Miss Leaming ist in der Küche und kocht Tee, Miss. Vielleicht möchten Sie ihr gern helfen. Dann haben Sie wenigstens etwas zu tun, nicht wahr?»

Cordelia überlegte; sie würden nun wohl die Leiche wegbringen. Sie sagte:

«Ich weiß nicht, wo die Küche ist.»

Sie sah ein Flackern in seinen Augen.

«Ach, tatsächlich, Miss? Sie sind fremd hier, nicht? Na, dann gehen Sie mal da lang.»

Die Küche lag im rückwärtigen Teil des Hauses. Es roch nach Gewürzen, Öl und Tomatensoße, was sie an Italien und an Mahlzeiten mit ihrem Vater denken ließ. Miss Leaming holte Tassen aus einem geräumigen Küchenschrank. Ein elektrischer Wasserkessel dampfte und zischte bereits. Der Polizeibeamte blieb. Sie durften also nicht allein gelassen werden. Cordelia sagte:

«Kann ich Ihnen helfen?» Miss Leaming sah sie nicht an.

«In der Dose da sind ein paar Kekse. Sie können sie auf ein Tablett legen. Die Milch steht im Kühlschrank.»

Cordelia bewegte sich wie ein Automat. Die Milchflasche war eine Eissäule in ihren Händen, der Deckel der Keksdose sträubte sich gegen ihre müden Finger, und sie brach sich einen Fingernagel ab, als sie ihn hochdrückte. Sie bemerkte flüchtig ein paar Einzelheiten in der Küche – einen Wandkalender mit einem Bild der Heiligen Theresa von Avila, auf dem das Gesicht der Heiligen unnatürlich in die Länge gezogen und blaß war, so daß sie wie eine geheiligte Miss Leaming aussah; einen Porzellanesel mit zwei Körben voll künstlicher Blumen, dessen melancholischer Kopf von einem winzigen Strohhut gekrönt war; eine große blaue Schüssel mit braunen Eiern.

Sie hatten zwei Tabletts. Der Konstable nahm Miss Leaming das größere ab und ging in die Halle voraus. Cordelia folgte ihm mit dem zweiten Tablett. Sie hielt es hoch an die Brust wie ein Kind, das als besondere Auszeichnung der Mutter helfen darf. Die Polizisten scharten sich um sie. Cordelia nahm selbst eine Tasse und kehrte zu ihrem gewohnten Stuhl zurück.

Und jetzt hörte sie noch einmal ein Auto vorfahren. Eine Frau in mittleren Jahren kam mit einem uniformierten Chauffeur neben sich herein. Durch den Schleier ihrer Müdigkeit hörte Cordelia eine laute schulmeisternde Stimme.

«Meine liebe Eliza, das ist ja entsetzlich! Du mußt heute nacht mit zu mir kommen. Nein, ich bestehe darauf. Ist der Polizeidirektor hier?»

«Nein, Marjorie, aber die Polizisten hier sind sehr nett gewesen.»

«Laß ihnen den Schlüssel da. Sie schließen das Haus ab, wenn sie fertig sind. Du kannst heute nacht unmöglich allein hierbleiben.»

Man stellte sich vor, beriet eilends mit den Polizisten, wobei vor allem die Stimme der neu angekommenen Frau herauszuhören war. Miss Leaming ging mit ihrer Besucherin nach oben und erschien nach fünf Minuten wieder mit einem kleinen Koffer und dem Mantel über dem Arm. Sie gingen zusammen weg, begleitet von dem Chauffeur und einem der Polizisten. Keiner in der kleinen Gruppe warf einen Blick auf Cordelia.

Fünf Minuten später kam der Kommissar mit dem Schlüssel in der Hand zu Cordelia.

«Wir schließen jetzt das Haus ab für heute nacht, Miss Gray. Es ist Zeit, daß Sie nach Hause kommen. Haben Sie vor, im Gartenhaus zu bleiben?»

«Nur die nächsten paar Tage, falls Major Markland es mir erlaubt.»

«Sie sehen sehr müde aus. Einer meiner Leute fährt Sie in Ihrem eigenen Wagen hin. Ich hätte gern morgen früh eine schriftliche Aussage von Ihnen. Können Sie so bald wie möglich nach dem Frühstück auf die Wache kommen? Sie wissen, wo das ist?»

«Ja, das weiß ich.»

Einer der Streifenwagen fuhr zuerst los, und der Mini folgte ihm. Der Polizist am Steuer fuhr schnell und jagte das kleine Auto durch die Kurven. Cordelias Kopf lehnte müde an der Rücklehne und wurde ab und zu gegen den Arm des Fahrers geworfen. Er war in Hemdsärmeln, und sie war sich verschwommen des Behagens, das durch den Stoff von dem warmen Fleisch ausging, bewußt. Das Autofenster war offen, und sie spürte die warme Nachtluft über ihr Gesicht wehen, bemerkte die eilenden Wolken, die ersten überraschenden Farben des Tages, die den Himmel im Osten erhellten. Der Weg schien ihr fremd und die Zeit selbst aus den Fugen geraten; sie überlegte, warum das Auto plötzlich angehalten hatte, und es dauerte eine Weile, bis sie die hohe Hecke, die sich wie ein bedrohlicher Schatten über den Weg neigte, und das morsche Gartentor erkannte. Sie war zu Hause. Der Fahrer sagte:

«Ist es hier richtig, Miss?»

«Ja. Aber ich lasse den Mini gewöhnlich weiter unten rechts vom Weg stehen. Dort ist ein Gestrüpp, wo Sie ihn von der Straße fahren können.»

«Geht in Ordnung, Miss.»

Er stieg aus dem Auto, um mit dem anderen Fahrer zu sprechen. Sie fuhren langsam die letzten paar Meter der Strecke weiter. Und jetzt, endlich, war der Streifenwagen weggefahren, und sie stand allein am Tor. Es war anstrengend, es gegen den Druck des Unkrauts aufzustoßen, und sie taumelte wie betrunken um das Gartenhaus herum zur Hintertür. Sie brauchte noch einmal eine Zeitlang, bis sie den Schlüssel ins Schloß gebracht hatte, aber das war die letzte Schwierigkeit. Es gab keine Pistole mehr, die sie verstecken mußte; es war nicht mehr nötig, die Klebstreifenversiegelung der Fenster zu überprüfen. Lunn war tot, und sie lebte. Jede Nacht, die Cordelia im Gartenhaus geschlafen hatte, war sie müde nach Hause gekommen, aber kein einziges Mal vorher war sie so müde wie diesmal gewesen. Sie ging wie eine Schlafwandlerin nach oben, kroch einfach unter ihren Schlafsack, da sie zu erschöpft war, den Reißverschluß aufzuziehen, und wußte von nichts mehr.

Und dann endlich – Cordelia kam es wie Monate, nicht Tage des Wartens vor – fand eine weitere gerichtliche Voruntersuchung statt. Sie ging ebenso gemächlich, ebenso unaufdringlich förmlich wie damals bei Bernie vor sich, aber es gab einen Unterschied. Anstatt einer Handvoll armseliger Zufallsgäste, die sich auf die Hinterbänke – wo es warm war – geschlichen hatten, um Bernies Trauerzeremoniell zu hören, gab es hier ernst blickende Kollegen und Freunde, gedämpfte Stimmen, die geflüsterten Vorbesprechungen von Anwälten und Polizisten, eine unbestimmbare Vorahnung eines besonderen Ereignisses. Cordelia vermutete, daß der grauhaarige Mann, der Miss Leaming begleitete, ihr Anwalt war. Sie beobachtete ihn bei der Arbeit, freundlich, jedoch nicht unterwürfig gegenüber den ranghöheren Polizisten, auf eine leise Art um seine Klientin bemüht, und bei allem strahlte er die Zuversicht aus, daß sie alle nur mit einer notwendigen, wenn auch ermüdenden Formalität beschäftigt waren, einem Ritual, das genausowenig beängstigend war wie der sonntägliche Frühgottesdienst.

Miss Leaming sah sehr bleich aus. Sie trug das graue Kostüm, das sie bei der ersten Begegnung mit Cordelia getragen hatte, allerdings mit einem kleinen schwarzen Hut, schwarzen Handschuhen und einem am Hals geknoteten schwarzen Chiffonschal. Die zwei Frauen sahen einander nicht an. Cordelia fand einen Platz am Ende einer Bank und saß allein da, ohne rechtlichen Vertreter. Ein oder zwei jüngere Polizisten lächelten ihr mit aufmunternder, aber mitleidiger Freundlichkeit zu.

Miss Leaming machte mit gefaßter Stimme als erste ihre Aussage. Sie ließ bei der Eidesformel die Berufung auf Gottes Hilfe weg, eine Entscheidung, die ein kurzes, besorgtes Stirnrunzeln bei ihrem Anwalt bewirkte. Aber sie lieferte ihm keinen weiteren Grund zur Sorge. Sie sagte aus, Sir Ronald sei wegen des Todes seines Sohnes bedrückt gewesen und habe sich, wie sie meinte, Vorwürfe gemacht, weil er sich nicht darum gekümmert hatte, daß Mark irgend etwas quälte. Er habe ihr mitgeteilt, daß er beabsichtige, einen Privatdetektiv hinzuzuziehen, und sie selbst sei es gewesen, die zuerst mit Miss Gray gesprochen und sie ins Garforth House gebracht habe. Miss Leaming sagte, sie habe sich dem Vorschlag widersetzt; sie habe keinen Sinn und Nutzen darin gesehen und gemeint, diese oberflächliche und fruchtlose Untersuchung würde Sir Ronald nur an das tragische Geschehen erinnern. Sie habe weder gewußt, daß Miss Gray eine Pistole besaß, noch daß Sir Ronald sie ihr weggenommen hatte. Sie sei bei dem Vorgespräch nicht dabeigewesen. Sir Ronald habe Miss Gray begleitet, um ihr das Zimmer seines Sohnes zu zeigen, während sie, Miss Leaming, nach einem Foto von Mr. Callender gesucht habe, um das Miss Gray gebeten hatte.

Der Untersuchungsrichter fragte sie freundlich nach der Nacht von Sir Ronalds Tod.

Miss Leaming sagte, Miss Gray sei kurz nach halb elf gekommen, um ihren ersten Bericht abzuliefern. Sie selbst sei gerade durch die Halle gegangen, als das Mädchen auftauchte. Miss Leaming habe sie darauf hingewiesen, daß es spät sei, aber Miss Gray habe gesagt, sie wolle den Fall aufgeben und nach London zurückfahren. Sie habe Miss Gray in das Arbeitszimmer geführt, wo Sir Ronald noch über seiner Arbeit saß. Sie seien, meinte sie, keine zwei Minuten zusammengewesen. Miss Gray sei dann aus dem Arbeitszimmer gekommen, und sie habe sie zum Auto begleitet; sie hätten nur kurz miteinander gesprochen. Miss Gray habe gesagt, Sir Ronald habe sie gebeten, am Morgen wegen der Abrechnung noch einmal vorbeizukommen. Sie habe nichts von einer Pistole erwähnt.

Sir Ronald habe erst eine halbe Stunde davor einen Anruf von der Polizei erhalten und gehört, daß sein Laborassistent Christopher Lunn bei einem Autounfall ums Leben gekommen sei. Sie habe Miss Gray die Nachricht über Lunn vor ihrem Gspräch mit Sir Ronald nicht mitgeteilt; es sei ihr nicht in den Sinn gekommen. Das Mädchen sei fast sofort in das Arbeitszimmer gegangen, um Sir Ronald zu sprechen. Miss Leaming sagte, sie hätten zusammen am Auto gestanden und geredet, als sie den Schuß hörten. Zuerst habe sie gedacht, es sei eine Fehlzündung bei einem Auto, aber dann habe sie gemerkt, daß es vom Haus gekommen war. Sie seien beide ins Arbeitszimmer gerannt und hätten Sir Ronald über dem Schreibtisch zusammengebrochen vorgefunden. Die Pistole habe unter seiner Hand auf dem Boden gelegen.

Nein, Sir Ronald habe ihr nie einen Anlaß gegeben, an die Möglichkeit einer Selbstmordabsicht zu denken. Sie glaube, er sei sehr unglücklich über den Tod von Mr. Lunn gewesen, aber das könne man schwer sagen. Sir Ronald sei kein Mann gewesen, der seine Gefühle zeigte. Er habe in letzter Zeit sehr hart gearbeitet und sei seit dem Tod seines Sohnes nicht mehr derselbe gewesen. Aber Miss Leaming habe keinen Augenblick geglaubt, Sir Ronald sei ein Mann, der seinem Leben selbst ein Ende machen würde.

Nach ihr machten die Polizisten ihre Aussagen, respektvoll, routiniert, wobei es ihnen aber gelang, den Eindruck zu vermitteln, daß das alles nichts Neues für sie war; sie hatten alles schon früher gesehen und würden es wieder sehen.

Nach ihnen kamen die Ärzte, darunter der Pathologe, der seine Aussage in einer, nach offensichtlicher Meinung des Gerichts, unnötigen Ausführlichkeit machte, als er sich über die Wirkung des Abfeuerns eines Teilmantel-Hohlspitzgeschosses von 5,8 Gramm in das menschliche Gehirn ausließ. Der Untersuchungsrichter fragte:

«Sie haben die Aussage der Polizei gehört, daß Sir Ronalds Daumenabdruck auf dem Abzug der Pistole war und am Griff Spuren von seiner Handfläche gefunden wurden. Was würden Sie daraus schließen?»

Der Pathologe wirkte ein wenig überrascht, daß er gebeten wurde, Schlüsse zu ziehen, doch er sagte, es sei klar, daß Sir Ronald die Pistole mit dem Daumen am Abzug gehalten habe, als er sie auf seinen Kopf richtete. Der Pathologe meinte, das sei die bequemste Art, wenn man die Lage der Eintrittswunde in Betracht ziehe.

Zuletzt wurde Cordelia in den Zeugenstand gerufen und leistete den Eid. Sie hatte sich einige Gedanken über die Richtigkeit ihres Tuns gemacht und überlegt, ob sie nicht Miss Leamings Beispiel folgen sollte. Es gab Augenblicke, gewöhnlich an einem sonnigen Ostermorgen, in denen sie wünschte, sie könne sich aufrichtig als Christin bezeichnen; aber für den Rest des Jahres wußte sie genau, was sie war – eine unverbesserliche Agnostikerin, allerdings anfällig für unvorhersehbare Rückfälle in den Glauben. Dies schien ihr jedoch ein Augenblick zu sein, in dem religiöse Gewissenhaftigkeit ein Luxus war, den sie sich nicht leisten konnte. Die Lügen, die sie jetzt erzählte, würden durch den Beigeschmack von Gotteslästerung nicht noch abscheulicher.

Der Untersuchungsrichter ließ sie ihre Geschichte ohne Unterbrechung erzählen. Sie spürte, daß das Gericht von ihrem Auftreten verwirrt war, aber doch Mitgefühl mit ihr hatte. Dieses eine Mal erwies sich der sorgfältig abgestufte Mittelklasseakzent, den sie in ihren sechs Jahren Klosterschule unbewußt angenommen hatte und der sie bei anderen Leuten oft genauso reizte, wie ihr eigener Tonfall ihren Vater geärgert hatte, als Vorteil. Sie trug ihr Kostüm und hatte sich ein schwarzes Chiffontuch als Kopfbedeckung gekauft. Sie vergaß auch nicht, daß sie den Untersuchungsrichter mit «Sir» anreden mußte.

Nachdem sie kurz Miss Leamings Geschichte bestätigt hatte, wie sie zu dem Fall gerufen worden war, sagte der Untersuchungsrichter:

«Und würden Sie jetzt, Miss Gray, dem Gericht erklären, was in der Nacht geschah, in der Sir Ronald Callender starb?»

«Ich hatte beschlossen, Sir, daß ich an dem Fall nicht mehr weiterarbeiten wollte. Ich hatte nichts Brauchbares entdeckt, und ich glaubte nicht, daß es etwas Brauchbares zu entdecken gab. Ich hatte in dem Gartenhaus gewohnt, in dem Mark Callender die letzten Wochen seines Lebens verbrachte, und ich war zu dem Schluß gekommen, daß das, was ich tat, nicht recht war, daß ich Geld dafür nahm, meine Nase in sein Privatleben zu stecken. Ich beschloß spontan, Sir Ronald mitzuteilen, daß ich den Fall abschließen wollte. Ich fuhr zum Garforth House. Ich kam etwa um halb elf dort an. Mir war klar, daß es spät war, aber ich wollte unbedingt am nächsten Morgen nach London zurückfahren. Ich sah Miss Leaming, als sie durch die Halle ging, und sie führte mich gleich in das Arbeitszimmer.»

«Würden Sie bitte dem Gericht beschreiben, wie Sie Sir Ronald antrafen?»

«Er schien müde und zerstreut zu sein. Ich versuchte zu erklären, warum ich den Fall aufgeben wollte, aber ich bin nicht sicher, ob er mir zuhörte. Er sagte, ich solle am nächsten Morgen wiederkommen, um mein Geld zu holen, und ich erwiderte, ich würde nur vorschlagen, meine Unkosten zu berechnen, möchte aber gern meine Pistole haben. Er tat das einfach mit einer Handbewegung ab und sagte: ‹Morgen früh, Miss Gray. Morgen früh.›»

«Und dann ließen Sie ihn allein?»

«Ja, Sir. Miss Leaming begleitete mich zum Auto, und ich wollte gerade wegfahren, als wir den Schuß hörten.»

«Sie haben die Pistole nicht bei Sir Ronald gesehen, solange Sie bei ihm im Arbeitszimmer waren?»

«Nein, Sir.»

«Er sprach nicht mit Ihnen von Lunns Tod und gab Ihnen keinen Hinweis, daß er an Selbstmord dachte?»

«Nein, Sir.»

Der Untersuchungsrichter kritzelte gedankenlos auf den Schreibblock vor sich. Ohne Cordelia anzusehen, sagte er:

«Und würden Sie, Miss Gray, dem Gericht nun bitte erklären, wie Sir Ronald zu Ihrer Pistole kam?»

Das war der schwierige Teil, aber Cordelia hatte ihn geprobt. Die Polizei in Cambridge war sehr gründlich gewesen. Sie hatten dieselben Fragen immer wieder gestellt. Sie wußte genau, wie Sir Ronald zu der Pistole gekommen war. Sie erinnerte sich an ein Stück Dalglieshscher Lehre, das Bernie berichtet hatte und das ihr damals eher wie ein passender Ratschlag für einen Kriminellen als für einen Detektiv vorgekommen war. «Erzähle nie eine unnötige Lüge; die Wahrheit hat große Gewalt. Die klügsten Mörder sind nicht etwa geschnappt worden, weil sie die eine wesentliche Lüge erzählt haben, sondern weil sie fortwährend bei unwichtigen Kleinigkeiten gelogen haben, wo die Wahrheit ihnen nicht hätte schaden können.»

Sie sagte:

«Die Pistole gehörte meinem Partner, Mr. Pryde, und er war sehr stolz darauf. Als er sich umbrachte, war mir klar, daß er sie mir hinterlassen wollte. Deshalb hat er sich die Pulsadern aufgeschnitten, anstatt sich zu erschießen, was schneller und einfacher gewesen wäre.»

Der Untersuchungsrichter sah aufmerksam auf.

«Und Sie waren dabei, als er sich umbrachte?»

«Nein, Sir. Aber ich fand die Leiche.»

Ein mitfühlendes Gemurmel ging durch den Gerichtssaal; sie konnte die Anteilnahme spüren.

«Wußten Sie, daß die Pistole nicht angemeldet war?»

«Nein, Sir, aber ich hatte wohl den Verdacht, daß sie es nicht war. Ich nahm sie hierher mit, weil ich sie nicht im Büro lassen wollte und weil es ein beruhigendes Gefühl war. Ich wollte das mit dem Waffenschein nachprüfen, sobald ich zurück sein würde. Ich hatte nicht vor, die Pistole jemals zu benutzen. Ich habe eigentlich gar keine tödliche Waffe in ihr gesehen. Das war nur einfach mein erster Fall, und Bernie hatte sie mir hinterlassen, und ich fühlte mich wohler, wenn ich sie bei mir hatte.»

«Ich verstehe», sagte der Untersuchungsrichter.

Cordelia glaubte, daß er es wohl tatsächlich verstand und das Gericht genauso. Es fiel ihnen nicht schwer, ihr zu glauben, weil sie die – wenn auch etwas unwahrscheinliche – Wahrheit erzählte. Jetzt, wo sie im Begriff war zu lügen, würden sie ihr weiter glauben.

«Und würden Sie dem Gericht nun bitte sagen, wie es dazu kam, daß Sir Ronald Ihnen die Pistole wegnahm?»

«Das war bei meinem ersten Besuch im Garforth House, als Sir Ronald mir das Zimmer seines Sohnes zeigte. Er wußte, daß ich der alleinige Inhaber des Büros war, und er fragte mich, ob es nicht ein schwieriger und ziemlich beängstigender Beruf für eine Frau sei. Ich sagte, ich hätte keine Angst, ich hätte ja Bernies Pistole. Als er merkte, daß ich sie in meiner Tasche bei mir hatte, verlangte er, daß ich sie ihm gebe. Er sagte, er habe nicht die Absicht, jemanden anzustellen, der eine Gefahr für andere Menschen und für sich selbst werden könnte. Er sagte, er wolle die Verantwortung nicht übernehmen. Er nahm die Pistole und die Munition an sich.»

«Und was machte er mit der Pistole?»

Cordelia hatte gründlich über diesen Punkt nachgedacht. Es war klar, daß er sie nicht in der Hand nach unten getragen hätte, sonst hätte Miss Leaming sie gesehen. Am liebsten hätte sie gesagt, er habe sie in eine Schublade in Marks Zimmer gelegt, aber sie konnte sich nicht daran erinnern, ob der Nachttisch überhaupt Schubladen hatte. Sie sagte:

«Er brachte sie aus den Zimmer, er sagte mir nicht wohin. Er war nur einen Augenblick weg, und dann gingen wir zusammen nach unten.»

«Und Sie haben die Pistole nicht mehr wieder zu Gesicht bekommen, bis Sie sie auf dem Boden unter Sir Ronalds Hand sahen, als Sie und Miss Leaming die Leiche fanden?»

«Nein, Sir.»

Cordelia war die letzte Zeugin. Das Urteil war schnell gefällt, ein Urteil, das, wie das Gericht offensichtlich meinte, für Sir Ronalds peinlich genaues wissenschaftliches Denken annehmbar gewesen wäre. Es besagte, daß der Verstorbene sich das Leben genommen hatte, daß es aber keinen Hinweis auf seinen Geisteszustand gab. Der Untersuchungsrichter sprach schließlich die obligatorische Warnung über die Gefährlichkeit von Schußwaffen aus. Schußwaffen, erfuhr das Gericht, konnten Menschen toten. Er verstand es, seine Überzeugung deutlich zu machen, daß besonders Waffen ohne den zugehörigen Waffenschein diese Gefahren heraufbeschworen. Er sprach keine Kritik an Cordelia persönlich aus, obwohl man deutlich merkte, daß diese Zurückhaltung ihn einige Anstrengung kostete. Er erhob sich, und das Gericht erhob sich mit ihm.

Nachdem der Untersuchungsrichter die Richterbank verlassen hatte, löste sich das Publikum in kleine flüsternde Gruppen auf. Miss Leaming wurde sofort umringt. Cordelia sah sie Hände schütteln, Beileidsbekundungen entgegennehmen, mit ernstem, zustimmendem Gesicht den ersten zögernden Vorschlägen für einen Gedenkgottesdienst zuhören. Cordelia fragte sich, wie sie nur jemals befürchten konnte, man würde Miss Leaming verdächtigen. Sie selbst stand ein wenig abseits, als Straffällige. Sie wußte, daß die Polizei sie wegen des illegalen Besitzes einer Pistole belangen würde. Das mußten sie auf jeden Fall tun. Gewiß, die Strafe würde mild ausfallen, falls sie überhaupt bestraft würde. Aber für den Rest ihres Lebens bliebe sie das Mädchen, dessen Sorglosigkeit und Naivität England um einen seiner hervorragendsten Naturwissenschaftler gebracht hatte.

Wie Hugo gesagt hatte, waren alle Cambridger Selbstmörder hochbegabt. Aber bei diesem konnte es kaum Zweifel geben. Sein Tod würde Sir Ronald wahrscheinlich in den Rang eines Genies erheben.

Fast unbemerkt kam sie allein aus dem Gerichtssaal hinaus auf den Market Hill. Hugo mußte gewartet haben; jetzt schloß er sich ihr an.

«Wie ist es gelaufen? Ich muß schon sagen, der Tod scheint Ihnen zu folgen, nicht wahr?»

«Es ist gutgegangen. Aber eher scheine ich dem Tod zu folgen.»

«Ich nehme an, er erschoß sich selbst?»

«Ja. Er erschoß sich selbst.»

«Und mit Ihrer Pistole?»

«Wie Sie wohl wissen, wenn Sie im Gericht waren. Ich habe Sie nicht gesehen.»

«Ich war nicht da. Ich hatte eine Übung, aber die Neuigkeit hat sich tatsächlich herumgesprochen. Ich würde mich darüber nicht aufregen. Ronald Callender war nicht so bedeutend, wie manche Leute in Cambridge vielleicht gern glauben wollen.»

«Sie wissen nichts von ihm. Er war ein Mensch, und er ist tot. Diese Tatsache ist immer wichtig.»

«Ach nein, Cordelia, das ist sie nicht. Der Tod ist das am wenigsten wichtige Ding an uns. Trösten Sie sich mit Joseph Hall. ‹Der Tod grenzt an unsere Geburt, und unsere Wiege steht im Grab.› Und er wählte doch selbst die Waffe, selbst den Zeitpunkt. Er hatte von sich genug. Viele Menschen hatten genug von ihm.»

Sie gingen zusammen die St. Edward's Passage in Richtung King's Parade hinunter. Cordelia wußte nicht genau, wohin sie eigentlich gingen. Aber im Augenblick wollte sie nur einfach reden, und sie fand ihren Begleiter nicht unangenehm. Sie fragte:

«Wo ist Isabelle?»

«Isabelle ist zu Hause in Lyon. Der Papa tauchte gestern überraschend auf und fand, daß Mademoiselle nicht genug tat für ihr Geld. Papa beschloß, daß die gute Isabelle weniger – oder vielleicht auch mehr – aus ihrer Erziehung in Cambridge machte, als er erwartet hatte. Ich glaube, Sie brauchen sich um sie keine Gedanken zu machen. Isabelle ist jetzt ziemlich sicher. Selbst wenn die Polizei tatsächlich beschließt, es sei den Weg nach Frankreich wert, sie zu verhören – und warum in aller Welt sollte sie das? –, wird es ihnen nichts nützen. Der Papa wird sie mit einem Wall von Anwälten umgeben. Er ist im Augenblick nicht in der Stimmung, sich von Engländern irgendwelchen Unsinn bieten zu lassen.»

«Und wie steht es mit Ihnen? Falls Sie jemand fragt, wie Mark starb, werden Sie nie die Wahrheit sagen?»

«Was glauben Sie denn! Sophie, Davie und ich sind absolut verschwiegen. Ich bin zuverlässig, wenn es ums Wesentliche geht.»

Einen Augenblick lang wünschte Cordelia, er wäre auch in weniger wesentlichen Dingen zuverlässig. Sie fragte:

«Tut es Ihnen leid, daß Isabelle weggegangen ist?»

«Ziemlich. Schönheit ist verwirrend; sie sabotiert den gesunden Menschenverstand. Ich konnte nie ganz schlucken, daß Isabelle war, was sie wirklich ist: eine großzügige, träge, sehr zärtliche und dumme junge Frau. Ich dachte, jede Frau, die so schön ist wie sie, müsse eine natürliche Begabung zum Leben haben, einen Zugang zu irgendeiner geheimen Weisheit, die jenseits von Klugheit liegt. Jedesmal wenn sie diesen köstlichen Mund öffnete, erwartete ich, sie würde das Leben erleuchten. Ich glaube, ich hätte mein ganzes Leben damit verbringen können, sie einfach anzusehen und auf das Orakel zu warten. Und alles, worüber sie reden konnte, waren Kleider.»

«Armer Hugo.»

«Nichts armer Hugo. Ich bin nicht unglücklich. Das Geheimnis der Zufriedenheit ist, nie etwas zu wollen, von dem einem die Vernunft sagt, daß man keine Möglichkeit hat, es zu bekommen.»

Cordelia dachte daran, daß er jung war, wohlhabend, klug, wenn vielleicht auch nicht außerordentlich klug, gut aussehend; es gab nicht viel, worauf er unter diesen oder irgendwelchen anderen Gesichtspunkten würde verzichten müssen.

Sie hörte ihn sprechen:

«Warum bleiben Sie nicht eine Woche oder so in Cambridge und lassen sich von mir die Stadt zeigen? Sophie würde Ihnen ihr freies Zimmer überlassen.»

«Nein, vielen Dank, Hugo. Ich muß nach London zurück.»

Es wartete in London nichts auf sie, aber Hugo konnte ihr auch nichts bieten in Cambridge. Es gab nur einen Grund, in dieser Stadt zu bleiben. Sie wollte bis Sonntag, bis zu ihrem Treffen mit Miss Leaming, im Gartenhaus wohnen. Danach war, soweit es sie betraf, der Fall Mark Callender für immer abgeschlossen.

Der Spätgottesdienst am Sonntagnachmittag war vorbei, und die Gemeinde, die in respektvoller Stille dem Gesang der Responsorien, Psalmen und Choräle von einem der vorzüglichsten Chöre der Welt gelauscht hatte, erhob sich und sang mit freudiger Hingabe die letzte Hymne mit. Cordelia stand auf und sang mit ihnen. Sie hatte sich an das Ende ihrer Reihe gesetzt, nicht weit vom Lettner mit seinem reichen Schnitzwerk. Von hier aus konnte sie in den Chor sehen. Die Gewänder der Chorsänger leuchteten scharlachrot und weiß auf; die Kerzen flackerten in Muster bildenden Reihen und hohen Kreisen aus goldenem Licht; zwei hohe, schlanke Kerzen standen zu beiden Seiten des Rubens über dem Hochaltar, der in weiches Licht getaucht war und von weitem wie ein Fleck aus Karminrot, Blau und Gold aussah. Der Segen wurde gesprochen, das letzte Amen tadellos gesungen, und der Chor begann sittsam im Gänsemarsch aus dem Chorraum zu marschieren. Das Südportal wurde geöffnet, und Sonnenlicht flutete in die Kapelle. Die Mitglieder des Colleges, die am Gottesdienst teilgenommen hatten, schlenderten hinter dem Rektor und den Dozenten in zwanglosem Durcheinander hinaus, die vorgeschriebenen Chorhemden hingen schmuddelig und schlaff über den in einem fröhlichen Mißverhältnis dazu stehenden Kord- und Tweedhosen. Die große Orgel schnaufte und stöhnte wie ein atemholendes Tier, bevor sie ihre herrliche Stimme in einer Bach-Fuge erklingen ließ. Cordelia saß still auf ihrem Platz, lauschte und wartete. Jetzt drängte sich die Gemeinde durch den Mittelgang, kleine Gruppen in leichten, bunten Sommerkleidern, die sich leise unterhielten, ernste junge Männer im feierlichen, sonntäglichen Schwarz, Touristen mit illustrierten Führern in der Hand, fast verlegen wegen ihrer aufdringlichen Fotoapparate, eine Gruppe von Nonnen mit stillen, fröhlichen Gesichtern.

Miss Leaming war eine der letzten, eine hohe Gestalt in einem grauen Leinenkleid und weißen Handschuhen, ohne Kopfbedekkung, eine weiße Strickjacke gegen die Kühle in der Kapelle hatte sie lose um die Schultern gelegt. Sie war offenbar allein und unbeobachtet, und ihre sorgfältig gespielte Überraschung, als sie Cordelia erkannte, war vermutlich eine überflüssige Vorsichtsmaßnahme. Sie gingen nebeneinander aus der Kapelle.

Auf dem Kiesweg vor der Tür drängten sich die Menschen. Eine kleine Gruppe von Japanern, mit Kameras samt Zubehör behängt, mischte ihr hohes, abgehacktes Geschnatter unter das gedämpfte Sonntagnachmittagsgeplauder. Von hier aus war das Silberband des Cam unsichtbar, aber die halbierten Körper der Bootsfahrer glitten vor dem gegenüberliegenden Ufer wie Marionetten vorbei, hoben die Arme über die Stange und drehten sich, um sie nach hinten zu stoßen, als nähmen sie an einem rituellen Tanz teil. Der weite Rasen lag schattenlos in der Sonne, ein Inbegriff von Grün, das die duftende Luft färbte. Ein zierlicher älterer Tutor in Talar und Mütze humpelte über das Gras; die Ärmel seines Talars fingen einen vereinzelten Luftzug auf und blähten sich, so daß er wie eine riesige, flügellahme Krähe aussah, die mühsam versuchte, sich in die Luft zu erheben. Miss Leaming sagte, als hätte Cordelia um eine Erklärung gebeten:

«Er ist Mitglied des Lehrkörpers. Der geheiligte Rasen wird deshalb von seinen Füßen nicht befleckt.»

Sie gingen schweigend am Gibbs Building vorbei. Cordelia fragte sich, wann Miss Leaming etwas sagen würde. Als sie schließlich anfing, kam ihre erste Frage überraschend:

«Glauben Sie, Sie können etwas daraus machen?»

Als Sie Cordelias Verwunderung merkte, fügte sie ungeduldig hinzu:

«Das Detektivbüro. Glauben Sie, daß Sie es schaffen können?»

«Ich muß es versuchen. Es ist die einzige Arbeit, die ich kann.»

Sie hatte nicht die Absicht, ihre Zuneigung und Treue gegenüber Bernie vor Miss Leaming zu rechtfertigen; es hätte ihr sogar Schwierigkeiten bereitet, es sich selbst zu erklären.

«Ihre laufenden Unkosten sind zu hoch.»

Das war eine Erklärung, die mit dem ganzen Nachdruck eines Urteilsspruchs geäußert wurde.

«Meinen Sie das Büro und den Mini?» fragte Cordelia.

«Ja. In Ihrem Beruf sehe ich nicht, wie eine einzige Person genügend Einkommen hereinbringen kann, um die Ausgaben zu decken. Sie können nicht im Büro sitzen, um Aufträge entgegenzunehmen und Briefe zu schreiben, und gleichzeitig draußen sein und Fälle lösen. Auf der anderen Seite glaube ich nicht, daß Sie sich eine Hilfe leisten können.»

«Noch nicht. Ich habe daran gedacht, mir einen automatischen Telefonbeantworter zuzulegen. Damit gingen die Aufträge klar, obwohl die Klienten natürlich viel lieber ins Büro kommen und ihren Fall besprechen. Wenn ich nur genug Spesen mache, um davon leben zu können, dann können die Honorare die laufenden Unkosten decken.»

«Falls es Honorare gibt.»

Darauf war nichts zu erwidern, und sie gingen schweigend eine Weile weiter. Dann sagte Miss Leaming:

«Sie bekommen jedenfalls die Spesen für diesen Fall. Das sollte Ihnen wenigstens bei der Geldstrafe wegen unerlaubten Waffenbesitzes helfen. Ich habe die Sache meinem Anwalt übergeben. Sie dürften recht bald einen Scheck erhalten.»

«Ich möchte für diesen Fall kein Geld nehmen.»

«Das kann ich verstehen. Wie Sie Ronald erklärt haben, fällt das unter Ihre Fairplay-Klausel. Strenggenommen haben Sie keinen Rechtsanspruch. Trotzdem meine ich, daß es weniger verdächtig aussieht, wenn Sie sich Ihre Auslagen erstatten lassen. Würden Ihnen dreißig Pfund angemessen erscheinen?»

«Voll und ganz, vielen Dank.»

Sie hatten das Ende des Rasens erreicht und waren in Richtung King's Bridge abgebogen. Miss Leaming sagte:

«Ich werde Ihnen für den Rest meines Lebens zu Dank verpflichtet sein. Das bedeutet für mich eine ungewohnte Demütigung, und ich weiß nicht recht, ob mir das gefällt.»

«Sie brauchen es nicht so zu empfinden. Ich habe an Mark gedacht, nicht an Sie.»

«Ich dachte, Sie hätten vielleicht im Dienst der Gerechtigkeit oder irgendeiner ähnlich abstrakten Sache gehandelt.»

«Ich habe an nichts Abstraktes gedacht. Ich habe an einen Menschen gedacht.»

Sie hatten jetzt die Brücke erreicht. Sie lehnten sich nebeneinander über das Brückengeländer und schauten in das glitzernde Wasser hinunter. Die Wege, die zu der Brücke führten, waren für ein paar Minuten menschenleer. Miss Leaming sagte:

«Wissen Sie, es ist nicht schwer, eine Schwangerschaft vorzutäuschen. Man braucht dazu nur ein lockeres Korsett und ein geschicktes Polster. Es ist natürlich erniedrigend für eine Frau, fast unanständig, wenn sie zufällig unfruchtbar ist. Aber schwierig ist es nicht, besonders wenn sie nicht ständig beobachtet wird. Das war bei Evelyn nicht der Fall. Sie war immer eine scheue, verschlossene Frau gewesen. Bei ihr rechnete man ohnehin damit, daß sie übertrieben zurückhaltend wäre mit ihrer Schwangerschaft. In Garforth House gab es nicht die Scharen von Freunden und Verwandten, die Horrorgeschichten über Schwangerschaftsuntersuchungen und -übungen ausgetauscht und ihren Bauch getätschelt hätten. Wir mußten natürlich diese lästige, dumme Nanny Pilbeam loswerden. Ronald sah ihren Weggang als einen zusätzlichen Gewinn der Pseudo-Schwangerschaft an. Er hatte es satt, daß jemand mit ihm sprach, als wäre er immer noch Ronnie Callender, der aufgeweckte Gymnasiast aus Harrogate.»

Cordelia sagte:

«Mrs. Goddard erzählte mir, Mark habe seiner Mutter sehr ähnlich gesehen.»

«So, hat sie das? Sie war genauso sentimental wie dumm.»

Cordelia erwiderte nichts. Nach kurzem Schweigen fuhr Miss Leaming fort:

«Ich entdeckte, daß ich von Ronald ein Kind erwartete, ungefähr zur gleichen Zeit, als ein Londoner Spezialist bestätigte, was wir alle drei schon vermutet hatten, daß nämlich eine Empfängnis für Evelyn höchst unwahrscheinlich war. Ich wollte das Kind haben; Ronald wollte unbedingt einen Sohn; Evelyns Vater war von dem Wunsch nach einem Enkelsohn geradezu besessen, und er war bereit, sich von einer halben Million zu trennen, um es zu beweisen. Es war alles so einfach. Ich gab meinen Lehrberuf auf und zog mich in die sichere Anonymität von London zurück, und Evelyn erzählte ihrem Vater, sie sei endlich schwanger. Weder Ronald noch ich hatten ein schlechtes Gewissen, George Bottley zu beschwindeln. Er war ein arroganter, rücksichtsloser, selbstzufriedener Narr, der sich nicht vorstellen konnte, wie die Welt sich ohne einen Nachkommen, der sie überwachte, weiterdrehen würde. Er finanzierte sogar seine eigene Täuschung. Die Schecks für Evelyn begannen einzutreffen, jeder mit ein paar beschwörenden Worten, sie solle auf ihre Gesundheit achten, die besten Londoner Ärzte aufsuchen, ruhen, Ferien im Süden machen. Sie hatte Italien immer geliebt, und Italien wurde in den Plan einbezogen. Wir drei trafen uns alle zwei Monate in London und flogen zusammen nach Pisa. Ronald mietete dann eine kleine Villa außerhalb von Florenz, und sobald wir dort waren, wurde ich Mrs. Callender und Evelyn trat an meine Stelle. Wir hatten nur Aushilfspersonal, und die hatten keinen Grund, unsere Pässe zu sehen. Sie gewöhnten sich an unsere Besuche, auch der Arzt dort, den wir zur Überwachung meiner Gesundheit zuzogen. Die Einheimischen hielten es für schmeichelhaft, daß die englische Dame Italien so liebte, daß sie so kurz vor der Entbindung Monat für Monat wiederkam.»

Cordelia fragte:

«Aber wie konnte sie das tun, wie konnte sie es ertragen, mit Ihnen dort im Haus zu sein, Sie mit ihrem Mann zu sehen, zu wissen, daß Sie von ihm ein Kind haben würden?»

«Sie tat es, weil sie Ronald liebte und ihn auf keinen Fall verlieren wollte. Sie war als Ehefrau nicht sehr erfolgreich gewesen. Was wäre ihr noch vom Leben geblieben, wenn sie ihren Mann verloren hätte? Sie hätte nicht zu ihrem Vater zurückgehen können. Außerdem konnten wir sie bestechen. Sie sollte das Kind haben. Wenn sie abgelehnt hätte, dann hätte Ronald sie verlassen und die Scheidung eingereicht, um mich zu heiraten.»

«Ich hätte ihn lieber sitzenlassen und wäre Türschwellen scheuern gegangen.»

«Nicht jeder hat das Talent, Türschwellen zu scheuern, und nicht jeder verfügt über Ihre Fähigkeit zu moralischer Entrüstung. Evelyn war religiös. Sie war deshalb in Selbsttäuschung geübt. Sie redete sich ein, daß alles, was wir taten, zum Besten des Kindes wäre.»

«Und ihr Vater? War er nie mißtrauisch?»

«Er verachtete sie wegen ihrer Frömmigkeit. Schon immer. Psychologisch gesehen, konnte er kaum dieser Abneigung nachgeben und sie gleichzeitig für fähig halten, ihn zu täuschen. Außerdem brauchte er unbedingt dieses Enkelkind. Es wäre ihm nie in den Sinn gekommen, daß dieses Kind vielleicht nicht ihres wäre. Und er hatte das Untersuchungsergebnis eines Arztes. Bei unserem dritten Besuch in Italien erzählten wir Doktor Sartori, daß Mrs. Callenders Vater sich Sorgen wegen ihrer Betreuung mache. Auf unsere Bitte schrieb er einen beruhigenden Bericht über den Fortschritt der Schwangerschaft. Wir gingen zwei Wochen bevor das Baby erwartet wurde, zusammen nach Florenz und blieben dort, bis Mark kam. Zum Glück kam er ein paar Tage zu früh. Wir waren so weitsichtig gewesen, das errechnete Datum der Entbindung zurückzuverlegen, so daß es ganz natürlich aussah, als habe Evelyn wider Erwarten eine Frühgeburt gehabt. Doktor Sartori erledigte alles Notwendige mit vorzüglicher Sachkenntnis, und wir drei kamen mit dem Baby und einer Geburtsurkunde auf den richtigen Namen nach Hause.»

Cordelia sagte:

«Und neun Monate später war Mrs. Callender tot.»

«Er hat sie nicht getötet, falls Sie das gedacht haben. Er war wirklich nicht das Ungeheuer, das Sie sich vorstellen, wenigstens nicht damals. Aber in gewissem Sinne haben wir beide sie zugrunde gerichtet. Sie hätte einen Spezialisten haben müssen, auf jeden Fall einen besseren Arzt als diesen unfähigen Narren Gladwin. Aber wir drei hatten schreckliche Angst, ein tüchtiger Arzt würde merken, daß sie kein Kind geboren hatte. Sie war genauso besorgt wie wir. Sie bestand darauf, daß kein anderer Arzt zugezogen würde. Sie hatte das Kind nämlich allmählich liebgewonnen. Also starb sie und wurde eingeäschert, und wir wähnten uns für immer in Sicherheit.»

«Sie hat Mark eine Nachricht hinterlassen, bevor sie starb, nur ein paar Buchstaben, die sie in ihr Gebetbuch kritzelte. Sie teilte ihm ihre Blutgruppe mit.»

«Wir wußten, daß die Blutgruppen eine Gefahr waren. Ronald hatte Blutproben von uns genommen und die notwendigen Untersuchungen gemacht. Aber nachdem sie tot war, endete auch diese Sorge.»

Eine Zeitlang herrschte Schweigen. Cordelia sah eine kleine Touristengruppe den Weg zur Brücke herunterkommen. Dann sagte Miss Leaming:

«Die Ironie dabei ist, daß Ronald ihn nie wirklich geliebt hat. Marks Großvater betete ihn an; da gab es keine Schwierigkeiten. Er hinterließ Evelyn sein halbes Vermögen, und es fiel automatisch an ihren Mann. Mark sollte die andere Hälfte an seinem fünfundzwanzigsten Geburtstag bekommen. Aber Ronald machte sich nie etwas aus seinem Sohn. Er stellte fest, daß er ihn nicht lieben konnte, und mir war es nicht erlaubt. Ich sah ihn groß werden und in die Schule gehen. Aber ich durfte ihn nicht lieben. Ich strickte ihm einen Pullover nach dem anderen. Es war fast eine fixe Idee.

Die Muster wurden kniffliger und die Wolle dicker, als er größer wurde. Armer Mark, er muß mich für verrückt gehalten haben, eine komische, unzufriedene Frau, ohne die sein Vater nicht auskommen konnte, die er aber nicht heiraten wollte.»

«Im Gartenhaus sind noch ein paar von diesen Stricksachen. Was soll ich mit ihnen machen, was wäre Ihnen am liebsten?»

«Nehmen Sie sie mit und geben sie jemandem, der sie braucht. Oder meinen Sie, ich sollte sie auftrennen und etwas Neues daraus stricken? Glauben Sie, das wäre eine angemessene Geste, symbolisch für vergebliche Mühe, Mitleid, Sinnlosigkeit?»

«Ich werde Verwendung dafür finden. Und seine Bücher?»

«Bringen Sie sie auch weg. Ich kann das Gartenhaus nicht mehr betreten. Schaffen Sie alles weg, wenn Sie wollen.»

Die kleine Touristengruppe war jetzt ganz nahe, aber alle schienen ganz von ihren eigenen Gesprächen in Anspruch genommen. Miss Leaming holte einen Umschlag aus der Tasche und überreichte ihn Cordelia:

«Ich habe ein kurzes Geständnis aufgeschrieben. Es kommt darin nichts von Mark vor, nichts über seinen Tod oder was Sie entdeckt haben. Es ist nur eine knappe Aussage, daß ich Ronald Callender unmittelbar, nachdem Sie Garforth House verlassen hatten, erschossen und Sie gezwungen habe, meine Geschichte zu unterstützen. Sie legen es am besten an einen sicheren Ort. Eines Tages können Sie es vielleicht gebrauchen.»

Cordelia sah, daß der Umschlag an sie selbst adressiert war. Sie öffnete ihn nicht. Sie sagte:

«Jetzt ist es zu spät. Wenn Sie bedauern, was wir getan haben, hätten Sie früher reden müssen. Der Fall ist jetzt abgeschlossen.

«Ich empfinde keine Reue. Ich bin froh, daß wir so gehandelt haben. Aber der Fall ist vielleicht noch nicht vorbei.»

«Aber natürlich ist er vorbei! Das Gericht hat das Urteil gesprochen.»

«Ronald hatte eine Reihe sehr mächtiger Freunde. Sie verfügen über Einfluß, den sie von Zeit zu Zeit gern geltend machen, und sei es auch nur, um zu zeigen, daß sie ihn noch haben.»

«Aber sie können diesen Fall nicht wieder aufrollen lassen! Es ist doch praktisch ein Parlamentsbeschluß nötig, um den Urteilsspruch eines Untersuchungsrichters aufzuheben.»

«Ich sage nicht, daß sie das versuchen werden. Aber sie stellen vielleicht Fragen. Sie flüstern vielleicht, wie man so schön sagt, ein leises Wort ins richtige Ohr. Und die richtigen Ohren finden die im allgemeinen immer. Auf diese Art gehen sie vor. Solche Leute sind das.»

Cordelia sagte plötzlich:

«Haben Sie ein Feuerzeug?»

Ohne Frage oder Widerspruch machte Miss Leaming ihre Handtasche auf und reichte ihr ein elegantes silbernes Feuerzeug. Cordelia rauchte nicht und konnte damit nicht umgehen. Sie mußte es dreimal versuchen, ehe der Docht entflammte. Dann lehnte sie sich über das Brückengeländer und brannte eine Ecke des Umschlags an.

Die weißglühende Flamme war in dem stärkeren Licht der Sonne unsichtbar. Alles, was Cordelia sehen konnte, war ein schmaler Rand von zuckendem purpurrotem Licht, während die Flamme sich in das Papier fraß und die verkohlten Ränder größer wurden. Der beißende Brandgeruch wurde vom Wind verweht. Erst als die Flamme ihre Finger färbte, ließ Cordelia den immer noch brennenden Umschlag fallen und sah ihm nach, wie er sich drehte und wendete, als er klein und zart wie eine Schneeflocke hinunterschwebte und sich schließlich im Cam verlor. Sie sagte:

«Ihr Geliebter hat sich selbst erschossen. Das ist alles, woran wir uns jetzt und in Zukunft zu erinnern brauchen.»

Sie sprachen nicht mehr weiter von Ronald Callenders Tod, sondern gingen schweigend über den von Ulmen gesäumten Weg auf die Backs zu. Einmal warf Miss Leaming einen Blick auf Cordelia und sagte in einem aufgebrachten, verdrießlichen Ton:

«Sie sehen erstaunlich gut aus!»

Cordelia betrachtete diesen kurzen Ausbruch als den Groll der Frau in mittleren Jahren über die Spannkraft der Jungen, die sich so schnell von körperlichen Strapazen erholen konnten. Es hatte nur einer Nacht langen und tiefen Schlafes bedurft, um sie wieder in den Zustand zu versetzen, den Bernie mit aufreizender Sprödigkeit als kläräugig und widerborstig zu beschreiben pflegte. Auch ohne die Wohltat eines heißen Bades war die aufgesprungene Haut auf ihren Schultern und auf dem Rücken sauber geheilt. Körperlich hatten die Ereignisse der letzten vierzehn Tage sie unbeschadet gelassen. Bei Miss Leaming war sie nicht so sicher. Das glatte platinblonde Haar war immer noch makellos um den Kopf gelegt und frisiert; sie trug ihre Kleider immer noch mit kühler Vornehmheit, als sei es wichtig, die tüchtige und unermüdliche Gehilfin eines berühmten Mannes darzustellen. Aber die bleiche Haut zeigte nun einen Anflug von Grau; ihre Augen waren tief umschattet und die beginnenden Linien an den Mundwinkeln und auf der Stirn waren tiefer geworden, so daß das Gesicht zum erstenmal alt und angestrengt aussah.

Sie gingen durch das King's Gate und wandten sich nach rechts. Cordelia hatte einen freien Platz gefunden und den Mini ein paar Schritte neben dem Tor geparkt; Miss Leamings Rover stand noch ein Stück weiter unten an der Queen's Road. Sie gab Cordelia einen kurzen, aber festen Händedruck und sagte so unbewegt auf Wiedersehen, als wären sie Cambridger Bekannte, die sich nach einer unerwarteten Begegnung beim Spätgottesdienst ungewöhnlich förmlich voneinander verabschiedeten. Sie lächelte nicht. Cordelia beobachtete die hohe, eckige Gestalt, wie sie den Weg unter den Bäumen auf das John's Gate zuschritt. Sie schaute sich nicht um. Cordelia fragte sich, wann, wenn überhaupt, sie sich wohl wiedersehen würden. Es war nur schwer vorstellbar, daß sie sich bloß viermal begegnet waren. Sie hatten nichts miteinander gemeinsam als ihr Geschlecht; allerdings hatte Cordelia in den Tagen, die auf Ronald Callenders Ermordung gefolgt waren, gemerkt, wie stark diese weibliche Loyalität sein konnte. Und dabei mochten sie einander nicht einmal, wie Miss Leaming selbst gesagt hatte. Aber jede hatte die Sicherheit der anderen in der Hand. Es gab Augenblicke, wo ihr Geheimnis Cordelia in seiner Ungeheuerlichkeit fast entsetzte. Aber diese Augenblicke waren selten und würden noch seltener werden. Die Zeit würde die Bedeutung ihres Geheimnisses unweigerlich mindern. Das Leben ging weiter. Keine von ihnen würde es jemals völlig vergessen, solange die Gehirnzellen lebten, aber sie konnte sich vorstellen, daß einmal der Tag käme, an dem sie einander flüchtig in einem Theater oder Restaurant sehen oder wehrlos von U-Bahn-Rolltreppen aneinander vorbeigetragen würden und sich dann fragten, ob das wirklich irgendwann einmal geschehen war, woran sich beide im Schock des Wiedererkennens erinnern würden. Bereits jetzt, erst vier Tage nach der Voruntersuchung, ordnete sich die Ermordung Ronald Callenders allmählich in die Landschaft der Vergangenheit ein.

Es gab nichts mehr, was sie noch länger im Gartenhaus gehalten hätte. Sie verbrachte eine Stunde damit, wie besessen die Zimmer zu säubern und aufzuräumen, die wahrscheinlich für Wochen keiner betreten würde. Sie goß frisches Wasser in den Becher mit Schlüsselblumen auf dem Wohnzimmertisch. In drei Tagen würden sie verwelkt sein, und niemand würde es bemerken, aber sie brachte es nicht übers Herz, die noch frischen Blumen wegzuwerfen. Sie ging hinaus zum Schuppen und betrachtete die Flasche mit saurer Milch und den Rindfleischeintopf. Ihr erster Gedanke war, beides zu nehmen und in die Toilette zu schütten. Aber sie waren ein Teil der Beweisführung. Sie würde diese Beweise nicht mehr brauchen, aber sollten sie vollkommen vernichtet werden? Sie erinnerte sich an Bernies ständig wiederholte Ermahnung. «Vernichte niemals ein Beweisstück.» Der Kriminalrat hatte viele warnende Geschichten auf Lager gehabt, um die Wichtigkeit dieses Grundsatzes zu unterstreichen. Am Ende beschloß sie, die Stücke zu fotografieren, indem sie sie auf dem Küchentisch aufbaute und genau auf die Belichtungszeit und Lichtverhältnisse achtete. Es schien ihr eine nutzlose, ein wenig lächerliche Übung zu sein, und sie war froh, als sie es erledigt hatte und der widerliche Inhalt von Flasche und Kochtopf beseitigt werden konnte. Danach wusch sie beide Gefäße aus und ließ sie in der Küche.

Zuletzt packte sie ihre Tasche und verstaute ihr Gepäck zusammen mit Marks Pullovern und Büchern im Mini. Als sie die dicken Wollsachen zusammenlegte, dachte sie an Dr. Gladwin, wie er in seinem Garten hinter dem Haus saß, mit seinen ausgetrockneten Adern, die auch die Sonne nicht mehr wärmte. Ihm würden die Pullover nutzen, aber sie konnte sie ihm nicht bringen. Eine solche Geste wäre vielleicht von Mark angenommen worden, aber nicht von ihr.

Sie verschloß die Tür und legte den Schlüssel unter einen Stein. Sie konnte Miss Markland nicht noch einmal gegenübertreten, wollte ihn aber auch keinem anderen Mitglied der Familie aushändigen. Sie würde warten, bis sie in London war, dann einen kurzen Brief an Miss Markland schicken, in dem sie ihr für ihre Freundlichkeit danken und erklären würde, wo der Schlüssel zu finden war. Sie ging zum letztenmal durch den Garten. Sie war sich nicht im klaren, welche plötzliche Regung sie zum Brunnen führte, aber als sie hinkam, stockte sie vor Überraschung. Die Erde um den Rand war gejätet und umgegraben und mit einem Kreis von Stiefmütterchen, Gänseblümchen und kleinen Büscheln von Steinkraut und Lobelien bepflanzt worden. Die Pflanzen sahen in ihren feuchten Erdmulden schon gut angewurzelt aus. Die Wirkung war hübsch, aber lächerlich und beunruhigend komisch. Auf diese seltsame Art gefeiert, sah der Brunnen selbst obszön aus. Eine hölzerne Brust, gekrönt von einer riesenhaften Brustwarze. Wie hatte sie den Brunnendeckel als eine unschuldige und fast elegante Spielerei ansehen können?

Cordelia war zwischen Mitleid und Ekel hin und her gerissen. Das mußte Miss Marklands Werk sein. Der Brunnen, der für sie jahrelang ein Gegenstand des Entsetzens, der Gewissensbisse und einer widerwilligen Faszination gewesen war, sollte jetzt als Heiligtum gehütet werden. Es war absurd und bemitleidenswert, und Cordelia wünschte, sie hätte das nicht gesehen. Sie hatte plötzlich Angst, Miss Markland zu begegnen, den beginnenden Wahnsinn in ihren Augen zu sehen. Sie rannte fast aus dem Garten, zog das Tor gegen den Widerstand des Unkrauts zu und fuhr schließlich vom Gartenhaus weg, ohne einen Blick zurückzuwerfen. Der Fall Mark Callender war abgeschlossen.

7. Kapitel

Am nächsten Morgen ging sie pünktlich ins Büro in der Kingly Street. Das unnatürlich heiße Wetter war endlich umgeschlagen, und als sie das Fenster aufmachte, bewegte ein scharfer Zug die Staubschicht auf Schreibtisch und Aktenschrank. Es war nur ein Brief da. Er steckte in einem langen, steifen Umschlag und trug im Kopf Namen und Adresse von Ronald Callenders Anwalt. Er war sehr knapp.

Sehr geehrte Miss Gray,

beiliegend übersende ich Ihnen einen Scheck über 30 £ zur Begleichung Ihrer Auslagen in Zusammenhang mit der Untersuchung, die Sie auf Ersuchen des verstorbenen Sir Ronald Callender zur Klärung des Todes seines Sohnes Mark durchgeführt haben. Falls Sie mit diesem Betrag einverstanden sind, wäre ich Ihnen dankbar, wenn Sie die beigefügte Quittung unterschrieben an mich zurücksenden.

Nun, das würde, wie Miss Leaming gesagt hatte, wenigstens einen Teil ihrer Geldstrafe begleichen. Sie hatte genügend Geld, um das Büro noch einen Monat in Gang zu halten. Falls in der Zwischenzeit keine neuen Fälle hereinkamen, gab es immer noch Miss Feakins und eine andere Arbeit zur Überbrückung. Cordelia dachte ohne Begeisterung an die Bürokräftevermittlung Feakins. Miss Feakins operierte, und das war das passende Wort, von einem kleinen Büro aus, das genauso elend wie Cordelias eigenes war, dem sie aber eine verzweifelte Fröhlichkeit in Form von bunten Wänden, Papierblumen in den verschiedensten urnenartigen Gefäßen, Porzellanfiguren und einem Poster übergestülpt hatte. Das Poster hatte Cordelia immer fasziniert. Eine kurvenreiche Blondine, mit knappen Hot-pants bekleidet und hysterisch lachend, machte einen Bocksprung über ihre Schreibmaschine, eine Meisterleistung, bei der sie es schaffte, so ziemlich alles zu zeigen und obendrein noch in jeder Hand ein Bündel Fünf-Pfund-Noten zu halten. Die Aufschrift sagte: «Haben Sie Mut – werden Sie Springer. Wir vermitteln die schönsten Spielwiesen, und die besten Kunden stehen auf unserer Liste.»

Unter diesem Poster saß Miss Feakins, ausgemergelt, unermüdlich fröhlich und herausgeputzt wie ein Weihnachtsbaum, und interviewte eine mutlose Schlange von alten, häßlichen und tatsächlich unbrauchbaren Bewerberinnen. Ihre Milchkühe entkamen selten in eine dauerhafte Anstellung. Miss Feakins pflegte vor den nicht näher bezeichneten Gefahren einer festen Stelle fast so zu warnen, wie viktorianische Mütter vor dem Sex gewarnt hatten. Aber Cordelia konnte sie gut leiden. Miss Feakins wäre froh, wenn sie zurückkäme, ihr Überlaufen zu Bernie wäre vergessen, und es würde wieder eines dieser heimlichen Telefongespräche mit dem glücklichen Kunden geben, bei denen sie ein strahlendes Auge auf Cordelia ruhen ließe, wie eine Puffmutter, die ihre letzte Neuerwerbung einem ihrer heikleren Gäste empfiehlt. «Ein ganz hervorragendes Mädchen – gute Bildung – sie wird Ihnen gefallen – und sie arbeitet!» Die Betonung auf dem letzten Wort, voll staunender Bewunderung, war berechtigt. Wenige von Miss Feakins' Aushilfskräften, die von entsprechenden Anzeigen verführt waren, rechneten ernsthaft damit, arbeiten zu müssen. Es gab andere und tüchtigere Agenturen, aber nur eine Miss Feakins. Da sie Mitleid hatte und sich auf Grund einer sonderbaren Loyalität verpflichtet fühlte, hatte Cordelia kaum Hoffnung, diesem funkelnden Auge zu entgehen. Eine Reihe von Kurzzeit-Jobs bei Miss Feakins' Kunden war vielleicht das einzige, was ihr blieb. Führte eine Verurteilung wegen illegalen Waffenbesitzes nach § 1 der Schußwaffenverordnung von 1968 nicht zu einem Eintrag ins Strafregister, der einen für den

Rest seines Lebens von sozial verantwortlichen und sicheren Posten im Staatsdienst oder in der lokalen Verwaltung ausschloß?

Sie setzte sich an die Schreibmaschine und legte das Branchentelefonbuch bereit, um ihren Rundbrief auch an die letzten zwanzig Anwälte auf ihrer Liste zu senden. Der Brief selbst berührte sie peinlich und deprimierte sie. Er war von Bernie nach einem Dutzend Vorentwürfen ausgedacht und war ihr damals nicht so unsinnig vorgekommen. Aber Bernies Tod und der Fall Callender hatten alles verändert. Die hochtrabenden Wendungen von umfassenden fachmännischen Diensten, unverzüglicher Dienstbereitschaft in jedem beliebigen Teil des Landes, diskreten und erfahrenen Detektiven und mäßigen Honoraren kamen ihr lächerlich vor, ja sogar gefährlich anmaßend. Gab es nicht einen Paragraphen über unlauteren Wettbewerb in der Gewerbeordnung? Aber die Zusage mäßiger Honorare und absoluter Diskretion war jedenfalls begründet. Es war schade, dachte sie zynisch, daß sie kein Empfehlungsschreiben von Miss Leaming bekommen konnte. Besorgen Alibis; wohnen gerichtlichen Voruntersuchungen bei; verheimlichen Morde wirksam; Meineid zu unseren ganz besonderen Tarifen.

Das heisere Schnarren des Telefons schreckte sie auf. Im Büro war es so still und leise, daß sie sicher gewesen war, es würde niemand anrufen. Sie starrte mit aufgerissenen Augen und plötzlich voller Angst mehrere Sekunden lang auf den Apparat, bevor sie ihre Hand ausstreckte.

Die Stimme war ruhig und selbstsicher, höflich, aber keineswegs unterwürfig. Sie äußerte keine Drohung, und doch spürte Cordelia hinter jedem Wort deutlich eine drohende Gefahr.

«Miss Cordelia Gray? Hier ist New Scotland Yard. Wir wollten wissen, ob Sie schon wieder in Ihrem Büro sind. Könnten Sie es bitte einrichten, irgendwann im Laufe des Tages hier vorbeizukommen? Oberkriminalrat Dalgliesh möchte Sie gern sprechen.»

Zehn Tage später wurde Cordelia zum drittenmal zum Yard bestellt. Das Bollwerk aus Beton und Glas nahe der Victoria Street war ihr inzwischen recht vertraut, obgleich sie es immer noch mit einem Gefühl betrat, als lege sie vorübergehend einen Teil ihrer Persönlichkeit ab, so wie man Schuhe vor einer Moschee stehen läßt.

Kriminalrat Dalgliesh hatte dem Zimmer wenig von seiner eigenen Persönlichkeit aufgeprägt. Die Bücher in dem genormten Bücherschrank waren offenbar Gesetzestexte, Sammlungen von

Dienstvorschriften und Parlamentsbeschlüssen, Wörterbücher und Nachschlagewerke. Das einzige Bild war ein großes Aquarell des alten Norman-Shaw-Gebäudes am Themseufer, das vom Fluß aus gemalt war, ein ansprechendes Gemälde in Grautönen und weichen Ockerfarben, von denen sich die goldenen Flügel des Denkmals der Königlichen Luftwaffe abhoben. Wie bei den früheren Besuchen stand auch diesmal eine Vase mit Rosen auf dem Schreibtisch, Gartenrosen mit kräftigen Stielen und wie starke Schnäbel gebogenen Dornen, nicht die verkümmerten, duftlosen Blumen eines Blumenhändlers im Westend.

Bernie hatte ihn nie beschrieben, hatte ihn nur immer in Anspruch genommen für seine eigene verbohrte, unheroische, grobschlächtige Philosophie. Cordelia, die schon der bloße Namen anödete, hatte nie Fragen gestellt. Aber der Kriminalrat, den sie sich vorgestellt hatte, unterschied sich sehr von der großen ernsten Gestalt, die aufgestanden war, um ihr die Hand zu geben, als sie zum erstenmal in dieses Zimmer gekommen war, und die Kluft zwischen ihrem eigenen Bild und der Wirklichkeit war verwirrend gewesen. Gegen jede Vernunft hatte sie einen plötzlichen heftigen Ärger auf Bernie verspürt, weil er sie so Dalgliesh gegenüber in den Nachteil gesetzt hatte. Natürlich war er alt, mindestens über vierzig, aber nicht so alt, wie sie erwartet hatte. Er war dunkel, sehr groß und schlaksig, während sie sich ihn blond, untersetzt und stämmig vorgestellt hatte. Er war ernst und sprach mit ihr wie mit einer voll verantwortlichen Erwachsenen, nicht onkelhaft und herablassend. Sein Gesicht war sensibel, ohne schwach zu sein, und ihr gefielen seine Hände und seine Stimme und die Art, wie sie seinen Knochenbau unter der Haut erkennen konnte. Er hörte sich freundlich und nett an, was hinterlistig war, da sie doch wußte, daß er gefährlich und grausam war, und sie mußte sich immer wieder selbst daran erinnern, wie er Bernie behandelt hatte. In manchen Augenblicken des Verhörs hatte sie sich tatsächlich gefragt, ob er der Dichter Adam Dalgliesh sein könne.

Sie waren nie allein gewesen. Bei jedem Besuch war eine Polizistin, die ihr als Sergeant Mannering vorgestellt worden war, dabeigewesen und hatte mit ihrem Notizblock an der Schmalseite des Schreibtischs gesessen. Cordelia kam es vor, als würde sie Sergeant Mannering gut kennen, da sie ihr an ihrer Schule in der Person der Klassensprecherin Teresa Campion-Hook begegnet war. Die beiden Mädchen hätten Schwestern sein können. Keine Akne hatte jemals ihre strahlend reine Haut verunziert; ihr blondes Haar kräuselte sich genau in der vorgeschriebenen Länge über dem Uniformkragen; ihre Stimmen klangen ruhig. Ehrfurcht einflößend, entschieden heiter, aber nie schrill; sie strahlten ein unsägliches Vertrauen auf die Gerechtigkeit und Logik der Welt und die Richtigkeit ihres eigenen Platzes darin aus. Sergeant Mannering hatte Cordelia kurz zugelächelt, als sie hereingekommen war. Der Blick war offen, nicht eindeutig freundlich, da ein zu freigebiges Lächeln den Fall beeinflußt hätte, aber auch nicht kritisch. Es war ein Blick, der imstande war, Cordelia zu Unbedachtsamkeit zu verleiten; sie mochte vor diesem sachkundigen, festen Blick nicht wie ein Dummkopf aussehen.

Sie hatte wenigstens vor ihrem ersten Besuch Zeit gehabt, sich für eine Taktik zu entscheiden. Es lag kaum ein Vorteil, dafür aber eine große Gefahr darin, Tatsachen zu verheimlichen, die ein kluger Mann leicht selbst herausbekommen konnte. Sie würde aufdecken, falls man sie fragte, daß sie über Mark Callender mit den Tillings und seinem Tutor gesprochen hatte; daß sie Mrs. Goddard ausfindig gemacht und ausgefragt hatte; daß sie Dr. Gladwin besucht hatte. Sie beschloß, nichts über den Anschlag auf ihr Leben und ihren Besuch im Somerset House zu sagen. Sie wußte, welche Tatsachen sie unter allen Umständen verheimlichen mußte: Ronald Callenders Ermordung, den Hinweis im Gebetbuch, die Art und Weise, wie Mark tatsächlich gestorben war. Sie redete sich fest zu, daß sie sich nicht in eine Erörterung des Falles ziehen lassen, nicht über sich selbst, ihr Leben, ihren Beruf, ihren Ehrgeiz sprechen durfte. Sie erinnerte sich daran, was Bernie ihr gesagt hatte: «Wenn in diesem Land jemand nicht reden will, kannst du nichts machen, um ihn dazu zu bringen, und das ist ein Jammer. Zum Glück für die Polizei können die meisten Leute einfach nicht den Mund halten. Die Intelligenten sind am schlimmsten. Sie müssen einfach zeigen, wie klug sie sind, und wenn du sie einmal dazu gebracht hast, über den Fall zu sprechen, auch nur ganz allgemein zu sprechen, dann hast du sie in der Tasche.» Cordelia rief sich auch den Rat, den sie Elizabeth Leaming gegeben hatte, ins Gedächtnis. «Schmücken Sie nichts aus, erfinden Sie nichts, haben Sie keine Angst zu sagen, daß Sie sich nicht erinnern können.»

Dalgliesh redete:

«Haben Sie daran gedacht, sich an einen Anwalt zu wenden, Miss Gray?»

«Ich habe keinen Anwalt.»

«Die Juristenvereinigung kann Ihnen die Namen von einigen sehr zuverlässigen und nützlichen Anwälten nennen. Ich würde an Ihrer Stelle ernsthaft darüber nachdenken.»

«Aber ich müßte ihn doch dann bezahlen? Warum sollte ich einen Anwalt nötig haben, wenn ich die Wahrheit sage?»

«Gerade wenn jemand anfängt, die Wahrheit zu sagen, merkt er am ehesten, wie notwendig ein Anwalt ist.»

«Aber ich habe immer die Wahrheit gesagt. Warum sollte ich lügen?» Die rhetorische Frage war ein Fehler. Er beantwortete sie ernsthaft, als hätte sie es wirklich wissen wollen.

«Nun, damit könnten Sie sich selbst schützen – was ich für unwahrscheinlich halte – oder eine andere Person. Das Motiv dafür könnte Liebe, Angst oder Gerechtigkeitssinn sein. Ich glaube nicht, daß Sie irgendeinen von den Menschen in diesem Fall lang genug gekannt haben, um ihn sehr gern zu haben, das schließt also Liebe aus, und ich glaube nicht, daß Sie sehr leicht einzuschüchtern sind. Bleibt uns also die Gerechtigkeit. Ein sehr gefährlicher Gedanke, Miss Gray.»

Sie war zuvor schon eingehend verhört worden. Die Cambridger Polizei war sehr gründlich gewesen. Aber das hier war das erste Mal, daß sie von jemandem verhört wurde, der Bescheid wußte, von jemandem, der wußte, daß sie log, wußte, daß Mark Callender nicht Selbstmord begangen hatte, der alles wußte, wie sie verzweifelt spürte, was es zu wissen gab. Nein, sie mußte sich zwingen, sich auf die Realität zu verlassen. Er konnte unmöglich sicher sein. Er hatte keinerlei rechtsgültigen Beweis, und er würde nie einen haben. Außer Elizabeth Leaming und ihr selbst lebte niemand, der ihm die Wahrheit sagen könnte. Und sie hatte nicht die Absicht, sie ihm zu sagen. Dalgliesh konnte mit seiner unerbittlichen Logik, seiner seltsamen Freundlichkeit, seiner Höflichkeit, seiner Geduld gegen ihren Willen ankämpfen. Aber sie würde nicht reden, und in England gab es kein Mittel, mit dem er sie dazu bringen könnte.

Als sie nicht antwortete, sagte er heiter:

«So, dann wollen wir mal sehen, wie weit wir gekommen sind. Als Ergebnis Ihrer Nachforschungen argwöhnten Sie, Mark Callender sei möglicherweise ermordet worden. Sie haben das mir gegenüber nicht eingestanden, aber Sie ließen Ihre Verdächtigungen durchblicken, als Sie Maskell von der Cambridger Polizei aufsuchten. Sie machten daraufhin das alte Kindermädchen seiner Mutter ausfindig und erfuhren von ihr etwas über seine Kinderjahre, über die Heirat der Callenders, über Mrs. Callenders Tod. Anschließend an diesen Besuch suchten Sie Dr. Gladwin auf, den praktischen Arzt, der sich um Mrs. Callender gekümmert hat, bevor sie starb. Durch einen einfachen Trick ermittelten Sie Ronald Callenders Blutgruppe. Das war nur sinnvoll, wenn Sie vermuteten, daß Mark nicht das Kind aus der Ehe der Callenders war. Dann taten Sie, was ich an Ihrer Stelle getan hätte, Sie suchten nämlich das Somerset House auf, um Mr. George Bottleys Testament durchzusehen. Das war vernünftig. Wenn man einen Mordverdacht hat, soll man immer ins Auge fassen, wer durch den Mord gewinnen kann.»

Demnach hatte er das mit dem Somerset House und dem Anruf bei Dr. Venables herausbekommen. Nun gut, damit hatte man rechnen müssen. Er traute ihr seine eigene Art von Intelligenz zu. Sie hatte sich verhalten, wie er sich verhalten hätte.

Sie redete immer noch nicht. Er sagte:

«Sie haben mir nicht von Ihrem Sturz in den Brunnen erzählt. Ich hörte es von Miss Markland.»

«Das war ein Unfall. Ich weiß überhaupt nichts mehr davon, aber ich muß beschlossen haben, den Brunnen zu erkunden, und das Übergewicht bekommen haben. Er hat mich immer irgendwie gelockt.»

«Ich glaube nicht, daß es ein Unfall war, Miss Gray. Sie hätten den Deckel nicht ohne ein Seil wegziehen können. Miss Markland stolperte über ein Seil, aber das lag säuberlich zusammengerollt und halb verborgen im Unterholz. Hätten Sie sich denn überhaupt die Mühe gemacht, es von dem Haken zu lösen, nur um ein bißchen zu forschen?»

«Ich weiß es nicht. Ich kann mich an nichts erinnern, was passierte, bevor ich fiel. Meine erste Erinnerung ist, wie ich auf das Wasser auftraf. Und ich verstehe nicht, was das mit Sir Ronald Callenders Tod zu tun hat.»

«Es könnte eine ganze Menge damit zu tun haben. Falls jemand versucht hat, Sie umzubringen, könnte diese Person aus dem Garforth House gekommen sein.»

«Warum?»

«Weil der Anschlag auf Ihr Leben wahrscheinlich mit Ihrer Untersuchung von Mark Callenders Tod verbunden war. Sie waren für irgend jemand eine Gefahr geworden. Töten ist eine ernste Angelegenheit. Die Profis tun es nicht gern, wenn es nicht unbedingt notwendig ist, und selbst die Amateure morden weniger unbekümmert, als Sie vielleicht denken. Sie müssen für irgend jemand eine sehr gefährliche Frau geworden sein. Irgendwer legte den Deckel wieder an seinen Platz, Miss Gray: Sie sind nicht durch festes Holz gefallen.»

Cordelia sagte immer noch nichts. Eine Weile herrschte Schweigen, dann redete er weiter:

«Miss Markland sagte mir, daß sie Sie nach Ihrer Rettung aus dem Brunnen nur ungern allein lassen wollte. Aber Sie bestanden darauf, daß sie gehen sollte. Sie sagten ihr, Sie hätten keine Angst, allein im Gartenhaus zu bleiben, weil Sie eine Pistole hätten.»

Cordelia war überrascht, wie sehr sie dieser kleine Verrat schmerzte. Doch wie konnte sie Miss Markland Vorwürfe machen? Der Kriminalrat hatte natürlich ganz genau gewußt, wie er sie anpacken mußte, hatte sie wahrscheinlich überzeugt, daß Offenheit in Cordelias eigenem Interesse wäre. Aber gut, nun konnte auch sie Verrat üben. Und diese Erklärung hatte zumindest das Gewicht der Wahrheit.

«Ich wollte sie loswerden. Sie erzählte mir eine schreckliche Geschichte von ihrem unehelichen Kind, das in den Brunnen stürzte und ertrank. Ich war gerade erst selbst gerettet worden. Ich wollte das nicht hören, ich konnte es gerade in diesem Augenblick nicht ertragen. Ich belog sie wegen der Pistole, nur um sie dazu zu bringen, wegzugehen. Ich hatte sie nicht gebeten, sich mir anzuvertrauen, es war einfach nicht anständig. Es war ein Mittel, mich um Hilfe zu bitten, und ich hatte keine zu geben.»

«Und wollten Sie sie nicht aus einem anderen Grund loswerden? Wußten Sie nicht, daß Ihr Gegner in jener Nacht zurückkommen mußte, weil er gezwungen war, den Brunnendeckel wieder wegzuziehen, damit es wie ein Unfall aussah?»

«Wenn ich wirklich geglaubt hätte, daß ich in irgendeiner Gefahr war, hätte ich sie gebeten, mich ins Summertrees House mitzunehmen. Ich hätte nicht allein im Gartenhaus gewartet ohne meine Pistole.»

«Nein, Miss Gray, das glaube ich. Sie hätten in jener Nacht nicht dort allein im Gartenhaus gewartet ohne Ihre Pistole.»

Zum erstenmal hatte Cordelia schreckliche Angst. Das war kein Spiel. Das war es nie gewesen, obgleich das Verhör durch die Polizei in Cambridge etwas von der Unwirklichkeit eines förmlichen Wettstreits gehabt hatte, in dem das Ergebnis vorhersehbar und nicht aufregend gewesen war, da einer der Gegner nicht einmal gewußt hatte, daß er spielte. Jetzt war es durchaus wirklich. Wenn sie überlistet, überredet, gezwungen würde, ihm die Wahrheit zu sagen, würde sie ins Gefängnis gehen. Sie war eine Helfershelferin. Wieviel Jahre bekam man für die Beihilfe zur Verheimlichung eines Mordes? Sie hatte irgendwo gelesen, daß es in Holloway stank. Man würde ihr die Kleider wegnehmen. Sie würde in eine beängstigend enge Zelle gesperrt werden. Es gab vorzeitige Entlassungen bei guter Führung, aber wie konnte man sich im Gefängnis gut verhalten? Vielleicht würde man sie in ein offenes Gefängnis schicken. Offen. Das war ein Widerspruch in sich. Und wie würde sie danach leben? Wie würde sie eine Arbeit finden? Welche tatsächliche persönliche Freiheit konnte es jemals für jene geben, die die Gesellschaft als Straffällige abstempelt?

Sie hatte Angst um Miss Leaming. Wo war sie jetzt? Sie hatte nie gewagt, Dalgliesh zu fragen, und Miss Leamings Name war kaum erwähnt worden. War sie in diesem Augenblick in einem anderen Zimmer von New Scotland Yard und wurde auf ähnliche Art verhört? Wie verläßlich würde sie unter Druck sein? Planten sie, die zwei Verschwörerinnen einander gegenüberzustellen? Würde die Tür plötzlich aufgehen und Miss Leaming hereingebracht werden, um Entschuldigung bittend, reumütig, widerspenstig? War es nicht die übliche Kriegslist, Komplicen getrennt zu vernehmen, bis der Schwächere zusammenbrach? Und wer würde sich als der Schwächere erweisen?

Sie vernahm die Stimme des Kriminalrats. Sie glaubte, eine Spur von Mitleid aus ihr herauszuhören.

«Wir haben gewisse Beweise, daß die Pistole in jener Nacht in Ihrem Besitz war. Ein Autofahrer erzählte uns, er habe ungefähr drei Meilen vom Garforth House ein an der Straße geparktes Auto gesehen, und als er angehalten habe, um zu fragen, ob er helfen könne, sei er von einer jungen Frau mit einer Pistole bedroht worden.»

Cordelia erinnerte sich an diesen Augenblick, an die Lieblichkeit und Stille der Sommernacht, als sie plötzlich seinen heißen alkoholisierten Atem gespürt hatte.

«Er muß getrunken haben. Die Polizei hat ihn wohl angehalten und ins Röhrchen pusten lassen, und jetzt hat er beschlossen, mit dieser Geschichte anzukommen. Ich weiß nicht, was er damit erreichen will, aber es ist nicht wahr. Ich hatte keine Pistole bei mir.

Sir Ronald hat mir die Pistole an dem ersten Abend im Garforth House abgenommen.»

«Die Londoner Polizei hielt ihn gerade jenseits der Grenze ihres Bereichs an. Ich denke, er dürfte bei seiner Geschichte bleiben. Er war sehr bestimmt. Natürlich hat er Sie noch nicht identifiziert, aber er konnte das Auto beschreiben. Nach seiner Geschichte glaubte er, Sie hätten Schwierigkeiten damit, und hielt an, um zu helfen. Sie mißverstanden seine Motive und bedrohten ihn mit einer Pistole.»

«Ich verstand seine Motive sehr gut. Aber ich bedrohte ihn nicht mit einer Pistole.»

«Was sagten Sie zu ihm, Miss Gray?»

«Verschwinden Sie oder ich bringe Sie um.»

«Ohne Pistole war das gewiß eine leere Drohung.»

«Es wäre in jedem Fall eine leere Drohung gewesen. Aber es bewirkte, daß er verschwand.»

«Was hat sich genau abgespielt?»

«Ich hatte einen Schraubenschlüssel in dem Fach an der Tür, und als er sein Gesicht durch das Fenster schob, griff ich danach und bedrohte ihn damit. Aber keiner, der seine Sinne beisammen hat, kann einen Schraubenschlüssel mit einer Pistole verwechseln.»

Aber er hatte seine Sinne nicht beisammen gehabt. Die einzige Person, die in jener Nacht die Pistole in ihrem Besitz gesehen hatte, war ein Autofahrer, der nicht nüchtern gewesen war. Das, wußte sie, war ein kleiner Sieg. Sie hatte der flüchtigen Versuchung widerstanden, ihre Geschichte zu ändern. Bernie hatte recht gehabt. Sie erinnerte sich an seinen Ratschlag, den Ratschlag des Kriminalrats; diesmal konnte sie es fast in seiner tiefen, leicht heiseren Stimme gesprochen hören: «Wenn du einmal gezwungen bist, eine Ungesetzlichkeit zu begehen, bliebe fest bei deiner ursprünglichen Aussage. Nichts beeindruckt eine Versammlung von Geschworenen mehr als Folgerichtigkeit. Ich habe es erlebt, daß die unwahrscheinlichste Verteidigung erfolgreich war, einfach weil der Angeklagte bei seiner Geschichte blieb. Schließlich steht nur das Wort eines anderen gegen deins; mit einem tüchtigen Anwalt ist das schon der halbe Weg zu einem vernünftigen Zweifel.»

Der Kriminalrat redete wieder. Cordelia wünschte, sie könnte sich genauer auf seine Worte konzentrieren. Sie hatte in den letzten zehn Tagen nicht sehr tief geschlafen – vielleicht war das der Grund für diese ständige Müdigkeit.

«Ich glaube, Chris Lunn hat Ihnen in der Nacht, in der er starb, einen Besuch abgestattet. Ich kann keinen anderen Grund entdekken, warum er sonst auf dieser Straße unterwegs gewesen sein sollte. Einer der Zeugen des Unfalls sagte, er sei in dem kleinen Lieferwagen aus dieser Seitenstraße herausgeschossen, als wären alle Teufel der Hölle hinter ihm her. Irgend jemand war hinter ihm her – Sie, Miss Gray.»

«Wir haben uns darüber schon unterhalten. Ich war auf dem Weg, Sir Ronald zu besuchen.»

«Zu dieser Stunde? Und in dieser Eile?»

«Ich wollte ihn dringend sehen, um ihm zu sagen, daß ich beschlossen hatte, den Fall aufzugeben. Ich konnte nicht warten.»

«Aber Sie haben doch gewartet, nicht wahr? Sie schliefen in Ihrem Auto am Straßenrand ein. Deshalb kamen Sie erst fast eine Stunde, nachdem man Sie am Unfallort gesehen hatte, im Garforth House an.»

«Ich mußte anhalten. Ich war müde, ich wußte, daß es gefährlich war weiterzufahren.»

«Aber Sie wußten auch, daß Sie ruhig schlafen konnten. Sie wußten, daß die Person, die Sie am meisten fürchteten, tot war.»

Cordelia antwortete nicht. Schweigen breitete sich im Zimmer aus, aber es erschien ihr als geselliges, nicht als anklagendes Schweigen. Sie wünschte sich nur, nicht so müde zu sein. Am allermeisten wünschte sie sich, jemanden zu haben, mit dem sie über den Mord an Ronald Callender hätte sprechen können. Bernie wäre keine Hilfe gewesen. Für ihn wäre das moralische Dilemma im Kern des Verbrechens nicht interessant, nicht stichhaltig gewesen, wäre ihm nur als bewußte Verwirrung einfacher Fakten erschienen. Sie konnte sich seinen kurzen, derben Kommentar zu Eliza Leamings Verhältnis mit Lunn ausmalen. Aber der Kriminalrat hätte es vielleicht verstanden. Sie konnte sich vorstellen, mit ihm zu reden. Sie erinnerte sich der Worte Ronald Callenders, daß Liebe ebenso zerstörerisch wie Haß sei. Würde Dalgliesh dieser freudlosen Philosophie beipflichten? Sie wünschte, sie hätte ihn fragen können. Das war die tatsächliche Gefahr, wie sie erkannte – nicht die Versuchung, ein Geständnis abzulegen, sondern das Verlangen, sich einem Menschen anzuvertrauen. War ihm klar, wie sie sich fühlte? War auch dies Teil seiner Methode?

Es klopfte an die Tür. Ein Polizist in Uniform kam herein und übergab Dalgliesh eine Nachricht. Im Zimmer war es sehr still, während er sie las. Cordelia zwang sich, sein Gesicht anzusehen. Es war ernst und ausdruckslos, und er sah immer noch auf das Papier, lange nachdem er die kurze Botschaft aufgenommen haben mußte.

Sie glaubte, er müsse sich über irgend etwas klarwerden. Nach einer Weile sagte er:

«Das hier betrifft jemanden, den Sie kennen, Miss Gray. Elizabeth Leaming ist tot. Sie kam vor zwei Tagen ums Leben, als das Auto, das sie fuhr, südlich von Amalfi von der Küstenstraße abkam. Diese Nachricht ist der Identitätsnachweis.»

Cordelia wurde von einer so unsäglichen Erleichterung überwältigt, daß ihr körperlich schlecht wurde. Sie ballte die Fäuste und spürte den Schweiß auf der Stirn ausbrechen. Sie begann vor Kälte zu zittern. Es kam ihr keinen Moment in den Sinn, daß er vielleicht log. Sie wußte, daß er rücksichtslos und geschickt war, aber sie hatte es immer als selbstverständlich betrachtet, daß er sie nicht belügen würde. Sie sagte flüsternd:

«Darf ich jetzt nach Hause gehen?»

«Ja. Ich glaube nicht, daß es viel Sinn hätte, wenn Sie bleiben, oder was meinen Sie?»

«Sie hat Sir Ronald nicht umgebracht. Er nahm mir die Pistole weg. Er nahm die Pistole ...»

Irgend etwas war anscheinend mit ihrer Kehle nicht in Ordnung. Die Worte wollten nicht mehr kommen.

«Das haben Sie mir die ganze Zeit gesagt. Ich glaube, Sie brauchen sich nicht die Mühe zu machen, es noch einmal zu sagen.»

«Wann muß ich wieder kommen?»

«Ich denke, Sie brauchen nicht mehr zu kommen, es sei denn, Sie gelangen zu dem Schluß, daß Sie der Polizei etwas sagen wollen. Sie wurden nach dem wohlbekannten Spruch gebeten, der Polizei zu helfen. Sie haben der Polizei geholfen. Vielen Dank.»

Sie hatte gewonnen. Sie war frei. Sie war sicher, und da Miss Leaming tot war, hing diese Sicherheit allein von ihr ab. Sie mußte nicht mehr an diesen schrecklichen Ort zurückkehren. Die Erleichterung, so unerwartet und so unglaubhaft, war zu groß, um ertragen zu werden. Cordelia brach in heftiges und hemmungsloses Weinen aus. Sie hörte Sergeant Mannerings leisen, teilnahmsvollen Ausruf und sah ein gefaltetes weißes Taschentuch, das ihr der Kriminalrat reichte. Sie verbarg ihr Gesicht in dem sauberen, nach Wäscherei riechenden Leinen und ließ ihrem angestauten Schmerz und Zorn freien Lauf. So seltsam es war – und die Seltsamkeit fiel ihr sogar mitten in ihrem Schmerz auf –, ihr ganzes Elend konzentrierte sich auf Bernie. Es war ihr jetzt gleichgültig, was Dalgliesh von ihr dachte. Sie hob ihr von Tränen entstelltes Gesicht und stieß einen letzten sinnlosen Protest hervor:

«Und nachdem Sie ihn rausgeschmissen hatten, haben Sie nie mehr gefragt, wie es ihm geht. Sie sind nicht einmal zur Beerdigung gekommen!»

Er hatte einen Stuhl genommen und sich neben sie gesetzt. Er reichte ihr ein Glas Wasser. Das Glas war sehr kalt, aber wohltuend, und sie merkte überrascht, wie durstig sie war. Sie trank das kalte Wasser in kleinen Schlucken und bekam einen leichten Schluckauf. Am liebsten hätte sie deswegen hysterisch gelacht, aber sie beherrschte sich. Nach ein paar Minuten sagte er:

«Es tut mir leid wegen Ihrem Freund. Ich war mir nicht im klaren, daß Ihr Partner der Bernie Pryde war, der einmal mit mir gearbeitet hat. Tatsächlich ist es sogar noch schlimmer. Ich hatte ihn völlig vergessen. Dieser Fall wäre vielleicht ganz anders ausgegangen, wenn ich ihn nicht vergessen hätte, falls das ein Trost für Sie ist.»

«Sie haben ihn rausgeschmissen. Er wollte nichts anderes, als Detektiv sein, und Sie haben ihm keine Chance gegeben.»

«Die Vorschriften der Londoner Polizei über Einstellung und Rauswurf sind nicht ganz so einfach. Aber es ist richtig, daß er vielleicht immer noch Polizist wäre, wenn ich nicht gewesen wäre. Aber er wäre kein Detektiv gewesen.»

«So schlecht war er nicht.»

«Doch, das war er. Aber ich frage mich allmählich, ob ich ihn nicht unterschätzt habe.»

Als Cordelia sich ihm zuwandte, um ihm das Glas zu geben, trafen sich ihre Augen. Sie lächelten einander zu. Sie wünschte, Bernie hätte ihn hören können.

Eine halbe Stunde später saß Dalgliesh seinem Vorgesetzten in dessen Büro gegenüber. Die beiden Männer konnten sich nicht ausstehen, aber nur einer von ihnen wußte es, und das war der, für den es keine Rolle spielte. Dalgliesh berichtete, knapp, logisch, ohne auf seine Aufzeichnungen zu sehen. Sein Vorgesetzter hatte das schon immer für unüblich und eingebildet gehalten, und das dachte er auch jetzt. Dalgliesh schloß:

«Wie Sie sich vorstellen können, Sir, gedenke ich nicht, das alles zu Papier zu bringen. Es gibt keinen gültigen Beweis, und eine Ahnung ist ein guter Diener, aber ein schlechter Meister, wie Bernie Pryde uns immer gesagt hat. Gott, wie dieser Mann seine schrecklichen Platitüden ausspucken konnte! Er war nicht unintelligent, nicht gänzlich ohne Urteilsvermögen, aber alles, selbst Gedanken, ging in seinen Händen zu Bruch. Er hatte ein Gedächtnis wie ein Polizistennotizbuch. Erinnern Sie sich an den Fall Clandon, Mord durch Erschießen? Das war, glaube ich, 1954.»

«Sollte ich das?»

«Nein. Aber es wäre nützlich gewesen, wenn ich mich daran erinnert hätte.»

«Ich weiß nicht recht, wovon Sie reden, Adam. Aber wenn ich Sie richtig verstehe, haben Sie den Verdacht, daß Ronald Callender seinen Sohn getötet hat. Ronald Callender ist tot. Sie haben den Verdacht, daß Chris Lunn versuchte, Cordelia Gray zu ermorden. Lunn ist tot. Sie deuten an, daß Elizabeth Leaming Ronald Callender erschossen hat. Elizabeth Leaming ist tot.»

«Ja, es ist alles hübsch ordentlich.»

«Ich schlage vor, wir lassen es dabei. Der Chef bekam übrigens einen Anruf von Dr. Hugh Tilling, dem Psychiater. Er ist empört, daß sein Sohn und seine Tochter wegen Mark Callenders Tod verhört wurden. Ich bin bereit, Dr. Tilling über seine Bürgerpflichten aufzuklären – seine Rechte kennt er bereits sehr wohl –, wenn Sie es wirklich für nötig halten. Aber wird es uns weiterbringen, wenn wir uns die beiden Tillings noch einmal vornehmen?»

«Das glaube ich nicht.»

«Oder wenn wir die Sureté wegen diesem französischen Mädchen belästigen, von dem Miss Markland behauptet, es habe Mark im Gartenhaus besucht?»

«Ich glaube, wir können uns diese Peinlichkeit sparen. Es gibt jetzt nur eine einzige lebende Person, die die Wahrheit über diese Verbrechen weiß, und sie ist gefeit gegen jede Art von Verhör, die wir anwenden können. Ich kann mich mit dieser Einsicht trösten. Bei den meisten Verdächtigen haben wir einen unschätzbaren Verbündeten, der in ihren verborgensten Gedanken lauert, um sie zu verraten. Aber was für Lügen sie auch immer erzählt haben mag – sie ist völlig frei von Schuld.»

«Meinen Sie, sie hat sich der Illusion hingegeben, daß das alles wahr ist?»

«Ich glaube nicht, daß diese junge Frau sich irgendwelchen Illusionen hingibt. Sie ist mir sympathisch geworden, aber ich bin froh, daß ich sie nicht noch einmal treffen werde. Ich mag es nicht, wenn ich dazu gebracht werde, während eines ganz gewöhnlichen Verhörs zu fühlen, daß ich die jungen Leute verderbe.»

«Dann können wir also dem Minister sagen, daß sein guter Freund von eigener Hand gestorben ist?»

«Sagen Sie ihm, wir sind davon überzeugt, daß kein lebender Finger diesen Abzug betätigt hat. Aber vielleicht besser nicht. Selbst er könnte fähig sein, sich darauf einen Reim zu machen. Sagen Sie ihm, daß er ruhig den Urteilsspruch der gerichtlichen Voruntersuchung gelten lassen kann.»

«Es hätte viel öffentliche Zeit erspart, wenn er ihn von vornherein akzeptiert hätte.»

Sie schweigen eine Weile. Dann sagte Dalgliesh:

«Cordelia Gray hatte recht. Ich hätte mich erkundigen sollen, was aus Bernie Pryde geworden ist.»

«Das konnte man nicht von Ihnen erwarten. Das gehörte nicht zu Ihren Pflichten.»

«Natürlich nicht. Aber schließlich fallen die schwerwiegenden Unterlassungen selten in den Bereich der eigenen Pflichten. Und ich finde es ironisch und seltsam befriedigend, daß Pryde sich gerächt hat. Was für ein Unheil dieses Kind auch immer in Cambridge angerichtet hat – sie arbeitete nach seiner Anleitung.»

«Sie werden immer philosophischer, Adam.»

«Ach was, nur weniger verbissen oder vielleicht bloß älter. Es ist gut, gelegentlich spüren zu können, daß es Fälle gibt, die man besser ungelöst läßt.»

Das Haus in der Kingly Street sah unverändert aus, roch unverändert. Aber es gab einen Unterschied. Vor dem Büro wartete ein Mann, ein Mann von mittlerem Alter in einem engen blauen Anzug, mit Schweinsaugen, die scharf wie Kiesel in den fleischigen Falten des Gesichts saßen.

«Miss Gray? Ich hatte Sie fast schon aufgegeben. Mein Name ist Freeling. Ich habe zufällig Ihr Schild gesehen und bin einfach heraufgekommen, wissen Sie.»

Seine Augen waren lüstern, gierig.

«Na ja, Sie sind nicht genau das, was ich erwartet habe, nicht die übliche Art von Privatdetektiv.»

«Kann ich etwas für Sie tun, Mr. Freeling?»

Er sah sich verstohlen auf dem Flur um und fand dessen Schäbigkeit anscheinend ermutigend.

«Es geht um die Dame, mit der ich befreundet bin. Ich habe Grund zu der Annahme, daß sie ein bißchen aus der Reihe tanzt. Und ein Mann will gern wissen, woran er ist, Sie verstehen?»

Cordelia steckte den Schlüssel ins Schloß.

«Ich verstehe, Mr. Freeling. Wollen Sie nicht hereinkommen?»

Tod eines Sachverständigen

Inhalt

In Ostanglien gibt es kein amtliches kriminologisches Institut, aber selbst wenn eine solche Einrichtung existierte, wären Gemeinsamkeiten mit dem Hoggatt-Institut höchst unwahrscheinlich. Die Laborangestellten sind wie alle anderen Personen in diesem Buch – auch die unangenehmsten – frei erfunden und haben keine Ähnlichkeit mit Lebenden oder Toten.

Ein alltäglicher Fall

I

Um 6 Uhr 12 schrillte das Telefon. Er griff sofort nach dem Hörer, und das durchdringende Geräusch brach ab. Es war ihm inzwischen in Fleisch und Blut übergegangen, auf dem beleuchteten Zifferblatt der elektrischen Uhr neben seinem Bett die Zeit abzulesen, bevor er Licht machte. Das Telefon mußte selten mehr als einmal läuten, aber dennoch fürchtete er jedesmal, es könnte Nell geweckt haben. Der Anrufer war bekannt, sein Anruf erwartet. Es war Detektiv-Inspektor Doyle. Die Stimme mit dem etwas einschüchternden irischen Akzent klang so kräftig und selbstsicher, als baute sich Doyles massige Gestalt vor seinem Bett auf.

«Dr. Kerrison?» Die Frage war natürlich überflüssig. Wer hätte sonst in diesesem halbleeren, hallenden Haus morgens um 6 Uhr 12 ans Telefon gehen sollen? Er gab keine Antwort, und die Stimme fuhr fort:

«Wir haben eine Leiche. Im Ödland – in einer Kalkgrube – eine Meile nordöstlich von Muddington. Ein Mädchen. Sieht aus, als wäre sie erwürgt worden. Wahrscheinlich ein ziemlich klarer Fall, aber weil es nicht weit ist, dachten wir ...»

«In Ordnung. Ich komme.»

Er spürte weder Erleichterung noch Dankbarkeit am anderen Ende der Leitung. Warum auch? Kam er nicht immer, wenn er gerufen wurde? Er wurde gut genug dafür bezahlt, daß er sich verfügbar hielt, aber das war nicht der einzige Grund, warum er so überaus gewissenhaft war. Er hatte den Verdacht, Doyle würde ihn mehr respektieren, wenn er gelegentlich weniger entgegenkommend wäre. Er würde sich selbst mehr respektieren.

«Es ist die erste Ausfahrt auf der A 142 nach Gibbet's Cross. Ich stelle dort einen Posten auf.»

Er legte den Hörer auf die Gabel, schwang die Beine aus dem Bett, griff nach Bleistift und Notizblock und schrieb die Angaben auf, solange sie noch frisch im Gedächtnis waren. In einer Kalkgrube. Das hieß wahrscheinlich Matsch, besonders nach dem gestrigen Regen. Das Fenster war einen Spalt offen. Er schob es ganz hoch, verzog das Gesicht, als Holz über Holz knirschte, und streckte den Kopf nach draußen. Der schwere Lehmgeruch der herbstlichen Marschnacht schlug ihm entgegen, kräftig und doch frisch. Es regnete jetzt nicht mehr; über den Himmel jagten graue Wolkenfetzen, durch die der fast volle Mond wie ein bleicher irrer Geist wirbelte. Seine Gedanken schweiften über die verlassenen Felder und einsamen Deiche zu den breiten, mondbleichen Sandstränden des Wash und den darüberleckenden Fransen der Nordsee. Er bildete sich ein, ihren heilkräftigen Geruch in der vom Regen gereinigten Luft zu riechen. Irgendwo da draußen in der Dunkelheit lag ein Körper, der alle Anzeichen eines gewaltsamen Todes aufwies. Er dachte an die gewohnte Umgebung seines Berufs: ordentlich geparkte Polizeiautos; Männer, die sich wie schwarze Schatten hinter dem grellen Schein der Bogenlampen bewegten; Absperrseile; Gesprächsfetzen, während die Männer nach den Scheinwerfern seines Autos Ausschau hielten. Wahrscheinlich sahen sie schon auf ihre Uhren und überschlugen, wie lange er wohl für den Weg brauchen würde.

Leise schloß er das Fenster, zog seine Hose über den Schlafanzug und streifte einen Rollkragenpullover über den Kopf. Dann nahm er eine Taschenlampe, knipste die Nachttischlampe aus und ging zur Treppe. Er trat vorsichtig auf und hielt sich nahe der Wand, damit die Stufen nicht knarrten. Aber es blieb still in Eleanors Zimmer. Ganz am Ende des langen Flurs führten drei Stufen zu dem hinteren Schlafzimmer, in dem seine sechzehnjährige Tochter lag. Sie hatte einen sehr leichten Schlaf und reagierte ungeheuer empfindlich auf das Läuten des Telefons. Aber sie konnte eigentlich nichts gehört haben. Wegen des dreijährigen Sohnes brauchte er sich keine Gedanken zu machen. Wenn William erst einmal eingeschlafen war, schlief er bis zum Morgen durch.

Sein Tun und Denken verlief in festen Bahnen. Er wich nie von seiner Routine ab. Zuerst ging er in den kleinen Waschraum neben dem hinteren Ausgang, wo seine Stulpenstiefel, aus denen die dicken roten Socken wie amputierte Füße herausquollen, neben der Tür bereitstanden. Er schob die Ärmel über die Ellbogen zurück und ließ kaltes Wasser über die Hände und Arme laufen. Dann hielt er den ganzen Kopf unter den Strahl. Diesen beinahe rituellen Reinigungsakt vollzog er vor und nach jedem Fall. Er fragte sich seit langem nicht mehr, warum. Er war ebenso tröstlich und unverzichtbar wie eine religiöse Zeremonie geworden: die kurze vorbereitende Waschung, die einer Weihung glich, die abschließende Abspülung, die notwendige Aufgabe und zugleich Absolution war, als könne er, indem er den Geruch seiner Tätigkeit von seinem

Körper tilgte, auch seine Gedanken davon befreien. Das Wasser spritzte heftig gegen den Spiegel, und als er sich aufrichtete, um nach einem Handtuch zu tasten, sah ihm sein Gesicht verzerrt durch die Wassertropfen entgegen. Mit den hängenden Mundwinkeln und den feuchtglänzenden schwarzen Haarsträhnen über den schweren Augenlidern war ihm, als blicke ihn ein Ertrunkener an. Er dachte:

«Nächste Woche werde ich fünfundvierzig, und was habe ich erreicht? Dieses Haus, zwei Kinder, eine gescheiterte Ehe und eine Beschäftigung, die ich nicht verlieren darf, weil sie der einzige Bereich ist, in dem ich erfolgreich bin.» Das alte Pfarrhaus, das er von seinem Vater geerbt hatte, war hypothekenfrei, unbelastet. Dies traf in seinem von Ängsten geplagten Leben auf nichts anderes zu, dachte er. Liebe, das Fehlen von Liebe, das wachsende Verlangen, die plötzliche erschreckende Hoffnung auf Erfüllung – alles war nur eine Last. Selbst seine Arbeit, der Boden, auf dem er sich mit größerer Sicherheit bewegte, war durch Ängste eingeengt.

Während er seine Hände sorgfältig abtrocknete, jeden Finger einzeln, kehrte der alte, wohlbekannte Kummer wieder, der schwer wie ein bösartiges Geschwür auf ihm lastete. Noch war er nicht zum Nachfolger des alten Dr. Stoddard als Pathologe im Dienst des Innenministeriums ernannt worden, und er hoffte sehr auf diese Stellung. Die offizielle Ernennung würde ihm zwar keine finanzielle Verbesserung bringen. Die Polizei beschäftigte ihn bereits auf Vertragsbasis und zahlte großzügig für jeden Fall. Dazu kam sein Honorar als amtlicher Leichenbeschauer, und zusammen ergab das ein Einkommen, das einer der Gründe war, warum ihn seine Berufskollegen in der Pathologie des Bezirkskrankenhauses beneideten, obwohl sie ihm auf der anderen Seite sein unvorhersehbares Fernbleiben wegen der Polizeiarbeit, die langen Gerichtstage und die unvermeidliche Publicity übelnahmen.

Ja, die Ernennung war wichtig für ihn. Sollte das Innenministerium sich anderweitig umtun, würde es schwierig, eine Fortsetzung der privat vereinbarten Zusammenarbeit mit der örtlichen Polizei gegenüber der regionalen Gesundheitsbehörde zu rechtfertigen. Er war nicht einmal sicher, ob die Polizei ihn in diesem Fall behalten würde. Er wußte, daß er ein guter Gerichtsmediziner war, zuverlässig, mit überdurchschnittlichen beruflichen Fähigkeiten, von fast zwanghafter Gründlichkeit und Gewissenhaftigkeit, ein überzeugender und unbestechlicher Zeuge.

Die Polizei wußte, daß ihre sorgfältig errichteten Beweisgebaude nicht zusammenbrechen würden, wenn er im Zeugenstand ins Kreuzverhör genommen wurde, obwohl er manchmal den Verdacht hatte, daß sie ihn zu skrupulös fanden, um wirklich ganz zufrieden mit ihm zu sein. Was ihm allerdings fehlte war die selbstverständliche männliche Kameradschaft, die Mischung von Zynismus und *machismo*, die den alten Doc Stoddard so fest an die Polizei gebunden hatte. Wenn sie auf ihn verzichten müßten, würden sie ihn sicher nicht sehr vermissen. Deshalb bezweifelte er, ob sie sich dafür stark machen würden, ihn zu behalten.

Das Garagenlicht blendete ihn. Er schob die Tür mit einer Hand hoch, und das Licht fiel nach draußen auf den Kies des Fahrwegs und die ungepflegten silbrigen Grasränder. Aber das Licht würde Nell nicht aufwecken. Ihr Schlafzimmer ging nach hinten hinaus. Bevor er den Motor anspringen ließ, warf er einen Blick auf die Straßenkarte. Muddington. Eine Stadt an der Peripherie seines Bezirks, etwa siebzehn Meilen nach Nordwesten, in weniger als einer halben Stunde zu erreichen, wenn er Glück hätte. Falls die Wissenschaftler aus dem Labor schon dort waren – und Lorrimer, der leitende Biologe, versäumte keinen Mordfall, wenn er es einrichten konnte –, dann würde wohl für ihn nicht viel zu tun bleiben. Angenommen, er brauchte etwa eine Stunde am Tatort, könnte er vielleicht sogar wieder zurück sein, bevor Nell aufwachte, und sie mußte gar nicht erfahren, daß er weg gewesen war. Er schaltete die Garagenbeleuchtung aus. Vorsichtig, als könne eine sanfte Berührung das Motorengeräusch dämpfen, drehte er den Zündschlüssel um. Der Rover rollte langsam in die Nacht hinaus.

2

Sie hielt ihre rechte Hand schützend über das flackernde Nachtlicht und rührte sich nicht hinter den Vorhängen am vorderen Ende des Flurs. Eleanor Kerrison sah, wie die Rückstrahler des Rovers plötzlich rot aufleuchteten, als der Wagen vor dem Tor kurz anhielt, bevor er nach links abbog und schneller wurde, bis er nicht mehr zu sehen war. Sie wartete noch, bis sie auch das Licht der Scheinwerfer nicht mehr sehen konnte. Dann wandte sie sich ab und ging über den Flur zu Williams Zimmer. Sie war sicher, daß er nicht aufgewacht war. Im Schlaf überließ er sich genießerisch dem Vergessen, und solange er schlief, wußte sie ihn in Sicherheit, konnte sie sich frei von Ängsten fühlen. Wenn sie ihn beobachtete, empfand sie eine solche aus Sehnsucht und Mitleid gemischte Freude, daß sie, aus Furcht vor ihren Gedanken im Wachen, aber noch mehr aus Angst vor den Alpträumen im Schlaf, manchmal ihr Nachtlicht in sein Schlafzimmer trug und eine Stunde oder länger neben seinem Bettchen kauerte und die Augen nicht von seinem schlafenden Gesicht abwandte, bis die Unruhe durch den Frieden, den er ausstrahlte, langsam von ihr abfiel.

Obwohl sie wußte, daß er nicht aufwachen würde, drückte sie den Türgriff so vorsichtig herunter, als habe sie Angst, er könne explodieren. Das Nachtlicht brannte gleichmäßig auf dem Untersatz, aber sie hätte es nicht gebraucht. Sein gelber Schimmer wurde vom Mondlicht überstrahlt, das durch die vorhanglosen Fenster hereinfloß. William in seinem schäbigen Schlafanzug lag wie immer auf dem Rücken und streckte die Ärmchen nach oben. Sein Kopf lag auf der Seite, und der dünne, gestreckte Hals, an dem sie die Pulsschläge zählen konnte, wirkte fast zu zerbrechlich, um das Gewicht des Kopfes zu tragen. Sein Mund stand ein wenig offen, aber er atmete so leicht, daß sie es weder sehen noch hören konnte. Plötzlich schlug er blicklos die Augen auf, rollte sie nach oben, schloß sie mit einem Seufzer und fiel wieder in tiefen Schlaf.

Sie zog die Tür leise hinter sich zu und ging in ihr eigenes Zimmer nebenan. Sie nahm die Daunendecke aus ihrem Bett, wickelte sie um die Schultern und schlurfte über den Flur auf die Treppe zu. Das Treppengeländer mit den massiven Eichenpfosten verlor sich unten in der Dunkelheit der Halle, aus der das Ticken der Standuhr unnatürlich laut und unheilvoll wie von einer Zeitbombe zu ihr heraufdrang. Die Atmosphäre des Hauses stieg ihr in die Nase, sauer wie aus einer ungespülten Thermosflasche, wie der traurige Geruch, der von einem faden Pfarrhausessen übrigbleibt. Sie stellte das Licht neben der Wand ab und setzte sich auf die oberste Stufe, zog die Decke höher über die Schultern und starrte in die Dunkelheit. Unter ihren nackten Füßen spürte sie die Sandkörner auf dem Treppenläufer. Miss Willard saugte ihn nie ab; sie behauptete, ihr Herz vertrage die Anstrengung nicht, den schweren Staubsauger von Stufe zu Stufe zu heben. Und ihrem Vater schienen die Farblosigkeit und der Schmutz seines Hauses nie aufgefallen zu sein. Er war ja auch so selten hier. Sie saß unbeweglich im Dunkeln und dachte an ihren Vater. Vielleicht war er schon am Tatort. Es hing davon ab, wie weit er fahren mußte. Wenn es ganz am Rand seines Bezirks wäre, käme er vielleicht erst zum Mittagessen zurück.

Aber sie hoffte, er wäre vor dem Frühstück wieder da, damit er sie hier fände, einsam und müde auf der Treppe hockend, auf ihn wartend, voller Angst, weil er sie allein gelassen hatte. Er würde das Auto möglichst leise abstellen, die Garage offenlassen, um sie nicht durch das Zuschlagen der Tür zu wecken, und sich dann wie ein Dieb durch die Hintertür stehlen. Sie würde das Wasser unten im Waschraum laufen hören, anschließend seine Schritte auf den Steinplatten in der Diele.

Dann würde er aufblicken und sie sehen. Zwischen der Sorge um sie und der Angst, Miss Willard zu wecken, hin und her gerissen, würde er die Treppe hinaufspringen, und sein Gesicht würde plötzlich, wenn er seine Arme um ihre zitternden Schultern legte, vor Müdigkeit und Kummer alt aussehen.

«Nell, mein Schatz, wie lang sitzt du schon hier? Du solltest noch im Bett sein. Du frierst doch. Hör zu, meine Kleine, du brauchst dich vor nichts zu fürchten. Ich bin da. Komm, ich bringe dich wieder ins Bett, und du versuchst, noch mal einzuschlafen. Ich kümmere mich selbst um das Frühstück. Weißt du was? Ich bringe es in einer halben Stunde auf einem Tablett nach oben. Na, was meinst du?»

Und er würde sie in ihr Zimmer bringen, würde ihr zärtlich zureden, sie beruhigen und versuchen, so zu tun, als habe er keine Angst, Angst, daß sie nach ihrer Mutter rufen würde, daß die strenge Miss Willard auftauchen könnte und jammern und klagen würde, sie brauche ihren Schlaf, Angst, daß der gefährdete kleine Haushalt zerfiele und er sich von William würde trennen müssen. Denn er liebte William, ihn zu verlieren könnte er nicht ertragen. Und nur wenn sie zu Hause war und sich um ihren Bruder kümmerte, konnte er ihn behalten und das Gericht daran hindern, Mama das Sorgerecht zu übertragen.

Sie dachte an den kommenden Tag. Es war ein Mittwoch, ein grauer Tag. Kein schwarzer Tag, an dem sie ihren Vater überhaupt nicht zu sehen bekäme, aber auch kein heller Tag wie die Sonntage, an denen er, wenn er nicht zu einem dringenden Fall gerufen wurde, fast die ganze Zeit hier war. Heute früh, gleich nach dem Frühstück, würde er in der Leichenhalle die Obduktion vornehmen. Es würden noch andere Obduktionen auf dem Programm stehen, im Krankenhaus Gestorbene, Alte, Selbstmörder, Unfallopfer. Aber die Leiche, die er wohl jetzt gerade untersuchte, käme als erste auf den Tisch der Leichenhalle. Mord hatte Vorrang. Sagten sie so nicht immer im Labor? Sie überlegte, allerdings ohne echte Neugier, was er in eben diesem Augenblick an dem Toten tun mochte, von dem sie nicht wußte, ob es sich um einen jungen oder alten Menschen, um einen Mann oder eine Frau handelte. Was auch immer er zu tun hatte, der Tote würde davon nichts spüren, nichts wissen. Die Toten brauchten vor nichts mehr Angst zu haben, und man brauchte sich vor ihnen nicht zu fürchten. Die Macht, einem weh zu tun, hatten die Lebenden. Und plötzlich bewegten sich zwei Schatten in der dunklen Halle, und sie hörte die hohe Stimme ihrer Mutter – beängstigend fremd, unnatürlich, rauh, unfreundlich.

«Nichts als deine Arbeit! Deine verdammte Arbeit! Bei Gott, kein Wunder, daß du sie gut machst. Dir fehlt der Mumm zum richtigen

Arzt. Du hast einmal ein falsche Diagnose gestellt, und damit war es aus. So war's doch, oder? Du konntest die Verantwortung für lebendige Körper nicht auf dich nehmen – Blut, das fließen kann, die Nerven, die tatsächlich empfinden können. Du taugst doch nur dazu, an den Toten herumzumurksen. Es tut dir gut, wie sie sich deinem Urteil unterwerfen, gib's ruhig zu. Die Anrufe bei jeder Tages- und Nachtzeit, der Polizeischutz. Kein Gedanke daran, daß ich hier mit deinen Kindern in dieser verdammten Marsch lebendig begraben bin. Du nimmst mich nicht einmal mehr wahr. Ich wäre interessanter für dich, wenn ich tot wäre und auf deiner Arbeitsplatte läge. Dann wenigstens müßtest du mich zur Kenntnis nehmen.»

Darauf das leise abwehrende Gemurmel des Vaters, mutlos, unterwürfig. Sie hatte im Dunkeln gelauscht, hatte ihm zurufen wollen:

«Antworte ihr doch nicht so! Mach nicht so einen vernichteten Eindruck! Verstehst du denn nicht, daß sie dich deshalb noch mehr verachtet?»

Seine Antwort drang nur in Bruchstücken, kaum hörbar, an ihr Ohr.

«Es ist mein Beruf. Es ist das, was ich am besten beherrsche. Es ist alles, was ich kann.» Und dann deutlicher: «Es ist das, was uns ernährt.»

«Nicht mich. Von jetzt an nicht mehr.»

Und dann schlug die Tür zu.

Die Erinnerung war so lebendig, daß sie einen Augenblick glaubte, das Echo des Knalls zu hören. Sie stand wankend auf, zog die Daunendecke fester um sich und öffnete den Mund, um ihnen etwas zuzurufen. Aber dann sah sie, daß die Halle leer war. Da war nur das verschwommene Bild aus buntem Glas in der Haustür, durch das das Mondlicht hereinfiel, das Ticken der Standuhr, ein paar Mäntel an den Haken in der Halle. Sie ließ sich wieder auf die Treppenstufe sinken.

Und dann fiel ihr ein, daß sie noch etwas tun mußte. Sie steckte die Hand in die Tasche ihres Morgenmantels und fühlte die kalte, schlüpfrige Plastilinmasse des Modells, das sie von Dr. Lorrimer geknetet hatte. Sie holte es vorsichtig durch die Falten der Bettdecke hervor und hielt es näher an die Flamme des Nachtlichts. Das Modell war ein wenig verunstaltet, das Gesicht mit Flusen aus ihrer Tasche bedeckt, aber es war noch in Ordnung. Sie bog die langen Gliedmaßen gerade und drückte die schwarzen Wollfäden, die sie für das Haar genommen hatte, fester an den Kopf an. Den weißen Kittel, den sie aus einem alten Taschentuch ausgeschnitten hatte, hielt sie für besonders gelungen. Es war nur schade, daß sie kein Taschentuch, das ihm gehörte, keine Strähne von seinem Haar hatte benutzen können. Das Modell stellte mehr dar als Dr.

Lorrimer, der zu ihr und William unfreundlich gewesen war, der sie richtiggehend aus dem Labor hinausgeworfen hatte. Es stand für das ganze Hoggatt-Institut.

Und jetzt mußte das Abbild sterben. Sie schlug den Kopf leicht gegen das Treppengeländer. Aber das Plastilin wurde nur eingedrückt, der Kopf verlor seine Ähnlichkeit. Sie knetete ihn mit geschickten Händen wieder in die richtige Form, dann hielt sie ihn an die Flamme. Aber der Geruch war ekelhaft, und sie hatte Angst, der weiße Stoff könnte Feuer fangen. Dann grub sie den Nagel ihres kleinen Fingers tief hinter dem linken Ohr ein. Der Schnitt war sauber und scharf, mitten in das Gehirn. So war es besser. Sie seufzte zufrieden auf. Sie hielt das tote Geschöpf in der rechten Hand und zerdrückte das rosa Plastilin, den weißen Kittel, das Wollhaar zu einem formlosen Klumpen. Dann wickelte sie sich fest in die Daunendecke und wartete auf die Dämmerung.

3

Das Auto, ein grüner Morris Minor, war über den Rand einer flachen Mulde gekippt und auf einer grasbewachsenen Stelle drei bis vier Meter von der Kante liegengeblieben, gleich einem plumpen Tier, das sich eingraben will. Es mußte schon seit Jahren da gelegen haben, den Plünderern überlassen, verbotenes Spielzeug für die Kinder aus der Nachbarschaft, willkommener Unterschlupf für ab und zu vorbeikommende Landstreicher wie den siebzigjährigen Alkoholiker, der auf die Leiche gestoßen war. Die zwei Vorderräder waren abmontiert worden, und die rostigen Hinterräder mit ihren mürben Reifen waren in der kreidigen Erde fest verankert, die Lackierung war zerkratzt oder abgesplittert, die Armaturen und das Steuerrad waren ausgebaut worden. Eine auf der Böschung aufgestellte Bogenlampe, die ihr Licht nach unten warf, und eine zweite näher an dem Wrack beleuchteten das Bild der Zerstörung. So hell angestrahlt wirkte es auf Kerrison wie eine phantastische, anspruchsvolle moderne Skulptur, die symbolhaft am Rande des Chaos schwebte. Die hintere Sitzbank war herausgerissen und beiseite geworfen worden. Aus dem aufgeschlitzten Kunststoffbezug quoll die Füllung heraus.

Auf dem Vordersitz lag die Leiche des Mädchens. Ihre Beine standen sittsam zusammen, die glasigen Augen waren schelmisch halb geöffnet, der Mund, ohne Lippenstift, war in einer Grimasse erstarrt und durch zwei kleine Blutrinnsale aus den Winkeln verlängert. Sie gaben dem

Gesicht, das hübsch oder wenigstens kindlich offen gewesen sein mußte, den leeren Blick eines erwachsenen Clowns. Der leichte, für eine Nacht Anfang November sicher zu leichte Mantel war bis zur Taille hochgeschoben. Sie trug Strümpfe, und die Clips am Strumpfhalter schnitten in die kräftigen weißen Schenkel ein.

Als er unter den aufmerksamen Blicken von Lorrimer und Doyle näher an die Leiche heranging, erschien sie ihm, wie häufig in einem solchen Augenblick, unwirklich, ein Abnormität, so ungewöhnlich und lächerlich fehl am Platz, daß er einen nervösen Lachreiz unterdrücken mußte. Dieses Gefühl war weniger stark, wenn die Verwesung eines Körpers weiter fortgeschritten war. Dann schien es eher, als wären das verfaulende, von Maden zerfressene Fleisch oder die Fetzen verfilzten Stoffes bereits ein Teil der Erde geworden, die daranhing oder sie bedeckte, nicht unnatürlicher oder erschreckender als ein Haufen Kompost oder ein Berg modernder Blätter. Aber hier, wo das Licht die Farben und Konturen hervorhob, sah der Körper, der äußerlich noch so menschlich war, absurd aus; die Haut der blassen Wangen wirkte so künstlich wie der fleckige Plastikbezug des Autositzes, auf dem er lag. Es kam ihm unsinnig vor, daß ihr nicht mehr zu helfen sein sollte. Wie immer mußte er gegen den Drang ankämpfen, den Mund auf ihren zu pressen und die Wiederbelebung zu beginnen, eine Nadel in das noch warme Herz zu stechen.

Er war überrascht gewesen, Maxim Howarth, den neuen Direktor des kriminologischen Instituts, am Tatort anzutreffen, bis ihm dessen Ankündigung einfiel, er wolle den nächsten Mordfall verfolgen. Er nahm an, daß man von ihm Erläuterungen erwartete. Er zog seinen Kopf aus der offenen Autotür zurück und sagte:

«Sie ist mit großer Wahrscheinlichkeit von Hand erwürgt worden. Die leichte Blutung aus den Mundwinkeln rührte daher, daß die Zunge zwischen die Zähne geriet. Bei Erwürgung von Hand handelt es sich stets um Mord. Sie kann das unmöglich selbst getan haben.»

Howarth hatte seine Stimme völlig unter Kontrolle. «Ich hätte mit stärkeren Quetschungen am Hals gerechnet.»

«Gewiß, gewöhnlich ist das der Fall. Das Gewebe wird immer verletzt, obgleich der Umfang der Quetschung von der Stellung des Angreifers und des Opfers abhängt, außerdem von der Stärke des Drucks und von der Art, wie der Hals umklammert wird. Ich rechne mit tiefliegenden inneren Quetschungen, die aber auch möglich sind, ohne daß man äußerlich viel sieht. Das tritt ein, wenn der Mörder den Druck bis zum Eintreten des Todes ausgeübt hat; die Gefäße sind blutleer, und das Herz hört auf zu schlagen, bevor die Hände gelockert werden. Die Todesursache ist Asphyxie, und es ist zu erwarten, daß man die üblichen Anzeichen findet. Was hier interessant ist, ist der Todeskrampf. Sie sehen, wie sie den Bambusbügel ihrer Handtasche umklammert. Die Muskeln sind völlig steif, ein Beweis dafür, daß sie genau oder ungefähr im Augenblick des Todes nach der Tasche griff. Ich habe den Todeskrampf bei Erwürgen von Hand bis jetzt noch nie gesehen – ja, das ist wirklich interessant. Sie muß außerordentlich schnell gestorben sein. Aber Sie werden eine bessere Vorstellung von dem, was tatsächlich passiert ist, bekommen, wenn Sie bei der Autopsie zusehen.»

Natürlich, dachte Howarth, die Autopsie. Er fragte sich, wann Kerrison damit rechnete, zu dieser Arbeit zu kommen. Er fürchtete nicht, seine Nerven würden ihn im Stich lassen, höchstens sein Magen, aber er wünschte, er hätte nicht gesagt, daß er dabeisein wolle. Für die Toten gab es keine Privatsphäre; man konnte nur hoffen, daß ihnen eine gewisse Ehrfurcht bezeigt würde. Es kam ihm jetzt ungeheuerlich vor, daß er, ein Fremder, sie ungestraft in ihrer Nacktheit betrachten würde. Aber für den Augenblick hatte er genug gesehen. Er konnte beiseite treten, ohne das Gesicht zu verlieren. Er stellte den Kragen seines Burberry hoch, um sich gegen die eisige Morgenluft zu schützen, kletterte den Hang zum Rand der Mulde hinauf und blickte auf das Auto hinunter. So ähnlich mußte es bei Dreharbeiten zu einem Film aussehen: die hell beleuchtete Szenerie, die langweilige Warterei bis zum Auftritt der Hauptdarsteller, die kurzen Augenblicke von Aktivität, die aufmerksame Konzentration auf die Details. Der Körper hätte gut einer Schauspielerin gehören können, die eine Tote darstellt. Er wartete fast darauf, daß einer der Polizisten vorspringen würde, um ihre Frisur zu richten.

Die Nacht war beinahe vorbei. Hinter ihm, im Osten, hellte sich der Himmel bereits auf, und das Ödland, das formlose, dunkle Leere über der schweren Erde gewesen war, nahm Form und Gestalt an. Im Westen konnte er die Silhouetten von Häusern erkennen, wahrscheinlich Gemeindebesitz, eine saubere Reihe gleichartiger Dächer und dunkler Vierecke, die mit kleineren gelben Vierecken gemustert waren, wo Frühaufsteher Licht gemacht hatten. Der steinige Weg, der im Scheinwerferlicht silbern und fremd wie eine Mondlandschaft ausgesehen hatte, als sein Wagen darüber geholpert war, bekam Form und Richtung, wurde gewöhnlich. Nichts Geheimnisvolles blieb. Der Platz war mit Gestrüpp bewachsen, unfruchtbares, mit Abfällen verschandeltes Land zwischen zwei Ausläufern der Stadt. Entlang einem Graben wuchsen ein paar kümmerliche Bäume. Er ahnte, daß der Graben feucht war und voller Nesseln, stinkend nach faulenden Abfällen, daß die Bäume mutwillig beschädigt waren, die Stämme voll mit eingeritzten Initialen, daß die unteren Zweige abgeknickt von den Ästen hingen. Ein städtisches Niemandsland, ein passendes Gebiet für Mord.

Es war natürlich falsch gewesen hierherzukommen. Er hätte wissen müssen, daß die Rolle des Voyeurs immer unwürdig war. Kaum etwas war entmutigender, als nutzlos herumzustehen, wenn andere Männer ihre beruflichen Fähigkeiten bewiesen: Kerrison, dieser Kenner des Todes, der die Leiche buchstäblich beschnupperte; die wortkargen Fotografen, die mit Belichtungsmessern und Einstellwinkeln beschäftigt waren; Doyle, endlich wieder mit einem Mordfall befaßt, ein Impresario des Todes, angespannt, voller verhaltener Begeisterung, wie ein Kind, das an Weihnachten ein neues Spielzeug anstarrt. Einmal, während sie noch auf Kerrison gewartet hatten, hatte Doyle doch tatsächlich gelacht, ein herzhaftes Gewieher, das durch die Senke schallte. Und Lorrimer? Bevor er die Leiche berührte, hatte er sich flüchtig bekreuzigt. Die Geste war so klein und rasch gewesen, daß Howarth sie hätte übersehen können. Aber nichts, was Lorrimer tat, entging ihm. Die anderen schien dieses ungewöhnliche Verhalten nicht zu überraschen. Vielleicht waren sie daran gewöhnt. Domenica hatte ihm nicht gesagt, daß Lorrimer religiös war. Allerdings hatte seine Schwester ihm auch sonst nichts von ihrem Liebhaber erzählt. Sie hatte ihm nicht einmal gesagt, daß die Affäre vorbei war. Aber er hatte während des letzten Monats nur Lorrimers Gesicht zu beobachten brauchen, um sich darüber im klaren zu sein. Lorrimers Gesicht, Lorrimers Hände. Seltsam – er hatte nicht bemerkt, wie lang seine Finger waren. Auch wie behutsam sie waren, nahm er erst jetzt wahr, als sie die Plastikhüllen über die Hände des Mädchens streiften, um mögliche Spuren unter den Fingernägeln zu sichern, wie er, gewissenhaft in seiner Rolle als Lehrer, mit tonloser Stimme erklärt hatte. Er hatte dem dicken, schlaffen Arm eine Blutprobe entnommen und dabei vorsichtig die Vene gesucht, als könne das Mädchen noch vor der spitzen Nadel zurückzucken.

Lorrimers Hände. Howarth verdrängte die quälenden, grausam deutlichen Bilder aus seinen Gedanken. Er hatte nie zuvor Anstoß an einem Liebhaber Domenicas genommen. Er war nicht einmal auf ihren verstorbenen Mann eifersüchtig gewesen. Es war ihm völlig vernünftig vorgekommen, daß sie irgendwann heiraten wollte, genauso, wie sie sich vielleicht in einem Anfall von Langeweile oder Kauflust einen Pelzmantel oder einen neuen Schmuck zugelegt hätte. Er hatte Charles Schofield sogar ganz gut leiden mögen. Warum war es ihm dann von Anfang an unerträglich gewesen, sich Lorrimer im Bett seiner Schwester vorzustellen? Dabei konnte er nicht einmal in ihrem Bett gewesen sein, wenigstens nicht in Leamings. Er fragte sich wieder einmal, wo sie sich getroffen hatten, was sich Domenica ausgedacht hatte, um sich einen neuen Liebhaber nehmen zu können, ohne daß es das ganze Labor und das ganze Dorf erfuhren. Wie hatten sie sich treffen können und wo?

Es hatte natürlich auf dieser unseligen Party vor zwölf Monaten begonnen. Damals hatte er es für normal und höflich gehalten, seinen Dienstantritt als Direktor mit einer kleinen privaten Einladung für die leitenden Angestellten bei sich zu Hause zu feiern. Er wußte noch, was sie gegessen hatten: Melone, danach Bœuf Stroganoff und einen Salat. Er und Domenica schätzten ein gepflegtes Essen, und gelegentlich hatte sie Freude am Kochen. Er hatte einen 1961er Bordeaux geöffnet, weil das der Wein war, den Dom und er bevorzugten und es ihm nie in den Sinn gekommen wäre, seinen Gästen Schlechteres anzubieten. Er und Dom hatten sich umgekleidet, weil es ihrer Gewohnheit entsprach. Es machte ihnen Spaß, stilvoll zu speisen und so den Arbeitsalltag förmlich von ihren gemeinsamen Abenden zu trennen. Es war nicht seine Schuld gewesen, daß Bill Morgan, der Fahrzeugprüfer, in Sporthemd und Kordhose aufgekreuzt war. Es war ihm und Dom völlig gleichgültig, für welche Garderobe sich ihre Gäste entschieden. Wenn Bill Morgan sich wegen dieser unwichtigen Frage unwohl fühlte, sollte er lernen, sich entweder entsprechend anzuziehen oder mehr Sicherheit im Auftreten zu entwickeln, um sich seine modischen Extravaganzen leisten zu können.

Es war Howarth nie in den Sinn gekommen, daß die sechs Abteilungsleiter, die verlegen im Kerzenlicht um den Tisch gesessen und selbst beim Wein nicht aufgetaut waren, in der ganzen Geschichte eine raffinierte gastronomische Scharade sehen könnten, die dazu bestimmt war, seine gesellschaftliche und intellektuelle Überlegenheit zu demonstrieren. Wenigstens Paul Middlemass, der leitende Dokumentenprüfer, hatte den Wein zu schätzen gewußt. Er hatte über den Tisch nach der Flasche gegriffen, sich nachgeschenkt und dabei mit trägen ironischen Blicken seinen Gastgeber beobachtet. Und Lorrimer? Lorrimer hatte fast nichts gegessen und noch weniger getrunken. Er hatte sein Glas fast unhöflich beiseite geschoben und Domenica mit seinen glühenden Augen angestarrt, als habe er nie zuvor eine Frau gesehen. Und das war vermutlich der Anfang gewesen. Wie es weitergegangen war, wann und wo sie sich wieder getroffen hatten, wie es zu Ende gegangen war, hatte Domenica ihm nicht anvertraut.

Die Einladung war ein privates und öffentliches Fiasko gewesen. Aber was, fragte er sich, hatten sie erwartet? Einen deftigen Saufabend im Nebenzimmer des *Moonraker*? Ein feuchtfröhliches Fest im Gemeindehaus für das ganze Labor, einschließlich der Putzfrau, Mrs. Bidwell, und des alten Scobie, des Laboraufsehers? Tanz im Gasthaus? Vielleicht hatten sie gemeint, der erste Schritt hätte von ihrer Seite kommen sollen. Aber man mußte gelten lassen, daß es zwei Seiten gab. Der herkömmliche Trugschluß war, ein Labor arbeite als Team mit einem gemeinsamen Zweck und die Zügel lägen locker, aber sicher in den Händen des Direktors. In Bruche hatte sich das bewährt. Aber dort hatte er ein Forschungslabor mit nur einer Disziplin geleitet. Wie konnte man ein Team leiten, wenn die Angestellten ein halbes Dutzend verschiedener wissenschaftlicher Disziplinen vertraten, ihre eigenen Methoden anwandten, für die eigenen Ergebnisse verantwortlich waren, die sie schließlich allein rechtfertigen und verteidigen mußten – an dem einzigen Ort, wo die Qualität ihrer wissenschaftlichen Arbeit angemessen beurteilt werden konnte, nämlich im Zeugenstand eines Gerichts? Das war einer der einsamsten Orte der Erde, und er hatte noch nie dort gestanden.

Der alte Dr. Mac, sein Vorgänger, hatte, wie er wußte, gelegentlich einen Fall übernommen, um in Übung zu bleiben, wie er sich ausgedrückt hätte. Er war zum Tatort marschiert, hatte wie ein Spürhund glücklich nach halbvergessenen Düften geschnuppert, hatte selbst die Analysen durchgeführt und war schließlich wie ein wiedererstandener Prophet des Alten Testaments im Zeugenstand aufgetreten, vom Richter mit trockenen, ehrlichen Komplimenten empfangen und von den Anwälten im Gerichtssaal stürmisch begrüßt wie ein lange entbehrter, verkommener Trinkbruder, der sich glücklich wieder eingefunden hat. Aber diese Art würde er sich nicht zu eigen machen können. Er war angestellt worden, um das Labor zu leiten, und er würde das in seinem eigenen Stil tun. Aus einer überempfindlich selbstkritischen Stimmung heraus fragte er sich im kalten Licht der Dämmerung, ob sein Entschluß, den nächsten Mordfall von dem ersten Anruf über die Tatortbesichtigung bis zur Gerichtsverhandlung zu verfolgen, wirklich seiner Wißbegier entsprungen war oder nur dem feigen Wunsch, seine Untergebenen zu beeindrucken oder, noch schlimmer, um sich bei ihnen beliebt zu machen, ihnen zu zeigen, daß er ihre Fähigkeiten würdigte, daß er zur Mannschaft gehören wollte. Falls dem so wäre, war es ein weiteres Fehlurteil gewesen, das er zu der traurigen Summe seiner Mißerfolge zählen mußte, seit er die neue Stelle angetreten hatte.

Es sah aus, als kämen sie zum Ende. Die Handtasche war aus den starren Fingern des Mädchens gelöst worden, und Doyles behandschuhte Hände leerten das Wenige, das sie enthielt, auf eine Plastikfolie, die er auf der Motorhaube des Autos ausgebreitet hatte. Howarth konnte den Inhalt auf die Entfernung nur undeutlich erkennen: etwas wie ein kleiner Geldbeutel, ein Lippenstift, ein zusammengefaltetes

Stück Papier. Wahrscheinlich ein Liebesbrief, das arme junge Ding. Ob Lorrimer Briefe an Domenica geschrieben hatte? Er war immer als erster an der Tür, wenn der Briefträger kam, und brachte seiner Schwester gewöhnlich ihre Post. Vielleicht hatte Lorrimer das gewußt. Aber er mußte geschrieben haben. Es mußte Verabredungen gegeben haben. Lorrimer hätte es kaum riskiert, vom Labor aus oder abends von zu Hause zu telefonieren, weil er, Howarth, vielleicht den Hörer abgenommen hätte.

Jetzt hoben sie die Leiche aus dem Auto. Der Leichenwagen war näher an den Rand der Senke herangefahren, und die Bahre wurde zurechtgerückt. Die Polizisten holten die Seile aus ihren Wagen, um den Tatort abzusperren. Bald würden sich Zuschauer einfinden, würden die neugierigen Kinder von den Erwachsenen und den Pressefotografen verscheucht werden. Er sah Lorrimer und Kerrison etwas abseits stehen und miteinander sprechen. Sie wandten ihm den Rücken zu und steckten die dunklen Köpfe zusammen. Doyle klappte seinen Notizblock zu. Er überwachte den Abtransport der Leiche, als wäre sie ein kostbares Ausstellungsstück, für dessen Unversehrtheit er fürchtete. Es wurde heller.

Er wartete, bis Kerrison zu ihm hinaufgeklettert war, und sie gingen zusammen zu den geparkten Autos. Howarths Fuß stieß an eine Bierdose. Sie schepperte über den Weg und schlug mit einem Knall an etwas, das wie der verbogene Rahmen eines Kinderwagens aussah. Der Lärm ließ ihn zusammenfahren. Er sagte mürrisch:

«Was für ein Ort zum Sterben! Wo, um Gottes willen, sind wir eigentlich genau? Ich bin einfach hinter den Polizeiwagen hergefahren.»

«An dieser Stelle haben sie seit dem Mittelalter den für die Gegend charakteristischen weichen Kreidekalk abgebaut. Es gibt hier keine harten Bausteine, deshalb verwendeten sie Kalksteine für die meisten Wohnhäuser und sogar für manche Kirchenbauten. Ein Beispiel dafür ist die Marienkapelle in Ely. Die meisten Dörfer hatten ihre Kalkgruben. Jetzt sind sie überwuchert. Manche sehen richtig hübsch aus im Frühling und im Sommer, wie kleine Oasen von wilden Blumen.»

Er gab mit ausdrucksloser Stimmer Auskunft, als wiederhole er wie ein pflichtbewußter Fremdenführer die offizielle Geschichte. Plötzlich wankte er und stützte sich auf die Autotür. Howarth fragte sich, ob ihm übel sei oder ob er sich einfach total übermüdet fühle. Dann richtete sich der Arzt auf und sagte mit gespielter Munterkeit:

«Ich nehme die Autopsie morgen früh um neun im St. Lukas-Krankenhaus vor. Der Pförtner zeigt Ihnen den Weg. Ich sage ihm vorher Bescheid.»

Er nickte ihm zum Abschied zu, zwang sich zu einem Lächeln, ließ sich in sein Auto fallen und schlug die Tür zu. Der Rover holperte langsam auf die Straße zu.

Howarth merkte, daß Doyle und Lorrimer neben ihm standen. Doyles Aufregung war fast mit den Händen greifbar. Er drehte sich um und sah über das Feld zu der fernen Häuserzeile hinüber, deren gelbliche Ziegelmauern und kleine quadratische Fenster jetzt deutlich zu erkennen waren.

«Irgendwo dort drüben ist er. Wahrscheinlich im Bett. Das heißt, falls er nicht allein wohnt. Es wäre nicht klug, so früh schon auf zu sein, nicht wahr? Nein, er liegt da drüben, überlegt, wie er sich am besten möglichst normal verhält und wartet auf das anonyme Auto und das Klingeln an der Tür. Falls er allein lebt, ist es natürlich anders. Dann geht er rastlos im Halbdunkel auf und ab und denkt nach, ob er seinen Anzug verbrennen und den Lehm von seinen Schuhen kratzen soll. Nur wird es ihm nicht gelingen, alles zu entfernen. Nicht jede Spur. Er wird keinen Ofen haben, der groß genug für einen Anzug ist. Und selbst wenn er einen hätte – was soll er antworten, wenn wir danach fragen? Also tut er vielleicht überhaupt nichts. Liegt nur da und wartet. Sicher schläft er nicht. Er hat letzte Nacht nicht geschlafen. Und er wird eine ganze Zeitlang keinen Schlaf mehr finden.»

Howarth spürte eine leichte Übelkeit. Er hatte zeitig zu Abend gegessen, nicht viel, und war jetzt hungrig. Der Brechreiz war bei seinem leeren Magen besonders unangenehm. Aber er hatte seine Stimme in der Gewalt und verriet nichts als beiläufiges Interesse.

«Sie halten es demnach für einen ziemlich klaren Fall?»

«Familiendramen sind gewöhnlich klare Fälle. Und ich schätze, hier handelt es sich um so einen Mord. Verheiratet, Abriß von einer Eintrittskarte zu einem Dorfschwof in der Tasche und einen Drohbrief, daß sie die Finger von einem anderen Knaben lassen soll. Ein Fremder hätte von diesem Platz hier nichts gewußt. Und wenn er ihn gekannt hätte, wäre sie nicht mit ihm hierhergekommen. Ihrer Haltung nach saßen sie traut zusammen, bevor er seine Hände um ihre Kehle legte. Die Frage ist nur, ob sie sich zusammen auf den Heimweg machten oder ob er vor ihr wegging und hier auf sie wartete.»

«Wissen Sie schon, wer sie ist?»

«Noch nicht. Kein Hinweis in der Handtasche. Diese Leute haben auch nie Taschenkalender oder so etwas bei sich. Aber in etwa einer halben Stunde weiß ich es.»

Er wandte sich an Lorrimer.

«Die Beweisstücke müßten bis etwa um neun im Labor sein. Werden Sie diesen Fall vorziehen?»

Lorrimers Stimme klang schroff.

«Mord hat Vorrang. Das wissen Sie.»

Doyles triumphierendes, selbstzufriedenes, lautstarkes Gerede zerrte an Howarths Nerven.

«Gott sei Dank wird endlich einmal etwas dringlich behandelt. Beim Gutteridge-Fall lassen Sie sich ja ganz schön Zeit. Ich war gestern in der Biologie und hörte von Bradley, daß der Bericht nicht fertig ist; er arbeite an einer Sache für die Verteidigung. Wir kennen alle das Märchen, das Labor sei unabhängig von der Polizei, und meistens lebe ich ganz gut damit. Aber der alte Hoggatt hat das Institut als Polizeilabor gegründet, und das muß es auch sein, wenn es darauf ankommt. Beeilen Sie sich damit. Ich will mir den Kerl so schnell wie möglich greifen.»

Er wippte auf seinen Absätzen, hob sein lachendes Gesicht zu dem heller gewordenen Himmel wie ein glücklicher Hund, der, hochgestimmt vor der fröhlichen Jagd, die frische Luft schnuppert. Howarth wunderte sich, daß er die kalte Drohung in Lorrimers Stimme anscheinend überhörte.

«Das Hoggatt übernimmt gelegentlich Untersuchungen für die Verteidigung, wenn man uns bittet und wenn das Beweisstück vorschriftsmäßig verpackt vorgelegt wird. Das ist das übliche Verfahren. Wir sind noch kein Polizeilabor, auch wenn Sie bei uns ein und aus gehen, als wäre es Ihre Küche. Und was in meinem Labor vorrangig bearbeitet wird, entscheide ich. Sie bekommen Ihren Bericht, sobald er fertig ist. Wenn Sie in der Zwischenzeit Fragen haben, wenden Sie sich an mich und nicht an mein Personal. Und halten Sie sich aus meinem Labor heraus, wenn Sie nicht eingeladen sind.»

Ohne eine Antwort abzuwarten, ging er zu seinem Wagen. Doyle sah ihm verwirrt und verärgert nach.

«Verdammt noch mal! Sein Labor! Was ist bloß mit ihm los? In letzter Zeit ist er heikel wie eine läufige Hündin. Er sieht sich bald auf der berühmten Ledercouch oder in der Klapsmühle wieder, wenn er sich nicht am Riemen reißt.»

Howarth sagte kalt: «Er hat natürlich recht. Alle Anfragen, die die Arbeit betreffen, sollten an ihn gerichtet werden, nicht an seine Mannschaft. Und es ist auch üblich, um Erlaubnis zu bitten, bevor man ein solches Labor betritt.»

Der Vorwurf saß. Doyle blickte finster, sein Gesicht wurde hart. Bestürzt bemerkte Howarth die mühsam im Zaum gehaltene Aggressivität unter der Maske einer ausgeglichen guten Laune. Doyle sagte:

«Der alte Dr. Mac freute sich, wenn die Polizei in sein Labor kam. Sehen Sie, er hatte die komische Vorstellung, der Sinn seiner ganzen

Arbeit wäre, der Polizei zu helfen. Aber wenn wir nicht erwünscht sind, sollten Sie lieber mit dem Chef sprechen. Er wird ohne Zweifel seine Anweisungen geben.»

Er machte auf dem Absatz kehrt und ging auf sein Auto zu, ohne auf eine Erwiderung zu warten. Howarth dachte:

«Zum Teufel mit Lorrimer! Alles, was er anfaßt, läuft schief für mich.» Er spürte einen Anfall von Haß, so intensiv, so körperlich, daß es ihn würgte. Läge doch Lorrimers Körper da unten in der Kalkgrube ausgestreckt. Wäre es nur Lorrimers Leiche, die morgen in der Porzellanwanne auf dem Autopsietisch liegt, zur rituellen Ausweidung aufgebahrt. Er wußte, was mit ihm nicht stimmte. Die Diagnose war so einfach wie demütigend: jenes selbstinfektiöse Fieber im Blut, das trügerisch schlummern konnte, um plötzlich, wie jetzt, zu einem heftigen Schmerz aufzuflackern. Eifersucht, dachte er, wirkte sich genauso wie Angst auf den Körper aus; dieselbe Trockenheit im Mund, das Herzklopfen, die Unruhe, die einem Appetit und Frieden raubt. Und ihm wurde klar, daß die Krankheit diesmal unheilbar war. Es machte keinen Unterschied, daß die Affäre vorbei war, daß auch Lorrimer litt. Vernunft konnte keine Heilung bringen, und er hatte eine Ahnung, als vermöchten das auch Distanz und Zeit nicht. Es konnte nur mit dem Tod enden, mit Lorrimers Tod oder seinem eigenen.

4

Im Schlafzimmer des Hauses Acacia Close Nr. 2 in Chevisham wurde Susan Bradley, die Frau des wissenschaftlichen Angestellten in der biologischen Abteilung des Hoggatt-Instituts, um halb sieben von dem dünnen, klagenden Schreien ihres zwei Monate alten Babys geweckt, das seine erste Mahlzeit verlangte. Susan knipste die Nachttischlampe an, die durch den gefältelten Schirm einen rosa Schein warf, suchte ihren Morgenrock und schlurfte verschlafen ins Bad und dann ins Kinderzimmer. Das Zimmer lag an der Rückseite des Hauses und war so klein, daß es kaum den Namen verdiente, aber als sie das gedämpfte Licht anschaltete, spürte sie wieder eine Welle von mütterlichem Besitzerstolz. Obwohl sie so früh am Morgen vom Schlaf noch benommen war, hob der erste Anblick des Kinderzimmers ihre Stimmung; die mit Häschen beklebte Rückenlehne des Stuhls, auf den sie sich zum Stillen setzte; der dazu passende Wickeltisch mit Schubladen für die Babysachen; der Stubenwagen, den sie, passend zu den Vorhängen, mit rosa, weiß und blau geblümtem Baumwollstoff ausgekleidet hatte; die lustigen Figuren aus Liedern und Kinderreimen, die Clifford ringsum an die Wände geklebt hatte.

Mit dem Geräusch ihrer Schritte wurde das Schreien lauter. Sie nahm das warme, nach Milch riechende Bündel auf und summte leise, um es zu beruhigen. Sofort hörte das Schreien auf, und Debbies feuchter Mund suchte schmatzend wie ein Fisch ihre Brust. Die kleinen runzligen Fäuste machten sich von der Decke frei und griffen nach ihrem zerknitterten Nachthemd. Sie hatte gelesen, daß man das Baby zuerst frisch machen sollte, aber sie brachte es nie übers Herz, Debbie warten zu lassen. Und sie hatte noch einen anderen Grund. Die Wände des Neubaus waren dünn, und sie wollte nicht, daß Cliff durch das Schreien geweckt würde.

Aber plötzlich stand er in der Tür. Seine Schlafanzugjacke war offen, und er wankte ein wenig. Ihre Stimmung sank. Sie gab ihrer Stimme einen heiteren, sachlichen Klang.

«Ich hoffte, sie hätte dich nicht geweckt, Schatz. Aber es ist schon nach halb sieben. Sie hat mehr als sieben Stunden geschlafen. Es wird allmählich besser.»

«Ich war schon wach.»

«Leg dich wieder hin, Cliff. Du kannst noch eine Stunde schlafen.»

«Ich kann nicht schlafen.»

Er schaute sich in dem winzigen Kinderzimmer um und runzelte verwirrt die Stirn, als sei er aus der Fassung gebracht, weil kein Stuhl mehr da war. Susan sagte:

«Hol dir den Schemel aus dem Bad. Und schlüpf in deinen Bademantel. Du holst dir ja einen Schnupfen.»

Er rückte den Schemel an die Wand und kauerte sich zusammen wie ein Häufchen Unglück. Susan fühlte an ihrer Wange den weichen Flaum auf dem Kopf des Babys. Das kleine stupsnasige Wesen saugte an ihrer Brust und spreizte zufrieden die Finger. Susan hob den Kopf. Sie sagte sich, daß sie ruhig bleiben mußte, daß ihre Nerven und Muskeln sich nicht verkrampfen durften, wenn dieses bekannte schmerzhafte Gefühl der Sorge über sie kam. Es hieß, das schade der Milch. Sie sagte ruhig:

«Ist was nicht in Ordnung, Schatz?»

Aber sie wußte ja, was nicht in Ordnung war. Sie wußte, was er sagen würde. Sie spürte ein ihr neues erschreckendes Gefühl des Unmuts, weil sie nicht einmal in Ruhe Debbie stillen konnte. Wenn er doch wenigstens seinen Schlafanzug zuknöpfen würde. Wie er so zusammengekrümmt und halbnackt vor ihr saß, sah er fast verkommen aus. Sie fragte sich, was in ihr vorging. Derartige Gefühle hatte sie vor Debbies Geburt nie gegenüber Cliff gehabt.

«Ich kann nicht weitermachen. Ich kann heute nicht ins Labor gehen.»

«Bist du krank?»

Sie wußte jedoch, daß er nicht krank war, wenigstens noch nicht. Aber er würde krank werden, wenn nicht irgend etwas mit Edwin Lorrimer geschah. Das alte Elend überkam sie. Sie hatte in Büchern über dieses schwarze Gewicht des Kummers gelesen, und das traf genau zu, das war genau das, was sie fühlte, eine physische Last, die auf die Schultern und das Herz drückte, die ihr jeden Spaß nahm, die ihr sogar, wie sie bitter dachte, ihre Freude an Debbie zerstörte. Vielleicht würde sie schließlich selbst die Liebe zerstören. Sie sagte nichts, sondern bettete nur ihr warmes kleines Bündel bequemer in ihren Arm.

«Ich muß meinen Beruf aufgeben. Es hat keinen Sinn, Sue. Ich kann nicht weitermachen. Er hat mich in einen Zustand gebracht, daß ich tatsächlich so wenig tauge, wie er mich einschätzt.»

«Aber Cliff, du mußt dir doch selbst sagen, daß das Unsinn ist. Du bist ein guter Arbeiter. Es gab doch in deinem vorigen Labor nie Klagen über dich.»

«Ich war damals aber in einer niedrigeren Stellung. Lorrimer meint, ich hätte niemals befördert werden dürfen. Er hat recht.»

«Er hat nicht recht, Schatz. Du darfst dir dein Selbstvertrauen nicht von ihm untergraben lassen. Das ist tödlich. Du bist ein gewissenhafter, zuverlässiger Gerichtsbiologe. Du darfst dir keine Gedanken darüber machen, daß du etwas langsamer bist als die andern. Das ist nicht wesentlich. Dr. Mac sagte immer, die Genauigkeit zählt. Was macht es denn, wenn du etwas länger brauchst? Du bekommst am Ende das richtige Ergebnis.»

«Nicht einmal mehr das. Ich kann den einfachsten Peroxidase-Test nicht mehr machen, ohne mich zu verhauen. Wenn er sich nur zwei Schritte neben mich stellt, fangen meine Hände an zu zittern. Und er hat angefangen, meine sämtlichen Ergebnisse nachzuprüfen. Ich bin gerade damit fertig geworden, die Flecken an dem Schlagstock zu untersuchen, der vermutlich beim Pascoe-Mord benutzt worden ist. Aber er wird heute bis in die Nacht hinein arbeiten, um alles noch einmal zu machen. Und er wird dafür sorgen, daß die ganze Biologie erfährt, warum.»

Sie wußte, daß Cliff den Einschüchterungsversuchen, dem beißenden Spott nicht gewachsen war. Vielleicht spielte sein Vater da mit. Der alte Mann war seit einem Schlaganfall gelähmt, und sie hätte eigentlich Mitleid mit ihm haben müssen, wie er so hilflos in dem Krankenhausbett lag, nutzlos wie ein gefällter Baum, mit sabberndem Mund, nur fähig, die Augen zu bewegen, die in ohnmächtigem Zorn seine Besucher ansahen. Aber nach dem wenigen, was Clifford erzählt hatte, war er ein schlechter Vater gewesen, ein unbeliebter, erfolgloser Schullehrer, der jedoch einen übermäßigen Ehrgeiz für seinen Sohn an den Tag gelegt hatte. Cliff hatte Angst vor ihm gehabt. Was Cliff brauchte, war Ermutigung, war Zuneigung. Warum sollte er noch höher aufsteigen als jetzt? Er war nett und liebevoll. Er kümmerte sich um sie und Debbie. Er war ihr Mann, und sie liebte ihn. Aber er durfte nicht aufgeben. Arbeitslos zu sein, war in Ostanglien ebenso schlimm wie anderswo. Sie mußten die Hypothek zurückzahlen, die Stromrechnung für die Zentralheizung war fällig – daran konnten sie nicht sparen, weil Debbie es warm haben mußte –, und die Raten für die Schlafzimmereinrichtung mußten ebenfalls irgendwie aufgetrieben werden. Nicht einmal das Kinderzimmer war bezahlt. Sie hatte für Debbie alles hübsch und neu haben wollen, aber das hatte alle Ersparnisse geschluckt. Sie sagte:

«Könntest du nicht deine Versetzung beantragen?»

Seine verzweifelte Stimme schnitt ihr ins Herz.

«Niemand wird mich nehmen wollen, wenn Lorrimer sagt, ich sei nicht gut. Er ist wahrscheinlich der beste Biologe auf seinem Gebiet. Wenn er mich für untauglich hält, dann bin ich untauglich.»

Das war auch ein Punkt, den sie langsam verwirrend fand, diesen unterwürfigen Respekt des Opfers vor seinem Unterdrücker. Manchmal konnte sie, erschrocken über ihre Treulosigkeit, Dr. Lorrimers Verachtung beinahe verstehen. Sie sagte:

«Du könntest doch einmal mit dem Direktor sprechen.»

«Das hätte ich gekonnt, wenn Dr. Mac noch da wäre. Aber Howarth wäre es egal. Er ist neu. Er möchte keine Schwierigkeiten mit seinen Abteilungsleitern, gerade jetzt, wo wir bald in das neue Gebäude umziehen.»

Und dann fiel ihr Dr. Middlemass ein. Er leitete die Dokumentenabteilung, und sie hatte bis zu ihrer Heirat unter ihm als wissenschaftliche Angestellte gearbeitet. Sie hatte Cliff im Hoggatt-Institut kennengelernt. Vielleicht könnte er etwas tun, könnte für sie mit Howarth reden oder seinen Einfluß in der Personalstelle geltend machen. Sie konnte sich nicht genau vorstellen, wie seine Hilfe aussehen sollte, aber der Drang, sich jemandem mitzuteilen, war stärker. So konnte es jedenfalls nicht weitergehen. Cliff würde irgendwann zusammenbrechen. Und wie sollte sie mit dem Baby, einem kranken Cliff und einer ungewissen Zukunft fertig werden? Mr. Middlemass konnte bestimmt etwas tun. Sie glaubte an ihn, weil sie an jemanden glauben mußte. Sie sah Cliff an.

«Mach dir keine Gedanken, Cliff, es wird schon in Ordnung gehen. Wir überlegen uns etwas. Du gehst heute hin, und heute abend besprechen wir alles.»

«Aber wie denn? Deine Mutter kommt zum Abendessen.»

«Dann eben nach dem Essen. Sie nimmt den Bus um Viertel vor acht. Wir reden dann.»

«Ich kann so nicht weitermachen, Sue.»

«Das brauchst du nicht. Ich denke mir etwas aus. Es wird alles in Ordnung gehen. Das verspreche ich dir, Schatz. Es wird alles in Ordnung gehen.»

5

«Mami, wußtest du, daß jedes menschliche Wesen einmalig ist?»

«Aber ja. Das sagt einem doch der Verstand, nicht wahr? Jeden Menschen gibt es nur einmal. Du bist du. Ich bin ich. Reich deinem Vater die Marmelade, und paß auf, dein Ärmel hängt in der Butter.»

Brenda Pridmore, frischgebackene Büroangestellte in der Annahme des Hoggatt-Instituts, schob den Marmeladentopf über den Frühstückstisch und begann, methodisch dünne weiße Streifen von ihrem Spiegelei zu schneiden. Den entscheidenden Augenblick, in dem sie mit der Gabel in die glänzende gelbe Mitte stach, schob sie seit frühester Kindheit bis zuletzt hinaus. Aber sie gab sich diesem kleinen persönlichen Ritual fast automatisch hin. Ihre Gedanken beschäftigten sich mit den Aufregungen und Entdeckungen ihrer wunderbaren ersten Arbeitsstelle.

«Ich meine, biologisch einmalig. Inspektor Blakelock, der zweite Verbindungsmann der Polizei, hat mir gesagt, daß jeder Mensch einen einmaligen Fingerabdruck hat und daß es keine zwei Bluttypen gibt, die genau gleich sind. Wenn die Wissenschaftler genug Daten hätten, könnten sie alle zuordnen, die Bluttypen, meine ich. Er glaubt, das kommt auch mit der Zeit. Der Serologe wird dann mit Sicherheit sagen können, woher das Blut stammt, selbst bei einem getrockneten Fleck. Eingetrocknetes Blut ist allerdings schwieriger. Wenn das Blut frisch ist, können wir viel mehr damit anfangen.»

«Einen seltsamen Beruf hast du dir ausgesucht.»

Mrs. Pridmore füllte die Teekanne aus dem Kessel auf dem Kamineinsatz nach und machte es sich wieder auf ihrem Stuhl bequem. Die Küche in dem Bauernhaus war hinter den noch zugezogenen geblümten

Baumwollvorhängen warm und gemütlich. Es roch nach Toast, gebratenem Speck und starkem, heißem Tee.

«Na, ich weiß nicht so recht, ob es mir so gut gefällt, daß du Leichenteile und blutbefleckte Kleider in Empfang nimmst. Hoffentlich wäschst du dir gründlich die Hände, bevor du nach Hause gehst.»

«Aber es ist doch ganz anders, Mami. Die Beweisstücke kommen alle in beschrifteten Plastikbeuteln herein. Wir müssen genau aufpassen, daß alle mit einem Etikett versehen sind und ordentlich in das Buch eingetragen werden. Es geht um das kontinuierliche Sammeln von Beweisen und, wie Inspektor Blakelock sagt, um einwandfreie Stücke. Und Leichenteile kriegen wir überhaupt nicht herein.»

Dann fielen ihr die versiegelten Gefäße mit Mageninhalt ein, die sorgfältig zerlegten Stücke von Leber und Eingeweiden, die, wenn man es recht überlegte, nicht erschreckender als die Demonstrationsobjekte im Schullabor aussahen. Sie fügte schnell hinzu:

«Das heißt, nicht so, wie du es dir vorstellst. Dr. Kerrison seziert die Leichen. Er ist ein Gerichtsmediziner, der für das Labor arbeitet. Natürlich bekommen wir Organe zum Analysieren.»

Inspektor Blakelock, erinnerte sie sich, hatte ihr erzählt, daß einmal ein ganzer Kopf im Kühlschrank des Labors gelegen hatte. Aber das war nichts für ihre Mutter. Ihr wäre es auch lieber gewesen, wenn der Inspektor ihr nichts davon gesagt hätte. Der Kühlschrank, schimmernd und massiv wie ein klinischer Sarkophag, übte seitdem eine düstere Faszination auf sie aus. Aber Mrs. Pridmore hakte dankbar bei dem bekannten Namen nach.

«Ich glaube, ich weiß, wer Dr. Kerrison ist. Wohnt er nicht im Alten Pfarrhaus neben der Kirche von Chevisham? Seine Frau ist mit einem Arzt vom Krankenhaus durchgebrannt und hat ihn und die beiden Kinder sitzenlassen, diese sonderbare Tochter und den kleinen Jungen, den armen Kerl. Erinnerst du dich an das Gerede damals, Arthur?»

Ihr Mann gab keine Antwort, und sie schien auch keine zu erwarten. Es war eine stillschweigende Übereinkunft, daß Arthur Pridmore die Frühstücksgespräche den beiden Frauen überließ. Brenda fuhr fröhlich fort:

«Gerichtsmedizin ist nicht nur dazu da, der Polizei beim Auffinden des Schuldigen zu helfen. Wir helfen auch den Unschuldigen. Das vergessen die Leute manchmal. Letzten Monat hatten wir einen Fall – ich kann natürlich keine Namen nennen –, da beschuldigte eine Sechzehnjährige ihren Pfarrer, er habe sie vergewaltigt. Und er war unschuldig.»

«Das will ich hoffen! Vergewaltigung, na so was!»

«Aber es sah böse für ihn aus. Es war reines Glück. Er war ein Ausscheider.»

«Ein was, um Himmels willen?»

«Das ist jemand, der seine Blutgruppe in die ganze Körperflüssigkeit ausscheidet. Das ist nicht bei allen so. Deshalb konnte der Biologe seinen Speichel analysieren und seine Blutgruppe mit den Flecken auf der Unter ...»

«Nicht beim Frühstück, Brenda, wenn du nichts dagegen hast.»

Brenda, deren Augen gerade an einem runden Milchfleck auf der Tischdecke hängengeblieben waren, kam von selbst darauf, daß das Frühstück vielleicht nicht die passendste Zeit war, ihr frisch erworbenes Wissen über die Untersuchung einer Vergewaltigung auszubreiten. Sie fuhr mit einem weniger verfänglichen Thema fort.

«Dr. Lorrimer – das ist der Abteilungsleiter der Biologie – sagt, ich sollte mich in den Naturwissenschaften weiterbilden und versuchen, eine Stelle als Laborantin zu bekommen. Er meint, ich könnte mehr als Büroarbeit. Und wenn ich das erst einmal geschafft hätte, wäre ich schon auf der wissenschaftlichen Ebene und könnte mich hocharbeiten. Einige der berühmtesten Kriminologen hätten auf diese Art angefangen, sagte er. Er hat mir angeboten, mir eine Bücherliste zu geben, und er sagt, er sieht eigentlich keinen Grund, warum ich nicht einen Teil der Laborgeräte für meine praktische Arbeit benutzen sollte.»

«Ich wußte gar nicht, daß du in der biologischen Abteilung arbeitest.»

«Tu ich auch nicht. Ich bin hauptsächlich an der Annahme bei Inspektor Blakelock, und manchmal helfe ich im allgemeinen Sekretariat aus. Aber wir sind ins Gespräch gekommen, als ich einmal einen Nachmittag in seinem Labor war und mit seinen Leuten Berichte fürs Gericht verglichen habe. Er war wirklich ausgesprochen nett. Viele dort mögen ihn nicht. Sie sagen, er sei zu streng, aber ich glaube, er ist einfach schüchtern. Er hätte Direktor werden können, wenn das Innenministerium ihn nicht übergangen und Dr. Howarth ernannt hätte.»

«Er scheint sich ziemlich für dich zu interessieren, dieser Mr. Lorrimer.»

«Dr. Lorrimer, Mami.»

«Dr. Lorrimer, meinetwegen. Aber warum er sich Doktor nennen will, da komme ich nun doch nicht mehr mit. Ihr habt doch keine Patienten im Labor.»

«Er ist Dr. phil., Mami, Doktor der Philosophie.»

«Ach wirklich? Ich dachte, er wäre Wissenschaftler. Na ja, paß auf jeden Fall auf dich auf.»

«Also Mami, jetzt werd nicht albern. Er ist alt. Er muß mindestens vierzig sein. Du, wußtest du, daß unser Institut das älteste kriminologische Labor in England ist? Jetzt sind solche Labors über das ganze Land verstreut, aber unseres war das erste. Colonel Hoggatt hat es auf Gut Chevisham eingerichtet, als er Polizeidirektor wurde. Als er starb, überließ er das Gutshaus der Polizei. Die Kriminologie steckte damals noch in den Kinderschuhen, sagt Inspektor Blakelock, und Colonel Hoggatt war einer der ersten Polizeidirektoren, der ihre Möglichkeiten erkannte. Sein Porträt hängt bei uns in der Halle. Wir sind das einzige Institut, das den Namen seines Gründers trägt. Deshalb war das Innenministerium auch damit einverstanden, daß das neue Labor den Namen beibehält. Anderswo schickt die Polizei die Beweisstücke in das regionale Labor, ins Nordost- oder ins Zentrallabor und so weiter. Aber in Ostanglien heißt es immer: ‹Am besten geben wir es ins Hoggatt.›»

«Du solltest dich jetzt lieber auf den Weg machen, wenn du um halb neun dort sein willst. Und ich möchte nicht, daß du die Abkürzung durch das neue Labor gehst. Der halbfertige Bau ist mir zu gefährlich, besonders an diesen dunklen Morgen. Nachher fällst du noch in einen Schacht oder bekommst einen Stein auf den Kopf. Bauplätze sind zu gefährlich. Denk dran, was Onkel Will passiert ist.»

«In Ordnung, Mami. Wir sollen sowieso nicht über das Baugelände gehen. Außerdem fahre ich mit dem Rad hin. Sind das meine oder Papas Brote?»

«Deine natürlich. Du weißt doch, daß dein Vater mittwochs zum Mittagessen nach Hause kommt. Käse und Tomaten habe ich draufgelegt, und ein gekochtes Ei ist auch dabei.»

Als Brenda weggeradelt war, setzte sich Mrs. Pridmore zu ihrer zweiten Tasse Tee hin und sah ihren Mann an.

«Ich denke, das ist in Ordnung – die Stelle, die sie gefunden hat.»

Wenn Arthur Pridmore sich herabließ, beim Frühstück zu reden, so sprach er mit der ganzen Würde und Autorität des Familienoberhaupts, des Verwalters von Mr. Bowlem und des Kirchenvorstehers der Dorfkirche. Er legte die Gabel aus der Hand.

«Es ist eine gute Stelle, und sie hat Glück gehabt, daß sie sie bekommen hat. Es waren schließlich genug Mädchen mit höherer Schule hinterher. Im öffentlichen Dienst ist sie drin. Und überleg dir mal, was die bezahlen. Mehr, als der Knecht von Mr. Bowlem bekommt. Und dazu der Anspruch auf Pension. Sie ist ein vernünftiges Mädchen und wird ihren Weg machen. Für Mädchen mit gutem Schulabschluß gibt es hier nicht viele Möglichkeiten. Und du wolltest nicht, daß sie eine Arbeit in London annimmt.»

Nein, das bestimmt nicht. Mrs. Pridmore hätte Brenda nicht nach London gehen lassen und Dieben, IRA-Terroristen und der ‹Drogenszene›, wie die Presse geheimnisvoll schrieb, aussetzen wollen. Sie selbst kam selten in die Hauptstadt, manchmal mit der Frauengruppe zu einem Theaterabend oder zum Einkaufen, aber keiner dieser ereignislosen, angenehmen Besuche hatte ihre Überzeugung erschüttern können, daß der Liverpool Street-Bahnhof der höhlenartige Eingang zu einem Stadtdschungel sei, wo mit Bomben und Injektionsspritzen bewaffnete Verbrecher in jeder U-Bahnstation lauerten und Verführer in jedem Büro ihre Fallstricke für unschuldige Mädchen aus der Provinz auslegten. Brenda, dachte ihre Mutter, war ein hübsches Mädchen. Ja, es war nicht zu übersehen, daß sie vom Aussehen her nach der Seite ihrer Mutter schlug, auch wenn sie die Intelligenz vom Vater hatte, und Mrs. Pridmore hatte nicht die Absicht, sie den Versuchungen von London auszusetzen. Brenda ging mit George Bowlem, dem jüngeren Sohn des Chefs ihres Vaters, und wenn es dabei bliebe, wäre es auf jeden Fall eine befriedigende Heirat. Er würde natürlich nicht den eigentlichen Hof bekommen, aber ein hübscher kleiner Besitz drüben in Wisbech wäre ihm sicher. Mrs. Pridmore konnte keinen Sinn in noch mehr Prüfungen und dem Gerede von einer Karriere sehen. Diese Arbeit im Labor war sehr gut für Brenda, bis sie heiratete. Schade nur, daß es dabei hauptsächlich um Blut ging.

Als hätte er ihre Gedanken gelesen, sagte ihr Mann: «Natürlich ist das aufregend für sie, all das Neue. Aber der Job unterscheidet sich wohl nicht viel von anderen Berufen, und meistens wird es ziemlich langweilig sein. Ich kann mir nicht vorstellen, daß unserer Brenda irgend etwas Schlimmes im Hoggatt-Institut zustoßen könnte.»

Dieses Gespräch über die erste Stelle ihrer Tochter hatten sie schon oft geführt, und die Wiederholung diente nur der gegenseitigen Beruhigung. In Gedanken folgte Mrs. Pridmore ihrer Tochter, wie sie kräftig in die Pedale trat, den holprigen Weg durch Mr. Bowlems ebene Felder bis zum Tenpenny-Weg, an Mrs. Buttons Kate vorbei, wo sie als Kind Reiskuchen und selbstgemachte Limonade bekommen hatte, am Tenpenny-Deich entlang, wo sie im Sommer immer Schlüsselblumen pflückte, dann rechts ab auf die Chevisham Road und dann noch einmal zwei Meilen geradeaus an Captain Masseys Besitz vorbei nach Chevisham hinein. Jedes Stückchen ihres Weges war ihr vertraut, war beruhigend und ungefährlich. Und selbst das Hoggatt-Institut, Blut hin, Blut her, war seit mehr als siebzig Jahren ein Teil des Dorfs, während das Gut Chevisham sogar schon fast dreimal so lange bestand. Arthur hatte recht. Ihrer Brenda konnte im Hoggatt nichts Schlimmes passieren.

Mrs. Pridmore zog in bester Stimmung die Vorhänge zurück und setzte sich wieder an den Tisch, um mit Genuß ihre dritte Tasse Tee zu trinken.

6

Zehn Minuten nach neun hielt das Postauto vor der Sprogg-Kate am Rand von Chevisham, um einen einzelnen Brief abzugeben. Er war an Miss Stella Mawson, Lavendelhaus, Chevisham, adressiert, aber der Briefträger stammte aus dem Dorf, und die abweichende Adresse machte ihm keine Probleme. In diesem Haus hatten vier Generationen Sproggs gewohnt, und das kleine Rasendreieck vor dem Gartentor hieß schon fast ebensolang die Sproggwiese. Der jetzige Besitzer hatte eine kleine Garage aus Klinkern angebaut, Bad und Küche modernisiert, zur Krönung dieser Verschönerungen eine Lavendelhecke gepflanzt und das Haus umgetauft. Aber die Leute im Dorf sahen in dem neuen Namen nur den verrückten Einfall eines Ortsfremden, den sie nicht anerkannten und schon gar nicht benutzten. Die Lavendelhecke schien mit der Dorfmeinung zu sympathisieren, denn sie überlebte den ersten Winter in den Marschen nicht, und in der Sprogg-Kate blieb alles beim alten.

Angela Foley, die siebenundzwanzigjährige Privatsekretärin des Direktors am Hoggatt-Institut, nahm den Umschlag in Empfang und erriet an der Art des Papiers, der fachmännisch getippten Adresse und dem Londoner Poststempel sofort, um was es sich handelte. Es war ein Brief, auf den sie gewartet hatten. Sie nahm ihn mit in die Küche, wo sie mit ihrer Freundin noch beim Frühstück saß, reichte ihn wortlos über den Tisch und betrachtete Stellas Gesicht, während diese ihn las. Nach einer Weile fragte sie:

«Und?»

«Was wir befürchtet haben. Er kann nicht länger warten. Er will es möglichst schnell verkaufen und hat einen Freund an der Hand, der es gern als Wochenendhaus haben möchte. Als Mietern räumt er uns das Vorkaufsrecht ein, aber er muß bis kommenden Montag wissen, ob wir daran interessiert sind.»

Sie warf den Brief über den Tisch. Angela sagte bitter:

«Interessiert! Natürlich sind wir daran interessiert. Das weiß er doch. Vor Wochen haben wir ihm schon gesagt, daß wir Briefe an Gott und die Welt schreiben, um einen Kredit zu bekommen.»

«Das sind eben die juristischen Floskeln. Was sein Anwalt wissen will, ist, ob wir es kaufen können. Die Antwort ist nein.»

Die Rechnung war einfach. Sie brauchten sie nicht mehr zu diskutieren. Der Besitzer wollte 16 000 Pfund. Keine der Banken, an die sie sich gewandt hatten, wollte mehr als 10 000 geben. Zusammen hatten sie etwas über 2000 gespart. Fehlten noch 4000. Aber da ihnen kein zeitlicher Spielraum blieb, hätten es genausogut 40 000 sein können.

Angela sagte: «Mit weniger wird er sich wohl nicht vorerst zufrieden geben?»

«Nein. Das haben wir ja versucht. Und warum sollte er auch? Es ist ein völlig umgebautes, strohgedecktes Haus aus dem 17. Jahrhundert. Und wir haben es noch verbessert. Wir haben den Garten hergerichtet. Er wäre dumm, wenn er es für weniger als 16 000 abgeben würde, selbst an einen Mieter.»

«Aber Stella, wir sind Mieter! Er muß uns erst einmal herausbekommen.»

«Das ist der einzige Grund, warum er uns soviel Zeit gelassen hat. Er weiß genau, daß wir ihm Schwierigkeiten machen können. Aber das stehe ich nicht durch, hier nur mit seiner Duldung zu wohnen und dabei zu wissen, daß wir letzten Endes doch gehen müssen. Unter solchen Bedingungen kann ich nicht schreiben.»

«Aber wir können in einer Woche keine 4000 Pfund auftreiben! Und wie die Dinge stehen, können wir nicht einmal auf einen Kredit hoffen, wenn ...»

«Wenn ich in diesem Jahr ein Buch herausbrächte, was aber nicht der Fall ist. Und was ich mit dem Schreiben verdiene, reicht nicht einmal für meinen Anteil am Haushalt. Es war taktvoll von dir, das nicht zu sagen.»

Sie hatte nicht vorgehabt, das zu sagen. Stella schrieb nicht am laufenden Band Bücher. Ihre Romane waren nicht geeignet, viel Geld zu bringen. Was hatte kürzlich ein Kritiker geschrieben? Anspruchsvolle Beobachtungsgabe gepaart mit anmutig feinnerviger indirekter Prosa. Obgleich sie sich manchmal fragte, was die Kritiker eigentlich genau sagen wollten, war es nicht überraschend, daß Angela alle Besprechungen zitieren konnte. Klebte sie doch alle sorgfältig in das besondere Buch ein, das Stella allerdings nur mit Geringschätzung bedachte. Sie sah vor sich hin, während ihre Freundin ihren, wie sie es nannten, Tigerschritt aufnahm, dieses zwanghafte Auf- und Abgehen, mit dem Blick auf dem Boden und den Händen tief in den Taschen des Morgenrocks. Schließlich sagte Stella:

«Es ist ein Jammer, daß dieser Vetter von dir so ein unangenehmer

Typ ist. Sonst würde es einem nichts ausmachen, ihn anzupumpen. Schließlich hat er ja genug.»

«Aber ich habe ihn doch schon gefragt. Natürlich nicht wegen des Hauses. Aber ich habe ihn gebeten, mir etwas Geld zu leihen.»

Es war lächerlich, daß das so schwer über die Lippen kam. Schließlich war Edwin ihr Vetter. Sie hatte ein Recht, ihn zu fragen. Und es war ja das Geld ihrer Großmutter. Das war wirklich kein Grund, daß Stella sich ärgerte. Es gab Augenblicke, in denen ihr Stellas Zorn nichts ausmachte, Augenblicke, in denen sie ihn sogar absichtlich provozierte. Dann wartete sie aufgeregt und ein wenig beschämt auf den ungewöhnlichen Ausbruch von Bitterkeit und Verzweiflung, nicht so sehr als dessen Opfer, sondern eher als bevorzugter Zuschauer, und genoß um so mehr die unvermeidliche Reue und Selbstbeschuldigung, die Süße der Versöhnung. Aber heute verspürte sie zum erstenmal ein Gefühl der Angst, das sie frösteln ließ.

«Wann?»

Jetzt half ihr nichts. Jetzt mußte sie alles sagen.

«Letzten Dienstagabend. Nachdem du beschlossen hattest, die Buchung für die Venedigreise im kommenden März wegen des ungünstigen Wechselkurses rückgängig zu machen. Ich hatte es mir als Geburtstagsgeschenk gedacht, Venedig, meine ich.»

Sie hatte sich die Szene ausgemalt. Wie sie die Fahrkarten und die Hotelreservierungen in einer dieser extragroßen Geburtstagskarten überreichte. Wie Stella versuchte, ihre Überraschung und Freude zu verbergen. Wie sie beide eifrig Stadtpläne und Reiseführer wälzten und die Marschrouten für jeden wunderbaren Tag planten. Wie sie zum erstenmal und gemeinsam diesen unvergleichlichen Blick von der Westseite der Piazza auf San Marco genossen. Stella hatte ihr Ruskins Beschreibung vorgelesen. «Eine Vielzahl von Säulen und weißen Kuppeln, gebündelt in einer langen niedrigen Pyramide aus farbigem Licht.» Zusammen frühmorgens auf der Piazzetta zu stehen und über das schimmernde Wasser hinüber auf San Giorgio Maggiore zu blicken! Es war ein Traum, so unwirklich wie die zerfallende Stadt. Aber das Hoffen darauf war es wert gewesen, sich ein Herz zu fassen und Edwin um Geld zu bitten.

«Und was sagte er?»

Es war jetzt nicht mehr möglich, die brüske Ablehnung abzuschwächen, die ganze demütigende Geschichte aus ihrem Gedächtnis zu verbannen.

«Er sagte nein.»

«Wahrscheinlich hast du ihm gesagt, wofür du das Geld brauchst. Du hast wohl nicht daran gedacht, daß wir nur wegfahren wollen, um für uns zu sein, daß unsere Ferien unsere eigene Angelegenheit sind, daß es für mich erniedrigend sein könnte, wenn Edwin Lorrimer erfährt, daß ich es mir nicht leisten kann, dich zu einer Reise nach Venedig einzuladen, nicht einmal zu einer zehntägigen Pauschalreise.»

«Nichts hab ich gesagt.» Sie protestierte heftig, erschrak, als sie ihre Stimme umkippen hörte und die ersten heißen, salzigen Tränen spürte. Seltsam, dachte sie, daß ausgerechnet sie weinte. Denn Stella war die impulsivere, stärker von Emotionen bestimmte. Und dennoch weinte Stella nie.

«Ich habe ihm überhaupt nichts gesagt, außer, daß ich das Geld brauche.»

«Wieviel?»

Sie zögerte und überlegte, ob sie lügen sollte. Aber sie belog Stella nie.

«500 Pfund. Ich dachte, wenn schon, dann wollen wir reisen, wie es sich gehört. Ich sagte nur, daß ich dringend 500 Pfund brauchte.»

«Dann überrascht es mich nicht, daß er es angesichts dieses unwiderlegbaren Arguments ablehnte, etwas herauszurücken. Was hat er genau geantwortet?»

«Nur, daß Großmutter ihre Absichten in ihrem Testament eindeutig klargemacht habe und daß er keineswegs vorhabe, etwas daran zu ändern. Dann sagte ich, der größte Teil des Geldes würde nach seinem Tod sowieso mir zufallen – so sagte er wenigstens bei der Testamentseröffnung –, aber dann wäre es zu spät, dann wäre ich eine alte Frau. Ich könnte ja auch vor ihm sterben. Es wäre jetzt wichtig für mich. Aber ich sagte kein Wort, wofür ich es brauche. Das schwöre ich.»

«Schwören? Nun fang nicht an zu dramatisieren. Du stehst nicht vor Gericht. Und was meinte er dazu?»

Wenn Stella doch nur aufhörte, so aufgeregt hin und her zu laufen, wenn sie ihr nur ins Gesicht sähe, anstatt sie mit dieser kalten, bohrenden Stimme auszufragen. Und was nun kam, war noch schwerer zu sagen. Sie konnte sich selbst nicht erklären, warum, aber es war etwas, das sie hatte von sich schieben wollen, wenigstens für den Augenblick. Eines Tages hatte sie es Stella sagen wollen, hatte auf den rechten Zeitpunkt warten wollen. Sie hatte sich nicht ausgemalt, so rücksichtslos und unvermittelt zu dieser Mitteilung gezwungen zu werden.

«Er sagte, ich solle mich nicht darauf verlassen, überhaupt etwas in seinem Testament zu bekommen. Er sagte, er würde vielleicht neue Verpflichtungen eingehen. Verpflichtungen – so drückte er sich aus. Und in diesem Fall wäre das Testament hinfällig.»

Jetzt endlich blieb Stella stehen und sah sie an.

«Neue Verpflichtungen? Eine Ehe? Nein, das wäre ja lächerlich. Heiraten – dieser vertrocknete, pedantische, selbstzufriedene, prüde Kerl. Ich bezweifle, daß er jemals freiwillig einen menschlichen Körper außer seinem eigenen anfaßt. Einsames, masochistisches, heimliches Laster, das ist alles, was er kennt. Nein, Laster nicht, das Wort ist zu stark. Aber eine Heirat! Meinst du nicht auch ...»

Sie brach ab. Angela sagte:

«Er hat nichts von Heirat gesagt.»

«Warum sollte er? Aber was würde sonst ein bestehendes Testament automatisch annullieren, wenn er kein neues aufsetzt? Heirat macht ein Testament ungültig. Wußtest du das nicht?»

«Willst du damit sagen, daß ich enterbt werde, sobald er heiratet?»

«Ja.»

«Aber das wäre ungerecht!»

«Seit wann ist das Leben für seine Gerechtigkeit bekannt? Es war nicht gerecht von deiner Großmutter, ihm ihr Vermögen zu hinterlassen, anstatt es zwischen euch zu teilen. Und nur, weil er ein Mann war und sie das altmodische Vorurteil hatte, Frauen sollten kein Geld besitzen. Es ist nicht gerecht, daß du nur Sekretärin im Hoggatt-Institut bist, weil sich niemand dafür interessiert hat, dir eine bessere Ausbildung zu ermöglichen. Es ist letzten Endes auch nicht gerecht, daß du mich aushalten mußt.»

«Ich halte dich nicht aus. In jeder Hinsicht, außer der unwichtigsten, unterstützt du mich.»

«Es ist demütigend, tot mehr wert zu sein als lebendig. Wenn heute nacht mein Herz aussetzte, wäre für dich alles in Ordnung. Du könntest mit dem Geld von der Lebensversicherung das Haus kaufen und wohnen bleiben. Die Bank würde das Geld vorschießen, wenn sie wüßte, daß du meine Erbin bist.»

«Ohne dich würde ich nicht bleiben wollen.»

«Gut, wenn du wirklich hier weggehen mußt, wird es dir wenigstens eine Entschuldigung liefern, allein zu leben, wenn du das willst.»

Angela protestierte heftig: «Ich werde nie mit einem anderen Menschen leben als mit dir. Ich will nirgendwo anders leben als hier, in diesem Haus. Das weißt du doch. Es ist unser Zuhause.»

Es war ihr Zuhause. Es war das einzige richtige Zuhause, das sie je kennengelernt hatte. Sie mußte sich nicht erst umsehen, um mit bestürzender Klarheit jeden lieben, vertrauten Gegenstand vor Augen zu haben. Manchmal lag sie nachts im Bett und sah sich in Gedanken zufrieden durch das Haus gehen. Und bei allem, was sie anfaßte, entdeckte sie gemeinsame Erinnerungen wieder und fühlte sich glücklich und sicher.

Die beiden viktorianischen Kristallvasen auf den passenden Sockeln, die sie an einem Sommerwochenende in Brighton in einem Antiquitätengeschäft gefunden hatten. Die Marschlandschaft in Öl aus dem 18. Jahrhundert von einem unbekannten Maler; wie oft hatten sie die unleserliche Signatur durch eine Lupe betrachtet und vergnügt die abwegigsten Vermutungen angestellt. Das französische Schwert in seiner verzierten Scheide, das sie in einem Kramladen auf dem Land entdeckt und über den Kamin gehängt hatten. Ihre Besitztümer aus Holz und Porzellan, Farben und Stoffen waren nicht nur ein Symbol ihres gemeinsamen Lebens. Das Haus und ihre Habseligkeiten *waren* ihr gemeinsames Leben. Sie verschönten es und ließen es Realität werden, so, wie die Blumen und Sträucher, die sie im Garten gepflanzt hatten, ihr Reich absteckten.

Plötzlich fiel ihr ein beängstigender, immer wiederkehrender Alptraum ein. Sie standen sich Auge in Auge in einem leeren Dachzimmer gegenüber, kahle Wände mit hellen Stellen, wo Bilder gehangen hatten, rauhe Dielen unter den Füßen, zwei nackte Fremde im leeren Raum. Sie versuchte, ihre Hände auszustrecken und Stellas Hände zu berühren, war aber unfähig, die schweren, monströsen Gewichte aus Fleisch zu heben, die ihre Arme geworden waren. Sie fröstelte. Dann rief die Stimme der Freundin sie wieder in die Wirklichkeit des kalten Herbstmorgens zurück.

«Wieviel hat deine Großmutter eigentlich hinterlassen? Du hast es einmal gesagt, aber ich habe es vergessen.»

«Ungefähr 30000 Pfund, glaube ich.»

«Und er kann eigentlich nichts davon ausgegeben haben, so bescheiden, wie er mit seinem alten Vater lebt in diesem schäbigen Haus. Er hat nicht einmal die Windmühle herrichten lassen. Sein Gehalt muß mehr als genug für beide sein, ganz abgesehen von der Pension des Alten. Lorrimer ist in einer gehobenen Position, nicht wahr? Was verdient er denn?»

«Er ist Abteilungsleiter. Die Gehälter gehen bis 8000 Pfund.»

«Lieber Himmel! Mehr in einem Jahr, als ich mit vier Romanen verdienen kann. Aber wenn er schon bei 500 gekniffen hat, wird er sich kaum von 4000 trennen, wenigstens nicht bei dem Zinssatz, den wir uns leisten können. Aber weh tun würde es ihm nicht. Ich habe große Lust, ihn trotz allem noch einmal zu fragen.»

Stella wollte sie natürlich nur ärgern. Aber sie merkte es zu spät, um den Schrecken in ihrer Stimme zu unterdrücken.

«Nein, Stella, bitte! Nein, das darfst du nicht!»

«Du haßt ihn wirklich, nicht wahr?»

«Nein, das nicht. Er ist mir gleichgültig. Ich möchte ihm nur nicht zu Dank verpflichtet sein.»

«Das möchte ich auch nicht. Und du wirst es auch nicht nötig haben.»

Angela ging in die Diele und kam im Mantel zurück. Sie sagte:

«Ich komme zu spät ins Labor, wenn ich nicht schnell mache. Die Kasserolle steht im Backofen. Vergiß nicht, um halb sechs anzustellen. Du brauchst nichts am Thermostat zu verstellen. Ich kümmere mich darum, wenn ich nach Hause komme.

«Ich werde schon damit zurechtkommen.»

«Ich nehme mir belegte Brote mit und komme nicht zum Mittagessen her. Im Kühlschrank ist Schinken und Salat. Stella, reicht dir das?»

«Ich werde schon nicht verhungern.»

«Was ich gestern getippt habe, liegt in der Mappe, aber ich habe es noch nicht durchgesehen.»

«Du Faulpelz!»

Stella ging mit der Freundin in die Diele. An der Tür sagte sie:

«Wahrscheinlich denken sie im Labor, daß ich dich ausnutze.»

«Sie wissen im Labor nichts von dir. Und mir wäre es auch egal, was sie denken.»

«Meint Edwin Lorrimer auch, daß ich dich ausnutze? Oder was denkt er?»

«Ich habe keine Lust, über ihn zu reden.»

Sie band einen Schal um ihr blondes Haar. In dem antiken Spiegel mit dem Perlmuttrahmen sah sie ihre Gesichter, von einem Fehler im Glas verzerrt; das Braun und Grün von Stellas großen leuchtenden Augen verlief wie frische Farbe in den tiefen Furchen zwischen Nasenflügeln und Mund; ihre eigene breite Stirn wölbte sich vor wie bei einem Kind mit Wasserkopf. Sie sagte:

«Ich möchte wissen, was ich empfinden würde, wenn Edwin diese Woche stürbe; ein Herzanfall, ein Autounfall, ein Gehirnschlag.»

«Das Leben ist nicht so entgegenkommend.»

«Der Tod auch nicht. Stella, schreibst du heute noch an den Rechtsanwalt?»

«Er erwartet vor Montag keine Antwort. Ich kann ihn Montagmorgen in seinem Büro in London anrufen. Das sind noch einmal fünf Tage. In fünf Tagen kann viel passieren.»

7

«Das ist genau wie meins! Das Höschen meine ich. Ich habe genau das gleiche. Ich habe es bei Marks & Spencer in Cambridge von meinem ersten Gehalt gekauft.»

Es war 10 Uhr 35. Brenda Pridmore stand am Annahmetisch an der Rückseite der Haupthalle des Hoggatt-Instituts und sah aufmerksam zu, wie Inspektor Blakelock den ersten, mit einem Etikett versehenen Plastikbeutel mit Beweismaterial vom Kalkgrubenmord über den Tisch zu sich zog. Sie fuhr zögernd mit einem Finger über die dünne Plastikhülle, durch die der Schlüpfer deutlich zu sehen war. Er war zerknittert und am Zwickel beschmutzt. Der Polizist, der die Sachen hereingegeben hatte, hatte gesagt, das Mädchen sei tanzen gewesen. Komisch, dachte Brenda, daß sie sich nicht die Mühe gemacht hatte, vorher frische Unterwäsche anzuziehen. Vielleicht war sie nicht besonders ordentlich gewesen. Oder sie hatte vielleicht keine Zeit zum Umziehen gehabt. Und jetzt würden diese intimen Kleidungsstücke, die sie am Tage ihres Todes so gedankenlos angezogen hatte, von fremden Händen glattgestrichen und unter ultraviolettem Licht untersucht, womöglich sogar vor Gericht dem Richter und den Geschworenen säuberlich etikettiert hinaufgereicht werden.

Brenda wußte, sie würde ihren eigenen Schlüpfer nie mehr tragen können. So hübsch er war – er war für immer durch die Erinnerung an dieses unbekannte tote Mädchen vergiftet. Vielleicht hatten sie sie gemeinsam am selben Tag im selben Geschäft gekauft. Sie erinnerte sich, wie aufregend es gewesen war, zum erstenmal selbstverdientes Geld auszugeben. Es war ein Samstagnachmittag gewesen. Um den Wäschestand hatten sich die Leute gedrängelt, und gierige Hände hatten die Stapel von Schlüpfern durchwühlt. Ihr hatte der mit den maschinegestickten rosa Blümchen auf der Vorderseite am besten gefallen. Dieses unbekannte Mädchen hatte den gleichen Geschmack gehabt. Vielleicht hatten ihre Hände sich berührt. Sie rief aus:

«Inspektor, ist der Tod nicht etwas Furchtbares?»

«Mord, ja. Nicht der Tod, wenigstens nicht mehr als die Geburt. Das eine kann nicht ohne das andere sein, oder es gäbe nicht Raum für uns alle. Ich glaube, ich werde nicht allzuviel Angst haben, wenn meine Zeit kommt.»

«Aber der Polizist, der die Sachen brachte, sagte, sie sei erst achtzehn gewesen. So alt wie ich.»

Er war dabei, die Mappe für den neuen Fall anzulegen, und übertrug gewissenhaft die Angaben auf dem Polizeiformular in die Akte. Sein

Kopf mit dem kurzgeschnittenen spröden Haar, das sie an einen Stoppelacker erinnerte, beugte sich tief über das Papier, so daß sie sein Gesicht nicht sehen konnte. Plötzlich fiel ihr ein, daß jemand erzählt hatte, er habe seine Tochter verloren. Es war ein Unfall mit Fahrerflucht gewesen, und sie wünschte, sie könnte ihre Worte zurücknehmen. Ihr Gesicht brannte, und sie wandte die Augen ab. Aber als er antwortete, war seine Stimme ganz ruhig.

«Hm, das arme Ding. Hat ihn dorthin gelockt, würde ich sagen. Sie lernen es nie. Was haben Sie da?»

«Das ist der Beutel mit der Männerkleidung, Anzug, Schuhe, Unterwäsche. Meinen Sie, das sind die Sachen des Hauptverdächtigen?»

«Ich denke, das sind die Kleider ihres Mannes.»

«Aber was können die beweisen? Sie wurde doch erwürgt, nicht wahr?»

«Das können wir erst mit Sicherheit sagen, wenn wir Dr. Kerrisons Bericht bekommen haben. Aber sie untersuchen eigentlich grundsätzlich die Kleider des Hauptverdächtigen. Sie könnten eine Spur von Blut finden, vielleicht ein Sandkorn, Erde, Farbe, winzige Fasern von den Kleidern des Opfers oder sogar eine Spur ihres Speichels. Oder vielleicht ist sie auch vergewaltigt worden. Das ganze Päckchen geht mit den Kleidern des Opfers in die Biologie.»

«Aber der Polizist hat nichts von Vergewaltigung gesagt! Und haben Sie nicht gesagt, die Sachen gehören ihrem Mann?»

«Sie sollen sich darüber überhaupt keine Gedanken machen. Sie müssen lernen, sich wie ein Arzt oder eine Krankenschwester zu verhalten, nämlich Abstand zu bekommen.»

«Haben die Kriminologen den?»

«Ich glaube schon. Das ist ihr Beruf. Sie denken nicht über Opfer und Verdächtige nach. Das ist Sache der Polizei. Sie kümmern sich nur um die wissenschaftlichen Fakten.»

Er hat recht, dachte Brenda. Erst vor drei Tagen hatte der Leiter der Instrumentenabteilung sie einen Blick in das große Elektronenmikroskop werfen lassen, und sie hatte gesehen, wie ein winziges graues Lehmkügelchen augenblicklich zu einer exotischen leuchtenden Blume aufbrach. Er hatte erklärt:

«Das ist ein Kokkolith in sechstausendfacher Vergrößerung.»

«Ein was?»

«Das Skelett eines Mikroorganismus, der in den alten Ozeanen lebte, aus denen sich der Kalk in dem Lehm abgelagert hat. Sie sehen ganz unterschiedlich aus, je nachdem, wo der Kalk abgebaut wurde. Deshalb kann man eine Lehmprobe von einer anderen unterscheiden.»

Sie hatte ausgerufen: «Das ist ja wunderschön!»

Er hatte dann selbst durch das Okular des Geräts gesehen.

«Ja, hübsch, nicht wahr?»

Aber während sie staunend diesen Blick in eine Millionen Jahre zurückliegende Vergangenheit getan hatte, war ihr klar gewesen, daß seine Gedanken bei der dünnen Lehmspur am Schuhabsatz des Verdächtigen waren, der Spur, die vielleicht beweisen würde, daß der Mann ein Frauenschänder oder ein Mörder war. Und dennoch, hatte sie gedacht, ist es ihm eigentlich gleichgültig. Er interessiert sich nur dafür, die richtige Antwort zu finden. Es wäre sinnlos gewesen, ihn zu fragen, ob er an ein einheitliches Prinzip des Lebens glaubte, ob es wirklich Zufall sein konnte, daß ein so winziges, mit dem bloßen Auge nicht erkennbares Tier vor Millionen Jahren in den Tiefen des Ozeans sterben konnte, um durch die Wissenschaft wieder aufzuerstehen und Schuld oder Unschuld eines Menschen zu beweisen. Es war eigenartig, dachte sie, daß Wissenschaftler so häufig nicht religiös waren, wo doch ihre Arbeit eine so vielfältige, wunderbare und doch so geheimnisvoll verkettete und einheitliche Welt enthüllte. Dr. Lorrimer schien der einzige im Labor zu sein, von dem man wußte, daß er regelmäßig in die Kirche ging. Sie überlegte, ob sie es wagen sollte, ihn über den Kokkolithen und Gott zu fragen. Er war an diesem Morgen sehr freundlich zu ihr gewesen. Er war über eine Stunde zu spät ins Labor gekommen, erst um 10 Uhr, und hatte schrecklich abgespannt ausgesehen, weil er nachts am Tatort gewesen war. Er hatte seine private Post an der Annahme abgeholt und gesagt:

«Sie bekommen heute morgen die Beweisstücke von Ihrem ersten Mordfall herein. Lassen Sie sich dadurch keine Angst machen, Brenda. Es gibt nur einen Tod, den wir fürchten müssen, und das ist unser eigener.»

Es war seltsam, so etwas zu sagen, eine sonderbare Art, ihr Mut zu machen. Aber er hatte recht. Sie war plötzlich froh, daß Inspektor Blakelock die Akte zu dem Kalkgrubenmord angelegt hatte. So würde die Besitzerin dieses schmutzigen Schlüpfers für sie unbekannt bleiben, namenlos, eine Nummer auf einem Aktendeckel in der Biologie-Serie. Inspektor Blakelocks Stimme unterbrach ihre Gedanken.

«Haben Sie die Gerichtsberichte erledigt, die wir gestern für die Post fertiggemacht haben?»

«Ja, ich habe alles in das Ausgangsbuch eingetragen. Ich wollte Sie noch fragen, warum die Gerichtssachen alle mit dem Aufdruck ‹Strafprozeßordnung 1967, Paragraphen 2 und 9› versehen sind.»

«Das bezeichnet den gesetzlichen Vorgang für schriftliche Aussagen, die zur Ausstellung von Haftbefehlen und zu Gerichtsverfahren abgegeben werden. Sie können die entsprechenden Abschnitte in der Bibliothek nachlesen. Vor der Regelung von 1967 war es eine große Belastung für die Labors, kann ich Ihnen sagen, als alle Sachverständigenaussagen mündlich gemacht werden mußten. Allerdings bringen die Beamten, die vor Gericht erscheinen müssen, immer noch sehr viel Zeit bei den Prozessen zu. Die Verteidigung akzeptiert die wissenschaftlichen Ergebnisse nicht immer. Das ist die Schwierigkeit in diesem Beruf – nicht die Analyse an sich, sondern allein im Zeugenstand zu stehen und sie im Kreuzverhör zu verteidigen. Wenn ein Mann im Zeugenstand nicht gut ist, dann ist seine ganze gründliche Arbeit umsonst gewesen.»

Brenda fiel plötzlich noch etwas ein, was Mrs. Mallett ihr erzählt hatte. Der Autofahrer, der Inspektor Blakelocks Tochter totgefahren hatte, war freigesprochen worden, weil der Gutachter sich im Kreuzverhör verheddert hatte. Es war irgend etwas mit der Analyse der Lacksplitter auf der Straße gewesen, die zum Auto des Verdächtigen gepaßt hatten. Es mußte schrecklich sein, ein einziges Kind oder überhaupt ein Kind zu verlieren. Vielleicht war es das Schlimmste, was einem Menschen widerfahren konnte. Kein Wunder, daß Inspektor Blakelock manchmal so still war, daß er oft nur mit diesem leichten, freundlichen Lächeln antwortete, wenn die Polizisten hereinkamen und ihre derben Späße machten.

Sie warf einen Blick auf die Wanduhr. Viertel vor elf. Jede Minute mußten die Teilnehmer des Kurses über die Spurensicherung am Tatort hereinkommen, um einen Vortrag über das Sammeln und Aufbewahren von wissenschaftlichem Beweismaterial zu hören, und die kurze Zeit der Ruhe wäre vorbei. Sie hätte gern gewußt, was Colonel Hoggatt wohl dächte, wenn er heute sein Labor besuchte. Ihre Augen wanderten wie so oft zu seinem Porträt, das vor dem Büro des Direktors hing. Sie konnte von ihrem Platz am Schreibtisch aus die goldene Inschrift auf dem Rahmen lesen:

Colonel William Makepeace Hoggatt V.C.
Polizeidirektor 1894–1912
Gründer des Hoggatt-Instituts für Kriminologie

Er stand in demselben Raum, der heute noch als Bibliothek benutzt wurde. Sein bärtiges, gerötetes Gesicht wirkte streng unter dem Federhut, sein mit Litzen und Orden geschmückter Uniformrock war mit einer Reihe goldener Knöpfe zugeknöpft. Eine besitzergreifende Hand lag, leicht wie bei einem den Segen erteilenden Priester, auf einem altmodischen Mikroskop aus glänzendem Messing. Aber die drohenden

Augen waren nicht auf dieses letzte Wunderwerk der Technik gerichtet; sie starrten Brenda an. Sein mahnender Blick erinnerte sie an ihre Pflichten, und sie beugte sich wieder über ihre Arbeit.

8

Um 12 Uhr gingen die Abteilungsleiter auseinander, die im Büro des Direktors die Einrichtung und Ausstattung des neuen Labors besprochen hatten. Howarth bat seine Sekretärin, den Konferenztisch abzuräumen. Er sah ihr zu, wie sie die Aschenbecher ausleerte und polierte (er selbst rauchte nicht, und der Geruch von Asche war ihm zuwider), die Kopien der Baupläne des Labors zusammenlegte und das herumliegende Notizpapier einsammelte. Sogar von seinem Schreibtisch aus konnte Howarth das komplizierte geometrische Gekritzel von Middlemass und das zerknüllte Blatt mit den Diskussionspunkten sehen, das der Fahrzeugprüfer Bill Morgan mit Kaffeeflecken verziert hatte.

Er beobachtete das Mädchen, das ruhig und selbstsicher um den Tisch herumging, und fragte sich wie immer, was hinter dieser ungewöhnlich breiten Stirn und den rätselhaften schrägen Augen vor sich gehen mochte. Er vermißte seine ehemalige persönliche Assistentin Marjory Faraker mehr, als er erwartet hatte. Es war, dachte er kleinlaut, für seine Eitelkeit eine gute Lehre gewesen, zu sehen, daß ihre Anhänglichkeit letzten Endes doch nicht so weit ging, ihm in das Marschland zu folgen und London hinter sich zu lassen, wo sie ihr eigenes Leben lebte, wie er zu seiner Überraschung entdeckt hatte. Wie alle guten Sekretärinnen hatte sie einige der idealen Eigenschaften einer Frau, Mutter, Geliebten, Vertrauten, Dienerin und Freundin erworben – oder wenigstens gewußt, diese vorzuspielen –, ohne eine davon zu sein oder auch nur sein zu wollen. Sie hatte seiner Eigenliebe geschmeichelt, ihn vor den kleineren Ärgernissen des Alltags geschützt, mit mütterlicher Kampfbereitschaft seine Privatsphäre abgeschirmt und mit unendlichem Takt dafür gesorgt, daß er alles wußte, was sich in seinem Labor abspielte, soweit er es wissen mußte.

Er konnte sich nicht über Angela Foley beklagen. Sie war eine ausgezeichnete Stenotypistin und eine tüchtige Sekretärin. Nichts blieb bei ihr liegen. Das einzige war, daß er für sie kaum existierte, daß seine Autorität, der sie sich freundlich beugte, dennoch nicht ernst genommen wurde. Die Tatsache, daß sie Lorrimers Kusine war, spielte für ihn keine Rolle. Er hatte sie diesen Namen nie erwähnen hören. Er fragte sich ab und zu, was für ein Leben sie wohl in diesem abgelegenen Häuschen mit ihrer schriftstellernden Freundin führte und wieweit sie damit zufrieden war. Aber sie erzählte ihm nichts, nicht einmal etwas über das Labor. Er wußte, daß das Hoggatt seinen eigenen Herzschlag hatte – das hatten alle Institutionen dieser Art –, aber der Puls entging ihm. Er sagte:

«Das Außenministerium wünscht, daß wir nächsten Monat für zwei oder drei Tage einen dänischen Biologen bei uns aufnehmen. Er besucht England, um unseren öffentlichen Dienst kennenzulernen. Schieben Sie ihn bitte an ein paar Tagen ein, an denen ich Zeit habe, mich etwas um ihn zu kümmern. Sie sollten auch Dr. Lorrimer nach seinem Terminkalender fragen. Dann teilen Sie dem Ministerium mit, welche Tage von uns aus in Frage kommen.»

«Ja, Dr. Howarth.»

Wenigstens war die Autopsie vorbei. Es war schlimmer gewesen, als er gedacht hatte, aber er hatte sie durchgestanden, ohne sich zu blamieren. Er hatte nicht damit gerechnet, daß die Farben des menschlichen Körpers so intensiv, so exotisch schön wären. Jetzt sah er wieder die behandschuhten Hände Dr. Kerrisons vor sich, die aalglatt in den geöffneten Körper schlüpften – erklärend, demonstrierend, wegwerfend. Vermutlich war der Arzt inzwischen genauso gegen den Ekel gefeit, wie er offensichtlich gegenüber dem süßsauren Geruch der Leichenhalle immun war. Und für alle Experten in Fragen des gewaltsamen Todes, die täglich die endgültige Zerstörung der Persönlichkeit vor Augen hatten, war Mitleid vermutlich ebenso belanglos wie Ekel.

Miss Foley war inzwischen fertig und kam an seinen Schreibtisch, um den Ausgangskorb zu leeren. Er sagte:

«Hat Inspektor Blakelock schon die durchschnittliche Durchlaufzeit für den letzten Monat ermittelt?»

«Ja, Sir. Der Durchschnitt für alle Beweisstücke ist auf zwölf Tage zurückgegangen, und bei den Blutalkoholtests sind es sogar nur noch bis zwei Tage. Aber die Bearbeitungszeit bei Verbrechen gegen Personen ist wieder gestiegen. Ich schreibe gerade die Aufstellung.»

«Geben Sie sie mir bitte, sobald Sie fertig sind.»

Wahrscheinlich würden manche Erinnerungen noch stärker haften bleiben als der Anblick Dr. Kerrisons, der mit seinem Messer die lange Linie des ersten Einschnitts auf dem milchweißen Körper markierte. Doyle zum Beispiel, dieser große schwarze Klotz, der ihn angrinste, als sie danach im Waschraum nebeneinander die Hände wuschen. Und warum, überlegte er, hatte er den Drang gehabt, seine Hände zu waschen? Sie waren mit nichts in Berührung gekommen.

«Die Vorführung war wieder einmal vorbildlich. Sauber, schnell und gründlich, das ist Doc Kerrison. Schade, daß wir Sie nicht mitnehmen können, wenn wir die Verhaftung vornehmen. Ist leider nicht gestattet. Diesen Teil müssen Sie sich selbst ausmalen. Aber da ist ja noch der Prozeß, wenn wir Glück haben. Den werden Sie sich nicht entgehen lassen.»

Angela Foley stand vor seinem Schreibtisch und sah ihn, wie ihm schien, sonderbar an.

«Ja?»

«Scobie mußte nach Hause gehen, Dr. Howarth. Es geht ihm gar nicht gut. Er meint, es ist vielleicht diese Zwei-Tage-Grippe, die zur Zeit umgeht. Und er sagt, der Verbrennungsofen sei kaputtgegangen.»

«Sicher hat er den Mechaniker angerufen, bevor er gegangen ist.»

«Ja, Sir. Er sagt, der Ofen habe gestern noch funktioniert, als Inspektor Doyle mit der Gerichtsverfügung kam, daß das Haschisch vernichtet werden dürfe. Da war er noch in Ordnung.»

Howarth ärgerte sich. Miss Faraker wäre es im Traum nicht eingefallen, ihn mit solchem Verwaltungskleinkram zu belästigen. Miss Foley erwartete von ihm wohl ein paar teilnahmsvolle Worte über Scobie, vielleicht eine Frage, ob der alte Mann mit seinem Fahrrad hatte nach Hause fahren können. Dr. MacIntyre hatte sicher wie ein verschrecktes Schaf geblökt, wenn jemand vom Personal erkrankt war. Er beugte den Kopf über die Papiere vor sich.

Aber Miss Foley war schon an der Tür. Jetzt mußte es sein. Er zwang sich, zu sagen:

«Würden Sie bitte Dr. Lorrimer fragen, ob er auf ein paar Minuten herunterkommen kann?»

Er hätte Lorrimer nach der Besprechung ganz beiläufig bitten können, noch etwas zu bleiben; warum hatte er es nicht getan? Wahrscheinlich, weil die in aller Öffentlichkeit ausgesprochene Aufforderung zu sehr nach Schulmeister geklungen hätte. Vielleicht, weil er dieses Gespräch nur zu gern aufgeschoben hätte, sei es auch nur für eine Weile.

Lorrimer kam herein und blieb vor dem Schreibtisch stehen. Howarth holte Bradleys Personalakte aus der rechten Schublade und sagte:

«Bitte, nehmen Sie doch Platz. Es dreht sich um den Jahresbericht über Bradley. Sie haben ihn ungünstig beurteilt. Haben Sie ihn darüber aufgeklärt?»

Lorrimer blieb stehen. Er sagte: «Das verlangen die Beurteilungsrichtlinien. Ich sprach um 10 Uhr 30 in meinem Büro mit ihm, als ich von der Leichenschau zurückkam.»

«Es scheint mir etwas hart. Nach seiner Akte ist es die erste negative Beurteilung. Wir haben ihn vor achtzehn Monaten auf Probe eingestellt. Warum hat er es nicht geschafft?»

«Ich meine, das geht aus meinen detaillierten Bemerkungen hervor. Er ist entgegen seiner Leistungsfähigkeit befördert worden.»

«In anderen Worten, die Personalabteilung des Ministeriums hat einen Fehler gemacht?»

«Das ist nicht so ungewöhnlich. So etwas kommt bei Behörden gelegentlich vor. Und nicht nur, wenn es um Beförderungen geht.»

Die Anspielung war überdeutlich, eine absichtliche Provokation, aber Howarth beschloß, sie zu überhören. Er bemühte sich, seiner Stimme nichts anmerken zu lassen.

«Ich bin nicht gewillt, diesen Bericht, wie er da steht, zu unterschreiben. Es ist zu früh, um ihn gerecht zu beurteilen.»

«Diese Entschuldigung habe ich letztes Jahr für ihn gelten lassen, nachdem er sechs Monate bei uns war. Aber wenn Sie mit meiner Bewertung nicht übereinstimmen, werden Sie es vermutlich zum Ausdruck bringen wollen. Dafür ist genügend Platz vorgesehen.»

«Ich werde ihn nutzen. Und ich schlage Ihnen vor, einmal auszuprobieren, wie ein wenig Unterstützung und Ermutigung auf den Jungen wirkt. Es gibt zwei Gründe für ungenügende Leistung. Manche Menschen sind in der Lage, etwas besser zu machen und tun es auch, wenn sie verständnisvoll geschubst werden. Bei anderen hilft das nicht. Sie hart anzupacken, ist nicht nur sinnlos, es zerstört auch noch das bißchen Selbstvertrauen, das sie haben. Sie leiten eine tüchtige Abteilung. Aber sie wäre noch glücklicher und erfolgreicher, wenn Sie lernten, Ihre Leute zu verstehen. Einen Betrieb in Gang zu halten, beruht zu einem großen Teil auf den zwischenmenschlichen Beziehungen.»

Er zwang sich aufzublicken. Lorrimer machte seine Lippen so schmal, daß seine Worte gepreßt klangen.

«Mir war nicht bewußt, daß Ihre Familie für Erfolg in ihren zwischenmenschlichen Beziehungen bekannt ist.»

«Die Tatsache, daß Sie keine Kritik hinnehmen können und so persönlich und gehässig wie ein neurotisches Mädchen reagieren, unterstreicht, was ich sagen wollte.»

Er erfuhr nie, welche Antwort Lorrimer auf der Zunge lag. Die Tür ging auf, und seine Schwester kam herein. Sie trug Hosen und eine Schaffelljacke; um ihr blondes Haar hatte sie einen Schal gebunden. Sie sah die beiden ohne Verlegenheit an und sagte ungezwungen:

«Tut mir leid, ich wußte nicht, daß du zu tun hast. Ich hätte Inspektor Blakelock bitten sollen, vorher anzurufen.»

Lorrimer war kreidebleich geworden. Wortlos machte er auf dem Absatz kehrt, ging an ihr vorbei und war draußen. Domenica sah ihm nach, lächelte und zuckte mit den Schultern. Sie sagte:

«Entschuldige, wenn ich in ein wichtiges Gespräch hineingeplatzt bin. Ich wollte nur sagen, daß ich auf ein paar Stunden nach Norwich fahre, um Farben und so was zu kaufen. Soll ich für dich etwas mitbringen?»

«Nein, danke.»

«Ich bin vor dem Abendessen zurück, aber ich glaube, ich lasse das Konzert im Dorf ausfallen. Ohne Claire Easterbrook wird der Mozart ziemlich quälend werden. Ach, übrigens habe ich vor, nächste Woche ein paar Tage in London zu verbringen.»

Ihr Bruder antwortete nicht. Sie sah ihn an und fragte:

«Stimmt etwas nicht?»

«Woher weiß Lorrimer über Gina Bescheid?»

Er brauchte nicht zu fragen, ob sie es ihm erzählt hatte. Was immer sie Lorrimer im Vertrauen gesagt haben mochte – das hatte er bestimmt nicht von ihr. Sie ging zum Kamin hinüber, als wolle sie den Stanley Spencer über dem Sims betrachten, und sagte leichthin:

«Warum? Er hat doch nicht etwa deine Scheidung angesprochen?»

«Nicht direkt, aber die Anspielung war gezielt.»

Sie drehte sich um und sah ihn an.

«Wahrscheinlich hat er sich die Mühe gemacht, soviel wie möglich über dich herauszubekommen, als er erfuhr, daß du dich um diese Stelle bewarbst. Diese Behörde ist schließlich nicht unübersehbar.»

«Aber ich bin von draußen gekommen.»

«Trotzdem, auch da gibt es Kontakte und Klatsch. Eine gescheiterte Ehe gehört zu jenen banalen Dingen, mit denen er vielleicht gerechnet hat. Und was soll's? Schließlich ist das nichts Besonderes. Ich dachte, in eurem Beruf wäre die Gefährdung besonders groß. All die Nachtstunden am Tatort und die unvorhersehbaren Gerichtstermine. Da sollte man doch an kaputte Ehen gewöhnt sein.»

«Ich will ihn nicht in meinem Labor haben.» Es war ihm bewußt, daß er sich launisch wie ein trotziges Kind anhörte.

«Dein Labor? Ganz so einfach ist es doch wohl nicht. Übrigens macht sich der Stanley Spencer nicht gut über dem Kamin. Er paßt da nicht hin. Warum Vater ihn nur gekauft hat? Das ist ganz und gar nicht seine Art von Bild, würde ich sagen. Hast du es wegen der Schockwirkung aufgehängt?»

Wie durch ein Wunder waren Ärger und schlechte Laune verflogen. Aber das hatte sie schließlich immer bei ihm fertiggebracht.

«Nur um zu verwirren. Es soll andeuten, daß ich womöglich ein komplizierterer Mensch bin, als man annimmt.»

«Das bist du allerdings! Ich wäre auch ohne ‹Mariä Himmelfahrt in Cookham› zu diesem Ergebnis gekommen. Warum hängst du nicht statt dessen den Greuze auf? Er würde sich über dem geschnitzten Sims gut machen.»

«Der ist mir zu hübsch.»

Sie ging lachend hinaus. Er nahm Clifford Bradleys Beurteilung und schrieb in die vorgesehene Spalte:

«Mr. Bradleys Leistung hat enttäuscht, aber die Schwierigkeiten liegen nicht allein bei ihm. Es fehlt ihm an Selbstvertrauen. Aktivere Förderung und Unterstützung, als er bisher erhalten hat, wären ihm von Nutzen. Ich habe die Schlußbemerkung in eine, wie ich meine, gerechtere Beurteilung korrigiert und habe mit dem Leiter der biologischen Abteilung über die personelle Führung seines Teams gesprochen.»

Sollte er doch einmal zu dem Schluß kommen, dies sei nicht der rechte Beruf für ihn, würde diese nachhaltige Kritik dazu beitragen, Lorrimer den Weg zu verbauen, seine Nachfolge als Direktor des Hoggatt-Instituts anzutreten.

9

Genau um 13 Uhr 48 schlug Paul Middlemass, der Dokumentenprüfer, seine Akte über den Kalkgrubenmord auf. Sein Arbeitsraum direkt unter dem Dach nahm die gesamte Vorderfront des Gebäudes ein. Es roch wie in einem Schreibwarengeschäft, aber zu der aufdringlichen Mischung von Papier und Tinte kam noch der scharfe Geruch der Chemikalien. Für Middlemass war es ein heimischer Duft. Er war ein großer, schlanker, kantiger Mann. Sein lebendiges Gesicht mit dem breiten Mund war von liebenswerter Häßlichkeit, sein eisengraues Haar fiel in vollen Strähnen über eine pergamentfarbene Haut. Er wirkte unbekümmert und lässig, war aber tatsächlich ein großartiger Arbeiter und besessen von seinem Beruf. Papier in allen seinen Erscheinungsformen war seine Leidenschaft. Wenige Männer, innerhalb und außerhalb der Kriminologie, wußten soviel darüber. Er ging mit Freude und mit einer Art Ehrfurcht damit um, ergötzte sich daran, erkannte fast schon am Geruch seine Herkunft. Die Identifizierung des Leims und der Beschaffenheit einer Probe mit Hilfe der Spektrographie oder durch Röntgenstrahlen bestätigte lediglich, was Hände und Augen ihm bereits gesagt hatten. Die Befriedigung, ein verborgenes Wasserzeichen unter schwachen Röntgenstrahlen hervortreten zu sehen, ließ nie nach, und auch wenn das Muster seine Augen nicht überraschte, war es für ihn stets ebenso faszinierend wie der erwartete Töpferstempel für einen Porzellansammler.

Sein Vater, der schon lange nicht mehr lebte, war Zahnarzt gewesen, und der Sohn hatte von ihm den großen Vorrat an selbst entworfenen Ärztekitteln übernommen. Sie waren altmodisch geschnitten, tailliert und glockig wie Stutzermäntel aus der Zeit Georgs IV. und mit verzierten Metallknöpfen hochgeschlossen. Die Ärmel waren zwar etwas zu kurz, so daß seine schmalen Handgelenke wie bei einem schnell aufgeschossenen Schuljungen daraus hervorsahen, aber er trug sie mit einer gewissen Grandezza, als symbolisierte diese ungewöhnliche, von den genormten weißen Kitteln des gesamten übrigen Personals abweichende Arbeitskleidung jene einmalige Mischung aus wissenschaftlichem Können, Erfahrung und Gespür, die den guten Dokumentenprüfer ausmachen.

Er hatte eben seine Frau angerufen, weil ihm, reichlich spät, eingefallen war, daß er versprochen hatte, an diesem Abend bei dem Bunten Abend im Dorf mitzumachen. Er liebte die Frauen, und vor seiner Ehe hatte er ein paar eher zufällige, aber befriedigende und zwanglose Verhältnisse gehabt. Er hatte spät geheiratet, eine zwanzig Jahre jüngere flotte Naturwissenschaftlerin aus Cambridge, wo sie immer noch wohnten. Er fuhr jeden Abend mit seinem Jaguar, seiner größten Extravaganz, in die moderne Mietswohnung am Stadtrand. Häufig wurde es spät, aber doch nicht zu spät, um sie noch in ihre Stammkneipe zu schleppen. Die Sicherheit in seinem Beruf, der zunehmende internationale Ruhm und die Zufriedenheit mit seiner hübschen Sophie, unter deren Pantoffel er stand, sagten ihm täglich, wie erfolgreich er war. Er hielt sich für glücklich.

Sein Labor mit den Vitrinen und der Reihe von Großbildkameras beanspruchte mehr Platz, als manche Kollegen, allen voran Edwin Lorrimer, ihm zugestehen wollten. Aber der von ein paar Neonröhren erhellte Raum war mit seiner niedrigen Decke muffig und schlecht durchlüftet, und an diesem Nachmittag hatte die meist recht unzuverlässige Zentralheizung ihre ganze Kraft auf das Obergeschoß des Hauses konzentriert. Gewöhnlich waren ihm die äußeren Arbeitsbedingungen gleichgültig, aber die subtropische Temperatur konnte man kaum ignorieren. Er öffnete die Tür zum Flur. Rechts gegenüber befanden sich die Damen- und Herrentoiletten; ab und zu hörte er die Schritte von Mitgliedern des Personals, leicht oder schwer, eilend oder langsam, und das

Schwingen der beiden Türen. Es störte ihn nicht. Er war in seine Arbeit vertieft.

Aber das Stück, das er jetzt aufmerksam betrachtete, barg keine Geheimnisse. Wenn es ein anderes Verbrechen als Mord gewesen wäre, hätte er es seinem Assistenten übergeben, der noch nicht von seinem verspäteten Mittagessen zurückgekommen war. Aber Mord bedeutete unweigerlich Erscheinen vor Gericht und Kreuzverhör – die Verteidigung ließ eine wissenschaftliche Beweisführung bei dieser schwersten aller Anklagen selten unwidersprochen –, und ein Auftritt im Gericht setzte die Dokumentenprüfung im allgemeinen und besonders die des Hoggatt-Instituts dem öffentlichen Urteil aus. Er hatte es sich zum Prinzip gemacht, alle Mordfälle selbst zu übernehmen. Es waren selten die interessantesten Fälle. Am meisten Spaß machten ihm die historischen Untersuchungen. Erst letzten Monat hatte er zu seiner Genugtuung beweisen können, daß ein 1872 datiertes Dokument auf Papier gedruckt war, das chemische Substanzen enthielt, die frühestens seit 1874 verwendet wurden. Diese Entdeckung hatte die faszinierende Aufklärung eines komplizierten Falls von Urkundenfälschung in Gang gebracht. Seine jetzige Aufgabe war weder kompliziert, noch interessierte sie ihn besonders. Und doch, noch vor wenigen Jahren hatte der Kopf eines Mannes von seiner Meinung abhängen können. Er dachte selten an das halbe Dutzend Männer, die während seiner zwanzigjährigen Tätigkeit in diesem Beruf hauptsächlich wegen seiner Aussage gehenkt worden waren, und wenn er es doch einmal tat, dann erinnerte er sich nicht an die verzerrten, seltsam anonymen Gesichter auf der Anklagebank oder die Namen der Angeklagten, sondern an Papier und Tinte, an den starken Abstrich oder die eigenartige Form eines Buchstabens. Jetzt legte er den Zettel aus der Handtasche des toten Mädchens auf den Tisch und links und rechts daneben zwei Schriftproben ihres Mannes, die die Polizei irgendwie beschafft hatte. Die eine war ein Brief von einem Urlaub in Southend an die Mutter des Verdächtigen. Er fragte sich, wie sie es geschafft hatten, ihn ihr zu entlocken. Die andere war die kurze Notiz einer telefonischen Nachricht über ein Fußballspiel. Der Zettel aus der Tasche des Opfers war sogar noch kürzer.

«Du hast Deinen eigenen Kerl, laß also die Finger von Barry Taylor, oder es wird Dir leid tun. Es wäre ein Jammer, so ein hübsches Gesicht zu verderben. Säure ist gar nicht hübsch. Paß auf. Ein Freund.»

Der Stil, schloß er, war einem kürzlich gezeigten Fernsehkrimi abgeguckt, die Schrift offensichtlich verstellt. Möglicherweise würde die Polizei noch ein paar andere Schriftproben des Verdächtigen beibringen, wenn sie den Arbeitsplatz des Burschen aufsuchten, aber eigentlich brauchte er sie nicht. Die Ähnlichkeit zwischen dem Drohbrief und den Proben war eindeutig. Der Schreiber hatte die Form des kleinen r geändert und versucht, der Schrift eine andere Richtung zu geben. Aber er setzte die Feder regelmäßig nach jedem vierten Buchstaben ab – Middlemass war noch kein Fälscher untergekommen, der daran gedacht hatte, die Abstände, in denen er absetzte, zu verändern –, und der hohe und leicht nach links versetzte Punkt über dem i und die kräftigen Unterlängen waren fast ein Markenzeichen. Er würde das Papier analysieren, jeden einzelnen Buchstaben fotografieren und vergrößern und dann eine vergleichende Tabelle zusammenstellen. Die Geschworenen würden sie feierlich von Hand zu Hand gehen lassen und sich fragen, wozu ein hochbezahlter Experte kommen und erklären mußte, was jeder mit eigenen Augen erkennen konnte.

Das Telefon läutete. Middlemass streckte seinen langen Arm aus und hielt den Hörer an das linke Ohr. Es war Susan Bradley. Mit weinerlicher Stimme hielt sie ihm einen langen verzweifelten Monolog, erst entschuldigend, dann verschwörerisch und schließlich den Tränen nahe. Er hörte zu, gab ein paar ermunternde Laute von sich, hielt den Hörer ein paar Zentimeter vom Ohr weg und stellte währenddessen fest, daß der Schreiber, der arme Schwachkopf, nicht einmal daran gedacht hatte, den charakteristischen Querstrich an seinem kleinen t zu ändern. Was ihm natürlich auch nicht viel geholfen hätte. Und er hatte ja auch nicht wissen können, der arme Teufel, daß seine Bemühungen als Beweisstück in einem Mordprozeß vorgelegt würden.

«Geht in Ordnung», sagte er. «Machen Sie sich keine Gedanken, überlassen Sie das mir.»

«Und Sie werden ihm nicht sagen, daß ich Sie angerufen habe?»

«Natürlich nicht, Susan. Nehmen Sie es nicht so schwer. Ich bringe das in Ordnung.»

Sie war noch nicht beruhigt. Er fuhr fort:

«Dann sagen Sie ihm, er soll um Gottes willen keine Dummheiten machen. Als ob er nicht mitbekommen hätte, daß wir anderthalb Millionen Arbeitslose haben. Lorrimer kann ihn nicht an die Luft setzen. Sagen Sie Clifford, er soll durchhalten und sich nicht so verdammt blödsinnig anstellen. Ich nehme mir Lorrimer so bald wie möglich vor.»

Er legte auf. Er hatte Susan Moffat gern gehabt. Bis vor zwei Jahren hatte sie als wissenschaftliche Assistentin bei ihm gearbeitet. Sie hatte mehr Verstand und mehr Schneid als ihr Mann, und er hatte sich damals gefragt – ohne sich allerdings besonders darum zu kümmern –, warum sie Bradley geheiratet hatte. Mitleid wahrscheinlich, dazu ein stark entwickelter mütterlicher Instinkt. Es gab einfach Frauen, die solche Unglücksraben buchstäblich an die Brust nehmen mußten. Oder vielleicht war es nur der Mangel an Auswahl gewesen, das Bedürfnis nach einem eigenen Heim, nach einem Kind. Nun, jetzt war es zu spät, etwas gegen diese Heirat zu tun, und damals wäre es ihm gewiß nicht in den Sinn gekommen, es zu versuchen. Und sie hatte wenigstens ihr Zuhause und das Kind. Sie hatte das Baby mit ins Labor gebracht, als sie ihn, vor zwei Wochen erst, besucht hatte. Der Anblick des rotgesichtigen schreienden Bündels hatte seinen Entschluß, kein Kind in die Welt zu setzen, nicht ins Wanken bringen können, aber Susan hatte einen recht glücklichen Eindruck gemacht. Und sie würde wahrscheinlich wieder genauso glücklich sein, wenn er im Fall Lorrimer etwas ausrichten könnte.

Er dachte, vielleicht sei es an der Zeit, sich Lorrimer vorzunehmen. Und er hatte schließlich seine ganz privaten Gründe, der Sache nachzugehen. Es handelte sich um eine kleine persönliche Verpflichtung, und bis heute hatte sie eigentlich nicht an seinem Gewissen genagt, wie andere Leute das wohl nannten. Aber Susan Bradleys Anruf hatte ihn erinnert. Er horchte auf. Die Schritte klangen vertraut. Es war der reine Zufall, aber besser jetzt als später. Er ging zur Tür und rief dem vorbeieilenden Mann nach:

«Lorrimer. Ich hätte gern ein paar Worte mit Ihnen gesprochen.»

Lorrimer kam herein und blieb an der Tür stehen, groß, ernst in seinem bis oben zugeknöpften weißen Kittel. Er sah Middlemass mit seinen dunklen, aufmerksamen Augen an. Middlemass zwang sich, diesen Augen zu begegnen, wandte aber den Blick wieder ab. Die Iris schienen sich zu schwarzen Teichen der Hoffnungslosigkeit zu weiten. Mit dieser Gemütsbewegung konnte er nichts anfangen und fühlte sich unwohl. Was in aller Welt fraß an dem armen Teufel? Er sagte bewußt beiläufig:

«Hören Sie, Lorrimer, lassen Sie Bradley in Frieden. Ich weiß, er ist nicht gerade ein Geschenk Gottes an die Kriminologie, aber er ist gewissenhaft und rackert sich ab, und Sie werden weder seinen Verstand anspornen noch sein Arbeitstempo steigern, wenn Sie den armen Kerl tyrannisieren. Also lassen Sie es am besten sein.»

«Wollen Sie mir sagen, wie ich meine Leute zu führen habe?»

Lorrimer hatte seine Stimme völlig in der Gewalt, aber seine Schläfenadern traten hervor, daß man den Pulsschlag deutlich sehen konnte. Middlemass mußte sich Mühe geben, nicht dorthin zu starren.

«Genau, Herr Kollege. Wenigstens was diesen Mann in Ihrem Team angeht. Ich weiß verdammt gut, was Sie vorhaben, und das gefällt mir ganz und gar nicht. Lassen Sie es bleiben.»

«Soll das eine Drohung sein?»

«Eher eine freundliche Warnung, eine ziemlich freundliche jedenfalls. Ich tue nicht so, als wären Sie mir sympathisch, und ich hätte bestimmt nicht unter Ihnen weitergearbeitet, wenn das Innenministerium so dumm gewesen wäre, Sie zum Direktor dieses Labors zu ernennen. Aber ich gebe zu, daß es mich eigentlich nichts angeht, was Sie in Ihrer Abteilung tun, nur ist das hier zufällig eine Ausnahme. Ich weiß, was da vor sich geht, es paßt mir nicht, und es liegt mir viel daran, dem ein Ende zu machen.»

«Mir war nicht aufgefallen, daß Sie solche liebevollen Gefühle für Bradley hegen. Ach, natürlich, Susan Bradley wird Sie angerufen haben. Er hätte nicht den Mumm, für sich selbst zu sprechen. Hat sie angerufen, Middlemass?»

Middlemass überging die Frage. Er sagte:

«Ich habe keine besonderen Sympathien für Bradley. Aber ich habe ein gewisses freundschaftliches Interesse an Peter Ennalls, falls Sie sich an ihn erinnern.»

«Ennalls ertränkte sich, weil seine Verlobte ihm den Laufpaß gab und er einen Nervenzusammenbruch hatte. Er hinterließ eine Nachricht, die seine Tat erklärte. Sie wurde bei der Untersuchung verlesen. Beides passierte Monate, nachdem er aus meinem damaligen Labor ausgeschieden war. Weder das eine noch das andere hatte etwas mit mir zu tun.»

«Was sich abspielte, als er noch in dem Labor war, hatte eine ganze Menge mit Ihnen zu tun. Er war ein netter, recht normaler Junge mit einem guten Abiturzeugnis und dem unerklärlichen Wunsch, Biologe im Kriminaldienst zu werden. Nur hatte er das Pech, unter Ihnen seine Arbeit anzufangen. Wie es sich trifft, war er ein Vetter meiner Frau. Ich habe ihm damals empfohlen, sich für diese Stelle zu bewerben. Deshalb habe ich ein gewisses Interesse, man könnte auch sagen, eine gewisse Verantwortung.»

Lorrimer sagte: «Er hat nie erwähnt, daß er mit Ihrer Frau verwandt ist. Allerdings sehe ich auch nicht, was für einen Unterschied das gemacht hätte. Er war gänzlich ungeeignet für diesen Beruf. Einen Gerichtsbiologen, der unter Zeitdruck keine exakte Arbeit leistet, kann weder ich noch die Behörde gebrauchen. So jemand hört besser auf. Wir können niemand mitschleppen. Das gedenke ich auch Bradley zu sagen.»

«Dann sollten Sie es sich lieber noch einmal reiflich überlegen.»

«Und wie wollen Sie mich dazu bringen?»

Es war kaum zu glauben, daß diese zusammengepreßten Lippen einen Laut hervorbringen konnten, daß Lorrimers schrille, verzerrte Stimme durch die Stimmbänder kam, ohne sie zu zerreißen.

«Ich werde es Howarth klar machen, daß Sie und ich nicht in demselben Labor arbeiten können. Darüber wird er sich nicht gerade freuen. Ärger zwischen Abteilungsleitern ist das letzte Problem, das er im Augenblick gebrauchen kann. Also wird er dem Ministerium vorschlagen, einen von uns zu versetzen, bevor die zusätzlichen Schwierigkeiten mit dem Umzug in das neue Gebäude dazukommen. Ich verlasse mich darauf, daß Howarth – und damit das Ministerium – zu dem Schluß kommen, daß es leichter ist, einen Gerichtsbiologen als einen Dokumentenprüfer zu finden.»

Middlemass war über sich selbst überrascht. Nichts davon hatte er sich zurechtgelegt, bevor er zu reden begonnen hatte. Nicht, daß es unlogisch gewesen wäre. Es gab keinen anderen Dokumentenprüfer von seinem Format in dieser Behörde, und Howarth wußte das. Wenn er sich kategorisch weigerte, im selben Labor wie Lorrimer zu arbeiten, würde einer von beiden gehen müssen. Der Streit würde beide im Ministerium in ein schlechtes Licht rücken, aber er glaubte zu wissen, wem er mehr schaden würde.

Lorrimer sagte: «Sie haben dazu beigetragen, daß ich die Direktorenstelle nicht bekam, und jetzt wollen Sie mich aus dem Labor drängen.»

«Persönlich kümmert es mich einen Dreck, ob Sie hier sind oder nicht. Wenn Sie bloß aufhören, Bradley zu tyrannisieren.»

«Wenn ich bereit wäre, von irgend jemand Ratschläge anzunehmen, wie ich meine Abteilung leiten soll, dann wäre es bestimmt nicht ein drittrangiger Papierfetischist mit zweitrangiger Ausbildung, dem der Unterschied zwischen einem wissenschaftlichen Beweis und Intuition unbekannt ist.»

Die Schmähung war zu absurd, als daß sie Middlemass in seinem ausgeprägten Selbstbewußtsein verletzt hätte. Aber zumindest forderte sie eine Retourkutsche heraus. Er merkte, daß er in Zorn geriet. Und plötzlich sah er Land. Er sagte:

«Hören Sie, Kollege, wenn Sie es im Bett nicht bringen, wenn sie meint, Sie machen es ihr nicht gut genug, dann lassen Sie Ihre Frustrationen nicht an uns hier aus. Denken Sie an Chesterfields Rat. Der Preis ist ungeheuer, die Lage lächerlich und die Freude kurz.»

Die Wirkung war verblüffend. Lorrimer gab einen erstickten Laut von sich und machte einen Sprung nach vorn. Middlemass reagierte instinktiv und mit Erfolg. Er holte mit dem rechten Arm aus und versetzte Lorrimer einen Faustschlag auf die Nase. Einen Augenblick standen die beiden still und sahen sich erstaunt an. Dann schoß das Blut aus der Nase, Lorrimer taumelte und fiel vornüber. Middlemass fing ihn an den Schultern auf und spürte das Gewicht des Kopfes an seiner Brust. Er dachte: «Mein Gott, jetzt wird er mir ohnmächtig.» Er empfand gleichzeitig die verschiedensten Gefühle, Überraschung über sich selbst, jungenhafte Genugtuung, Mitleid und einen Drang zu lachen. Er sagte:

«Geht es wieder?»

Lorrimer entzog sich seinem Griff und stand aufrecht vor ihm. Er suchte sein Taschentuch und hielt es an die Nase. Der rote Fleck wurde größer. Middlemass sah an sich herunter. Lorrimers Blut hatte sich dekorativ wie eine Rose auf seinem Kittel ausgebreitet. Er sagte:

«Wenn wir uns schon so theatralisch aufführen, glaube ich, Ihre Antwort sollte heißen: Mein Gott, Sie Schwein, dafür werden Sie zahlen.»

Er erschrak über den plötzlich auflodernden Haß in den schwarzen Augen. Lorrimers Stimme wurde durch das Taschentuch gedämpft.

«Sie *werden* dafür zahlen.» Und dann war er draußen.

Middlemass bemerkte plötzlich, daß Mrs. Bidwell, die Putzfrau des Labors, an der Tür stand. Sie machte große, aufgeregte Augen hinter ihrer lächerlich geschwungenen, mit Glitzerzeug besetzten Brille.

«Das sind mir schöne Geschichten! Die Abteilungsleiter prügeln sich. Sie sollten sich schämen.»

«Oh, das tun wir, Mrs. Bidwell. Bestimmt.» Langsam befreite er seinen langen Arm aus dem Kittel und gab ihn ihr.

«Werfen Sie den Kittel bitte zur schmutzigen Wäsche.»

«Aber Mr. Middlemass, Sie wissen ganz genau, daß ich nicht in die Männertoilette gehe, nicht während der Arbeitszeit. Sie stecken ihn selbst in den Wäschekorb! Und wenn Sie jetzt einen frischen haben wollen, wissen Sie, wo Sie einen finden. Vor morgen früh gebe ich keine frische Wäsche aus. Prügeln! Hat man so was gehört! Hätte ich mir denken können, daß Dr. Lorrimer mit drinhängt. Aber er ist nicht der Mann, der seine Fäuste gebraucht. Dazu hat er nicht genug Mumm, würde ich sagen. Aber er hat sich in den letzten Wochen wirklich komisch benommen, da ist nicht dran zu rütteln. Sie haben doch sicher auch von dem kleinen Zwischenfall gestern in der Eingangshalle gehört. Er hat die Kinder von Dr. Kerrison praktisch vor die Tür gesetzt. Dabei haben die nur auf ihren Vater gewartet. Das ist doch wohl nichts Schlimmes. Neuerdings ist da eine gehässige Atmosphäre im Labor, und wenn ein gewisser Herr sich nicht zusammenreißt, passiert noch was Schlimmes, merken Sie sich das.»

10

Es war fast fünf Uhr und dämmerte bereits, als Detektiv-Inspektor Doyle nach Hause in sein Dorf vier Meilen nördlich von Cambridge kam. Er hatte einmal versucht, seine Frau anzurufen, aber ohne Erfolg: die Leitung war besetzt. Wieder eines ihrer endlosen, heimlichen und teuren Telefonate mit einer der alten Bekannten aus ihrer Zeit als Krankenschwester, nahm er an, und im Gefühl, seine Pflicht getan zu haben, versuchte er es nicht noch einmal. Das schmiedeeiserne Tor stand wie meistens offen, und er parkte den Wagen vor dem Haus. Es lohnte sich nicht, das Auto wegen ein paar Stunden in die Garage zu fahren, und mehr Zeit zu Hause konnte er sich nicht erlauben.

Scoope-Haus machte am späten Nachmittag des dunklen Novembertages nicht seinen besten Eindruck. Kein Wunder, daß das Immobilienbüro in letzter Zeit niemanden mehr zur Besichtigung geschickt hatte. Es war eine ungünstige Jahreszeit. Das Haus war in seinen Augen das Dokument einer Fehlplanung. Er hatte es für weniger als 17 000 gekauft und bis jetzt 5000 hineingesteckt, weil er hoffte, es für 40 000 verkaufen zu können. Aber inzwischen hatte die Rezession sogar die Berechnungen von gewiefteren Spekulanten, als er es war, umgestoßen. Bei der jetzigen Flaute auf dem Grundstücksmarkt blieb ihm nichts anderes übrig als abzuwarten. Er konnte es sich leisten, das Haus zu behalten, bis der Markt wieder lebhafter wurde. Er war nicht so sicher, ob es ihm gelänge, seine Frau festzuhalten. Er wußte nicht einmal genau, ob er es wollte. Auch die Heirat war eine Fehlplanung gewesen, aber unter den damaligen Umständen eine verständliche. Er verschwendete keine Zeit darauf, diesen Schritt zu bereuen.

Die zwei hohen erleuchteten Rechtecke der Wohnzimmerfenster im ersten Stock hätten eigentlich wie ein Versprechen von Wärme und Gemütlichkeit auf ihn wirken müssen. Statt dessen empfand er sie irgendwie bedrohlich; Maureen war zu Hause. Aber wohin hätte sie sonst gehen sollen, hätte sie eingewandt, an einem trüben Novemberabend in diesem trostlosen Dorf in Ostanglien?

Sie hatte ihren Tee getrunken, und das Tablett stand noch neben ihr. Die Milchflasche mit der zerknitterten Kappe, ein Becher ohne Untersetzer, aus der Zellophanhülle herausgerutschte Brotscheiben, ein Stück Butter auf einem schmierigen Teller, ein noch nicht geöffneter Karton mit Königskuchen. Er spürte den alten Ärger in sich aufsteigen, sagte aber nichts. Als er ihr einmal wegen ihrer Schlampigkeit Vorhaltungen gemacht hatte, hatte sie mit den Schultern gezuckt:

«Wer sieht's, wen stört's?»

Er sah es, und ihn störte es, aber es war schon viele Monate her, daß er sie darauf angesprochen hatte. Er sagte:

«Ich hau mich kurz hin. Weck mich bitte um sieben.»

«Heißt das, wir gehen nicht zu dem Bunten Abend nach Chevisham?»

«Um Gottes willen, Maureen, gestern hast du lamentiert, daß man dich mit so etwas verschonen soll. Kindereien, hast du gesagt. Vergessen?»

«Na ja, es wird nicht gerade der letzte Schrei sein, aber wir wären wenigstens mal ausgegangen. Raus! Raus aus diesem Kaff! Zur Abwechslung mal zusammen. Es wäre eine Gelegenheit gewesen, sich mal wieder schick anzuziehen. Und du hast gesagt, wir würden anschließend im China-Restaurant in Ely essen.»

«Tut mir leid. Ich konnte ja nicht wissen, daß ich einen Mordfall bekomme.»

«Wann bist du zurück? Falls es Sinn hat, zu fragen.»

«Keine Ahnung. Ich hole Sergeant Beale ab. Wir müssen uns noch ein paar Leute vorknöpfen, die auf dem Tanz in Muddington waren, besonders einen Knaben namens Barry Taylor, der wohl einiges zu erklären hat. Je nachdem, was wir aus ihm herausholen, schaue ich vielleicht noch mal bei dem Mann des Opfers vorbei.»

«Das macht dir Spaß, nicht wahr, ihn in seinem eigenen Saft schmoren zu lassen. Bist du deshalb zur Polente gegangen, weil du den Leuten gern Angst machst?»

«Das ist genauso dumm, wie wenn ich dich fragen würde, ob du Krankenschwester geworden bist, weil du mit größtem Vergnügen Bettpfannen ausleerst.»

Er warf sich auf einen Sessel, schloß die Augen und wartete auf den Schlaf. Er sah wieder das entsetzte Gesicht des Jungen, roch wieder den Angstschweiß. Aber er hatte jenes erste Verhör gut durchgestanden, obwohl die Anwesenheit seines Anwalts ihn eher behindert als ihm geholfen hatte. Der Anwalt hatte seinen Mandanten noch nie gesehen und überdeutlich durchblicken lassen, daß er ihn auch am liebsten nie mehr sehen möchte. Der Junge war bei seiner Geschichte geblieben: Sie hatten sich beim Tanz gestritten, und er war früher weggegangen. Sie war bis ein Uhr nicht zu Hause gewesen. Deshalb war er wieder hinausgegangen, um sie auf der Straße und in der Nähe der Kalkgrube zu suchen, und eine halbe Stunde später wieder nach Hause gegangen. Er hatte niemanden gesehen und war weder in der Kalkgrube noch bei dem Autowrack gewesen. Die Geschichte war gut, schlicht und einfach, vielleicht sogar wahr bis auf die eine wesentliche Sache. Aber wenn sie

Glück hatten, läge der Laborbericht über ihre Blutgruppe und den Flekken auf seinem Jackenärmel, die dürftigen Spuren an seinen Schuhen von Erde und Staub aus dem Auto bis Freitag vor. Falls Lorrimer heute bis in die Nacht hinein arbeitete – und das tat er gewöhnlich –, wäre die Blutuntersuchung vielleicht sogar schon morgen verfügbar. Und dann kämen die Ausflüchte, die Widersprüche und am Ende die Wahrheit. Sie fragte:

«Wer war sonst noch am Tatort?»

Das war immerhin eine Frage, die sie beschäftigt hatte, dachte er. Er sagte schläfrig:

«Natürlich Lorrimer. Er läßt keine Tatortbesichtigung aus. Wahrscheinlich traut er keinem von uns zu, daß wir wissen, was wir zu tun haben. Wie immer haben wir eine halbe Stunde herumgestanden, bis Kerrison kam. Das hat Lorrimer natürlich verrückt gemacht. Er hat schon alles Notwendige dort gemacht – und dann muß er sich mit uns die Beine in den Bauch stehen und warten, bis dieses Gottesgeschenk an die Gerichtsmedizin mit einer Polizeieskorte und Sirenengeheul kommt und uns mitteilt, daß das, was wir für eine Leiche gehalten haben, tatsächlich – welche Überraschung – eine Leiche ist und daß wir sie wegschaffen dürfen.»

«Der Gerichtsmediziner tut aber doch mehr als das.»

«Natürlich. Aber soviel mehr auch nicht, wenigstens nicht am Tatort. Seine Arbeit kommt hinterher.»

Er fügte hinzu: «Leider konnte ich dich nicht anrufen. Ich habe es versucht, aber du hast gerade gesprochen.»

«Das war wohl Vater. Sein Angebot gilt noch – die Stelle als Sicherheitsmann in der Organisation. Aber er kann nicht mehr lange warten. Wenn du bis Monatsende nicht zusagst, setzt er eine Anzeige in die Zeitung.»

O Gott, dachte er, nicht schon wieder.

«Ich wollte, dein lieber Vater würde bei dem Familiengeschäft nicht immer von Organisation sprechen. Das hört sich fast nach Mafia an. Wäre es tatsächlich die Mafia, käme ich vielleicht in Versuchung mitzumachen. Was dein Vater hat, sind drei billige, schäbige Läden, die billige, schäbige Anzüge an billige, schäbige Idioten verkaufen, die ein anständiges Tuch nicht erkennen würden, wenn man sie mit der Nase daraufstieße. Ich hätte es vielleicht in Betracht gezogen, in das Geschäft einzutreten, wenn dein Vater nicht schon den Großen Bruder als Mitarbeiter hätte, dem er irgendwann alles übergeben wird, und wenn er es nicht so deutlich hätte durchblicken lassen, daß er mich nur akzeptiert, weil ich dein Mann bin. Aber ich bin doch nicht so verrückt, daß ich mich zwischen den Umkleidekabinen herumdrücke und aufpasse, daß die da drin keine Dummheiten machen, und wenn er mir zehnmal den Titel Sicherheitsoffizier verleiht. Ich bleibe hier.»

«Wo du so nützliche Beziehungen hast.»

Was meinte sie eigentlich genau damit? Er war vorsichtig genug gewesen, ihr nicht alles zu erzählen, aber so dumm war sie nun doch nicht. Sie mochte sich manches zusammenreimen. Er sagte:

«Wo ich einen Beruf habe. Du hast gewußt, worauf du dich einläßt, als wir geheiratet haben.»

Aber tatsächlich weiß man das natürlich nicht, dachte er. Nicht richtig.

«Rechne nicht damit, daß ich hier bin, wenn du zurückkommst.»

Das war eine alte Drohung. Er sagte unbekümmert:

«Tu, wozu du Lust hast. Aber wenn du fahren wolltest, vergiß es. Ich nehme den Cortina, beim Renault spielt die Kupplung verrückt. Also, wenn du vorhast, vor morgen früh zu deiner Mami zu laufen, mußt du deinen Vater anrufen, daß er dich abholt, oder ein Taxi nehmen.»

Sie redete weiter, launisch, beharrlich, aber ihre Stimme kam von weit her. Es waren keine zusammenhängenden Worte mehr, die an sein Ohr drangen, sondern nur noch Geräusche. Zwei Stunden. Ob sie sich die Mühe machte, ihn zu wecken oder nicht – er war sicher, daß er fast auf die Minute pünktlich aufwachen würde. Er schloß die Augen und schlief ein.

Tod im Labor

I

In der Eingangshalle des Hoggatt-Instituts war es um zwanzig vor neun sehr ruhig. Brenda dachte oft, daß sie diesen Teil des Arbeitstags am liebsten hatte. Es war die Stunde, bevor die meisten Angestellten eintrafen und die Arbeit des Labors richtig in Gang kam. Sie und Inspektor Blakelock arbeiteten zusammen in der stillen, leeren Halle, die zu dieser Zeit so friedlich und feierlich wie eine Kirche wirkte, legten eine bestimmte Anzahl von Aktenordnern bereit, um die neuen Fälle des Tages einzutragen, packten Beweisstücke wieder ein, um sie der Polizei mitzugeben, gingen ein letztes Mal die Laborberichte durch und vergewisserten sich, daß die Prüfung vollständig und abgeschlossen, daß kein wesentliches Detail übersehen worden war. Als erstes, wenn sie morgens zur Arbeit kam, zog sie ihren weißen Kittel an, und sofort fühlte sie sich wie verwandelt, nicht mehr jung und unsicher, sondern als Fachkraft, fast als Wissenschaftlerin, jedenfalls als anerkanntes Mitglied der Labormannschaft. Dann ging sie in die Küche, die an der Rückseite des Gebäudes lag, und kochte Tee. Nach der erhebenden Verwandlung mit dem weißen Kittel hatte diese häusliche Arbeit eigentlich etwas Erniedrigendes, und sie brauchte so kurz nach dem Frühstück auch noch nichts zu trinken. Aber Inspektor Blakelock, der jeden Tag von Ely herübergefahren kam, hatte schon Lust auf seinen Tee, und es machte ihr nichts aus, welchen zu kochen.

«Das ist genau das Richtige», war sein gleichbleibender Kommentar, wenn er seine feuchten Lippen um den Becherrand legte und die heiße Flüssigkeit hinunterstürzte, als wäre seine Kehle völlig ausgedörrt. «Sie kochen einen ausgezeichneten Tee, Brenda, das muß ich schon sagen.»

Und dann antwortete sie: «Mutter sagt, das ganze Geheimnis ist, die Kanne immer vorzuwärmen und den Tee genau fünf Minuten ziehen zu lassen.»

Dieser kleine rituelle Austausch, der sich immer gleichblieb, so daß sie insgeheim seine Worte hätte vorsprechen können und gegen einen Drang zu kichern ankämpfen mußte, der vertraute, heimelige Duft des Tees und die sich allmählich übertragende Wärme, wenn sie ihre Hände um den dicken Becher schloß, waren ein ermutigender Auftakt für den Arbeitstag.

Sie mochte Inspektor Blakelock. Er redete nicht viel, aber er wurde nie ungeduldig ihr gegenüber, sondern blieb stets freundlich, eine umgängliche Vaterfigur. Sogar ihre Mutter, die sich das Labor angesehen hatte, bevor Brenda ihre Stelle antrat, hatte sich gefreut, daß sie allein mit ihm arbeiten sollte. Brendas Wangen glühten immer noch vor Scham, wenn sie daran dachte, daß ihre Mutter darauf bestanden hatte, das Hoggatt-Institut zu besichtigen, um zu sehen, wo ihre Tochter arbeiten sollte, obgleich Chefinspektor Martin, der erste Verbindungsmann der Polizei, dieses Anliegen offenbar für ganz vernünftig gehalten hatte. Er hatte ihrer Mutter erklärt, daß es für das Hoggatt eine Neuerung war, eine Bürokraft am Annahmeschalter zu haben, während diese Arbeit bisher ein junger Polizeibeamter gemacht hatte. Falls sie diese Stelle zufriedenstellend ausfüllte, würde das die ständige Einsparung von Polizeikräften und gleichzeitig eine nützliche Erfahrung für sie bringen. Denn Chefinspektor Martin hatte gesagt: «Der Annahmeschalter ist das Herz des Labors.» Zur Zeit besuchte er mit einer Gruppe von Polizeibeamten die Vereinigten Staaten, und Inspektor Blakelock mußte zusätzlich seine Arbeit mit verrichten. Er mußte also nicht nur die Beweisstücke in Empfang nehmen, die Liste der Gerichtstermine aufstellen und die statistischen Angaben vorbereiten, sondern jetzt auch die Fälle mit dem diensttuenden Detektiv durchsprechen, erklären, was das Labor im jeweiligen Fall beitragen konnte, jene Fälle ablehnen, bei denen die Wissenschaftler keine Hilfe leisten könnten, und nachprüfen, ob die abschließenden Berichte für das Gericht vollständig waren. Brenda ahnte, daß das eine große Verantwortung für ihn war, und sie war fest entschlossen, ihn nicht im Stich zu lassen.

Während sie den Tee zubereitet hatte, war bereits das erste Beweisstück des Tages eingegangen. Sicher hatte es ein Polizist vorbeigebracht, der an diesem Fall arbeitete. Es war ein weiterer Plastikbeutel mit Kleidern zu dem Kalkgrubenmord. Als Inspektor Blakelock ihn mit seinen großen Händen umdrehte, erkannte sie durch die Hülle ein Paar dunkelblaue Hosen mit fettigem Bund, ein gestreiftes Jackett mit breitem Revers und ein Paar schwarze Schuhe mit spitzen Kappen und verzierten Schnallen. Inspektor Blakelock las den Polizeibericht durch. Er sagte:

«Die Sachen gehören dem Freund, mit dem sie sich auf dem Tanz abgegeben hat. Sie brauchen einen neuen Ordner für den Bericht, aber zeichnen Sie es auf Biologie aus und tragen Sie es als Untergruppe der

Muddington-Sache ein. Kleben Sie dann einen roten Streifen auf, damit es sofort bearbeitet wird. Mord wird vorrangig behandelt.»

«Aber wir könnten doch zwei oder drei Morde zur gleichen Zeit haben. Wer entscheidet dann über die Reihenfolge?»

«Der Leiter der entsprechenden Abteilung. Es ist seine Aufgabe, seinen Leuten die Arbeit zuzuweisen. Bei Mord und Vergewaltigung ist es üblich, die Fälle vorrangig zu bearbeiten, in denen die Angeklagten nicht gegen Kaution auf freien Fuß gesetzt worden sind.»

Brenda sagte: «Ich hoffe, Sie haben nichts dagegen, wenn ich so viel frage. Ich möchte eben dazulernen. Dr. Lorrimer sagte mir, ich sollte mich bemühen, soviel wie möglich mitzukriegen und diese Arbeit nicht als reine Routine zu betrachten.»

«Stellen Sie nur immmerzu Fragen, Mädchen, es stört mich gar nicht. Nur sollten Sie vielleicht nicht zuviel auf Dr. Lorrimer hören. Er ist hier nicht Direktor, auch wenn er sich dafür hält. Wenn Sie diese Sachen eingetragen haben, kommt das Bündel in das Biologie-Fach.»

Brenda trug die Nummer ordentlich in das Eingangsbuch ein und legte das Päckchen in der Plastikhülle in das Fach zu den anderen Beweisstücken, die für die biologische Abteilung bestimmt waren. Es war gut, daß sie mit ihren Eintragungen auf dem laufenden war. Sie warf einen Blick auf die Uhr. Es war fast zehn vor neun. Bald käme die heutige Post herein, und die dicken Umschläge mit den Blutproben von den gestrigen Alkoholtests würden sich auf dem Tisch stapeln. Dann würden die Streifenwagen nach und nach vorfahren. Polizisten in Uniform und Zivil würden die großen Umschläge mit Dokumenten für Dr. Middlemass abgeben, die besonders präparierten Behälter, die das Labor für die Proben von Speichel-, Blut- und Spermaflecken ausgab, unhandliche Beutel mit befleckten und schmutzigen Bettlaken und Bettdecken, alle möglichen stumpfen Mordgeräte und sorgfältig verpackte, blutbefleckte Messer.

Und jeden Augenblick müßten jetzt die ersten Angestellten erscheinen. Mrs. Bidwell, die Putzfrau, hätte schon seit zwanzig Minuten hier sein sollen. Vielleicht hatte Scobie sie mit seiner Grippe angesteckt. Als erster der wissenschaftlichen Angestellten würde vermutlich Clifford Bradley, der Mitarbeiter der biologischen Abteilung mit den ängstlichen, gehetzten Augen und dem lächerlichen, mickrigen Schnurrbart hereinkommen und durch die Halle hasten, als habe er kein Recht, sich dort aufzuhalten, wie immer in Gedanken versunken, so daß er kaum ihren Gruß bemerkte. Dann Miss Foley, die Sekretärin des Direktors, ruhig und gelassen, mit ihrem zurückhaltenden Lächeln. Miss Foley erinnerte Brenda an Mona Rigby aus ihrer Schule, die im Weihnachtsspiel immer für die Maria ausgesucht worden war. Sie hatte Mona Rigby nie leiden können – sie wäre für diese begehrte Rolle kein zweites Mal genommen worden, wenn man soviel wie Brenda von ihr gewußt hätte –, und sie war sich nicht im klaren, ob sie Miss Foley mochte. Dann einer, den sie gut leiden konnte, Mr. Middlemass, der Dokumentenprüfer, der mit lose über die Schulter geworfener Jacke die Treppe hinaufspringen würde, drei Stufen auf einmal, und ihnen im Vorbeieilen einen Gruß zurufen würde. Danach stand die Reihenfolge nicht mehr fest. Die Halle würde voll von Menschen sein, es würde fast so lebhaft wie auf einem Bahnhof zugehen. Und im Mittelpunkt des scheinbaren Chaos standen sie beide am Annahmeschalter, kontrollierend und steuernd, helfend und erklärend.

Gleichsam als Zeichen, daß der Arbeitstag beginnen sollte, läutete das Telefon. Inspektor Blakelock griff nach dem Hörer. Er hörte, wie ihr schien, ziemlich lange wortlos zu, dann hörte sie ihn sprechen.

«Ich glaube nicht, daß er hier ist, Mr. Lorrimer. Sie sagen, er ist letzte Nacht überhaupt nicht nach Hause gekommen?»

Wieder Stille. Inspektor Blakelock drehte ihr halb den Rücken zu und beugte seinen Kopf wie ein Verschwörer über die Sprechmuschel, als lauschte er einer vertraulichen Mitteilung. Dann legte er den Hörer neben das Telefon und wandte sich an Brenda:

«Es ist Dr. Lorrimers alter Vater. Er macht sich Sorgen. Anscheinend hat ihm Dr. Lorrimer heute morgen seinen Tee nicht wie gewohnt gebracht, und es sieht so aus, als wäre er gestern nacht nicht nach Hause gekommen. Sein Bett ist unbenutzt.»

«Ja, aber hier kann er nicht sein. Ich meine, weil die Eingangstür verschlossen war, als wir ankamen.»

Das stand jedenfalls fest. Als sie um die Hausecke gebogen war, nachdem sie ihr Fahrrad in dem ehemaligen Stall abgestellt hatte, hatte Inspektor Blakelock vor dem Haupteingang gestanden, als hätte er auf sie gewartet. Als sie dann bei ihm gewesen war, hatte er mit der Taschenlampe die Schlösser angeleuchtet und die drei Schlüssel hineingesteckt, zuerst den Yale-Schlüssel, dann den Ingersoll und zuletzt den Sicherheitsschlüssel, der das elektronische Warnsystem bei der Polizeistation in Guy's Marsh außer Betrieb setzte. Dann hatten sie zusammen die dunkle Halle betreten. Sie war nach hinten in die Garderobe gegangen, um ihren weißen Kittel anzuziehen, während er am Kasten in Chefinspektor Martins Büro das innere Sicherungssystem für die Türen zu den wichtigen Laborräumen abgeschaltet hatte.

Sie kicherte und sagte: «Mrs. Bidwell ist nicht aufgetaucht, um mit dem Saubermachen anzufangen, und jetzt wird Dr. Lorrimer vermißt. Vielleicht sind sie zusammen durchgebrannt. Großer Skandal im Hoggatt.»

Es war kein sehr gelungener Scherz, und sie wunderte sich nicht, daß Inspektor Blakelock nicht lachte. Er sagte:

«Die verschlossene Tür hat nicht unbedingt etwas zu sagen. Dr. Lorrimer hat seine eigenen Schlüssel. Und wenn er sein Bett gemacht hätte und heute besonders zeitig gekommen wäre, hätte er mit ziemlicher Sicherheit die Haupttür wieder abgeschlossen und das innere Alarmsystem eingeschaltet.»

«Aber wie wäre er dann in das biologische Labor gekommen?»

«Er hätte die Tür öffnen und sie dann offenstehen lassen müssen, bevor er die Alarmanlage wieder einschaltete. Das ist allerdings ziemlich unwahrscheinlich. Wenn er allein ist, schließt er gewöhnlich nur mit dem Yale-Schlüssel ab.»

Er nahm den Hörer wieder auf und sagte: «Bleiben Sie bitte einen Augenblick am Apparat, Mr. Lorrimer. Ich glaube nicht, daß er hier ist, aber ich sehe rasch nach.»

«Ich gehe schon», sagte Brenda eifrig, um sich nützlich zu machen. In der Eile hob sie nicht einmal die Klappe hoch, sondern schlüpfte unter dem Schalter durch. Als sie sich umdrehte, sah sie ihn mit bestürzender Deutlichkeit, wie in einer Momentaufnahme mit dem Blitzlicht: Inspektor Blakelock mit halb geöffnetem Mund, als wolle er Einspruch erheben, den Arm in einer steifen, theatralischen Geste nach ihr ausgestreckt, wie um sie zu schützen oder zurückzuhalten. Aber sie begriff die Geste nicht. Sie lachte und sprang die Treppe hinauf. Das biologische Labor lag nach hinten im ersten Stock und nahm mit dem daran anschließenden Experimentierzimmer fast die ganze Länge des Gebäudes ein. Die Tür war geschlossen. Sie drehte den Türgriff, stieß sie auf und tastete an der Wand nach dem Lichtschalter. Ihre Finger fanden ihn, und sie drückte darauf. Die zwei langen Leuchtröhren, die von der Decke hingen, leuchteten auf, flackerten und verbreiteten dann ihr stetiges Licht.

Sie sah den Körper sofort. Er lag mit dem Gesicht nach unten zwischen den beiden großen mittleren Experimentiertischen. Seine linke Hand schien sich in den Fußboden zu krallen, sein rechter Arm lag gekrümmt unter seinem Körper. Seine Beine waren ausgestreckt. Sie stieß einen seltsamen kleinen Laut aus, halb Schrei, halb Stöhnen, und ging neben ihm in die Knie. Das Haar über seinem linken Ohr war verfilzt und stand vom Kopf weg wie bei ihrem Kätzchen, wenn es sich geputzt hatte, aber sie konnte das Blut auf dem dunklen Haar nicht sehen. Doch sie wußte, daß das Blut sein mußte. Es war auf dem Kragen des weißen Kittels bereits schwarz geworden, und eine kleine Lache war auf den Boden getropft und geronnen. Nur sein linkes Auge war zu sehen, starr, leer und eingefallen wie das Auge eines toten Kalbs. Zaghaft berührte sie seine Wange. Sie war kalt. Aber sie hatte sofort gemerkt, daß er tot war, als sie das glasige Auge gesehen hatte.

Sie wußte nicht mehr, wie sie die Tür geschlossen hatte und nach unten gekommen war. Inspektor Blakelock stand immer noch starr wie eine Statue hinter dem Schalter und hielt den Telefonhörer in der Hand. Sie wollte lachen, als sie sein Gesicht sah. Er sah komisch aus. Sie versuchte, etwas zu ihm zu sagen, brachte aber kein Wort heraus. Ihr Kinn zitterte unkontrolliert, und ihre Zähne schlugen aufeinander. Sie machte eine vage Handbewegung. Er sagte etwas, was sie nicht verstand, ließ den Hörer fallen und stürzte die Treppe hinauf.

Sie schwankte auf den schweren viktorianischen Lehnsessel zu, Colonel Hoggatts Sessel, der an der Wand von Chefinspektor Martins Büro stand. Das Porträt sah auf sie herunter. Während sie hinsah, schien das linke Auge größer zu werden, schienen die Lippen sich zu einer Grimasse zu verziehen.

In ihr stieg eine schreckliche Kälte hoch. Ihr Herz, als sei es riesengroß geworden, pochte heftig gegen die Rippen. Sie atmete mit aufgerissenem Mund und bekam dennoch nicht genug Luft. Dann wurde ihr das Knacken des Telefons bewußt. Sie stand langsam auf, ging zum Schalter hinüber und hob den Hörer auf. Mr. Lorrimers gebrechliche, weinerliche Stimme war am anderen Ende der Leitung. Sie versuchte, die gewohnten Worte zu sagen: «Hoggatt-Institut, Annahmeschalter, guten Tag.» Aber sie brachte kein Wort heraus. Sie legte auf und ging wieder zu ihrem Sessel.

Sie erinnerte sich nicht, das lange Läuten der Türklingel gehört zu haben. Sie wußte nicht mehr, daß sie mühsam durch die Halle gegangen war, um aufzumachen. Aber plötzlich wurde die Tür aufgestoßen, und die Halle war voller Menschen und von lauten Stimmen erfüllt. Es war seltsam – das Licht schien greller geworden zu sein, und sie sah sie alle wie Schauspieler auf einer Bühne, hell angestrahlt, mit Gesichtern, die vom Make-up grotesk betont wurden. Sie hörte jedes Wort klar und verständlich, als säße sie auf einem vorderen Logenplatz. Sie nahm Mrs. Bidwell wahr, die Putzfrau, in ihrem Regenmantel mit dem Kragen aus Pelzimitation. Ihre Augen funkelten vor Entrüstung, und sie sagte mit ihrer hohen Stimme:

«Was, zum Teufel, ist denn hier los? Irgendein Idiot hat meinen Alten angerufen und gesagt, daß ich heute nicht herkommen muß und daß

Mrs. Schofield mich braucht. Wer erlaubt sich hier so dumme Scherze?»

Inspektor Blakelock kam langsam und bedächtig die Treppe herunter, der Hauptdarsteller hatte seinen Auftritt. Dr. Howarth, Clifford Bradley, Miss Foley und Mrs. Bidwell standen im Kreis zusammen und starrten ihn an. Der Direktor machte einen Schritt auf die Treppe zu. Er sah aus, als wäre er einer Ohnmacht nahe. Er sagte:

«Was gibt's, Blakelock?»

«Dr. Lorrimer, Sir. Er ist tot. Ermordet.»

Sicher hatten sie nicht die Gesichter einander zugewandt und das Wort einstimmig nachgesprochen, wie der Chor in einer griechischen Tragödie. Aber es schien in dem stillen Raum widerzuhallen, seine Bedeutung zu verlieren, nur mehr ein dunkles Stöhnen zu sein. Mord. Mord. Mord.

Sie sah Dr. Howarth auf die Treppe zulaufen. Inspektor Blakelock machte kehrt, um ihn zu begleiten, aber der Direktor sagte:

«Nein, Sie bleiben hier. Sorgen Sie dafür, daß alle hier unten in der Halle bleiben. Rufen Sie den Polizeidirektor und Dr. Kerrison an. Und dann verbinden Sie mich mit dem Innenministerium.»

Jetzt erst schienen sie plötzlich Brenda zu bemerken. Mrs. Bidwell ging zu ihr hin. Sie sagte:

«Haben Sie ihn gefunden? Sie armes Ding!»

Und auf einmal war es kein Spiel mehr. Die Lichter erloschen. Die Gesichter wurden gestaltlos, gewöhnlich. Brenda stieß einen kleinen Seufzer aus. Sie fühlte, wie Mrs. Bidwell einen Arm um ihre Schultern legte, spürte den Geruch des Regenmantels vor ihrem Gesicht. Der Pelz war so weich wie die Pfoten ihrer kleinen Katze. Und dann, zum Glück, kamen Brenda die Tränen.

2

Von seinem Zimmer in einem Londoner Lehrkrankenhaus nahe am Fluß konnte er in selbstquälerischen Augenblicken einen Blick auf das Fenster seines Büros werfen. Dr. Charles Freeborn, Präsident der kriminologischen Institute, lag mit seinen ganzen 192 Zentimetern reglos in dem schmalen Bett. Seine Nase ragte spitz über die Bettdecke hervor, sein weißes Haar hob sich kaum von dem noch weißeren Kopfkissen ab. Das Bett war zu kurz für ihn, eine Unbequemlichkeit, der er sich angepaßt hatte, indem er einfach seine Zehen über das Fußende hinausstreckte. Auf seinem Nachttisch lag das übliche Durcheinander von

Mitbringseln, notwendigen Kleinigkeiten und Dingen zur Zerstreuung, die man bei einem kürzeren Krankenhausaufenthalt zu brauchen glaubte. Dazu gehörte auch die unvermeidliche steife Blumenvase mit geruchlosen, üppigen Rosen, durch deren unnatürliche, an ein Begräbnis erinnernde Blüten Oberkriminalrat Adam Dalgliesh auf ein so unbewegliches Gesicht, so starre Augen blickte, daß er im ersten Augenblick erschrak und einen Toten vor sich zu haben meinte. Aber Freeborn hatte nichts Schwereres als eine erfolgreiche Krampfadernoperation hinter sich. Dalgliesh ging auf das Bett zu und sagte zaghaft:

«Hallo!»

Freeborn schrak aus seiner Erstarrung auf, fuhr wie ein Stehaufmännchen hoch und fegte dabei ein Päckchen Taschentücher, zwei Nummern der *Zeitschrift für Kriminologie* und eine offene Pralinenschachtel vom Nachttisch. Er streckte einen mageren, sommersprossigen Arm mit dem Namensbändchen des Krankenhauses aus und drückte Dalgliesh Hand.

«Adam! Schleich dich nicht so an, zum Kuckuck! Ich bin verdammt froh, dich zu sehen. Die einzige gute Nachricht heute morgen war, daß du den Fall zugeteilt bekommen hast. Ich dachte, du wärst vielleicht schon unterwegs. Wieviel Zeit hast du? Wie kommst du hin?»

Dalgliesh beantwortete die Fragen der Reihe nach.

«Zehn Minuten. Mit dem Hubschrauber von Battersea aus. Ich bin schon auf dem Weg. Wie fühlst du dich, Charles? Falle ich dir zur Last?»

«Ich falle mir selbst zur Last. Das hätte zu keiner ungünstigeren Zeit passieren können. Und es macht mich verrückt, daß es meine eigene Schuld ist. Die Operation hätte warten können. Nur wurden die Schmerzen allmählich ziemlich unangenehm, und Meg bestand darauf, daß ich es vor der Pensionierung machen lassen sollte, vermutlich nach dem Prinzip, besser in der Arbeitszeit als in meiner Freizeit.»

Dalgliesh dachte an die Begeisterung, die Freeborn in mehr als vierzig Jahren in den Dienst eingebracht hatte, an seine Erfolge, die schwierigen Kriegsjahre, die hinausgeschobene Pensionierung, die letzten fünf Jahre, nachdem er seinen Posten als Leiter eines Labors mit der frustrierenden Verwaltungstätigkeit vertauscht hatte. Er sagte:

«Sehr vernünftig von ihr. Und in Chevisham gibt es nichts für dich zu tun.»

«Ich weiß. Es ist lächerlich, dieses Gefühl der Verantwortung, weil man tatsächlich nicht auf dem Posten ist, wenn das Unglück geschieht. Der Bereitschaftsdienst rief mich kurz nach neun an und teilte mir die Neuigkeit mit. Besser, als es von meinen Besuchern oder aus der Abendzeitung zu erfahren, meinten sie wohl. Sehr anständig von ihnen. Der

Polizeidirektor muß den Yard schon ein paar Minuten, nachdem er es erfahren hatte, benachrichtigt haben. Wieviel weißt du?»

«Ungefähr soviel wie du, denke ich. Ich habe mit dem Polizeidirektor und mit Howarth gesprochen. Sie haben mir die wesentlichen Fakten durchgegeben. Die Schädeldecke ist zertrümmert, wahrscheinlich mit dem schweren Schlagholz, das Lorrimer zur Untersuchung auf dem Tisch liegen hatte. Das Labor war ordnungsgemäß abgeschlossen, als der Inspektor und die junge Büroangestellte heute morgen um 8 Uhr 30 ankamen. Lorrimers Schlüssel waren in seiner Tasche. Er arbeitete oft über die Zeit, und die meisten Angestellten wußten, daß er das auch gestern abend vorhatte. Keine Hinweise auf einen Einbruch. Es gibt vier Sätze Schlüssel. Einen hat Lorrimer als Abteilungsleiter und Mitverantwortlicher für die Sicherheit. Der Inspektor hat den zweiten. Lorrimer und einer der Verbindungsmänner der Polizei sind die einzigen, die das Recht haben, das Gebäude auf- und abzuschließen. Der Direktor hat den dritten Satz in seinem Safe, und der vierte liegt ebenfalls in einem Safe in der Polizeistation von Guy's Marsh für den Fall, daß es nachts einen Alarm gibt.»

Freeborn sagte: «Entweder hat also Lorrimer seinen Mörder hereingelassen, oder der Mörder hatte einen Schlüssel.»

Es gab andere Möglichkeiten, dachte Dalgliesh, aber jetzt war keine Zeit für Diskussionen. Er fragte:

«Lorrimer hätte wohl jedem, der dem Labor angehört, aufgeschlossen?»

«Warum nicht? Wahrscheinlich hätte er jeden Polizisten, den er persönlich kannte, hereingelassen, besonders wenn es einer der mit dem laufenden Fall befaßten Beamten gewesen wäre. Was andere betrifft, bin ich nicht so sicher. Er könnte einen Freund oder Angehörigen eingelassen haben, obwohl das schon zweifelhafter ist. Er war ein pedantisches Ekel, und ich kann mir nicht vorstellen, daß er das Labor als günstigen Ort für ein Rendezvous benutzt hätte. Aber natürlich hätte er den Gerichtsmediziner hereingelassen.»

«Das ist ein Mann aus dem Ort, Henry Kerrison, hat man mir gesagt. Vom Polizeidirektor hörte ich, sie hätten ihn sofort angerufen, als sie die Leiche fanden. Na ja, was hätten sie auch andres tun sollen. Ich wußte gar nicht, daß ihr einen Nachfolger für unseren Leichenhaus-Donald gefunden habt.»

«Haben wir auch nicht. Kerrison arbeitet auf Vertragsbasis. Man hält viel von ihm, und wir werden ihn wahrscheinlich fest anstellen, wenn wir die Zustimmung der Gesundheitsbehörde kriegen. Die übliche Schwierigkeit mit seinen Pflichten im Krankenhaus. Ich wünsche mir nichts sehnlicher, als daß wir zu einer unabhängigen Regelung für den gerichtsmedizinischen Dienst kommen könnten, bevor ich aufhöre. Aber diese harte Nuß werde ich meinem Nachfolger überlassen müssen.»

Dalgliesh dachte ohne Sympathie an Leichenhaus-Donald mit seinem makabren Schuljungenhumor – «Nicht dieses Kuchenmesser, gnädige Frau. Ich habe es heute morgen bei einem Opfer von Messer-Harry benutzt, und die Klinge ist ziemlich stumpf» –, mit seinem übertriebenen Hang zur Selbstanpreisung und seinem unerträglichen herzhaften Lachen. Er war dankbar, nicht diesen unangenehmen alten Windhund ausfragen zu müssen. Er sagte:

«Nun zu Lorrimer. Was war er für ein Mensch?»

Das war die Frage, die im Mittelpunkt jeder Morduntersuchung stand; und dennoch wußte er, wie absurd sie im Grunde war, noch bevor er sie gestellt hatte. Das war der merkwürdigste Teil an der Arbeit des Detektivs, dieser Versuch, eine Beziehung zu dem Toten herzustellen, den man nur als verkrümmte Leiche am Tatort oder nackt auf dem Tisch bei der Autopsie zu sehen bekam. Das Opfer selbst war der Kern des Geheimnisses um seinen Tod. Es hatte sterben müssen, weil es etwas Bestimmtes gewesen war. Bevor der Fall aufgeklärt wäre, würde Dalgliesh ein Dutzend Bilder von Lorrimers Persönlichkeit bekommen, gleichsam Abzüge von Bildern, die sich andere Menschen von ihm gemacht hatten. Aus diesen vagen, formlosen Bildern würden seine eigenen Vorstellungen entstehen, sie würden diese Bilder überlagern und beherrschen, aber im wesentlichen genauso unvollständig, genauso von seinen eigenen Vorurteilen und seiner eigenen Persönlichkeit verzerrt bleiben wie die der anderen. Aber die Frage mußte gestellt werden. Und er konnte sich darauf verlassen, daß Freeborn sie beantwortete, ohne eine philosophische Diskussion über die Grundlagen des Ich zu beginnen. Ihre Gedanken mußten sich gekreuzt haben, denn Freeborn sagte:

«Verrückt, daß man immer diese Fragen stellen muß, daß du ihn nur durch die Augen anderer sehen wirst. Ungefähr vierzig Jahre alt. Sieht aus wie Johannes der Täufer ohne Bart und ist ungefähr genauso unbeugsam wie jener. Unverheiratet. Lebt mit seinem betagten Vater in einer Kate außerhalb des Dorfs. Er ist – oder war – ein äußerst tüchtiger Gerichtsbiologe, aber ich bezweifle, daß er es geschafft hätte, noch höher aufzusteigen. Verbohrt, bissig, nicht leicht mit ihm auszukommen. Er hat sich natürlich um den freien Posten im Hoggatt beworben und stand somit an zweiter Stelle nach Howarth.»

«Wie haben er und das Personal den neuen Direktor aufgenommen?»

«Lorrimer faßte es ganz schön übel auf, glaube ich. Das Labor hätte seine Ernennung nicht begrüßt. Er war bei den meisten höheren Angestellten ziemlich unbeliebt. Aber es gibt immer ein paar, die einen Kollegen einem Fremden vorziehen, selbst wenn sie seine forsche Art hassen. Und wie zu erwarten hat sich der Verband natürlich darüber aufgeregt, daß kein Kriminologe ernannt wurde.»

«Warum hat Howarth den Posten bekommen? Soviel ich weiß, warst du in der Auswahlkommission.»

«Ja, war ich. Ich fühle mich mitverantwortlich. Das soll nicht heißen, daß ich meine, wir hätten einen Fehler gemacht. Der alte Doc Mac war einer der wirklich großen Kriminologen – wir haben zusammen angefangen –, aber es steht außer Frage, daß er in den letzten Jahren die Zügel ein wenig schleifen ließ. Howarth hat die Arbeitsleistung bereits um zehn Prozent gesteigert. Und dann geht es um die Einrichtung des neuen Labors. Es war ein bewußtes Risiko, einen Mann ohne kriminologische Erfahrung zu nehmen, aber wir haben in erster Linie einen Manager gesucht. Wenigstens waren die meisten Mitglieder der Kommission und die anderen auch davon überzeugt, es wäre keine schlechte Sache, ohne genau zu wissen, das gebe ich zu, was wir unter diesem gesegneten Wort verstanden. Management. Die neue Wissenschaft. Wir alle huldigen ihr. Früher haben wir unsere Arbeit getan, sind dem Personal um den Bart gegangen, wenn es nötig war, haben den Faulpelzen einen Tritt in den Hintern verpaßt, haben die Unsicheren ermutigt und die widerstrebende und skeptische Polizei überredet, von unseren Fähigkeiten Gebrauch zu machen. Ja, und gelegentlich haben wir eine statistische Aufstellung an das Innenministerium geschickt, um es an unsere Existenz zu erinnern. Es schien so ganz gut zu laufen. Der Betrieb ist nicht zusammengebrochen. Hast du dir jemals Gedanken gemacht, was der genaue Unterschied zwischen Verwaltung und Management ist, Adam?»

«Heb dir diese Frage auf, um einen Kandidaten in der nächsten Auswahlkommission zu verwirren. Howarth war am Forschungsinstitut in Bruche, nicht wahr? Warum wollte er dort weg? Er muß einen finanziellen Verlust in Kauf genommen haben.»

«Nicht mehr als ungefähr 600 im Jahr, und das dürfte ihm nichts ausmachen. Sein Vater war reich, und er muß sich nur mit seiner Halbschwester die Erbschaft teilen.»

«Aber es war doch ein größeres Institut? Und er kann am Hoggatt keine Forschungen betreiben.»

«In geringem Umfang schon, aber in der Hauptsache ist es natürlich ein Dienstleistungslabor. Das hat uns in der Kommission ein wenig Kummer gemacht. Aber es ist wohl kaum zu erwarten, daß man dem vielversprechendsten Bewerber klarmacht, er begebe sich auf eine niedrigere Stufe; von der wissenschaftlichen Leistung und der Ausbildung her – er ist Physiker – hatte er den Mitbewerbern einiges voraus. Tatsächlich haben wir ihn ein wenig gedrängt. Er selbst hat die üblichen Gründe angegeben. Er fühle sich dort langsam einrosten, suche ein neues Betätigungsfeld und wolle unbedingt von London weg. Dem Klatsch nach hat ihn seine Frau vor kurzem sitzenlassen, und er wollte wohl einen endgültigen Schlußstrich ziehen. Wahrscheinlich war das der Grund. Gott sei Dank hat er nicht dieses verfluchte Wort ‹Herausforderung› gebraucht. Wenn ich noch einmal einen Bewerber sagen höre, daß er diesen Beruf als Herausforderung ansieht, dann übergebe ich mich vor aller Augen. Adam, ich werde langsam alt.»

Er machte eine Kopfbewegung auf das Fenster zu.

«Die sind ein bißchen in der Bredouille dort drüben, das brauch ich dir ja kaum zu sagen.»

«Ich weiß. Ich hatte ein äußerst knappes, aber taktvolles Gespräch. Sie sind Meister darin, mehr durchblicken zu lassen, als sie tatsächlich aussprechen. Aber offenbar ist es ihnen wichtig, daß der Fall schnell gelöst wird. Erstens muß das Vertrauen in die Polizei gewahrt bleiben, und zweitens wollt ihr ja wohl alle, daß das Labor seine Arbeit wieder aufnehmen kann.»

«Wie steht's zur Zeit? Ich meine, was ist mit dem Personal?»

«Die dortige Polizei hat alle Innentüren verschlossen und hält die Angestellten in der Bibliothek und in der Halle fest, bis ich dort bin. Jeder einzelne schreibt gerade auf, was er genau getan hat, seit Lorrimer zuletzt lebend gesehen wurde, und die Polizei ist dabei, die Alibis vorläufig zu überprüfen. Dadurch dürfte ich etwas Zeit gewinnen. Ich nehme einen Mann mit, John Massingham. Die Arbeit des Instituts wird inzwischen vom Londoner Labor übernommen. Sie schicken einen Knaben aus der PR-Abteilung, der sich der Presse annimmt, damit ich das vom Hals habe. Es ist sehr zuvorkommend von jener Pop-Gruppe, daß sie sich gerade unter so spektakulären Umständen aufgelöst hat. Das und die Schwierigkeiten der Regierung dürften uns ein paar Tage von der Titelseite verdrängen.»

Freeborn betrachtete mit leichtem Ekel seine großen Zehen, als wären sie verirrte Körperteile, deren Unzulänglichkeit ihm erst jetzt bewußt wurde. Von Zeit zu Zeit krümmte er sie, ob auf Grund einer ärztlichen Anweisung oder zu seinem eigenen Vergnügen, war schwer zu sagen. Nach einer Weile fing er wieder an zu sprechen.

«Ich habe meine Laufbahn am Hoggatt begonnen, wie du weißt. Das war vor dem Krieg. Alles, was wir damals machten, war verglichen mit heute fast noch Alchimie, Reagenzgläser, Bechergläser, Lösungen. Und Frauen wurden nicht eingestellt, weil man es für unschicklich hielt, sie mit Sexualverbrechen zu befassen. Das Hoggatt war selbst für die Verhältnisse in den dreißiger Jahren altmodisch. Allerdings nicht in wissenschaftlicher Hinsicht. Wir hatten einen Spektrographen, als er noch ein neues Wunderspielzeug war. Die Marschen brachten eine Reihe eigenartiger Verbrechen hervor. Erinnerst du dich noch an die Mulligan-Sache? Der Alte, der seinen Bruder zerstückelte und die Überreste an die Schleusentore von Leamings nagelte? Wir hatten damals ein paar hübsche Beweisstücke für die wissenschaftliche Untersuchung.»

«Um die fünfzig Blutflecken an der Wand des Schweinestalls, nicht wahr? Und Mulligan schwor, es sei Schweineblut.»

Freeborns Stimme wurde nostalgisch.

«Mir gefiel der alte Schurke. Und sie kramen immer noch die alten Fotos aus, die ich von den Spritzern gemacht habe, und benutzen sie als Bildmaterial in Vorträgen über Blutflecken. Seltsam , welche Anziehungskraft das Hoggatt hatte – übrigens immer noch hat. Ein unzweckmäßiges Gebäude im Palladio-Stil in einem langweiligen Dorf in Ostanglien, am Rand der dunklen Marschen und Moore. Zehn Meilen bis Ely, und das bietet auch nicht gerade ausgelassene Aktivitäten für die jungen Leute. Winter, in denen einem das Mark gefriert, und ein Frühjahrssturm – Moorwind nennen sie ihn –, der den Torf aufwirbelt und einem die Lungen verstopft wie Rauch. Und doch bleiben die Leute, wenn sie nicht nach den ersten Monaten genug haben, für immer dort. Wußtest du, daß das Labor auf seinem Grundstück eine kleine Kapelle von Wren besitzt? Architektonisch ist sie weit mehr wert als das Haus, weil der alte Hoggatt nicht daran herumgebaut hat. Er hatte nicht den geringsten ästhetischen Sinn, glaube ich. Er benutzte die Kapelle als Chemikalienlager, nachdem sie säkularisiert worden war, oder wie man das nennt, was man mit unbenutzten Kirchen macht. Howarth hat im Labor ein Streichquartett auf die Beine gestellt, das dort einmal ein Konzert gegeben hat. Anscheinend ist er ein ganz guter Geiger. Im Augenblick wünscht er sich wahrscheinlich, er wäre bei der Musik geblieben. Das ist kein glücklicher Start für den armen Teufel. Und es war immer so ein fröhliches Labor. Ich denke, die Abgeschiedenheit hat uns dort dieses Zusammengehörigkeitsgefühl gegeben.»

Dalgliesh sagte finster: «Ich bezweifle, daß dieses Gefühl die erste Stunde nach meiner Ankunft überleben wird.»

«Nein. Ihr Burschen bringt gewöhnlich genauso viele Probleme mit, wie ihr löst. Dagegen kannst du nichts tun. Das liegt in der Natur des

Verbrechens. Mord vergiftet. Oh, ich weiß, du wirst es aufklären. Das gelingt dir immer. Ich frage mich nur, um welchen Preis.»

Dalgliesh antwortete nicht. Er war zu ehrlich und mochte Freeborn zu sehr, um seichte tröstliche Versprechungen zu machen. Natürlich würde er rücksichtsvoll vorgehen. Das verstand sich von selbst. Aber er mußte im Hoggatt-Institut einen Mord aufklären, und alle anderen Erwägungen würden sich dieser vorrangigen Aufgabe unterordnen müssen. Die Aufklärung eines Mordes hatte immer ihren Preis, manchmal für ihn, häufiger für die anderen. Und Freeborn hatte recht. Es war ein Verbrechen, das jeden, der damit in Berührung kam, vergiftete, Unschuldige wie Schuldige. Er bedauerte die zehn Minuten mit Freeborn nicht. Der alte Mann glaubte mit einer schlichten Art von Patriotismus, daß die Behörde, der er seine Arbeitskraft gegeben hatte, die beste der Welt sei. Er hatte an ihrer Gestaltung mitgewirkt, und er hatte wahrscheinlich recht. Dalgliesh hatte erfahren, was er zu erfahren hoffte. Aber als er Freeborns Hand schüttelte und auf Wiedersehen sagte, wußte er, daß er nichts Tröstliches zurückließ.

3

Die Bibliothek des Hoggatt-Instituts lag im Erdgeschoß am Ende des Korridors. Durch die drei großen Fenster sah man auf die Steinterrasse und die beiden Treppen. Früher einmal hatten sie auf einen Rasen und einen gepflegten Garten geführt, aber jetzt gab es nur noch einen halben Morgen ungeschnittenes Gras, der im Westen von dem Anbau der Fahrzeugprüfungsabteilung und im Osten von den ehemaligen Stallungen, die zu Garagen umgebaut waren, begrenzt wurde. Der Raum war einer der wenigen im Haus, der von dem Umgestaltungseifer des früheren Besitzers verschont geblieben war. Die alten Bücherregale aus geschnitztem Eichenholz liefen noch rings um die Wände, nur daß sie jetzt die recht beachtliche wissenschaftliche Bibliothek des Instituts aufgenommen hatten. Zusätzlicher Stellplatz für die gebundenen nationalen und internationalen Zeitschriften war durch zwei verschiebbare Stahlelemente geschaffen worden, die den Raum in drei Abteilungen unterteilten. Vor jedem der drei Fenster stand ein Arbeitstisch mit je vier Stühlen. Auf dem einen Tisch war ein Modell des neuen Laborgebäudes aufgebaut.

An diesem etwas unpassenden Platz war das Personal versammelt. Ein Sergeant von der örtlichen Polizei saß ungerührt neben der Tür, als wolle er sie nicht vergessen lassen, warum sie hier so unbequem eingesperrt waren. Es war ihnen – unter taktvoller Begleitung – gestattet, zur Toilette im Erdgeschoß zu gehen, und sie hatten die Erlaubnis erhalten, von der Bibliothek aus zu Hause anzurufen. Aber der Rest des Instituts war ihnen im Augenblick versperrt.

Bei der Ankunft hatte man sie alle gebeten, einen knappen Bericht zu schreiben, wo und mit wem sie den letzten Abend und die Nacht verbracht hatten. Geduldig warteten sie, bis sie an einem der drei Tische an der Reihe waren. Die Aussagen waren von dem Sergeant eingesammelt und dem Kollegen am Annahmeschalter übergeben worden, damit die vorläufige Überprüfung beginnen konnte. Die Angestellten in niedrigeren Stellungen, die ein zufriedenstellendes Alibi vorweisen konnten, durften nach Hause gehen, sobald es nachgeprüft war. Nach und nach gingen sie weg, zum Teil etwas widerstrebend, weil sie die erhofften Aufregungen verpaßten. Den weniger glücklichen hatte man, zusammen mit denen, die am Morgen das Institut zuerst betreten hatten, und allen leitenden Angestellten, gesagt, sie müßten auf die Ankunft der Männer von Scotland Yard warten. Der Direktor hatte sich nur kurz in der Bibliothek blicken lassen. Vorher war er mit Angela Foley bei Lorrimers Vater gewesen, um ihm die Nachricht vom Tod seines Sohnes zu überbringen. Nun hielt er sich mit Kriminalrat Mercer von der örtlichen Kripo in seinem Büro auf. Es hieß, Dr. Kerrison sei ebenfalls bei ihnen.

Die Minuten zogen sich hin, während sie auf ein erstes Brummen des ankommenden Hubschraubers warteten. Gehindert durch die Gegenwart der Polizei, durch Vorsicht, Zartgefühl oder Hemmungen, das Thema, das ihnen allen auf den Lippen brannte, zu berühren, unterhielten sie sich mit der behutsamen Höflichkeit von zufällig in der Wartehalle eines Flughafens zusammengetroffenen Fremden. Zwei Frauen wenigstens waren für die langweilige Warterei besser gewappnet. Mrs. Mallett, die Stenotypistin des allgemeinen Sekretariats, hatte ihr Strickzeug dabei. Gestärkt durch ein unerschütterliches Alibi – sie hatte bei dem Bunten Abend zwischen der Posthalterin und Mr. Mason von der Gemischtwarenhandlung gesessen – und mit einer Beschäftigung für ihre Hände versehen, saß sie da und klapperte mit begreiflicher, wenn auch aufreizender Zufriedenheit mit ihren Stricknadeln vor sich hin und wartete auf die Erlaubnis, zu gehen. Mrs. Bidwell, die Putzfrau, hatte darauf bestanden, an ihre Besenkammer gehen zu dürfen, natürlich unter Begleitung, und hatte einen Staubwedel und ein paar Tücher geholt, mit denen sie einen energischen Angriff auf die Bücherregale unternahm. Sie war für ihre Verhältnisse ungewöhnlich still, aber die

Wissenschaftler um die Tische konnten sie vor sich hin murmeln hören, als sie sich die Bücher am Ende einer Abteilung vornahm.

Brenda Pridmore hatte das Eingangsbuch vom Schalter holen dürfen und ging, mit weißem Gesicht, aber äußerlich gefaßt, die Posten des letzten Monats durch. Das Buch nahm mehr Platz auf dem Tisch weg, als ihr zustand, aber sie arbeitete wenigstens etwas Sinnvolles. Claire Easterbrook, wissenschaftliche Angestellte in der biologischen Abteilung und durch Lorrimers Tod ranghöchste Biologin, hatte eine Abhandlung über neue Ergebnisse in der Blutgruppenbestimmung aus ihrer Tasche genommen und machte sich daran, sie zu überarbeiten. Sie gab sich so ungerührt, als sei Mord im Hoggatt-Institut eine alltägliche Unannehmlichkeit, für die sie immer klugerweise vorgesorgt hatte.

Die übrigen Angestellten beschäftigten sich jeweils auf ihre Weise. Diejenigen, die sich gern den Anschein von Geschäftigkeit gaben, versenkten sich in Bücher und machten demonstrativ von Zeit zu Zeit Notizen. Die zwei Fahrzeugprüfer, die im Ruf standen, keinen anderen Gesprächsstoff als Autos zu haben, hockten nebeneinander mit dem Rücken an den Stahlregalen auf dem Boden und diskutierten mit verzweifeltem Eifer über Fahrzeuge. Middlemass hatte das Kreuzworträtsel in der *Times* um Viertel vor zehn gelöst und sich mit den restlichen Seiten so lange wie möglich beschäftigt. Aber inzwischen waren auch die Todesnachrichten erschöpft. Er faltete die Zeitung zusammen und schob sie über den Tisch begierig wartenden Händen zu.

Es war eine Erlösung, als Stephen Copley, der Leiter der Chemie, kurz vor zehn ankam. Er machte wie immer einen geschäftigen Eindruck. Sein rosiges Gesicht mit dem Kranz von krausem schwarzem Haar um die Halbglatze glänzte, als käme er gerade von einem Sonnenbad. Man hatte noch nie erlebt, daß ihn etwas aus der Fassung gebracht hatte – der Tod eines Mannes, den er nicht hatte ausstehen können, gewiß nicht. Und sein Alibi war unerschütterlich. Den ganzen vorhergehenden Tag war er im Gericht gewesen und hatte den Abend und die Nacht bei Bekannten in Norwich zugebracht. Er war eben erst nach Chevisham zurückgekommen, um etwas verspätet mit der Arbeit zu beginnen. Seine Kollegen waren erleichtert, etwas zu haben, worüber sie reden konnten, und begannen ihn über die Gerichtsverhandlung auszufragen. Sie unterhielten sich unnatürlich laut. Die anderen im Zimmer hörten mit gespieltem Interesse zu, als wäre das Gespräch ein dramatischer Dialog zu ihrer Unterhaltung.

«Wer war der Verteidiger?» fragte Middlemass.

«Charlie Pollard. Er wuchtete seinen fetten Wanst über die Schranke und erklärte den Geschworenen ganz im Vertrauen, sie sollten sich nicht von den Aussagen der sogenannten wissenschaftlichen Gutachter schrecken lassen, weil keiner von uns, er selbst natürlich eingeschlossen, wirklich wüßte, wovon er spräche. Das hat sie ungeheuer beruhigt, was ich ja kaum erwähnen muß.»

«Geschworene hassen wissenschaftliche Beweise.»

«Sie denken, sie werden sowieso nichts verstehen, und dann verstehen sie natürlich auch nichts. Sobald man in den Zeugenstand tritt, sieht man geradezu, wie ein Vorhang hartnäckiger Verständnislosigkeit vor ihrem Denkapparat herunterfällt. Was sie wollen, ist Gewißheit. Stammt dieses Stückchen Farbe von dieser Karosserie? Antwort: Ja oder Nein. Keine von diesen ausgetüftelten Wahrscheinlichkeitsrechnungen, die wir so lieben.»

«Noch mehr als gegen wissenschaftliche Beweise haben sie bestimmt gegen das Rechnen. Äußern Sie eine wissenschaftliche Ansicht, die von der Fähigkeit abhängt, zwei Drittel von einer Zahl zu ermitteln, und was bekommen Sie vom Anwalt zu hören? ‹Ich fürchte, Sie müssen sich einfacher ausdrücken, Mr. Middlemass. Wissen Sie, die Geschworenen und ich haben kein Mathematikstudium absolviert.› Ergebnis: Sie sind ein arroganter Hund, und die Geschworenen fühlen sich besser beraten, wenn sie Ihnen kein Wort glauben.»

Es war das alte Thema. Brenda hatte das alles schon gehört, wenn sie mittags ihre belegten Brote in dem Zimmer aß, das eine Mischung aus Küche und Wohnzimmer war und immer noch die kleine Kantine hieß. Aber jetzt kam es ihr schrecklich vor, daß sie sich so normal unterhalten konnten, während Dr. Lorrimer tot dort oben lag. Plötzlich hatte sie das Bedürfnis, seinen Namen auszusprechen. Sie sah auf und sagte:

«Dr. Lorrimer meinte, eines Tages würden nur noch etwa drei riesige Labors für das ganze Land existieren, und die Beweisstücke würden per Flugzeug von überallher dorthin gebracht werden. Er sagte, seiner Meinung nach sollte die ganze wissenschaftliche Beweisführung vor der Verhandlung mit beiden Seiten abgestimmt werden.»

Middlemass sagte leichthin: «Das ist ein alter Streitpunkt. Die Polizei zieht ein nettes, leicht erreichbares Labor am Ort vor, und wer sollte ihr das übelnehmen? Andererseits braucht man für drei Viertel der gerichtswissenschaftlichen Arbeit diesen ausgeklügelten Instrumentenapparat überhaupt nicht. Es spricht also einiges für hervorragend ausgestattete regionale Labors mit lokalen Außenstellen. Aber wer hätte Lust, dann in den kleinen Labors zu arbeiten, wenn die interessanten Sachen anderswo bearbeitet werden!»

Miss Easterbrook hatte ihre Lektüre anscheinend beendet. Sie sagte: «Lorrimer wußte, daß die Vorstellung von einem Labor als Schiedsrichter sich nicht durchsetzen ließe, nicht bei dem britischen Anklagesystem. Aber dennoch sollte eine wissenschaftliche Aussage ebenso wie jede andere geprüft werden.»

«Aber wie?» fragte Middlemass. «Von gewöhnlichen Geschworenen? Nehmen wir einmal an, Sie wären ein sachverständiger Dokumentenprüfer außerhalb unserer Behörde und würden für die Verteidigung vor Gericht auftreten. Sie sind anderer Meinung als ich. Wie sollten sich die Geschworenen zwischen uns entscheiden? Sie würden wahrscheinlich Ihre Meinung übernehmen, weil Sie besser aussehen als ich.»

«Oder Ihre, was sogar wahrscheinlicher wäre, weil Sie ein Mann sind.»

«Oder einer von ihnen – der Ausschlaggebende – lehnt mich ab, weil ich ihn an seinen Onkel Ben erinnere und jeder weiß, daß Ben der größte Lügner der Welt war.»

«Schon recht. Schon recht.» Copley machte eine beschwichtigende Geste mit seinen dicken Händen. «Es ist das gleiche wie mit der Demokratie. Ein fehlbares System, aber das beste, das es gibt.»

Middlemass sagte: «Es ist dennoch seltsam, wie gut es funktioniert. Da sieht man die Geschworenen aufmerksam wie wohlerzogene Kinder dasitzen, weil sie Besucher in einem fremden Land sind und sich nicht blamieren oder die Einheimischen beleidigen wollen. Doch wie oft legen sie ein Urteil auf den Tisch, das im Hinblick auf die vorgebrachten Beweise eindeutig falsch ist.»

Claire Easterbrook sagte sarkastisch: «Ob es im Hinblick auf die Wahrheit eindeutig falsch ist, ist eine andere Sache.»

«Ein Strafprozeß ist kein Tribunal, um die Wahrheit zu finden. Wenigstens wir geben uns mit Fakten ab. Aber wie steht es mit Gefühlen? Liebten Sie Ihren Gatten, Mrs. B? Wie kann die arme Frau erklären, daß sie ihn, wie vermutlich die Mehrheit der Ehefrauen, an sich liebte, außer wenn er ihr die ganze Nacht über ins Ohr schnarchte oder die Kinder anbrüllte oder ihr zu wenig Geld fürs Bingo gab.»

Copley sagte: «Sie kann's natürlich nicht. Wenn sie ein bißchen Verstand im Kopf hat und ihr Anwalt sie richtig angeleitet hat, wird sie ihr Taschentuch vorholen und schluchzen: ‹O ja, Sir. Einen besseren Mann hat die Welt nicht gesehen, Gott ist mein Zeuge.› Es ist ein Spiel, nicht wahr? Man gewinnt, wenn man nach den Regeln spielt.»

Claire Easterbrook zuckte mit den Achseln: «Wenn man sie kennt. Allzuoft ist es ein Spiel, dessen Regeln nur der einen Seite bekannt sind. Wie könnte es anders sein, wenn es die Seite ist, die sie aufstellt.»

Copley und Middlemass lachten.

Clifford Bradley hatte sich hinter dem Tisch, auf dem das Modell des neuen Labors stand, halb vor der restlichen Gesellschaft versteckt. Er hatte wahllos ein Buch aus einem Regal gezogen, aber in den letzten zehn Minuten hatte er sich nicht einmal die Mühe gemacht umzublättern.

Sie lachten! Sie lachten doch tatsächlich! Er stand auf, ging unsicher in die entfernteste Nische und stellte das Buch zurück. Er drückte seine Stirn gegen den kalten Stahl. Unauffällig stellte Middlemass sich neben ihn und griff nach einem Buch. Mit dem Rücken zu den Kollegen sagte er:

«Alles in Ordnung?»

«Wenn sie nur endlich kämen!»

«Das hoffen wir alle. Aber jetzt müßte der Hubschrauber jeden Augenblick hier sein.»

«Wie können sie nur so lachen? Macht denen das gar nichts aus?»

«Natürlich macht es ihnen etwas aus. Mord ist abscheulich, peinlich, eine häßliche Sache. Aber ich bezweifle, ob irgend jemand einen echten persönlichen Schmerz empfindet. Und das Unglück und die Bedrohung eines anderen Menschen rufen immer eine gewisse Euphorie hervor, solange man selbst in Sicherheit ist.»

Er sah Bradley an und sagte mitfühlend: «Totschlag wird es immer geben. Oder sogar gerechtfertigten Mord. Obwohl man, wenn man es sich recht überlegt, das kaum vertreten kann.»

«Sie glauben doch, ich habe ihn umgebracht, nicht wahr?»

«Ich glaube überhaupt nichts. Außerdem haben Sie doch ein Alibi. War Ihre Schwiegermutter nicht gestern abend bei Ihnen?»

«Nicht den ganzen Abend. Sie nahm den Bus um Viertel vor acht.»

«Na, wenn wir Glück haben, gibt es Beweise, daß er um diese Zeit schon tot war.» Und wieso, dachte Middlemass, sollte Bradley annehmen, daß er es noch nicht war? Bradleys dunkle unruhige Augen verengten sich mißtrauisch.

«Woher wissen Sie, daß Sues Mutter gestern abend bei uns war?»

«Susan hat es mir erzählt. Das heißt, sie hat mich gegen zwei im Labor angerufen. Es war wegen Lorrimer.» Er überlegte kurz, dann sagte er ungezwungen: «Sie wollte gern wissen, ob er möglicherweise um eine Versetzung gebeten hätte, nachdem Howarth nun seit einem Jahr auf dieser Stelle sitzt. Sie dachte, ich hätte vielleicht etwas gehört. Sagen Sie ihr, wenn Sie zu Hause sind, daß ich nicht vorhabe, der Polizei von dem Anruf zu erzählen, falls sie es nicht zuerst tut. Ja, und Sie sollten sie beruhigen, daß ich ihm nicht Ihretwegen den Schädel eingeschlagen habe. Ich mag Sue und tue eine ganze Menge für sie, aber irgendwo muß man eine Grenze ziehen.»

Bradley sagte mit einer Spur von Groll: «Warum sollten Sie sich Sorgen machen? An Ihrem Alibi stimmt doch alles. Waren Sie nicht bei dem Bunten Abend im Dorf?»

«Nicht den ganzen Abend. Und es gibt da noch gewisse kleine Komplikationen mit meinem Alibi, auch für die Zeit, als ich angeblich dort war.»

Bradley drehte sich nach ihm um und sagte überraschend heftig: «Ich habe es nicht getan! Mein Gott, ich kann dieses Warten nicht länger ertragen!»

«Sie müssen es durchstehen. Reißen Sie sich zusammen, Cliff! Sie helfen weder sich noch Susan, wenn Sie hier schlappmachen. Es sind englische Polizisten, vergessen Sie das nicht. Wir warten nicht auf den KGB.»

In diesem Augenblick hörten sie das ersehnte Geräusch, ein fernes schnarrendes Brummen wie von einer zornigen Wespe. Das unzusammenhängende Gemurmel an den Tischen hörte auf, Köpfe hoben sich, und dann gingen alle an die Fenster. Mrs. Bidwell stürzte vor, um einen günstigen Platz zu ergattern. Der rot-weiße Hubschrauber kam über den Bäumen in Sicht und schwebte, wie eine zudringliche Bremse, über der Terrasse. In der Bibliothek war es still. Schließlich sagte Middlemass:

«Der Wunderknabe vom Yard steigt, wie es sich für ihn gehört, aus den Wolken herab. Na, dann wollen wir hoffen, daß er schnell arbeitet. Ich möchte in mein Labor. Man sollte ihm sagen, daß er nicht der einzige ist, der sich um einen Mord kümmern muß.»

4

Der Detektiv-Inspektor, der Ehrenwerte John Massingham, haßte Hubschrauber, die er für zu laut, zu eng und beängstigend unsicher hielt. Da sein physischer Mut weder von ihm noch von anderen in Frage gestellt wurde, hätte er normalerweise auch keine Bedenken gehabt, das zu sagen. Aber er kannte die Abneigung seines Chefs gegen überflüssige Worte. Sie saßen in unangenehmer Nähe in der Enstrom F 28 nebeneinander angeschnallt, und er sagte sich, der Fall von Chevisham würde am besten anlaufen, wenn er eine Politik des diziplinierten Schweigens verfolgte. Er stellte mit Interesse fest, daß das Instrumentenbrett im Cockpit bemerkenswerte Ähnlichkeit mit dem Armaturenbrett eines Autos hatte; sogar die Fluggeschwindigkeit wurde nicht in Knoten, sondern in Meilen angezeigt. Er fand es nur schade, daß damit die Ähnlichkeit schon aufhörte. Er rückte seine Kopfhörer zurecht, daß sie bequemer saßen, und versuchte, durch konzentriertes Studium der Landkarten seine Nerven zu beruhigen.

Die rotbraunen Fangarme der Londoner Vororte waren schließlich abgeschüttelt, und die vielfältig wie eine Stoffcollage gegliederte bunte Herbstlandschaft breitete sich vor ihnen in einem abwechslungsreichen Muster aus Braun, Grün und Gold aus. Sie flogen auf Cambridge zu. Die gelegentlich durchbrechenden Sonnenstrahlen bewegten sich in breiten Streifen über die sauberen Dörfer, die gepflegten städtischen Parks und offenen Felder. Spielzeugkleine Autos, die in der Sonne wie Käfer glitzerten, verfolgten einander geschäftig auf den Straßen.

Dalgliesh warf einen Blick auf seinen Begleiter, auf das charakteristische blasse Gesicht, die mit Sommersprossen gesprenkelte vorspringende Nase, die breite Stirn und das dichte rote Haar, das unter den Kopfhörern hervorquoll. Er dachte, wie ähnlich der Junge dem Vater sei, diesem ehrfurchtgebietenden, dreifach dekorierten Peer, dessen Wagemut ebensogroß war wie seine Halsstarrigkeit und Naivität. Das Wunderbare an den Massinghams war, daß seine Familie, die durch fünf Jahrhunderte zurückverfolgt werden konnte, so viele Generationen von liebenswerten Nullen hatte hervorbringen können. Er erinnerte sich, als er Lord Dungannon zum letztenmal gesehen hatte. Das war bei einer Debatte im Oberhaus über Jugendkriminalität gewesen, ein Gebiet, auf dem sich Seine Lordschaft für einen Experten hielt, weil er fraglos einmal ein Junge gewesen war und kurzfristig geholfen hatte, einen Jugendklub auf dem Besitz seines Großvaters aufzubauen. Seine Gedanken, die ihm schließlich kamen, hatte er in ihrer ganzen vereinfachenden Banalität ohne erkennbare Ordnung nach Logik oder Bedeutung ausgesprochen, mit einer eigenartig sanften Stimme, unterbrochen von langen Pausen, in denen er den Thron angeschaut und anscheinend glücklich mit irgendeiner inneren Erscheinung kommuniziert hatte. Währenddessen strömten die edlen Lords, gleich Lemmingen, die die Seeluft geschnuppert haben, geschlossen aus dem Sitzungssaal, um erst wieder, wie durch telepathische Kräfte gerufen, zu erscheinen, als sich Dungannons Rede ihrem Ende zuneigte. Aber wenn die Familie auch nichts zur Staatskunst und wenig zu den schönen Künsten beigetragen hatte, waren sie doch in jeder Generation mit großartigem Heldenmut für konventionelle Anlässe gestorben.

Und nun hatte Dungannons Erbe diesen äußerst unkonventionellen Beruf gewählt. Es würde interessant sein, zu beobachten, ob die Familie sich zum erstenmal und in einem so ungewöhnlichen Bereich hervortun würde. Was Massingham veranlaßt hatte, sich für den Polizeidienst zu entscheiden, anstatt die in der Familie übliche militärische Laufbahn als Betätigungsfeld seines angeborenen Kampfgeistes und altmodischen Patriotismus einzuschlagen, hatte Dalgliesh nie gefragt, teils weil er die Privatsphäre anderer Menschen respektierte, teils weil er sich nicht sicher war, ob er die Antwort hören wollte. Bis jetzt hatte sich Massingham ausgezeichnet gemacht. Die Polizei war tolerant genug, einzusehen, daß ein Mann nichts für seinen Vater konnte. Man akzeptierte, daß er auf Grund seiner Leistung befördert worden war, oblgeich keiner so naiv war zu glauben, es könne jemandem schaden, der erstgeborene Sohn eines Peers zu sein. Sie nannten Massingham hinter seinem Rükken und manchmal auch ins Gesicht «Junker», aber sie meinten es nicht böse.

Obwohl die Familie inzwischen verarmt und der Besitz verkauft war – Lord Dungannon lebte mit seiner ansehnlichen Familie in einer bescheidenen Villa in Bayswater –, hatte der Sohn dieselbe Schule wie sein Vater besucht. Zweifellos, dachte Dalgliesh, wußte der alte Krieger nichts von der Existenz anderer Schulen; wie jede Klasse konnten die Aristokraten, auch wenn sie arm waren, die Mittel für die Dinge aufbringen, die sie unbedingt haben wollten. Aber er war ein seltsames Produkt dieser Schule, denn er hatte nichts von der ungezwungenen Eleganz und der spöttischen Gleichgültigkeit, die für ihre Zöglinge charakteristisch ist, angenommen. Hätte Dalgliesh seine Geschichte nicht gekannt, hätte er wahrscheinlich geraten, Massingham komme aus einer soliden Familie des gehobenen Mittelstands – vielleicht der Sohn eines Arztes oder Rechtsanwalts – und aus einer alten namhaften Schule. Sie arbeiteten erst zum zweitenmal zusammen. Beim erstenmal war Dalgliesh von Massinghams Intelligenz und enormer Arbeitskraft, von seiner Fähigkeit, den Mund zu halten und zu spüren, wann der Chef allein sein wollte, beeindruckt gewesen. Ihm war auch eine Spur von Rücksichtslosigkeit an dem Jungen aufgefallen, was ihn, wie er meinte, eigentlich nicht hätte überraschen dürfen, weil er wußte, daß dieser Zug bei allen guten Detektiven vorhanden sein mußte.

Jetzt flog die Enstrom über die Türme und Spitzen von Cambridge, und sie sahen das glänzende Band des Flusses, das leuchtende Herbstlaub der Alleen, die durch grüne Rasenflächen zu buckligen Miniaturbrücken führten, das große Rasenquadrat mit den von der Mähmaschine gezogenen helleren und dunkleren grünen Streifen und daneben die Kapelle des King's College in ungewohnter Perspektive. Und ganz unvermittelt war die Stadt schon hinter ihnen, und sie sahen wie eine gekräuselte schwarze See die Erde des Marschlands. Unter ihnen liefen gerade Straßen, die höher als die Felder angelegt waren, an ihnen aufgereiht die Dörfer, als klammerten sie sich ängstlich an den Sicherheit bietenden höheren Boden. Die vereinzelten Bauernhöfe hatten so niedrige Dächer, daß es von oben aussah, als seien sie halb im Torf versunken. Ab und zu stand ein Kirchturm majestätisch am Rand eines Dorfes inmitten von Grabsteinen, die schiefen Zähnen glichen. Sie müßten jetzt bald dort sein; Dalgliesh sah den aufragenden Westturm und die Fialen der Kathedrale von Ely im Osten vor sich.

Massingham hob den Kopf von seiner Landkarte und blickte hinunter. Seine Stimme drang knackend durch Dalglieshs Kopfhörer:

«Das ist es, Sir.»

Chevisham breitete sich vor ihnen aus. Es lag auf einem schmalen Plateau über dem Marschland. Die Häuser reihten sich an der nördlichen von zwei aufeinanderzulaufenden Straßen auf. Den Turm der eindrucksvollen kreuzförmigen Kirche erkannten sie sofort, ebenso das Herrenhaus von Chevisham und dahinter, auf dem narbigen Feld ausgestreckt, wo die beiden Straßen zusammentrafen, den Beton- und Klinkerbau des neuen Labors. Sie tuckerten über die Hauptstraße eines typischen ostenglischen Dorfes. Dalgliesh sah flüchtig die schmucke rote Backsteinfassade der Dorfkirche, ein paar wohlhabend wirkende Häuser mit Treppengiebeln, einige erst kürzlich erbaute Reihenhäuser, vor denen noch die Tafel des Bauherrn stand, und zwei Häuser, die nach Gemischtwarenhandlung und Postamt aussahen. Es waren kaum Menschen zu sehen, aber das Motorengeräusch lockte ein paar Leute aus den Geschäften und Häusern, und blasse Gesichter blickten mit über die Augen gelegten Händen nach oben.

Und jetzt flogen sie in einer Kurve auf das Hoggatt-Institut zu und kamen niedrig über ein Gebäude herein, das die Kapelle von Wren sein mußte. Sie stand etwa eine Viertelmeile vom Haus entfernt in einem dreifachen Kreis von Buchen. Das einsame Gebäude war so klein und so vollkommen, daß es wie das Modell eines Architekten aussah, das passend in eine künstliche Landschaft gestellt worden war, oder wie die Laune eines Kirchenherrn, die sich nur durch ihre klassische Reinheit rechtfertigen ließ, aber von der Religion so weit entfernt war wie vom Leben. Es war seltsam, daß die Kapelle nicht näher am Haus lag. Dalgliesh nahm an, daß der ursprüngliche Besitzer des Hauses sie später als dieses gebaut hatte, vielleicht weil er sich mit dem Gemeindepfarrer zerstritten und aus Trotz beschlossen hatte, sich eigene Möglichkeiten zur Religionsausübung zu schaffen. Allerdings sah das Haus kaum groß genug aus, um sich eine private Kapelle leisten zu können. Während sie abstiegen, hatte er ein paar Sekunden lang durch eine Lücke in den Bäumen ein ungehinderte Sicht auf die Westfassade der Kapelle. Er sah ein einzelnes hohes Bogenfenster mit zwei Nischen zu beiden Seiten, vier korinthische Säulen, die die Fassade unterteilten, das Ganze gekrönt von einem prachtvollen Giebelfeld und darüber eine sechseckige Laterne. Der Hubschrauber schien fast die Bäume zu streifen. Das dürre Herbstlaub wurde von dem Luftwirbel losgerissen und flatterte wie ein Schauer von verkohltem Papier auf das Dach und den leuchtend grünen Rasen.

Und dann stieg der Hubschrauber noch einmal kurz auf, daß ihnen flau im Magen wurde, die Kapelle geriet außer Sicht, und sie schwebten mit lärmenden Motoren landebereit über der breiten Terrasse hinter dem Haus. Über das Dach hinweg konnte er den Platz davor mit seinen markierten Parkplätzen sehen. Dort standen säuberlich aufgereiht die Polizeiwagen und ein Fahrzeug, das ein Leichenwagen zu sein schien. Eine breite, von wuchernden Sträuchern und ein paar Bäumen gesäumte Zufahrt führte zur Landstraße. Die Zufahrtsstraße war nicht durch ein Tor abgesperrt. An der Landstraße erkannte er an dem glänzenden Schild eine überdachte Bushaltestelle. Dann ging der Hubschrauber herunter, und es war nur noch die Rückseite des Hauses zu sehen. An einem Fenster im Erdgeschoß drückten sich Gesichter an die Scheibe.

Drei Männer standen zum Empfang bereit, seltsam verkürzte Gestalten mit nach oben gereckten Köpfen. Der Wirbel des Rotors hatte ihre Haare zu lächerlichen Frisuren durcheinandergeweht, zerrte an ihren Hosen und drückte ihre Jacketts gegen die Brust. Als die Motoren abgestellt wurden, war die plötzliche Stille so total, daß ihm die drei reglosen Gestalten wie Attrappen in einer schweigenden Welt erschienen. Er und Massingham klickten die Sicherheitsgurte aus und kletterten auf die Erde. Ein paar Atemzüge lang standen die beiden Gruppen sich gegenüber und musterten einander. Dann strichen sich die drei wartenden Herren mit einer synchronen Handbeweung die Haare zurück und gingen langsam auf ihn zu. Gleichzeitig waren seine Ohren wieder frei, und die Welt bestand wieder aus Geräuschen. Er drehte sich um und sprach kurz mit dem Piloten. Dann setzten er und Massingham sich in Bewegung.

Dalgliesh war bereits mit Polizeidirektor Mercer bekannt; sie hatten sich ein paarmal bei Konferenzen getroffen. Selbst auf die Entfernung hin hatte er die bulligen Schultern, das runde Komödiantengesicht mit dem breiten vorgewölbten Mund und den lustigen Knopfaugen erkannt. Mercer drückte Dalgliesh kräftig die Hand, dann machte er die Männer miteinander bekannt. Dr. Howarth. Ein großer, blonder Mann, fast so groß wie Dalgliesh, mit weit auseinanderstehenden Augen von einem auffallend tiefen Blau und so langen Wimpern, daß sie in einem weniger anmaßend männlichen Gesicht vielleicht feminin gewirkt hätten. Er hätte als ein ausgesprochen gutaussehender Mann wirken können, dachte Dalgliesh, wäre da nicht ein gewisses Mißverhältnis der Gesichtszüge gewesen. Vielleicht lag es an dem Widerspruch zwischen der Zartheit der Haut über den wenig ausgeprägten Backenknochen und dem kräftigen, vorspringenden Kinn unter dem unnachgiebigen Mund. Dalgliesh hätte ihm sofort angesehen, daß er reich war, wenn er es nicht ohnehin gewußt hätte. Die blauen Augen betrachteten die Welt mit der zynischen Sicherheit eines Mannes, der daran gewöhnt war, zu bekommen, was er wollte – vorausgesetzt, er wollte es mit dem einfachsten Mittel, indem er nämlich dafür zahlte. Neben ihm wirkte Dr. Kerrison, obgleich genauso groß, irgendwie verkleinert. Sein faltiges, schüchternes Gesicht war bleich vor Müdigkeit, und in den dunklen Augen mit den schweren Lidern lag ein Blick, der unangenehm an Niederlage denken ließ. Er schüttelte schweigend mit einem festen, kühlen Griff Dalglieshs Hand. Howarth sagte:

«Es gibt hier an der Rückseite keinen Eingang mehr. Wir müssen um das Haus herumgehen. Kommen Sie, hier herum geht es am schnellsten.»

Mit ihren Diensttaschen in der Hand folgten Dalgliesh und Massingham ihm um die Hausecke, die Gesichter an den Fenstern im Erdgeschoß waren verschwunden, und es war ungewöhnlich still. Massingham schlurfte durch das Laub, das über den Pfad geweht war, sog die scharfe Herbstluft ein, in der eine Spur von Rauch lag, freute sich über die Sonne auf seinem Gesicht und spürte eine Welle animalischen Wohlbefindens in sich aufsteigen. Es war gut, einmal aus London weg zu sein. Es versprach, die Art von Arbeit zu werden, die ihm am liebsten war. Die kleine Gruppe bog um die Ecke des Gebäudes, und Dalgliesh und Massingham hatten zum erstenmal einen vollen Blick auf die Fassade des Hoggatt-Instituts.

5

Das Haus war ein hervorragendes Beispiel für die bürgerliche Architektur des späten 17. Jahrhunderts. Es war ein dreistöckiger Backsteinbau mit Walmdach und vier Mansardenfenstern. Ein Giebel mit reich verziertem Sims und Medaillons krönte den dreigeteilten vorgezogenen Mitteltrakt. Vier breite, geschwungene Stufen führten zum Eingang, der mit seinen Säulen eindrucksvoll, dabei aber gediegen, unaufdringlich und richtig proportioniert war. Dalgliesh blieb kurz stehen, um die Fassade zu betrachten. Howarth sagte:

«Ganz ansprechend, nicht wahr? Aber warten Sie, bis Sie sehen, was der Alte mit den Innenräumen gemacht hat.»

Die Tür mit ihrem eleganten, aber maßvollen Griff und Klopfer aus Messing war, zusätzlich zu dem Yale-Schloß, mit zwei Sicherheitsschlössern ausgerüstet, einem Chubb und einem Ingersoll. Oberflächlich besehen, ließen sich keine Zeichen von Gewaltanwendung erkennen. Sie wurde geöffnet, fast bevor Howarth die Hand am Klingelknopf hatte. Der Mann, der mit ernstem Gesicht zur Seite trat, um sie hereinzulassen, trug zwar keine Uniform, aber Dalgliesh erkannte in ihm sofort den Polizisten. Howarth stellte ihn als Inspektor Blakelock vor, den stellvertretenden Verbindungsmann der Polizei. Er fügte hinzu:

«Alle drei Schlösser waren in Ordnung, als Blakelock heute morgen ankam. Das Chubb-Schloß verbindet das elektronische Warnsystem mit der Polizeistation in Guy's Marsh. Das interne Sicherheitssystem wird über eine Schalttafel im Zimmer des Verbindungsmanns kontrolliert.»

Dalgliesh wandte sich an Blakelock.

«Und das war in Ordnung?»

«Ja, Sir.»

«Gibt es keinen anderen Ausgang?»

Diesmal antwortete Howarth.

«Nein. Mein Vorgänger hat die beiden Türen zur Terrasse endgültig versperrt. Es war zu kompliziert, mit einem System von Sicherheitsschlössern für drei Türen umzugehen. Alle kommen und gehen durch die Vordertür.»

«Möglicherweise bis auf eine Person letzte Nacht», dachte Dalgliesh.

Sie gingen durch die Halle, die fast die ganze Tiefe des Hauses einnahm. Ihre Schritte waren plötzlich laut auf dem marmornen Fußboden. Dalgliesh war darin geübt, mit einem Blick seine Umgebung in sich aufzunehmen. Obwohl die Männer auf dem Weg zur Treppe nicht stehenblieben, bekam er einen guten Eindruck des Raums: die hohe Stuckdecke, zwei Türen mit eleganten Giebeln links und rechts, ein Ölgemälde des Institutsgründers an der Wand rechts von ihm, das polierte Holz des Annahmeschalters an der Rückseite. Ein Polizeibeamter mit einem Bündel Papier vor sich telefonierte gerade. Wahrscheinlich überprüfte er immer noch die Alibis. Er setzte seine Unterhaltung fort, ohne aufzublicken.

Die Treppe war bemerkenswert. Das Geländer bestand aus geschnitzten Eichenfüllungen, die mit Spiralen von Akanthusblättern verziert waren, schwere Ananasfrüchte aus Eiche krönten die Pfosten. Auf der Treppe lag kein Teppich, und das ungewachste Holz war arg zerkratzt. Dr. Kerrison und Polizeidirektor Mercer gingen schweigend hinter Dalgliesh hinauf. Howarth führte die Gruppe an. Er schien das Bedürfnis zu haben, etwas zu sagen:

«Im Erdgeschoß liegen außer der Annahme und dem Aufbewahrungsraum für die Beweisstücke mein Büro, das Zimmer meiner Sekretärin, das allgemeine Sekretariat und das Zimmer des Verbindungsmanns der Polizei. Dazu kommen dann noch kleinere Wirtschaftsräume. Chefinspektor Martin ist der erste Verbindungsmann der Polizei; aber er besucht zur Zeit die USA, und jetzt ist nur Blakelock im Dienst. Auf diesem Stock haben wir die Biologie an der Gartenseite, die Kriminalistik nach vorne und die Instrumentenabteilung am Ende des Korridors. Ich habe auch einen Plan des Instituts in meinem Büro für Sie bereitgelegt. Ich dachte, Sie möchten vielleicht gern mein Zimmer benutzen, falls es für Sie passend ist. Aber ich habe meine Sachen vorerst noch dort gelassen, bis Sie das Zimmer untersucht haben. Hier ist das biologische Labor.»

Er sah Polizeidirektor Mercer an, der den Schlüssel aus der Tasche holte und die Tür aufschloß. Es war ein langgestrecktes Zimmer, das offensichtlich aus zwei kleineren entstanden war, möglicherweise aus einem Wohnzimmer und einem kleinen Salon. Die Deckenverzierungen waren entfernt worden, vielleicht weil Colonel Hoggatt sie unpassend für ein Labor gehalten hatte, aber die Narben der Entweihung waren geblieben. Statt der ursprünglichen Fenster nahmen jetzt zwei breite Fenster den größten Teil der gegenüberliegenden Wand ein. Unter den Fenstern gab es eine Reihe von Bänken und Waschbecken, in der Mitte des Zimmers standen zwei Labortische, von denen einer mit Spülbekken ausgestattet war, während auf dem anderen mehrere Mikroskope standen. Linkerhand war ein durch Glas abgeteiltes kleines Büro, rechts eine Dunkelkammer. Neben der Tür stand ein unförmiger Kühlschrank.

Aber die seltsamsten Gegenstände in dem Zimmer waren zwei Schaufensterpuppen, eine männliche und eine weibliche, die zwischen den Fenstern standen. Sie waren nackt und ohne Perücken. Die Haltung der kahlen, eiförmigen Köpfe, die steif zu einer gleichsam segnenden Geste gebogenen Gliederarme, die starrenden Augen und die geschwungenen spitzen Lippen gaben ihnen das erhabene Aussehen eines Paares bemalter Gottheiten. Und zu ihren Füßen lag, wie ein weißgekleidetes Opfer, die Leiche.

Howarth starrte die beiden Puppen an, als habe er sie noch nie gesehen. Er dachte wohl, daß sie einer Erklärung bedürften. Zum erstenmal schien er etwas von seiner Sicherheit eingebüßt zu haben. Er sagte:

«Das sind Liz und Burton. Wir ziehen ihnen die Kleider eines Verdächtigen an, um Blutflecken oder Risse vergleichen zu können.» Er fügte hinzu: «Brauchen Sie mich hier?»

«Im Augenblick, ja», antwortete Dalgliesh.

Er kniete neben der Leiche. Kerrison stellte sich neben ihn. Howarth und Mercer blieben zu beiden Seiten der Tür stehen.

Nach einer Weile sagte Dalgliesh: «Die Todesursache ist eindeutig. Es sieht so aus, als wäre er mit einem einzigen Schlag niedergeschlagen worden und gestorben, wo er hingefallen war. Mich überrascht die geringe Blutung.»

Kerrison sagte: «Das ist nicht ungewöhnlich. Wie Sie wissen, kann eine einfache Fraktur zu einer ernsten inneren Verletzung führen, besonders bei epiduraler oder subduraler Blutung oder tatsächlicher Verletzung der Hirnsubstanz. Ich stimme mit Ihnen überein, daß er vermutlich durch einen einzigen Schlag getötet wurde, und dieses Schlagholz auf dem Tisch dürfte die Waffe sein. Aber Blain-Thomson wird Ihnen mehr darüber sagen können, wenn er ihn auf seinen Tisch bekommt. Er wird heute nachmittag die Autopsie vornehmen.»

«Die Leichenstarre ist weit fortgeschritten. Wie haben Sie den Eintritt des Todes zeitlich eingegrenzt?»

«Ich untersuchte ihn gegen neun Uhr und kam zu dem Schluß, daß er da etwa zwölf Stunden tot gewesen sein mußte, eher schon etwas länger. Ich würde sagen, zwischen acht und neun gestern abend. Das Fenster ist geschlossen, und die Temperatur lag ziemlich gleichmäßig bei 18° C. Ich berechne gewöhnlich das Sinken der Körpertemperatur unter diesen Umständen mit 0,8° pro Stunde. Ich habe seine Temperatur gemessen, als ich ihn untersuchte, und wenn man die zu diesem Zeitpunkt fast vollkommen ausgebildete Leichenstarre berücksichtigt, würde ich es für unwahrscheinlich halten, daß er noch weit über neun Uhr hinaus gelebt hat. Aber Sie wissen, wie unzuverlässig diese Schätzungen sein können. Sagen wir lieber, zwischen 20.30 Uhr und Mitternacht.»

Von der Tür aus sagte Howarth: «Lorrimers Vater sagt, er habe um Viertel vor neun mit seinem Sohn telefoniert. Ich fuhr heute morgen mit Angela Foley zu dem alten Mann, um ihm die Nachricht zu bringen. Miss Foley ist meine Sekretärin. Lorrimer war ihr Vetter. Aber Sie werden den Vater natürlich sowieso sprechen. Was die Uhrzeit betrifft, schien er ganz sicher zu sein.»

Dalgliesh sagte zu Kerrison: «Das Blut scheint nicht verspritzt, sondern ziemlich gleichmäßig ausgetreten zu sein. Glauben Sie, daß der Täter Blutflecken abbekommen hat?»

«Nicht unbedingt, besonders wenn meine Annahme richtig ist, daß der Schlagstock die Tatwaffe ist. Es war wahrscheinlich ein einziger, mit Schwung geführter Schlag, der ausgeführt wurde, als Lorrimer dem Täter den Rücken zukehrte. Die Tatsache, daß der Mörder über dem linken Ohr zuschlug, scheint mir nicht besonders wichtig. Vielleicht ist er Linkshänder, oder er kann auch zufällig dort getroffen haben.»

«Und der Hieb erforderte keine besondere Kraft. Vermutlich könnte ihn ein Kind ausgeführt haben.»

Kerrison zögerte verwirrt.

«Hm, eine Frau gewiß.»

Eine Frage mußte Dalgliesh der Form halber stellen, obgleich er wegen der Lage der Leiche und dem Blut auf dem Boden keine Zweifel an der Antwort hatte.

«Starb er auf der Stelle, oder halten Sie es für möglich, daß er sich noch fortbewegen und vielleicht sogar die Tür abschließen und die Alarmanlage anstellen konnte?»

«Solche Fälle sind natürlich nicht unbekannt, aber hier würde ich sagen, das ist höchst unwahrscheinlich, eigentlich ausgeschlossen. Ich hatte vor einem Monat erst einen Mann mit einer Verletzung durch einen Axthieb, einer tiefen Fraktur des Scheitelbeins mit starker epiduraler Blutung. Er ging in ein Wirtshaus, saß dort eine halbe Stunde mit seinen Kumpanen, meldete sich dann bei der Notaufnahme und war innerhalb einer Viertelstunde tot. Kopfverletzungen sind unberechenbar, aber nicht in diesem Fall, meine ich.»

Dalgliesh wandte sich an Howarth.

«Wer hat ihn gefunden?»

«Brenda Pridmore, eine Büroangestellte. Sie fängt um halb neun zusammen mit Blakelock mit der Arbeit an. Der alte Lorrimer rief an, weil er festgestellt hatte, daß das Bett seines Sohnes unbenutzt war. Deshalb ging sie nach oben, um nachzusehen, ob Lorrimer hier wäre. Ich kam unmittelbar danach mit der Putzfrau, Mrs. Bidwell. Ihr Mann bekam heute früh einen Anruf von irgendeiner Frau, die sie bat, zu mir nach Hause zu kommen und meiner Schwester im Haushalt zu helfen, anstatt ins Labor zu gehen. Es war ein fingierter Anruf. Ich dachte, irgend jemand aus dem Dorf hätte sich einen dummen Scherz erlaubt, wollte aber für den Fall, daß hier etwas nicht in Ordnung wäre, doch so schnell wie möglich herkommen. Ich packte also ihr Fahrrad in meinen Kofferraum und war kurz vor neun hier. Meine Sekretärin,

Miss Foley, und Clifford Bradley, der im biologischen Labor arbeitet, kamen etwa gleichzeitig mit mir.»

«War irgendwann jemand allein bei der Leiche?»

«Natürlich Brenda Pridmore, aber sicher nur ganz kurz. Dann kam Inspektor Blakelock allein herauf. Ich war auch allein hier, aber höchstens ein paar Sekunden. Dann schloß ich die Labortür ab, hielt das Personal unten in der Halle zusammen und wartete dort, bis Dr. Kerrison kam. Er war innerhalb von fünf Minuten da und untersuchte die Leiche. Ich stand solange an der Tür. Polizeidirektor Mercer kam kurz darauf, und ich übergab ihm den Schlüssel zum biologischen Labor.»

Mercer sagte: «Dr. Kerrison schlug mir vor, Dr. Greene – das ist unser Polizeiarzt – zu rufen, um seinen vorläufigen Befund zu bestätigen. Dr. Greene war nicht allein bei der Leiche. Er untersuchte sie schnell und ziemlich oberflächlich, dann schloß ich die Tür ab. Sie wurde erst wieder geöffnet, als die Fotografen und die Männer von der Spurensicherung kamen. Sie nahmen seine Fingerabdrücke ab und untersuchten den Schlagstock, aber wir beließen es dabei, als wir erfuhren, daß der Yard benachrichtigt war und Sie bereits unterwegs waren. Die Männer von der Spurensicherung sind noch hier. Sie sitzen im Büro des Verbindungsmanns, aber die Fotografen habe ich gehen lassen.»

Dalgliesh zog seine Handschuhe an und befühlte die Leiche. Unter dem weißen Kittel trug Lorrimer graue Hosen und ein Tweedjackett. In der Innentasche steckte eine dünne lederne Brieftasche, die sechs Pfundscheine, seinen Führerschein, ein Heftchen Briefmarken und zwei Kreditkarten enthielt. In der rechten Außentasche fand Dalgliesh eine Schlüsseltasche mit dem Autoschlüssel und drei anderen, zwei Yale-Schlüsseln und einem kleineren gezackten, der wahrscheinlich zu der Schreibtischschublade oder einem anderen Schubfach paßte. Ein paar Kugelschreiber steckten an der linken Brusttasche des Kittels, in der rechten Seitentasche ein Taschentuch, sein Bund mit Laborschlüsseln und, allerdings nicht an dem Bund, ein einzelner großer Schlüssel, der ziemlich neu aussah. Das war alles.

Er ging zu dem mittleren Labortisch und sah sich die zwei Beweisstücke an, die dort zur Untersuchung lagen, den Schlagstock und ein Herrenjackett. Der Schlagstock war eine ungewöhnliche Waffe – offensichtlich handgemacht. Der Griff aus grob geschnitztem Eichenholz war fast einen halben Meter lang. Vielleicht, dachte er, hatte er einmal zu einem stabilen Spazierstock gehört. Das Ende, das nach seiner Schätzung an die zwei Pfund wog, war an einer Seite schwarz von geronnenem Blut, aus dem ein paar steife graue Haare wie Schnurrhaare herausstanden. Es war unmöglich, in dem verkrusteten Blut ein dunkleres Haar zu erkennen, das von Lorrimers Kopf hätte stammen können, oder mit bloßem Auge sein Blut von dem älteren zu unterscheiden. Das wäre die Aufgabe der biologischen Abteilung des Polizeilabors in der Hauptstadt, wohin der Schlagstock, sorgfältig verpackt und mit zwei Identifizierungszetteln statt dem einen normalen, gebracht werden sollte.

Er sagte zu dem Polizeidirektor: «Keine Fingerabdrücke?»

«Nein, nur die des alten Pascoe. Ihm gehört der Schlagstock. Da sie nicht abgewischt waren, dürfte der Kerl Handschuhe getragen haben.»

Das deutete auf eine vorsätzliche Tat hin, dachte Dalgliesh, oder auf die instinktive Vorsicht eines intelligenten Fachmanns. Aber wenn er mit der Absicht zu töten gekommen wäre, war es eigenartig, daß er sich darauf verlassen hatte, eine geeignete Waffe vorzufinden; es sei denn, er hätte gewußt, daß der Stock bereitlag.

Er beugte sich über das Jackett, das offensichtlich zu einem billigen, von der Stange gekauften Anzug gehörte. Es hatte breite Revers, die Farbe war ein hartes Mittelblau mit helleren Nadelstreifen. Ein Ärmel war an der Kante beschmutzt, vielleicht mit Blut. Man sah, daß Lorrimer schon mit der Analyse begonnen hatte. Auf dem Arbeitstisch stand das Elektrophoresegerät, das an das Stromnetz angeschlossen war; auf der Agargel-Schicht waren zwei Reihen von sechs paarigen kleinen Flecken sichtbar. Daneben stand ein Halter für Reagenzgläser mit einer Serie von Blutproben. Rechts lagen ein paar bräunliche Aktenordner mit den Eintragungen der biologischen Abteilung und daneben ein aufgeschlagenes A4-Ringbuch mit Notizen. Die linke Seite trug das Datum des gestrigen Tages und war eng mit Hieroglyphen und Formeln in einer feinen, steilen schwarzen Schrift bedeckt. Zwar konnte Dalgliesh mit den schnell hingeworfenen wissenschaftlichen Vermerken nicht viel anfangen, aber er sah, daß die Uhrzeit, zu der Lorrimer jede Analyse begonnen und beendet hatte, sorgfältig notiert war. Die rechte Seite war leer.

Er sagte zu Howarth: «Wer leitet jetzt die Biologie, nachdem Lorrimer tot ist?»

«Claire Easterbrook. Miss Easterbrook, aber es empfiehlt sich, sie mit Mrs. anzureden.»

«Ist sie hier?»

«Bei den anderen in der Bibliothek. Ich glaube, sie hat ein sicheres Alibi für den ganzen gestrigen Abend, aber weil sie zu den höheren Angestellten gehört, wurde sie gebeten, im Haus zu bleiben. Und sie will natürlich so schnell wie möglich an ihrer Arbeit weitermachen, wenn die Leute die Labors wieder betreten dürfen. Wir hatten vor zwei Nächten einen Mord in einer Kalkgrube bei Muddington – das Jackett hier ist eines der Beweisstücke –, und sie möchte damit vorankommen und natürlich auch mit dem üblichen Berg von Arbeit fertig werden.»

«Ich möchte sie gern als erste sprechen, hier in diesem Labor. Danach Mrs. Bidwell. Gibt es irgendwo eine Decke, mit der wir ihn zudecken können?»

Howarth sagte: «Ich glaube, im Wäscheschrank auf dem nächsten Stock gibt es eine Staubdecke oder etwas Ähnliches.»

«Ich wäre Ihnen dankbar, wenn Sie Inspektor Massingham zeigten, wo der Schrank steht. Wenn Sie so freundlich wären, in der Bibiliothek oder in Ihrem Büro zu warten, bis ich hier fertig bin, würde ich mich dann gern mit Ihnen unterhalten.»

Einen Augenblick dachte er, Howarth wollte Einwände erheben. Er runzelte die Stirn, und das hübsche Gesicht umwölbte sich wie bei einem schmollenden Kind. Doch er ging wortlos mit Massingham hinaus. Kerrison stand immer noch, steif wie eine Ehrenwache, bei der Leiche. Er fuhr plötzlich zusammen, als fiele ihm ein, wo er sich befand, und sagte:

«Wenn Sie mich nicht mehr brauchen, sollte ich mich auf den Weg ins Krankenhaus machen. Sie können mich am St. Lukas in Ely oder zu Hause im Alten Pfarrhaus erreichen. Ich habe für den Sergeant meine Schritte in der letzten Nacht aufgeschrieben. Ich war den ganzen Abend zu Hause. Um neun Uhr habe ich, wie verabredet, einen meiner Kollegen am Krankenhaus, Dr. J. D. Underwood, angerufen. Wir hatten eine Sache zu besprechen, die bei der nächsten Sitzung des medizinischen Komitees auf der Tagesordnung steht. Ich glaube, er hat bereits bestätigt, daß wir miteinander gesprochen haben. Er hatte die Informationen, auf die ich wartete, noch nicht bekommen, aber er rief trotzdem ungefähr um Viertel vor zehn zurück.»

Es gab im Moment weder einen Grund, Kerrison aufzuhalten, noch ihn zu den Verdächtigen zu zählen. Nachdem er gegangen war, sagte Mercer:

«Ich dachte, ich lasse zwei Sergeanten hier, Reynolds und Underhill, und zwei Konstabler, Cox und Warren, wenn Sie einverstanden sind. Sie sind alle zuverlässige, erfahrene Beamte. Der Chef sagte, wir sollen Ihnen alle Leute und alles, was Sie sonst brauchen, zur Verfügung stellen. Er fuhr heute morgen zu einer Konferenz nach London, aber er kommt heute abend zurück. Ich schicke die Männer vom Leichenwagen rauf, wenn Sie soweit sind, daß sie ihn wegbringen können.»

«Gut, ich bin fertig mit ihm. Ich spreche mit Ihren Leuten, wenn ich Miss Easterbrook gesehen habe. Aber sagen Sie bitte einem Ihrer Sergeanten, er möchte in zehn Minuten herkommen und den Schlagstock für das Labor beim Yard verpacken. Der Hubschrauberpilot wird sicherlich zurückfliegen wollen.»

Sie wechselten noch ein paar Worte über die Zusammenarbeit mit der örtlichen Polizei, dann ging Mercer, um sich um den Abtransport der Leiche zu kümmern. Er wollte Dalgliesh noch mit den Beamten bekannt machen, die er abkommandiert hatte. Damit würde seine Verantwortung enden. Der Fall wäre in Dalglieshs Händen.

6

Zwei Minuten später betrat Claire Easterbrook das Labor. Sie trug eine Sicherheit zur Schau, die ein weniger erfahrener Beobachter als Dalgliesh vielleicht fälschlich als Arroganz oder Gefühllosigkeit gedeutet hätte. Sie war eine schlanke Frau um die Dreißig. Über ihrem kantigen, intelligenten Gesicht trug sie eine Mütze auf dunklem lockigem Haar, das von einer offensichtlich fachmännischen – und ganz sicher teuren – Hand frisiert war und in dicken Strähnen über der Stirn lag und sich auf dem schön gebogenen Nacken ringelte. Sie trug einen kastanienbraunen Pullover aus flauschiger Wolle, darüber einen schwarzen wadenlangen Rock zu hochhackigen Stiefeln. An ihren Händen, deren Fingernägel sehr kurz geschnitten waren, hatte sie keine Ringe. Ihr einziger Schmuck war eine Kette aus großen, auf Silberdraht gezogenen Holzperlen. Auch ohne ihren weißen Kittel machte sie – und das war sicher beabsichtigt – einen beinahe einschüchternden Eindruck beruflicher Tüchtigkeit. Bevor Dalgliesh das Wort an sie richten konnte, sagte sie mit einer Spur von Streitlust:

«Ich fürchte, Sie vergeuden Ihre Zeit mit mir. Mein Freund und ich aßen gestern zusammen in Cambridge im Haus des Rektors seines Colleges zu Abend. Ich war von halb neun bis Mitternacht mit fünf anderen Leuten zusammen. Die Namen habe ich bereits dem Konstabler in der Bibliothek gegeben.»

Dalgliesh sagte freundlich: «Es tut mir leid, Mrs. Easterbrook, daß ich Sie zu mir gebeten habe, bevor wir Dr. Lorrimers Leiche wegbringen konnten. Und da es wohl ungehörig ist, Sie in Ihrem eigenen Labor zu bitten, Platz zu nehmen, lasse ich es sein. Aber wir brauchen nicht lange.»

Sie wurde rot, als hätte er sie bei einem Fauxpas ertappt. Sie warf einen leicht angeekelten Blick auf die verhüllte, unförmige Gestalt auf dem Boden, auf die unter dem Tuch herausragenden steifen Füße, und sagte:

«Er würde würdiger aussehen, wenn man ihn nicht zugedeckt hätte. So könnte es auch ein Sack voll Lumpen sein. Es ist ein merkwürdiger Aberglaube, dieser allgemeine Instinkt, einen eben Verstorbenen zuzudecken. Schließlich sind wir doch diejenigen, die im Nachteil sind.»

Massingham sagte gelassen: «Doch gewiß nicht, wenn der Rektor und seine Gattin Ihr Alibi bekräftigen?»

Ihre Augen trafen sich, seine kühl und amüsiert, ihre dunkel vor Abneigung.

Dalgliesh sagte: «Dr. Howarth sagte mir, daß Sie jetzt das biologische Labor leiten. Könnten Sie mir bitte erklären, woran Dr. Lorrimer letzte Nacht arbeitete? Fassen Sie nichts an.»

Sie ging sofort zum Tisch und betrachtete die zwei Beweisstücke, die Aktenordner und das wissenschaftliche Zubehör. Sie sagte:

«Würden Sie bitte diesen Ordner aufschlagen?»

Dalgliesh hatte die Handschuhe noch nicht abgestreift. Seine Hände fuhren zwischen die Deckel und klappten den Ordner auf.

«Er prüfte Clifford Bradleys Resultat im Fall Pascoe auf seine Richtigkeit. Der Schläger gehört einem vierundsechzigjährigen Landarbeiter auf einem Marschhof, dessen Frau verschwunden ist. Er heißt Pascoe. Nach seiner Darstellung hat sie ihn sitzenlassen, aber es gibt ein paar mysteriöse Umstände. Die Polizei hat den Stock hierher geschickt, um prüfen zu lassen, ob die Flecken daran von menschlichem Blut stammen. Das Ergebnis ist negativ. Pascoe behauptet, er habe ihn benutzt, um einen verletzten Hund von seinen Qualen zu erlösen. Bradley stellte fest, daß das Blut auf ein Anti-Hundeserum reagiert, und Lorrimer hat sein Ergebnis nachgeprüft. Tatsächlich wurde also ein Hund damit erschlagen.»

Zu geizig, um eine Kugel zu verschwenden oder einen Tierarzt zu holen, dachte Massingham wütend. Er wunderte sich über sich selbst, daß der Tod dieses unbekannten Köters ihn, zumindest vorübergehend, zorniger machte als der Mord an Lorrimer.

Miss Easterbrook sah sich jetzt das Notizbuch an. Die beiden Männer warteten. Schließlich zog sie die Stirn in Falten und sagte sichtlich verwirrt:

«Das ist eigenartig. Edwin notierte immer, um wieviel Uhr er seine Analyse anfing, wann er damit fertig war und welche Methode er anwandte. Er hat Bradleys Ergebnis in der Pascoe-Sache abgezeichnet, aber es steht nichts davon in dem Ringbuch. Und man sieht ja, daß er mit dem Mord in der Kalkgrube angefangen hat. Aber das ist auch nicht eingetragen. Die letzte Angabe ist von 17 Uhr 45, und die letzte Eintragung hört mittendrin auf. Jemand muß die rechte Seite herausgerissen haben.»

«Warum könnte das Ihrer Meinung nach jemand getan haben?»

Sie sah Dalgliesh gerade in die Augen und sagte ruhig: «Um einen Hinweis auf das, was er bearbeitete, oder das Ergebnis seiner Analyse oder die Zeit, die er dazu brauchte, zu vernichten. Die ersten beiden Möglichkeiten ergeben keinen Sinn. An den Instrumenten hier sieht man, woran er gearbeitet hat, und jeder kompetente Biologe könnte die Arbeit nachvollziehen. Dann trifft also vermutlich der letzte Punkt zu.»

Der intelligente Eindruck, den sie gemacht hatte, war demnach nicht irreführend gewesen. Dalgliesh fragte:

«Wie lange brauchte er wohl, um die Pascoe-Sache nachzuprüfen?»

«Nicht lange. Tatsächlich hat er vor sechs angefangen, und ich glaube, er war fertig, als ich um Viertel nach sechs ging. Ich war die letzte. Das übrige Personal war schon weg. Sie arbeiten gewöhnlich nicht länger als sechs Uhr. Ich bleibe meistens etwas länger als die andern, aber gestern mußte ich mich für das Abendessen noch umziehen.»

«Und die Arbeit an dem Kalkgrubenfall – wie lange könnte die gedauert haben?»

«Schwer zu sagen. Er dürfte bis neun oder länger daran gearbeitet haben. Er bestimmte eine Blutprobe des Opfers und das Blut von dem angetrockneten Fleck nach dem ABO-Blutgruppensystem und wandte die Elektrophorese an, um die Haptoglobine und PGM, die Phosphoglucomutase zu identifizieren. Elektrophorese ist eine Technik zur Feststellung der Protein- und Enzymbestandteile des Bluts, indem man die Proben auf eine Stärke- oder Agargel-Schicht gibt und einen elektrischen Strom anschließt. Wie Sie sehen, hatte er den Prozeß schon in Gang gesetzt.»

Dalgliesh kannte die wissenschaftliche Anwendung der Elektrophorese, hielt es aber für überflüssig, sie darauf hinzuweisen. Er schlug die Akte über den Kalkgrubenfall auf und sagte:

«Da steht überhaupt nichts drin.»

«Im allgemeinen trug er das Ergebnis später ein. Aber er hätte bestimmt nicht mit der Analyse angefangen, ohne vorher bestimmte Fakten zu notieren.»

An der Wand standen zwei Abfalleimer. Massingham trat auf die Fußhebel und sah hinein. Der eine mit dem Plastikbeutel darin war anscheinend für die im Labor anfallenden Abfälle und zerbrochenen Gläser gedacht, der andere für Papierabfälle. Er stocherte darin herum: Papiertaschentücher, ein paar zerrissene Briefumschläge, eine Tageszeitung. Nichts, was nach der herausgerissenen Seite aussah.

Dalgliesh sagte: «Erzählen Sie mir etwas von Lorrimer.»

«Was wollen Sie hören?»

«Alles, was irgendwie erhellen könnte, warum jemand ihn so haßte, daß er ihm den Schädel einschlug.»

«Da kann ich Ihnen wohl leider nicht behilflich sein. Ich habe keine Ahnung.

«Mochten Sie ihn?»

«Nicht besonders. Allerdings habe ich mir darüber nicht allzu viele Gedanken gemacht. Ich bin mit ihm ganz gut ausgekommen. Er war ein Perfektionist, der keine Dummköpfe um sich haben konnte. Aber es ließ sich gut mit ihm arbeiten, wenn man sein Handwerk versteht. Und das tue ich.»

«*Ihre* Arbeit brauchte er demnach nicht nachzuprüfen. Aber wie stand es mit denen, die ihr Handwerk nicht so gut verstehen?»

«Sie sollten sie besser selbst fragen, Herr Oberkriminalrat.»

«War er bei seinen Leuten beliebt?»

«Was hat Beliebtheit damit zu tun? Ich nehme nicht an, daß ich beliebt bin, aber ich habe keine Angst um mein Leben.»

Sie schwieg einen Augenblick, dann fuhr sie in einem entgegenkommenderen Ton fort: «Wahrscheinlich komme ich Ihnen unkooperativ vor. Das möchte ich nicht sein. Ich kann nur einfach nicht helfen. Ich habe nicht die geringste Ahnung, wer ihn umgebracht haben könnte oder warum. Ich weiß nur, daß ich es nicht getan habe.»

«Ist Ihnen in letzter Zeit eine Veränderung an ihm aufgefallen?»

«Eine Veränderung? Sie meinen, in seiner Stimmung oder an seinem Verhalten? Eigentlich nicht. Er machte den Eindruck eines Mannes, der unter starkem Stress steht; aber so war er eben einfach, abgekapselt, verbohrt, überarbeitet. Aber etwas war doch eigenartig. Er interessierte sich für die neue Büroangestellte, Brenda Pridmore. Sie ist ein hübsches Ding, hat aber kaum sein intellektuelles Niveau, würde ich sagen. Ich glaube, es steckte nichts dahinter, aber immerhin sorgte es für Gesprächsstoff im Labor. Ich denke, er wollte damit irgend jemandem – oder sich selbst – irgend etwas beweisen.»

«Sie haben natürlich von dem Anruf bei Bidwells gehört?»

«Ich könnte mir vorstellen, daß das ganze Labor davon weiß. Ich habe sie ganz bestimmt nicht angerufen, falls Sie das dachten. Auf jeden Fall wäre ich sicher gewesen, daß es nicht klappen würde.»

«Was meinen Sie mit nicht klappen?»

«Es hing doch davon ab, daß der alte Lorrimer gestern abend nicht zu Hause wäre. Schließlich konnte sich der Anrufer nicht darauf verlassen, daß er nicht schon, bevor er seinen Morgentee vermißte, merken würde, ob Edwin letzte Nacht nach Hause gekommen war oder nicht. Es war reiner Zufall, daß er sich guter Dinge ins Bett legte. Aber das konnte der

Anrufer nicht voraussetzen. Normalerweise wäre Edwin viel früher vermißt worden.»

«Gab es gestern einen Grund für die Annahme, der alte Mr. Lorrimer wäre nicht zu Hause?»

«Er sollte eigentlich am Nachmittag in das Krankenhaus in Addenbrook zur Behandlung eines Hautleidens eingeliefert werden. Das ganze Biologielabor wußte es wohl. Er rief oft genug an und machte sich Sorgen, ob alles klappen würde und ob Edwin Zeit hätte, ihn in die Klinik zu fahren. Gestern kurz nach zehn rief er an und sagte, es wäre nun doch kein Bett für ihn frei.»

«Wer nahm den Anruf an?»

«Ich. Es klingelte in Edwins privatem Büro, und ich ging dort an den Apparat. Edwin war noch nicht von der Autopsie des Opfers von der Kalkgrube zurück. Ich richtete es ihm aus, als er herkam.»

«Wem haben Sie es noch gesagt?»

«Als ich aus dem Büro kam, sagte ich wohl beiläufig, der alte Mr. Lorrimer müßte nun doch noch nicht ins Krankenhaus gehen. Ich kann mich nicht mehr an den genauen Wortlaut erinnern. Ich glaube, es hat keiner etwas dazu gesagt oder besondere Notiz davon genommen.»

«Und das Labor war zu diesem Zeitpunkt voll besetzt und hörte, was Sie sagten?»

Plötzlich verlor sie die Fassung. Sie wurde rot und zögerte, als bemerkte sie jetzt erst, wohin das alles führte. Die zwei Männer warteten. Dann platzte sie, wütend auf sich selbst, heraus und verteidigte sich ungeschickt:

«Es tut mir leid, aber ich weiß es nicht mehr. Sie müssen die andern fragen. Es schien mir damals nicht wichtig, und ich hatte viel zu tun. Wir waren alle sehr beschäftigt. Ich glaube, es waren alle da, aber ich kann es nicht mit Sicherheit sagen.»

«Danke», sagte Dalgliesh kühl. «Sie haben mir sehr geholfen.»

7

Mrs. Bidwell erschien in der Tür, als die beiden Männer vom Leichenwagen Lorrimer hinaustrugen. Sie schien das Verschwinden der Leiche zu bedauern und betrachtete den Umriß, den Massingham mit Kreide auf den Boden gemalt hatte, als wäre das ein armseliger Ersatz für die echte Sache. Sie starrte dem geschlossenen Metallbehältnis nach und sagte:

«Armer Teufel! Ich hätte nie geglaubt, daß ich einmal sehen müßte, wie er mit den Füßen voran aus seinem Labor getragen wird. Er war nie beliebt, wissen Sie. Aber ich glaube, das macht ihm keinen Kummer, wo er jetzt ist. Hatten Sie ihn etwa mit einer meiner Staubdecken zugedeckt?»

Sie spähte mißtrauisch nach dem Tuch, das jetzt sauber zusammengefaltet auf einem der Tische lag.

«Ja, es ist eine aus dem Wäscheschrank des Instituts.»

«Na ja, wenn Sie sie nur wieder hinlegen, wo Sie sie hergenommen haben. Das heißt, am besten kommt sie gleich zur schmutzigen Wäsche. Aber ich will nicht, daß einer von Ihren Burschen sie wegbringt. So was verschwindet schneller, als man glaubt.»

«Warum war er nicht beliebt, Mrs. Bidwell?»

«Viel zu heikel war er. Na ja, das muß man heutzutage sein, wenn man seine Arbeit schaffen will. Aber nach allem, was man so hört, machte er zuviel Aufhebens von seinem Zeug. Und es ist immer schlimmer mit ihm geworden, da ist nicht dran zu rütteln. Und ziemlich komisch ist er in letzter Zeit auch gewesen. Jedenfalls ständig gereizt. Sie haben sicher von dem häßlichen Vorfall vorgestern in der Halle unten gehört? Werden Sie aber sicher noch. Fragen Sie Inspektor Blakelock. Kurz vorm Mittagessen war's. Dr. Lorrimer hatte einen regelrechten Kampf mit dieser verrückten Tochter von Dr. Kerrison. Hat sie sozusagen rausgeworfen. Geschrien hat sie wie eine Hexe. Ich kam gerade rechtzeitig in die Halle, um es mitzukriegen. Ihr Vater wird darüber nicht begeistert sein, sagte ich zu Inspektor Blakelock. Er hat einen Narren an den Kindern gefressen. Hören Sie auf mich, habe ich gesagt, wenn Dr. Lorrimer sich nicht zusammenreißt, gibt es noch Mord und Totschlag im Labor. Dasselbe habe ich auch zu Dr. Middlemass gesagt.»

«Ich würde gern etwas von dem Anruf heute morgen hören, Mrs. Bidwell. Wann kam er?»

«Es war ziemlich genau um sieben. Wir saßen beim Frühstück, und ich füllte gerade die Teekanne für die zweite Runde nach. Ich hatte den Kessel noch in der Hand, als es klingelte.»

«Und wer nahm den Anruf an?»

«Bidwell. Das Telefon steht im Vorraum. Er stand auf und ging hinaus. Geflucht hat er, weil er sich gerade über seinen Räucherhering hergemacht hatte. Bidwell haßt kalten Hering. Bei uns gibt es jeden Donnerstag Hering, weil der Wagen vom Fisch-Marshall Mittwoch nachmittag aus Ely kommt.»

«Geht gewöhnlich Ihr Mann ans Telefon?»

«Immer. Und wenn er nicht zu Hause ist, lasse ich es klingeln. Ich kann diese verfluchten Dinger nicht ausstehen. Konnte ich noch nie. Hätte auch keins im Haus, wenn unsere Shirley nicht dafür gezahlt hätte, daß die uns eins hinstellen. Sie ist jetzt verheiratet und wohnt in der Gegend von Mildenhall. Sie freut sich eben, daß wir sie anrufen können, wenn wir sie brauchen. Herzlich wenig habe ich davon. Ich verstehe nie, was am anderen Ende geredet wird. Und allein das Klingeln jagt mir einen Heidenschrecken ein. Telegramme und Telefon! Die können mir beide gestohlen bleiben.»

«Wer im Labor kann gewußt haben, daß Ihr Mann immer ans Telefon geht?»

«Die meisten sicher. Sie wissen, ich fasse das Ding nicht an. Da mache ich kein Geheimnis draus. Wir sind alle so gut, wie der liebe Gott uns gemacht hat, und manche sind auch einen Deut schlechter. Deshalb braucht man sich nicht zu schämen.»

«Bestimmt nicht. Ich nehme an, Ihr Mann ist jetzt bei der Arbeit?»

«So ist's. Yeoman's Farm, gehört Captain Massey. Er arbeitet hauptsächlich mit dem Traktor. Seit zwanzig Jahren oder so.»

Dalgliesh nickte Massingham kaum merklich zu. Der Inspektor ging hinaus und sprach leise mit Sergeant Underhill. Am besten fragte man Mr. Bidwell selbst, solange seine Erinnerung an den Anruf noch frisch wäre. Dalgliesh fuhr fort:

«Wie gings weiter?»

«Bidwell kam zurück. Er sagte, ich sollte heute morgen nicht ins Labor gehen, weil Mrs. Schofield mich drüben in Leamings dringend brauchte. Ich sollte mit dem Fahrrad rüber kommen, und sie würde mich und das Rad später nach Hause fahren. In ihrem roten Jaguar, wo es hinten halb heraushängt, denke ich. Erst dachte ich, daß es eigentlich zuviel verlangt ist, wo sie doch weiß, daß ich morgens hier sein muß. Aber ich habe nichts gegen Mrs. Schofield, und wenn sie mich braucht, tue ich ihr den Gefallen. Das Labor muß eben warten, habe ich zu Bidwell gesagt. Ich kann nicht an zwei Stellen gleichzeitig sein, habe ich gesagt. Was heute nicht gemacht wird, kommt morgen dran.»

«Sie sind jeden Morgen hier?»

«Außer an den Wochenenden. Ich komme pünktlich um halb neun, damit ich nicht über die Zeit arbeite, und brauche bis zehn. Dann komme ich um zwölf noch einmal, falls einer der Herren sein Essen gewärmt haben will. Die Mädchen machen das gewöhnlich selbst. Danach wasche ich für alle ab. Meistens bin ich so um halb drei fertig. Es ist keine schwere Arbeit, müssen Sie wissen. Scobie – das ist der Laborgehilfe – und ich kümmern uns um die Laborräume, aber die ganze schwere Arbeit wird von einer Putzkolonne aus Ely gemacht. Sie kommen nur montags und freitags von sieben bis neun, ein ganzer Wagen voll, die machen die Halle, die Treppen und das Bohnern und die ganze schwere Arbeit. Inspektor Blakelock kommt an diesen Tagen früher, um ihnen aufzuschließen, und Scobie hat ein Auge auf sie. Nicht daß man hinterher groß sieht, daß sie da waren. Kein Interesse an der Arbeit, wissen Sie. Nicht wie früher, als ich mit zwei Frauen aus dem Dorf alles gemacht habe.»

«Was hätten Sie normalerweise als erstes getan, wenn heute ein gewöhnlicher Donnerstag gewesen wäre? Denken Sie bitte genau nach, Mrs. Bidwell. Es könnte wichtig sein.»

«Da brauche ich nicht lange nachzudenken. Ich hätte dasselbe getan wie jeden Tag.»

«Und das wäre?»

«Ich bringe Hut und Mantel in die Garderobe im Erdgeschoß, ziehe meinen Kittel über, hole den Eimer und Reinigungs- und Desinfektionsmittel aus dem Besenschrank. Zuerst putze ich die Herren- und Damentoiletten. Dann stecke ich die schmutzige Wäsche in den Wäschekorb und lege saubere Kittel heraus, wo welche gebraucht werden. Danach wische ich Staub und putze im Büro des Direktors und im allgemeinen Sekretariat.»

«Schön», sagte Dalgliesh. «Dann machen wir mal einen kleinen Rundgang.»

Drei Minuten später war eine seltsame kleine Gesellschaft auf dem Weg nach oben. Mrs. Bidwell hatte inzwischen einen marineblauen Kittel übergezogen und trug einen Plastikeimer in der einen Hand und einen Mop in der anderen. Sie ging voraus, Dalgliesh und Massingham folgten. Die zwei Waschräume lagen im zweiten Stock auf der Gartenseite, gegenüber vom Labor des Dokumentenprüfers. Sie waren offenbar aus einem ehemals eleganten Schlafzimmer umgebaut worden. Doch jetzt verlief in der Mitte des einstigen Zimmers ein schmaler Gang mit einem einzelnen vergitterten Fenster am Ende. Eine schäbig aussehende Tür führte zur Damentoilette auf der linken Seite, eine ähnliche Tür ein paar Schritte weiter zur Herrentoilette rechts. Mrs. Bidwell ging in den linken Raum voraus. Er war größer, als Dalgliesh erwartet hatte, bekam aber nur wenig Licht durch ein einziges rundes, schwenkbares Fenster, etwa eineinviertel Meter über dem Boden, mit undurchsichtigem Glas. Das Fenster war offen. Es gab drei Toiletten. Im Vorraum waren zwei Handwaschbecken mit einem Papiertuchspender und, links neben der Tür, ein Spiegel, darunter ein Tisch mit Kunststoffplatte, der anscheinend als Frisiertisch diente. An der rechten Wand hing ein mit

Glas betriebener Verbrennungsofen, daneben waren ein paar Kleiderhaken angebracht, darunter standen zwei ziemlich ramponierte Rohrstühle und ein großer Weidenkorb für die schmutzige Wäsche.

Dalgliesh sagte zu Mrs. Bidwell: «Sieht alles so aus, wie Sie es gewöhnlich vorfinden?»

Mrs. Bidwells kleine scharfe Augen spähten in die Runde. Die Türen zu den drei Toiletten standen offen, und sie inspizierte sie mit einem Blick.

«Nicht besser und nicht schlechter. Sie sind ziemlich ordentlich mit den Toiletten, das muß ich sagen.»

«Und das Fenster steht gewöhnlich offen?»

«Sommers wie winters, außer wenn es sehr kalt ist. Es gibt keine andere Entlüftung, wie Sie sehen.»

«Der Ofen ist ausgeschaltet. Ist das normal?»

«Das ist in Ordnung. Die letzte, die abends geht, schaltet ihn für die Nacht ab, und ich stelle ihn morgens wieder an.»

Dalgliesh sah hinein. Der Ofen war bis auf geringe Aschenreste leer. Er ging zum Fenster. Anscheinend hatte es während der Nacht hereingeregnet, denn man konnte die getrockneten Spritzer auf den Bodenplatten deutlich sehen. Aber auch die Innenseite, die keinen Regen abbekommen haben konnte, war auffallend sauber, und am Rahmen fand sich ebenfalls kein Stäubchen. Er sagte:

«Haben Sie das Fenster gestern geputzt, Mrs. Bidwell?»

«Allerdings. Wie ich Ihnen gesagt habe, putze ich die Toiletten jeden Morgen. Und wenn ich saubermache, dann richtig. Soll ich anfangen?»

«Ich fürchte, heute müssen Sie das Putzen ausfallen lassen. Nehmen wir an, Sie wären jetzt hier fertig. Wie geht es weiter? Was machen Sie mit der Wäsche?»

Im Wäschekorb lag ein einziger Kittel, der mit den Initialen C.M.E. gekennzeichnet war. Mrs. Bidwell sagte:

«Ich habe nicht mit vielen schmutzigen Kitteln gerechnet, nicht an einem Donnerstag. Meistens kommen sie mit einem pro Woche aus und werfen ihn freitags in den Korb, bevor sie nach Hause gehen. Montag ist eigentlich der Tag, an dem ich mich um die Wäsche kümmern muß und die frischen Kittel herauslege. Sieht aus, als hätte Miss Easterbrook gestern Tee verschüttet. Das sieht ihr eigentlich nicht ähnlich. Aber Miss Easterbrook ist da ziemlich eigen. Sie würden sie nie in einem fleckigen Kittel herumlaufen sehen, ganz gleich, was für ein Wochentag ist.»

Also gab es mindestens eine Person in der biologischen Abteilung, die gewußt hatte, daß Mrs. Bidwell früh ins Labor kommen würde, um einen sauberen Kittel hinzulegen. Es wäre interessant zu hören, wer dabei war, als der pingeligen Miss Easterbrook das kleine Mißgeschick mit dem Tee passierte.

Der Waschraum für die Männer unterschied sich, abgesehen vom Pissoir, kaum von dem der Frauen. Er hatte das gleiche runde offenstehende Fenster; auch hier war kein Fleckchen auf der Scheibe oder am Rahmen. Dalgliesh holte einen Stuhl und sah hinaus, wobei er vorsichtig eine Berührung mit dem Fenster oder dem Rahmen vermied. Der Abstand zum darunterliegenden Fenster betrug fast zwei Meter und von da ungefähr genausoviel zum Fenster im ersten Stock. Unter beiden stieß die mit Platten belegte Terrasse direkt an die Hauswand. Das Fehlen von weichem Boden, der Regen in der Nacht und die Tüchtigkeit von Mrs. Bidwell bedeuteten, daß sie nur mit viel Glück Spuren finden würden, die bewiesen, daß jemand an der Wand geklettert wäre. Aber ein einigermaßen schlanker und sportlicher Mann – oder eine Frau – mit starken Nerven und einem Gefühl für die Höhe hätte sicher auf diesem Weg hinausgelangen können. Wenn jedoch der Mörder zum Personal des Labors gehörte? Warum hätte der sein Leben aufs Spiel setzen sollen, da er gewußt haben mußte, das Lorrimer die Schlüssel bei sich trug? Und wenn der Mörder ein Fremder war, wie sollte man sich dann die verschlossene Eingangstür, das intakte Alarmsystem und die Tatsache, daß Lorrimer ihn eingelassen haben mußte, erklären?

Er richtete sein Augenmerk auf die Waschbecken. Keines war besonders schmutzig, aber das eine gleich neben der Tür war unter dem Rand mit einem breiigen Schleim beschmiert. Er beugte seinen Kopf darüber und schnupperte. Sein Geruchssinn war außerordentlich scharf, und vom Abfluß her stellte er einen schwachen, aber unmißverständlichen Geruch von Erbrochenem fest.

Mrs. Bidwell hatte inzwischen den Deckel des Wäschekorbs aufgeklappt. Sie stieß einen kleinen Schrei aus:

«Das ist komisch! Er ist leer!»

Dalgliesh und Massingham drehten sich um.

«Was, dachten Sie, wäre darin, Mrs. Bidwell?»

Sie stürzte hinaus. Dalgliesh und Massingham folgten ihr. Sie riß die Tür zum Dokumentenprüfraum auf und warf einen Blick hinein. Sie schloß die Tür wieder und lehnte sich mit dem Rücken daran. Sie sagte:

«Er ist weg! Er hängt auch nicht an seinem Haken. Wo ist er denn? Wo ist der Kittel von Mr. Middlemass?»

Dalgliesh fragte: «Warum meinten Sie, er wäre im Wäschekorb?»

Mrs. Bidwells schwarze Augen wurden groß. Sie schaute verstohlen nach beiden Seiten, dann sagte sie mit ehrfürchtigem Genuß:

«Weil Blut daran war, darum. Lorrimers Blut!»

8

Zuletzt gingen sie die große Treppe zum Büro des Direktors hinunter. Aus der Bibliothek drang undeutliches Gemurmel, verkrampft und gedämpft wie von einer Trauergemeinde. Ein Polizist stand an der Eingangstür. Sein Gesicht drückte die gleichgültige Wachsamkeit eines Mannes aus, der dafür bezahlt wird, Langeweile zu ertragen, der aber sofort zu handeln bereit wäre, wenn etwas Unberechenbares die Langeweile unterbrechen würde.

Howarth hatte sein Büro nicht abgeschlossen und die Schlüssel stekkenlassen. Dalgliesh fand es interessant, daß der Direktor beschlossen hatte, mit dem übrigen Personal in der Bibliothek zu warten, und fragte sich, ob er damit demonstrativ Solidarität mit seinen Kollegen beweisen wollte oder taktvoll zugab, daß sein Büro zu den Räumen zählte, denen Mrs. Bidwell ihre morgendliche Aufmerksamkeit zuwandte, und es deshalb von besonderem Interesse für Dalgliesh sein mußte. Aber diese Überlegungen waren sicher zu spitzfindig. Es war kaum anzunehmen, daß Howarth sein Zimmer seit der Entdeckung der Leiche nicht betreten hatte. Wenn es etwas zu beseitigen gab, dann hatte er die beste Möglichkeit von allen dazu gehabt.

Dalgliesh hatte sich das Zimmer beeindruckend vorgestellt, aber er war dennoch überrascht. Die Stuckarbeiten an der gewölbten Decke waren hervorragend, ein fröhliches Gewirr von Girlanden, Muscheln, Bändern und rankenden Reben, überladen und doch geordnet. Der Kamin aus weißem und gemustertem bunten Marmor hatte einen hübschen Fries mit Reliefs von Nymphen und Flöte spielenden Hirten und einen klassischen Wandschmuck über dem Sims mit einem offenen Ziergiebel. Er vermutete, daß der gelungen proportionierte Salon – zu klein, um unterteilt zu werden, und nicht groß genug für einen Laborraum – dem Schicksal eines großen Teils des Hauses eher aus praktischen Erwägungen als wegen Colonel Hoggatts Empfänglichkeit für seine natürliche Vollkommenheit entgangen war. Er war in einem Stil neu eingerichtet, der das Auge nicht verletzte – ein gefälliger Kompromiß von traditionellem Büro und modernem Bücherschrank mit Glastüren, auf der anderen Seite ein verschließbarer Spind und ein Garderobenständer. Ein rechteckiger Tisch mit vier Stühlen, wie man sie in allen Büros des öffentlichen Dienstes findet, stand zwischen den hohen Fenstern, daneben ein Sicherheitsschrank aus Stahl mit einem Kombinationsschloß. Howarths Schreibtisch, ein schlichtes modernes Stück aus dem gleichen Holz wie der Konferenztisch, stand gegenüber der Tür. Außer einem Löscher voller Tintenflecke und einem Schreibzeughalter stand ein kleines Bücherregal aus Holz darauf mit zwei englischen Wörterbüchern, einem Zitatenlexikon und einem modernen Stilwörterbuch. Die Auswahl schien eigenartig für einen Wissenschaftler. Die Drahtkörbe waren mit «Eingang», «Laufendes» und «Ausgang» gekennzeichnet. Im Ausgangskorb lagen zwei Ordner, der obere trug die Aufschrift «Kapelle – Vorschläge zur Unterstellung unter das Amt für Denkmalschutz», der zweite, ein dicker, alter und unhandlicher, schon mehrfach ausgebesserter Ordner war mit «Neues Laboratorium – Raumaufteilung» beschriftet.

Die leere und unpersönliche Atmosphäre des ganzen Zimmers verblüffte Dalgliesh. Es war offenbar für Howarth neu eingerichtet worden. Der matte graugrüne Teppich und das farblich abgestimmte quadratische Stück unter dem Schreibtisch trugen noch keine Spuren von Abnutzung, die dunkelgrünen Vorhänge hatten noch die ursprünglichen Falten. Es gab nur ein einziges Bild, das über dem Kamin hing, allerdings ein Original, einen frühen Stanley Spencer, der die Himmelfahrt Mariä darstellte. Dicke verkürzte Schenkel in roten Pumphosen schwebten aus einem Kreis von ausgestreckten abgearbeiteten Händen aufwärts, einem Empfangskomitee von gaffenden Engeln entgegen. Das Gemälde, dachte er, war eine ausgefallene Wahl für dieses Zimmer, weder in der Zeit noch im Stil dazu passend. Aber es war neben den Büchern der einzige Gegenstand, der einen persönlichen Geschmack widerspiegelte; Dalgliesh nahm nicht an, daß es aus staatlichen Beständen zur Verfügung gestellt worden war. Ansonsten hatte das Büro die untermöblierte, vorläufige Atmosphäre eines Zimmers, das für einen unbekannten Bewohner renoviert wurde und noch darauf wartete, durch seinen Geschmack und seine Persönlichkeit geprägt zu werden. Man konnte sich nur schwer vorstellen, daß Howarth seit fast einem Jahr hier arbeitete. Mrs. Bidwell spitzte ihren kleinen Mund und sah sich mit offenkundiger Mißbilligung durch zusammengekniffene Augen um.

Dalgliesh fragte: «Sieht es so aus, wie Sie es gewohnt sind?»

«Genau. Jeden Morgen jahraus, jahrein. Eigentlich habe ich hier überhaupt nichts verloren. Natürlich wische und poliere ich hier und da ein bißchen und gehe mit dem Staubsauger über den Teppich. Aber er ist ordentlich und sauber, das muß man ihm lassen. Nicht wie der alte Dr. MacIntyre. Ja, das war ein liebenswürdiger Mann! Aber unordentlich, sage ich Ihnen! Sie hätten seinen Schreibtisch morgens sehen sollen. Und was der qualmte! Man konnte manchmal kaum die andere Seite vom Zimmer sehen. Er hatte so einen hübschen Schädel auf dem Schreibtisch, in dem seine Pfeifen steckten. Den haben sie gefunden, als sie für den Anbau der Fahrzeugprüfung den Graben für die Leitungen ausgehoben haben. Hat über zweihundert Jahre in der Erde gelegen, sagte Dr. Mac, und er zeigte mir den Sprung – gerade wie eine gesprungene Tasse –, wo der Schädel eingeschlagen worden war. Das war ein Mord, den sie nie aufgeklärt haben. Der Schädel fehlt mir richtig. Der hat sich wirklich gut gemacht auf dem Tisch. Und dann hatte er eine Menge Bilder, von sich und seinen Freunden von der Universität mit gekreuzten Rudern darüber, ein buntes vom schottischen Hochland mit struppigem Viehzeug, das in einem See herumplanschte, eines von seinem Vater mit seinen Hunden und dann ein ganz reizendes Bild von seiner Frau – sie war schon tot, die Arme –, ein großes Bild von Venedig mit Gondeln und vielen kostümierten Menschen und eine Zeichnung von Dr. Mac, die ein Freund gemalt hat, auf der der Freund tot daliegt und Dr. Mac mit seinem Jägerhut auf dem Kopf sich über ihn beugt und durch eine Lupe nach Spuren sucht. Das war wirklich urkomisch. Ja, die waren herrlich, die Bilder von Dr. Mac!»

Sie sah den Spencer mit sichtbarem Mangel an Begeisterung an.

«Und heute morgen ist nichts anders als sonst in dem Zimmer?»

«Ich habe Ihnen ja gesagt, ganz wie immer. Na, sehen Sie doch selbst. Sauber wie ein neues Nudelholz. Es sieht natürlich tagsüber anders aus, wenn er hier arbeitet. Aber er verläßt es immer, wie wenn er nicht vorhätte, am nächsten Morgen wiederzukommen.»

Von Mrs. Bidwell war nichts Neues mehr zu erfahren. Dalgliesh dankte ihr und sagte, sie könne nach Hause gehen, sobald sie Sergeant Reynolds in der Bibliothek die nötigen Informationen gegeben hätte, wo sie den vorigen Abend zugebracht hatte. Er erklärte das mit seinem üblichen Taktgefühl, aber Takt war bei Mrs. Bidwell überflüssig. Sie sagte gutgelaunt und ohne Groll:

«Es ist sowieso zwecklos, wenn Sie mir oder Bidwell etwas anhängen wollen. Wir waren zusammen beim Bunten Abend im Dorf. Saßen in der fünften Reihe, zwischen Joe Machin – das ist der Kirchendiener – und Willie Barnes vom Kirchenvorstand, und wir blieben bis zum Schluß der Vorstellung. Wir sind nicht mittendrin davongeschlichen wie einer, den ich Ihnen nennen könnte.»

«Wer schlich sich davon, Mrs. Bidwell?»

«Fragen Sie ihn selbst. Saß außen in der Reihe vor uns, ein Herr, in dessen Büro wir jetzt vielleicht stehen, vielleicht auch nicht. Wollen Sie ihn sprechen? Soll ich ihn hereinbitten?» Sie redete erwartungsvoll und sah nach der Tür wie ein ungeduldiger Jagdhund, der die Ohren auf den Befehl zu apportieren spitzt.

«Wir kümmern uns darum, vielen Dank, Mrs. Bidwell. Und falls wir

Sie noch einmal sprechen wollen, melden wir uns. Sie haben uns sehr geholfen.»

«Ich dachte, ich könnte für alle Kaffee kochen, bevor ich gehe. Kann wohl nicht schaden, nicht wahr?»

Es hatte keinen Sinn, ihr nahezulegen, nicht mit dem Personal oder gar mit dem ganzen Dorf zu reden. Dalgliesh zweifelte nicht daran, daß die Durchsuchung der Waschräume und die Geschichte von dem blutbefleckten Kittel bald allgemein bekannt wären. Aber das konnte keinen großen Schaden anrichten. Der Mörder mußte wissen, daß der Polizei sehr schnell die mögliche Bedeutung des fingierten Anrufs in der Frühe bei Mrs. Bidwell aufgehen würde. Er hatte mit intelligenten Männern und Frauen zu tun, die, wenn auch nur stellvertretend, in der Untersuchung eines Verbrechens erfahren waren, die das Vorgehen der Polizei und die Regeln, die jedem seiner Schritte zugrunde lagen, kannten. Er war sicher, daß die meisten, die in der Bibliothek auf ihre Vernehmung warteten, sein Tun bis ins einzelne im Geiste verfolgten.

Und unter ihnen oder ihnen bekannt war ein Mörder.

9

Polizeidirektor Mercer hatte seine zwei Sergeanten mit einem Blick für das Gegensätzliche ausgewählt, vielleicht auch in der Absicht, möglichen Vorurteilen, die Dalgliesh in bezug auf Alter und Erfahrung seiner Untergebenen haben mochte, gerecht zu werden. Sergeant Reynolds hatte fast die Altersgrenze erreicht, ein schwerfälliger, breitschultriger, langsam sprechender Beamter der alten Schule, der hier in den Marschen geboren war. Sergeant Underhill, erst vor kurzem befördert, sah jung genug aus, um sein Sohn zu sein. Sein jungenhaft offenes Gesicht mit dem Ausdruck von gezähmtem Idealismus schien Massingham entfernt bekannt. Er hatte den Verdacht, es in einem Pamphlet über die Rekrutierungsmethoden der Polizei gesehen zu haben, aber im Interesse der Zusammenarbeit beschloß er, im Zweifelsfall zu Underhills Gunsten zu entscheiden.

Die vier Polizeibeamten saßen um den Konferenztisch im Büro des Direktors. Dalgliesh gab seinem Team Anweisungen, bevor er mit den vorläufigen Vernehmungen beginnen wollte. Er war sich, wie immer, nervös bewußt, wie die Zeit verstrich. Es war schon nach elf, und er wollte unbedingt im Institut zu einem Ende kommen und den alten Lorrimer aufsuchen. Die äußerlichen Schlüssel zu dem Mord an dessen

Sohn mochten im Institut liegen; der Schlüssel zu dem Mann selbst lag anderswo. Aber weder seine Worte noch seine Stimme verrieten Ungeduld.

«Wir gehen zunächst davon aus, daß der Anruf bei Mrs. Bidwell und Lorrimers Tod in Zusammenhang stehen. Das bedeutet, daß der Mörder oder ein Komplize telefoniert hat. Wir halten die Frage nach dem Geschlecht des Anrufers noch offen, bis wir von Bidwell eine Bestätigung erhalten, aber vermutlich war es eine Frau, vermutlich auch jemand, der wußte, daß der alte Lorrimer gestern in ein Krankenhaus kommen sollte, aber nicht wußte, daß die Vereinbarung rückgängig gemacht worden war. Hätte der Mörder den alten Mann zu Hause vermutet, wäre der Trick kaum so geplant worden. Wie Miss Easterbrook erklärt hat, konnte sich niemand darauf verlassen, daß der Alte gestern abend zeitig zu Bett gehen und erst nachdem das Labor heute mit der Arbeit angefangen hatte, merken würde, daß sein Sohn nicht nach Hause gekommen war.»

Massingham sagte: «Der Mörder hätte es sich angelegen sein lassen, heute morgen möglichst früh hierherzukommen, vorausgesetzt, er wußte nicht, daß sein Plan fehlgeschlagen war. Und natürlich vorausgesetzt, der Anruf war kein doppelter Bluff. Es wäre ein sauberer Trick, um uns aufzuhalten, die Nachforschungen zu verwirren und den Verdacht von allen abzulenken, die nicht als erste heute morgen kamen.»

«Aber für einen der Verdächtigen hätte es ein noch viel besserer Trick sein können», dachte Dalgliesh. Denn Mrs. Bidwells Erscheinen in Howarths Haus auf Grund des Anrufs hätte dem Direktor eine Ausrede geliefert, so früh ins Labor zu fahren. Er fragte sich, um wieviel Uhr sich Howarth normalerweise blicken ließ. Das war eine Frage, die zu stellen wäre. Er sagte:

«Wir nehmen zunächst an, daß es kein Bluff war. Der Mörder – oder sein Komplize – rief an, um Mrs. Bidwells Ankunft und die Entdeckung der Leiche hinauszuschieben. Was hatte er also vor? Beweise zu konstruieren oder zu vernichten? Etwas wegzuschaffen, was er übersehen hatte; das Schlagholz abzuwischen; Hinweise auf das, was er letzte Nacht hier getan hat, was immer das gewesen sein mag, zu beseitigen; die Schlüssel dem Opfer wieder in die Tasche zu stecken? Blakelock hatte dazu die beste Gelegenheit, aber er hätte ja die Schlüssel gar nicht erst wegnehmen müssen. Der Anruf könnte jemandem die Gelegenheit gegeben haben, den Ersatzschlüsselbund wieder in den Sicherheitsschrank hier zu legen. Aber das wäre auch leicht möglich gewesen, ohne Mrs. Bidwells Erscheinen zu verzögern. Und das kann natürlich auch geschehen sein.»

Underhill sagte: «Aber ist es tatsächlich wahrscheinlich, daß der Anrufer bezweckte, das Auffinden der Leiche zu verzögern und dem Mörder Gelegenheit zu geben, die Schlüssel zurückzubringen? Zugegeben – es war zu erwarten, daß Mrs. Bidwell als erste heute morgen die biologische Abteilung betreten würde, wenn sie die frischen Kittel austeilte. Aber der Mörder konnte sich nicht darauf verlassen. Inspektor Blakelock oder Brenda Pridmore hätten gut einen Anlaß gehabt haben können, vorher hineinzugehen.»

Dalgliesh hielt das für ein Risiko, das der Mörder vielleicht bewußt eingegangen war. Nach seiner Erfahrung wich die allmorgendliche Routine in einer Institution selten vom Gewohnten ab. Wenn es nicht zu Blakelocks ersten Aufgaben gehörte, die Sicherheit des Labors zu überprüfen – und das war eine weitere Frage, die geklärt werden mußte –, begannen er und Brenda Pridmore wahrscheinlich sofort mit ihrer normalen Arbeit am Annahmeschalter. Beim alltäglichen Gang der Dinge wäre Mrs. Bidwell diejenige gewesen, die die Leiche gefunden hätte. Jedes Mitglied des Personals, das vor ihr in das biologische Labor gegangen wäre, hätte einen plausiblen Grund gebraucht, um seine Anwesenheit dort zu erklären, außer natürlich, wenn es sich um jemanden aus dem Biologen-Team gehandelt hätte.

Massingham sagte: «Das mit dem vermißten weißen Kittel ist sonderbar, Sir. Er kann kaum beseitigt oder vernichtet worden sein, damit wir nichts von dem Streit zwischen Middlemass und Lorrimer erfahren. Dieser unersprießliche, aber aufregende kleine Zwischenfall muß schon ein paar Minuten danach im Labor herum gewesen sein. Mrs. Bidwell wird schon dafür gesorgt haben.»

Dalgliesh und Massingham überlegten, wieweit Mrs. Bidwells Beschreibung des Streits, die sie mit einem Höchstmaß an dramatischer Wirkung gegeben hatte, den Tatsachen entspräche. Es lag auf der Hand, daß sie ins Labor gekommen war, nachdem Middlemass zugeschlagen hatte, und in Wirklichkeit sehr wenig mitbekommen hatte. Dalgliesh stand, wie vorausgeahnt, vor einem vertrauten Phänomen: dem Wunsch eines Zeugen, dem die Dürftigkeit seiner Aussage bewußt ist, soviel wie möglich daraus zu machen, um die Polizei nicht zu enttäuschen, gleichzeitig jedoch den Boden der Wahrheit nicht zu verlassen. Strich man Mrs. Bidwells Übertreibungen weg, blieb ein enttäuschend kleiner Kern an wirklichen Fakten übrig.

«Worüber sie sich stritten, könnte ich nicht sagen, nur daß es um eine Dame ging und daß Dr. Lorrimer außer sich war, weil sie mit Mr. Middlemass telefoniert hatte. Die Tür stand offen, und ich habe es mitgekriegt, als ich zur Damentoilette ging. Ich glaube, sie wollte sich mit ihm verabreden, und das hat Dr. Lorrimer nicht gepaßt. Ich habe nie ein weißeres Gesicht gesehen. Wie der Tod hat er ausgesehen. Ein blutverschmiertes Taschentuch hat er sich vors Gesicht gehalten und mit seinen schwarzen Augen drüberweggestiert. Und Mr. Middlemass war rot wie ein Puter. War ihm sicher peinlich. Na ja, wir sind auch nicht daran gewöhnt, daß sich die Abteilungsleiter im Hoggatt prügeln. Wenn anständige Herren mit den Fäusten aufeinander losgehen, steckt meistens eine Frau dahinter. Bei dem Mord ist es genauso, wenn Sie mich fragen.»

Dalgliesh sagte: «Wir werden uns von Middlemass seine Version der Angelegenheit erzählen lassen. Ich möchte jetzt kurz mit der versammelten Mannschaft in der Bibliothek sprechen. Dann fangen Inspektor Massingham und ich mit den ersten Vernehmungen an: Howarth, die beiden Frauen, Angela Foley und Brenda Pridmore, Blakelock, Middlemass und alle andern, die keine festen Alibis haben. Sie, Sergeant, kümmern sich bitte um die Routinesachen. Es wäre mir lieb, wenn bei der Durchsuchung jeweils der Leiter der Abteilung anwesend wäre. Sie können am besten sagen, ob sich in ihrem Labor seit gestern etwas verändert hat. Sie suchen vor allem nach dem verschwundenen Blatt aus Lorrimers Ringbuch – wenn ich mir da auch, zugegeben, wenig Hoffnung mache –, ferner nach Hinweisen, was er, abgesehen von dem Kalkgrubenmord, letzte Nacht hier getan hat und wo der vermißte Kittel abgeblieben ist. Ich wünsche eine gründliche Durchsuchung des ganzen Gebäudes, besonders in Hinblick darauf, wie sich jemand Zutritt verschafft haben oder hinausgelangt sein kann. Der Regen letzte Nacht ist ärgerlich. Er hat sicher mögliche Spuren von der Hauswand abgewaschen, aber vielleicht finden Sie dennoch einen Hinweis, daß er durch eines der Toilettenfenster geklettert ist.

Sie brauchen ein paar Leute, die das Gelände absuchen. Der Boden ist vom Regen aufgeweicht, und falls der Mörder mit dem Auto oder Motorrad gekommen ist, gibt es vielleicht Reifenspuren. Wenn wir welche finden, können wir sie hier sofort mit der Reifentabelle vergleichen und sind nicht auf das Londoner Labor angewiesen. Das spart uns wenigstens Zeit. Direkt gegenüber vom Institut ist eine Bushaltestelle. Stellen Sie fest, wann die Busse gehen. Es besteht immer eine geringe Aussicht, daß einem der Fahrgäste oder dem Fahrer etwas aufgefallen ist. Aber zuerst muß das Institutsgebäude durchsucht werden, und zwar so schnell wie möglich, damit die Angestellten ihre Arbeit wiederaufnehmen können. Sie arbeiten an einem frischen Mordfall, und wir dürfen das Labor nicht länger als unbedingt notwendig schließen. Ich würde sie gern morgen früh wieder an ihre Arbeitsplätze lassen.

Dann ist da diese Schmiere, die nach Erbrochenem aussieht, im vordersten Waschbecken der Herrentoilette. Der Geruch aus dem Abfluß ist noch ziemlich eindeutig. Davon muß umgehend eine Probe nach London geschickt werden. Wahrscheinlich müssen Sie den Siphon abschrauben. Wir müssen herausfinden, wer den Waschraum als letzter benutzte und ob derjenige den Schmutz in dem Becken bemerkte. Wenn keiner zugibt, daß ihm tagsüber schlecht wurde oder keinen Zeugen dafür beibringen kann, müssen wir feststellen, was jeder einzelne zu Abend gegessen hat. Das Erbrochene könnte von Lorrimer sein, wir müssen also seinen Mageninhalt untersuchen lassen. Ich hätte auch gern Proben von seinem Blut und Haar, die hier im Labor bleiben. Aber darum wird sich Dr. Blain-Thomson kümmern.»

Reynolds sagte: «Setzen wir voraus, daß der entscheidende Zeitpunkt zwischen 18 Uhr 15, als er zuletzt lebend in seinem Labor gesehen wurde, und Mitternacht liegt?»

«Vorerst ja. Wenn ich seinen Vater gesprochen habe und er mir bestätigt, daß er um Viertel vor neun mit ihm telefoniert hat, können wir die Zeitspanne einengen. Und wir werden auch eine genauere Einschätzung der Zeit bekommen, wenn Dr. Blain-Thomson mit der Autopsie fertig ist. Aber mit seiner Schätzung nach dem Grad der Leichenstarre liegt Dr. Kerrison wohl ziemlich richtig.»

Allerdings brauchte Kerrison sich nicht zu irren, falls er selbst der Mörder war. Ein Urteil auf Grund der Leichenstarre war bekanntlich unzuverlässig, und wenn er für sich selbst ein Alibi brauchte, konnte er den Zeitpunkt des Todes leicht bis um eine Stunde früher oder später ansetzen, ohne Verdacht zu erregen. Falls er die Zeit knapp berechnet hatte, brauchte er vielleicht nicht einmal eine Stunde. Es war klug von ihm gewesen, den Polizeiarzt zuzuziehen, um seine Schätzung der Todeszeit bestätigen zu lassen. Aber war es denkbar, daß Dr. Greene, auch wenn er noch so viel Erfahrung in der Untersuchung von Leichen hatte, der Meinung eines gerichtsmedizinischen Gutachters widersprechen würde, es sei denn, dessen Urteil wäre offenkundig falsch? Falls Kerrison schuldig war, wäre er kein großes Risiko eingegangen, als er Greene zuzog.

Dalgliesh stand auf.

«Schön», sagte er. «Dann wollen wir mal anfangen.»

10

Dalgliesh hatte bei einem ersten formlosen Verhör nicht gern mehr als einen Beamten bei sich. Deshalb sollte Massingham mitschreiben. Notizen waren jedoch kaum notwendig, denn Dalgliesh, das wußte der Inspektor, hatte ein äußerst zuverlässiges Erinnerungsvermögen. Aber er fand diese Gewohnheit dennoch nützlich. Sie saßen zusammen am Konferenztisch im Büro des Direktors, doch Howarth blieb lieber stehen. Vielleicht widerstrebte es ihm, in seinen eigenen vier Wänden woanders als an seinem Schreibtisch zu sitzen. Er lehnte zwanglos am Kamin. Ab und zu warf Massingham einen Blick auf das scharf geschnittene Profil, das sich gegen den klassischen Fries abhob. Auf dem Tisch lagen drei Schlüsselbunde: der aus Lorrimers Tasche, der von Inspektor Blakelock und der, den Dr. Howarth aus einer Schachtel im Sicherheitsschrank geholt hatte, nachdem er an dem Kombinationsschloß gedreht hatte. Die Sätze waren identisch, jeweils ein Yale-Schlüssel, zwei Sicherheitsschlüssel für die Eingangstür und ein kleinerer an einem einfachen Metallring. Keiner war gekennzeichnet, vermutlich aus Sicherheitsgründen.

Dalgliesh sagte: «Es gibt nur diese drei Sätze?»

«Außer dem einen in der Polizeistation von Guy's Marsh, ja. Ich habe natürlich heute morgen schon nachgefragt, ob die Polizei ihren Satz noch hat. Die Schlüssel werden dort in einem Safe unter der Kontrolle des wachhabenden Beamten aufbewahrt. Sie sind nicht angerührt worden. Sie brauchen einen Satz in der Polizeistation für den Fall, daß Alarm gegeben wird. Letzte Nacht gab es keinen Alarm.»

Dalgliesh wußte bereits von Mercer, daß die Schlüssel der Polizeistation überprüft worden waren. Er sagte:

«Und dieser kleine Schlüssel?»

«Der gehört zum Lager für die Beweisstücke. Das geht so vor sich: Alle hereinkommenden Beweisstücke werden zunächst registriert und dann dort gelagert, bis sie dem Leiter der zuständigen Abteilung übergeben werden, der sie dann einem bestimmten Mitarbeiter zuteilt. Außerdem bewahren wir dort die schon untersuchten Beweisstücke auf, bis die Polizei sie abholt, und solche, die dem Gericht vorgelegen haben und uns zur Vernichtung zurückgeschickt werden. Bei letzteren handelt es sich hauptsächlich um Drogen. Sie werden im Verbrennungsofen vernichtet; der Vorgang wird von einem Mitglied unseres Personals und von dem Beamten, der den Fall bearbeitet, überwacht. Dieser Lagerraum ist ebenfalls durch eine elektronische Warnanlage gesichert, aber wir brauchen natürlich den Schlüssel für die interne Sicherheit, wenn die Anlage nicht eingeschaltet ist.»

«Und sämtliche Innentüren des Instituts, einschließlich der zu Ihrem Büro, waren gesichert, nachdem das innere Alarmsystem eingeschaltet war? Das würde bedeuten, daß ein Eindringling nur durch die Toilettenfenster im obersten Stock unbemerkt hätte entkommen können. Alle anderen Fenster sind vergittert oder an die Alarmanlage angeschlossen, nicht wahr?»

«Das ist richtig. Er könnte natürlich auf diesem Weg auch hereingekommen sein, das hat uns am meisten beunruhigt. Aber es ist nicht gerade einfach, am Haus hochzuklettern, und sobald er einen der Laborräume betreten hätte, wäre ja der Alarm ausgelöst worden. Als ich meine Stelle hier antrat, erwogen wir, auch die Waschräume in das Alarmsystem einzubeziehen, aber es erschien uns dann doch überflüssig. Wir hatten in den über siebzig Jahren seit Bestehen des Instituts hier keinen einzigen Einbruch.»

«Wie geht das im einzelnen vor sich, wenn das Institut abgeschlossen wird?»

«Nur die beiden Verbindungsmänner der Polizei und Lorrimer als bevollmächtigter Sicherheitsmann waren berechtigt abzuschließen. Er oder der diensthabende Polizist waren verpflichtet, dafür zu sorgen, daß niemand vom Personal sich im Gebäude befand, daß alle Innentüren verschlossen waren, bevor die Alarmanlage eingeschaltet wurde, und daß die Eingangstür für die Nacht abgeschlossen wurde. Das Alarmsystem in der Polizeistation von Guy's Marsh ist automatisch eingeschaltet, wenn die Tür verschlossen ist, gleich, ob von innen oder von außen.»

«Und diese anderen Schlüssel, die wir bei der Leiche gefunden haben, die drei in dem Lederetui und der einzelne Schlüssel? Erkennen Sie einen davon?»

«Von den dreien keinen. Einer sieht wie ein Autoschlüssel aus, und die zwei anderen sind vermutlich seine Hausschlüssel. Aber der einzelne sieht aus wie der Schlüssel zur Wren-Kapelle. Ich wußte nicht, daß Lorrimer einen besaß, falls ich recht habe. Es ist zwar nicht wichtig, aber soweit mir bekannt war, existiert nur ein Schlüssel zur Kapelle, und der hängt an dem Brett im Zimmer des Verbindungsmanns. Es ist kein Sicherheitsschloß, und wir machen uns auch keine Gedanken um die Kapelle. Es gibt dort nichts mehr, was wirklich wertvoll ist. Aber gelegentlich tauchen hier Architekten oder Archäologen auf, die sie besichtigen möchten. Wir leihen ihnen den Schlüssel, und sie tragen sich in ein Buch ein. Wir gestatten ihnen allerdings nicht, über das Institutsgelände zu gehen. Sie müssen den Hintereingang von der Landstraße her benutzen. Die Putzkolonne macht dort jeden zweiten Monat sauber und kontrolliert die Heizung – wir müssen sie im Winter wegen der Decke und der empfindlichen Schnitzereien möglichst auf einer gleichmäßigen Temperatur halten –, und Miss Willard geht ab und zu hin, um Staub zu wischen. Als ihr Vater noch Pfarrer von Chevisham war, hielt er manchmal einen Gottesdienst in der Kapelle. Sie scheint deshalb eine sentimentale Beziehung zu dem Gebäude zu haben.»

Massingham ging in das Büro von Chefinspektor Martin und kam mit dem Kapellenschlüssel zurück. Die beiden Schlüssel waren identisch. Das kleine Notizbuch, das er bei dem Schlüssel gefunden hatte, wies aus, daß er zum letztenmal von Miss Willard am Montag, dem 25. Oktober, geholt worden war. Howarth sagte:

«Wir haben vor, die Kapelle dem Amt für Denkmalschutz zu unterstellen, wenn wir in das neue Gebäude umgezogen sind. Wir haben ständig Ärger mit dem Finanzministerium, weil wir Heizung und Instandhaltung aus unserem Etat bezahlen. Ich habe hier ein Streichquartett aufgebaut, und wir gaben am 26. August ein Konzert in der Kapelle, aber sonst wird sie nie benutzt. Ich nehme an, daß Sie sie ansehen wollen. Sie ist jedenfalls eine Besichtigung wert, ein sehr hübsches Beispiel für die Kirchenarchitektur des späten 17. Jahrhunderts, obwohl sie in Wirklichkeit gar nicht von Wren ist, sondern von Alexander Fort, der stark von ihm beeinflußt war.»

Dalgliesh fragte unvermittelt: «Wie kamen Sie mit Lorrimer aus?»

Howarth antwortete ruhig: «Nicht besonders gut. Ich respektierte ihn als Biologen und kann mich gewiß nicht über seine Arbeit oder seine Zusammenarbeit mit mir als dem Direktor beklagen. Man fand jedoch nicht leicht Zugang zu ihm, und mir war er nicht besonders sympathisch. Aber er war wahrscheinlich einer der anerkanntesten Serologen in unserer Behörde, und er wird uns fehlen. Wenn er einen Fehler hatte, dann war das seine Abneigung, eine Arbeit von einem Kollegen machen zu lassen. Er hatte zwei wissenschaftliche Mitarbeiter, zwei Serologen, in seinem Team, die für die Bestimmung von Blut und sonstigen Flekken, Speichel und Sperma, zuständig waren, aber die Mordfälle übernahm er grundsätzlich selbst. Neben seiner Arbeit im Labor, den Gerichtsterminen und Tatortterminen wandte er noch ziemlich viel Zeit für andere Tätigkeiten auf. Zum Beispiel hielt er Vorlesungen in Schulungskursen für Detektive und veranstaltete Kurse für junge Polizisten, um sie mit der Tätigkeit unseres Instituts vertraut zu machen.»

Lorrimers Notizbuch lag auf dem Tisch. Dalgliesh schob es Howarth zu und fragte: «Haben Sie das schon einmal gesehen?»

«Sein Notizbuch? Ja, ich glaube, es ist mir in seinem Labor aufgefallen. Oder wenn er es mit sich herumtrug. Er war krankhaft ordentlich und hatte eine Abneigung gegen lose Notizblätter. Alles Wesentliche wurde in dieses Buch eingetragen. Claire Easterbrook sagte mir, daß das letzte Blatt fehlt.»

«Deshalb ist es uns besonders wichtig herauszubekommen, woran er hier, abgesehen von dem Mord in der Kalkgrube, arbeitete. Er hätte wohl auch Zugang zu allen anderen Labors gehabt?»

«Wenn er die interne Alarmanlage ausgeschaltet hätte, ja. Soviel ich weiß, verließ er sich, wenn er als einziger noch im Haus war, auf das Yale-Schloß und den Riegel an der Eingangstür, und erst, bevor er ging, überprüfte er die Innentüren und schaltete den Alarm ein. Es ist natürlich wichtig, den Alarm nicht aus Versehen auszulösen.»

«Wäre er in der Lage gewesen, eine Untersuchung in einer anderen Abteilung vorzunehmen?»

«Je nachdem, was er vorgehabt hätte. Hauptsächlich ging ihn natürlich die Identifizierung und Zuordnung von biologischem Material an, Blut, Blutflecken und die Untersuchung von Fasern und tierischem und pflanzlichem Gewebe. Aber er war insgesamt ein fähiger Naturwissenschaftler, und seine Interessen waren weit gestreut – seine wissenschaftlichen Interessen, meine ich. Gerichtsbiologen, besonders in kleineren Labors, wie dieses bisher eines gewesen ist, sind recht vielseitig. Aber er hätte wohl keines der komplizierten Geräte in der Instrumentenabteilung benutzt, zum Beispiel das Massenspektrometer.»

«Und Sie persönlich können sich nicht vorstellen, womit er sich beschäftigt haben könnte?»

«Nein. Ich weiß allerdings sicher, daß er in meinem Büro war. Ich mußte den Namen eines chirurgischen Gutachters, der in einem unserer früheren Fälle für die Verteidigung ausgesagt hatte, nachschlagen und ließ das Ärzteverzeichnis auf meinem Schreibtisch liegen, als ich gestern abend nach Hause ging. Heute morgen stand das Buch wieder an seinem Platz in der Bibliothek. Es gab kaum etwas, was Lorrimer mehr ärgerte, als wenn jemand Bücher aus der Bibliothek wegnahm. Aber wenn er letzte Nacht in diesem Büro war, kann ich mir nicht gut vorstellen, daß er lediglich meine Nachlässigkeit in bezug auf Bibliotheksbücher kontrollieren wollte.»

Zum Schluß fragte Dalgliesh ihn, was er im einzelnen letzte Nacht getan hatte.

«Ich spielte Geige bei dem Bunten Abend. Der Pfarrer, der die Veranstaltung ausgerichtet hat, mußte ein paar Minuten füllen und fragte mich, ob das Streichquartett etwas spielen könnte. Er wollte ein kurzes, heiteres Stück haben. Die Spieler waren außer mir ein Chemiker, ein Mitarbeiter der Dokumentenabteilung und eine Schreibkraft aus dem allgemeinen Sekretariat. Eigentlich hätte Miss Easterbrook das Cello spielen sollen, aber sie war zum Abendessen verabredet, was ihr ebenso wichtig war, und daher konnte sie nicht. Wir standen an dritter Stelle im Programm und spielten Mozarts Divertimento in D-Dur.»

«Blieben Sie bis zum Schluß der Veranstaltung?»

«Das hatte ich vor. Aber es war unglaublich stickig im Saal, deshalb ging ich kurz vor der Pause um halb neun hinaus. Ich ging danach nicht mehr wieder hinein.»

Dalgliesh fragte, was er genau gemacht habe.

«Nichts. Ich saß auf einem flachen Grabstein, ungefähr zwanzig Minuten lang, dann ging ich weg.»

«Haben Sie jemanden gesehen, oder sind Sie gesehen worden?»

«Ich sah jemanden im Pferdekostüm aus der Männergarderobe kommen. Inzwischen weiß ich, daß es Middlemass gewesen sein muß, der für Chefinspektor Martin eingesprungen ist. Er hüpfte vorbei, ziemlich ausgelassen, wie mir schien, und schnappte mit dem Maul nach einem Engel auf einem der Gräber. Dann holte ihn die Truppe der Moriskentänzer ein, die aus dem *Moonraker* kamen. Es war ein ganz eigenartiges Bild. Ab und zu schien der Mond durch die Wolkenfetzen, und diese seltsamen Gestalten kamen durch den wallenden Bodennebel mit ihren klingelnden Schellen und den Tannenreisern auf ihren Hüten auf mich zu. Es war wie ein surrealistischer Film oder ein Ballett. Es hätte nur noch eine mittelmäßige Hintergrundmusik dazugehört, am besten Strawinsky. Ich saß reglos auf dem Grabstein, ein wenig abseits, und ich glaube nicht, daß sie mich sahen. Ich verhielt mich jedenfalls ganz still. Die Pferdemaske schloß sich ihnen an, und sie gingen zusammen in die Halle. Dann hörte ich die Geige aufspielen. Ich blieb noch ungefähr zehn Minuten sitzen, dann ging ich weg. Ich lief eine Zeitlang am Deich von Leamings entlang und kam so um zehn nach Hause. Meine Halbschwester Domenica wird die Zeit bestätigen können.»

Dann besprachen sie, wie die Untersuchung geführt werden sollte. Dr. Howarth sagte, er wolle in Miss Foleys Zimmer umziehen und sein Büro der Polizei zur Verfügung stellen. Für den Rest des Tages würde das Institut geschlossen bleiben, aber Dalgliesh meinte, er hoffe, daß es am nächsten Morgen die Arbeit wiederaufnehmen könne. Bevor Howarth ging, sagte Dalgliesh:

«Jeder, mit dem ich bis jetzt gesprochen habe, respektierte Dr. Lorrimer als Biologen. Aber was für ein Mensch war er? Was wußten Sie zum Beispiel von ihm, außer daß er Biologe war?»

Dr. Howarth sagte kühl: «Nichts. Für mich gab es da nichts zu wissen, außer daß er Biologe war. Wenn Sie im Augenblick keine weiteren

Fragen haben, möchte ich mich jetzt mit der Personalabteilung des Ministeriums in Verbindung setzen und mich vergewissern, daß sie in der Aufregung über sein recht spektakuläres Ausscheiden nicht vergessen, mir Ersatz zu schicken.»

II

Dank ihrer jugendlichen Spannkraft hatte sich Brenda Pridmore von dem Schock, Lorrimers Leiche gefunden zu haben, rasch erholt. Sie hatte entschieden abgelehnt, sich nach Hause bringen zu lassen, und bis Dalgliesh soweit war, sich mit ihr zu unterhalten, war sie völlig ruhig und brannte sogar darauf, ihre Geschichte loszuwerden. Mit dem Kranz des vollen kastanienbraunen Haars und dem sommersprossigen, von der frischen Luft gebräunten Gesicht strahlte sie bäuerliche Gesundheit aus. Doch die grauen Augen blickten intelligent, und der Mund war weich und sensibel. Aufmerksam wie ein gelehriges Kind und ohne ein Zeichen von Ängstlichkeit sah sie Dalgliesh über den Tisch an. Er dachte für sich, sie habe wohl in ihrem ganzen jungen Leben nur väterliche Freundlichkeit von den Männern erfahren und zweifle nicht daran, daß auch diese fremden Männer von der Polizei sich so verhalten würden. Sie antwortete auf Dalglieshs Fragen und beschrieb exakt, was sich von ihrer Ankunft im Institut an diesem Morgen bis zur Entdeckung der Leiche ereignet hatte. Dalgliesh fragte:

«Haben Sie ihn angefaßt?»

«Nein, nein! Ich kniete hin und berührte, glaube ich, seine Wange. Aber das war alles. Ich wußte doch, daß er tot war.»

«Und dann?»

«Ich kann mich nicht mehr daran erinnern. Ich weiß, daß ich die Treppe hinunterrannte, daß Inspektor Blakelock unten stand und mich ansah. Ich brachte kein Wort heraus, aber er sah wohl an meinem Gesicht, daß irgendwas nicht stimmte. Dann erinnere ich mich, wie ich auf dem Stuhl vor Chefinspektor Martins Büro saß und das Porträt von Colonel Hoggatt betrachtete. Danach weiß ich nichts mehr, bis Dr. Howarth und Mrs. Bidwell kamen.»

«Glauben Sie, es könnte jemand an Ihnen vorbeigegangen sein und das Gebäude verlassen haben, als Sie da unten saßen?»

«Der Mörder, meinen Sie? Ich kann mir nicht vorstellen, wie. Ich weiß, ich war nicht ganz da, aber ich war nicht ohnmächtig oder so was Dummes. Ich hätte ganz bestimmt gemerkt, wenn jemand durch die

Halle gegangen wäre. Und selbst wenn er es geschafft hätte, an mir vorbeizuschleichen, wäre er doch Dr. Howarth in die Arme gelaufen.»

Dalgliesh fragte sie über ihre Arbeit im Hoggatt-Institut aus und wie gut sie Dr. Lorrimer gekannt habe. Sie plauderte ungekünstelt und zutraulich über ihr Leben, ihre Kollegen, ihre aufregende Arbeit, über Inspektor Blakelock, der so nett zu ihr war und der seine einzige Tochter verloren hatte. Mit jedem Satz erzählte sie mehr, als sie wußte. Dumm war sie nicht, dachte Massingham, sondern einfach ehrlich und treuherzig. Zum erstenmal hörten sie jemanden mit aufrichtiger Freundlichkeit von Lorrimer sprechen.

«Er war immer furchtbar nett zu mir, obwohl ich nicht in der biologischen Abteilung arbeite. Natürlich war er ein sehr ernster Mann. Er war für so vieles verantwortlich. Die biologische Abteilung ist schrecklich überlastet, er arbeitete meistens bis in die Nacht hinein, prüfte Ergebnisse nach und versuchte, die Rückstände aufzuholen. Ich glaube, er war enttäuscht, daß er nicht zum Nachfolger von Dr. Mac gewählt wurde. Nicht daß er jemals etwas in der Richtung gesagt hätte – das wäre nicht seine Art gewesen –, ich bin ja viel zu jung, und er war viel zu loyal.»

Dalgliesh fragte: «Glauben Sie, jemand könnte sein Interesse für Sie mißverstanden haben und vielleicht sogar ein wenig eifersüchtig gewesen sein?»

«Eifersüchtig auf mich, weil Dr. Lorrimer ab und zu an meinem Tisch stehenblieb, um mit mir über meine Arbeit zu sprechen, und weil er nett zu mir war? Aber er war ein alter Mann! Das ist einfach lächerlich!»

Massingham unterdrückte ein Grinsen, als er sich über seinen Block beugte und ein paar schnelle Notizen hinschrieb. Aber vermutlich war der Gedanke wirklich lächerlich, dachte er.

Dalgliesh fragte: «Anscheinend gab es einigen Ärger an dem Tag vor seinem Tod, als Dr. Kerrisons Kinder ins Institut reinschauten. Waren Sie da in der Halle?»

«Sie meinen, als er Miss Kerrison hinauswarf? Nein, richtig rausgeworfen hat er sie nicht, aber er hat tatsächlich in einem sehr scharfen Ton mit ihr gesprochen. Sie war mit ihrem kleinen Bruder gekommen, und sie wollten auf Dr. Kerrison warten. Dr. Lorrimer sah sie an – ja, eigentlich schon, als haßte er sie. Das sah ihm überhaupt nicht ähnlich. Ich glaube, er war schrecklich angespannt. Vielleicht hatte er eine Vorahnung von seinem Tod. Wissen Sie, was er zu mir sagte, als die Beweisstücke von der Kalkgrube hereinkamen? Er sagte, der einzige Tod, den wir fürchten müssen, sei unser eigener. Meinen Sie nicht auch, daß das eine eigenartige Bemerkung war?»

«Sehr seltsam», stimmte Dalgliesh zu.

«Und da fällt mir etwas anderes ein. Sie sagten doch, daß alles irgendwie wichtig sein könnte. Gestern morgen kam nämlich ein seltsamer Brief für Dr. Lorrimer. Deshalb kam er an meinen Schreibtisch herüber, um seine private Post abzuholen. Es war ein dünner brauner Umschlag mit gedruckter Anschrift, mit Druckschrift in Großbuchstaben, meine ich. Und nur der Name, kein Titel und nichts. Seltsam, nicht wahr?»

«Bekam er häufig private Post hierher?»

«Nein, eigentlich nicht. Auf unserem Briefkopf steht, daß alle Briefe an den Direktor gerichtet werden sollen. Wir haben am Annahmeschalter nur mit Beweisstücken zu tun, die Korrespondenz geht zur Verteilung in das Sekretariat. Wir geben nur die persönlichen Briefe weiter, aber das sind nicht viele.»

Bei der flüchtigen ersten Durchsuchung, die er und Massingham in Lorrimers peinlich sauberem Büro vorgenommen hatten, hatte Dalgliesh keine private Korrespondenz gefunden. Er fragte Miss Pridmore, ob Dr. Lorrimer zum Essen nach Hause gegangen sei. Sie bejahte die Frage. Es wäre demnach möglich, daß er den Brief mitgenommen hatte. Das konnte viel oder nichts bedeuten. Es war nur ein weiterer kleiner Punkt, dem man nachgehen mußte.

Er dankte Brenda Pridmore und erinnerte sie noch einmal daran, zu ihm zu kommen, falls ihr noch etwas einfiele, was von Bedeutung sein könnte, sei es noch so geringfügig. Brenda war nicht gewohnt, sich zu verstellen. Man sah ihr an, daß ihr etwas durch den Kopf ging. Sie wurde rot und blickte auf den Boden. Die Verwandlung von der fröhlichen Vertrauten zum schuldbewußten Schulmädchen war von rührender Komik.

Dalgliesh sagte freundlich: «Ja?»

Sie sagte nichts, zwang sich aber, ihm in die Augen zu sehen und schüttelte den Kopf. Er wartete einen Augenblick, dann sagte er:

«Die Untersuchung eines Mordes ist nie angenehm. Wie bei den meisten unschönen Dingen im Leben scheint es manchmal leichter, sich nicht hineinziehen zu lassen, sich von etwas Schmutzigem fernzuhalten. Aber das ist nicht möglich. Wenn man bei einer Morduntersuchung eine Wahrheit zurückhält, kommt es manchmal auf dasselbe heraus, wie wenn man eine Lüge erzählt.»

«Aber angenommen, jemand sagt etwas weiter, was er weiß. Etwas Persönliches vielleicht, obwohl er eigentlich gar kein Recht hat, das zu wissen – und es lenkt den Verdacht auf die falsche Person?»

Dalgliesh sagte freundlich: «Sie müssen uns vertrauen. Wollen Sie das versuchen?»

Sie nickte und flüsterte «Ja», aber sie sagte nichts mehr. Er hielt es nicht für klug, sie im Augenblick zu drängen. Er ließ sie gehen und schickte nach Angela Foley.

12

Im Gegensatz zu Brenda Pridmores natürlicher Mitteilsamkeit trug Angela Foley eine höfliche, aber unergründliche Miene zur Schau. Sie war ein außergewöhnlich aussehendes Mädchen mit ihrem herzförmigen Gesicht und der breiten, auffallend hohen Stirn, aus der das Haar, fein wie Kinderhaar und von der Farbe reifen Korns, straff zurückgekämmt war. Auf dem Kopf hatte sie es zu einem festen Krönchen zusammengesteckt. Ihre kleinen schrägen Augen lagen so tief, daß es Dalgliesh schwerfiel, ihre Farbe zu erraten. Ihr Mund war klein, fast verkniffen und wirkte verschlossen über dem spitzen Kinn. Sie trug ein Kleid aus hellbrauner Wolle, dazu eine raffiniert gemusterte Jacke mit kurzen Ärmeln und halbhohe Schnürstiefel – ein kunstvoller und exotischer Gegensatz zu Brendas unmodischer Nettigkeit und dem hübschen handgestrickten Twinset.

Falls der gewaltsame Tod ihres Vetters sie bedrückte, verbarg sie es bewundernswert. Sie sagte, sie habe seit fünf Jahren als Sekretärin des Direktors gearbeitet, zuerst für Dr. McIntyre und jetzt für Dr. Howarth. Sie hatte gleich nach der Schule beim Hoggatt-Institut angefangen und war zunächst Stenotypistin im allgemeinen Sekretariat gewesen. Sie war siebenundzwanzig. Bis vor zwei Jahren hatte sie in einem Einzimmerapartment in Ely gewohnt, aber jetzt lebte sie mit einer Freundin zusammen in der Sprogg-Kate. Sie hatte den ganzen letzten Abend mit ihr verbracht. Edwin Lorrimer und sein Vater waren ihre einzigen lebenden Verwandten gewesen, aber sie hatten nicht viel voneinander gesehen. Die Familie, erklärte sie, als sei das die natürlichste Sache der Welt, habe nie viel Zusammenhalt gehabt.

«Dann wissen Sie also sehr wenig über sein Privatleben, sein Testament zum Beispiel?»

«Nein, gar nichts. Als meine Großmutter ihm ihr ganzes Geld hinterlassen hatte und wir im Büro des Rechtsanwalts waren, sagte er, er wolle mich als Erbin einsetzen. Aber ich glaube, er hatte damals nur ein Schuldgefühl, weil ich im Testament leer ausgegangen war. Wahrscheinlich sagte er das nur so dahin. Und er kann natürlich seine Meinung geändert haben.»

«Wissen Sie noch, wieviel Ihre Großmutter hinterlassen hat?»

Sie schwieg einen Augenblick. Fast schien es ihm, als überlege sie, ob Unwissenheit verdächtiger klänge als die Kenntnis der Summe. Dann sagte sie:

«Ich glaube, so um die 30000 Pfund. Ich weiß nicht, wieviel es heute ist.»

Er ging knapp, aber gründlich die Ereignisse des frühen Morgens mit ihr durch. Sie und ihre Freundin besaßen einen Mini, aber meistens fuhr sie mit dem Fahrrad zur Arbeit. Das hatte sie auch diesen Morgen getan. Sie war zu ihrer gewohnten Zeit – kurz vor neun – ins Labor gekommen und hatte zu ihrer Überraschung gesehen, daß Dr. Howarth mit Mrs. Bidwell gerade vor ihr in die Einfahrt eingebogen war. Brenda Pridmore hatte die Tür aufgemacht. Inspektor Blakelock war die Treppe heruntergekommen und hatte ihnen die Nachricht von dem Mord mitgeteilt. Sie waren zusammen in der Halle geblieben, während Dr. Howarth nach oben in das biologische Labor gegangen war. Inspektor Blakelock hatte die Polizei und Dr. Kerrison verständigt. Dann war Dr. Howarth zurückgekommen und hatte sie gebeten, mit Inspektor Blakelock nach den Schlüsseln zu sehen. Sie und der Direktor waren die einzigen im ganzen Haus, die die Zahlenkombination für seinen Sicherheitsschrank kannten. Dr. Howarth hatte sich von seinem Büro aus mit dem Innenministerium in Verbindung gesetzt und die andern gebeten, in der Halle zu warten. Später, nachdem die Polizei und Dr. Kerrison gekommen waren, hatte Dr. Howarth sie zu dem alten Lorrimer gefahren, um ihm die Nachricht zu überbringen. Dann war er ohne sie ins Labor gefahren, und sie hatte ihre Freundin angerufen. Sie und Miss Mawson waren dort geblieben, bis etwa eine Stunde später Mrs. Swaffield, die Frau des Pfarrers, und ein Polizist gekommen waren.

«Was haben Sie in der Windmühlen-Kate gemacht?»

«Ich habe Tee gekocht und meinem Onkel gebracht. Miss Mawson hielt sich fast die ganze Zeit in der Küche auf und wusch ab. Es war ein ziemliches Durcheinander in der Küche, weil das ganze schmutzige Geschirr vom Vortag noch dastand.»

«Was für einen Eindruck machte Ihr Onkel?»

«Er schien verängstigt und war ziemlich ärgerlich, daß man ihn allein gelassen hatte. Ich glaube, er hatte noch nicht voll begriffen, daß Edwin tot war.»

Viel mehr schien man nicht von ihr erfahren zu können. Soweit sie wußte, hatte ihr Vetter keine Feinde. Sie konnte sich nicht vorstellen, wer ihn umgebracht haben könnte. Ihre hohe, ziemlich monotone Stimme, die Stimmes eines Kindes, ließ ahnen, daß das alles sie nicht weiter berührte. Sie zeigte kein Bedauern, brachte keine Theorien vor, beantwortete alle seine Fragen mit dieser gleichförmigen hohen Stimme. Er hätte ein zufälliger und unwichtiger Besucher sein können, dem sie Auskünfte über die Routine der Laborarbeit gab. Er empfand eine instinktive Antipathie gegen sie. Er hatte keine Mühe, dieses Gefühl zu verbergen, aber er registrierte es mit Interesse, weil es zum erstenmal seit langem passierte, daß ein Mordverdächtiger in ihm eine so unmittelbare physische Reaktion hervorgerufen hatte. Aber er fragte sich, ob es Voreingenommenheit war, daß er in diesen tiefliegenden verschwiegenen Augen Geringschätzung, ja sogar Verachtung aufblitzen sah, und er hätte viel darum gegeben, zu erfahren, was hinter dieser hohen, unebenen Stirn vor sich ging.

Als sie gegangen war, sagte Massingham: «Eigenartig, daß Dr. Howarth sie und Blakelock beauftragte, die Schlüssel zu kontrollieren. Er muß deren Bedeutung sofort erkannt haben. Der Zugang zum Labor ist das grundlegende Problem in diesem Fall. Warum hat er dann nicht selbst nachgesehen? Er kennt doch die Kombination?»

«Weil er zu stolz ist, einen Zeugen mitzunehmen, und zu klug, allein zu gehen. Und vielleicht hat er es für wichtiger gehalten, in der Halle nach dem Rechten zu sehen. Aber zumindest war er darauf bedacht, Angela Foley zu schützen, indem er sie nicht alleine gehen ließ. So, dann wollen wir mal sehen, was Blakelock zu sagen hat.»

13

Wie Dr. Howarth zog Blakelock vor, nicht Platz zu nehmen. Er stand stramm und sah Dalgliesh über Howarths Schreibtisch hinweg an, als laufe ein Disziplinarverfahren gegen ihn. Dalgliesh versuchte gar nicht erst, eine entspannte Stimmung zu schaffen. Blakelock hatte die Technik, Fragen zu beantworten, in seinen Tagen als Detektiv-Konstabler im Zeugenstand gelernt. Er gab die Auskünfte, um die er gebeten wurde, nicht mehr und nicht weniger, und seine Augen fixierten dabei einen Punkt irgendwo über Dalglieshs rechter Schulter. Als er seinen Namen mit fester, ausdrucksloser Stimme angab, erwartete Dalgliesh fast, er würde seine rechte Hand nach der Bibel ausstrecken und den Eid leisten.

Auf Dalglieshs Frage beschrieb er seine Schritte von dem Augenblick an, als er sein Haus in Ely verlassen hatte, um zur Arbeit zu gehen. Sein Bericht über das Auffinden der Leiche deckte sich mit dem, was Brenda Pridmore gesagt hatte. Als sie die Treppe heruntergekommen war, hatte er an ihrem Gesicht gesehen, daß etwas nicht in Ordnung war, und war ins Biologielabor gestürzt, ohne auf ein Wort von ihr zu warten. Die Tür war offen gewesen, und das Licht hatte gebrannt. Er beschrieb die Lage der Leiche so exakt, als hätten sich ihre starren Umrisse auf seiner Netzhaut eingeprägt. Er hatte sofort gewußt, daß Lorrimer tot war. Er hatte die Leiche nicht berührt, sondern nur instinktiv in die Tasche des Kittels gefaßt, um nachzusehen, ob die Schlüssel da wären.

Dalgliesh fragte: «Als Sie heute morgen am Institut ankamen, warteten Sie, bis Miss Pridmore Sie eingeholt hatte, bevor Sie hineingingen. Warum?»

«Ich sah sie um die Hausecke kommen, nachdem sie ihr Fahrrad abgestellt hatte, und hielt es für höflich, zu warten, Sir. Und ich brauchte die Tür nicht gleich wieder für sie aufzumachen.»

«Und Sie fanden die drei Schlösser und das innere Sicherheitssystem in korrektem Zustand vor?»

«Ja, Sir.»

«Machen Sie einen routinemäßigen Kontrollgang durch das Institut, sobald Sie morgens hier sind?»

«Nein, Sir. Natürlich hätte ich alles sofort kontrolliert, wenn ich bemerkt hätte, daß sich jemand an den Schlössern zu schaffen gemacht hätte. Aber es war alles in Ordnung.»

«Sie sagten vorhin, der Anruf von Mr. Lorrimer senior habe Sie erstaunt. Fiel Ihnen nicht Lorrimers Auto auf, als Sie heute morgen kamen?»

«Nein, Sir. Die Abteilungsleiter benutzen die Garagen.»

«Warum schickten Sie Miss Pridmore nach oben, um nachzusehen, ob Dr. Lorrimer hier wäre?»

«Ich schickte sie nicht. Sie war unter dem Schalter durchgeschlüpft, bevor ich noch etwas sagen konnte.»

«Sie hatten aber das Gefühl, daß etwas nicht in Ordnung wäre?»

«Das eigentlich nicht, Sir. Ich erwartete nicht, daß sie ihn antreffen würde. Aber ich glaube, mir kam tatsächlich der Gedanke, es sei ihm vielleicht übel geworden oder so.»

«Was für ein Mann war Dr. Lorrimer, Inspektor?»

«Er war der leitende Biologe, Sir.»

«Ich weiß. Ich frage Sie, wie er als Mensch und als Kollege war.»

«Ich kannte ihn eigentlich nicht gut, Sir. Es war nicht seine Art, sich am Annahmeschalter aufzuhalten und ein Schwätzchen zu machen. Aber ich kam gut mit ihm aus. Er war ein guter Wissenschaftler.»

«Ich habe gehört, daß er sich für Brenda Pridmore interessierte. Hieß das nicht, daß er gelegentlich an ihrem Tisch stehenblieb?»

«Nie länger als ein paar Minuten, Sir. Er unterhielt sich gern ab und zu mit ihr. Das tut jeder gern. Es ist schön, so ein junges Ding hier um sich zu haben. Sie ist hübsch und fleißig und begeistert sich für die Arbeit, und ich glaube, Dr. Lorrimer wollte sie voranbringen.»

«Nicht mehr als das, Inspektor?»

Blakelock sagte unbewegt: «Nein, Sir.»

Dalgliesh fragte ihn dann, wie er den letzten Abend verbracht habe. Er sagte, er habe für sich und seine Frau Karten für den Bunten Abend gekauft, obwohl seine Frau wegen starker Kopfschmerzen eigentlich keine Lust hatte. Sie litt an neuralgischen Schmerzen, die sie manchmal völlig lähmten. Aber sie hatten sich dennoch den ersten Teil des Programms angesehen und waren in der Pause gegangen, weil die Schmerzen schlimmer geworden waren. Er war zurück nach Ely gefahren und ungefähr Viertel vor neun angekommen. Er und seine Frau wohnten in einem neuen Bungalow außerhalb der Stadt. Sie hatten keine direkten Nachbarn, und er hielt es für unwahrscheinlich, daß jemand ihre Rückkehr bemerkt haben könnte.

Dalgliesh sagte: «Es scheint kaum jemand Lust gehabt zu haben, zum zweiten Teil des Programms dazubleiben. Warum sind Sie überhaupt hingegangen, wo Sie doch wußten, das Ihre Frau sich nicht gut fühlte?»

«Dr. MacIntyre – das ist der ehemalige Direktor, Sir – wünschte, daß sich das Personal des Instituts an den Veranstaltungen im Dorf beteiligte, und Chefinspektor Martin dachte genauso darüber. Deshalb kaufte ich die Karten, und meine Frau meinte, wir sollten sie auch ausnutzen. Sie hoffte, das Konzert würde ihr helfen, die Schmerzen zu vergessen. Aber in der ersten Hälfte ging es ziemlich laut zu, und es wurde tatsächlich schlimmer.»

«Fuhren Sie nach Hause, um sie abzuholen, oder trafen Sie sich hier?»

«Sie kam am frühen Nachmittag mit dem Bus heraus, Sir, und besuchte Mrs. Dean, die Frau des protestantischen Geistlichen. Sie sind alte Bekannte. Ich arbeitete bis um sechs und ging dann auch hin, um meine Frau abzuholen. Wir aßen dort vor der Veranstaltung noch zu Abend.»

«Gehen Sie immer um diese Zeit?»

«Ja, Sir.»

«Und wer schließt das Institut ab, wenn die Wissenschaftler länger bleiben als Sie?»

«Ich sehe immer nach, wer noch im Haus ist, Sir. Wenn von den jüngeren Angestellten jemand Überstunden macht, muß ich hierbleiben, bis er fertig ist. Aber das kommt nicht oft vor. Dr. Howarth hat einen Satz Schlüssel, und er kontrolliert selbst die Alarmanlage und schließt ab, wenn er länger arbeitet.»

«Arbeitete Dr. Lorrimer gewöhnlich noch, wenn Sie gingen?»

«Vielleicht an drei oder vier Abenden in der Woche, Sir. Aber ich hatte keine Bedenken, wenn Dr. Lorrimer der letzte war. Er war äußerst gewissenhaft.»

«Hätte er jemanden in das Institut gelassen, wenn er allein war?»

«Nein, Sir, es sei denn, Mitglieder des Personals oder jemanden von der Polizei. Aber dann hätte es ein Beamter sein müssen, den er kannte. Er hätte niemanden hereingelassen, der keinen echten Grund gehabt hätte. Dr. Lorrimer nahm es sehr genau mit Leuten, die eigentlich keine Befugnis haben, das Haus zu betreten.»

«War das der Grund, warum er vorgestern versuchte, Miss Kerrison mit Gewalt vor die Tür zu setzen?»

Inspektor Blakelock blieb gelassen. Er sagte: «Mit Gewalt würde ich nicht sagen, Sir. Er hat das Mädchen nicht angerührt.»

«Könnten Sie mir genau schildern, was sich abspielte, Inspektor?»

«Miss Kerrison und ihr kleiner Bruder wollten ihren Vater abholen. Dr. Kerrison hielt eine Vorlesung in dem Schulungskurs für Inspektoren. Ich schlug Miss Kerrison vor, sich auf den Stuhl zu setzen und zu warten, aber Dr. Lorrimer kam in diesem Augenblick die Trepper herunter, um zu fragen, ob der Schlagstock bereits zur Untersuchung eingegangen wäre. Er sah die Kinder und fragte in ziemlich barschem Ton, warum sie hier herumsäßen. Er sagte, ein wissenschaftliches Labor sei kein Platz für Kinder. Miss Kerrison erwiderte, sie habe nicht die Absicht zu gehen, und er ging auf sie zu, als wolle er sie hinauswerfen. Er sah sehr blaß aus, dachte ich für mich. Er faßte sie nicht an, aber wahrscheinlich hatte sie Angst, er würde es tun. Ich glaube, sie ist hochgradig nervös, Sir. Sie fing an zu schreien und zu kreischen: ‹Ich hasse Sie. Ich hasse Sie.› Dr. Lorrimer wandte sich ab und ging wieder nach oben. Brenda versuchte, das Mädchen zu beruhigen.»

«Und die beiden gingen weg, bevor ihr Vater fertig war?»

«Ja, Sir. Dr. Kerrison kam ungefähr eine Viertelstunde danach herunter. Ich sagte ihm, seine Kinder hätten ihn abholen wollen, wären aber inzwischen weggegangen.»

«Sie erzählten ihm nicht, was vorgefallen war?»

«Nein, Sir.»

«War das typisch für Dr. Lorrimers Verhalten?»

«Nein, Sir. Aber er hatte schon die ganzen letzten Wochen schlecht ausgesehen. Ich glaube, er hat unter einer starken nervlichen Anspannung gestanden.»

«Und Sie können sich nicht vorstellen, woher dieser nervöse Zustand kam?»

«Nein, Sir.»

«Hatte er Feinde?»

«Nicht daß ich wüßte, Sir.»

«Sie können sich also nicht denken, wer ihm den Tod gewünscht haben könnte?»

«Nein, Sir.»

«Nachdem Dr. Lorrimers Leiche entdeckt worden war, schickte Dr. Howarth Sie mit Miss Foley in sein Büro, um zu kontrollieren, ob sich sein Schlüsselbund im Sicherheitsschrank befand. Würden Sie bitte genau schildern, was Sie beide taten?»

«Miss Foley öffnete den Schrank. Sie und der Direktor sind die einzigen, die die Zahlenkombination kennen.»

«Und Sie sahen zu?»

«Ja, Sir, aber ich kann mich nicht an die Zahlen erinnern. Ich sah nur, wie sie an dem Schloß drehte und es einstellte.»

«Und weiter?»

«Sie nahm eine Metallkassette heraus und machte sie auf. Sie war nicht abgeschlossen. Die Schlüssel lagen darin.»

«Sie hatten sie die ganze Zeit genau im Auge, Inspektor? Sind Sie hundertprozentig sicher, daß Miss Foley keine Möglichkeit hatte, die Schlüssel unbemerkt in die Kassette zurückzulegen?»

«Ja, Sir. Das wäre völlig ausgeschlossen gewesen.»

«Eine Frage noch, Inspektor. Als Sie nach oben in Lorrimers Labor gingen, war Miss Pridmore allein. Sie sagte mir, sie sei ganz sicher, es könne sich während dieser Zeit niemand aus dem Gebäude gestohlen haben. Haben Sie an diese Möglichkeit gedacht?»

«Daß er die ganze Nacht hiergewesen sein könnte, Sir? Ja, daran dachte ich auch. Aber er kann sich nicht im Büro meines Chefs versteckt haben, denn dann hätte ich ihn gesehen, als ich den internen Alarm abschaltete. Das ist das Zimmer, das dem Eingang am nächsten liegt. Eine andere Möglichkeit wäre das Büro des Direktors gewesen, aber ich kann mir nicht vorstellen, wie er die Halle durchquert und die Tür geöffnet haben sollte, ohne daß Miss Pridmore ihn bemerkt hätte, obwohl sie noch unter der Schockwirkung stand. Die Tür stand ja nicht offen. Er hätte zumindest den Yale-Schlüssel umdrehen müssen.»

«Und Sie sind absolut sicher, daß Sie Ihren eigenen Schlüsselbund in der letzten Nacht immer bei sich hatten?»

«Ganz sicher, Sir.»

«Danke, Inspektor. Das ist alles im Augenblick. Sagen Sie doch bitte Mr. Middlemass, er möchte hereinkommen.»

14

Der Dokumentenprüfer kam gelassen und selbstsicher in das Büro geschlendert. Er machte es sich unaufgefordert auf Howarths Sessel bequem, legte seinen rechten Fuß über das linke Knie und sah Dalgliesh fragend an, als sei er zu Besuch hier und erwarte allenfalls Langeweile von seinem Gastgeber, bemühe sich aber höflich, das nicht zu zeigen. Er trug dunkelbraune Kordhosen, einen beigen Rollkragenpullover aus weicher Wolle, leuchtend rote Socken und Lederslippers. Das Ganze machte einen lässigen, zwanglosen Eindruck, aber Dalgliesh merkte sofort, daß die Hosen maßgeschneidert, der Pullover aus Kaschmirwolle und die Schuhe handgearbeitet waren. Er warf einen Blick auf das Blatt vor sich, auf dem Middlemass seine Schritte seit sieben Uhr des vergangenen Abends aufgeschrieben hatte. Anders als seine Kollegen hatte er seine Aussage nicht mit dem Kugelschreiber geschrieben, sondern einen Füllfederhalter benutzt. Seine hohen, schlanken, schräglaufenden Buchstaben waren dekorativ und gleichzeitig höchst unleserlich. Es war nicht die Handschrift, die Dalgliesh erwartet hatte. Er sagte:

«Bevor wir auf das hier kommen, möchte ich Sie bitten, mir von Ihrem Streit mit Lorrimer zu berichten.»

«Sie meinen, meine Version im Gegensatz zu Mrs. Bidwells?»

«Die Wahrheit – im Gegensatz zu Vermutungen.»

«Es war nicht gerade eine erbauliche Geschichte, und ich kann nicht sagen, daß ich stolz darauf bin. Aber es ging um nichts Wichtiges. Ich hatte gerade mit dem Kalkgrubenfall angefangen, als ich Lorrimer aus dem Waschraum kommen hörte. Ich wollte in einer persönlichen Sache mit ihm reden, deshalb rief ich ihn herein. Wir redeten, gerieten in Rage, er holte zu einem Schlag aus, und ich reagierte mit einem Fausthieb auf seine Nase. Das Blut verteilte sich eindrucksvoll auf meinem Kittel. Ich entschuldigte mich. Er ging hinaus.»

«Worüber stritten Sie sich? Wegen einer Frau?»

«Das wohl kaum. Herr Oberkriminalrat, nicht mit Lorrimer. Ich denke, Lorrimer wußte zwar, daß es zwei Geschlechter gibt, aber ich habe meine Zweifel, ob er diese Regelung guthieß. Es ging um eine unbedeutende Privatangelegenheit, eine Sache, die sich vor ein paar Jahren abspielte. Es hatte nichts mit dem Labor zu tun.»

«Demnach ergibt sich folgendes Bild: Sie nehmen sich ein Beweisstück zu einem Mordfall vor, ein wichtiges Beweisstück, da Sie es selbst untersuchen wollen. Sie sind jedoch nicht so in diese Aufgabe vertieft, daß Sie nicht die Schritte vor der Tür hören und sie als Lorrimers identifizieren. Der Augenblick scheint Ihnen passend, ihn hereinzurufen und etwas zu besprechen, das vor zwei Jahren passierte, etwas, das Sie offenbar in der Zwischenzeit nicht beunruhigt hat, Sie beide jetzt aber so in Harnisch bringt, daß Sie versuchen, einander niederzuschlagen.»

«So ausgedrückt, klingt es exzentrisch.»

«So ausgedrückt, klingt es absurd.»

«Irgendwie war es wohl auch absurd. Es ging um einen Vetter meiner Frau, Peter Ennalls. Er hatte die Schule mit sehr guten Noten in den Naturwissenschaften abgeschlossen und interessierte sich sehr für unsere Tätigkeit. Er fragte mich um Rat, und ich sagte ihm, wie er es anstellen sollte. Schließlich arbeitete er als wissenschaftlicher Angestellter unter Lorrimer im Süd-Labor. Es ging nicht gut. Ich glaube nicht, daß es einzig und allein an Lorrimer lag, aber er hat nicht die Gabe, mit jungen Leuten umzugehen. Am Ende stand Ennalls vor einer gescheiterten Karriere und einer gelösten Verlobung. Er bekam einen Nervenzusammenbruch, wie man das euphemistisch nennt, und ertränkte sich schließlich. Wir hörten Gerüchte, was sich vorher in seinem Labor abgespielt hatte. Unsere Behörde ist nicht so groß; diese Dinge sprechen sich herum. Ich kannte den Jungen nicht sehr gut, aber meine Frau hing sehr an ihm.

Ich gebe Lorrimer nicht die Schuld an Peters Tod. Ein Selbstmörder ist letztlich immer selbst verantwortlich für seinen Tod. Aber meine Frau ist überzeugt, Lorrimer hätte mehr tun können, um ihm zu helfen. Ich rief sie gestern nach dem Mittagessen an, um ihr zu sagen, daß ich später als sonst nach Hause kommen würde, und unser Gespräch erinnerte mich daran, daß ich schon lange mit Lorrimer über Peter hatte reden wollen. Zufällig hörte ich ihn vorbeigehen. Also rief ich ihn herein, und es kam schließlich zu dem, was Mrs. Bidwell zweifellos sehr anschaulich geschildert hat. Mrs. Bidwell entdeckt bestimmt hinter jedem Streit zwischen Männern eine Frau. Und falls sie von einer Frau oder einem Anruf gesprochen hat, so war die Frau meine eigene und das Telefongespräch war das, von dem ich Ihnen erzählt habe.»

Es klang einleuchtend, dachte Dalgliesh. Es mochte sogar stimmen. Der Geschichte von Peter Ennalls würde man nachgehen müssen. Nur bedeutete es leider zusätzliche Arbeit, wo sie ohnehin unter Zeitdruck standen und kaum Zweifel an der Wahrheit der Geschichte bestanden. Aber Middlemass hatte in der Gegenwart gesprochen: «Lorrimer hat nicht die Gabe, mit jungen Leuten umzugehen.» Gab es vielleicht auch hier jüngere Mitarbeiter, die unter ihm gelitten hatten? Aber er beschloß, das vorerst auf sich beruhen zu lassen. Paul Middlemass war ein kluger Mann. Bevor er eine förmliche Aussage machte, würde er Zeit haben, sich die Auswirkungen auf seine Karriere zu überlegen, wenn er seine Unterschrift unter eine Lüge setzte. Dalgliesh sagte:

«Wie ich Ihrer Aussage entnehme, traten Sie gestern abend in einer Pferdemaske mit den Moriskentänzern beim Bunten Abend auf. Dennoch schreiben Sie, Sie können keinen einzigen nennen, der Ihre Anwesenheit bezeugen kann. Vermutlich konnten Tänzer und Publikum das Pferd herumstolzieren sehen, nicht aber, wer unter der Maske steckte. Aber sah Sie denn niemand im Saal kommen oder gehen?»

«Wenigstens sah mich niemand, der mich kannte. Das ist ärgerlich, aber es ist nun einmal so. Es war sowieso alles komisch. Ich bin eigentlich kein Moriskentänzer. Ich kümmere mich gewöhnlich nicht um diese ländlichen Vergnügungen, und diese Veranstaltungen im Dorf sind nicht das, was ich mir unter Freizeitgestaltung vorstelle. Unser Erster Verbindungsmann, Chefinspektor Martin, hätte diese Nummer geben sollen, aber dann bekam er überraschend die Gelegenheit, in die USA zu fliegen und bat mich, ihn zu vertreten. Wir haben ungefähr die gleiche Figur, und er dachte wohl, das Kostüm würde mir passen. Er brauchte einen Mann, der recht breite Schultern hat und kräftig genug ist, das Gewicht des Pferdekopfes auszuhalten. Und ich war ihm Dank schuldig – er hatte bei einem Kollegen von der Streife ein gutes Wort für mich eingelegt, als ich vor einem Monat wegen überhöhter Geschwindigkeit gestoppt wurde. Ich konnte also kaum umhin, ihm den Gefallen zu tun.

Ich ging zu einer Probe letzte Woche, und es lief schließlich darauf hinaus, wie Sie sagten, daß ich um die Tänzer herumstolzierte, nachdem sie ihre Nummer hingelegt hatten, mit dem Maul nach dem Publikum schnappte, mit dem Schwanz wedelte und mich überhaupt zum Narren machte. Aber das machte mir eigentlich nichts aus, weil mich ja niemand erkennen konnte. Ich hatte nicht vor, den ganzen Abend bei der Veranstaltung zuzubringen. Deshalb bat ich Bob Gotobed – das ist der Leiter der Gruppe –, mich eine Viertelstunde vor unserem Auftritt von dort aus anzurufen. Wir waren nach der Pause dran, so um halb neun herum. Der Abend begann um halb acht, wie Sie sicher wissen.»

«Und Sie arbeiteten in Ihrem Labor, bis der Anruf kam?»

«Ganz recht. Mein Mitarbeiter holte mir ein paar belegte Brote, die ich an meinem Arbeitsplatz verzehrte. Bob rief um Viertel nach acht an und sagte, es wäre ein bißchen schneller gegangen, ich sollte lieber gleich rüberkommen. Die Tänzer waren schon kostümiert und wollten noch ein Bier im *Moonraker* trinken. Der Saal hat keine Schankerlaubnis, deshalb bekommt das Publikum in der Pause dort nur Kaffee oder Tee vom Frauenverein serviert. Als ich das Labor verließ, dürfte es so zwanzig nach acht gewesen sein.»

«Sie sagen, Lorrimer sei Ihres Wissens da noch am Leben gewesen?»

«Wir wissen, daß er fünfundzwanzig Minuten danach noch lebte, falls sein Vater sich nicht mit dem Anruf irrt. Aber tatsächlich glaube ich, ihn gesehen zu haben. Ich ging durch die Vordertür hinaus, weil das der einzige Ausgang ist, aber ich mußte um das Haus herum zu den Garagen gehen, um mein Auto zu holen. Im biologischen Labor brannte Licht, und ich sah kurz eine Gestalt im weißen Kittel hinter einem Fenster vorbeigehen. Ich kann nicht schwören, daß es Lorrimer war. Ich kann nur sagen, daß es mir damals nicht in den Sinn kam, er wäre es nicht. Und ich wußte natürlich, daß er noch im Haus sein mußte. Er war dafür verantwortlich abzuschließen, und er nahm es mit der Sicherheit äußerst genau. Er wäre nicht weggegangen, ohne alle Abteilungen, einschließlich meiner, kontrolliert zu haben.»

«Wie war die Eingangstür abgeschlossen?»

«Nur mit dem Yale-Schloß und dem Riegel. Wie ich es erwartet hatte. Ich schloß mir auf.»

«Was war, als Sie im Saal ankamen?»

«Dazu muß ich Ihnen erst die eigenartige Architektur beschreiben. Das Gebäude wurde vor fünf Jahren für wenig Geld von einer hiesigen Baufirma errichtet; das Komitee meinte, man könne Geld einsparen, wenn man auf einen Architekten verzichtete. Sie sagten dem Mann nur, daß sie einen rechteckigen Saal mit einer Bühne, zwei Umkleideräumen und Waschräumen am einen Ende sowie einem Vorraum, einer Garderobe und einem Raum für Erfrischungen am anderen Ende haben wollten. Harry Gotobed und seine Söhne bauten den Saal. Harry ist eine Säule der Freikirche und ein Muster an nonkonformistischer Rechtschaffenheit. Er hat nichts mit dem Theater im Sinn, auch nicht mit dem Laientheater, und ich glaube, es kostete sie einige Mühe, ihn zu überreden, auch eine Bühne zu bauen. Aber er hatte ganz gewiß nicht vor, eine Verbindungstür zwischen den Damen- und Herrengarderoben offen zu lassen. Das Ergebnis ist, daß wir hinter der Bühne zwei separate Räume haben, jeweils mit einem Waschraum. Es gibt auf jeder Seite einen Ausgang zum Friedhof und zwei Türen, die zur Bühne führen, aber tatsächlich keinen gemeinsamen Gang hinter der Bühne. Also ziehen sich die Männer in der Garderobe rechts um und treten auf der rechten Bühnenseite auf, die Frauen auf der linken Seite. Soll also einer von der anderen Seite auf die Bühne kommen, muß er aus der Garderobe nach draußen gehen, im Kostüm, und womöglich durch den Regen über den Friedhof rennen. Wenn er nicht über einen Grabstein stolpert und einen Knöchel bricht oder in ein frisch ausgehobenes Grab fällt, kann er dann endlich triumphierend, wenn auch abgehetzt und verschwitzt, auf der richtigen Seite auftreten.»

Plötzlich warf er den Kopf zurück und lachte lauthals los, dann fing er sich wieder und sagte:

«Sie müssen entschuldigen. Mir ist nur eine Vorstellung der Theatergesellschaft vom letzten Jahr eingefallen. Sie gaben eine von diesen veralteten Familienkomödien, in denen die Schauspieler die meiste Zeit im Abenddress herumstehen und sich in spritzigen Plaudereien üben. Die junge Bridie Corrigan vom Kolonialwarengeschäft spielte das Dienstmädchen. Als sie über den Friedhof rannte, meinte sie, den Geist der alten Maggie Gotobed zu sehen. Sie stürzte mit schiefem Häubchen schreiend auf die Bühne, erinnerte sich aber gerade noch rechtzeitig an ihre Rolle und stieß hervor: ‹Heilige Mutter Gottes, es ist serviert!› Worauf alle gehorsam von der Bühne trotteten, die Männer auf der einen Seite, die Frauen auf der andern. Unser Gemeindesaal, sage ich Ihnen, trägt beträchtlich zur Steigerung des Interesses am Theater bei.»

«Sie gingen also in die Garderobe auf der rechten Seite.»

«Ganz recht. Dort herrschte ein wildes Durcheinander. Die Spieler müssen ihre Straßenmäntel dort hinhängen und gleichzeitig ihre verschiedenen Kostüme bereithalten. Es gibt nur eine Reihe Kleiderhaken, eine Bank in der Mitte und einen kleinen Spiegel, vor dem sich höchstens zwei Leute gleichzeitig zurechtmachen können. Das einzige Handwaschbecken ist in der Toilette. Aber Sie werden sich dort sicher selbst umsehen. Gestern abend war das reinste Chaos: Straßenmäntel, Kostüme, Schachteln und Requisiten, alles türmte sich auf der Bank oder lag auf dem Boden. Aber ich fand das Pferdekostüm an einem Haken und zog es an.»

«War außer Ihnen noch jemand in der Garderobe?»

«Im Umkleidezimmer war niemand, aber ich hörte jemanden in der Toilette. Ich wußte, daß fast der ganze Trupp drüben im *Moonraker* war. Als ich mich in das Kostüm gezwängt hatte, ging die Tür vom Waschraum auf und Harry Sprogg kam heraus. Er gehört auch zu der Gruppe und war schon im Kostüm.»

Massingham notierte den Namen: Harry Sprogg. Dalgliesh fragte:

«Sprachen Sie mit ihm?»

«Ich nicht. Aber er sagte, er freue sich, daß ich es geschafft hätte, oder so etwas, und die andern wären im *Moonraker*. Er sagte, er sei auf dem Weg dorthin, um sie loszueisen. Er ist der einzige Abstinenzler in der Gruppe, deshalb ist er wohl nicht mit ihnen hingegangen. Er ging hinaus, und ich lief hinter ihm her auf den Friedhof.»

«Ohne etwas zu ihm zu sagen?»

«Ich kann mich nicht erinnern, etwas gesagt zu haben. Wir waren ja nur einen Augenblick da drinnen zusammen. Ich folgte ihm nach draußen, weil es in der Garderobe so muffig war – es hat sogar richtig gestunken –, und das Kostüm war ganz schön schwer und warm. Ich dachte, ich warte lieber draußen, um mich den Jungs anzuschließen, wenn sie aus der Wirtschaft kämen. Ja, und das habe ich auch getan.»

«Haben Sie irgendwen gesehen?»

«Nein, aber das heißt nicht unbedingt, daß niemand dagewesen wäre. Mein Blickfeld war durch die Maske etwas eingeengt. Falls jemand reglos auf dem Friedhof gestanden hätte, hätte ich ihn wohl leicht übersehen. Ich rechnete nicht damit, jemanden dort anzutreffen.»

«Wie lange waren Sie dort?»

«Weniger als fünf Minuten. Ich ging ein wenig auf und ab, klappte zur Probe mein Maul auf und zu und wedelte mit dem Schwanz. Es muß ziemlich albern ausgesehen haben, falls mich jemand beobachtet hat. Dort steht ein besonders scheußliches Grabmal, ein Marmorengel mit einem Ausdruck von Frömmigkeit, daß einem schlecht wird, und einer nach oben weisenden Hand. Ich tänzelte ein oder zweimal um ihn herum und schnappte mit meinem Maul nach seinem dummen Gesicht. Gott weiß, warum. Vielleicht lag es an dem Mondlicht oder an der Wirkung des Ortes selbst. Dann sah ich die Männer vom *Moonraker* über den Friedhof kommen und mischte mich unter sie.»

«Sprachen Sie dann mit ihnen?»

«Vielleicht habe ich guten Abend oder Hallo gesagt, aber ich glaube nicht. Sie hätten meine Stimme wegen der Maske sowieso nicht erkannt. Ich hob meinen rechten Vorderhuf und machte zum Spaß eine Verbeugung, dann zockelte ich ihnen nach. Wir gingen zusammen in die Garderobe. Wir konnten hören, wie das Publikum die Plätze einnahm, dann steckte der Spielleiter seinen Kopf herein und sagte: ‹Ihr seid dran, Jungs!› Dann gingen die sechs Tänzer auf die Bühne, und ich hörte die Geige aufspielen, das Stampfen von Füßen und das Glöckchengeklingel. Danach setzte eine andere Musik ein, und das war das Zeichen für mich, auf die Bühne zu gehen und meine Nummer abzuziehen. Es gehörte auch zu meiner Rolle, die Stufen von der Bühne hinunterzugehen und im Publikum herumzualbern. Nach dem Gekreische der Mädchen zu urteilen, machte ich meine Sache ganz gut, aber wenn Sie mich fragen wollen, ob mich einer erkannt hat, brauche ich gar nicht lange nachzudenken. Ich kann mir nicht vorstellen, wie sie das gekonnt hätten.»

«Aber nach der Vorstellung?»

«Danach sah mich sicher niemand. Wir stolperten die Stufen von der Bühne in die Garderobe hinunter, aber der Applaus hörte nicht auf. Dann merkte ich zu meinem Schrecken, daß ein paar Idioten im Publikum ‹Zugabe› riefen. Die Burschen in Grün brauchten keine zweite Einladung und waren so schnell wieder oben wie ein Trupp Kanalarbeiter, denen man gerade gesagt hat, daß die Bar jetzt offen ist. Ich stellte mich auf den Standpunkt, daß meine Abmachung mit Bill Martin sich nur auf einen Auftritt bezog, ohne Zugabe, und daß ich mich für diesen Abend genug zum Narren gemacht hatte. Als dann die Fiedel aufspielte und das Stampfen begann, schlüpfte ich aus meinem Kostüm, hängte es an den Nagel und machte mich davon. Soviel ich weiß, sah mich niemand weggehen, und es war auch kein Mensch auf dem Parkplatz, als ich mein Auto aufschloß. Ich war vor zehn zu Hause. Das kann meine Frau bestätigen, wenn es Sie interessiert. Aber das ist wohl nicht der Fall.»

«Besser wäre es, wenn Sie jemanden auftreiben könnten, der bestätigt, wo Sie zwischen 20 Uhr 45 und Mitternacht waren.»

«Ist mir klar. Zu dumm, nicht wahr? Hätte ich gewußt, daß jemand vorhatte, Lorrimer im Lauf des Abends zu ermorden, hätte ich bestimmt darauf geachtet, die Maske erst im letzten Augenblick, bevor wir auf die Bühne gingen, aufzusetzen. Dummerweise ist der Pferdekopf so groß. Er wird, wie Sie sehen werden, von den Schultern seines Trägers abgestützt und kommt tatsächlich mit dem Kopf oder dem Gesicht nicht in Berührung. Sonst hätten Sie vielleicht ein Haar oder andere Hinweise finden können, daß ich ihn wirklich getragen habe. Und die Fingerabdrücke nutzen Ihnen auch nichts. Ich habe ihn bei der Probe angefaßt – und ein Dutzend anderer Hände auch. Diese ganze Sache ist für mich ein Beispiel, was für eine Torheit es ist, wenn man sich gutmütig für etwas hergibt. Hätte ich dem guten Bill nur gesagt, er soll sonstwas mit seinem verflixten Pferd machen, dann wäre ich vor acht zu Hause gewesen und hätte mit einem hübschen kleinen Alibi gemütlich in den *Panton Arms* gesessen.»

Dalgliesh fragte zum Schluß des Gesprächs nach dem verschwundenen weißen Kittel.

«Er ist ziemlich ausgefallen geschnitten. Tatsächlich besitze ich ein halbes Dutzend von der Sorte, alle noch von meinem Vater. Die andern fünf liegen im Wäscheschrank, wenn Sie sie sehen wollen. Sie sind tailliert, aus schwerem weißem Leinen, bis zum Hals zugeknöpft, und die Knöpfe tragen das Wappen des Königlich Zahnärztlichen Korps. Ja, und sie haben keine Taschen. Mein Alter hielt Taschen für unhygienisch.»

Massingham dachte, der Mörder hätte einen Kittel, der bereits mit Lorrimers Blut befleckt war, für eine besonders geschickte Tarnkleidung gehalten. Middlemass dachte anscheinend das gleiche und sagte:

«Falls er gefunden wird, kann ich bestimmt nicht mehr mit Gewißheit sagen, welche Blutflecken von unserm Kampf herrühren. An der rechten Schulter war ein ziemlich großer Fleck, aber vielleicht gab es noch ein paar Spritzer mehr. Doch die Serologen werden Ihnen sicher sagen können, wie alt die Flecken ungefähr sind.»

Falls der Kittel jemals gefunden würde, dachte Dalgliesh. Es würde nicht einfach sein, ihn völlig zu vernichten. Aber der Mörder hätte, falls er ihn benutzt hatte, die ganze Nacht dazu Zeit gehabt, sich dieses Beweisstück vom Hals zu schaffen. Er fragte:

«Haben Sie diesen speziellen Kittel sofort nach dem Streit in den Wäschekorb in der Herrentoilette geworfen?»

«Das hatte ich erst vor, aber dann überlegte ich es mir anders. Der Fleck war nicht so groß, und die Ärmel hatten gar nichts abbekommen. Ich zog ihn wieder an und warf ihn erst in den Wäschekorb, als ich mir die Hände wusch, bevor ich das Labor verließ.»

«Wissen Sie noch, welches Waschbecken Sie benutzten?»

«Das erste gleich neben der Tür.»

«War das Becken sauber?»

Falls Middlemass überrascht war, ließ er sich nichts anmerken.

«So sauber, wie es normalerweise nach einem Arbeitstag ist. Ich drehe zum Händewaschen immer kräftig auf, also war es sauber genug, als ich wegging. Und ich auch.»

Das Bild stand Massingham mit erschreckender Deutlichkeit vor Augen: Middlemass in seinem blutbespritzten Kittel tief über das Waschbecken gebeugt, beide Hähne voll aufgedreht, das Wasser strudelnd und durch den Abfluß gurgelnd, Wasser, das von Lorrimers Blut rosa gefärbt war. Und der Zeitpunkt? Wenn der alte Lorrimer wirklich mit seinem Sohn um Viertel vor neun gesprochen hatte, war Middlemass aus dem Schneider, wenigstens für den ersten Teil des Abends. Und dann malte er sich eine andere Szene aus: Lorrimers ausgestreckten Körper, das schrille Läuten des Telefons, Middlemass' behandschuhte Hand, die langsam den Hörer abhob. Aber hätte der alte Lorrimer eine fremde Stimme wirklich mit der seines Sohnes verwechseln können?

Als der Dokumentenprüfer gegangen war, sagte Massingham: «Eine Person hat er wenigstens, die seine Geschichte bestätigen kann. Dr. Howarth sah das Pferd um die Engelsfigur auf dem Friedhof springen. Sie hatten heute morgen kaum Gelegenheit, diese Geschichte zusammen auszuspinnen. Und wie hätte Howarth sonst davon wissen können?»

Dalgliesh sagte: «Es sei denn, sie hätten die Geschichte gestern nacht auf dem Friedhof erfunden. Oder aber es war nicht Middlemass, sondern Howarth, der in dem Pferdekostüm steckte.»

15

«Ich mochte ihn nicht, und ich hatte Angst vor ihm, aber ich habe ihn nicht umgebracht. Ich weiß, jeder wird glauben, daß ich es getan habe, aber das ist nicht wahr. Ich könnte niemanden töten – nicht einmal ein Tier, geschweige denn einen Menschen.»

Clifford Bradley hatte die lange Wartezeit bis zu seiner Vernehmung einigermaßen gut durchgestanden. Er redete nicht zusammenhanglos. Er hatte versucht, Haltung zu bewahren. Aber er hatte die giftige Atmosphäre der Angst – dieser am schwersten zu verbergenden Regung – mit ins Zimmer gebracht. Sein ganzer Körper wand sich: die rastlosen Hände, die sich in seinem Schoß verklammerten und voneinander lösten, der zuckende Mund, die ängstlich blinzelnden Augen. Er war keine beeindruckende Erscheinung, und die Angst ließ ihn erst recht jämmerlich wirken. Er würde einen schlechten Mörder abgeben, dachte Massingham. Während er ihn beobachtete, verspürte er so etwas wie das instinktive Schamgefühl, das ein gesunder Mensch in der Gegenwart eines Kranken empfindet. Man konnte sich leicht ausmalen, wie er über dem Waschbecken hing und Schuldgefühle und Schrecken ihn würgten. Weniger leicht war es, sich vorzustellen, wie er das Blatt aus dem Notizbuch riß, den weißen Kittel vernichtete oder den Anruf am frühen Morgen bei Mrs. Bidwell bewerkstelligte. Dalgliesh sagte freundlich:

«Kein Mensch beschuldigt Sie. Sie kennen die Regeln eines Verhörs gut genug, um zu wissen, daß wir so nicht miteinander reden würden, wenn ich im Begriff wäre, Sie zur Vorsicht zu mahnen und auf Ihre Rechte hinzuweisen. Sie sagen, Sie haben ihn nicht getötet. Haben Sie eine Ahnung, wer es getan haben könnte?»

«Nein. Wie sollte ich! Ich wußte überhaupt nichts über ihn. Ich weiß nur, daß ich letzte Nacht bei meiner Frau zu Hause war. Meine Schwiegermutter war zum Abendessen bei uns, und ich brachte sie zum Viertel-vor-acht-Bus nach Ely. Dann ging ich direkt nach Hause und blieb den ganzen Abend da. Meine Schwiegermutter rief gegen neun Uhr an, um uns zu sagen, sie sei gut angekommen. Sie hat nicht mit mir gesprochen, weil ich in der Badewanne lag. Das hat ihr meine

Frau gesagt. Aber Sue kann bestätigen, daß ich nur ihre Mutter an den Bus brachte und sonst den ganzen Abend zu Hause war.»

Bradley gab zu, er habe nicht gewußt, daß die Einlieferung des alten Lorrimer ins Krankenhaus verschoben worden war. Er vermutete, er sei im Waschraum gewesen, als der alte Herr angerufen hatte. Aber er wußte nichts von dem Anruf am frühen Morgen bei Mrs. Bidwell, dem aus Lorrimers Notizbuch gerissenen Blatt, dem verschwundenen Kittel von Paul Middlemass. Auf die Frage, was er am Mittwochabend gegessen habe, antwortete er, es habe Rindfleisch aus der Dose mit Currysoße gegeben, dazu Reis und Dosenerbsen. Zum Nachtisch, erklärte er, hatten sie irgendein trockenes Gebäck mit Vanillesoße gehabt. Massingham schüttelte sich fast, als er diese Einzelheiten genau aufschrieb. Er war froh, als Dalgliesh sagte, Bradley könne gehen. Sie hätten in dem Zustand, in dem er sich augenblicklich befand, wohl kaum noch etwas Wichtiges aus ihm herausholen können. Allerdings war auch von keinem anderen im Institut im Augenblick etwas Neues zu erwarten. Massingham drängte jetzt darauf, Lorrimers Haus und Lorrimers nächsten Verwandten zu sehen.

Doch bevor sie aufbrachen, hatte Sergeant Reynolds eine Meldung. Er konnte nur mit Mühe die Aufregung in seiner Stimme unterdrükken.

«Wir haben Reifenspuren gefunden, unter dem Gebüsch ungefähr auf dem halben Weg zwischen Straße und Haus. Sie scheinen mir ziemlich frisch zu sein. Wir haben sie gesichert, bis ein Fotograf da ist, dann lassen wir einen Gipsabdruck machen. Wir können kaum etwas mit Sicherheit sagen, bevor wir sie nicht mit der Tabelle verglichen haben, aber ich glaube, bei den Hinterrädern handelt es sich um einen Dunlop- und einen Semperitreifen. Eine seltsame Zusammenstellung – sollte nicht so schwer sein, das Fahrzeug zu ermitteln.»

Zu dumm, daß Polizeidirektor Mercer die Fotografen weggeschickt hatte. Aber das war verständlich. Bei der derzeitigen Arbeitsbelastung der Polizei war es kaum gerechtfertigt, die Leute unbegrenzt herumlungern zu lassen. Die Beamten von der Spurensicherung waren wenigstens noch hier. Er sagte:

«Haben Sie schon Verbindung mit Mr. Bidwell aufnehmen können?»

«Captain Massey sagt, er ist draußen auf dem Zuckerrübenfeld. Er will ihm sagen, daß Sie ihn sprechen wollen, wenn er zu seinem Vesper kommt.»

«Ich bin erleichtert, daß Captain Massey einen gesunden Sinn für die Prioritäten zwischen Landwirtschaft und Mord hat.»

«Sie sind mit der Ernte ziemlich im Rückstand, Sir, aber Captain Massey wird zusehen, daß er bei der Polizeistation in Guy's Marsh vorbeischaut, sobald sie heute nachmittag mit der Arbeit fertig sind.»

«Wenn er es nicht tut, dann schleppen Sie ihn her, und wenn Sie dazu Captain Masseys Traktor borgen müssen. Dieser Anruf ist wichtig. Ich rede jetzt mit den Abteilungsleitern in der Bibliothek und erkläre ihnen, daß sie sich in ihren Labors aufhalten möchten, wenn Sie die einzelnen Räume durchsuchen. Die andern können nach Hause gehen. Ich sage ihnen, daß wir hoffen, bis heute abend mit der Durchsuchung fertig zu sein. Es sollte möglich sein, das Institut morgen früh wieder zu öffnen. Inspektor Massingham und ich suchen jetzt Dr. Lorrimers Vater auf, draußen in der Windmühlen-Kate. Wenn sich etwas ergibt, können Sie uns dort oder über den Autofunk von Guy's Marsh aus erreichen.»

Weniger als zehn Minuten später saß Massingham am Steuer des Polizeirovers, und sie fuhren los.

Ein Suchender

I

Die Windmühlen-Kate lag zwei Meilen westlich vom Dorf an der Kreuzung der Stoney-Piggott-Straße mit dem Tenpenny-Weg. Die Straße stieg in leichten Kurven kaum merklich an. Dalgliesh bemerkte erst, daß er sich auf höherem Gelände befand, nachdem Massingham das Auto auf dem grasbewachsenen Seitenstreifen geparkt hatte. Als er sich umdrehte, um die Tür zu schließen, sah er das Dorf unter sich an der Straße aufgereiht. Der Himmel war in Aufruhr, wie für einen Maler geschaffen. Die vor dem fahlen Hellblau der höheren Schichten aufgetürmten weißen, grauen und violetten Kumuluswolken verschoben sich ständig gegeneinander, und hie und da brach der Sonnenschein durch, eilte über die Felder und glitzerte über Dächer und Fenster. Unter diesem Himmel wirkte das Dorf wie ein einsamer Außenposten und doch einladend, wohlhabend und sicher. Gewaltsamer Tod mochte weiter im Osten im dunklen Marschland lauern, aber bestimmt nicht hier unter diesen hübschen heimeligen Dächern. Das Hoggatt-Institut war hinter seinem Wall von Bäumen verborgen, doch das neue Gebäude fiel sofort ins Auge; seine Betonstreben, die Gräben und die zur Hälfte hochgezogenen Wände sahen wie die planmäßige Freilegung einer lange verschütteten Stadt aus.

Das Haus – ein niedriges Backsteingebäude mit weißer, holzverkleideter Fassade, überragt von der abgerundeten Spitze und den Flügeln einer Windmühle – lag abseits der Straße, hinter einem breiten Graben. Eine Brücke aus Holzplanken und ein weißgestrichenes Gartentor führten zum Gartenweg und zur Haustür. Der erste Eindruck trauriger Vernachlässigung, der vielleicht durch die Abgelegenheit des Hauses und die kahlen Mauern und Fenster hervorgerufen wurde, erwies sich auf den zweiten Blick als unberechtigt. Der herbstliche Vorgarten wirkte etwas verwildert, aber den Rosen auf den beiden runden Beeten zu beiden Seiten des Wegs sah man die gute Pflege an. Aus dem Kies auf dem Pfad wuchs kein Unkraut, der Anstrich an der Tür und den Fenstern glänzte. Ein Stück weiter an der Seite überbrückten zwei breite, dicke

Planken den Graben und führten zu einer gepflasterten Stellfläche und einer Garage aus Backsteinen.

Vor dem Polizeiwagen parkte bereits ein alter, verlotterter roter Mini. Dalgliesh schloß aus dem Stapel von kirchlichen Zeitschriften, einem kleineren Bündel, das nach Konzertprogrammen aussah, und einem Bund aus zerzausten Chrysanthemen und Herbstlaub auf dem Rücksitz, daß der Pfarrer – oder eher seine Frau – bereits im Haus war. Vermutlich war sie mit ihren Blumen auf dem Weg zur Kirche, obwohl Donnerstag sicher ein ungewöhnlicher Tag war, um die Kirche zu schmücken. Er hatte sich eben nach seinem prüfenden Blick in das Auto dem Haus zugewandt, als eine Frau aus der Tür trat und geschäftig auf sie zulief. Keiner, der in einem Pfarrhaus geboren und aufgewachsen war, konnte irgendwelche Zweifel haben, daß er Mrs. Swaffield vor sich hatte. Sie war tatsächlich das Urbild einer Landpfarrfrau, füllig, fröhlich, tatkräftig, und sie strahlte die etwas einschüchternde Sicherheit einer Frau aus, die die Gabe hat, auf einen Blick Autorität und Tüchtigkeit zu erkennen und sich sofort zunutze zu machen. Sie trug einen Tweedrock mit einer geblümten Baumwollschürze darüber, einen handgestrickten Twinset, derbe Schuhe und Strümpfe mit Lochmuster. Ein topfartiger Filzhut, durch den eine Hutnadel aus Metall gespießt war, saß fest und unverrückbar über der breiten Stirn.

«Guten Morgen, guten Morgen. Sie sind sicher Oberkriminalrat Dalgliesh und Inspektor Massingham. Winifred Swaffield. Bitte, treten Sie näher. Der alte Herr ist oben und zieht sich um. Er bestand darauf, seinen Anzug anzuziehen, als er hörte, daß Sie auf dem Weg hierher sind, obwohl ich ihm versichert habe, daß es nicht nötig ist. Er wird gleich herunterkommen. Ich denke, im vorderen Wohnzimmer paßt es am besten, nicht wahr? Das ist Konstabler Davis, aber Sie wissen natürlich, wer er ist. Er sagt, man hat ihn hergeschickt, damit er aufpaßt, daß niemand Dr. Lorrimers Zimmer betritt und keine Leute vorbeikommen und den alten Mr. Lorrimer belästigen. Allerdings ist bis jetzt außer einem Reporter niemand hiergewesen, und den bin ich schnell losgeworden. Das ist soweit in Ordnung. Aber der Konstabler ist mir in der Küche wirklich sehr geschickt zur Hand gegangen. Ich mache gerade etwas zu essen für Mr. Lorrimer. Leider bloß eine Suppe und ein Omelett, aber in der Speisekammer sind anscheinend nur Konserven, und über die wird er in den nächsten Tagen froh sein. Man mochte ja auch nicht beladen wie ein viktorianischer Humanitätsapostel aus dem Pfarrhaus kommen.

Simon und ich wollten ihn eigentlich gleich mit ins Pfarrhaus nehmen, aber er scheint hier nicht so schnell weg zu wollen, und man soll die Leute nicht drängen, besonders nicht die alten. Vielleicht ist es so auch am besten. Simon liegt nämlich mit dieser Zwei-Tage-Grippe, deshalb ist er nicht hier, und wir wollen vermeiden, daß der alte Herr sich ansteckt. Aber wir können ihn heute nacht nicht allein lassen. Ich dachte, er hätte vielleicht gern Angela Foley bei sich, seine Nichte, aber das lehnte er ab. Jetzt hoffe ich, Millie Gotobed vom *Moonraker* kann es einrichten, daß sie heute nacht hier schläft, und morgen werden wir weitersehen müssen. Aber ich will Sie nicht mit meinen kleinen Sorgen aufhalten.»

Während sie ihre Rede hielt, waren sie allmählich zum Wohnzimmer vorgedrungen. Als er Schritte in der engen Diele gehört hatte, war Konstabler Davis aus einer Tür aufgetaucht, vermutlich aus der Küche, hatte strammgestanden, gegrüßt, war rot geworden und hatte Dalgliesh mit einer Mischung aus flehentlicher Bitte und leichter Verzweiflung angeblickt, bevor er wieder verschwand. Durch die Tür war ein appetitanregender Geruch nach Suppe hereingeweht.

Das Wohnzimmer war muffig und roch unangenehm nach Tabak. Es war angemessen eingerichtet, machte aber dennoch einen freudlosen, ungemütlichen Eindruck. Es war vollgestopft mit Dingen, die an das Altwerden und seine armseligen Tröstungen gemahnten. Der Kamin war verschalt worden, und ein altmodischer zischender Gasofen strahlte seine unangenehme Hitze auf das Plüschsofa aus, auf dem zwei fettige Kreise die Stelle markierten, wo zahllose Köpfe sich angelehnt hatten. Um den quadratischen Tisch mit kugelig geschnitzten Beinen standen vier passende Stühle mit Kunststoffsitzen, an der Wand gegenüber dem Fenster eine Anrichte mit den lädierten Resten eines Teeservices. Auf der Anrichte standen zwei Flaschen Guinness und ein benutztes Glas. Rechts vom Ofen gab es einen hohen Ohrensessel, daneben einen Weidentisch mit einer wackligen Lampe, einem Tabaksbeutel, einem Aschenbecher mit einem Bild von der Landungsbrücke in Brighton, einem Damebrett mit den Steinen darauf; dazwischen lagen Brotkrümel und über allem eine dicke Staubschicht. Ein großes Fernsehgerät füllte den Alkoven links vom Ofen fast ganz aus. Darüber waren ein paar Bücherbretter angebracht, auf denen eine Reihe populärer Romane stand – alle in gleicher Größe und gleicher Aufmachung, anscheinend von einem Buchklub, in dem Mr. Lorrimer eine Zeitlang Mitglied gewesen war. Sie sahen aus, als wären sie ungeöffnet und ungelesen hingestellt worden.

Dalgliesh und Massingham hatten auf dem Sofa Platz genommen. Mrs. Swaffield saß aufrecht auf der Kante des Ohrensessels und lächelte sie ermunternd an. Sie brachte in das freudlose Zimmer eine ermutigende Atmosphäre, die an selbstgekochte Marmelade erinnerte, an gut geführte Sonntagsschulen und Frauenchöre, die Blakes «Jerusalem» sangen. Beide fühlten sich auf Anhieb wohl in ihrer Gegenwart. Beide hatten, bei aller Verschiedenheit ihrer Herkunft, diesen Frauentyp schon kennengelernt. Es war nicht so, dachte Dalgliesh, daß sie nicht mit den ausgefransten und lumpigen Rändern des Lebens in Berührung gekommen wäre. Sie hatte aber die Gabe, sie mit fester Hand glattzubügeln und umzusäumen.

Dalgliesh fragte: «Wie fühlt er sich?»

«Erstaunlich gut. Er redet von seinem Sohn fortwährend in der Gegenwart, was mich ein wenig beunruhigt, aber ich glaube, es ist ihm inzwischen doch bewußt geworden, daß Edwin tot ist. Ich will damit nicht andeuten, daß der alte Herr senil ist. Nicht im mindesten. Aber manchmal ist es schwierig, sich in die Gefühle sehr alter Menschen hineinzudenken. Es muß natürlich ein schrecklicher Schock gewesen sein. Furchtbar, meinen Sie nicht? Wahrscheinlich ist eine von diesen Londoner Verbrecherbanden eingebrochen, um ein Beweisstück an sich zu bringen. Im Dorf reden sie, es gäbe keine Hinweise auf einen Einbruch, aber ein wirklich entschlossener Einbrecher kommt überall hinein, habe ich mir sagen lassen. Pater Gregory hat jedenfalls schreckliche Aufregungen wegen Einbrüchen in St. Marien in Guy's Marsh gehabt. Die Almosenbüchse wurde zweimal geplündert, und zwei Kniebänkchen wurden gestohlen, ausgerechnet die beiden, die vom Frauenverein zur Feier seines fünfzigjährigen Jubiläums mit gestickten Deckchen geschmückt worden waren. Gott weiß, wer an denen Interesse haben könnte. Zum Glück haben wir hier in dieser Richtung keine Probleme gehabt. Für Simon wäre es schlimm, wenn er die Kirche abschließen müßte. Chevisham ist immer ein friedliches Dorf gewesen. Gerade darum ist dieser Mord ein solcher Schock.»

Das Dorf wußte also bereits, daß im Labor nicht eingebrochen worden war. Dalgliesh war nicht überrascht. Vermutlich war einer vom Personal so indiskret gewesen. Vielleicht hatte einer unter dem Vorwand, zu Hause anzurufen und Bescheid zu sagen, daß er nicht zum Mittagessen kommen könne, begierig die aufregende Nachricht nach draußen getragen. Aber es wäre sinnlos, den Schuldigen zu ermitteln. Nach seiner Erfahrung sickerten Neuigkeiten in einer dörflichen Gemeinschaft in einer Art verbaler Osmose durch; es würde schon an Anmaßung grenzen, wollte man versuchen, diese geheimnisvolle Ausbreitung zu kontrollieren oder aufzuhalten. Mrs. Swaffield war, wie jede ordentliche Pfarrfrau, ganz sicher eine der ersten, die es erfahren hatten. Dalgliesh sagte:

«Schade, daß Miss Foley und ihr Onkel anscheinend nicht gut miteinander stehen. Wenn er vorübergehend zu ihr ziehen könnte, wären Sie zumindest Ihre dringendste Sorge los. Miss Foley und ihre Freundin waren hier, als Sie heute morgen herkamen, wenn ich es recht verstanden habe?»

«Ja, beide. Dr. Howarth kam persönlich mit Angela, um die Nachricht zu überbringen, was sehr aufmerksam von ihm war, das muß man schon sagen. Dann fuhr er zurück ins Labor und ließ sie hier. Er wollte natürlich nicht zu lange wegbleiben. Angela rief wohl ihre Freundin an, die dann gleich herkam. Dann kam der Konstabler, und ich war kurz nach ihm hier. Es gab keinen Grund für Angela und Miss Mawson, zu bleiben, nachdem ich hier war, und Dr. Howarth wollte unbedingt, daß das Personal möglichst vollzählig im Labor wäre, wenn Sie ankämen.»

«Und soweit Sie wissen, gibt es keine anderen Verwandten und keine engen Freunde?»

«Meines Wissens nicht. Sie lebten ganz für sich. Der alte Mr. Lorrimer geht weder in die Kirche, noch nimmt er am Gemeindeleben teil. Deshalb haben Simon und ich ihn nie richtig kennengelernt. Ich weiß, man erwartet vom Pfarrer, daß er an die Türen klopft und die Leute aus ihren Winkeln lockt, aber Simon ist davon überzeugt, daß das nicht viel Sinn hat. Und ich muß sagen, er hat wohl recht. Dr. Lorrimer ging allerdings in die Kirche in Guy's Marsh. Pater Gregory könnte Ihnen vielleicht etwas über ihn erzählen, obgleich ich glaube, er hat nicht besonders aktiv am kirchlichen Leben teilgenommen. Er holte gewöhnlich Miss Willard am Alten Pfarrhaus ab und fuhr sie rüber. Vielleicht lohnt es sich, mit ihr zu sprechen, obwohl ich es für unwahrscheinlich halte, daß sie sich besonders nahegestanden haben. Ich denke, er fuhr sie nur zur Kirche, weil Pater Gregory es vorgeschlagen hatte, und nicht so sehr aus eigenem Antrieb. Sie ist eine sonderbare Person, nicht unbedingt die Richtige, um nach den Kindern zu sehen, könnte ich mir denken. Aber da kommt ja der, den Sie eigentlich sprechen wollen.»

Der Tod, dachte Dalgliesh, zerstört eine Familienähnlichkeit genauso wie die Persönlichkeit; es gibt keine Übereinstimmung zwischen den Lebenden und den Toten. Der Mann, der zwar etwas schlurfend, aber immer noch aufrecht ins Zimmer kam, war einmal genauso groß wie sein Sohn gewesen. In dem spärlichen, aus der hohen Stirn zurückgekämmten grauen Haar waren noch ein paar schwarze Strähnen, die wäßrigen, eingesunkenen Augen unter den faltigen Lidern waren ebenso dunkel. Aber es gab keine Verwandtschaft mit dem starren Körper, der im Labor auf dem Boden gelegen hatte. Der Tod, der sie für immer getrennt hatte, hatte ihnen auch ihre Ähnlichkeit genommen.

Mrs. Swaffield machte sie mit einer so entschiedenen, aufmunternden Stimme miteinander bekannt, als wären sie alle plötzlich taub geworden. Dann murmelte sie etwas von der Suppe in der Küche und entschwand taktvoll. Massingham beeilte sich, dem alten Mann einen Stuhl anzubieten, aber Mr. Lorrimer wies ihn mit einer steifen, ruckhaften Kopfbewegung ab. Etwas zögernd, als sei ihm das Wohnzimmer fremd, ließ er sich schließlich in dem schäbigen hohen Ohrensessel rechts neben dem Kamin nieder, anscheinend sein gewohnter Sitzplatz, und schaute Dalgliesh fest an.

Mit seinem altmodischen und schlecht geschnittenen blauen Anzug, der aufdringlich nach Mottenkugeln roch und jetzt lose um den geschrumpften Körper hing, und der kerzengeraden Haltung sah er pathetisch aus, fast grotesk, aber nicht ohne Würde. Dalgliesh fragte sich, warum er sich die Mühe gemacht hatte, sich umzuziehen. War es eine Geste des Respekts für seinen toten Sohn, das Bedürfnis, seiner Trauer den üblichen Rahmen zu geben, ein ruheloser Drang, sich mit etwas zu beschäftigen? Oder war es ein tief verwurzelter Glaube, daß der Vertreter des Gesetzes, der da auf dem Weg zu ihm war, durch einen äußerlichen Beweis von Ehrerbietung milde gestimmt werden könnte? Dalgliesh fühlte sich an die Beerdigung eines jungen Konstablers erinnert, der im Dienst ums Leben gekommen war. Was er unerträglich ergreifend empfunden hatte, war nicht die düstere Schönheit der Trauerfeier gewesen, auch nicht der Anblick der kleinen Kinder, die Hand in Hand mit achtsamer Feierlichkeit hinter dem Sarg ihres Vaters hergingen. Es war vielmehr der anschließende Empfang in dem kleinen Haus des Polizisten gewesen, der sorgsam überlegte, selbst bereitete Imbiß und die Getränke, die die Witwe, obwohl sie es sich kaum leisten konnte, für die Kollegen und Freunde ihres Mannes angeboten hatte. Vielleicht hatte die Beschäftigung ihr vorübergehend Mut gemacht oder sie in der Erinnerung getröstet. Vielleicht fühlte sich auch der alte Mr. Lorrimer besser, weil er sich ein wenig Mühe gemacht hatte.

Massingham setzte sich etwas weiter weg von Dalgliesh auf das ziemlich unförmige Sofa und nahm seinen Notizblock vor. Zum Glück war der alte Mann wenigstens ruhig. Man konnte nie wissen, wie die Angehörigen so einen Schicksalsschlag hinnehmen würden. Dalgliesh, wußte er, stand in dem Ruf, das richtige Wort für die Hinterbliebenen zu finden. Seine Beileidsbekundung mochte kurz, fast förmlich sein, aber sie klang zumindest echt. Er hielt es für selbstverständlich, daß die Familie mit der Polizei zusammenzuarbeiten wünschte, nicht der Vergeltung wegen, sondern für die Sache der Gerechtigkeit. Er leistete der wechselseitigen psychologischen Abhängigkeit, die häufig zwischen Detektiv und Hinterbliebenen bestand und so gefährlich leicht ausgebeutet werden konnte, keinen Vorschub. Er machte keine blendenden Versprechungen, schüchterte nie die Schwachen ein, war nie nachsichtig gegenüber den Rührseligen. Und doch schienen ihn alle zu mögen, dachte Massingham. Gott weiß, warum. Manchmal war er so kalt, daß es kaum noch menschlich war.

Er hatte Dalgliesh beobachtet, wie er aufgestanden war, als der alte Mr. Lorrimer ins Zimmer gekommen war; aber er hatte sich nicht gerührt, um den alten Mann zu seinem Sessel zu führen. Massingham hatte einen raschen Blick auf Dalglieshs Gesicht geworfen und den vertrauten Ausdruck forschenden, unvoreingenommenen Interesses gesehen. Konnte überhaupt etwas seinen Chef zu spontanem Mitleid rühren? fragte er sich. Er dachte an den anderen Fall, den sie vor einem Jahr gemeinsam bearbeitet batten, als er noch Sergeant gewesen war. Ein Kind war ermordet worden. Dalgliesh hatte die Eltern mit dem gleichen kühlen, abschätzenden Blick angesehen. Aber er hatte einen Monat lang achtzehn Stunden am Tag gearbeitet, bis er den Fall gelöst hatte. Und sein nächster Lyrikband hatte dieses außerordentliche Gedicht über ein ermordetes Kind enthalten, das keiner im Yard – auch jene nicht, die behaupteten, es zu verstehen – dem Autor gegenüber zu erwähnen gewagt hatte. Jetzt sagte er:

«Wie Mrs. Swaffield sagte, ist mein Name Dalgliesh, und das ist Inspektor Massingham. Ich nehme an, Dr. Howarth hat Ihnen mitgeteilt, daß wir Sie besuchen kämen. Es tut mir sehr leid um Ihren Sohn. Fühlen Sie sich in der Lage, ein paar Fragen zu beantworten?»

Mr. Lorrimer machte eine Kopfbewegung zur Küche hin.

«Was macht sie da drinnen?»

Seine Stimme überraschte: hoch, mit einer Spur der Verdrossenheit des Alters, aber für einen alten Mann ungewöhnlich kräftig.

«Mrs. Swaffield? Sie kocht eine Suppe, glaube ich.»

«Wahrscheinlich hat sie die Zwiebeln und Karotten aus dem Gemüsefach genommen. Mir war so, als hätte ich Karotten gerochen. Edwin weiß, daß ich keine Karotten in der Suppe mag.»

«Hat er immer für Sie gekocht?»

«Er macht die ganze Küchenarbeit, wenn er nicht gerade an irgendeinem Tatort ist. Ich esse mittags nicht viel, aber er stellt mir etwas zum Aufwärmen hin, Eintopf vom vorigen Abend oder vielleicht ein bißchen Fisch und Soße. Heute morgen stellte er nichts hin, weil er letzte Nacht nicht zu Hause war. Ich mußte mir selbst das Frühstück machen. Am liebsten esse ich Speck, aber ich dachte, ich lasse es lieber, falls er heute abend welchen haben will. Meistens ißt er Rührei mit Speck, wenn er spät nach Hause kommt.»

Dalgliesh fragte: «Mr. Lorrimer, können Sie sich denken, warum irgend jemand den Tod Ihres Sohnes wünschte? Hatte er Feinde?»

«Warum sollte er Feinde haben. Er hatte außer im Labor keine Bekannten. Jeder im Labor hatte größte Hochachtung vor ihm. Das hat er mir selbst gesagt. Warum sollte ihm jemand schaden wollen? Edwin lebte ganz in seiner Arbeit.»

Er sprach den letzten Satz aus, als sei es ein origineller Ausdruck, auf den er ziemlich stolz war.

«Sie riefen ihn gestern abend im Institut an, nicht wahr? Um welche Zeit war das?»

«Es war Viertel vor neun. Der Fernseher ging kaputt. Manchmal flimmert er oder das Bild läuft weg, aber da weiß ich mir zu helfen. Edwin hat mir den Einstellknopf hinten gezeigt. Diesmal war der Bildschirm ganz schwarz bis auf einen kleinen hellen Kreis in der Mitte, und der verschwand dann auch. Ich konnte die Neun-Uhr-Nachrichten nicht sehen, deshalb rief ich Edwin an und bat ihn, den Fernsehmann herzuschicken. Wir haben den Apparat gemietet, und sie sollen eigentlich sofort kommen, ganz gleich wann, aber sie finden immer eine Ausrede. Als ich sie letzten Monat bestellte, kamen sie erst nach zwei Tagen.»

«Wissen Sie noch, was Ihr Sohn Ihnen am Telefon sagte?»

«Er sagte, es hätte keinen Sinn, so spät am Abend anzurufen. Er wollte es als erstes heute früh tun, bevor er zur Arbeit ging. Aber das konnte er natürlich nicht, weil er nicht nach Hause kam. Der Fernseher ist immer noch kaputt. Ich rufe nicht gern selbst an. Edwin kümmert sich immer um solche Sachen. Meinen Sie, Mrs. Swaffield könnte vielleicht anrufen?»

«Das tut sie sicher gern. Sagte er, daß er jemanden erwartete, als Sie mit ihm sprachen?»

«Nein, er schien in Eile, als wäre es ihm nicht recht, daß ich anrief. Aber er sagte immer, ich sollte ihn im Labor anrufen, wenn ich nicht zurechtkäme.»

«Und er sagte nichts weiter, als daß er den Fernsehmechaniker heute morgen anrufen würde?»

«Was sollte er sonst sagen? Er hielt nie gern lange Schwätzchen am Telefon.»

«Riefen Sie ihn nicht gestern im Institut wegen Ihres Krankenhaustermins an?»

«Ganz recht. Ich sollte gestern nachmittag in das Krankenhaus nach Addenbrooke kommen. Edwin sollte mich hinfahren. Wegen meines Beins, wissen Sie. Schuppenflechte. Sie wollen eine neue Therapie versuchen.»

Er machte eine Bewegung, als wolle er sein Hosenbein aufrollen. Dalgliesh sagte schnell:

«Das ist ja schön für Sie, Mr. Lorrimer. Wann erfuhren Sie, daß das Bett doch nicht frei ist?»

«Ungefähr um neun haben sie angerufen. Er war gerade weggegangen. Deshalb telefonierte ich mit dem Labor. Ich kenne natürlich die Nummer der biologischen Abteilung. Da arbeitet er nämlich – in der biologischen Abteilung. Miss Easterbrook nahm das Gespräch an und sagte, Edwin sei im Krankenhaus bei einer Autopsie, aber sie würde es ihm ausrichten, sobald er zurückkäme. In Addenbrooke sagten sie, ich könnte wahrscheinlich nächsten Dienstag ein Bett bekommen. Aber wer soll mich jetzt hinfahren?»

«Ich denke, Mrs. Swaffield wird sich etwas einfallen lassen, oder vielleicht kann Ihre Nichte helfen. Möchten Sie sie nicht bei sich haben?»

«Nein. Was könnte sie schon tun. Sie war heute morgen mit dieser Freundin hier, dieser Schriftstellerin. Edwin mag sie alle beide nicht. Die Freundin – Miss Mawson heißt sie wohl – hat da oben rumgekramt. Ich habe sehr gute Ohren. Jedenfalls habe ich sie gehört. Ich ging auf den Flur, und da kam sie gerade herunter. Sie sagte, sie wäre im Bad gewesen. Aber warum trug sie die Handschuhe zum Geschirrspülen, wenn sie ins Bad gegangen war?»

Ja, warum wohl, dachte Dalgliesh. Er ärgerte sich plötzlich, daß Konstabler Davis nicht früher hiergewesen war. Es war die natürlichste Sache der Welt, daß Howarth mit Angela Foley gekommen war, um die Nachricht zu überbringen, und daß Angela bei ihrem Onkel geblieben war. Irgend jemand mußte bei ihm bleiben, und wer käme dafür eher in Frage als seine einzige Verwandte? Es war wohl auch ganz normal, daß Angela Foley ihre Freundin zur Unterstützung hergebeten hatte. Vermutlich waren beide an Lorrimers Testament interessiert. Schön, auch das war verständlich genug. Massingham rutschte auf dem Sofa hin und her. Dalgliesh spürte, daß er es kaum abwarten konnte, nach oben in Lorrimers Zimmer zu gehen. Ihm selbst ging es genauso. Aber Bücher und Papiere, die traurigen Überbleibsel eines erloschenen Lebens, konnten warten. Wer konnte wissen, ob der lebende Zeuge ein zweites Mal so gesprächig wäre? Er fragte:

«Was fing Ihr Sohn mit sich an, Mr. Lorrimer?»

«Am Feierabend, meinen Sie? Er hält sich meistens in seinem Zimmer auf. Er liest dann wohl. Er hat eine richtige Bibliothek da oben. Ein Gelehrter, das ist Edwin. Er macht sich nicht viel aus dem Fernsehen, deshalb sitze ich meistens allein hier. Manchmal kann ich seinen Plattenspieler hören. Dann arbeitet er an den meisten Wochenenden im Garten, das Auto muß gewaschen werden, dazu das Kochen und die Einkäufe. Er ist ziemlich ausgefüllt. Und er hat ja gar nicht viel Zeit. Meistens ist er bis sieben Uhr im Labor, an manchen Abenden noch länger.»

«Und Freunde?»

«Nein. Mit Freunden hat er nicht viel im Sinn. Wir leben ganz für uns.»

«Fuhr er nicht an manchen Wochenenden weg?»

«Wo sollte er hinfahren? Und was wäre dann mit mir? Außerdem muß er ja einkaufen. Wenn er nicht an einen Tatort gerufen wird, fahren wir am Samstagmorgen nach Ely und gehen in den Supermarkt. Dann essen wir irgendwo in der Stadt zu Mittag. Darauf freue ich mich immer.»

«Was für Anrufe bekam er denn?»

«Vom Labor? Nur wenn der Verbindungsmann der Polizei anruft, weil er am Ort eines Verbrechens gebraucht wird. Das passiert manchmal mitten in der Nacht. Aber er weckt mich nie. Er kann das Telefon in sein Zimmer umstellen. Er legt mir nur eine Nachricht hin, und meistens ist er schon wieder zurück, um mir um sieben Uhr eine Tasse Tee zu bringen. Heute morgen hat er das natürlich nicht getan. Deshalb habe ich im Labor angerufen. Ich habe zuerst seine Nummer gewählt, aber da hat niemand abgehoben. Deshalb habe ich dann bei der Annahme angerufen. Er hat mir beide Nummern gegeben, falls ich einmal bei einem Notfall nicht durchkäme.»

«Und sonst rief ihn niemand in letzter Zeit an? Niemand kam ihn besuchen?»

«Wer sollte ihn besuchen kommen? Und angerufen hat auch niemand, außer dieser Frau.»

Dalgliesh sagte sehr ruhig: «Was für eine Frau, Mr. Lorrimer?»

«Ich weiß nicht, wer die Frau war. Ich weiß nur, daß sie angerufen hat. Montag vor einer Woche war das. Edwin badete gerade, und das Telefon hörte nicht auf zu klingeln. Deshalb dachte ich, ich gehe besser ran.»

«Können Sie sich genau erinnern, was sich abspielte und was gesprochen wurde, Mr. Lorrimer, vom ersten Wort an, als Sie den Hörer abhoben? Lassen Sie sich Zeit, wir haben keine Eile. Es könnte wichtig sein.»

«Da ist nicht viel zu erinnern. Ich wollte gerade unsere Nummer sagen und sie bitten, am Apparat zu bleiben, aber sie ließ mich überhaupt nicht zu Wort kommen. Sie begann sofort, als ich den Hörer abhob, zu sprechen. Sie sagte: ‹Wir hatten recht, da ist irgendwas im Gang.› Dann sagte sie etwas über eine Karte, die verbrannt wäre, und sie hätte die Zahlen.»

«Daß die Karte verbrannt wäre und sie die Zahlen hätte?»

«Genau so. Es hört sich jetzt komisch an, aber so etwas hat sie gesagt. Dann nannte sie mir die Zahlen.»

«Wissen Sie sie noch, Mr. Lorrimer?»

«Nur die letzte, die war 1840. Oder es können auch zwei Zahlen gewesen sein, 18 und 40. Die habe ich mir behalten, weil unsere erste Wohnung nach der Hochzeit Nummer 18 war, die nächste war Nummer 40. Es war der reine Zufall. Jedenfalls sind mir die beiden Zahlen im Gedächtnis geblieben. Aber an die anderen erinnere ich mich nicht.»

«Wieviel Zahlen waren es zusammen?»

«Zusammen drei oder vier, glaube ich. Erst kamen zwei andere und dann die 18 und die 40.»

«Wonach haben sich die Zahlen angehört, Mr. Lorrimer? Dachten Sie, sie gab Ihnen eine Telefonnummer durch – oder eine Autonummer zum Beispiel? Können Sie sich erinnern, welchen Eindruck sie damals auf Sie machten?»

«Eindruck? Wieso? Eher wie eine Telefonnummer, meine ich. Ich glaube, eine Autonummer war es nicht. Es waren nämlich keine Buchstaben dabei. Es klang wie ein Datum: achtzehn vierzig.»

«Haben Sie eine Ahnung, wer angerufen haben könnte?»

«Nein. Ich glaube nicht, daß es jemand vom Labor war. Es hörte sich nicht nach einer vom Personal an.»

«Wie meinen Sie das, Mr. Lorrimer? Wie klang die Stimme?»

Der alte Mann saß still und starrte geradeaus. Seine Hände, die so lange Finger wie die seines Sohns hatten, deren Haut aber trocken und fleckig wie sprödes Leder war, hingen schwer zwischen seinen Knien. Sie wirkten eigenartig groß im Vergleich zu den zerbrechlichen, schmalen Handgelenken. Nach einer Weile sagte er:

«Aufgeregt.» Dann schwieg er wieder. Die beiden Detektive sahen ihn an. Massingham dachte, daß sein Chef hier wieder einmal sein Geschick bewies. Er selbst wäre längst nach oben gegangen, um nach dem Testament und anderen Papieren zu suchen. Aber diese Aussage, die sie so vorsichtig aus ihm herauslockten, war überaus wichtig. Nach einem Augenblick sprach der alte Mann weiter. Das Wort klang erstaunlich, als er es aussprach. Er sagte:

«Verschwörerisch. Ja, so hat sie sich angehört. Verschwörerisch.»

Sie warteten geduldig ab, aber er fügte nichts mehr hinzu. Dann sahen sie, daß er weinte. Sein Gesicht zeigte keine Veränderung, aber eine einzelne Träne fiel, glänzend wie eine Perle, auf seine ausgedörrte Hand. Er betrachtete sie, als frage er sich, was das sein könnte. Dann sagte er:

«Er war mir ein guter Sohn. Damals, als er zum Studium nach London ging, verloren wir den Kontakt. Er schrieb seiner Mutter und mir, aber er kam nicht nach Hause. Aber in diesen letzten Jahren, seit ich allein bin, hat er sich um mich gekümmert. Ich beklage mich nicht. Ich glaube wohl, daß er mir etwas Geld hinterlassen hat, und ich habe meine Pension. Aber es ist hart, wenn die Jungen zuerst gehen. Und wer wird sich jetzt um mich kümmern?»

Dalgliesh sagte ruhig: «Wir müssen einen Blick in sein Zimmer werfen und seine Papiere durchsehen. Ist das Zimmer abgeschlossen?»

«Abgeschlossen? Warum sollte man es abschließen? Außer Edwin ging niemand hinein.»

Dalgliesh gab Massingham einen Wink, und der Inspektor ging hinaus, um Mrs. Swaffield zu rufen. Dann gingen beide nach oben.

2

Das Zimmer war schmal und lang, ziemlich niedrig und hatte schlichte weiße Wände. Durch das Fenster blickte man auf ein Viereck ungemähten Rasens, ein paar knorrige Apfelbäume, die sich unter der Last der in der Herbstsonne grün und golden leuchtenden Früchte bogen, eine wildwuchernde Hecke voller Beeren und dahinter die Windmühle. Selbst in dem milden Mittagslicht wirkte die Mühle wie ein Wrack. Die Farbe hatte sich von den Wänden gelöst, und die großen Flügel, von denen die Leisten wie faule Zähne abgefallen waren, hingen schwer und träge in der bewegten Luft. Hinter der Windmühle dehnte sich das schwarze Marschland zwischen den Deichen. Die frisch gepflügten Furchen glänzten in der herbstlichen Sonne.

Dalgliesh riß sich von diesem schwermütigen, stillen Bild los, um sich im Zimmer umzusehen. Massingham machte sich bereits am Sekretär zu schaffen. Die Klappe war nicht verschlossen. Er hob sie ein wenig an und ließ sie wieder fallen. Dann probierte er die Schubladen. Nur die oberste links war abgeschlossen. Wenn er ungeduldig darauf wartete, daß Dalgliesh Lorrimers Schlüssel aus der Tasche holte, um sie aufzuschließen, so verbarg er seinen Eifer. Es war allgemein bekannt, daß der Ältere, obgleich er schneller als alle seine Kollegen arbeiten konnte, sich gern gelegentlich Zeit ließ. Im Augenblick hatte er es anscheinend nicht eilig. Er betrachtete das Zimmer mit seinen melancholischen dunklen Augen und stand ganz still, als nähme er unsichtbare Ströme in sich auf.

Der Raum strahlte eine seltsame Ruhe aus. Die Proportionen stimmten und die Möbel waren gut plaziert. In diesem ordentlichen Studierzimmer mochte ein Mann seinen Gedanken wohl freien Lauf lassen können. Ein Einzelbett mit einer hübschen rot und braun gemusterten Decke stand an der Wand gegenüber dem Fenster. An dem langen Bord über dem Bett war eine Leselampe angeschraubt, daneben standen Radio und Plattenspieler, eine Uhr, eine Wasserkaraffe und das anglikanische Gebetbuch. Vor dem Fenster stand ein Arbeitstisch aus Eiche mit einem Bürostuhl davor. Der Tisch war bis auf einen Tintenlöscher und einen braun und blau bemalten irdenen Krug mit Bleistiften und Kugelschreibern leer. Die einzigen anderen Möbelstücke waren ein abgenutzter Ohrensessel mit einem niedrigen Tischchen daneben, ein zweitüriger Kleiderschrank links von der Tür und auf der rechten Seite ein altmodischer Schreibschrank mit einer Rollklappe. Das Telefon hing an der Wand. Es gab keine Bilder und keinen Spiegel, keine männlichen Accessoires, keinen überflüssigen Kleinkram auf dem Schreibschrank oder der Tischplatte. Alles war praktisch, sinnvoll, schlicht. Es war ein Zimmer, in dem sich ein Mann zu Hause fühlen konnte.

Dalgliesh ging zum Bücherregal. Nach seiner Schätzung mußten es ungefähr vierhundert Bücher sein, die die ganze Wand bedeckten. Es gab nicht viel Belletristisches, obgleich die englischen und russischen Romanciers des 19. Jahrhunderts vorhanden waren. Die meisten Bücher waren historische Werke oder Biographien, und ein Fach enthielt philosophische Werke: Teilhard de Chardins *Wissenschaft und Christus*, Jean-Paul Sartres *Das Sein und das Nichts*, Simone Weils *Das Erste und das Letzte*, Platons *Staat* und eine Geschichte der spätantiken und frühmittelalterlichen Philosophie. Anscheinend hatte Lorrimer versucht, im Selbstunterricht Altgriechisch zu lernen. Auf dem Regal standen ein griechisches Elementarbuch und ein Wörterbuch.

Massingham hatte ein Buch über vergleichende Religionswissenschaft in die Hand genommen. Er sagte:

«Er scheint einer jener Menschen gewesen zu sein, die sich damit quälen, den Sinn ihrer Existenz ergründen zu wollen.»

Dalgliesh stellte den Sartre-Band, in dem er geblättert hatte, wieder an seinen Platz. «Finden Sie das verwerflich?»

«Ich halte es für nichtig. Metaphysische Spekulation ist ähnlich sinnlos wie die Erörterung der Bedeutung unserer Lungen. Sie sind zum Atmen da.»

«Und das Leben zum Leben. Sie halten das für ein hinlängliches persönliches Credo?»

«Um ein Höchstmaß an Freuden und ein Minimum an Schmerzen zu erreichen, ja, Sir, so trifft es zu. Und um mit Gelassenheit die Schicksalsschläge, denen man nicht ausweichen kann, zu ertragen, denke ich. Mensch sein heißt, sich genügend gegen sie zu versichern, ohne sich welche einzubilden. Jedenfalls glaube ich nicht, daß man letztlich verstehen kann, was sich nicht anfassen und messen läßt.»

«Ein logischer Positivist. Sie befinden sich in guter Gesellschaft. Aber er mußte sein Leben lang überprüfen, was er sehen oder berühren oder messen konnte. Es scheint ihn nicht befriedigt zu haben. Sehen wir einmal, ob uns seine privaten Papiere etwas sagen können.»

Er hob sich die verschlossene Schublade bis zuletzt auf und richtete seine Aufmerksamkeit zunächst auf den Schreibschrank. Er schob die Klappe zurück. Dahinter kamen zwei kleine Schubfächer und mehrere Brieffächer zum Vorschein. Und hier fand sich, sauber beschriftet und geordnet, alles, was zu Lorrimers einzelgängerischem Leben gehört hatte. Eine Schublade mit drei unbezahlten Rechnungen und eine für Belege. Ein beschrifteter Umschlag mit dem Trauschein seiner Eltern, seiner Geburtsurkunde und seinem Taufschein. Sein Paß, ein anonymes Gesicht, Augen, die wie hypnotisiert starrten, angespannte Halsmuskeln, als hätte er an Stelle der Kameralinse einen Gewehrlauf vor sich gehabt. Ein Vertrag über eine Lebensversicherung. Quittierte Rechnungen über Heizmaterial, Strom und Gas. Ein Wartungsvertrag für die Zentralheizung. Der Mietkaufvertrag für den Fernseher. Ein Hefter mit seinen Bankauszügen. Eine Mappe gab Aufschlüsse über sein Vermögen; sein Kapital war sicher angelegt, keine Wagnisse, keine Spekulationen.

Es gab nichts, was seinen Beruf betraf. Offenbar hatte er sein Leben ebenso sorgfältig geordnet wie seine Papiere. Alles, was mit seinem Beruf zu tun hatte, die Protokolle, die Entwürfe für seine wissenschaftlichen Arbeiten, bewahrte er in seinem Büro im Labor auf. Wahrscheinlich wurden sie auch dort geschrieben. Das war wohl der Grund für seine Überstunden. Es wäre sicher unmöglich gewesen, von dem Inhalt seines Schreibschranks auf seine Beschäftigung zu schließen.

Sein Testament steckte zusammen mit dem kurzen Brief einer Anwaltsfirma in Ely – Messrs. Pargeter, Coleby & Hunt – in einem besonderen beschrifteten Umschlag. Es war sehr knapp gefaßt und ungefähr fünf Jahre alt. Lorrimer vermachte darin seinem Vater das Haus und 10000 Pfund, seinen gesamten übrigen Besitz seiner Kusine Angela Maud Foley. Nach der Mappe mit den Belegen über seine Kapitalanlagen zu urteilen, würde Miss Foley eine brauchbare Summe erben.

Schließlich holte Dalgliesh Lorrimers Schlüsselbund aus der Tasche und schloß die linke obere Schublade auf. Das Schloß ließ sich leicht öffnen. Die Schublade war vollgestopft mit Blättern, die mit Lorrimers Handschrift bedeckt waren. Dalgliesh nahm sie heraus und ging damit an den Tisch vorm Fenster. Er gab Massingham ein Zeichen, sich den Sessel an den Tisch zu rücken. Sie setzten sich zusammen hin. Es waren insgesamt achtundzwanzig Briefe, und sie lasen sie gemeinsam, ohne ein Wort zu sprechen. Massingham sah aus den Augenwinkeln, wie Dalgliesh ein Blatt mit seinen langen Fingern aufnahm, dann fallen ließ, ihm über den Tisch zuschob und das nächste nahm. Die Uhr schien unnatürlich laut zu ticken, sein eigenes Atemholen kam ihm peinlich aufdringlich vor. Die Briefe enthüllten schonungslos eine verbissene Liebe. Alles war darin: die Unfähigkeit zu akzeptieren, daß ein Verlangen nicht mehr erwidert wurde, die dringende Bitte um Erklärungen, die, würden sie gegeben, die Qual nur verstärken konnten, das verquälte Selbstmitleid, das plötzliche Aufflackern sinnloser neuerlicher Hoffnungen, die launischen Ausfälle gegen die Uneinsichtigkeit der Geliebten, die nicht erkannte, wo ihr Glück lag, die entwürdigende Selbsterniedrigung.

«Ich begreife, daß Du nicht in den Marschen leben willst. Aber das braucht uns kein Kopfzerbrechen zu machen, Liebling. Ich könnte mich in das Zentrallabor versetzen lassen, wenn Du London vorziehst. Oder wir könnten ein Haus in Cambridge oder Norwich suchen, das sind annehmbare Städte. Du sagtest einmal, daß Du die Architektur dort magst. Oder ich könnte – wenn Dir das lieber ist – hierbleiben, und wir würden für Dich eine Wohnung in London mieten. Ich würde Dich so oft wie möglich besuchen, sicher könnte ich es fast jeden Sonntag einrichten. Die Woche ohne Dich wäre eine Ewigkeit, aber alles könnte ich ertragen, wenn ich nur wüßte, daß Du zu mir gehörst. Du gehörst doch zu mir. Alle Bücher, all das Suchen und Lesen, was bringt das letzten Endes? Bis Du mir beigebracht hast, daß die Antwort so einfach ist.»

Einige Briefe waren voller Sinnlichkeit. Vermutlich gelang diese Art von Liebesbriefen in den wenigsten Fällen, dachte Massingham für sich. Wußte denn der arme Teufel nicht, daß sie nur abstoßend wirkten, wenn das Verlangen erloschen war? Vielleicht waren die Verliebten, die sich über die geheimsten Dinge in einer Gartenlaube aussprachen, die klügsten. Wenigstens blieb ihre Verliebtheit ihre persönliche Angelegenheit. In diesem Brief jedoch waren die sexuellen Schilderungen entweder peinlich eindringlich, fast pornographisch, oder klinisch steril. Erstaunt verspürte er ein Gefühl, das er nur Scham nennen konnte. Es rührte eigentlich nicht daher, daß die Ergüsse zum Teil bis in die letzten

Einzelheiten gingen. Er war daran gewöhnt, die private Pornographie von Ermordeten durchzulesen. Aber diese Briefe mit ihrer Mischung von roher Begierde und edler Empfindung lagen jenseits seiner Erfahrung. Das nackte Elend, das aus ihnen sprach, erschien ihm neurotisch, sinnlos. Sex vermochte ihn schon lange nicht mehr zu schockieren, Liebe, stellte er fest, konnte es offenbar.

Der Widerspruch zwischen der Stille im Zimmer dieses Mannes und den aufgewühlten Gedanken verblüffte ihn. Er dachte, sein Beruf lehre ihn wenigstens, keinen persönlichen Schutt anzuhäufen. Die Arbeit bei der Polizei war ebenso nützlich wie die Religion, indem sie einen lehrte, jeden Tag so zu leben, als sei es der letzte. Und nicht nur Mord führte zu einer Verletzung der Privatsphäre. Jeder plötzliche Tod konnte die Folgen haben. Wenn der Hubschrauber bei der Landung zerschellt wäre – was für ein Bild würde sich aus seiner Hinterlassenschaft für Außenstehende ergeben? Ein Angepaßter, Konservativer, ein Spießer, dessen ein und alles seine körperliche Tüchtigkeit war? *Homme moyen sensuel,* und *moyen* übrigens auch auf allen anderen Gebieten? Er dachte an Emma, mit der er schlief, wann immer sie Gelegenheit dazu hatten, Emma, die wohl schließlich Lady Dungannon werden würde, wenn sie nicht – was allerdings immer wahrscheinlicher wurde – einen erstgeborenen Sohn mit besseren Zukunftschancen und mehr Zeit für sie fände. Er fragte sich, was Emma, diese fröhliche Genießerin mit ihrer offenherzigen Freude am Bett, mit diesen zügellosen, onanistischen Phantasien, dieser demütigenden Chronik der Qualen einer abgewiesenen Liebe angefangen hätte.

Ein halbes Blatt war mit einem einzigen Namen bedeckt. Domenica, Domenica, Domenica. Und dann Domenica Lorrimer, eine schwerfällige, mißtönende Zusammensetzung. Vielleicht hatte er das auch empfunden, denn er hatte es nur einmal geschrieben. Die Buchstaben wirkten steif und zaghaft wie die eines jungen Mädchens, das heimlich den erhofften zukünftigen Nachnamen übt. Sämtliche Briefe waren undatiert, ohne Anrede und Unterschrift. Ein paar waren anscheinend erste Entwürfe, ein quälendes Suchen nach dem sich entziehenden Wort, Blätter voller Streichungen.

Doch jetzt schob Dalgliesh ihm den letzten Brief zu. Hier gab es keine Änderungen, keine Unsicherheiten, und falls ein Entwurf dazu existiert hatte, war er von Lorrimer vernichtet worden. Dieser Brief war so eindeutig wie eine amtliche Erklärung. Die Wörter, mit schwarzer Tinte in Lorrimers kräftiger gerader Schrift geschrieben, standen in gleichmäßigen Zeilen wie bei einer Schönschreibübung. Vielleicht war das endlich ein Brief, den er hatte abschicken wollen.

«Ich habe lange nach Worten gesucht, um zu erklären, was mit mir geschehen ist, was Du an mir bewirkt hast. Du weißt, wie schwer mir das fällt. Jahr um Jahr habe ich amtliche Berichte verfaßt, dieselben Wendungen, dieselben langweiligen Schlüsse. Mein Kopf war ein auf den Tod programmierter Computer. Ich war in Dunkelheit geboren, lebte in einer tiefen Höhle, kauerte auf der Suche nach Wärme an meinem unzulänglichen Feuerchen, beobachtete die Schatten, die flackernde Bilder auf die Höhlenwände zeichneten, und versuchte, in ihren groben Umrissen irgendeine Bedeutung, einen Sinn meiner Existenz zu finden, eine Hilfe, die Dunkelheit zu ertragen. Und dann kamst Du und nahmst mich an der Hand und führtest mich hinaus ins Sonnenlicht. Und da war die wirkliche Welt, die meine Augen mit ihren Farben und ihrer Schönheit blendete. Und es bedurfte nur Deiner Hand und des Mutes, ein paar kleine Schritte aus den Schatten und Vorstellungen hinaus in das Licht zu machen. EX UMBRIS ET IMAGINIBUS IN VERITATEM.»

Dalgliesh legte den Brief auf den Tisch. Er sagte:

«‹Herr, laß mich mein Ende wissen und die Zahl meiner Tage, damit ich vergewissert bin, wie lange ich zu leben habe.› Wenn Lorrimer die Wahl gehabt hätte, wäre es ihm wahrscheinlich lieber gewesen, der Mord an ihm bliebe ungestraft, als daß andere Augen als seine eigenen diese Briefe läsen. Was halten Sie davon?»

Massingham war nicht sicher, ob seine Meinung zu dem Inhalt der Briefe oder zu ihrem Stil erwartet wurde. Er sagte ausweichend:

«Der Abschnitt über die Höhle ist beeindruckend. Er scheint lange daran gearbeitet zu haben.»

«Aber nicht ganz originell. Ein Echo von Platons *Staat*. Und wie bei Platons Höhlenmensch blendet die Helligkeit, und das Licht tut den Augen weh. George Orwell schrieb irgendwo, daß Mord, das Verbrechen an sich, nur aus starken Gefühlswallungen möglich sei. Nun, diesen Aufruhr der Gefühle haben wir hier, aber wir scheinen die falsche Leiche zu haben.»

«Glauben Sie, Sir, Dr. Howarth wußte Bescheid?»

«Ich bin fast sicher. Erstaunlich ist, daß anscheinend keiner im Labor etwas wußte. So eine Neuigkeit hätte Mrs. Bidwell, um nur sie zu nennen, niemals für sich behalten. Ich würde sagen, wir erkundigen uns zuerst bei der Anwaltsfirma, ob das Testament nicht geändert wurde, und dann nehmen wir uns die Dame vor.»

Aber das Programm mußte umgestoßen werden. Das Wandtelefon läutete und zerriß die Stille des Zimmers. Massingham nahm das Gespräch an. Es war Sergeant Underhill, der, allerdings erfolglos, versuchte, seiner Stimme die Aufregung nicht anmerken zu lassen.

«Ein Major Hunt von Messrs. Pargeter, Coleby & Hunt in Ely möchte Mr. Dalgliesh treffen. Er möchte lieber nicht am Telefon sprechen. Er fragt, ob Sie zurückrufen und Bescheid geben können, wann es Mr. Dalgliesh paßt, zu ihm zu kommen. Und wir haben einen Zeugen, Sir! Er ist jetzt drüben bei der Polizei in Guy's Marsh. Sein Name ist Alfred Goddard. Er saß gestern in dem Bus, der zehn nach neun am Institut vorbeifährt.»

3

«Er rannte die Einfahrt herunter, als wäre der Leibhaftige hinter ihm her.»

«Können Sie ihn beschreiben, Mr. Goddard?»

«Hm. Alt war er nicht.»

«Wie jung?»

«Ich hab nie gesagt, daß er jung war. Ich habe ihn überhaupt nicht nah genug gesehen. Aber gerannt ist er nicht wie'n alter Mann.»

«Rannte er vielleicht zum Bus?»

«Den hätte er sowieso nicht gekriegt.»

«Winkte er nicht?»

«Natürlich nicht. Der Fahrer hätte ihn auch nicht gesehen. Ist doch witzlos, hinter einem Bus herzuwinken.»

Die Polizeistation von Guy's Marsh war ein viktorianisches rotes Backsteingebäude mit einem Ziergiebel aus weißem Holz, das einem Bahnhof aus den Pioniertagen der Eisenbahn so ähnlich sah, daß Dalgliesh den Verdacht hatte, die Behörden im 19. Jahrhundert hätten gespart, indem sie denselben Architekten und dieselben Baupläne verwendeten.

Mr. Alfred Goddard wartete gemütlich im Vernehmungsraum. Er hatte einen großen Becher dampfenden Tee vor sich und schien sich ganz zu Hause zu fühlen, aber er wirkte weder hocherfreut noch beeindruckt, plötzlich ein Schlüsselzeuge in einer Morduntersuchung zu sein. Er war ein nußbrauner, verrunzelter, zwergenhafter Bauer, der nach kräftigem Tabak, Alkohol und Kuhmist roch. Dalgliesh erinnerte sich, daß die ersten Siedler im Marschland von ihren Nachbarn auf dem höher gelegenen Land «Gelbbäuche» genannt worden waren, weil sie wie Frösche über ihre schwarzen Felder gekrochen waren, oder «Schlammwühler», weil sie wie auf Schwimmfüßen durch den Morast planschten. Beide Namen paßten auf Mr. Goddard. Dalgliesh stellte mit Interesse fest, daß er um sein linkes Handgelenk etwas gebunden hatte, das wie ein Lederriemen aussah, und vermutete, daß es getrocknete Aalhaut war, das uralte Zaubermittel, um Rheumatismus abzuwehren. Die verkrüppelten Finger, die sich steif um den Becher spannten, deuteten allerdings an, daß der Talisman alles andere als wirksam gewesen war.

Dalgliesh bezweifelte, daß er sich überhaupt gemeldet hätte, wenn Bill Carney, der Busschaffner, ihn nicht als regelmäßigen Benutzer des Mittwochabendbusses von Ely über Chevisham nach Stoney Piggott gekannt und die Polizisten, die ihn ausgefragt hatten, zu der abgelegenen Hütte geschickt hätte. Als sie ihn in seiner Viehhürde aufstöberten, ließ er jedoch keinen Groll gegen Bill Carney oder die Polizei durchblicken, sondern verkündete, er sei bereit, Fragen zu beantworten, wenn sie ihm, wie er sich ausdrückte, «höflich» gestellt würden. Der größte Kummer seines Lebens schien der Bus nach Stoney Piggott zu sein: weil er Verspätung hatte, nicht oft genug fuhr, die Fahrpreise stiegen und ganz besonders, weil man so dumm gewesen war, auf seiner Linie seit kurzem probeweise doppelstöckige Busse verkehren zu lassen und er folglich jeden Mittwoch wegen seiner Pfeife nach oben verbannt wurde.

«Was für ein Glück für uns, daß Sie oben saßen», hatte Massingham gesagt. Mr. Goddard hatte nur verächtlich in seinen Becher geschnaubt.

Dalgliesh fragte weiter: «Ist Ihnen überhaupt irgend etwas an ihm aufgefallen, Mr. Goddard? Seine Größe, seine Haarfarbe, wie er angezogen war?»

«Hm. Mittelgroß und 'n ziemlich kurzer Mantel, 'n Regenmantel vielleicht. Nicht zugeknöpft vielleicht.»

«Wissen Sie noch die Farbe?»

«Vielleicht eher dunkel. Ich hab ihn ja bloß 'ne Sekunde gesehen, sag ich doch. Dann sind Bäume dazwischengekommen. Der Bus ist ja schon vorbei gewesen, wie ich ihn entdeckt hab.»

Massingham warf ein: «Der Fahrer sah ihn nicht, der Schaffner auch nicht.»

«Wird schon so sein. Sie waren unten. Wie soll'n sie ihn da sehen. Und der Fahrer muß ja den verdammten Bus fahren.»

Dalgliesh sagte: «Mr. Goddard, die nächste Frage ist sehr wichtig. Erinnern Sie sich, ob Licht im Institut brannte?»

«Institut? Was meinen Sie?»

«Das Haus, aus dem die Gestalt rannte.»

«Licht im Haus? Warum sagen Sie nicht Haus, wenn Sie Haus meinen?»

Mr. Goddard mimte eifriges, angestrengtes Nachdenken, spitzte seine Lippen zu einer Grimasse und schloß halb die Augen. Sie warteten. Nach einer schlau berechneten Pause verkündete er:

«Schwaches Licht, kann sein. Jedenfalls kein grelles. Doch, ich glaub, ich hab Licht aus den unteren Fenstern gesehen.»

Massingham fragte: «Sind Sie ganz sicher, daß es ein Mann war?»

Mr. Goddard bedachte ihn mit einem Blick, in dem sich Tadel und Verdruß mischten. Er sah aus wie ein Kandidat im mündlichen Examen, der die gestellte Frage offenbar für unfair hält.

«Also Hosen hat er angehabt. Wenn es kein Mann war, hat er wenigstens so ausgesehen.»

«Aber absolut sicher können Sie es nicht sagen?»

«Heutzutage kann man sich ja über nichts mehr sicher sein. Das waren noch Zeiten, als die Leute sich noch ordentlich und gottesfürchtig angezogen haben. Ob Mann oder Frau, es war ein Mensch, und gerannt ist er auch. Mehr hab ich nicht gesehen.»

«Es könnte also auch eine Frau gewesen sein, die Hosen trug?»

«Ist aber nicht gerannt wie eine Frau. Die rennen doch so blödsinnig, die halten die Knie zusammen und schnicken die Füße nach außen wie Enten. Ein Jammer, daß sie die Knie nicht auch zusammenhalten, wenn sie nicht laufen, sag ich.»

Seine Folgerung war vermutlich richtig, dachte Dalgliesh. Keine Frau lief genau wie ein Mann. Goddards Eindruck war der eines jüngeren laufenden Mannes gewesen, und wahrscheinlich war seine Beobachtung richtig. Zu viele Fragen konnten ihn jetzt nur noch verwirren.

Der Fahrer und der Schaffner, die aus dem Busdepot gerufen worden waren und noch ihre Uniformen trugen, konnten Goddards Geschichte nicht bestätigen, aber was sie hinzufügten, war nützlich. Es war nicht überraschend, daß keiner von beiden den laufenden Mann gesehen hatte, denn die fast zwei Meter hohe Mauer und die darüberhängenden Bäume versperrten vom unteren Deck aus den Blick auf das Institut. Sie hätten das Haus nur in dem Augenblick sehen können, als der Bus an der offenen Einfahrt vorbeifuhr und vor der Haltestelle abbremste. Aber wenn Mr. Goddard recht hatte, war die Gestalt erst erschienen, als der Bus wieder anfuhr. Sie hatten ihn also unmöglich sehen können.

Beide jedoch konnten wenigstens bestätigen, daß der Bus am Mittwoch abend pünktlich gewesen war. Bill Carney hatte sogar bei der Abfahrt auf die Uhr gesehen. Es war 21 Uhr 12 gewesen. Der Bus hatte an der Haltestelle ein paar Sekunden gehalten. Zwar hatte keiner der drei Fahrgäste Anstalten gemacht auszusteigen, aber sowohl der Fahrer als auch der Schaffner hatten eine Frau gesehen, die im Schatten der überdachten Haltestelle wartete, und angenommen, sie würde einsteigen. Das war jedoch nicht der Fall gewesen. Statt dessen hatte sie sich abgewandt und war weiter in den Schatten der Haltestelle zurückgetreten, als der Bus anhielt. Der Schaffner hatte sich gewundert, daß sie hier wartete, denn sein Bus war der letzte am Abend. Aber es hatte etwas genieselt, und er war der Meinung gewesen – ohne sich allerdings zuviel dabei zu denken –, daß sie sich nur untergestellt hatte. Es war nicht seine Sache, wie er zu Recht bemerkte, Fahrgäste in den Bus zu ziehen, wenn sie nicht mitfahren wollten.

Dalgliesh bat beide um eine Beschreibung der Frau, aber sie konnten dazu nicht viel sagen. Beide waren sich einig, daß sie ein Kopftuch getragen und den Mantelkragen hochgestellt hatte. Der Fahrer meinte, sie habe Hosen und einen Regenmantel mit Gürtel angehabt. Bill Carney stimmte in bezug auf die Hosen zu, meinte jedoch, sie habe einen Dufflecoat getragen. Ihr einziger Grund zu der Annahme, es sei eine Frau gewesen, war das Kopftuch, das sie allerdings nicht beschreiben konnten. Sie glaubten nicht, daß sie sie wiedererkennen würden. Sie hielten es für unwahrscheinlich, daß einer der drei Fahrgäste im Unterdeck etwas beitragen könne. Zwei davon waren ältere Leute, die den Bus regelmäßig benutzten. Sie hatten anscheinend geschlafen. Den dritten kannten sie nicht.

Dalgliesh war sich darüber im klaren, daß alle drei ausfindig gemacht werden mußten. Das gehörte zu jenen zeitraubenden Aufgaben, die notwendig waren, aber selten wertvolle Hinweise erbrachten. Doch manchmal war es erstaunlich, wieviel gerade die Leute bemerkten, von denen man es am wenigsten erwartete. Vielleicht waren die beiden Schläfer aufgeschreckt, als der Bus abbremste, und hatten die Frau besser sehen können als der Schaffner und der Fahrer. Mr. Goddard hatte sie natürlich nicht bemerkt. Er fragte sarkastisch, wie sie sich das vorstellten; er habe nicht durch das Dach der Haltestelle durchsehen können und sowieso in die andere Richtung geschaut, und das sei ja wohl auch für sie nur gut gewesen. Dalgliesh beeilte sich, ihn zu besänftigen, und sah zu, wie der alte Mann in das Polizeiauto einstieg, nachdem seine Aussage endlich zu seiner Genugtuung vollständig und unterschrieben war. Wie ein kleiner Knirps, aber doch mit einiger Würde, saß er aufrecht auf dem Rücksitz des Autos, das ihn zu seinem Häuschen zurückbrachte.

Aber es vergingen noch einmal zehn Minuten, bis Dalgliesh und Massingham nach Ely aufbrechen konnten. Albert Bidwell hatte sich netterweise, wenn auch etwas verspätet, auf der Polizeistation eingefunden und ein paar größere Schlammproben von seinem Acker und eine mürrische, grollende Stimmung mitgebracht. Massingham fragte sich, wie er und seine Frau sich kennengelernt haben mochten und was zwei so verschiedene Menschen zusammengeführt hatte. Sie war bestimmt in London geboren: er stammte aus dem Marschland. Er war so schweigsam, wie sie geschwätzig, so unbeweglich, wie sie gewitzt, und so uninteressiert, wie sie begierig nach Klatsch und Nervenkitzel war.

Er bestätigte, den Anruf angenommen zu haben. Es war eine Frau gewesen, die mitgeteilt hatte, daß Mrs. Bidwell nach Leamings gehen sollte, um Mrs. Schofield zu helfen, anstatt ins Institut. Er erinnerte sich nicht, ob die Anruferin ihren Namen genannt hatte, aber er glaubte, sie habe es nicht. Er hatte gelegentlich Gespräche von Mrs. Schofield entgegengenommen, wenn sie anrief, um seine Frau zu bitten, ihr bei Essenseinladungen oder ähnlichen Anlässen zur Hand zu gehen, eben so Weibergeschäfte. Er konnte nicht sagen, ob die Stimme genauso geklungen hatte. Auf die Frage, ob er angenommen habe, Mrs. Schofield sei am Apparat gewesen, antwortete er, er habe sich überhaupt nichts gedacht.

Dalgliesh fragte: «Können Sie sich erinnern, ob die Anruferin sagte, Ihre Frau solle nach Leamings kommen oder gehen?»

Die Bedeutung dieser Frage begriff er offensichtlich nicht, aber er hörte sie sich mürrisch und argwöhnisch an und sagte nach längerem Schweigen, er wisse es nicht. Als Massingham fragte, ob möglicherweise gar keine Frau, sondern ein Mann mit verstellter Stimme angerufen habe, sah er ihn so angeekelt an, als tue ihm ein Mensch leid, der sich solche ausgespitzten Gemeinheiten ausmalen könne. Aber durch diese Frage ließ er sich zu seiner längsten Erwiderung hinreißen. Er sagte – in einem Ton, als sei das sein letztes Wort –, er wisse nicht, ob es eine Frau war oder ein Mann, der sich für eine Frau oder ein Mädchen ausgab. Er wisse nicht mehr, als daß er seiner Frau etwas ausrichten sollte, und das hätte er getan. Und wenn er geahnt hätte, was für Scherereien er bekommen würde, wäre er nicht ans Telefon gegangen.

Und damit mußten sie sich zufriedengeben.

4

Nach Dalglieshs Erfahrung waren sämtliche Anwälte, die in Kathedralstädten ihren Beruf ausübten, standesgemäß untergebracht, und das Büro von Messrs. Pargeter, Coleby & Hunt bildete keine Ausnahme. Es war ein gut erhaltenes und gepflegtes Haus im Stil des frühen 19. Jahrhunderts, das an den Park vor der Kathedrale stieß. Der ebenholzfarbene Anstrich der eindrucksvollen Tür glänzte, als sei die Farbe noch feucht, und der Messingklopfer in Form eines Löwenkopfs war blankpoliert, so daß er fast weiß aussah. Ein älterer spindeldürrer Sekretär öffnete die Tür. In seinem altmodischen schwarzen Anzug und dem steifen Kragen schien er einem Roman von Dickens entstiegen zu sein. Seine traurig ergebene Miene hellte sich bei ihrem Anblick ein wenig auf, als freue er sich auf die Aussicht auf Umstände und Arbeit. Er deutete eine Verbeugung an, als Dalgliesh sich vorstellte, und sagte:

«Major Hunt erwartet Sie selbstverständlich, Sir. Er bringt gerade ein Gespräch mit einem Klienten zu Ende. Wenn Sie bitte hier Platz nehmen möchten – er wird Sie höchstens ein paar Minuten warten lassen.»

Das Wartezimmer, in das sie geführt wurden, erinnerte durch seine behagliche Atmosphäre und gewollte Unordnung an den Salon eines Herrenklubs. Die Sessel waren aus Leder und so tief, daß man sich kaum vorstellen konnte, wie ein älterer Herr ohne Schwierigkeiten wieder aufstehen sollte. Trotz der Hitze von den beiden altmodischen Heizkörpern brannte ein Kohlefeuer im Kamin. Auf dem großen runden Mahagonitisch lagen Zeitschriften, die sich den Interessen des landbesitzenden Adels widmeten und größtenteils recht alt aussahen. In einem Bücherschrank standen hinter Glas Bücher über die Geschichte der Grafschaft und illustrierte Bände über Architektur und Malerei. Das Ölgemälde über dem Kaminsims, auf dem ein Phaeton mit Pferden und bereitstehende Reitknechte dargestellt waren, sah nach einem Stubbs aus. Vermutlich war es einer, dachte Dalgliesh.

Er hatte sich kaum flüchtig in dem Zimmer umgesehen und war gerade ans Fenster getreten, um einen Blick auf die Marienkapelle der Kathedrale zu werfen, als der Sekretär zur Tür hereinkam und sie in Major Hunts Zimmer führte. Der Mann, der sich hinter seinem Schreibtisch erhob, um sie zu begrüßen, war äußerlich das Gegenteil seines Sekretärs. Er war ein untersetzter, aufrechter Mann, fast über seine mittleren Jahre hinaus, mit rosigem Gesicht und fortgeschrittener Glatze. Seine Augen blickten durchdringend unter den ruhelosen stachligen Augenbrauen hervor. Er trug einen fadenscheinigen Tweedanzug, dem man jedoch den guten Schneider ansah. Als er Dalgliesh die Hand reichte, sah er ihn mit einem offen abschätzenden Blick an, als überlege er, in welche Schublade er ihn stecken solle, dann nickte er, als sei er zufriedengestellt. Er sah immer noch mehr nach Soldat als nach Anwalt aus, und Dalgliesh vermutete, daß die Stimme, mit der er sie begrüßte, das laute, herrische Bellen auf dem Exerzierplatz und in den Wirren des Zweiten Weltkriegs gelernt hatte.

«Guten Morgen, guten Morgen. Bitte nehmen Sie Platz, Herr Oberkriminalrat. Sie kommen in einer tragischen Angelegenheit. Ich glaube, wir haben noch nie einen unserer Klienten durch Mord verloren.»

Der Sekretär räusperte sich. Es war genau das Hüsteln, das Dalgliesh erwartet hätte, harmlos, aber diskret mahnend und nicht zu überhören.

«Wir hatten 1923 Sir James Cummins. Er wurde von seinem Nachbarn, Mr. Cartwright, erschossen, und zwar wegen der Verführung von Mrs. Cartwright durch Sir James, eine Kränkung, die noch durch Streitigkeiten über Fischereirechte erschwert wurde.»

«Ganz recht, Mitching. Aber das war zu Zeiten meines Vaters. Sie henkten den armen Cartwright. Ein Jammer, meinte mein Vater immer. Er hatte einen guten Ruf als Soldat, überlebte die Somme und Arras und endete am Galgen. Voller Narben aus den Gefechten, der arme Teufel. Die Geschworenen hätten sicher seine Begnadigung empfohlen, wenn er die Leiche nicht zerstückelt hätte. Er hat sie doch zerstückelt, nicht wahr, Mitching?»

«Ganz recht, Sir. Den Kopf fanden sie im Obstgarten verscharrt.»

«Das hat Cartwright den Rest gegeben. Englische Geschworene nehmen das Zerhacken von Leichen nicht hin. Crippen würde heute noch leben, wenn er Belle Elmore in einem Stück vergraben hätte.»

«Kaum, Sir. Crippen wurde 1860 geboren.»

«Nun ja, er wäre jedenfalls noch nicht lange tot. Es hätte mich nicht überrascht, wenn er hundert geworden wäre. Nur drei Jahre mehr als Ihr Vater, Mitching, und er war ganz ähnlich gebaut, vorstehende Augen, drahtig. Dieser Typ lebt ewig. Aber zurück zur Sache. Sie trinken beide einen Kaffee, hoffe ich. Ich kann Ihnen versprechen, man kann ihn trinken. Mitching hat eine von diesen Glasretortengeschichten installiert, und wir mahlen unsere Bohnen selbst. Also dann bitte Kaffee, Mitching.»

«Miss Makepeace ist schon dabei, Sir.»

Major Hunt strahlte sattes Wohlbefinden aus, und Massingham vermutete mit leichtem Neid, daß die Geschäfte mit seinen Klienten hauptsächlich bei einem guten Mittagessen erledigt worden waren. Er und Dalgliesh hatten schnell ein belegtes Brötchen mit einem Bier in einem Lokal zwischen Chevisham und Guy's Marsh hinuntergeschlungen. Dalgliesh, von dem jeder wußte, wie sehr er Wein und ein gutes Essen schätzte, hatte die unangenehme Gewohnheit, die Mahlzeiten zu übergehen, wenn er mitten in einem Fall steckte. Massingham war nicht kleinlich, was die Qualität betraf, aber die Quantität fand er bedauerlich. Doch sie würden wenigstens Kaffee bekommen.

Mitching hatte bei der Tür Stellung bezogen und machte keine Anstalten hinauszugehen. Das war offenbar völlig in Ordnung. Dalgliesh kamen die beiden wie ein Paar Komödianten vor, die ihre wechselseitige Zungenfertigkeit zu vervollkommnen suchten und sich nur widerwillig eine Gelegenheit entgehen ließen, sie anzuwenden. Major Hunt sagte:

«Sie wollen natürlich Auskünfte über Lorrimers Testament.»

«Und über alles, was Sie sonst von ihm wissen.»

«Das wird nicht viel sein, fürchte ich. Ich habe ihn nur zweimal gesehen, seit ich mich um das Vermögen seiner Großmutter kümmere. Aber ich will selbstverständlich tun, was ich kann. Wenn Mord zum Fenster hereinkommt, geht die Geheimhaltung zur Tür hinaus. Ist es nicht so, Mitching?»

«Es gibt keine Geheimnisse, Sir, in dem grellen Licht, das auf das Schafott fällt.»

«Ich bin nicht sicher, ob Sie mich richtig verstanden haben, Mitching. Und wir haben jetzt keine Schafotte mehr. Sind Sie gegen die Todesstrafe, Herr Oberkriminalrat?»

Dalgliesh sagte: «Ich bin so lange dagegen, bis wir absolut sicher sein können, daß uns unter keinen Umständen Fehler unterlaufen.»

«Das ist die konventionelle Antwort, aber sie läßt eine ganze Menge Fragen offen, nicht wahr? Doch Sie sind ja nicht hier, um über die Todesstrafe zu diskutieren. Wir wollen keine Zeit verlieren. Nun zum Testament. Wo habe ich Mr. Lorrimers Kassette hingestellt, Mitching?»

«Hier ist sie, Sir.»

«Dann bringen Sie sie her, bringen Sie sie her.»

Der Sekretär holte die schwarze Blechkassette von einem Seitentisch und stellte sie vor Major Hunt. Der Major öffnete sie feierlich und nahm das Testament heraus. Dalgliesh sagte:

«Wir haben ein Testament in seinem Schreibtisch gefunden. Es ist auf den 3. Mai 1971 datiert. Es sieht wie das Original aus.»

«Dann hat er es also nicht vernichtet? Das ist interessant. Das könnte bedeuten, daß er sich noch nicht endgültig entschlossen hatte.»

«Demnach gibt es ein späteres Testament?»

«Allerdings gibt es ein späteres Testament, Herr Oberkriminalrat. Allerdings. Das ist der Grund, warum ich Sie sprechen wollte. Er hat es erst letzten Freitag unterschrieben und das Original und den einzigen Durchschlag hier bei mir gelassen. Ich habe beide Papiere hier. Vielleicht lesen Sie es lieber selbst.»

Er reichte das Testament über den Tisch. Es war sehr kurz. Lorrimer widerrief in der üblichen Form alle früheren Testamente, erklärte, im Vollbesitz seiner geistigen Kräfte zu sein, und verfügte über seinen gesamten Besitz auf weniger als einem Dutzend Zeilen. Das Haus und eine Summe von 10000 Pfund fielen an seinen Vater. 1000 Pfund bekam

Brenda Pridmore, um ihr zu ermöglichen, alle Bücher zu kaufen, die sie für ihre weitere wissenschaftliche Ausbildung brauchte. Sein ganzes übriges Vermögen fiel der Gerichtsmedizinischen Akademie zu, die daraus einen nach ihrem Gutdünken bemessenen Geldpreis für einen Forschungsbeitrag zu irgendeinem Aspekt der wissenschaftlichen Verbrechensuntersuchung vergeben sollte; die Forschungsarbeit sollte von einer dreiköpfigen Jury beurteilt werden, deren Mitglieder jährlich von der Akademie zu bestimmen wären. Angela Foley wurde nicht erwähnt.

Dalgliesh sagte: «Gab er Ihnen eine Erklärung, warum er Angela Foley, seine Kusine, in dem Testament nicht berücksichtigte?»

«Das hat er tatsächlich. Ich hielt es für richtig, ihn darauf hinzuweisen, daß im Falle seines Todes seine Kusine, als einzige überlebende Verwandte außer seinem Vater, das Testament vielleicht anfechten würde. In diesem Fall würde die Verhandlung vor Gericht Geld kosten und möglicherweise sein Vermögen stark in Mitleidenschaft ziehen. Ich hielt es nur für richtig, ihn auf alle möglichen Konsequenzen hinzuweisen. Sie hörten doch, was er antwortete, Mitching?»

«In der Tat, Sir. Der verstorbene Mr. Lorrimer brachte seine Mißbilligung der Lebensführung seiner Kusine zum Ausdruck. Er bedauerte insbesondere die Beziehung, die nach seinen Worten zwischen seiner Kusine und der Dame besteht, mit der sie, wie ich heraushörte, einen gemeinsamen Haushalt führt. Er sagte, er wünsche nicht, daß besagte Gefährtin in den Genuß seines Vermögens komme. Wenn seine Kusine das Testament anfechten wolle, sei er bereit, die Sache dem Gericht zu überlassen. Es würde ihn in keiner Weise mehr berühren. Er hätte seine Wünsche deutlich gemacht. Er wies auch darauf hin, wenn ich mich recht entsinne, Sir, daß das Testament nur für eine Übergangszeit gedacht sei. Er hatte die Absicht zu heiraten, und die Eheschließung würde das Testament selbstverständlich rechtsunwirksam machen. Er sah jedoch die geringe Möglichkeit, daß seine Kusine im Falle seines überraschenden Todes alles erben würde. Dagegen wollte er sich in der Zwischenzeit absichern, bis seine persönlichen Angelegenheiten geordnet wären.»

«Ganz recht, Mitching, so erklärte er es tatsächlich. Ich muß sagen, es versöhnte mich ein wenig mit dem neuen Testament. Wenn er sich mit Heiratsabsichten trug, würde das Testament nicht lange gültig bleiben, und er könnte alles neu bedenken. Nicht, daß ich das Testament unbedingt für nicht gerecht, nicht anständig gehalten hätte. Ein Mann hat das Recht, über seinen Besitz zu verfügen, wie er es für richtig befindet, falls der Staat ihm etwas läßt, worüber er verfügen kann. Es schien mir allerdings ein wenig sonderbar, daß er in dem einstweiligen Testament die Dame nicht erwähnte, die er demnächst heiraten wollte. Aber vermutlich dachte er ganz folgerichtig. Hätte er ihr eine unbedeutende Summe hinterlassen, wäre sie kaum erbaut gewesen, und hätte er ihr das Ganze vermacht, würde sie vermutlich auf der Stelle einen anderen heiraten, der dann alles bekäme.»

Dalgliesh fragte: «Er erzählte Ihnen nichts Näheres von der geplanten Heirat?»

«Nicht einmal den Namen der Dame. Und ich stellte natürlich keine Fragen. Ich bin gar nicht sicher, ob er eine bestimmte Frau im Sinn hatte. Es hätte auch eine allgemeine Absicht oder vielleicht eine Ausrede für die Änderung des Testaments sein können. Ich beglückwünschte ihn lediglich und wies ihn darauf hin, daß das neue Testament ungültig würde, sobald die Heirat stattfände. Er sagte, das sei ihm bekannt, und er werde zu gegebener Zeit wiederkommen, um ein neues Testament aufzusetzen. Für die Zwischenzeit wünschte er diese Regelung, und ich schrieb es entsprechend nieder. Mitching und meine Schreibkraft als zweiter Zeuge haben unterschrieben. Ah, da kommt sie ja mit dem Kaffee. Sie erinnern sich, daß Sie Mr. Lorrimers Testament unterschrieben haben, wie?»

Das magere, schüchterne Mädchen, das den Kaffee hereingebracht hatte, nickte verschreckt, als der Major sie ankläffte, und beeilte sich, daß sie aus dem Zimmer kam. Major Hunt sagte zufrieden:

«Sie weiß es noch genau. Sie war so verängstigt, daß sie kaum schreiben konnte. Aber sie hat unterschrieben. Es liegt alles vor. Alles richtig und in Ordnung. Wir können wohl ein rechtskräftiges Testament vorlegen, wie, Mitching? Aber es interessiert mich doch, ob die junge Frau kämpfen wird.»

Dalgliesh fragte, um wieviel Angela Foley kämpfen würde.

«Um den größten Teil von 50000 Pfund, würde ich sagen. Kein Vermögen heutzutage, aber brauchbar, sehr brauchbar. Das ursprüngliche Kapital kam von Annie Lorrimer, seiner Großmutter väterlicherseits, die ihn zum Alleinerben eingesetzt hatte. Eine außergewöhnliche alte Frau. Geboren und aufgewachsen in den Marschen. Sie hatte mit ihrem Mann ein Geschäft drüben in Low Willow. Tom Lorrimer vertrug die Winter in den Marschen nicht, trank sich in ein relativ frühes Grab, und sie führte den Laden allein weiter. Das Geld kam natürlich nicht ausschließlich aus dem Geschäft, obwohl sie es zu einem günstigen Zeitpunkt verkaufte. Nein, sie hatte ein Gespür für Pferde. Ganz außerordentlich. Gott weiß, wo sie das her hatte. Saß in ihrem ganzen Leben nie auf einem Pferd, soviel ich weiß, machte aber dreimal im Jahr ihr Geschäft zu und fuhr nach Newmarket. Sie verlor keinen Penny, habe ich gehört, und legte jedes Pfund, das sie gewann, auf die hohe Kante.»

«Was für eine Familie hatte sie? War Lorrimers Vater ihr einziger Sohn?»

«So ist es. Sie hatte einen Sohn und eine Tochter, Angela Foleys Mutter. Konnte sie beide nicht ausstehen, soweit ich das beurteilen kann. Die Tochter ließ sich mit dem Dorfküster ein, und die Alte setzte sie, als es passiert war, in bewährtem viktorianischen Stil vor die Tür. Die Ehe ging nicht gut, und ich glaube, Maud Foley hat ihre Mutter nicht mehr gesehen. Sie starb fünf Jahre nach der Geburt des Mädchens an Krebs. Die alte Frau wollte ihre Enkeltochter nicht bei sich aufnehmen, und sie wurde schließlich der Gemeindefürsorge unterstellt. Sie verbrachte wohl den größten Teil ihres Lebens in Heimen.»

«Und der Sohn?»

«Oh, der heiratete die Lehrerin der Dorfschule, und die Ehe ging recht gut, soweit ich weiß, aber die Familienbande waren nie sehr eng. Die alte Dame wollte ihr Geld nicht ihrem Sohn vermachen, sagte sie, weil das zweimal Erbschaftssteuer gekostet hätte. Sie war schon etliche Jährchen über vierzig, als er zur Welt kam. Aber ich glaube, der eigentliche Grund war, daß sie ihn nicht besonders mochte. Ich glaube, sie hat auch nicht viel von ihrem Enkel Edwin zu sehen bekommen, aber irgendwo mußte sie ihr Geld ja lassen, und sie gehörte zu einer Generation, für die das Blut dicker war als ein Wohltätigkeitssüppchen – und männliches dicker als weibliches. Von der Tatsache abgesehen, daß sie ihre Tochter hinausgeworfen und sich nie für ihre Enkelin interessiert hatte, hielt ihre Generation nichts davon, Frauen vorbehaltlos Geld zu vererben; das ermutigt nur Verführer und Mitgiftjäger, dachte man. Also vermachte sie alles ihrem Enkel Edwin Lorrimer. Als sie starb, hatte er wohl ein schlechtes Gewissen gegenüber seiner Kusine. Wie Sie wissen, setzte er sie in seinem ersten Testament als Erbin ein.»

Dalgliesh sagte: «Wissen Sie, ob Lorrimer ihr mitteilte, daß er vorhabe, sein Testament zu ändern?»

Der Anwalt blickte ihn scharf an.

«Er hat mir nichts gesagt. Unter diesen Umständen wäre es günstig für sie, wenn sie beweisen könnte, daß er es ihr gesagt hatte.»

So günstig, dachte Dalgliesh, daß sie diese Tatsache bei der ersten Vernehmung sicher erwähnt hätte. Aber selbst wenn sie sich für die Erbin ihres Vetters gehalten hatte, mußte sie nicht unbedingt seine Mörderin sein. Wenn sie einen Anteil vom Geld ihrer Großmutter hätte haben wollen, hätte sie nicht bis jetzt zu warten brauchen, um dafür zu morden.

Das Telefon läutete. Major Hunt murmelte eine Entschuldigung und griff nach dem Hörer. Dann legte er seine Hand über die Sprechmuschel und sagte zu Dalgliesh:

«Es ist Miss Foley. Sie ruft von der Windmühlen-Kate an. Der alte Mr. Lorrimer möchte mit mir über das Testament sprechen. Er will wissen, ob das Haus jetzt ihm gehört. Möchten Sie, daß ich es ihm sage?»

«Das überlasse ich Ihnen. Aber er ist der nächste Verwandte. Er kann die Einzelheiten des Testaments genausogut jetzt wie später erfahren. Und sie auch.»

Major Hunt zögerte. Dann sprach er ins Telefon.

«Gut, Betty, verbinden Sie mich mit Miss Foley.»

Er sah Dalgliesh wieder an.

«Diese Neuigkeit wird in Chevisham für einigen Wirbel sorgen.»

Dalgliesh hatte plötzlich Brenda Pridmores eifriges junges Gesicht vor sich, das ihn über Howarths Schreibtisch angestrahlt hatte.

«Ja», sagte er finster. «Ja, das fürchte ich auch.»

5

Howarths Haus, Leamings, lag gut drei Meilen von Chevisham entfernt an der Straße nach Cambridge. Es war ein modernes Gebäude aus Beton, Holz und Glas mit zwei weißen Flügeln wie gefaltete Segel. Trotz der beginnenden Dämmerung sah es auf der leichten Erhebung über dem flachen Marschland beeindruckend aus. Das Haus stand ganz für sich in großartiger Einsamkeit; seine Wirkung beruhte einzig auf der Vollkommenheit der Linien und der kunstvollen Schlichtheit. Außer einer schwarzen Holzhütte auf Pfählen, trostlos wie ein Richtplatz, war kein Gebäude weit und breit zu sehen, und über dem Horizont im Osten hing ein aufregend verschnörkeltes Luftbild, der wunderbare Turm und das Achteck der Kathedrale von Ely. Von den Zimmern an der Rückseite mußte man einen grenzenlosen Himmel vor sich haben und auf weite freie Felder blicken, durch die der Leamingsdeich schnitt, und den jahreszeitlichen Wandel von der aufgerissenen schwarzen Erde über die Frühlingssaaten bis zur Ernte erleben; hier würde man nichts als den Wind und im Sommer das unaufhörliche leise Rauschen des Korns hören.

Der Bauplatz war klein gewesen, und der Architekt hatte erfinderisch sein müssen. Es gab keinen Garten; eine kurze Auffahrt führte zu einem gepflasterten Vorplatz und der doppelten Garage. Vor der Garage stand ein roter Jaguar XJS neben Howarths Triumph. Massingham warf einen neidischen Blick auf den neuen Jaguar und fragte sich, wie Mrs. Schofield die übliche lange Lieferfrist umgangen hatte. Sie fuhren hinauf und parkten neben den beiden Wagen. Noch bevor Dalgliesh den Motor abgestellt hatte, war Howarth herausgekommen und wartete auf sie. Er trug einen langen blau und weiß gestreiften Metzgerkittel, in dem er sich sehr wohl zu fühlen schien, denn er hielt es offenbar nicht für nötig, dieses seltsame Gewand zu erklären oder sich umzuziehen. Als sie die freitragenden hölzernen Stufen hinaufgingen, gratulierte Dalgliesh ihm zu dem Haus. Howarth sagte:

«Der Entwurf stammt von einem schwedischen Architekten, der auch einige moderne Gebäude in Cambridge gebaut hat. Tatsächlich gehört es einem Studienfreund. Er verbringt mit seiner Frau ein paar Jahre in Harvard. Wenn sie sich entschließen, in den Staaten zu bleiben, verkaufen sie es vielleicht. Jedenfalls haben wir für die nächsten achtzehn Monate eine Bleibe und können uns in Ruhe nach etwas anderem umsehen, wenn es sein muß.»

Sie stiegen eine breite Wendeltreppe aus Holz hinauf. Oben hörte jemand, sehr laut, eine Platte mit dem Schlußsatz des dritten Brandenburgischen Konzerts. Der strahlende polyphone Klang brandete gegen die Wände und erfüllte das ganze Haus; Massingham konnte sich fast vorstellen, es würde sich auf seinen weißen Flügeln erheben und fröhlich über die Felder segeln. Dalgliesh mußte laut sprechen, um die Musik zu übertönen:

«Mrs. Schofield fühlt sich hier wohl?»

Howarths Stimme klang bewußt beiläufig. «Ach, irgendwann mag es sie wieder forttreiben. Domenica liebt die Abwechslung. Meine Halbschwester leidet an dem Baudelaireschen *horreur de domicile* – meistens möchte sie lieber woanders sein. Ihre natürliche Umgebung ist London, aber sie wohnt zur Zeit bei mir, weil sie eine neue limitierte Crabbe-Ausgabe für Paradine Press illustriert.»

Die Musik war zu Ende. Howarth blieb stehen und sagte mit einem rauhen Unterton, als bedaure er schon die plötzliche Regung, sich mitzuteilen:

«Ich glaube, ich sollte Ihnen sagen, daß meine Schwester seit achtzehn Monaten verwitwet ist. Ihr Mann kam bei einem Autounfall ums Leben. Sie saß damals am Steuer, aber sie hatte Glück. Wenigstens nehme ich an, daß sie Glück hatte. Sie bekam kaum einen Kratzer ab. Charles Schofield starb nach drei Tagen.»

«Das tut mir leid», sagte Dalgliesh. Der Zyniker in ihm fragte sich, warum Howarth ihm das erzählte. Er hatte ihn für einen sehr verschlossenen Mann gehalten, für einen, der nicht leichthin über persönliche oder familiäre Tragödien spricht. War das ein Appell an seine Ritterlichkeit, eine versteckte Bitte, sie mit besonderer Rücksicht zu behandeln? Oder wollte Howarth ihm zu verstehen geben, daß sie immer noch vom Schmerz aufgewühlt sei, unberechenbar, nicht im Gleichgewicht? Er konnte kaum andeuten wollen, daß sie seit dem Unglück dem unwiderstehlichen Drang nachgegeben hatte, ihre Liebhaber zu töten.

Sie waren inzwischen oben angekommen und standen auf einem breiten Balkon, der frei im Raum zu hängen schien. Howarth stieß eine Tür auf und sagte:

«Ich lasse Sie jetzt allein. Ich fange heute zeitig mit den Vorbereitungen fürs Abendessen an. Sie ist da drin.» Er rief:

«Darf ich dir Oberkriminalrat Dalgliesh und Detektiv-Inspektor Massingham aus London vorstellen. Die Männer in der Mordsache. Meine Schwester, Domenica Schofield.»

Es war ein sehr großes Zimmer mit einem dreieckigen Fenster vom Dach bis zum Fußboden, das wie ein Schiffsbug über die Felder hinausragte. Die hohe gewölbte Decke war aus hellem Kiefernholz. Es war spärlich, aber sehr modern eingerichtet und erinnerte mehr an das Arbeitszimmer eines Musikers als an ein Wohnzimmer. Vor der Wand standen ein paar Geigenkästen und Notenständer durcheinander, und darüber war eine moderne und offensichtlich teure Stereoanlage angebracht. Ein einziges Bild, ein Ölbild, hing an der Wand. Die gesichtslose metallene Maske darauf mit den zwei unpersönlichen kalten Augen, die durch den Schlitz funkelten, paßte zu der Nüchternheit des Raums, zur tiefen Schwärze der beginnenden Nacht über dem Marschland.

Domenica Schofield stand vor einer Staffelei mitten im Zimmer. Sie lächelte nicht, als sie sich nach ihnen umwandte und sie mit diesen Augen, den Augen ihres Bruders, ansah. Dalgliesh fühlte sich wieder betroffen von den verwirrenden blauen Teichen unter dicken, geschwungenen Augenbrauen. Diese Augenblicke wurden immer seltener, aber immer, wenn er unerwartet einer schönen Frau gegenüberstand, machte sein Herz einen Sprung. Es war eher eine sinnliche Freude als eine sexuelle Regung, und er war froh, daß er zu diesem Gefühl noch fähig war – sogar mitten in einer Morduntersuchung.

Aber er fragte sich, wieweit dieses elegante, ruhige Umdrehen, dieser ernste, abwesende und doch prüfende Blick aus den ungewöhnlichen Augen einstudiert waren. In diesem Licht wirkte die Iris, wie bei ihrem Bruder, fast violett, das Weiße durchsetzt mit einem helleren Blau. Sie hatte einen blassen, honigfarbenen Teint, das flachsblonde Haar war aus der Stirn gekämmt und im Nacken zusammengebunden. Ihre Bluejeans lagen eng an den kräftigen Schenkeln an, darüber trug sie ein am Hals offenes, blau und grün kariertes Hemd. Dalgliesh schätzte sie etwa zehn Jahre jünger als ihren Halbbruder. Als sie sprach, klang ihre Stimme eigenartig tief für eine Frau und ein wenig heiser.

«Nehmen Sie Platz.» Sie deutete mit der rechten Hand vage auf einen der lederbezogenen Chromstühle. «Stört es Sie, wenn ich weitermache?»

«Nein, wenn es Sie nicht stört, wenn wir uns dabei unterhalten, und wenn Sie nichts dagegen habe, daß ich sitze, während Sie stehen.»

Er zog den Stuhl näher an die Staffelei heran, so daß er ihr Gesicht und gleichzeitig ihre Arbeit sehen konnte, und setzte sich hin. Der Stuhl war sehr bequem. Er spürte, daß ihre Unhöflichkeit ihr bereits leid tat. Bei jeder Gegenüberstellung hat der Stehende einen psychologischen Vorteil, jedoch nicht, wenn der Gegner offensichtlich gemütlich an einem selbst ausgesuchten Platz sitzt. Massingham hatte fast demonstrativ lautlos einen Stuhl hochgehoben und an die Wand links neben die Tür gestellt. Es mußte ihr bewußt sein, daß er hinter ihr saß, aber sie ließ sich nichts anmerken. Sie konnte kaum etwas gegen eine Situation einwenden, die sie selbst geschaffen hatte. Aber anscheinend spürte sie, daß das Gespräch nicht besonders glücklich begonnen hatte, denn sie sagte:

«Es tut mir leid, daß ich so arg beschäftigt bin, aber ich muß meinen Termin einhalten. Mein Bruder hat Ihnen vermutlich gesagt, daß ich eine neue Ausgabe von Crabbes Gedichten für Paradine Press illustriere. Diese Zeichnung gehört zu ‹Aufschub› – Dinah inmitten ihrer wunderlichen Träume.»

Es war Dalgliesh klar, daß sie eine ausgebildete, fähige Künstlerin sein mußte, um den Auftrag zu bekommen, und doch machte die Empfindsamkeit und Sicherheit der Federzeichnung einen starken Eindruck auf ihn. Sie war auffallend detailliert, aber nicht übertrieben, eine höchst dekorative und schön getroffene Ausgewogenheit zwischen der schlanken Mädchengestalt und Crabbes einzeln aufgezählten Wunschobjekten. Sie waren alle da, peinlich genau gezeichnet; die gemusterte Tapete, der Rosenteppich, der Hirschkopf und die mit Juwelen besetzte, emaillierte Uhr. Es war, dachte er, eine sehr englische Illustration zu dem englischsten aller Dichter. Sie gab sich Mühe mit den historischen Details. An der rechten Wand hing ein Korkbrett, an das sie Skizzen, anscheinend Vorstudien, geheftet hatte; ein Baum, halbfertige Interieurs, Möbelstücke, kleine Landschaftsimpressionen. Sie sagte:

«Es ist gut, daß man die Arbeit eines Dichters nicht unbedingt mögen muß, um ihn angemessen zu illustrieren. Wer hat noch Crabbe einen ‹Papst in Wollsocken› genannt? Nach zwanzig Zeilen beginnt es in meinem Kopf in gereimten Verspaaren zu pochen. Aber vielleicht mögen Sie unsere Klassiker. Sie schreiben Gedichte, nicht wahr?»

Wie sie es sagte, klang es, als sammle er aus Liebhaberei Zigarettenschachteln.

Dalgliesh sagte: «Ich schätze Crabbe, seit ich als Junge gelesen habe, daß Jane Austen sagte, sie hätte sich gut als Mrs. Crabbe vorstellen können. Als er zum erstenmal nach London kam, war er so arm, daß er seine sämtlichen Kleider ins Pfandhaus tragen mußte, und dann kaufte er sich von dem Geld eine Ausgabe von Drydens Gedichten.»

«Und das heißen Sie gut?»

«Es sagt mir zu.» Er zitierte:

«Viel Not und Elend gab es auf der Erde,
Doch heimisch ward bei ihr nie solch Beschwerde.
Sie dauerte der Witwen Trän', der Mütter Kummer,
Allein sie betete, versank in ruhigen Schlummer.
Denn sie genoß. Ihr Herz war nicht so klein,
Daß ein Gefühl es ausgefüllt allein.»

Sie warf einen raschen Blick aus den Augenwinkeln auf ihn.

«In diesem Fall gibt es zum Glück keine weinende Witwe oder trauernde Mutter. Und ich hörte mit neun Jahren auf, meine Gebete herzusagen. Oder wollten Sie nur beweisen, daß Sie Crabbe auswendig können?»

«Natürlich letzteres», antwortete Dalgliesh. «Eigentlich bin ich gekommen, um mit Ihnen über das hier zu sprechen.»

Er zog ein Bündel Briefe aus seiner Manteltasche, faltete einen davon auf und hielt ihn ihr hin. Er fragte:

«Ist das Lorrimers Schrift?»

Sie warf einen gelangweilten Blick auf das Blatt.

«Sicher. Schade, daß er sie nicht abgeschickt hat. Ich hätte sie gern gelesen, aber jetzt wohl nicht mehr.»

«Wahrscheinlich unterscheiden sie sich nicht sehr von denen, die er tatsächlich abgeschickt hat.»

Einen Augenblick glaubte er, sie würde es abstreiten, jemals welche von ihm erhalten zu haben. Dann dachte er: Ihr ist eingefallen, daß wir das leicht über den Postboten erfahren können. Er sah die blauen Augen wachsam werden. Sie sagte:

«So endet die Liebe, nicht mit einem Knall, sondern mit einem Winseln.»

«Ich würde es eher einen Aufschrei vor Schmerz nennen als ein Winseln.»

Sie hatte aufgehört zu arbeiten und betrachtete prüfend die Zeichnung. Sie sagte: «Es ist eigenartig, wie uninteressant das Elend ist. Er hätte lieber versuchen sollen, ehrlich zu sein. ‹Mir bedeutet es eine ganze Menge, Dir bedeutet es nicht sehr viel. Warum kannst Du dann nicht großzügig sein? Es würde Dich nichts kosten, nur ab und an eine halbe Stunde Deiner Zeit.› Ich hätte mehr Achtung vor ihm gehabt.»

«Aber er bat nicht um eine geschäftliche Vereinbarung», sagte Dalgliesh. «Er verlangte Liebe.»

«Das war etwas, was ich nicht zu verschenken hatte, und er hatte kein Recht, es von mir zu verlangen.»

Keiner von uns, dachte Dalgliesh, hat ein Recht, das zu erwarten. Plötzlich kam ihm ein Satz von Plutarch in den Sinn. «Knaben werfen im Spaß Steine auf Frösche. Aber die Frösche sterben nicht im Spaß, sie sterben im Ernst.»

«Wann haben Sie Schluß gemacht?»

Einen Augenblick schien sie überrascht.

«Ich wollte Sie gerade fragen, woher Sie wissen, daß ich Schluß gemacht habe. Natürlich, Sie haben ja die Briefe. Ich kann mir denken, daß er wimmerte. Ich sagte ihm vor etwa zwei Monaten, daß ich ihn nicht mehr sehen wollte. Seitdem habe ich kein Wort mehr mit ihm geredet.»

«Sagten Sie ihm den Grund?»

«Nein. Ich weiß nicht einmal, ob es einen Grund gab. Muß es denn einen geben? Es war kein anderer Mann im Spiel, falls Sie daran gedacht haben. Was für eine wunderbar einfache Ansicht Sie vom Leben haben. Ich könnte mir denken, daß die Polizeiarbeit eine Zettelkastenmentalität erzeugt. Opfer – Edwin Lorrimer. Verbrechen – Mord. Angeklagt – Domenica Schofield. Motiv – Sex. Urteil – Schuldig. Wie schade, daß Sie es nicht mehr mit ‹Strafe – Tod› zu einem sauberen Abschluß bringen können. Sagen wir also, ich hatte ihn über.»

«Als Sie seine sexuellen und emotionalen Möglichkeiten ausgeschöpft hatten?»

«Sagen wir besser, die intellektuellen, wenn Sie mir diese Arroganz verzeihen. Ich finde, die physischen Möglichkeiten sind ziemlich rasch erschöpft, meinen Sie nicht? Aber wenn ein Mann Geist hat, Intelligenz, seine höchstpersönlichen, ausgefallenen Interessen, dann hat eine Beziehung irgendeinen Sinn. Ich kannte einmal einen Mann, der eine Autorität auf dem Gebiet des Kirchenbaus im 17. Jahrhundert war. Wir fuhren meilenweit, um uns Kirchen anzusehen. Das hat mich damals fasziniert, und ich weiß heute eine ganze Menge über das späte 17. Jahrhundert. Das ist etwas auf der Habenseite.»

«Wogegen Lorrimers einzige intellektuelle Interessen populäre Philosophie und Kriminologie waren.»

«Gerichtsbiologie. Er hatte seltsame Hemmungen, sich darüber zu unterhalten. Die Verpflichtung auf Geheimhaltung war wahrscheinlich an dem Ort eingegraben, den er als den Sitz seiner Seele bezeichnet hätte. Außerdem war er sogar langweilig, wenn er von seinem Beruf sprach. Wissenschaftler sind das ausnahmslos, habe ich festgestellt. Mein Bruder ist der einzige Wissenschaftler, den ich je kennengelernt habe, der mich nicht nach den ersten zehn Minuten, die ich mit ihm zusammen bin, anödet.»

«Wo haben Sie mit ihm geschlafen?»

«Die Frage ist eine Unverschämtheit. Ist das wichtig?»

«Es könnte sein – für die Zahl der Personen, die von dem Verhältnis wußten.»

«Keiner wußte etwas. Es paßt mir nicht, wenn meine Privatangelegenheiten auf der Damentoilette im Hoggatt durchgehechelt werden.»

«Demnach wußte es niemand außer Ihrem Bruder und Ihnen?»

Sie mußten vorher zu dem Schluß gekommen sein, es sei töricht und gefährlich zu leugnen, daß Howarth von dem Verhältnis wußte.

«Hoffentlich wollen Sie mich nicht fragen, ob er es guthieß.»

«Nein. Ich habe vorausgesetzt, daß er es nicht guthieß.»

«Wie, zum Teufel, kommen Sie darauf!» Es sollte locker klingen, fast scherzhaft, aber Dalgliesh hörte den scharfen abwehrenden und zornigen Unterton heraus. Er sagte freundlich:

«Ich versuche nur, mich in seine Lage zu versetzen. Wenn ich gerade eine neue Stelle angetreten hätte, noch dazu eine recht schwierige, würde ich in der Affäre meiner Halbschwester mit einem Mitglied meiner Mannschaft, dazu einem, das sich vermutlich zurückgesetzt fühlte, eine Erschwerung sehen, auf die ich lieber verzichten möchte.»

«Vielleicht haben Sie nicht das Selbstvertrauen meines Bruders. Er war nicht auf Edwin Lorrimers Unterstützung angewiesen, um sein Institut erfolgreich zu leiten.»

«Brachten Sie ihn hierher?»

«Einen Untergebenen meines Bruders hier in seinem eigenen Haus verführen? Wenn ich meinen Bruder nicht leiden könnte, hätte das der Sache vielleicht einen zusätzlichen Reiz gegeben. Den hätte sie, zugegeben, am Ende sogar gebrauchen können. Da dem aber nicht so ist, wäre es lediglich geschmacklos gewesen. Wir besitzen beide einen Wagen, und seiner ist besonders geräumig.»

«Ich dachte, das wäre der Notbehelf von neugierigen Halbwüchsigen. Es muß ungemütlich und kalt gewesen sein.»

«Sehr kalt. Ein weiterer Grund für meinen Entschluß, die Beziehung zu beenden.» Dann drehte sie sich nach ihm um und sagte unerwartet heftig:

«Hören Sie, ich versuche nicht, Sie zu schockieren. Ich versuche, die Wahrheit zu sagen. Ich hasse Tod und Zerstörung und Gewalt. Wer tut das nicht? Aber ich trauere nicht, für den Fall, daß Sie mir Ihr Beileid aussprechen wollten. Es gibt nur einen Mann, dessen Tod mir weh getan hat, und das ist nicht Edwin Lorrimer. Und ich fühle mich nicht verantwortlich. Warum sollte ich? Ich bin nicht verantwortlich. Auch wenn er sich selbst umgebracht hätte, würde ich mich nicht für schuldig halten. Wie die Dinge liegen, glaube ich nicht, daß sein Tod etwas mit mir zu tun hat. Wahrscheinlich hätte eher er die Lust haben können, mich zu töten. Ich hatte nie das winzigste Motiv, ihn zu ermorden.»

«Haben Sie irgendeine Vorstellung, wer es getan haben könnte?»

«Ein Fremder, denke ich. Jemand, der in das Institut einbrach, um ein Beweisstück unterzuschieben oder eins zu vernichten. Vielleicht ein betrunkener Autofahrer, der seine Blutprobe an sich bringen wollte. Edwin überraschte ihn, und der Eindringling erschlug ihn.»

«Die Blutproben werden nicht in der biologischen Abteilung analysiert.»

«Dann war es vielleicht ein persönlicher Feind, jemand, der einen Groll auf ihn hatte. Schließlich ist er wohl ein bekannter Mann im Zeugenstand gewesen. Tod eines Sachverständigen.»

Dalgliesh sagte: «Es bleibt aber die Schwierigkeit, wie der Mörder in das Institut gelangt und wie er herausgekommen ist.»

«Er verschaffte sich wahrscheinlich im Laufe des Tages Zutritt und versteckte sich, bis das Gebäude für die Nacht abgeschlossen wurde. Ich überlasse es Ihnen zu entdecken, wie er herauskam. Vielleicht schlich er sich, als das Institut am Morgen aufmachte, in dem Durcheinander hinaus, nachdem dieses Mädchen – Brenda Pridmore, nicht wahr? – die Leiche entdeckt hatte. Sicher hatte niemand ständig die Eingangstür im Auge.»

«Und der fingierte Telefonanruf bei Mrs. Bidwell?»

«Da besteht wohl kein Zusammenhang, würde ich sagen. Einfach eine Frau, die ihr einen Streich spielen wollte und jetzt vermutlich zuviel Angst hat, um zuzugeben, wie es war. Ich würde an Ihrer Stelle bei den jüngeren weiblichen Institutsangestellten nachhaken. Das ist die Art von Scherzen, die nicht besonders kluge junge Leute vielleicht lustig finden.»

Dalgliesh fragte sie dann, was sie am vorigen Abend gemacht hatte. Sie sagte, sie habe ihren Bruder nicht zu dem Bunten Abend begleitet, weil sie eine Abneigung gegen diese dörflichen Vergnügungen habe, Mozart nicht gleichgültig heruntergespielt hören möchte und außerdem ein paar Zeichnungen fertigbekommen mußte. Sie hatten früh zu Abend gegessen, ungefähr um Viertel vor sieben, und Howarth war zwanzig nach sieben aus dem Haus gegangen. Sie hatte gearbeitet und war weder durch Telefon noch durch Besuch gestört worden, bis ihr Bruder kurz nach zehn zurückkam. Er hatte ihr einen heißen Whisky als Schlaftrunk gebracht und von seinem Abend erzählt. Beide waren dann früh zu Bett gegangen.

Sie sagte von sich aus, ohne danach gefragt worden zu sein, ihr Bruder habe einen völlig normalen Eindruck gemacht, als er nach Hause gekommen war, allerdings seien sie beide sehr müde gewesen. In der Nacht davor habe man ein ermordetes Mädchen gefunden, er sei am Tatort gewesen und kaum zum Schlafen gekommen. Sie habe gelegentlich Mrs. Bidwell zu sich bestellt, zum Beispiel vor und nach dem Abendessen, zu dem sie und Howarth bald nach ihrem Einzug eingeladen hatten, aber sie hätte sie gewiß niemals an einem Tag, an dem sie im Institut arbeitete, zu sich gebeten.

Dalgliesh fragte: «Erzählte Ihr Bruder Ihnen, daß er nicht die ganze Zeit bei dem Bunten Abend war?»

«Er sagte mir, er habe ungefähr eine halbe Stunde auf einem Grabstein gesessen und Betrachtungen über die Sterblichkeit angestellt. Ich kann mir vorstellen, daß er in diesem Stadium der Vorstellung die Toten unterhaltsamer fand als die Lebenden.»

Dalgliesh sah zu der hohen geschwungenen Holzdecke auf. Er sagte: «Es muß recht teuer sein, dieses Haus im Winter warm zu halten. Wie wird es geheizt?»

Da war es wieder, dieses rasche, verstohlene Aufblitzen in den blauen Augen.

«Wir haben eine Gaszentralheizung. Es gibt kein offenes Feuer, eines der Dinge, die wir hier vermissen. Wir können also den Kittel von Paul Middlemass nicht verbrannt haben. Tatsächlich wären wir verrückt gewesen, wenn wir es versucht hätten. Das klügste wäre gewesen, ihn mit Steinen in den Taschen zu beschweren und in die Schleuse von Leamings zu werfen. Man würde ihn wahrscheinlich irgendwann herausfischen, aber ich wüßte nicht, wie man dann noch feststellen sollte, wer ihn hineingeworfen hat. So hätte ich es jedenfalls gemacht.»

«Nein, das hätten Sie nicht», sagte Dalgliesh freundlich. «Der Kittel hatte keine Taschen.»

Sie machte keine Anstalten, sie hinauszubegleiten, aber Howarth erwartete sie unten an der Treppe. Dalgliesh sagte:

«Sie haben mir nicht gesagt, daß Ihre Schwester Lorrimers Geliebte war. Haben Sie sich vielleicht eingeredet, das sei nicht wichtig?»

«Für seinen Tod? Warum sollte es? Es mag wichtig gewesen sein für sein Leben. Ob auch für ihres, bezweifle ich stark. Und ich bin nicht der Wärter meiner Schwester. Sie kann durchaus für sich selbst sprechen, wie Sie wohl bemerkt haben.»

Er ging mit ihnen bis zum Auto und benahm sich so förmlich wie jemand, der unwillkommene Gäste verabschiedet. Dalgliesh sagte – die Hand schon am Türgriff: «Sagt Ihnen die Zahl 1840 etwas?»

«In welchem Zusammenhang?»

«Welchen Sie wollen.»

Howarth sagte ruhig: «Whewell veröffentlichte die *Philosophie der induktiven Wissenschaften*; Tschaikowsky wurde geboren; Berlioz komponierte die *Symphonie funèbre et triomphale*. Weiter reichen meine Kenntnisse über dieses gewöhnliche Jahr nicht. Oder wenn Sie einen anderen Zusammenhang haben wollen: das Verhältnis der Masse des Protons zur Masse des Elektrons.»

Massingham rief von der anderen Seite des Rovers: «Ich dachte, das wäre 1836, oder nehmen Sie es nicht so genau mit dem Aufrunden? Guten Tag, Sir.»

Als sie von der Einfahrt in die Straße einbogen, fragte Dalgliesh:

«Wie kommt es, daß Sie ausgerechnet ein so unwichtiges Stückchen Wissen behalten haben?»

«Aus der Schule. Es war vielleicht ein Nachteil, als dieser soziale Mischmasch anfing, aber der Unterricht war nicht schlecht. Das ist eine Zahl, die im Gedächtnis haften bleibt.»

«Nicht in meinem. Was halten Sie von Mrs. Schofield?»

«Ich hatte sie mir nicht so vorgestellt.»

«Nicht so attraktiv, so begabt oder so arrogant?»

«Alles zusammen. Ihr Gesicht erinnert mich an jemanden, an eine Schauspielerin. Eine französische, glaube ich.»

«Simone Signoret, als sie jung war. Es überrascht mich, daß Sie alt genug sind, sich an sie zu erinnern.»

«Letztes Jahr spielten sie wieder einmal *Goldhelm*.»

Dalgliesh sagte: «Sie hat uns mindestens eine kleine Lüge erzählt.»

Abgesehen von der einen großen Lüge, die sie möglicherweise erzählt hatte, dachte Massingham. Er hatte genug Erfahrung, um zu wissen, daß es jene zentrale Lüge war, die Versicherung der Unschuld, die so schwer aufzudecken war; und die kleinen geschickten, häufig so unnötigen Erfindungen, die sich am Ende verwirrten und alles verrieten.

«Ja, Sir?»

«Über den Ort, wo sie und Lorrimer miteinander schliefen, auf dem Rücksitz seines Autos. Das glaube ich nicht. Und Sie?»

Es kam selten vor, daß Dalgliesh einen Untergebenen so direkt fragte. Massingham wurde nervös, er fühlte sich examiniert. Er überlegte eine Zeitlang, bevor er antwortete.

«Vom psychologischen Standpunkt könnte es falsch sein. Sie ist eine wählerische, verwöhnte Frau, die eine hohe Achtung vor sich selbst hat. Und sie muß zugesehen haben, wie man nach diesem Unfall, bei dem sie gefahren war, den Körper ihres Mannes aus dem zertrümmerten Auto zog. Irgendwie kann ich mir nicht vorstellen, daß ihr Sex auf irgendwelchen Autorücksitzen Spaß macht. Es sei denn, sie wollte damit die böse Erinnerung austreiben. Das könnte sein.»

Dalgliesh lächelte. «Ich hatte eigentlich nicht so tiefschürfende Gedanken. Ein knallroter Jaguar, noch dazu das letzte Modell, ist wohl nicht gerade das unauffälligste Fahrzeug, um mit einem Liebhaber durch die Gegend zu kutschieren. Und der alte Mr. Lorrimer sagte, sein Sohn habe abends oder nachts kaum das Haus verlassen, höchstens wenn er an einen Tatort gerufen wurde. Diese Gelegenheiten sind nicht vorherzusehen. Andererseits war er häufig noch spät in seinem Labor. Diese Verspätungen können nicht alle mit der Arbeit zu tun gehabt haben. Ich glaube, daß er und Mrs. Schofield ihre Rendezvous ziemlich nahe beim Institut hatten.»

«Glauben Sie, das ist wichtig, Sir?»

«Wichtig genug, um sie zu einer Lüge zu verleiten. Warum sollte es ihr sonst etwas ausmachen, wenn wir wüßten, wo sie sich vergnügten? Ich könnte es noch verstehen, wenn sie uns sagte, wir sollten uns um unsere eigenen Angelegenheiten kümmern. Warum machte sie sich die Mühe zu lügen? Und dann war da noch einmal ein Augenblick, wo sie ganz kurz die Fassung verlor, als sie nämlich über die Kirchenbauten des 17. Jahrhunderts sprach. Ich hatte den Eindruck, als wäre da ein winziger, kaum merkbarer Augenblick der Verwirrung gewesen, als habe sie bemerkt, daß sie aus Versehen etwas Unbesonnenes gesagt hatte oder zumindest etwas, was sie lieber für sich behalten hätte. Wenn wir die Verhöre morgen hinter uns haben, denke ich, sehen wir uns einmal die Kapelle auf dem Institutsgelände an.»

«Aber Sergeant Reynolds war heute morgen dort, Sir, nachdem er das Gelände abgesucht hatte. Es ist einfach eine abgeschlossene, leere Kapelle. Er hat nichts gefunden.»

«Vermutlich, weil es nichts zu finden gibt. Es ist nur einfach so eine Ahnung von mir. Jetzt sollten wir aber erst einmal zurück nach Guy's Marsh zu dieser Pressekonferenz fahren, und dann muß ich mit dem

Polizeichef reden, falls er wieder da ist. Danach möchte ich Brenda Pridmore gern noch einmal sehen, und später will ich ins Alte Pfarrhaus fahren und mit Dr. Kerrison sprechen. Aber das kann noch ein bißchen warten. Sehen wir erst mal, wie es bei Mrs. Gotobed im *Moonraker* mit dem Abendessen aussieht.»

6

Zwanzig Minuten später stand Howarth in der Küche in Leamings, die ein nicht ganz gelungener Kompromiß zwischen einem Laboratorium und ländlicher Häuslichkeit war, und rührte eine Vinaigrette. Der unangenehme, aufdringliche Geruch des Olivenöls, das in einem dünnen goldenen Strom aus der Flasche floß, ließ ihn wie immer an Italien und an seinen Vater denken, diesen dilettantischen Sammler, der den größten Teil des Jahres in der Toskana oder in Venedig verbracht und von dort allen möglichen Krimskrams mit nach Hause geschleppt hatte. Sein zügelloses, hypochondrisches Einzelgängerleben hatte an seinem fünfzigsten Geburtstag geendet, und das hatte zu ihm gepaßt, denn er hatte nichts so sehr gefürchtet wie das Alter. Seinen beiden mutterlosen Kindern war er weniger ein Fremder als ein Rätsel gewesen – selten in Person bei ihnen, aber geheimnisvoll in ihren Gedanken vorhanden.

Maxim erinnerte sich der Gestalt im lila und golden gemusterten Schlafrock, die eines Nachts am Fußende seines Bettes gestanden hatte, in jener ungewöhnlichen Nacht der unterdrückten Stimmen, der hastig eilenden Füße, der unerklärlichen Ruhe, in der seine Stiefmutter gestorben war. Er war in den Ferien aus dem Internat nach Hause gekommen, acht Jahre alt, unbeachtet während der Krise der Krankheit, voller Ängste und allein. Er erinnerte sich deutlich an die leise, ziemlich erschöpfte Stimme seines Vaters, die schon den stumpfen Klang des Leids angenommen hatte.

«Deine Stiefmutter ist vor zehn Minuten gestorben, Maxim. Offenbar hat das Schicksal mich nicht zum Gatten bestimmt. Ich werde einen solchen Schmerz nicht noch einmal riskieren. Du, mein Junge, mußt dich um deine Stiefschwester kümmern. Ich verlasse mich auf dich.»

Und dann hatte sich eine kalte Hand beiläufig auf seine Schulter gelegt, als übertrage sie eine Last. Er hatte sie, als Achtjähriger, wörtlich akzeptiert und nie abgeschüttelt. Zuerst hatte ihn die Größe der Verpflichtung erschreckt. Er erinnerte sich, wie er dagelegen und entsetzt in die Dunkelheit gestarrt hatte. Kümmere dich um deine Schwester. Domenica war drei Monate alt. Wie konnte er nach ihr sehen? Wie sollte er ihr zu essen geben? Wie sie anziehen? Was würde aus der Schule? Man würde ihm nicht erlauben, zu Hause zu bleiben, um für seine Schwester zu sorgen. Er lächelte schief, wie ihm die Erleichterung einfiel, als er am nächsten Morgen entdeckte, daß das Kindermädchen doch im Haus bleiben sollte. Er dachte an seine ersten Anstrengungen, seiner Verantwortung gerecht zu werden, indem er entschlossen die Stange des Kinderwagens packte und mit aller Kraft versuchte, ihn die Allee hinaufzuschieben, oder sich abmühte, Domenica auf ihren Stuhl zu heben.

«Laß mich das machen, Maxim, du bist mir mehr im Weg, als daß du mir hilfst.»

Aber später hatte das Kindermädchen allmählich gemerkt, daß er mehr half als störte, daß das Kind unbesorgt in seiner Obhut gelassen werden konnte, während sie und die einzige andere Hausangestellte ihren eigenen unkontrollierten Beschäftigungen nachgingen. Seine Schulferien hatte er meistens damit verbracht, daß er sich mit um Domenica kümmerte. Aus Rom, Verona, Florenz und Venedig hatte sein Vater über seinen Anwalt die finanziellen und schulischen Dinge geregelt. Er selbst aber hatte die Kleider gekauft, sich um die Schule gekümmert, hatte sie getröstet und ihr Ratschläge gegeben. Er hatte versucht, ihr in den Nöten und Ungewißheiten der Pubertät zu helfen, bevor er sie selbst vollends ausgestanden hatte. Er war ihr Streiter gegen die Welt gewesen. Er mußte lächeln. Er dachte daran, wie sie ihn in Cambridge aus ihrem Internat angerufen und gebeten hatte, sie in derselben Nacht abzuholen: «Vor der Hockeyhalle, dem grausigen Folterhaus, um Mitternacht. Ich klettere die Feuerleiter hinunter. Versprich es.» Und dann ihr Geheimwort des Trotzes und der Treue: *«Contra mundum.»*

«Contra mundum.»

Sein Vater kam aus Italien angereist, aber die dringenden Bitten der Oberin um ein Gespräch brachten ihn so wenig aus der Fassung, daß es auf der Hand lag, daß er sowieso nach England hatte fahren wollen.

«Es war gewiß unnötig überspannt von deiner Schwester, wie sie sich davongemacht hat. Verabredung um Mitternacht. Dramatische Autofahrt durch halb England. Die Oberin schmerzte es anscheinend besonders, daß sie ihren Koffer zurückgelassen hat, obwohl ich einsehe, daß er auf der Feuerleiter hinderlich gewesen wäre. Und du mußt die ganze Nacht vom College weg gewesen sein. Das wird dein Tutor nicht gern gesehen haben.»

«Ich bin kein Student mehr, Vater. Ich habe vor achtzehn Monaten Examen gemacht.»

«Was du nicht sagst. Die Zeit vergeht so schnell in meinem Alter.

Physik, nicht wahr? Ein seltsames Studium. Hättest du sie nicht nach der Schule auf die übliche Art abholen können?»

«Wir wollten möglichst schnell so weit wie möglich von dort weg sein, ehe sie merkten, daß sie verschwunden war und zu suchen anfingen.»

«Eine kluge Taktik – bis zu einem gewissen Grad.»

«Dom haßt es, zur Schule zu gehen, Vater. Sie fühlt sich dort todunglücklich.»

«Das war ich auch in der Schule, aber es wäre mir nie in den Sinn gekommen, etwas anderes zu erwarten. Die Oberin scheint eine reizende Frau zu sein. Neigt zu Mundgeruch, wenn sie aufgeregt ist, aber ich hätte nicht gedacht, daß deine Schwester sich daran stören würde. Sie können kaum in so nahen Kontakt gekommen sein. Sie rechnet übrigens nicht damit, Domenica wiederzusehen.»

«Muß Domenica denn irgendwohin gehen, Vater? Sie ist fast fünfzehn. Sie braucht nicht mehr zur Schule zu gehen. Und sie möchte Malerin werden.»

«Ich denke schon, daß sie zu Hause bleiben kann, bis sie alt genug für die Kunstakademie ist, wenn du das vorschlagen wolltest. Aber es lohnt sich kaum, in unserem Haus in London für eine einzige Person den Haushalt führen zu lassen. Ich fahre nächste Woche wieder nach Venedig. Ich bin nur hier, um mich von Dr. Mavers-Brown untersuchen zu lassen.»

«Vielleicht könnte sie für einen Monat oder so mit dir nach Italien gehen. Sie würde schrecklich gern die Accademia sehen. Und sie sollte wirklich Florenz kennenlernen.»

«Oh, ich glaube, das läßt sich nicht einrichten, mein Junge, das kommt gar nicht in Frage. Sie soll sich lieber ein Zimmer in Cambridge nehmen, dann kannst du ein Auge auf sie haben. Sie haben ein paar ganz anständige Bilder im Fitzwilliam-Museum. Du meine Güte, was für eine Verantwortung man sich mit Kindern auflädt! Das ist genau das Falsche, daß ich mich bei meinem Gesundheitszustand mit solchen Dingen abgeben muß. Mavers-Brown hat mir dringend angeraten, Aufregungen zu vermeiden.»

Und nun lag er in seinem ganzen Eigendünkel auf einem der schönsten Begräbnisplätze, dem protestantischen Friedhof in Rom. Wenn ihm der Gedanke an den Tod nicht so zuwider gewesen wäre, dachte Maxim, hätte ihm das ebensogut gefallen, wie er dem aggressiven italienischen Autofahrer gegrollt hätte, dessen falsch eingeschätzte Beschleunigung an der Kreuzung der Via Vittoria mit dem Corso ihn dorthin gebracht hatte.

Er hörte seine Schwester die Treppe herunterkommen.

«Sie sind also gegangen.»

«Vor zwanzig Minuten etwa. Wir hatten nur ein kurzes Wortgeplänkel auf dem Weg zum Auto. Ist Dalgliesh beleidigend geworden?»

«Nicht mehr als ich ihm gegenüber. Gleiche Punktzahl, würde ich sagen. Ich glaube, er mag mich nicht.»

«Ich glaube, er mag niemanden besonders. Aber er gilt als hochintelligent. Fandest du ihn anziehend?»

Sie beantwortete die unausgesprochene Frage. «Das wäre das gleiche, als wenn ich mit einem Henker ins Bett ginge.»

Sie stippte einen Finger in die Vinaigrette.

«Zuviel Essig. Was hast du inzwischen getan?»

«Außer dem Kochen? An Vater gedacht. Weißt du, Dom, daß ich mit elf Jahren felsenfest davon überzeugt war, er habe unsere Mütter ermordet?»

«Alle beide? Ich meine, deine und meine? Was für eine verrückte Idee. Wie hätte er das tun können? Deine starb an Krebs und meine an Lungenentzündung. Das hätte er kaum so einrichten können.»

«Ich weiß. Er schien nur einfach der geborene Witwer zu sein. Ich dachte damals, er hätte es getan, um sie daran zu hindern, noch mehr Kinder zu bekommen.»

«Das hätte er damit allerdings erreicht. Hast du dich gefragt, ob ein Hang zum Morden erblich ist?»

«Eigentlich nicht. Aber sehr viel ist erblich. Vaters totale Unfähigkeit, Beziehungen herzustellen, zum Beispiel. Diese unglaubliche Versenkung in sich selbst. Weißt du, er wollte mich tatsächlich in Stoneyhurst anmelden, bis ihm einfiel, daß deine Mutter, nicht meine, römisch-katholisch war.»

«Schade, daß er es rechtzeitig gemerkt hat. Ich hätte sehen mögen, was die Jesuiten aus dir gemacht hätten. Das Problem bei einer religiösen Erziehung für eine gottlose Person wie mich ist, daß man sein Leben lang das Gefühl nicht los wird, daß man etwas verloren hat und nicht, daß es nicht vorhanden ist.»

Sie ging an den Tisch und rührte mit den Fingern in einer Schüssel mit Pilzen.

«Ich kann Beziehungen knüpfen. Das dumme ist, daß sie mich bald langweilen und nicht von Dauer sind. Und ich scheine nur eine Art zu kennen, nett zu sein. Es ist nur gut, daß unsere Beziehung Bestand hat, nicht wahr? Du wirst mir bleiben, bis zu dem Tag, an dem ich sterbe. Soll ich mich jetzt umziehen oder möchtest du, daß ich mich um den Wein kümmere?»

«Du wirst mir bleiben, bis zu dem Tag, an dem ich sterbe.» *Contra mundum.* Jetzt war es zu spät, dieses Band zu zerreißen, selbst wenn er es gewollt hätte. Er dachte an Charles Schofields bandagierten Kopf, an die sterbenden Augen, die hinter den zwei Schlitzen im Verband immer noch boshaft waren, an die geschwollenen Lippen, die sich mühsam bewegten.

«Meinen Glückwunsch, Giovanni. Denke an mich in deinem Garten in Parma.»

Was so erschreckend gewesen war, war nicht die Lüge an sich, auch nicht, daß Schofield sie geglaubt hatte oder so getan hatte, als glaubte er sie, sondern daß er seinen Schwager stark genug haßte, um mit diesem Spott auf den Lippen zu sterben. Oder hatte er vorausgesetzt, ein Physiker, ein kläglicher Philister, würde die englischen Dramatiker nicht kennen? Selbst seine Frau, diese unermüdliche, sexuell so versierte Person, war nicht so dumm gewesen.

«Ich glaube, ihr würdet miteinander schlafen, wenn Domenica zufällig Lust dazu hätte. Der Makel des Inzests würde ihr nichts ausmachen. Aber das habt ihr nicht nötig, nicht wahr? Ihr braucht so etwas Normales wie Sex nicht, um euch noch näher zu sein. Ihr braucht beide keinen anderen. Darum mache ich mich davon. Ich gehe jetzt weg, solange noch etwas von mir da ist, das weggehen kann.»

«Max, was ist denn mit dir?»

Domenicas Stimme, vor Unruhe lauter als sonst, rief ihn in die Gegenwart zurück. Seine Gedanken eilten durch ein Kaleidoskop von wirren Jahren, durch überlagerte wirbelnde Bilder der Kindheit und der Jugend, zu jenem letzten, unvergeßlichen Bild, das überscharf für immer in seinem Gedächtnis eingeprägt war: Lorrimers starre Finger, die sich an den Boden seines Labors krallten, Lorrimers stumpfe halboffene Augen, Lorrimers Blut. Er sagte:

«Zieh dich um. Ich kümmere mich um den Wein.»

7

«Was werden die Leute sagen?»

«Du denkst immer daran, was die Leute sagen, Mami. Was macht das schon, was sie sagen? Ich habe nichts getan, weswegen ich mich schämen müßte.»

«Natürlich nicht. Wenn jemand etwas anderes behauptet, wird dein Vater das schnell richtigstellen. Aber du weißt, wie sie in diesem Dorf reden. 1000 Pfund. Ich konnte es kaum glauben, als der Rechtsanwalt anrief. Ein schöner Batzen. Und bis Lillie Pearce die Neuigkeit im *Stars and Plough* verbreitet hat, werden es ganz gewiß 10000 sein.»

«Wen kümmert es, was Lillie Pearce sagt, die dumme alte Kuh.»

«Brenda! Nimm dich zusammen. Wir müssen in diesem Dorf leben.»

«Du vielleicht. Ich nicht. Und wenn die Leute so denken, dann ziehe ich weg, je eher, desto besser. Ach, Mami, mach doch nicht so ein Gesicht! Er wollte mir nur helfen, er wollte etwas Nettes tun. Und wahrscheinlich hat er es ganz impulsiv getan.»

«Es war trotzdem nicht sehr durchdacht von ihm, oder nicht? Er hätte sich mit deinem Vater oder mir besprechen können.»

«Aber er wußte doch nicht, daß er so schnell sterben würde.»

Brenda und ihre Mutter waren allein im Haus, weil Arthur Pridmore nach dem Abendessen zur monatlichen Versammlung des Kirchenvorstands gegangen war. Sie waren mit dem Geschirrspülen fertig, und der ganze lange Abend lag vor ihnen. Zu unruhig, um sich vor den Fernseher zu setzen, und zu sehr durch die außergewöhnlichen Ereignisse des Tages abgelenkt, um ein Buch in die Hand zu nehmen, saßen sie, halb aufgeregt, halb ängstlich, vor dem Kaminfeuer. Arthur Pridmores beruhigende Gestalt in dem hohen Lehnstuhl fehlte ihnen. Schließlich zwang sich Mrs. Pridmore, wieder in den Alltag zurückzufinden, und holte ihren Nähkorb.

«Es wird wenigstens zu einer hübschen Hochzeitsfeier beitragen. Wenn du es annehmen mußt, bringst du es am besten auf die Post. Dort trägt es Zinsen, und du hast es, wenn du es brauchst.»

«Ich brauche es jetzt. Für Bücher und ein Mikroskop, wofür Dr. Lorrimer es gedacht hatte. Deshalb hat er es mir vermacht, und dafür will ich es ausgeben. Wenn jemand Geld für einen bestimmten Zweck hinterläßt, darf man es außerdem nicht für etwas anderes verwenden. Und das will ich auch nicht. Ich frage Papa, ob er mir ein Bücherregal und einen Arbeitstisch für mein Zimmer baut, und dann fange ich sofort an, mich in den Naturwissenschaften weiterzubilden.»

«Er hätte nicht an dich denken sollen. Was ist mit Angela Foley? Hat ein schweres Leben gehabt, das Mädchen. Sie hat nie auch nur einen einzigen Penny von dem Vermögen ihrer Großmutter gesehen, und jetzt das.»

«Das geht uns nichts an, Mami. Es war seine Entscheidung. Vielleicht hätte er ihr etwas vermacht, wenn sie sich nicht gestritten hätten.»

«Was meinst du mit streiten? Wann?»

«Irgendwann letzte Woche. Am Dienstag glaube ich. Es war gerade, bevor ich nach Hause ging und fast das ganze Personal schon gegangen war. Inspektor Blakelock schickte mich nach oben in die Biologie, um nach einem Bericht für das Gericht zu fragen. Sie bat ihn um Geld, und er sagte, er würde ihr nichts geben, und dann sagte er etwas von einem neuen Testament.»

«Soll das heißen, du hast dagestanden und gehorcht?»

«Ja, aber ich konnte doch nichts dafür. Sie redeten ziemlich laut. Er sagte böse Worte über Stella Mawson, weißt du, die Schriftstellerin, mit der Angela Foley zusammen wohnt. Ich habe nicht absichtlich gelauscht. Ich wollte gar nichts hören.»

«Du hättest weggehen können.»

«Und den ganzen Weg von der Halle nach oben noch einmal machen? Auf jeden Fall mußte ich ihn nach dem Bericht über den Fall Cummings fragen. Ich konnte nicht runtergehen und Inspektor Blakelock sagen, ich hätte keine Antwort bekommen, weil Dr. Lorrimer sich mit seiner Kusine stritt. Außerdem haben wir in der Schule immer gehorcht, wenn es etwas zu horchen gab.»

«Du bist nicht mehr in der Schule. Wirklich, Brenda, du machst mir manchmal Sorgen. Einen Augenblick benimmst du dich wie ein vernünftiger Erwachsener, und im nächsten Moment würde jeder denken, du wärst vierzehn. Du bist achtzehn Jahre alt, du bist erwachsen. Was hat die Schule damit zu tun?»

«Ich weiß gar nicht, warum du dich so aufregst. Ich habe keinem Menschen etwas davon gesagt.»

«Du wirst es aber dem Detektiv von Scotland Yard sagen müssen.»

«Mami! Das kann ich nicht! Es hat doch überhaupt nichts mit dem Mord zu tun.»

«Woher willst du das wissen? Du sollst der Polizei alles sagen, was wichtig ist. Hat er das nicht zu dir gesagt?»

Genau das hatte er ihr gesagt. Brenda erinnerte sich an seinen Blick, an ihr schuldbewußtes Erröten. Er hatte gewußt, daß sie etwas für sich behielt. Sie sagte mit dickköpfigem Trotz:

«Aber ich kann doch Angela Foley nicht des Mordes beschuldigen. Außerdem», erklärte sie triumphierend, als ihr ein Satz von Inspektor Blakelock einfiel, «wäre es nur Hörensagen, kein ordentlicher Beweis. Er würde gar keine Notiz davon nehmen. Und, Mami, da ist noch etwas anderes. Angenommen, sie rechnete gar nicht damit, daß er sein Testament so rasch ändern würde? Dieser Rechtsanwalt sagte dir, daß Dr. Lorrimer das neue Testament letzten Freitag gemacht hat, nicht wahr? Wahrscheinlich weil er sowieso am Freitag zu einer Tatortbesichtigung nach Ely fahren mußte. Der Anruf von der Polizei kam um zehn Uhr. Er muß anschließend zu seinem Anwalt gegangen sein.»

«Was willst du damit sagen?»

«Nichts. Nur, wenn die Leute denken, ich hätte ein Motiv gehabt, dann hat sie auch eins gehabt.»

«Selbstverständlich hast du kein Motiv gehabt. Das ist geradezu lächerlich! Niederträchtig ist das. Ach, Brenda, wenn du nur mit Papa und mir zu dem Bunten Abend gegangen wärst.»

«Nein, danke. Miss Spencer mit ihren komischen Liedern und die Kinder aus der Sonntagsschule mit ihrem langweiligen Maibaumtanz und der Frauenverein mit seinen Tischglöckchen und der alte Mr. Matthews, der mit seinen akustischen Löffeln klappert. Das habe ich alles schon gesehen.»

«Aber du hättest ein Alibi gehabt.»

«Das hätte ich auch gehabt, wenn du mit Papa zu Hause bei mir geblieben wärst.»

«Es würde überhaupt keine Rolle spielen, wo du warst, wenn diese 1000 Pfund nicht wären. Wir wollen bloß hoffen, daß Gerald Bowlem es versteht.»

«Wenn er es nicht versteht, dann weiß er, wo er dran ist! Ich sehe gar nicht ein, was das mit Gerald zu tun hat. Ich bin nicht mit ihm verheiratet, übrigens auch nicht verlobt. Er mischt sich besser nicht ein.»

Sie sah ihre Mutter an und erschrak plötzlich. Sie hatte es erst ein einziges Mal vorher erlebt, daß sie so aussah. Das war in der Nacht gewesen, als sie ihre zweite Fehlgeburt gehabt und von Dr. Greene erfahren hatte, daß sie keine Kinder mehr würde haben können. Brenda war damals erst zwölf gewesen. Aber plötzlich erinnerte sie sich wieder. Das Gesicht ihrer Mutter hatte genau wie jetzt ausgesehen, als hätte eine Hand darüber gestrichen und es ausgelöscht, die ganze Heiterkeit weggewischt, die Konturen von Stirn und Wangen stumpf gemacht, den Augen ihren Glanz genommen und eine formlose Maske der Zerstörung übriggelassen.

Sie erinnerte sich genau, und jetzt verstand sie, was sie vorher nur gefühlt hatte, die Wut und den Groll, daß ihre Mutter, unzerstörbar wie ein Fels in der Brandung, selbst anfällig für Schmerzen sein sollte. Sie war da, um Brendas Schmerzen zu lindern, nicht um selbst zu leiden, zu trösten, nicht Trost zu suchen. Aber jetzt war Brenda älter, und sie war fähig zu verstehen. Sie sah ihre Mutter deutlich wie eine Fremde, der sie eben zum erstenmal begegnet war. Das billige Kleid aus Kunstfaser, fleckenlos rein wie immer, mit der Brosche am Ausschnitt, die Brenda ihr zum letzten Geburtstag geschenkt hatte. Die leicht geschwollenen Knöchel über den flachen Schuhen, die dicklichen Hände mit den braunen Altersflecken, der Ehering aus stumpf gewordenem Gold, der in das

Fleisch einschnitt, das gelockte Haar, das einmal kastanienbraun wie ihr eigenes gewesen war, immer noch schlicht nach der Seite gekämmt und von einer Schildpattspange gehalten, die frische, fast faltenlose Haut. Impulsiv fiel sie ihrer Mutter um den Hals.

«Du, Mami, mach dir keine Sorgen. Es wird alles wieder gut. Oberkriminalrat Dalgliesh wird herausbekommen, wer es getan hat, und dann wird alles wieder wie vorher sein. Komm, ich koche dir einen Kakao. Wir brauchen doch nicht zu warten, bis Papa von seiner Versammlung zurück ist. Wir trinken jetzt schon eine Tasse. Mami, es ist doch alles in Ordnung. Wirklich. Es ist alles in Ordnung.»

Gleichzeitig hörten sie das lauter werdende Brummen eines Autos, das auf ihr Haus zukam. Sie sahen einander in die Augen, wortlos, schuldbewußt, wie zwei Verschwörer. Das war nicht ihr alter Morris. Er konnte es auch gar nicht sein. Die Sitzung des Kirchenvorstands war nie vor halb neun zu Ende.

Brenda ging ans Fenster und starrte hinaus. Das Auto hielt an. Sie drehte sich nach ihrer Mutter um.

«Es ist die Polizei! Oberkriminalrat Dalgliesh!»

Mrs. Pridmore stand entschlossen auf. Ohne ein Wort zu sagen, legte sie ihre Hand kurz auf die Schulter ihrer Tochter, dann ging sie in den Flur hinaus und machte die Tür auf, bevor Massingham die Hand gehoben hatte, um zu klopfen. Sie sagte durch schmale Lippen:

«Bitte, kommen Sie herein. Ich bin froh, daß Sie da sind. Brenda muß Ihnen etwas erzählen, etwas, was Sie, glaube ich, wissen sollten.»

8

Der Tag ging seinem Ende entgegen. In seinem Zimmer im *Moonraker* hörte Dalgliesh die Kirchenglocke halb zwölf schlagen. Er saß im Bademantel an dem kleinen Tisch vorm Fenster. Das Zimmer sagte ihm zu. Es war das größere von zweien, die Mrs. Gotobed hatte anbieten können. Das einzige Fenster blickte über den Friedhof auf das Gemeindehaus und das Fenstergeschoß und den viereckigen Feldsteinturm der St. Nikolai-Kirche. Es gab nur drei Fremdenzimmer in dem Gasthaus. Das kleinste und, weil es über der Bierbar lag, lauteste hatte Massingham bekommen. Das größte Gästezimmer war bereits an ein amerikanisches Ehepaar vergeben, das – vielleicht auf der Suche nach Familienerinnerungen – durch Ostanglien reiste. Sie hatten an ihrem Tisch im Speisezimmer gesessen und eifrig Landkarten und Reiseführer studiert. Falls man ihnen gesagt hatte, daß die neu eingetroffenen Gäste Polizisten waren, die einen Mordfall untersuchten, waren sie zu wohlerzogen, um Interesse zu verraten. Nach einem kurzen Lächeln und einem guten Abend in ihrem weichen amerikanischen Tonfall hatten sie ihre Aufmerksamkeit wieder Mrs. Gotobeds ausgezeichnetem Hasenbraten zugewandt.

Es war sehr ruhig. Die gedämpften Geräusche von der Bar waren schon verstummt. Vor mehr als einer Stunde hatte er die letzten Gäste gehört, die sich vor der Tür lautstark verabschiedet hatten. Er wußte, daß Massingham den Abend an der Bar verbracht hatte, vermutlich in der Erwartung, aus den Gesprächen ein paar nützliche Informationen aufzuschnappen. Dalgliesh hoffte, daß das Bier gut geschmeckt hatte. Er war nahe genug am Marschland geboren, um zu wissen, daß es andernfalls für Massingham ein öder Abend gewesen wäre.

Er stand auf, um sich die Beine zu vertreten und den Rücken zu strekken, und sah sich zufrieden im Zimmer um. Die Dielen waren aus altem Eichenholz, schwarz und dick wie Schiffsplanken. In dem eisernen viktorianischen Kamin brannte ein Feuer aus Holz und Torf, dessen beißender Rauch sich unter einer mit Weizenähren und gebundenen Blumensträußen verzierten Abzugshaube ringelte. Das große Doppelbett aus Messing war hoch und an den vier Ecken mit großen, glänzenden Kugeln geschmückt, die dick wie Kanonenkugeln waren. Mrs. Gotobed hatte vorher die gehäkelte Überdecke zurückgeschlagen, und darunter war ein einladend dickes Federbett zum Vorschein gekommen. In irgendeinem Viersternehotel hätte er wohl mehr Luxus angetroffen, aber kaum solche Gemütlichkeit.

Er machte sich wieder an die Arbeit. Der Tag war vollgestopft gewesen mit Verhören und noch einmal Verhören, Telefongesprächen mit London, einer überstürzt angesetzten und unbefriedigenden Pressekonferenz, zwei Beratungen mit dem Polizeidirektor und dem Zusammenklauben von Bruchstücken von Tatsachen und von Mutmaßungen, die am Ende ineinanderpassen und das vollständige Bild ergeben würden. Es mochte eine platte Analogie sein, dieser Vergleich einer Ermittlung mit dem Zusammensetzen eines Puzzlespiels. Aber er traf die Sache ziemlich genau, nicht zuletzt deshalb, weil es so oft dieses eine so schwer auffindbare Stück mit dem entscheidenden Ausschnitt eines menschlichen Gesichts war, welches das Bild vollständig machte.

Er blätterte seine Aufzeichnungen bis zu dem letzten Verhör des Tages mit Henry Kerrison im Alten Pfarrhaus durch. Er hatte den Geruch des Hauses noch in der Nase, einen muffigen Geruch nach Küche und Möbelpolitur, der Kindheitserinnerungen weckte, Erinnerungen an Besuche mit den Eltern in viel zu großen, schlecht geheizten Pfarrhäusern auf dem Land. Kerrisons Haushälterin und seine Kinder waren schon lange zu Bett gegangen, und im Haus hatte sich eine melancholische, erdrückende Stille ausgebreitet, als hingen alle Tragödien und Enttäuschungen der zahlreichen früheren Pfründeninhaber noch in der Luft.

Kerrison war selbst an die Tür gekommen und hatte ihn und Massingham in sein Arbeitszimmer geführt, wo er gerade bei der Leichenschau aufgenommene Dias von Verletzungen sortierte, die er in der kommenden Woche im Trainingskurs für Detektive vorführen wollte. Auf dem Schreibtisch stand eine Fotografie von ihm als Jungen mit einem älteren Mann, offensichtlich seinem Vater. Sie standen auf einem Felsvorsprung und hatten Kletterseile über den Schultern. Was Dalgliesh ebenso interessierte wie das Foto selbst, war die Tatsache, daß Kerrison es aufgehoben hatte.

Er war anscheinend über den späten Besuch nicht verstimmt gewesen. Es schien durchaus möglich, daß er sich über ihre Gesellschaft sogar gefreut hatte. Er hatte unter dem Licht seiner Schreibtischlampe weitergearbeitet, alle Bilder in dem Diabetrachter geprüft und die geeigneten aussortiert – ernsthaft wie ein Schuljunge bei seinem Hobby. Er hatte ihre Fragen ruhig und präzise beantwortet, jedoch so, als sei er mit seinen Gedanken weit weg. Dalgliesh hatte ihn gefragt, ob seine Tochter ihm von ihrem Zusammenstoß mit Lorrimer berichtet habe.

«Ja, sie erzählte es mir. Als ich nach meiner Vorlesung zum Mittagessen nach Hause kam, fand ich sie weinend in ihrem Zimmer. Aber Nell ist überempfindlich, und es ist nicht immer möglich, die genaue Wahrheit aus ihr herauszubekommen.»

«Sprachen Sie ihn darauf an?»

«Ich sprach mit niemandem darüber. Ich überlegte, ob ich es nicht tun sollte, aber dann hätte ich Inspektor Blakelock und Miss Pridmore ausfragen müssen, und ich wollte die beiden nicht in die Sache hineinziehen. Sie mußten mit Lorrimer zusammenarbeiten. Ich ja übrigens auch. Die erfolgreiche Arbeit einer geschlossenen Einrichtung wie des Hoggatt hängt weitgehend von einem guten Verhältnis zwischen den Angestellten ab. Ich hielt es für das beste, die Angelegenheit auf sich beruhen zu lassen. Man mag darin Klugheit sehen oder es für Feigheit halten. Ich weiß es nicht.»

Er lächelte traurig und fügte hinzu: «Ich weiß nur, daß es kein Motiv für einen Mord war.»

Ein Motiv für einen Mord. Dalgliesh hatte genug Motive an diesem ausgefüllten, jedoch nicht sehr befriedigenden Tag entdeckt. Aber das Motiv war der unwichtigste Faktor bei einer Morduntersuchung. Er hätte liebend gern die psychologischen Feinheiten eines Motivs gegen ein einziges handfestes und unverrückbares Beweisstück eingetauscht, das die Verbindung eines Verdächtigen mit dem Verbrechen hergestellt hätte. Und das fehlte bis jetzt. Er wartete immer noch auf den Bericht aus dem Londoner Labor über die Untersuchung des Schlagstocks und des Erbrochenen. Die geheimnisvolle Gestalt, die der alte Goddard aus dem Labor hatte laufen sehen, blieb ein Geheimnis; bis jetzt war keine weitere Person ausfindig gemacht worden oder von sich aus erschienen, die bewiesen hätte, daß es sich nicht um ein Hirngespinst des alten Mannes handelte. Die Reifenspuren in der Nähe des Tors waren zwar inzwischen nach dem Reifenindex im Labor einwandfrei identifiziert worden, aber das zugehörige Auto hatte man noch nicht gefunden. Es war nicht überraschend, daß man weder eine Spur von Middlemass' weißem Kittel noch einen Hinweis, ob oder wie er beseitigt worden war, gefunden hatte. Eine Untersuchung des Gemeindehauses und des Pferdekostüms hatte nichts erbracht, was Middlemass' Darstellung des Abends widerlegt hätte. Das Pferd war eine schwere, die ganze Gestalt verhüllende Konstruktion aus Segeltuch und Futterstoff, und man sah sofort, daß sein Träger nicht einmal – im Fall Middlemass – an den eleganten handgearbeiteten Schuhen zu erkennen gewesen wäre.

Die wichtigsten Geheimnisse des Falls bestanden weiterhin. Wer hatte die Nachricht an Lorrimer über die Karte, die verbrannt worden war, und die Zahl 1840 telefonisch durchgegeben? War es dieselbe Frau, die Mrs. Bidwell angerufen hatte? Was hatte auf dem aus Lorrimers Notizbuch gerissenen Blatt gestanden? Was hatte Lorrimer veranlaßt, dieses ungewöhnliche Testament aufzusetzen?

Er hob den Kopf von den Akten und lauschte. Da war ein Geräusch, kaum wahrnehmbar, wie das Krabbeln von Myriaden von Insekten. Er kannte es aus weit zurückliegenden Nächten, in denen er im Kinderzimmer im Pfarrhaus seines Vaters in Norfolk wachgelegen hatte; es war ein Klang, den er im Lärm der Städte nie gehört hatte, das erste leise Wispern des nächtlichen Regens. Es dauerte nicht lange, bis die Tropfen an das Fenster prasselten und der Wind im Kamin ächzte. Die Flammen duckten sich flackernd und züngelten dann hell auf. Ein heftiger Regenguß trommelte gegen die Fensterscheibe, dann war der kurze Sturm so schnell, wie er begonnen hatte, vorbei. Er öffnete das Fenster, um den Geruch der feuchten Nachtluft zu atmen, und starrte hinaus in die Dunkelheit, in der die schwarze Marscherde mit dem etwas helleren Himmel zusammenfloß.

Als sich seine Augen an die Nacht gewöhnt hatten, konnte er das niedrige Rechteck des Gemeindehauses und dahinter den mittelalterlichen Turm der Kirche erkennen. Dann segelte der Mond hinter den

Wolken hervor, und der Friedhof wurde sichtbar. Die Säulen und Grabsteine glänzten matt, als strahlten sie ihr eigenes geheimnisvolles Licht aus. Unter ihm lag schwach schimmernd der Kiesweg, auf dem in der Nacht davor die Moriskentänzer mit klingenden Schellen durch den aufsteigenden Nebel getanzt waren. Während er auf den Friedhof blickte, malte er sich aus, wie das Pferd ihnen entgegengesprungen war, auf den Boden gestampft, seinen grotesken Kopf zwischen den Grabsteinen gereckt und mit dem großen Maul in die Luft geschnappt hatte. Und wieder fragte er sich, wer in seiner Haut gesteckt hatte.

Die Tür unter seinem Fenster ging auf. Mrs. Gotobed erschien und rief leise lockend nach ihrer Katze: «Schneeball! Schneeball! Komm, sei brav.» Es blitzte weiß auf, und die Tür wurde geschlossen. Dalgliesh machte das Fenster zu und beschloß ebenfalls, es für diesen Tag genug sein zu lassen.

Die blaue Seidenschnur

I

Die Sprogg-Kate, gedrungen und kopflastig unter dem niederen abweisenden Strohdach, das mit einem Drahtnetz gegen die Winterstürme über den Marschen gewappnet war, war von der Straße aus fast unsichtbar. Sie lag ungefähr eine dreiviertel Meile nordöstlich vom Dorf. Auf dem dreieckigen Rasenstück davor, der Sproggwiese, wuchsen Weidenbäume. Dalgliesh und Massingham stießen das weiße Gittertor auf, auf dem jemand optimistisch, aber vergebens «Sprogg» durch «Lavendel» ersetzt hatte, und traten in einen Vorgarten, der blitzsauber war und ebensogut der Garten einer Stadtrandvilla hätte sein können. Eine Akazie mitten auf dem Rasen prangte in ihrem herbstlichen Schmuck aus Rot und Gold, die gelben, über die Tür gezogenen Kletterrosen gaukelten noch ein wenig Sommer vor, und ein dicht bepflanztes Beet mit Geranien, Fuchsien und Dahlien, die an Stöcke gebunden und vorbildlich gepflegt waren, hob sich in bunter Pracht von der bronzefarbenen Buchenhecke ab. Neben der Tür hing ein Korb mit rosa Geranien, die ihre schönste Zeit bis auf ein paar vereinzelte leuchtende Blüten hinter sich hatten. Der Türklopfer in Form eines Fisches war so blitzblank poliert, daß jede einzelne Schuppe glänzte.

Eine zierliche, fast zerbrechliche Frau öffnete die Tür. Sie war barfuß und trug eine in verschiedenen Grüntönen mit Braun gemusterte Bluse über ihre Kordhose. Ihr starkes dunkles Haar war voller grauer Fäden. Sie trug es kurz, mit einer Innenrolle und einem dichten Pony, der bis auf die Augenbrauen reichte. Ihre Augen waren das Auffallendste an ihr, sehr groß, mit grünen Tupfen in der braunen Iris, durchscheinend klar unter den stark geschwungenen Brauen. Ihr Gesicht war blaß und angespannt, mit tief eingegrabenen Linien, die über die Stirn und von den Nasenflügeln zu den Mundwinkeln liefen. Es war das Gesicht eines gemarterten Masochisten auf einem mittelalterlichen Triptychon, dachte Dalgliesh, mit hervortretenden, knotigen Muskeln, als seien sie gefoltert worden. Aber keiner, den diese bemerkenswerten Augen ansahen, konnte es unscheinbar oder nichtssagend nennen. Dalgliesh sagte:

«Miss Mawson? Adam Dalgliesh, mein Kollege Inspektor Massingham.»

Sie sah ihn offen, aber unverbindlich an und sagte ohne ein Lächeln: «Kommen Sie bitte in mein Arbeitszimmer. Wir machen das Feuer im Wohnzimmer erst abends an. Angela ist leider im Augenblick nicht hier, falls Sie sie sprechen wollen. Sie ist mit Mrs. Swaffield drüben in der Windmühlen-Kate und trifft sich dort mit den Leuten von der Sozialversicherung. Sie versuchen, den alten Lorrimer zu überreden, in ein Altersheim zu gehen. Anscheinend leistet er den Schmeicheleien der Bürokraten hartnäckigen Widerstand. Da kann man ihm nur Glück wünschen.»

Die Eingangstür öffnete sich direkt ins Wohnzimmer. Das Zimmer mit seiner niedrigen Balkendecke aus Eiche überraschte ihn. Wenn man es betrat, glaubte man, in ein Antiquitätengeschäft zu kommen, allerdings in eines, dessen Besitzer sein seltsames Warenangebot mit viel Sinn für die Gesamtwirkung angeordnet hatte. Auf dem Kaminabschluß und überhaupt auf jedem Sims stand ein schmückender Gegenstand, drei Hängeregale waren voll von Bechern, Teekannen, bemalten Krügen und Figuren aus Staffordshire-Porzellan, und die Wände waren fast ganz mit Drucken, gerahmten alten Landkarten, Kleinen Ölbildern und viktorianischen Schattenrissen in ovalen Rahmen bedeckt. Über dem Kamin hing der aufregendste Gegenstand, ein gebogenes Schwert in einer kunstvoll gearbeiteten Scheide. Dalgliesh fragte sich, ob das Zimmer lediglich einen blinden Kauftrieb widerspiegelte oder ob diese sorgsam angeordneten Gegenstände als beruhigende Talismane gegen die fremden, ungezähmten Geister der herandrängenden Marschen dienten. In der Feuerstelle waren Holzscheite übereinandergeschichtet, aber noch nicht angezündet. Der Klapptisch unter dem Fenster war bereits für zwei gedeckt.

Miss Mawson ging zu ihrem Arbeitszimmer voraus. Es war ein kleiner Raum an der Rückseite des Hauses. Durch das vergitterte Fenster blickte man auf eine mit Platten belegte Terrasse, einen Rasen mit einer Sonnenuhr in der Mitte und ein großes, noch nicht abgeerntetes Feld mit Zuckerrüben. Er stellte mit Interesse fest, daß sie mit der Hand schrieb. Es gab zwar eine Schreibmaschine, aber sie stand auf einem anderen Tisch. Auf dem Arbeitstisch vor dem Fenster lag nur ein Packen unliniiertes Papier, das mit einer steilen, zierlichen Schrift in schwarzer Tinte bedeckt war. Die Schrift lief in geraden, gleichmäßigen Linien über das Papier, sogar die Korrekturen am Rand waren so ordentlich angebracht. Dalgliesh sagte:

«Entschuldigen Sie, wenn wir Sie bei der Arbeit stören.»

«Das tun Sie nicht. Bitte, nehmen Sie Platz. Es geht mir heute morgen sowieso nicht gut von der Hand. Andernfalls hätte ich ein ‹Bitte nicht stören› an den Türklopfer gehängt, und Sie wären nicht hereingelassen worden. Ich bin aber trotzdem fast fertig. Bis auf ein Kapitel. Ich nehme an, Sie wollen, daß ich Angela ein Alibi verschaffe. Der Polizei helfen, heißt es nicht so? Was haben wir am Mittwochabend getan? Und wann und warum und wo und mit wem?»

«Wir möchten Ihnen gern ein paar Fragen stellen, das ist richtig.»

«Aber diese vermutlich als erste. Das ist kein Problem. Wir verbrachten den Abend und die Nacht von Viertel nach sechs an zusammen. Zu dieser Zeit kam sie nach Hause.»

«Und was haben Sie getan, Miss Mawson?»

«Das Übliche. Wir schlossen den Arbeitstag mit einem Drink ab, ich mit einem Whisky, Angela mit Sherry. Ich fragte sie nach ihrem Tag, und sie erkundigte sich nach meinem. Dann zündete sie das Feuer an und kochte das Abendessen. Es gab Avocados mit Vinaigrette, einen Huhneintopf und Käse mit Weißbrot. Wir wuschen zusammen ab, und danach tippte Angela bis neun Uhr mein Manuskript. Um neun schalteten wir den Fernseher an, sahen die Nachrichten und danach einen Spielfilm. Der ging bis Viertel vor elf, dann Kakao für Angela, Whisky für mich und ins Bett.»

«Sie gingen beide nicht mehr aus dem Haus?»

«Nein.»

Dalgliesh fragte, wie lange sie schon im Dorf wohnte.

«Ich? Acht Jahre. Ich bin in dieser Gegend geboren, in Soham nämlich, und verbrachte den größten Teil meiner Kindheit hier. Mit achtzehn ging ich zum Studium nach London, machte ein Examen und arbeitete dann bei verschiedenen Stellen im Zeitungs- und Verlagswesen. Ich kam vor acht Jahren her, als ich hörte, daß dieses Haus vermietet wurde. Damals beschloß ich, meine feste Anstellung aufzugeben und mich ganz auf das Schreiben zu konzentrieren.»

«Und Miss Foley?»

«Sie wohnt seit zwei Jahren bei mir. Ich suchte eine Teilzeitbürokraft, und sie meldete sich auf meine Annonce in unserer Lokalzeitung. Sie hatte damals ein möbliertes Zimmer in Ely, wo sie sich nicht besonders wohl fühlte. Deshalb schlug ich ihr vor, zu mir zu ziehen. Sie war vorher auf den Bus angewiesen, um ins Labor zu kommen. Von hier aus hat sie es natürlich viel bequemer.»

«Sie haben also lange genug im Dorf gelebt, um die Menschen kennenzulernen.»

«Soweit man sie hier in den Marschen jemals kennenlernt. Aber nicht gut genug, um für Sie mit dem Finger auf einen Mörder deuten zu können.»

«Wie gut kannten Sie Dr. Lorrimer?»

«Vom Sehen. Ich erfuhr erst, daß Angela seine Kusine war, als sie zu mir zog. Sie hatten kaum Kontakt, und er kam nie hierher. Ich habe natürlich fast das ganze Personal irgendwann kennengelernt. Dr. Howarth gründete, kurz nachdem er seine Stelle angetreten hatte, ein Streichquartett, und letzten August gaben sie ein Konzert in der Wren-Kapelle. Danach gab es Wein und Käse in der Sakristei. Ich habe einige Angestellte dort kennengelernt. Tatsächlich kannte ich sie natürlich schon vorher vom Sehen und dem Namen nach, wie das auf dem Dorf so ist. Wir benutzen dasselbe Postamt und trinken unser Bier in derselben Wirtschaft. Aber wenn Sie Klatsch aus dem Dorf oder dem Institut hören wollen, dürfen Sie nicht zu mir kommen.»

Dalgliesh sagte: «War das Konzert in der Kapelle ein Erfolg?»

«Eigentlich nicht. Howarth spielt für einen Amateur sehr gut Geige, und Claire Easterbrook ist eine ausgezeichnete Cellistin, aber die beiden andern waren der Sache nicht ganz gewachsen. Er hat das Experiment nicht wiederholt. Ich glaube, es gab nicht wenige unfreundliche Bemerkungen über den gerade erst Zugezogenen, der seine Pflicht darin sehe, die zu kurz gekommenen Einheimischen mit Kultur vertraut zu machen. Vielleicht ist ihm das zu Ohren gekommen. Er macht fast den Eindruck, als begreife er sich als einen, der allein versucht, den Widerspruch zwischen dem Wissenschaftler und dem Künstler zu überbrücken. Oder vielleicht war er mit der Akustik nicht zufrieden. Meine persönliche Meinung ist, daß die drei andern nicht mehr mit ihm spielen wollten. Als Leiter des Quartetts benahm er sich wahrscheinlich genauso arrogant wie als Direktor. Das Labor funktioniert tatsächlich besser; die Arbeitsleistung ist um zwanzig Prozent gestiegen. Ob die Angestellten glücklicher sind, ist eine Sache für sich.»

Sie war durchaus nicht immun gegen Dorf- und Laborklatsch, dachte Dalgliesh. Er überlegte, warum sie so offenherzig war. Ebenso freimütig, fragte er sie direkt:

«Warum gingen Sie gestern in der Windmühlen-Kate in den oberen Stock?»

«Daß der Alte Ihnen das erzählt hat! Ich möchte wissen, was er wohl dachte, hinter was ich her wäre. Ich ging nach oben ins Bad, weil ich ein Scheuermittel suchte, um den Spülstein zu reinigen. Es war allerdings nichts da.»

«Sie kennen natürlich Lorrimers Testament?»

«Ich denke, das ganze Dorf weiß davon. Tatsächlich war ich wahrscheinlich die erste, die es erfuhr. Der alte Herr wurde allmählich nervös, weil er wissen wollte, ob er Geld zu erwarten hätte. Deswegen rief Angela den Rechtsanwalt an. Sie hatte ihn damals kennengelernt, als das Testament ihrer Großmutter verlesen wurde. Er sagte ihr, Lorrimers Vater bekäme das Haus und 10 000 Pfund, und sie konnte ihn also beruhigen.»

«Und Miss Foley selbst hat nichts bekommen?»

«So ist es. Und die neue Büroangestellte, an der Edwin anscheinend Gefallen gefunden hatte, bekommt tausend Pfund.»

«Ein nicht besonders gerechtes Testament.»

«Sind Ihnen jemals Erben über den Weg gelaufen, die ein Testament für gerecht gehalten hätten? Das Testament seiner Großmutter war schlimmer. Angela verlor das Geld damals, als es ihrem Leben vielleicht eine andere Richtung hätte geben können. Jetzt ist sie nicht mehr darauf angewiesen. Wir kommen hier sehr gut zurecht.»

«Dann war es wohl kein Schock für sie. Sagte er ihr nichts von seinen Absichten?»

«Falls Sie das für eine taktvolle Art halten, herauszubekommen, ob sie ein Motiv zum Mord hatte, können Sie sie selbst fragen. Da kommt sie gerade.»

Angela Foley kam durch das Wohnzimmer und zog auf dem Weg ihr Kopftuch ab. Ihr Gesicht verfinsterte sich, als sie den Besuch sah, und sie sagte gereizt und ärgerlich:

«Miss Mawson arbeitet am liebsten morgens. Sie sagten nicht, daß Sie kommen wollten.»

Ihre Freundin lachte: «Sie haben mich nicht gestört. Ich habe einen nützlichen Einblick in die Methoden der Polizei bekommen. Sie erreichen auch etwas, ohne taktlos zu sein. Du bist zeitig zurück.»

«Das Fürsorgeamt hat angerufen und gesagt, daß sie erst nach dem Mittagessen hinfahren können. Mein Onkel will sie nicht sehen, mich allerdings erst recht nicht. Er ißt heute mittag bei Swaffields im Pfarrhaus, deshalb dachte ich, ich könnte ebensogut nach Hause kommen.»

Stella Mawson zündete sich eine Zigarette an.

«Du bist im richtigen Augenblick gekommen. Mr. Dalgliesh erkundigte sich gerade taktvoll, ob du ein Motiv hattest, deinen Vetter zu ermorden. In anderen Worten, erzählte dir Edwin, daß er vorhatte, sein Testament zu ändern?»

Angela Foley blickte Dalgliesh an und sagte ruhig: «Nein. Er besprach seine Angelegenheiten nie mit mir und ich meine nicht mit ihm.

Ich glaube, ich habe in den letzten zwei Jahren nicht mit ihm gesprochen, höchstens über Berufliches.»

Dalgliesh sagte: «Es ist aber doch gewiß erstaunlich, daß er ein seit langem bestehendes Testament ändern wollte, ohne mit Ihnen darüber zu sprechen.»

Sie zuckte mit den Schultern und erklärte: «Das ging mich nichts an. Er war nur mein Vetter, nicht mein Bruder. Er ließ sich vor fünf Jahren vom Südlabor ans Hoggatt versetzen, damit er sich um seinen Vater kümmern konnte, nicht weil ich hier bin. Er kannte mich eigentlich gar nicht. Und wenn er mich gekannt hätte, zweifle ich, ob er mich gemocht hätte. Er war mir nichts schuldig, nicht einmal Gerechtigkeit.»

«Mochten Sie ihn?»

Sie schwieg und dachte nach, als sei das eine Frage, zu der sie selbst gern die Antwort gewußt hätte. Stella Mawson beobachtete sie aus schmalen Augen durch ihren Zigarettenrauch. Schließlich sagte Miss Foley:

«Nein, ich mochte ihn nicht. Er machte mir sogar ein wenig Angst. Er war wie ein Mann, der an einer schweren seelischen Bürde trägt, der nicht weiß, wo sein Platz im Leben ist. Zuletzt waren die nervlichen Anspannungen und das Elend fast greifbar. Es berührte mich peinlich, und ich fand es, ja, irgendwie bedrohlich. Die Menschen um ihn, die in sich gefestigt sind, schienen es nicht zu bemerken oder sich nicht darum zu kümmern. Aber die weniger Sicheren fühlten sich bedroht. Deshalb, glaube ich, hatte Clifford Bradley solche Angst vor ihm.»

Stella Mawson sagte: «Bradley erinnerte Edwin wahrscheinlich an sich selbst, wie er vor einigen Jahren gewesen war. Er war schrecklich unsicher, auch in seinem Beruf, als er anfing. Erinnerst du dich, wie er nachts seine Aussage einstudierte, bevor er im Zeugenstand auftreten mußte? Wie er alle möglichen Fragen aufschrieb, die der gegnerische Anwalt vielleicht stellen würde, damit er seine Antworten sofort und sicher parat hätte, wie er alle wissenschaftlichen Formeln auswendig lernte, um die Geschworenen zu beeindrucken? Er hatte sich bei einem seiner ersten Fälle ziemlich dumm angestellt, und das konnte er sich nie verzeihen.»

Danach trat eine kurze, fast peinliche Stille ein. Angela Foley schien etwas sagen zu wollen, überlegte es sich aber anders. Ihr rätselhafter Blick hielt ihre Freundin fest. Stella Mawson wandte die Augen ab. Sie ging an ihren Schreibtisch und drückte die Zigarette aus. Dann sagte sie:

«Deine Tante hat es dir doch erzählt. Sie mußte ihn gewöhnlich abhören und die Fragen immer wieder vorlesen – Abende voller Anspannung und unfaßbarer Langeweile. Weißt du es nicht mehr?»

«Doch», sagte Angela mit ihrer teilnahmslosen hohen Stimme. «Ja, ich erinnere mich.» Sie wandte sich an Dalgliesh.

«Haben Sie sonst noch Fragen an mich? Ich muß nämlich noch einiges erledigen. Dr. Howarth erwartet mich vor dem Nachmittag nicht im Institut. Und Stella wird auch arbeiten wollen.»

Die beiden Frauen begleiteten sie gemeinsam hinaus und blieben in der Tür stehen, als verabschiedeten sie höflich abreisende Gäste. Dalgliesh erwartete fast, sie würden zum Abschied winken. Er hatte Miss Foley nicht nach dem Streit mit ihrem Vetter gefragt. Vielleicht käme dafür noch der richtige Zeitpunkt, aber soweit war er noch nicht. Er fand es interessant, aber eigentlich nicht überraschend, daß sie gelogen hatte. Aber was ihn mehr interessierte, war Stella Mawsons Geschichte, wie Lorrimer seine Aussagen in der Nacht vor der Verhandlung geprobt hatte. Wer immer ihr das erzählt hatte – er war völlig sicher, daß es nicht Angela Foley gewesen war.

Als sie wegfuhren, sagte Massingham: «50000 Pfund könnten ihr Leben von Grund auf verändern, sie würden sie unabhängig machen und ihr ermöglichen, hier herauszukommen. Was für ein Leben ist das denn für eine junge Frau oder für beide, hier in diesem abgelegenen Morast festzusitzen! Sie kommt mir fast wie ein Aschenputtel vor.»

Ausnahmsweise fuhr Dalgliesh. Massingham sah die düsteren Augen im Spiegel, die langen Hände, die locker auf dem Lenkrad lagen. Dalgliesh sagte:

«Ich dachte gerade daran, was der gute George Greenall, der erste Detektiv-Sergeant, unter dem ich gearbeitet habe, mir sagte. Er war damals 25 Jahre bei der Kriminalpolizei. Nichts, was die Menschen betraf, überraschte ihn, nichts schockierte ihn. Er sagte: ‹Man wird dir erzählen, Haß sei die zerstörerischste Macht auf der Erde. Glaub's nicht, Junge. Das ist die Liebe. Und wenn du Detektiv werden willst, solltest du lernen, sie zu erkennen, wenn du ihr begegnest.›»

2

Brenda kam am Freitagmorgen über eine Stunde zu spät ins Labor. Nach dem aufregenden Tag hatte sie verschlafen, und ihre Mutter hatte sie absichtlich nicht geweckt. Sie hatte ohne Frühstück weggehen wollen, aber Mrs. Pridmore hatte ihr wie immer den Teller mit Rührei und Speck hingestellt und darauf bestanden, daß Brenda nicht aus dem Haus ginge, bevor sie etwas gegessen hatte. Brenda spürte nur zu deutlich, daß ihre Eltern es am liebsten sähen, wenn sie nie mehr einen Fuß in das Hoggatt-Institut setzte, und hielt es deshalb für besser, nicht zu widersprechen.

Sie kam atemlos im Institut an und entschuldigte sich bei Inspektor Blakelock, der versuchte, mit den in den letzten zwei Tagen angekommenen Beweisstücken, den ständigen Neuzugängen und einem ununterbrochen läutenden Telefon fertig zu werden. Sie fragte sich, wie er sie empfangen würde, ob er schon von den tausend Pfund gehört hätte und, wenn ja, ob er sich anders verhalten würde. Aber er zeigte sein gewohntes, gleichmütiges Wesen. Er sagte:

«Wenn Sie Ihre Sachen abgelegt haben, sollen Sie sofort zum Direktor kommen. Er ist in Miss Foleys Büro. Die Polizei benutzt seines. Lassen Sie den Tee heute einmal sein. Miss Foley kommt erst nach dem Mittagessen. Sie muß sich wegen ihres Onkels mit jemandem von der Fürsorge treffen.»

Brenda freute sich, daß sie Angela Foley nicht gleich unter die Augen treten mußte. Das Eingeständnis vom letzten Abend gegenüber Oberkriminalrat Dalgliesh kam ihr zu sehr wie ein Verrat vor, als daß sie sich in ihrer Haut wohl gefühlt hätte. Sie sagte:

«Und alle andern sind heute da?»

«Clifford Bradley hat es nicht geschafft. Seine Frau rief an und sagte, er fühle sich nicht wohl. Die Polizei ist seit halb neun hier. Sie haben alle Beweisstücke überprüft, besonders die Drogen, und sie haben das ganze Institut zum zweitenmal durchsucht. Anscheinend glauben sie, daß etwas Merkwürdiges hier vor sich geht.»

Inspektor Blakelock war selten so gesprächig gewesen. Brenda fragte:

«Was soll das bedeuten, etwas Merkwürdiges?»

«Das haben sie nicht gesagt. Aber sie wollen sämtliche Akten des Instituts sehen, in deren Registriernummern 18 oder 40 oder 1840 vorkommt.»

Brenda machte große Augen.

«Meinen Sie nur die von diesem Jahr, oder müssen wir bis zu denen auf Mikrofilm zurückgehen?»

«Ich habe erst einmal die vom laufenden und vom letzten Jahr herausgesucht, und Sergeant Underhill und der Konstabler sehen sie im Augenblick durch. Ich weiß nicht, was sie sich davon versprechen, und sie sehen so aus, als wüßten sie es selbst nicht. Jetzt beeilen Sie sich aber besser. Dr. Howarth sagte, Sie sollen sofort zu ihm kommen, wenn Sie hier sind.»

«Aber ich kann weder Steno noch Schreibmaschine schreiben! Was meinen Sie, wofür er mich braucht?»

«Er hat nichts gesagt. Hauptsächlich Akten heraussuchen, denke ich. Und wahrscheinlich werden Sie für ihn telefonieren und alle möglichen Gänge machen müssen.»

«Wo ist Oberkriminalrat Dalgliesh? Ist er nicht hier?»

«Er und Inspektor Massingham gingen vor etwa zehn Minuten weg, ich denke, um jemanden zu verhören. Kümmern Sie sich nicht darum. Unsere Arbeit ist hier. Wir müssen zusehen, daß alles im Institut glatt weiterläuft.»

Für Inspektor Blakelocks Verhältnisse war das fast schon ein Tadel. Brenda lief schnell in Miss Foleys Büro. Es war bekannt, daß der Direktor es nicht mochte, wenn man anklopfte, deshalb raffte Brenda ihr ganzes Selbstvertrauen zusammen und trat ein. Sie dachte: Ich kann nur mein Bestes tun. Wenn das nicht gut genug ist, muß er sich eben wohl oder übel damit abfinden. Er saß am Schreibtisch und studierte offenbar eine Akte. Er sah auf, ohne ihren Gruß mit einem Lächeln zu erwidern, und sagte:

«Inspektor Blakelock hat Ihnen gesagt, daß ich Ihre Hilfe heute morgen brauche, solange Miss Foley weg ist? Sie können bei Mrs. Mallett im Hauptbüro arbeiten.»

«Ja, Sir.»

«Die Polizei braucht noch weitere Akten. Sie interessieren sich nur für bestimmte Nummern. Aber ich nehme an, Inspektor Blakelock hat Ihnen das schon erklärt.»

«Ja, Sir.»

«Sie arbeiten jetzt an den Ordnern von 1976 und 1975. Sie suchen also am besten zuerst die entsprechenden Akten von 1974 heraus und dann alle früheren Jahrgänge, die sie brauchen.»

Er blickte von seiner Akte auf und sah sie zum erstenmal direkt an.

«Dr. Lorrimer hat Ihnen etwas Geld hinterlassen, nicht wahr?»

«Ja, Sir. 1000 Pfund für Bücher und Instrumente.»

«Sie brauchen mich nicht mit Sir anzureden. Dr. Howarth genügt. Mochten Sie ihn?»

«Ja. Ja, wirklich.»

Dr. Howarth hatte den Blick wieder gesenkt und wendete ein paar Seiten um.

«Merkwürdig, ich hätte nicht gedacht, daß er auf Frauen anziehend gewirkt hätte – oder umgekehrt.»

Brenda sagte mit Nachdruck: «So war das nicht.»
«Wie war es nicht? Meinen Sie, er dachte nicht an Sie als Frau?»
«Ich weiß nicht. Ich meine, ich dachte nicht, er würde versuchen...»
Sie unterbrach sich. Dr. Howarth blätterte weiter. Er sagte:
«Sie zu verführen?»
Brenda faßte ihren ganzen Mut zusammen, wobei ihr ein plötzlich aufwallender Zorn half. Sie sagte:
«Das hätte er wohl nicht gekonnt, nicht wahr? Nicht hier im Institut. Und woanders habe ich ihn nie getroffen. Und wenn Sie überhaupt etwas von ihm wüßten, würden Sie nicht so sprechen.»
Sie war entsetzt über ihre eigene Unverschämtheit. Aber der Direktor sagte nur – ziemlich traurig, wie ihr schien:
«Vermutlich haben Sie recht. Ich kannte ihn überhaupt nicht.»
Sie suchte krampfhaft nach einer Erklärung.
«Er erklärte mir, worum es bei den Naturwissenschaften geht.»
«Und worum geht es dabei?»
«Er erklärte, daß die Wissenschaftler Theorien aufstellen, wie die materielle Welt funktioniert, und sie dann durch Experimente überprüfen. Solange die Experimente gelingen, gelten die Theorien. Wenn sie fehlschlagen, müssen die Wissenschaftler eine andere Theorie finden, um die Fakten zu erklären. Er sagte, daß es in den Naturwissenschaften diesen aufregenden Widerspruch gibt, daß nämlich eine Enttäuschung keine Niederlage zu sein braucht. Sie ist ein Schritt nach vorn.»
«Haben Sie nicht in der Schule Naturwissenschaften gewählt? Ich dachte, Sie hätten einen Abschluß in Physik und Chemie?»
«Niemand hat es mir jemals so erklärt.»
«Nein. Vermutlich hat man Sie mit Experimenten zum Magnetismus und den Eigenschaften des Kohlendioxyds gelangweilt. Übrigens hat Miss Foley einen Bericht über das Verhältnis der personellen Besetzung zur Arbeitsbelastung geschrieben. Ich hätte gern, daß die Zahlen nachgeprüft werden – Mrs. Mallett wird das mit Ihnen tun – und das Papier bis zur Konferenz in der nächsten Woche bei allen Direktoren vorliegt. Sie wird Ihnen die Liste mit den Adressen geben.»
«Ja, Sir. Ja, Dr. Howarth.»
«Und bringen Sie diesen Ordner doch bitte Miss Easterbrook in die Biologie.»
Er sah zu ihr auf, und zum erstenmal dachte sie, daß er freundlich aussah. Er sagte in einem sehr netten Ton:
«Ich weiß, wie Ihnen zumute ist. Mir ging es genauso. Doch es gibt nur noch einen weißen Umriß auf dem Fußboden, einfach einen Kreidestrich. Das ist alles.»

Er reichte ihr den Ordner. Sie war entlassen. An der Tür blieb Brenda stehen. Der Direktor sagte:

«Was gibt's?»

«Ich dachte gerade, daß eine Ermittlung wie eine Wissenschaft sein muß. Der Detektiv formuliert eine Theorie, dann probiert er sie aus. Wenn die Fakten, die er entdeckt, passen, bestätigt sich die Theorie. Wenn nicht, dann muß er eine andere Theorie und einen andern Verdächtigen finden.»

Dr. Howarth sagte trocken: «Der Vergleich ist einleuchtend. Aber die Versuchung, die passenden Fakten auszuwählen, ist vermutlich größer. Und der Detektiv experimentiert mit Menschen. Ihre Eigenschaften sind komplex und verschließen sich einer exakten Analyse.»

Eine Stunde später brachte Brenda Sergeant Underhill den dritten Aktenstapel in das Büro des Direktors. Der Detektiv-Konstabler mit dem freundlichen Gesicht sprang auf und nahm ihr den Packen ab. Das Telefon auf Dr. Howarths Schreibtisch läutete, und Sergeant Underhill nahm das Gespräch entgegen. Dann legte er auf und sah seinen Kollegen an.

«Das war London. Sie haben mir das Ergebnis der Blutanalyse durchgegeben. Der Schlagstock war tatsächlich die Tatwaffe. Lorrimers Blut ist daran. Und sie haben das Erbrochene analysiert.»

Er sah auf, als ihm plötzlich einfiel, daß Brenda noch im Zimmer war, und wartete, bis sie gegangen war und die Tür geschlossen hatte. Der Konstabler sagte:

«Und weiter?»

«Was wir vermutet hatten. Denken Sie sich den Rest selbst aus. Ein Gerichtsmediziner weiß natürlich, daß man die Blutgruppe nicht an dem Erbrochenen feststellen kann. Die Magensäure zerstört die Antikörper. Sie können allenfalls sagen, woraus sich das Essen zusammensetzte. Sie brauchen also, wenn es Ihr Erbrochenes ist und Sie zu den Verdächtigen zählen, nichts anderes zu tun, als eine falsche Aussage über Ihr Abendessen zu machen. Wer könnte Sie widerlegen?»

Sein Kollege sagte: «Es sei denn ...»

Sergeant Underhill griff wieder nach dem Telefon und nickte.

«Genau. Wie ich sagte – Sie können es sich selbst ausdenken.»

3

Nach den letzten Tagen mit Regenschauern und einer launenhaften Herbstsonne war der Morgen kalt, aber strahlend. Die Sonne lag unerwartet warm auf dem Nacken. Aber selbst in dem milden Licht machte das Alte Pfarrhaus mit seinen Steinen in der Farbe roher Leber und dem alles überwuchernden Efeu einen deprimierenden Eindruck. Das offenstehende Eisentor an der Einfahrt hing schief in den Angeln. Es war von der ungepflegten Hecke, die den Garten begrenzte, fast zugewachsen. Zwischen den Steinen der Auffahrt kam Unkraut hervor. Das Gras auf dem Rasen war zerrupft und plattgedrückt, wo anscheinend jemand einen ungeschickten Versuch gemacht hatte, es mit einer stumpfen Maschine zu mähen, und die beiden Blumenrabatten waren ein Gestrüpp aus Winterastern und kümmerlichen Dahlien, die fast im Unkraut erstickten. Ein hölzernes Pferdchen auf Rädern lag umgekippt am Rand des Rasens, aber das war das einzige Zeichen, daß das Haus bewohnt war.

Als sie auf das Haus zugingen, tauchten jedoch zwei Kinder vor der Haustür auf, blieben stehen und starrten sie an. Es konnten nur Kerrisons Kinder sein, und als Dalgliesh und Massingham näherkamen, fiel ihnen auch die große Ähnlichkeit auf. Das Mädchen mußte wohl schon über das Schulalter hinaus sein, aber sie wirkte kaum wie sechzehn, wenn man von einer gewissen erwachsenen Wachsamkeit in den Augen absah. Sie hatte glattes dunkles Haar, das aus der hohen, unebenen Stirn zurückgekämmt und zu kurzen, zerzausten Zöpfen geflochten war, die sie mit Gummiringen zusammenhielt. Sie trug die unvermeidlichen verwaschenen Bluejeans ihrer Generation, darüber einen braunen Pullover, der so weit war, daß er ihrem Vater gepaßt hätte. Um ihren Hals hatte sie etwas, das Dalgliesh für einen Lederriemen hielt. Auf ihren schmutzigen nackten Füßen zeichneten sich hellere Streifen von ihren Sommersandalen ab.

Das Kind drängte sich näher an sie, als es die Fremden kommen sah. Es war ein drei- oder vierjähriger pummeliger Junge mit rundem Gesicht, breiter Nase und einem weichen hübschen Mund. Sein Gesicht war eine zartere Miniatur seines Vaters, die gleichen geraden dunklen Brauen über den schweren Augenlidern. Er trug enge blaue Shorts und einen von ungeübter Hand gestrickten, bunt gestreiften Pullover, an den er einen dicken Ball drückte. Seine stämmigen Beine steckten in kurzen roten Stiefelchen. Er lockerte den Griff um seinen Ball und fixierte Dalgliesh mit einem forschen, verblüffend gescheiten Blick.

Dalgliesh wurde sich bewußt, daß er im Grunde nichts über Kinder wußte. Die meisten seiner Bekannten waren kinderlos, und die anderen hatten sich daran gewöhnt, ihn einzuladen, wenn ihr anspruchsvoller, lauter, egoistischer Nachwuchs in der Schule war. Sein einziger Sohn war mit seiner Mutter gestorben, genau 24 Stunden nach seiner Geburt. Obwohl er sich das Gesicht seiner Frau, außer in Träumen, kaum noch vorstellen konnte, war der Eindruck jener wächsernen, puppengleichen Züge über dem winzigen eingewickelten Körper, der verklebten Augenlider, des undurchdringlichen Blicks in sich selbst ruhenden Friedens so deutlich und unmittelbar, daß er sich manchmal fragte, ob es wirklich das Bild seines Kindes war, das er so kurz, aber aufmerksam betrachtet hatte, oder ob er das Urbild eines toten Kindes verinnerlicht hatte. Sein Sohn wäre jetzt älter als dieser Junge. Er käme schon in die schwierigen Jahre der Pubertät. Er hatte sich vor langem eingeredet, froh zu sein, daß ihm das erspart geblieben war.

Aber jetzt wurde ihm plötzlich bewußt, daß da ein ganzes Gebiet menschlicher Erfahrung war, dem er, einmal abgewiesen, den Rücken gekehrt hatte, und daß diese Ablehnung ihn irgendwie als Menschen reduzierte. Dieser flüchtige Schmerz des Verlusts überraschte ihn in seiner Intensität. Er zwang sich, über dieses unbekannte und unwillkommene Gefühl nachzudenken.

Plötzlich lachte das Kind und hielt ihm den Ball hin. Er fühlte sich ebenso verwirrt und geschmeichelt, wie wenn eine streunende Katze mit hochgestelltem Schwanz auf ihn zustolziert wäre und sich herabgelassen hätte, sich streicheln zu lassen. Sie starrten einander an. Dalgliesh lächelte zurück. Dann sprang Massingham vor und schnickte den Ball aus den dicken Fingern.

«Komm. Spielen wir Fußball.»

Er dribbelte den blau-gelben Ball über den Rasen. Sofort lief der Kleine auf seinen kurzen Beinen hinterher. Die zwei verschwanden um die Hausecke, und Dalgliesh hörte das helle, heisere Lachen des Jungen. Das Mädchen sah ihnen nach. Ihr Gesicht hatte plötzlich einen liebevoll besorgten Ausdruck. Dann blickte sie Dalgliesh an.

«Hoffentlich kickt er den Ball nicht ins Feuer. Es ist fast aus, aber die Glut ist noch sehr heiß. Ich habe Abfälle verbrannt.»

«Da machen Sie sich mal keine Gedanken. Er paßt schon auf. Und er hat jüngere Brüder.»

Sie sah ihm zum erstenmal aufmerksam ins Gesicht.

«Sie sind Oberkriminalrat Dalgliesh, nicht wahr? Wir sind Nell und William Kerrison. Mein Vater ist leider nicht zu Hause.»

«Ich weiß. Wir sind hergekommen, um mit der Haushälterin zu sprechen, Miss Willard, nicht? Ist sie da?»

«Ich an Ihrer Stelle würde überhaupt keine Notiz nehmen von dem, was sie sagt. Sie lügt wie gedruckt. Und sie geht an Papis Bar. Wollen Sie nicht mich und William ausfragen?»

«Irgendwann, wenn Ihr Vater zu Hause ist, kommt eine Polizistin mit uns, um sich mit euch zu unterhalten.»

«Die will ich nicht sehen. Ich habe nichts dagegen, mit Ihnen zu sprechen. Aber eine Polizistin will ich nicht sehen, ich habe was gegen Fürsorgerinnen.»

«Eine Polizistin ist keine Fürsorgerin.»

«Das ist dasselbe. Sie schreibt Beurteilungen, nicht wahr? Wir hatten eine Fürsorgerin hier, als meine Mutter weggegangen war. Das war vor der Verhandlung über das Sorgerecht, und sie hat William und mich angesehen, als wären wir ein öffentliches Ärgernis, als hätte uns jemand vor ihrer Tür ausgesetzt. Sie ging auch im Haus herum, steckte überall ihre Nase hinein, bewunderte angeblich alles und tat so, als wäre es ein Höflichkeitsbesuch.»

«Polizistinnen – und Polizisten – tun nie, als kämen sie eben mal auf einen Höflichkeitsbesuch. Das würde uns keiner abnehmen, oder nicht?»

Sie machten kehrt und gingen auf das Haus zu. Das Mädchen sagte:

«Werden Sie herausbekommen, wer Lorrimer umgebracht hat?»

«Das hoffe ich. Ich denke schon.»

«Und was geschieht dann mit ihm, mit dem Mörder, meine ich?»

«Er wird dem Untersuchungsrichter vorgeführt. Dann, wenn dieser die Beweise für ausreichend hält, wird ihm vor dem Schwurgericht der Prozeß gemacht.»

«Und dann?»

«Wenn er des Mordes für schuldig befunden wird, verhängt der Richter die gesetzlich vorgeschriebene Strafe – lebenslänglich. Das bedeutet, daß er eine lange Zeit im Gefängnis sein wird, vielleicht zehn Jahre oder länger.»

«Aber das ist dumm. Damit kommen die Dinge nicht wieder in Ordnung. Es macht Dr. Lorrimer nicht wieder lebendig.»

«Es bringt nichts in Ordnung, aber dumm ist es nicht. Das Leben ist fast allen von uns kostbar. Selbst Menschen, die kaum mehr als ihr nacktes Leben besitzen, wollen es bis zum letzten natürlichen Augenblick leben. Keiner hat das Recht, es ihnen zu nehmen.»

«Sie reden, als wäre das Leben Williams Ball. Wenn ihm der weggenommen wird, weiß er, was er verloren hat. Dr. Lorrimer weiß nicht, daß er etwas verloren hat.»

«Er hat die Jahre verloren, die er vielleicht noch vor sich gehabt hätte.»

«Wie wenn man William einen Ball wegnähme, den er nur vielleicht bekommen würde. Es bedeutet überhaupt nichts. Das sind nur Worte. Angenommen, er wäre sowieso nächste Woche gestorben. Dann hätte er nur sieben Tage verloren. Man bringt niemanden zehn Jahre ins Gefängnis, um für sieben verlorene Tage zu bezahlen. Vielleicht wären es nicht einmal glückliche Tage gewesen.»

«Selbst wenn er ein alter Mann gewesen wäre, der nur noch einen Tag zu leben gehabt hätte, hätte er ein Recht darauf gehabt, diesen Tag zu leben. So sagt das Gesetz. Vorsätzliches Töten ist auch in diesem Fall Mord.»

Das Mädchen sagte nachdenklich: «Ich nehme an, es war anders, als die Menschen noch an Gott glaubten. Dann wäre vielleicht ein Ermordeter in Todsünde gestorben und in die Hölle gekommen. Die sieben Tage hätten dann einen Unterschied machen können. Vielleicht hätte er bereut und Zeit gehabt, die Absolution zu erhalten.»

Dalgliesh sagte: «Alle diese Probleme sind einfacher für Menschen, die an Gott glauben. Die andern, die das nicht tun oder nicht können, müssen das Beste tun, was ihnen möglich ist. Das eben ist das Gesetz – das Beste, was wir tun können. Menschliche Gerechtigkeit ist unvollkommen, aber es ist die einzige Gerechtigkeit, die wir haben.»

«Wollen Sie mir ganz sicher keine Fragen stellen? Ich weiß, daß Papi ihn nicht getötet hat. Er ist kein Mörder. Er war zu Hause bei William und mir, als Dr. Lorrimer starb. Wir brachten William um halb acht zusammen ins Bett und blieben noch zwanzig Minuten bei ihm. Papi las ihm aus einem Bilderbuch vor. Dann legte ich mich hin, weil ich Kopfschmerzen hatte und mich nicht wohl fühlte, und Papi brachte mir einen Becher Kakao, den er extra für mich gemacht hatte. Er setzte sich zu mir und las mir Geschichten vor, bis er dachte, ich wäre eingeschlafen. Aber ich schlief noch nicht. Ich tat nur so. Er schlich sich kurz vor neun aus dem Zimmer, aber da war ich noch wach. Soll ich Ihnen sagen, wieso ich das weiß?»

«Wenn Sie wollen.»

«Weil ich die Kirchenuhr schlagen hörte. Dann ging Papi weg, und ich lag im Dunkeln und dachte nach. Er kam noch einmal, um nach mir zu sehen, ungefähr eine halbe Stunde später, aber ich tat weiter so, als ob ich schliefe. Damit ist Papi heraus, nicht wahr?»

«Wir wissen nicht genau, wann Dr. Lorrimer starb, aber ich glaube, ja, dann kommt er wohl nicht in Frage.»

«Es sei denn, ich belüge Sie.»

«Die Leute lügen die Polizei häufig an. Und Sie?»

«Nein. Aber ich glaube, ich würde es tun, wenn ich Papi damit retten würde. Das mit Dr. Lorrimer macht mir gar nichts aus, wissen Sie? Ich bin froh, daß er tot ist. Er war kein guter Mensch. Am Tag vor seinem Tod gingen William und ich ins Labor, um Papi zu besuchen. Er unterrichtete am Vormittag in dem Übungskurs für Detektive, und wir dachten, wir holen ihn vor dem Mittagessen ab. Inspektor Blakelock ließ uns in der Halle sitzen, und das Mädchen, das ihm an der Annahme hilft, die Hübsche, lachte mit William und holte einen Apfel für ihn aus ihrer Tasche. Und dann kam Dr. Lorrimer die Treppe herunter und entdeckte uns. Ich wußte, daß er es war, weil der Inspektor ihn mit seinem Namen ansprach. Er sagte: ‹Was suchen denn diese Kinder hier? Ein Labor ist kein Ort für Kinder.› Ich sagte: ‹Ich bin kein Kind. Ich bin Miss Eleanor Kerrison, und das ist mein Bruder William, und wir warten auf unseren Vater.› Er starrte uns an, als haßte er uns, und sein Gesicht war ganz weiß und zuckte. Er sagte: ‹Hier könnt ihr jedenfalls nicht warten.› Dann sprach er sehr unfreundlich mit Inspektor Blakelock. Als Dr. Lorrimer gegangen war, meinte er, wir sollten lieber gehen, aber er sagte zu William, er sollte sich nichts draus machen und zog ein Bonbon aus seinem Ohr. Wußten Sie, daß Inspektor Blakelock zaubern kann?»

«Nein. Das habe ich nicht gewußt.»

«Wollen Sie sich das Haus ansehen, bevor ich Sie zu Miss Willard bringe? Sehen Sie sich gern Häuser an?»

«Sehr gern, aber vielleicht nicht jetzt.»

«Den Salon müssen Sie trotzdem sehen. Er ist unser bestes Zimmer. Bitte, sehen Sie, ist er nicht wunderschön?»

Der Salon war keineswegs wunderschön. Es war ein düsteres, eichengetäfeltes, vollgestopftes Zimmer, das aussah, als habe sich kaum etwas verändert, seit hier die Frau und die Töchter des viktorianischen Pfarrers in ihren gestärkten Kleidern gesessen und für die Armen genäht hatten. Die unterteilten Fenster, eingerahmt von dunkelroten, lange nicht mehr gewaschenen Vorhängen, ließen kaum Tageslicht herein, so daß Dalgliesh in eine düstere Kälte trat, der das spärliche Feuer kaum etwas anhaben konnte. Ein riesiger Mahagonitisch mit einem Marmeladentopf mit Winterastern darauf stand vor der gegenüberliegenden Wand, und der Kamin, ein reich verziertes Marmorgebilde, verschwand fast hinter zwei wuchtigen durchhängenden Sesseln und einem schäbigen Sofa. Eleanor sagte mit einer plötzlichen Förmlichkeit, als habe das Zimmer sie an ihre Pflichten als Gastgeberin erinnert:

«Ich versuche, wenigstens einen Raum in Ordnung zu halten, für den Fall, daß wir Besuch bekommen. Sind die Blumen nicht hübsch? William hat sie in die Vase gestellt. Bitte nehmen Sie Platz. Darf ich Ihnen eine Tasse Kaffee anbieten?»

«Das wäre sehr nett, aber ich glaube, wir sollten uns nicht aufhalten. Wir sind tatsächlich hier, um Miss Willard zu sprechen.»

Massingham und William erschienen in der Tür, beide mit erhitzten Gesichtern vom Laufen. William hatte den Ball unter seinen linken Arm geklemmt. Eleanor ging durch eine messingbeschlagene Tür und über einen mit Steinplatten belegten Flur zur Rückseite des Hauses voraus. William machte sich von Massingham los und lief hinter ihr her. Mit seinen dicken Fingern versuchte er vergebens, sich an den hautengen Jeans festzuhalten. Sie blieb vor einer unpolierten Eichentür stehen und sagte:

«Sie ist da drin. Sie hat es nicht gern, wenn William und ich hineingehen. Aber sie stinkt sowieso, deshalb wollen wir gar nicht hinein.»

Sie nahm William an der Hand und ging weg.

Dalgliesh klopfte an. Aus dem Zimmer kam ein hastiges Geraschel, wie von einem Tier, das in seinem Versteck aufgestöbert wird. Dann ging die Tür ein wenig auf, und ein dunkles mißtrauisches Auge blickte durch den schmalen Spalt. Dalgliesh sagte:

«Miss Willard? Oberkriminalrat Dalgliesh und Sergeant Massingham von Scotland Yard. Wir untersuchen den Mord an Dr. Lorrimer. Dürfen wir eintreten?»

Das Auge wurde sanfter. Sie gab einen kleinen verlegenen Seufzer oder eher einen Schnarcher von sich, dann machte sie die Tür ganz auf.

«Selbstverständlich. Selbstverständlich. Leider bin ich noch nicht auf Besuch eingestellt, noch nicht vorzeigbar, wie mein altes Kindermädchen immer sagte. Aber ich habe Sie nicht erwartet, und morgens um diese Zeit mache ich mir immer ein stilles Stündchen hier.»

Eleanor hatte recht, das Zimmer roch. Ein Geruch, den Massingham nach einem unauffälligen Schnuppern als eine Mischung aus süßem Sherry, ungewaschenen Kleidern und billigem Parfum identifizierte. Es war sehr warm. Kleine blaue Flämmchen züngelten um die hoch in dem viktorianischen Kamin aufgeschichteten rotglühenden Briketts. Das Kippfenster, das den Blick auf die Garage und die Wildnis im Garten hinter dem Haus freigab, stand oben nur einen winzigen Spalt offen, obwohl es draußen recht mild war, und die Luft im Zimmer, pelzig und schwer wie eine schmutzige Decke, lastete drückend auf ihnen. Das Zimmer selbst strahlte eine abstoßende, übertriebene Weiblichkeit aus. Alles wirkte irgendwie süßlich weich, die baumwollbezogenen Sitze der beiden Sessel, die vielen dicken Kissen auf der viktorianischen Chaiselongue, der kleine Teppich aus imitiertem Fell vor dem Kamin. Der Kaminsims war mit Fotos in Silberrahmen vollgestellt; fast alle zeigten einen Geistlichen in Soutane und seine Frau, die Miss Willards Eltern sein mußten. Sie standen Seite an Seite – aber doch, als gehörten sie nicht zusammen – vor immer anderen, immer gleich langweiligen Kirchenfassaden. Den Ehrenplatz nahm ein Studiofoto von Miss Willard selbst ein, jung, geziert, schüchtern, das dicke Haar in krause Wellen gelegt. Auf einem schmalen Wandbrett rechts von der Tür stand eine kleine holzgeschnitzte Madonna ohne Arme mit dem lachenden Kind auf der Schulter. Ein Nachtlicht brannte auf einem Untersatz und warf einen milden Schein auf den sanft geneigten Kopf und die blicklosen Augen. Dalgliesh nahm an, daß es eine Kopie, und sogar eine gute, eines Museumsstücks aus dem Mittelalter war. Ihre zarte Schönheit unterstrich die Geschmacklosigkeit des Zimmers und schmückte es dennoch. Sie schien auszudrücken, daß es mehr als eine Art von menschlicher Einsamkeit gebe, von menschlichem Leid, und daß dieselbe Gnade sie alle in sich schließe.

Miss Willard bat sie, auf der Chaiselongue Platz zu nehmen.

«Mein eigener kleiner Bereich», sagte sie fröhlich. «Ich bin gern für mich, wissen Sie. Ich erklärte Dr. Kerrison, es wäre mir nur möglich, hier zu wohnen, wenn ich meine Ungestörtheit hätte. Das ist eine seltene und schöne Sache, meinen Sie nicht auch? Ohne sie verdorrt der menschliche Geist.»

Dalgliesh blickte auf ihre Hände und schätzte sie danach auf Mitte Vierzig, obgleich ihr Gesicht älter aussah. Das dunkle Haar, trocken, grob und in kleine Löckchen gedreht, bildete einen Gegensatz zu ihrer welken Haut. Zwei Kringel über der Stirn ließen darauf schließen, daß sie rasch die Lockenwickler herausgenommen hatte, als es an die Tür geklopft hatte. Aber sie hatte sich schon geschminkt. Unter jedem Auge war ein runder Rougefleck, und der Lippenstift war in die kleinen Fältchen um die Lippen eingedrungen. Ihr kleines eckiges Kinn sah aus, als sei es lose wie bei einer Marionette. Sie war noch nicht angekleidet. Ihr gesteppter Morgenmantel aus geblümtem Nylon war voller Flecken, die nach Tee und Eigelb aussahen. Darunter trug sie ein hellblaues Nachtgewand aus Nylon mit angeschmutzten Rüschen am Hals. Massingham war von einem zwiebelartigen Wulst aus schlaffer Baumwolle direkt über ihren Schuhen so fasziniert, daß er kaum die Augen abwenden konnte, bis er bemerkte, daß es die Ferse ihrer Socken war, in die sie in der Eile verkehrt herum geschlüpft war. Sie sagte:

«Sie wollen sicher mit mir über Dr. Kerrisons Alibi sprechen. Natürlich ist es geradezu lächerlich, daß er eines beibringen muß, wo er so ein gutmütiger Mensch ist, so völlig unfähig zur Gewalt. Aber zufällig kann ich Ihnen behilflich sein. Er war mit Sicherheit bis nach neun zu Hause, und ich sah ihn weniger als eine Stunde später wieder. Aber das ist alles Zeitvergeudung. Sie haben einen hervorragenden Ruf, Herr Oberkriminalrat, aber das hier ist ein Verbrechen, das die Wissenschaft nicht lösen kann. Nicht umsonst nennt man das Land hier die schwarzen Marschen. Durch alle Jahrhunderte ist das Böse aus diesem sumpfigen Grund gekommen. Wir können das Böse bekämpfen, Herr Oberkriminalrat, aber nicht mit Ihren Waffen.»

Massingham sagte: «Gut, aber wir wollen doch unseren Waffen erst einmal eine Chance geben.»

Sie sah ihn an und lächelte mitleidig.

«Aber alle Türen waren verschlossen. Alle Ihre wissenschaftlichen Hilfsmittel waren intakt. Niemand hat eingebrochen, und niemand kann hinausgelangt sein. Und dennoch wurde er erschlagen. Das war keine menschliche Hand, Inspektor.»

«Es war mit großer Sicherheit eine stumpfe Waffe, Miss Willard, und ich habe nicht die geringsten Zweifel, daß es an ihrem einen Ende eine menschliche Hand gab. Unsere Aufgabe ist es, herauszufinden, wessen Hand, und ich hoffe, Sie können uns helfen. Sie führen meines Wissens für Dr. Kerrison und seine Tochter den Haushalt?»

Miss Willard bedachte ihn mit einem Blick, in dem sich Mitleid über solche Unwissenheit und leichter Tadel mischten.

«Ich bin keine Haushälterin, Herr Oberkriminalrat. Ganz gewiß keine Haushälterin. Sagen wir besser, ein arbeitender Gast des Hauses. Dr. Kerrison brauchte jemanden, der hier wohnt, damit die Kinder nicht allein sind, wenn er an den Ort eines Verbrechens gerufen wird. Sie sind leider Kinder aus einer gescheiterten Ehe. Die alte traurige Geschichte. Sie sind nicht verheiratet, Herr Oberkriminalrat?»

«Nein.»

«Wie vernünftig.» Sie seufzte, und dieses Aufseufzen drückte grenzenloses Bedauern aus. Dalgliesh ließ sich nicht beirren:

«Sie leben also vollkommen für sich?»

«Ich habe meine eigene kleine Wohnung. Dieses Wohnzimmer und nebenan ein Schlafzimmer. Hinter dieser Tür hier ist meine eigene Kochnische. Ich will Sie jetzt lieber nicht herumführen, weil es da nicht ganz so aussieht, wie ich es gern hätte.»

«Wie läuft denn genau der häusliche Alltag ab, Miss Willard?»

«Sie machen sich ihr Frühstück selbst. Der Doktor ißt natürlich meistens im Krankenhaus zu Mittag; Nell und William essen eine Kleinigkeit, wenn sie sich die Mühe macht, etwas zuzubereiten, und ich kümmere mich um mich selbst. Abends koch ich für alle, irgend etwas Einfaches, wir sind alle keine großen Esser. Wegen William essen wir sehr zeitig. Eigentlich ist es mehr ein später Tee. Nell und ihr Vater übernehmen am Wochenende die ganze Kocherei. Es klappt wirklich ganz gut.»

Ganz gut für dich, dachte Massingham. Gewiß schien William kräftig und gut genährt zu sein, aber das Mädchen sah aus, als sollte es lieber zur Schule gehen, als sich ohne Hilfe mit diesem einsamen und freudlosen Monstrum von einem Haus abzumühen. Er fragte sich, wie sie mit Miss Willard zurechtkam. Als hätte sie seine Gedanken gelesen, sagte Miss Willard:

«William ist ein goldiger kleiner Kerl. Absolut kein Problem. Ich sehe ihn eigentlich kaum. Aber Nell ist schwierig, sehr schwierig sogar. Wie die meisten Mädchen in diesem Alter. Sie brauchte die feste Hand einer Mutter. Sie wissen natürlich, daß Mrs. Kerrison ihren Mann vor einem Jahr verlassen hat. Sie ging mit einem seiner Kollegen vom Krankenhaus durch. Er war völlig am Boden zerstört. Jetzt versucht sie vor Gericht, die Entscheidung über das Sorgerecht rückgängig zu machen und die Kinder zu bekommen, wenn in etwa einem Monat die Scheidung ausgesprochen wird, und ich bin überzeugt, daß es gut wäre, wenn es nach ihren Wünschen verliefe. Kinder sollten bei der Mutter sein. Nicht, daß Nell noch ein richtiges Kind wäre. Eigentlich kämpfen sie ja auch um den Jungen, nicht um Nell. Wenn Sie mich fragen, machen sich beide nichts aus ihr. Sie macht ihrem Vater ganz schön die Hölle heiß. Alpträume, Schreikrämpfe, Asthma. Nächsten Montag fährt er für drei Tage nach London zu einer Tagung über Gerichtsmedizin. Diesen kleinen Ausflug wird sie ihn sicher büßen lassen, wenn er zurück ist. Neurotisch ist sie. Bestraft ihn, weil er ihren Bruder mehr liebt als sie, obwohl er selbst das natürlich nicht so sieht.»

Dalgliesh fragte sich, wie sie zu dieser glatten psychologischen Einschätzung gekommen war, die er nicht unbedingt für falsch hielt. Er empfand ein tiefes Mitleid mit Kerrison.

Plötzlich wurde es Massingham übel. Die Wärme und der widerwärtige Geruch im Zimmer überwältigten ihn. Ein kalter Schweißtropfen fiel auf sein Notizbuch. Er murmelte eine Entschuldigung, ging auf unsicheren Beinen zum Fenster und zog am Rahmen. Es gab zuerst nicht nach, dann fiel es herunter. Ein Schwall kühler, erfrischender Luft drang herein. Das schwache Flämmchen vor der Madonna flackerte und ging aus.

Als er sein Notizbuch wieder in die Hand nahm, war Dalgliesh bereits bei den Fragen nach dem betreffenden Abend. Miss Willard sagte, sie habe das Abendessen gekocht: Hackfleisch, Kartoffeln und Tiefkühlerbsen und zum Nachtisch eine Mandelsüßspeise. Sie hatte allein das Geschirr abgewaschen und danach der Familie gute Nacht gesagt. Als sie in ihr Wohnzimmer gegangen war, hatten sie noch alle im Salon gesessen, aber Dr. Kerrison und Nell wollten gerade William ins Bett bringen. Sie hatte von der Familie nichts gesehen oder gehört, bis sie kurz nach neun an die Haustür gegangen war, um nachzusehen, ob sie richtig abgeschlossen war. Dr. Kerrison war manchmal ein bißchen nachlässig mit dem Abschließen und dachte nicht immer daran, wie nervös sie war, weil sie allein im Erdgeschoß schlief. Man las manchmal so schreckliche Dinge. Sie war am Arbeitszimmer vorbeigegangen, und da die Tür nur angelehnt gewesen war, hatte sie Dr. Kerrison am Telefon sprechen gehört. Sie war wieder in ihr Wohnzimmer gegangen und hatte den Fernseher eingeschaltet.

Dr. Kerrison hatte kurz vor zehn bei ihr hereingeschaut, um sich mit ihr über eine kleine Gehaltserhöhung zu unterhalten, aber sie waren durch das Telefon unterbrochen worden. Er war nach vielleicht zehn Minuten wiedergekommen, und sie hatten etwa eine halbe Stunde zusammengesessen. Es war angenehm gewesen, eine Gelegenheit zu einem privaten Gespräch zu haben, ohne daß die Kinder dauernd dazwischenredeten. Dann hatte er ihr eine gute Nacht gewünscht und sie allein gelassen. Sie hatte den Fernseher wieder eingeschaltet und bis kurz vor Mitternacht davorgesessen, dann war sie zu Bett gegangen. Sie war fest davon überzeugt, daß sie gehört hätte, wenn Dr. Kerrison das Auto herausgeholt hätte, da ihr Wohnzimmer zur Garage hin lag, die seitlich an das Haus angebaut war. Aber das könnten sie ja selbst sehen.

Sie hatte am nächsten Morgen verschlafen und erst um neun Uhr gefrühstückt. Sie war aufgewacht, als das Telefon läutete, aber erst als Dr. Kerrison aus dem Labor kam, hatte sie von dem Mord an Dr. Lorrimer erfahren. Dr. Kerrison war kurz nach neun rasch zu Hause vorbeigefahren, hatte ihr und Nell erzählt, was passiert war, und das Krankenhaus angerufen, um zu sagen, daß er telefonisch über den Annahmeschalter im Institut erreicht werden könne.

Dalgliesh sagte: «Soviel ich weiß, fuhr Dr. Lorrimer Sie regelmäßig zum Elf-Uhr-Gottesdienst in St. Marien nach Guy's Marsh. Er scheint ein einsamer und nicht sehr glücklicher Mensch gewesen zu sein. Niemand scheint ihn gut gekannt zu haben. Ich habe mich gefragt, ob er bei Ihnen die Gesellschaft und Freundschaft fand, die ihm anscheinend in seinem Berufsleben fehlte.»

Massingham hob neugierig die Augen, um ihre Reaktion auf diese unverhüllte Aufforderung, ihr Seelenleben bloßzulegen, zu sehen. Sie klappte ihre Augen wie ein Vogel zu, während sich ein roter Fleck wie ein Ausschlag auf ihrem Hals ausbreitete. Sie sagte mit einem Versuch, kokett zu sein:

«Jetzt glaube ich fast, Sie machen sich über mich lustig, Herr Oberkriminalrat. Aber Sie sprachen von Freundschaft. Das schließt Vertrauen ein. Ich hätte ihm gern geholfen, aber es war nicht einfach, ihn näher kennenzulernen. Und dazu kam der Altersunterschied. Ich bin nicht sehr viel älter, weniger als fünf Jahre, denke ich. Aber das ist für einen verhältnismäßig jugendlichen Mann eine ganze Menge. Nein, leider waren wir nur zwei hochkirchliche schwarze Schafe in diesem evangelischen Sumpfland. Wir saßen in der Kirche nicht einmal zusammen. Ich saß immer in der dritten Bank von der Kanzel aus und er am liebsten ganz hinten.»

Dalgliesh blieb hartnäckig: «Aber er muß sich in Ihrer Gesellschaft wohl gefühlt haben. Holte er Sie nicht jeden Sonntag ab?»

«Nur weil Pater Gregory ihn darum gebeten hatte. Es verkehrt zwar ein Bus nach Guy's Marsh, aber dann muß ich eine halbe Stunde warten, und da Dr. Lorrimer sowieso am Alten Pfarrhaus vorbeifahren mußte, meinte Pater Gregory, es sei doch vernünftig, wenn er mich mitnähme. Er kam nie herein. Ich war immer schon fertig und wartete draußen an der Einfahrt auf ihn. Wenn sein Vater krank war oder er selbst zu einem Fall gerufen wurde, sagte er telefonisch ab. Manchmal konnte er mir nicht rechtzeitig Bescheid sagen, was für mich unangenehm war. Aber ich wußte, er würde nicht mehr kommen, wenn er bis zwanzig vor elf nicht da war, und dann ging ich zur Bushaltestelle. Aber meistens klappte es, außer in den ersten sechs Monaten dieses Jahres, als er nicht mehr zur Messe ging. Aber Anfang September rief er mich an und sagte, er würde mich wieder wie immer abholen. Natürlich fragte ich ihn nicht nach dem Grund dieser Unterbrechung. Jeder macht diese dunklen Phasen der Seele durch.»

Demnach hatte er aufgehört, zur Messe zu gehen, als die Affäre mit Domenica Schofield begonnen hatte, und seine Kirchgänge erst wieder aufgenommen, als die Sache zu Ende war. Dalgliesh fragte:

«Ging er zur Kommunion?»

Sie war nicht erstaunt über diese Frage.

«Nicht seit er Mitte September wieder zur Messe kam. Es bedrückte mich ein wenig, muß ich gestehen. Tatsächlich überlegte ich, ob ich ihm nicht vorschlagen sollte, mit Pater Gregory zu reden, falls ihn etwas quälte. Aber so etwas ist eine heikle Sache. Und es ging mich eigentlich nichts an.»

Und sie hatte ihm nicht zu nahe treten wollen, dachte Massingham. Diese Mitfahrgelegenheiten mußten sehr bequem gewesen sein. Dalgliesh fragte: «Er hat also gelegentlich mit Ihnen telefoniert. Haben Sie ihn jemals angerufen?»

Sie wandte sich ab und schüttelte nervös ein Kissen auf.

«Du meine Güte, nein! Wie käme ich dazu! Ich kenne nicht einmal seine Nummer.»

Massingham sagte: «Ich finde es eigenartig, daß er nicht hier im Dorf, sondern in Guy's Marsh zur Kirche ging.»

Miss Willard sah ihn streng an.

«Ganz und gar nicht. Mr. Swaffield ist ein sehr verdienstvoller Mann, aber er ist weit, sehr weit von der Hochkirche entfernt. Die Marschen sind immer ausgeprägt evangelisch gewesen. Als mein lieber Vater hier Pfarrer war, hatte er ständig Meinungsverschiedenheiten mit dem Kirchenvorstand über das Sakrament. Und außerdem wollte Dr. Lorrimer, glaube ich, nicht in die Kirchen- und Dorfaktivitäten hineingezogen werden. Dem kann man sich nur schwer entziehen, wenn man erst einmal als festes Mitglied der Gemeinde bekannt ist. Pater Gregory erwartete das nicht von ihm. Er wußte, daß Dr. Lorrimer für seinen Vater sorgen mußte und daß sein Beruf ihn sehr beanspruchte. Übrigens war ich sehr traurig, daß die Polizei nicht Pater Gregory geholt hat. Man hätte auf jeden Fall einen Priester zu der Leiche rufen sollen.»

Dalgliesh sagte freundlich: «Er war bereits seit Stunden tot, als die Leiche entdeckt wurde, Miss Willard.»

«Trotzdem hätte er einen Priester haben sollen.»

Sie stand auf, als wolle sie zu verstehen geben, das Verhör sei zu Ende. Dalgliesh war nur zu froh, gehen zu können. Er bedankte sich förmlich und bat Miss Willard, sich umgehend mit ihm in Verbindung zu setzen, falls ihr noch etwas Wichtiges einfiele.

Er und Massingham waren schon an der Tür, als sie plötzlich im Befehlston rief: «Junger Mann!»

Die beiden Detektive drehten sich nach ihr um. Sie redete Massingham wie eine altmodische Gouvernante an, die ein Kind ermahnt: «Seien Sie so nett und schließen Sie das Fenster, das Sie so rücksichtslos aufgerissen haben, und zünden Sie die Kerze wieder an.»

Sanftmütig, als gehorche er einem lange vergessenen Kindermädchenbefehl, kam er ihrer Aufforderung nach. Sie mußten allein den Weg aus dem Haus finden und begegneten niemandem. Als sie im Auto saßen und die Sicherheitsgurte anlegten, platzte Massingham heraus:

«Du lieber Himmel, man sollte doch wirklich meinen, Kerrison könnte eine geeignetere Person als diese alte Hexe für seine Kinder finden. Das ist eine Schlampe, eine Quartalssäuferin, eine Halbverrückte.»

«Es ist nicht so einfach für Kerrison. Ein abgelegenes Dorf, ein großes, kaltes Haus und eine Tochter, mit der man sicher nicht so leicht zurechtkommt. Vor die Wahl zwischen dieser Art von Arbeit und dem

Stempelngehen gestellt, würden die meisten Frauen heutzutage wohl das letztere vorziehen. Haben Sie sich das Feuer angesehen?»

«Nichts für uns. Anscheinend verbrennen sie von Zeit zu Zeit Gartenabfälle und alte Möbelstücke, die sie in einem der Wagenschuppen gestapelt haben. William sagte, daß Nell das Feuer heute früh gemacht hat.»

«William kann demnach sprechen?» fragte Dalgliesh.

«Oh, sprechen kann er tatsächlich. Ich bin allerdings nicht sicher, ob Sie ihn verstehen könnten, Sir. Glaubten Sie Miss Willard, als sie Kerrison das Alibi lieferte?»

«Ich glaube ihr genauso bereitwillig, wie ich Mrs. Bradley und Mrs. Blakelock glaubte, als sie Bradleys und Blakelocks Alibis bestätigten. Wer kann das sagen? Wir wissen, daß Kerrison tatsächlich um neun Dr. Collingwood angerufen hat und daß er hier war, um den Rückruf ungefähr um zehn Uhr anzunehmen. Wenn Miss Willard bei ihrer Geschichte bleibt, ist er für diese Stunde aus dem Schneider, und ich habe so ein Gefühl, als wäre diese Stunde die entscheidende. Aber wie konnte er das wissen? Und wenn er es wußte, wie konnte er dann davon ausgehen, daß wir uns so genau auf den Zeitpunkt des Todes würden festlegen können? Er saß bis um neun bei seiner Tochter und schaute vor zehn bei Miss Willard vorbei. Das riecht sehr nach dem Versuch zu beweisen, daß er während dieser ganzen Stunde zu Hause war.»

Massingham sagte: «Er muß zu Hause gewesen sein, dafür haben wir den Anruf um zehn Uhr. Und ich kann mir nicht vorstellen, wie er ins Hoggatt hätte kommen, Lorrimer umbringen und dennoch in weniger als sechzig Minuten zu Hause sein können, wenigstens nicht, wenn er zu Fuß gegangen wäre. Und Miss Willard schien sicher, daß er das Auto nicht aus der Garage holte. Möglicherweise hätte er es schaffen können, wenn er die Abkürzung durch das neue Labor gegangen wäre, aber knapp wäre es auf jeden Fall gewesen.»

In diesem Augenblick piepte das Funkgerät. Dalgliesh nahm die Durchsage an. Der Kontrollraum der Polizeistation in Guy's Marsh meldete, daß Sergeant Reynolds im Institut mit ihm Kontakt aufnehmen wollte. Der Laborbericht aus London war eingegangen.

4

Sie kamen beide an die Tür. Mrs. Bradley hielt ein schlafendes Kind im Arm. Bradley sagte:

«Kommen Sie herein. Es ist wegen dem Erbrochenen, nicht wahr? Ich habe Sie erwartet.»

Sie gingen in das Wohnzimmer. Er bot Dalgliesh und Massingham die beiden Sessel an und setzte sich ihnen gegenüber auf das Sofa. Seine Frau setzte sich neben ihn und lehnte das Baby an ihre Schulter. Dalgliesh fragte:

«Wünschen Sie einen Rechtsanwalt?»

«Nein. Wenigstens im Augenblick nicht. Ich bin bereit, Ihnen die volle Wahrheit zu sagen, und sie kann mir nichts anhaben. Vermutlich kann ich höchstens meine Stelle verlieren. Aber das ist das Schlimmste, was mir passieren kann. Und ich glaube, ich bin jetzt so weit, daß es mir nichts mehr ausmacht.»

Massingham schlug sein Notizbuch auf. Dalgliesh sagte zu Susan Bradley:

«Möchten Sie nicht Ihr Baby in seinen Wagen legen, Mrs. Bradley?»

Sie starrte Dalgliesh mit blitzenden Augen an, schüttelte heftig den Kopf und drückte das Baby fest an sich, als fürchtete sie, sie würden es ihr aus den Armen reißen. Massingham war dankbar, daß das Kind wenigstens schlief. Aber es wäre ihm lieber gewesen, wenn weder das Kind noch die Mutter dagewesen wären. Er betrachtete das Kind, das in seinem rosa Schlafanzug an der Schulter seiner Mutter schlief, den Kranz von längeren Härchen über der Mulde des zarten Halses, den runden kahlen Flecken am Hinterkopf, die fest geschlossenen Augen und die komische Stupsnase. Die zierliche Mutter mit diesem weichen Bündel war ein größeres Hemmnis als eine ganze Firma von hartnäckigen, gegen die Polizei arbeitenden Rechtsanwälten.

Es sprach eine ganze Menge dafür, einen Verdächtigen auf den Rücksitz des Polizeiautos zu packen und ihn zur Dienststelle zu fahren, um seine Aussage in der funktionellen Anonymität des Vernehmungszimmers aufzunehmen. Sogar das Wohnzimmer der Bradleys rief in ihm eine Mischung aus Gereiztheit und Mitleid hervor. Es roch immer noch neu und unfertig. Es gab keinen Kamin. Der Fernseher hatte einen Ehrenplatz über dem an der Wand montierten elektrischen Heizgerät; darüber hing ein Kaufhausdruck von Wellen, die gegen Felsen brandeten. Die Wand gegenüber war passend zu den geblümten Vorhängen tapeziert, aber die drei anderen Wände waren kahl und hatten schon Risse im Verputz. Am Tisch stand ein Babystuhl aus Metall, darunter lag ein

Stück Wachstuch, um den Teppich zu schonen. Alles sah neu aus, als hätten sie keinerlei persönliche Kleinigkeiten mit in die Ehe gebracht, als wären sie sozusagen nackt in den Besitz dieses kleinen charakterlosen Zimmers gekommen. Dalgliesh sagte:

«Wir gehen davon aus, daß Ihre frühere Darstellung Ihrer Schritte am Mittwochabend nicht der Wahrheit entspricht oder unvollständig ist. Wie war es also wirklich?»

Massingham fragte sich einen Augenblick, warum Dalgliesh Bradley nicht auf seine Rechte aufmerksam machte; dann glaubte er zu verstehen. Bradley hätte vielleicht die Nerven gehabt zu töten, wenn er bis aufs äußerste gereizt worden wäre, aber nie den Mut aufgebracht, sich aus einem Fenster im dritten Stock fallen zu lassen. Und wie hätte er sonst aus dem Gebäude kommen sollen? Lorrimers Mörder hatte entweder die Schlüssel benutzt oder war aus dem Fenster geklettert. Ihre ganzen Nachforschungen, ihre wiederholten sorgfältigen Durchsuchungen hatten diese Annahme bestätigt. Es gab keinen anderen Weg.

Bradley sah seine Frau an. Ihre Blicke trafen sich flüchtig, und sie reichte ihm ihre freie Hand. Er drückte sie fest, und sie rückten näher zusammen. Er feuchtete seine Lippen an, dann begann er zu sprechen, als sei seine Rede seit langem einstudiert:

«Am Dienstag hatte Dr. Lorrimer seine persönliche Beurteilung über mich fertiggeschrieben. Er sagte mir, er wollte am nächsten Tag mit mir darüber sprechen, bevor er sie an Dr. Howarth weiterleitete, und er rief mich, gleich nachdem er ins Labor gekommen war, in sein Büro. Er hatte eine ungünstige Beurteilung geschrieben, und den Vorschriften entsprechend mußte er mir erklären, warum. Ich wollte mich verteidigen, aber ich konnte nicht. Und wir waren auch nicht völlig unbeobachtet. Ich spürte, daß das ganze Labor wußte, worum es ging, und daß alle lauschten und warteten. Außerdem flößte er mir solche Angst ein. Ich weiß auch nicht genau, wieso. Ich kann nicht erklären, warum er so auf mich wirkte. Er brauchte im Labor nur in meiner Nähe zu arbeiten, und schon fing ich an zu zittern. Wenn er an einen Tatort gerufen wurde, fühlte ich mich wie im Himmel. Dann konnte ich wunderbar arbeiten. Die jährliche Beurteilung war nicht ungerecht. Mir war klar, daß meine Leistungen abgefallen waren. Aber zum Teil war es seine Schuld. Er schien meine Unzulänglichkeit als persönliche Beleidigung aufzufassen. Schlechte Arbeit war ihm unerträglich. Er war auf meine Fehler fixiert. Und weil ich so ängstlich war, machte ich nur noch mehr verkehrt.»

Er unterbrach sich. Niemand sagte etwas. Dann fuhr er fort:

«Wir gingen nicht zum Bunten Abend, weil wir keinen Babysitter finden konnten und außerdem Sues Mutter zum Abendessen erwarteten. Ich war kurz vor sechs zu Hause. Nach dem Essen – Curryfleisch, Reis und Erbsen – brachte ich sie an den Viertel-vor-acht-Bus. Ich kam sofort wieder zurück. Aber ich dachte unaufhörlich an die schlechte Beurteilung, was Dr. Howarth sagen würde, was ich machen sollte, wenn er eine Versetzung empfahl, wie wir irgendwie dieses Haus verkaufen könnten. Wir mußten es kaufen, als die Preise einen Höchststand erreicht hatten, und im Augenblick wäre es fast unmöglich, es ohne finanzielle Einbußen zu verkaufen. Außerdem dachte ich, kein anderes Labor würde mich nehmen wollen. Dann kam mir der Gedanke, ich könnte noch einmal ins Labor gehen und ihn zur Rede stellen. Ich glaube, ich hatte eine vage Vorstellung, daß ich mich mit ihm verständigen könnte, daß ich mit ihm auf einer menschlichen Ebene sprechen und ihm klarmachen könnte, wie mir zumute war. Auf jeden Fall hatte ich das Gefühl, verrückt zu werden, wenn ich hier sitzen bliebe. Ich mußte mir Bewegung machen, und ich ging in Richtung auf das Hoggatt los. Ich sagte Sue nichts von meinem Vorhaben, und sie versuchte, mich zu überreden, zu Hause zu bleiben. Aber ich ging trotzdem weg.»

Er sah Dalgliesh an und sagte:

«Könnte ich ein Glas Wasser haben?»

Ohne ein Wort zu sagen, stand Massingham auf und suchte die Küche. Er sah keine Gläser, aber auf dem Abtropfgestell standen zwei gespülte Tassen. Er füllte eine mit kaltem Wasser und brachte sie ins Zimmer. Bradley trank es in einem Zug. Er fuhr sich mit der Hand über den feuchten Mund und sprach weiter:

«Ich sah keinen Menschen auf dem Weg zum Institut. Die Leute hier im Dorf gehen nach Einbruch der Dunkelheit nicht gern aus dem Haus, und vermutlich waren die meisten beim Bunten Abend. In der Halle des Instituts brannte Licht. Ich läutete, und Lorrimer kam an die Tür. Er schien überrascht, mich zu sehen, aber ich sagte, daß ich ihn sprechen wollte. Er schaute auf die Uhr und sagte, er habe höchstens fünf Minuten für mich Zeit. Ich ging mit ihm nach oben ins Biologie-Labor.»

Er sah Dalgliesh direkt an. Er sagte:

«Es war ein eigenartiges Gespräch. Ich spürte, daß er ungeduldig war und mich los sein wollte, und manchmal dachte ich, er höre kaum auf das, was ich sagte, oder sei sich nicht einmal meiner Anwesenheit bewußt. Ich stellte mich nicht geschickt an. Ich versuchte zu erklären, daß ich nicht absichtlich Fehler machte, daß ich die Arbeit wirklich gern hatte und das Beste daraus machen wollte, daß ich der Behörde Ehre machen wollte. Ich versuchte, seine Wirkung auf mich zu erklären. Ich weiß nicht, ob er mir überhaupt zuhörte. Er stand da und starrte den Boden an.

Und schließlich blickte er auf und begann zu reden. Er sah mich eigentlich nicht an, er blickte durch mich hindurch, fast als wäre ich gar nicht da. Und er sagte Dinge, schreckliche Dinge, als seien sie Worte in einem Spiel, das nichts mit mir zu tun hätte. Ich hörte dieselben Worte immer und immer wieder. Versager. Nutzlos. Hoffnungslos. Unzulänglich. Er sagte sogar irgend etwas von der Ehe, als ob ich auch sexuell ein Versager wäre. Ich glaube, er war wahnsinnig. Ich kann nicht beschreiben, wie das war, der ganze Haß, der aus ihm hervorbrach, Haß und Elend und Verzweiflung. Ich stand zitternd da, und dabei ergoß sich dieser Wortschwall über mich, als ... als wäre es ein Haufen Dreck. Und dann heftete er seinen Blick auf mich, und ich wußte, daß er mich sah, mich, Clifford Bradley. Seine Stimme bekam einen ganz anderen Klang. Er sagte:

‹Sie sind ein drittrangiger Biologe und ein viertrangiger Gerichtswissenschaftler. Genau das waren Sie, als Sie bei uns eingestellt wurden, und Sie werden sich nie ändern. Ich habe zwei Alternativen. Entweder ich prüfe jedes einzelne Ihrer Resultate nach, oder ich riskiere, daß unsere Arbeit und dieses Labor vor Gericht in Mißkredit geraten. Beide Möglichkeiten sind nicht tragbar. Deshalb schlage ich vor, Sie sehen sich nach einer neuen Stelle um. Und jetzt habe ich andere Dinge zu tun, lassen Sie mich also bitte allein.›

Er wandte mir den Rücken zu, und ich ging hinaus. Mir war klar, daß die Situation unmöglich war. Ich hätte besser daran getan, nicht zu kommen. Er hatte mir noch nie gesagt, was er tatsächlich von mir hielt, wenigstens nicht in diesen Worten. Ich fühlte mich schlecht und elend, und ich merkte, daß ich weinte. Dadurch verachtete ich mich um so mehr. Ich stolperte die Treppe hinauf zur Herrentoilette und schaffte es gerade noch bis zum ersten Waschbecken, bevor ich mich übergab. Ich weiß nicht, wie lange ich da stand und mich über das Becken beugte und weinte und mich übergab. Vielleicht waren es drei oder vier Minuten. Dann drehte ich das kalte Wasser auf und wusch mein Gesicht ab. Ich versuchte, mich zusammenzureißen. Aber ich zitterte immer noch, und es war mir immer noch übel. Ich setzte mich auf eine der Toiletten und ließ meinen Kopf auf meine Hände sinken.

Ich weiß nicht, wie lange ich dort saß. Zehn Minuten vielleicht, es kann aber auch länger gewesen sein. Mir war bewußt, daß ich seine Meinung über mich nie würde ändern können, daß ich ihn nie dazu bringen würde, mich zu verstehen. Er benahm sich nicht wie ein Mensch. Mir wurde klar, daß er mich haßte. Aber nun begann auch ich ihn zu hassen, wenn auch auf andere Art. Ich würde gehen müssen; dafür würde er sorgen. Aber ich könnte ihm wenigstens sagen, was ich von ihm hielt. Ich könnte mich wie ein Mann benehmen. Ich ging also die Treppe hinunter in das Biologie-Labor.»

Wieder unterbrach er sich. Das Kind bewegte sich im Arm seiner Mutter und stieß im Schlaf einen kleinen Schrei aus. Susan Bradley begann automatisch, es zu wiegen und beruhigend vor sich hin zu summen, wandte aber ihre Augen nicht von ihrem Mann. Schließlich redete er weiter:

«Er lag mit dem Gesicht nach unten zwischen den beiden mittleren Labortischen. Ich sah nicht nach, ob er tot war. Ich weiß, es müßte mir eigentlich schrecklich sein, daß ich ihn so liegen ließ und keine Hilfe holte. Aber ich fühle nichts. Ich bringe immer noch kein Mitleid auf. Aber damals, in jenem Augenblick, war ich nicht froh, daß er tot war. Das einzige Gefühl, dessen ich mir bewußt war, war Entsetzen. Ich stürzte die Treppe hinunter und aus dem Labor, als wäre sein Mörder hinter mir her. Die Tür war nur mit dem Yale-Schlüssel abgeschlossen, und ich muß wohl den Bodenriegel hochgezogen haben, aber ich kann mich nicht erinnern. Ich rannte die Einfahrt hinunter. Es fuhr gerade ein Bus vorbei, aber er fuhr eben an, als ich das Tor erreichte. Als ich auf der Straße stand, sah ich ihn noch fahren. Dann sah ich ein Auto näherkommen und trat instinktiv in den Schatten der Mauer zurück. Das Auto wurde langsamer und bog in die Einfahrt zum Institut ein. Dann zwang ich mich, langsam und normal zu gehen. Und das nächste, woran ich mich erinnere, ist, daß ich zu Hause war.»

Zum erstenmal sagte Susan Bradley etwas:

«Clifford erzählte mir alles. Und das mußte er natürlich. So furchtbar, wie er aussah, wußte ich sofort, daß etwas Entsetzliches passiert sein mußte. Wir überlegten zusammen, wie wir uns verhalten sollten. Wir wußten, daß er mit dem, was Dr. Lorrimer passiert war, nichts zu tun hatte. Aber wer würde Cliff glauben? Jeder in seiner Abteilung wußte, was Dr. Lorrimer von ihm hielt. Er würde zwangsläufig verdächtigt werden, und wenn Sie dann noch herausbekämen, daß er dort gewesen war, im Labor, und genau in dem Augenblick, in dem es passierte, wie hätte er da noch hoffen können, Sie von seiner Unschuld zu überzeugen. Also beschlossen wir zu sagen, wir seien den ganzen Abend zusammengewesen. Meine Mutter rief tatsächlich um neun Uhr an, um zu sagen, sie sei gut angekommen, und ich sagte ihr, daß Clifford gerade badete. Sie war nie ganz mit unserer Heirat einverstanden gewesen, und deshalb wollte ich ihr gegenüber nicht zugeben, daß Clifford ausgegangen war. Sie hätte nur angefangen, an ihm herumzumäkeln, daß er mich und das Baby allein ließ. Wir wußten also, daß sie bestätigen würde, was ich gesagt hatte, und daß uns das helfen könnte, obwohl sie nicht mit ihm selbst gesprochen hatte. Aber dann fiel Cliff ein, daß er sich übergeben hatte.»

Ihr Mann unterbrach sie und sprach jetzt so eifrig, als wolle er die beiden Männer zwingen, ihn zu verstehen und ihm zu glauben:

«Ich wußte, daß ich mein Gesicht mit kaltem Wasser abgewaschen hatte, aber ich konnte nicht sicher sein, daß das Becken sauber war. Je mehr ich darüber nachdachte, um so größer wurde meine Gewißheit, daß man das Erbrochene noch sehen würde. Und mir war klar, was Sie daraus ersehen könnten. Ich bin ein Ausscheider, aber das beunruhigte mich nicht. Ich wußte, daß die Magensäure die Antikörper zersetzen würde und meine Blutgruppe also nicht bestimmt werden könnte. Aber da war das Currypulver und der Farbstoff an den Dosenerbsen. Daraus würden sich genug Schlüsse über die Mahlzeit ziehen lassen, um mich zu identifizieren. Und ich konnte nicht lügen, was unser Abendessen betraf, weil Sues Mutter mit uns gegessen hatte.

Deshalb verfielen wir auf die Idee, Mrs. Bidwell daran zu hindern, zeitig im Labor zu sein. Ich gehe immer vor neun zur Arbeit und wäre also ganz normal als erster dort gewesen. Ich hatte vor, sofort zur Toilette zu gehen und das Waschbecken zu säubern. Dann wäre der einzige Beweis für meine Anwesenheit im Labor am vorhergehenden Abend für immer vernichtet gewesen. Niemand hätte es jemals erfahren.»

Susan Bradley sagte: «Es war meine Idee, Mrs. Bidwell anzurufen, und ich war es, die mit ihrem Mann sprach. Wir wußten, daß sie nicht am Telefon sein würde. Sie nahm nie den Hörer ab. Aber Cliff hatte nicht mitbekommen, daß der alte Mr. Lorrimer am Tag davor nicht ins Krankenhaus eingeliefert worden war. Er war nicht in seiner Abteilung, als Mr. Lorrimer anrief. Deshalb ging der ganze Plan schief. Mr. Lorrimer rief Inspektor Blakelock an, und alle kamen fast gleichzeitig mit Cliff. Danach konnten wir nichts mehr tun, als abwarten.»

Dalgliesh konnte sich ausmalen, wie schrecklich diese Wartezeit gewesen sein mußte. Kein Wunder, daß Bradley nicht in der Lage gewesen war, zur Arbeit ins Labor zu gehen. Er fragte:

«Als Sie am Labor läuteten – wie lange dauerte es, bis Lorrimer aufmachte?»

«Er war sofort an der Tür. Er kann nicht aus der biologischen Abteilung heruntergekommen sein. Er muß sich irgendwo im Erdgeschoß aufgehalten haben.»

«Sagte er irgend etwas davon, daß er einen Besucher erwartete?»

Die Versuchung lag auf der Hand. Aber Bradley antwortete:

«Nein. Er sagte, er habe zu tun, und ich bezog das auf die Analyse, an der er arbeitete.»

«Und als Sie die Leiche fanden, sahen und hörten Sie nichts von dem Mörder?»

«Nein. Ich sah mich natürlich auch nicht um. Ich weiß nicht, warum, aber ich bin ganz sicher, daß er da war, sogar ganz in der Nähe.»

«Fiel Ihnen die Lage des Schlagstocks auf oder die Tatsache, daß eine Seite aus Lorrimers Notizbuch gerissen war?»

«Nein. Nichts. Alles, woran ich mich erinnere, ist Lorrimer, die Leiche und der dünne Faden Blut.»

«Hörten Sie die Türklingel, als Sie im Waschraum waren?»

«Nein, aber ich glaube, die kann man da oben nicht hören, höchstens noch im ersten Stock. Und ich bin sicher, ich hätte sie sowieso nicht hören können, während ich mich übergab.»

«Als Dr. Lorrimer Ihnen die Tür aufmachte, fiel Ihnen da etwas Ungewöhnliches auf, außer daß er so schnell da war?»

«Nur, daß er sein Ringbuch bei sich hatte.»

«Sind Sie ganz sicher?»

«Ja, ganz sicher. Es war aufgeklappt.»

Demnach hatte Bradleys Erscheinen irgend etwas unterbrochen, womit Lorrimer gerade beschäftigt war. Und er hatte sich im Erdgeschoß aufgehalten, der Etage, auf der das Büro des Direktors, das Archiv und das Lager der Beweisstücke lagen.

Dalgliesh sagte: «Nun zu dem Auto, das in die Einfahrt einbog, als Sie wegliefen. Was für eine Marke war es?»

«Das sah ich nicht. Ich erinnere mich nur an die Scheinwerfer. Wir haben selbst kein Auto, und deshalb erkenne ich die verschiedenen Modelle nicht so leicht, wenn ich sie nicht genau ansehe.»

«Können Sie sich erinnern, wie es gefahren wurde? Bog der Fahrer so zielstrebig ab, als wisse er genau Bescheid? Oder zögerte er, als habe er einen passenden Platz zum Halten gesucht und plötzlich die offene Einfahrt entdeckt?»

«Er bremste nur ein wenig ab und fuhr direkt hinein. Ich glaube, es war jemand, der den Ort kannte. Aber ich wartete nicht ab, ob er bis vor das Haus fuhr. Am nächsten Tag wußte ich natürlich, daß es nicht die Polizei aus Guy's Marsh oder jemand mit einem Schlüssel gewesen sein konnte, sonst wäre die Leiche früher entdeckt worden.»

Er schaute Dalgliesh ängstlich an.

«Was wird jetzt mit mir? Ich kann keinem im Labor mehr in die Augen sehen.»

«Inspektor Massingham fährt Sie zur Polizei nach Guy's Marsh, damit Sie eine formelle Aussage machen und unterschreiben können. Ich werde Dr. Howarth erklären, wie sich das abgespielt hat. Ob und wann Sie wieder ins Labor gehen, muß ihm und der vorgesetzten Stelle überlassen bleiben. Ich könnte mir denken, daß man Ihnen einen Sonderurlaub gibt, bis die Sache erledigt ist.»

Wenn sie je erledigt sein würde. Falls Bradley die Wahrheit gesagt hatte, wußten sie jetzt, daß Lorrimer zwischen 20 Uhr 45, als sein Vater mit ihm telefoniert hatte, und unmittelbar vor 21 Uhr 11, als der Bus nach Guy's Marsh an der Chevishamer Haltestelle abgefahren war, getötet worden war. Die Untersuchung des Erbrochenen war ein wichtiger Schlüssel für sie. Es hatte die Todeszeit bestimmt und das Rätsel um den Anruf bei Mrs. Bidwell gelöst. Aber es hatte sie nicht auf den Mörder hingewiesen. Und wenn Bradley unschuldig war, der Fall aber nicht gelöst würde, was für ein Leben würde er dann innerhalb oder außerhalb des kriminologischen Dienstes führen? Er wartete, bis Massingham und Bradley abgefahren waren, und machte sich dann auf den Weg ins Hoggatt-Institut. Die Aussicht auf das Gespräch mit Howarth stimmte ihn nicht heiter. Als er sich noch einmal umwandte, sah er, daß Susan Bradley noch mit dem Baby auf dem Arm in der Tür stand und ihm nachsah.

5

Howarth sagte: «Ich will Ihnen jetzt nicht mit Platitüden kommen und mir selbst die Schuld geben. Ich halte nicht viel von stellvertretender Haftung. Trotzdem hätte mir klar sein müssen, daß Bradley am Ende seiner Kräfte war. Vermutlich hätte der alte Dr. MacIntyre es nicht so weit kommen lassen. Aber jetzt muß ich erst einmal die Personalabteilung anrufen. Ich könnte mir denken, daß sie ihn vorerst beurlauben werden. Von unserer Arbeit her gesehen kommt das äußerst ungelegen. Sie brauchen in der Biologie jede Hand, die sie bekommen können. Claire Easterbrook übernimmt von Lorrimers Arbeit so viel, wie sie bewältigen kann, aber irgendwo ist auch bei ihr eine Grenze. Im Augenblick ist sie mit den Analysen zum Kalkgrubenmord beschäftigt. Sie besteht darauf, die Elektrophorese noch einmal durchzuführen. Ich mache ihr keinen Vorwurf; sie wird schließlich als Zeugin auftreten müssen. Sie kann nur ihre eigenen Resultate vertreten.»

Dalgliesh fragte, was wohl aus Clifford Bradley würde.

«Nun, es gibt sicher irgendeine Dienstvorschrift für die entsprechenden Umstände. Die gibt es immer. Er wird mit dem üblichen Kompromiß zwischen Zweckdienlichkeit und Menschlichkeit behandelt werden; natürlich nur, wenn Sie ihn nicht wegen Mordes festnehmen lassen. In diesem Fall würde sich das Problem, vom Standpunkt der Behörde aus, von selbst lösen. Übrigens rief die PR-Stelle an. Wahrscheinlich sind Sie noch nicht dazu gekommen, die heutigen Zeitungen durchzusehen. Einige regen sich ganz schön auf über Fragen der Sicherheit der Labors. ‹Sind unsere Blutproben sicher?› Und eine der Sonntagszeitungen hat einen Artikel über die Wissenschaft im Dienst der Verbrechensbekämpfung angekündigt. Sie schicken jemanden, der sich um drei Uhr mit mir unterhalten will. Die PR-Stelle möchte Sie übrigens gern sprechen. Sie wollen heute nachmittag eine weitere Pressekonferenz ansetzen.»

Als Howarth gegangen war, ging Dalgliesh zu Sergeant Underhill und nahm sich die vier großen Aktenpakete vor, die Brenda Pridmore herausgesucht hatte. Es war erstaunlich, wie viele der 6000 Fälle und der fast 25 000 einzelnen Beweisstücke, mit denen das Labor im Jahr zu tun hatte, die Zahlen 18, 40 oder 1840 in ihren Registriernummern hatten. Die Fälle kamen aus allen Abteilungen: Biologie, Toxikologie, Kriminalistik, Dokumentenprüfung, Blutalkoholanalyse, Fahrzeugprüfung. Fast jeder Wissenschaftler von der Ebene des höheren Angestellten an hatte mit ihnen zu tun gehabt. Alle schienen tadellos geordnet zu sein. Er war immer noch davon überzeugt, daß die mysteriöse telefonische Nachricht an Lorrimer der Schlüssel des Rätsels um seinen Tod war. Aber es schien immer unwahrscheinlicher, daß die Zahlen, falls der alte Mr. Lorrimer sie richtig behalten hatte, sich irgendwie auf die Aktennummern bezogen.

Um drei Uhr beschloß er, die Ordner erst einmal liegenzulassen und zu probieren, ob ein wenig körperliche Betätigung seine Gedanken anregen würde. Es war Zeit, dachte er, einen Spaziergang durch den Park zu machen und einen Blick in die Wren-Kapelle zu werfen. Er wollte gerade seinen Mantel überziehen, als das Telefon läutete. Es war Massingham, der von der Polizei in Guy's Marsh aus anrief. Das Auto, das Mittwoch abend in der Einfahrt zum Institut geparkt hatte, war endlich ausfindig gemacht worden. Es war ein grauer Cortina, der einer Mrs. Maureen Doyle gehörte. Mrs. Doyle hielt sich zur Zeit bei ihren Eltern in Ilford in Essex auf, aber sie hatte bestätigt, daß es ihr Wagen war und daß er in der Nacht, als der Mord passierte, von ihrem Mann, Detektiv-Inspektor Doyle, gefahren worden war.

6

Das Vernehmungszimmer der Polizei in Guy's Marsh war klein, stickig und überfüllt. Polizeidirektor Mercer mit seiner massigen Figur nahm mehr Platz weg, als ihm zukam, und atmete, wie es Massingham schien, auch mehr Luft, als ihm zukam. Von den fünf anwesenden Männern, einschließlich einem Stenographen, schien Doyle der zufriedenste und am wenigsten betroffene zu sein. Dalgliesh verhörte ihn. Mercer stand vor dem vergitterten Fenster.

«Sie waren Mittwoch nacht beim Institut. Wir fanden frische Reifenspuren unter den Bäumen rechts von der Einfahrt, und zwar Ihre Reifenspuren. Wenn Sie unsere Zeit vertun wollen, können Sie sich die Abgüsse ansehen.»

«Ich gebe zu, daß es meine Reifenspuren sind. Ich parkte dort kurz Montag nacht.»

«Warum?» Die Frage wurde so ruhig, so vernünftig gestellt, als hätte Dalgliesh ein echtes menschliches Interesse an der Antwort.

«Ich war mit jemandem zusammen» – er machte eine kurze Pause und fügte dann hinzu: «Sir.»

«Ich hoffe um Ihretwillen, daß Sie vorletzte Nacht mit jemandem zusammen waren. Selbst ein peinliches Alibi ist besser als keins. Sie hatten einen Streit mit Lorrimer. Sie sind eine der wenigen Personen, denen er die Tür aufgemacht hätte. Und Sie parkten Ihr Auto unter den Bäumen. Wenn Sie ihn nicht ermordet haben, warum versuchen Sie dann, uns davon zu überzeugen, daß Sie es taten?»

«Sie glauben in Wirklichkeit gar nicht, daß ich ihn getötet habe. Wahrscheinlich verdächtigen Sie bereits jemanden oder wissen schon, wer es getan hat. Sie können mir keine Angst machen, weil ich weiß, daß Sie keine Beweise haben. Sie können auch keine finden. Ich fuhr den Cortina, weil die Kupplung am Renault kaputt war, und nicht, weil ich nicht erkannt werden wollte. Ich war bis acht Uhr mit Sergeant Beale zusammen. Wir hatten einen Mann namens Barry Taylor in Muddington verhört, und danach suchten wir ein paar Leute auf, die ebenfalls auf dem Tanz am letzten Dienstag waren. Von acht an fuhr ich allein, und wohin, das ist meine eigene Angelegenheit.»

«Nicht, wenn es sich um einen Mordfall handelt. Sagen Sie nicht genau das Ihren Verdächtigen, wenn sie mit diesem schönen alten Gemeinplatz über die Unverletzlichkeit ihres Privatlebens kommen? Da müssen Sie sich schon etwas Besseres einfallen lassen, Doyle.»

«Ich war Mittwoch nacht nicht beim Labor. Die Reifenspuren stammen vom letzten Montag, als ich dort parkte.»

«Der Dunlopreifen am linken Hinterrad ist neu. Er wurde am Montagnachmittag in Gorringes Werkstatt montiert, und Ihre Frau holte den Cortina erst um zehn Uhr am Mittwochmorgen ab. Wenn Sie nicht ins Institut gefahren sind, um Lorrimer zu treffen, was haben Sie statt dessen dort gemacht? Und wenn Ihr Anliegen legitim war, warum haben Sie dicht hinter dem Tor und unter den Bäumen geparkt?»

«Wenn ich dort gewesen wäre, um Lorrimer zu ermorden, hätte ich das Auto in einer Garage hinter dem Haus abgestellt. Das wäre sicherer gewesen, als den Cortina an der Einfahrt stehen zu lassen. Und ich kam erst nach neun dort an. Ich wußte, daß Lorrimer Überstunden wegen der Kalkgrubensache machen würde, aber nicht so lange. Es war kein Licht mehr im Labor. Die Wahrheit ist, wenn Sie sie unbedingt wissen wollen, daß ich eine Frau an der Kreuzung am Ortsausgang von Manea auflas. Ich hatte es nicht eilig, nach Hause zu kommen, und suchte einen ruhigen, abgelegenen Platz, wo ich halten konnte. Das Labor schien mir genau so gut wie irgendein anderer. Wir waren dort von etwa Viertel nach neun bis fünf vor zehn. In dieser Zeit ist niemand aus dem Haus gekommen.»

Er hatte sich Zeit gelassen bei dem, was vermutlich als eine schnelle Nummer geplant war, dachte Massingham. Dalgliesh fragte:

«Haben Sie sich die Mühe gemacht herauszufinden, wer sie war, haben Sie sich vorgestellt?»

«Ich sagte ihr, ich sei Ronny McDowell. Ich dachte mir nichts weiter dabei. Sie sagte, ihr Name sei Dora Meakin. Ich glaube nicht, daß mehr als einer von uns log.»

«Und das ist alles? Oder sagte sie, wo sie wohnt oder arbeitet?»

«Sie sagte, sie arbeitet in der Zuckerrübenfabrik und wohnt bei dem verfallenen Maschinenhaus auf der Huntersmarsch. Das liegt ungefähr drei Meilen von Manea. Sie sagte, sie sei verwitwet. Als rechter Gentleman habe ich sie unten an dem Weg abgesetzt, der zur Huntersmarsch führt. Wenn sie nicht geflunkert hat, müßte das genügen, um sie zu finden.»

Polizeidirektor Mercer sagte finster: «Ich hoffe für Sie, daß dem so ist. Ihnen ist doch klar, was das für Sie bedeutet?»

Doyle lachte. Es klang überraschend sorglos.

«O ja, das weiß ich. Aber darüber sollten Sie sich keine Gedanken machen. Ich scheide aus dem Polizeidienst aus, und zwar sofort.»

Dalgliesh fragte: «Sind Sie ganz sicher mit dem Licht? Es war dunkel im Labor?»

«Ich hätte nicht dort gehalten, wenn es nicht so gewesen wäre. Es war kein einziges Licht zu sehen. Und obwohl ich gestehen muß, daß ich ein paar Minuten etwas in Anspruch genommen war, könnte ich schwören, daß niemand die Einfahrt herunterkam, solange wir dort waren.»

«Oder aus der Tür?»

«Das wäre unter Umständen möglich. Aber die Einfahrt ist keine vierzig Meter lang. Ich glaube, das hätte ich gemerkt, es sei denn, jemand wäre ganz schnell herausgehuscht. Ich bezweifle, ob das jemand riskiert hätte, wenn er meine Scheinwerfer gesehen hatte und wußte, daß da ein Auto stand.»

Dalgliesh sah Mercer an. Er sagte: «Wir müssen zurück nach Chevisham. Die Huntersmarsch nehmen wir uns auf dem Weg vor.»

7

Angela Foley beugte sich über die Rücklehne des viktorianischen Sofas und massierte ihrer Freundin den Nacken. Das störrische Haar kitzelte ihre Handrücken, als sie ruhig und zart die verkrampften Muskeln knetete und dabei jeden einzelnen Wirbel unter der heißen, gespannten Haut fühlte. Stella saß vornübergebeugt und stützte den Kopf auf die Hände. Beide schwiegen. Draußen blies ein leichter, reinigender Wind in Böen über die Marschen, wirbelte die dürren Blätter auf der Terrasse auf und wehte den dünnen weißen Holzrauch vom Kamin der Kate. Aber drinnen im Wohnzimmer war es ganz still bis auf das Knistern des Feuers, das Ticken der Standuhr und das Geräusch ihres Atems. Das Haus war von dem harzigen Geruch der brennenden Apfelbaumscheite erfüllt, und aus der Küche zog ein appetitlicher Duft von dem Rinderbraten herein, der von gestern übrig war und zum Aufwärmen auf dem Herd stand.

Nach einer Weile sagte Angela Foley: «Besser? Möchtest du einen kalten Umschlag auf die Stirn?»

«Nein, das ist herrlich. Es ist schon fast weg. Komisch, daß ich diese Kopfschmerzen immer nur an Tagen bekomme, wenn es mit dem Schreiben besonders gut gelaufen ist.»

«Noch zwei Minuten, dann kümmere ich mich besser um das Essen.»

Angela krümmte die Finger und massierte weiter. Stellas Stimme klang gedämpft durch ihren Pullover. Sie sagte unvermittelt:

«Wie war das bei dir eigentlich als Kind, als Fürsorgezögling?»

«So genau weiß ich das gar nicht. Ich meine, ich war nicht in einem Heim oder so etwas. Meistens war ich bei Pflegeeltern.»

«Na ja, und wie war das? Du hast es mir eigentlich nie richtig erzählt.»

«Es ging ganz gut. Nein, das ist nicht wahr. Es war so ähnlich, wie wenn man in einer zweitklassigen Pension wohnt, wo man unerwünscht ist und weiß, daß man die Rechnung nicht bezahlen kann. Bis ich dich kennenlernte und hierherkam, habe ich mich immer so gefühlt. Ich war eigentlich nicht zu Hause in der Welt. Meine Pflegeeltern waren sicher nett. Sie meinten es wenigstens gut. Aber ich war kein hübsches Kind, und ich war nicht dankbar. Es kann nicht viel Spaß machen, anderer Leute Kinder großzuziehen, und vermutlich erwartet man schon so etwas wie Dankbarkeit. Jetzt im nachhinein kann ich verstehen, daß ich ihnen nicht viel Freude gemacht habe, unansehnlich und kratzbürstig, wie ich war. Ich hörte einmal eine Nachbarin zu meiner dritten Pflegemutter sagen, daß ich mit meiner gewölbten Stirn und dem winzigen Gesicht wie ein Fötus aussähe. Ich nahm es anderen Kindern übel, daß sie eine Mutter hatten und ich nicht. Ich bin davon immer noch nicht ganz weg. Es ist verachtenswert, aber ich mag nicht einmal Brenda Pridmore, das neue Mädchen an unserer Annahme, weil man so deutlich sieht, daß sie ein geliebtes Kind ist und ein ordentliches Zuhause hat.»

«Das hast du jetzt auch. Aber ich verstehe, was du meinst. Mit fünf Jahren hat man entweder erfahren, daß die Welt gut ist, daß alles und jeder auf dieser Welt einem mit Liebe begegnet. Oder man weiß, daß man abgelehnt wird. Keiner kann diese erste Lektion mehr verlernen.»

«Doch, ich zum Beispiel. Weil es dich gibt. Stella, meinst du nicht, wir sollten uns nach einem anderen Haus umsehen, vielleicht näher bei Cambridge? Dort gibt es bestimmt Stellen für eine qualifizierte Sekretärin.»

«Wir werden kein anderes Haus brauchen. Ich habe heute mittag mit meinem Verlag telefoniert. Ich glaube, es geht alles in Ordnung.»

«Mit Hearne & Collingwood? Aber wie kann das in Ordnung gehen? Ich dachte, du sagtest ...»

«Es geht alles in Ordnung.»

Plötzlich schüttelte Stella die hilfreichen Hände ab und stand auf. Sie ging in den Flur und kam mit dem Dufflecoat über den Schultern und den Stiefeln in der Hand zurück. Sie setzte sich auf den Sessel am Kamin, um die Stiefel anzuziehen. Angela Foley sah ihr wortlos zu. Dann zog Stella aus ihrer Jackentasche einen offenen braunen Briefumschlag und warf ihn ihr zu. Er fiel auf den Samtbezug des Sofas.

«Hier, das wollte ich dir noch zeigen.»

Verwirrt nahm Angela das gefaltete Blatt heraus. Sie sagte:

«Wo hast du das gefunden?»

«Ich fand es in Edwins Schreibtisch, als ich ihn nach dem Testament durchsuchte. Damals dachte ich, ich könnte vielleicht Gebrauch davon machen. Jetzt habe ich mich anders entschieden.»

«Aber Stella, das hättest du für die Polizei dortlassen müssen! Es ist eine Spur. Das müssen sie erfahren. Das ist es wahrscheinlich, was Edwin an jenem Abend gemacht hat, das hat er nachgeprüft. Das ist doch wichtig. Wir können es nicht für uns behalten.»

«Dann gehst du am besten in die Windmühlen-Kate und tust so, als hättest du es gerade gefunden. Sonst wird es ein bißchen peinlich, wenn wir erklären müssen, wie wir dazu gekommen sind.»

«Das wird uns aber die Polizei nicht glauben. Sie hätten es nicht übersehen. Ich frage mich, wann das im Labor angekommen ist. Eigenartig, daß er es mit nach Hause nahm und nicht einmal wegschloß.»

«Warum sollte er? Sein Schreibtisch hat nur eine verschließbare Schublade, und ich glaube, niemand, nicht einmal sein Vater, betrat jemals das Zimmer.»

«Aber, Stella, das könnte eine Erklärung sein, warum er umgebracht wurde! Das könnte ein Motiv zum Mord sein.»

«Nein, das glaube ich nicht. Es ist nichts weiter als ein bißchen Gehässigkeit, grundlos, anonym, ohne Beweise. Die Erklärung für Edwins Tod ist einfacher und gleichzeitig komplizierter als das. Mord ist meistens so. Aber die Polizei könnte es für ein Motiv halten, und das käme uns gelegen. Langsam komme ich zu der Überzeugung, ich hätte es lieber dort liegen lassen sollen.»

Sie hatte inzwischen ihre Stiefel angezogen und war fertig zum Ausgehen. Angela Foley sagte:

«Du weißt, wer ihn ermordet hat, nicht wahr?»

«Schockiert es dich, daß ich mich nicht sofort diesem ungewöhnlich gutaussehenden Oberkriminalrat anvertraut habe?»

Angela flüsterte: «Was hast du jetzt vor?»

«Nichts. Ich habe keine Beweise. Soll die Polizei die Arbeit tun, für die sie bezahlt wird. Ich hätte vielleicht mehr Gemeinsinn bewiesen, wenn wir die Todesstrafe hätten. Ich fürchte mich nicht vor den Geistern gehenkter Männer. Sie können an allen vier Ecken meines Betts stehen und die ganze Nacht heulen, wenn es ihnen Spaß macht. Aber ich könnte nicht weiterleben – ich könnte nicht weiterarbeiten, was für mich auf dasselbe herauskommt –, wenn ich wüßte, daß ich einen Mitmenschen ins Gefängnis gebracht hätte, und zwar für den Rest seines Lebens.»

«Nicht für sein ganzes Leben. Vielleicht für zehn Jahre.»

«Ich könnte es auch bei zehn Tagen nicht aushalten. Ich gehe jetzt weg. Ich bleibe nicht lange.»

«Aber Stella, es ist schon fast sieben! Wir wollten doch jetzt zu Abend essen.»

«Der Braten wird nicht schlecht.»

Angela Foley sah der Freundin wortlos nach, als sie auf die Tür zuging. Dann sagte sie:

«Stella, woher wußtest du, wie Edwin in der Nacht vor seinem Auftritt im Zeugenstand seine Aussage einstudierte?»

«Wenn nicht von dir, und du sagtest, du hättest es mir nicht erzählt, dann muß ich es erfunden haben. Ich kann es von keinem anderen wissen. Am besten schreibst du es meiner blühenden Phantasie zu.»

Ihre Hand lag auf der Türklinke. Angela rief:

«Stella, geh heute abend nicht weg. Bleib bei mir. Ich habe Angst.»

«Um dich oder um mich?»

«Um uns beide. Bitte gehe nicht weg. Nicht heute abend.»

Stella wandte sich um. Sie lächelte und breitete ihre Hände aus. Die Geste mochte Resignation ausdrücken oder ein Abschiedsgruß sein. Als sie die Haustür aufmachte, heulte der Wind auf und blies einen Schwall kalter Luft herein. Dann hallte das Geräusch der zufallenden Tür durch das Haus, und Stella war fort.

8

«Mein Gott, was für ein trostloser Platz!»

Massingham schlug die Autotür zu und betrachtete ungläubig die Aussicht, die sich ihnen bot. Der Weg, über den sie gerumpelt waren, hatte schließlich an einer schmalen eisernen Brücke über einen Schleusenkanal geendet, in dem das Wasser grau und ölig zwischen hohen Deichen floß. Auf der anderen Seite lag ein verlassenes Maschinenhaus aus dem vorigen Jahrhundert. Die Steine lagen zum Teil in einem unordentlichen Haufen neben dem scheinbar stillstehenden Wasser, und durch die eingestürzte Wand sah man ein Stück des großen Rads. Die zwei Häuschen daneben lagen unter dem Wasserspiegel. Dahinter verloren sich die umgepflügten dunklen Flächen von uneingefriedeten Feldern im Rot und Purpur des Abendhimmels. Der Stamm eines versteinerten Baums, einer Sumpfeiche, auf den der Pflug gestoßen war, war aus dem Morast gezogen und zum Trocknen neben die Fahrspur geworfen worden. Er sah wie ein verstümmeltes vorgeschichtliches Wesen aus, das seine amputierten Glieder einem verständnislosen Himmel entgegenreckte. Obwohl die letzten zwei Tage trocken und zum Teil sonnig gewesen waren, sah die Landschaft durchtränkt von dem wochenlangen Regen aus, die Gärten vor den Häuschen waren naß, die Stämme der wenigen verkümmerten Bäume wirkten vollgesogen wie Schwämme. Es schien ein Land zu sein, das nie von einem Sonnenstrahl getroffen wurde. Als ihre Schritte über die eiserne Brücke hallten, flog eine vereinzelte Ente mit aufgeregtem Gezeter auf, aber sonst lag völlige Stille über der Gegend.

Nur hinter den Vorhängen des einen Hauses brannte Licht, und sie gingen an zerzausten Buscheln welker Heideastern vorbei auf die Haustür zu. Die Farbe blätterte ab, und der eiserne Türklopfer war so verrostet, daß Dalgliesh ihn kaum anheben konnte. Nach dem dumpfen, energischen Schlag blieb es eine Zeitlang still. Dann wurde die Tür geöffnet.

Vor ihnen stand eine farblose Frau von etwa vierzig Jahren. Die hellen Augen in dem nichtssagenden Gesicht blickten ängstlich. Das ungepflegte strohfarbene Haar war straff zurückgekämmt und wurde von zwei Kämmen gehalten. Sie trug ein braunkariertes Kleid aus Kräuselkrepp und eine weite Strickjacke in einem harten Blauton darüber. Als Massingham sie sah, wollte er sich mit einer Entschuldigung auf der Zunge instinktiv zurückziehen, doch Dalgliesh sagte:

«Mrs. Meakin? Polizei. Dürfen wir eintreten?»

Sie machte sich nicht die Mühe, auf den Ausweis, den er ihr hinhielt, einen Blick zu werfen. Sie schien nicht einmal sehr erstaunt zu sein. Wortlos drückte sie sich an die Flurwand und ließ sie an sich vorbei in das Wohnzimmer gehen. Es war klein und sehr einfach möbliert, aufgeräumt und sauber wie geleckt. Es war kühl und roch feucht. In dem elektrischen Öfchen brannte nur ein Heizstab, und die Glühbirne, die ohne Schirm von der Decke hing, gab ein grelles, aber unzureichendes Licht. Ein einfacher Tisch mit vier Stühlen stand in der Mitte des Zimmers. Anscheinend hatte sie gerade mit dem Abendessen anfangen wollen. Auf dem Tablett stand ein Teller mit drei Fischstäbchen, einem Schlag Kartoffelpüree und Erbsen. Daneben stand ein ungeöffneter Karton mit Apfelkuchen.

Dalgliesh sagte: «Es tut mir leid, daß wir Sie beim Essen stören. Möchten Sie den Teller in die Küche tragen, um ihn warm zu halten?»

Sie schüttelte den Kopf und machte eine Handbewegung auf die Stühle. Sie setzten sich wie drei Kartenspieler um den Tisch, das Tablett mit dem Essen zwischen sich. Von den Erbsen breitete sich eine grünliche Flüssigkeit aus, die langsam zwischen die Fischstäbchen lief. Es war kaum zu glauben, daß von einer so kleinen Mahlzeit ein so starker Geruch ausgehen konnte. Sie hatte es anscheinend auch gemerkt, denn nach einer Weile schob sie das Tablett zur Seite. Dalgliesh zog ein Foto von Doyle aus der Tasche und reichte es ihr über den Tisch. Er sagte:

«Soviel ich weiß, waren Sie vorgestern abend eine Zeitlang mit diesem Mann zusammen.»

«Mr. McDowell. Er ist doch nicht in Schwierigkeiten? Sie sind keine Privatdetektive? Er war nett, ein richtiger Gentleman, ich möchte ihn nicht in Schwierigkeiten bringen.»

Ihre Stimme war tief und ziemlich ausdruckslos, die Stimme einer Bäuerin, dachte Dalgliesh. Er sagte:

«Nein, wir sind keine Privatdetektive. Er ist in gewissen Schwierigkeiten, aber nicht Ihretwegen. Wir sind Polizeibeamte. Sie können ihm am ehesten helfen, wenn Sie die Wahrheit sagen. Was uns tatsächlich interessiert, ist, wann Sie ihn trafen und wie lange Sie mit ihm zusammen waren.»

Sie sah ihn über den Tisch an.

«Sie meinen, es geht um eine Art Alibi.«

«Ganz recht. Ein Art Alibi.»

«Er las mich an der Stelle auf, wo ich immer stehe, an der Kreuzung etwa eine halbe Meile außerhalb von Manea. Das muß so um sieben Uhr gewesen sein. Dann fuhren wir in eine Wirtschaft. Die meisten fangen damit an, daß sie mir einen Drink ausgeben. Das ist der Teil, der mir Spaß macht. Ich sitze gern mit jemandem in einer Wirtschaft, beobachte die Leute, höre auf die Stimmen und den Lärm. Gewöhnlich trinke ich einen Sherry oder vielleicht einen Portwein. Wenn sie mich fragen, trinke ich ein zweites Glas. Mehr als zwei trinke ich aber nie. Manchmal haben sie es eilig, wieder wegzukommen, und bieten mir nur einen Drink an.»

Dalgliesh fragte ruhig: «Wohin sind Sie gefahren?»

«Ich weiß nicht, wo es war, aber wir fuhren etwa eine halbe Stunde. Ich merkte, daß er sich überlegte, wohin wir fahren sollten, bevor er losfuhr. Deshalb denke ich mir, daß er hier in der Gegend wohnt. Die meisten wollen aus der Umgebung weg, wo man sie kennt. Das ist mir aufgefallen, das und der rasche Blick, mit dem sie sich umsehen, bevor wir eine Wirtschaft betreten. Die Wirtschaft hieß *The Plough*. Ich sah draußen das erleuchtete Schild. Wir saßen natürlich an der besseren Bar, es war wirklich ganz nett. Sie hatten dort ein Torffeuer, und dann gab es da ein Regal mit einer ganzen Menge Zierteller in verschiedenen Farben und zwei Vasen mit künstlichen Rosen hinter der Bar, und vor dem Feuer saß eine schwarze Katze. Der Barkeeper hieß Joe. Er hatte rote Haare.»

«Wie lange blieben Sie dort?»

«Nicht lange. Ich trank zwei Glas Portwein, und er hatte zwei doppelte Whisky. Dann sagte er, wir müßten gehen.»

«Wohin fuhr er Sie danach, Mrs. Meakin?»

«Ich glaube, nach Chevisham. Ich konnte einen Wegweiser an einer Kreuzung erkennen. Das war kurz bevor wir anhielten. Wir bogen in die Einfahrt zu einem großen Gebäude ein und parkten unter den Bäumen. Ich fragte, wer da wohnte, und er sagte, niemand, es würde nur von einer Behörde benutzt. Dann machte er das Licht aus.»

Dalgliesh sagte freundlich: «Und dann liebten sie sich in dem Auto. Gingen Sie auf die Rücksitze, Mrs. Meakin?»

Sie war weder überrascht noch peinlich berührt bei dieser Frage.

«Nein, wir blieben vorn.»

«Mrs. Meakin, das ist jetzt sehr wichtig. Können Sie noch sagen, wie lange sie dort blieben?»

«Ja, gewiß, ich konnte die Uhr am Armaturenbrett sehen. Es war fast Viertel nach neun, als wir hinkamen, und wir blieben bis kurz vor zehn dort. Ich weiß es deshalb, weil ich ein bißchen unruhig war und mich fragte, ob er mich wohl unten, wo der Weg aufhört, absetzen würde. Mehr erwartete ich nicht. Ich hätte es gar nicht gewollt, daß er mich bis an die Tür gebracht hätte. Aber es kann sehr unangenehm sein, wenn man mich hinterher einfach stehen läßt, ein paar Meilen von zu Hause. Manchmal ist es nicht einfach zurückzukommen.»

Sie redet, dachte Massingham, als beklage sie sich über die lokalen öffentlichen Verkehrsmittel. Dalgliesh sagte:

«Verließ jemand das Haus und lief die Einfahrt hinunter, als Sie da im Auto waren? Hätten Sie es bemerkt, wenn jemand herausgekommen wäre?»

«Ja, sicher. Ich hätte gesehen, wenn jemand über die Stelle gegangen wäre, wo die Einfahrt auf die Straße stößt. Gegenüber war eine Straßenlampe, die die Einfahrt beleuchtete.»

Massingham fragte plump: «Aber hätten Sie denn darauf geachtet? Waren Sie nicht mit etwas anderem beschäftigt?»

Sie lachte plötzlich auf – ein rauhes, mißtönendes Lachen, das beide erschreckte.

«Glauben Sie, das machte mir Spaß? Nehmen Sie an, ich habe das gern?» Dann wurde ihre Stimme wieder tonlos, fast unterwürfig. Sie sagte bestimmt:

«Ich hätte es bemerkt.»

Dalgliesh fragte: «Worüber unterhielten Sie sich, Mrs. Meakin?»

Die Frage munterte sie ein wenig auf. Sie wandte sich fast eifrig an Dalgliesh.

«Ach, der hatte so seine Probleme. Die hat jeder, nicht wahr? Manchmal hilft es, sich bei einem Fremden auszusprechen, bei einem, den man ganz sicher kein zweites Mal trifft. Sie fragen nie, ob sie mich noch einmal sehen können. Er auch nicht. Aber er war nett und wollte mich nicht so schnell wie möglich wieder los sein. Manchmal stoßen sie mich fast aus dem Auto. So benimmt man sich nicht; das tut weh. Aber er war anscheinend froh, sich unterhalten zu können. Eigentlich ging es um seine Frau. Sie will nicht auf dem Land leben. Sie stammt aus London und liegt ihm ständig in den Ohren, daß sie wieder in die Stadt möchte. Sie will, daß er seine Stelle aufgibt und für ihren Vater arbeitet. Sie ist jetzt zu Hause bei ihren Eltern, und er weiß nicht, ob sie überhaupt zurückkommt.»

«Er sagte Ihnen nicht, daß er Polizist ist?»

«Nein, wirklich? Er sagte, er sei Antiquitätenhändler. Er schien darüber ganz gut Bescheid zu wissen. Aber ich achte nie so genau darauf, wenn sie mir von ihrem Beruf erzählen. Meistens geben sie nur an.»

Dalgliesh sagte freundlich: «Mrs. Meakin, was Sie da tun, ist äußerst riskant. Das wissen Sie selbst, nicht wahr? Eines Tages wird ein Mann anhalten, der mehr als eine Stunde Ihrer Zeit will, ein gefährlicher Mann.»

«Ich weiß. Manchmal, wenn das Auto abbremst und ich da am Straßenrand stehe und warte und mich frage, wie er wohl sein wird, kann ich mein Herz klopfen hören. Dann ist mir klar, daß ich Angst habe. Aber ich fühle wenigstens etwas. Es ist besser, Angst zu haben, als allein zu sein.»

Massingham sagte: «Es ist besser, allein als tot zu sein.»

Sie sah ihn an.

«Ja, meinen Sie, Sir? Aber dann wissen Sie überhaupt nichts davon, nicht wahr?»

Fünf Minuten später gingen sie weg, nachdem sie Mrs. Meakin erklärt hatten, daß am nächsten Tag ein Polizeibeamter sie abholen und nach Guy's Marsh fahren würde, damit sie dort eine förmliche Aussage machte. Sie schien nichts dagegen zu haben und fragte nur, ob man es in ihrer Fabrik erfahren würde. Dalgliesh beruhigte sie.

Als sie über die Brücke gegangen waren, wandte Massingham sich noch einmal nach dem Häuschen um. Sie stand noch in der Tür, eine schmale Gestalt, die sich vor dem Licht abhob. Er sagte zornig:

«Gott, ist das alles hoffnungslos. Warum verschwindet sie nicht von hier und zieht in die Stadt, nach Ely oder Cambridge, damit sie ein bißchen Leben sieht?»

«Sie hören sich an wie einer jener berufsmäßigen Tröster, deren Rat für die Einsamen immer derselbe ist: ‹Gehen Sie hier weg, treffen Sie Menschen, treten Sie einem Klub bei.› Was, wenn man es recht überlegt, genau das ist, was sie tut.»

«Es wäre gut für sie, wenn sie aus diesem Haus herauskäme, eine andere Arbeit fände.»

«Was für eine Arbeit? Wahrscheinlich denkt sie, sie kann froh sein, daß sie eine Stelle hat. Und das ist zumindest ein Zuhause. Man braucht Jugend, Energie und Geld, um sein Leben von Grund auf zu ändern. Sie hat nichts davon. Sie kann nur auf die einzige ihr bekannte Art versuchen, nicht verrückt zu werden.»

«Aber wozu? Um schließlich als weitere Leiche in eine Kalkgrube geworfen zu werden?»

«Vielleicht. Das sucht sie vermutlich unbewußt. Es gibt mehr als einen Weg, mit dem Tod zu spielen. Sie würde vorbringen, daß ihre Art zu leben ihr wenigstens den Trost einer warmen, hell beleuchteten Bar gibt und immer die Hoffnung läßt, das nächste Mal werde es anders sein. Sie wird es nicht sein lassen, nur weil ihr zwei zufällig aufkreuzende Polizisten erzählen, es sei gefährlich. Das weiß sie sowieso. Lassen Sie uns um Gottes willen von hier wegfahren.»

Als sie ihre Sicherheitsgurte anlegten, sagte Massingham: «Wer hätte gedacht, daß sich Doyle mit der abgeben würde. Ich kann mir zwar vorstellen, daß er sie auflas. Wie Lord Chesterfield sagte, sind bei Nacht alle Katzen grau. Aber fast eine volle Stunde mit ihr zu verbringen und ihr sein Herz auszuschütten?»

«Beide wollten etwas voneinander. Wollen wir hoffen, daß sie es bekommen haben.»

«Doyle hat etwas bekommen: ein Alibi. Und wir sind durch ihr Stelldichein ein schönes Stück vorangekommen. Wir wissen jetzt, wer Lorrimer umgebracht hat.»

Dalgliesh sagte: «Wir glauben zu wissen, wer und wie. Wir meinen vielleicht auch zu wissen, warum. Aber wir haben nicht die geringste Spur eines Beweises, und ohne den können wir keine weiteren Schritte unternehmen. Im Augenblick haben wir nicht einmal ausreichende Fakten, um die Ausstellung eines Haussuchungsbefehls zu rechtfertigen.»

«Also was dann, Sir?»

«Zurück nach Guy's Marsh. Wenn die Doyle-Sache erledigt ist, möchte ich Underhills Bericht hören und mit dem Polizeidirektor sprechen. Dann zurück ins Hoggatt-Institut. Wir halten da, wo Doyle seinen Wagen parkte. Ich möchte gern überprüfen, ob es möglich ist, ungesehen die Einfahrt hinunterzuschleichen.»

9

Um sieben Uhr waren sie mit ihrer Arbeit endlich wieder auf dem laufenden. Der letzte Gerichtsbericht war nachgeprüft, das letzte vollständige Beweisstück verpackt, um von der Polizei abgeholt zu werden, die Zahlen der Fälle und Beweisstücke ausgerechnet und kontrolliert. Brenda dachte, wie müde Inspektor Blakelock aussah. Er hatte in der letzten Stunde kein überflüssiges Wort gesprochen. Sie hatte nicht das Gefühl, daß er mit ihr unzufrieden war; er merkte nur kaum, das sie neben ihm stand. Sie selbst hatte auch wenig gesprochen, und wenn, dann nur geflüstert, als hätte sie Angst, das unheimliche, fast greifbare Schweigen in der Halle zu brechen. Rechts von ihr verlor sich die breite Treppe nach oben in die Dunkelheit. Den ganzen Tag hatte sie unter den Füßen der Wissenschaftler, Polizisten und der jungen Männer, die an dem Kurs über Spurensicherung am Tatort teilnahmen, widergehallt. Jetzt erschien sie ihr so unheilträchtig und bedrohlich wie die Treppe eines Geisterhauses. Sie versuchte, nicht hinzusehen, aber ihre Augen wurden unwiderstehlich angezogen. Bei jedem flüchtigen Blick nach oben glaubte sie fast, Lorrimers weißes Gesicht zu sehen, das sich aus den formlosen Schatten herauslöste und in der reglosen Luft schweben blieb, Lorrimers schwarze Augen, die flehentlich oder verzweifelt auf sie herabstarrten.

Um sieben Uhr sagte Inspektor Blakelock: «So, das war's für heute. Ihre Mutter wird nicht gerade erbaut sein, daß Sie heute abend so lange aufgehalten wurden.»

Brenda sagte mit mehr Vertrauen, als sie eigentlich spürte:

«Ach, Mutter macht sich nichts daraus. Sie weiß, daß ich zu spät gekommen bin. Ich habe sie vorhin angerufen und gesagt, sie soll nicht vor halb acht mit mir rechnen.»

Sie trennten sich, um ihre Mäntel aus der Garderobe zu holen. Dann wartete Brenda an der Tür, bis Inspektor Blakelock die interne Alarmanlage eingestellt und kontrolliert hatte. Die einzelnen Türen zu den verschiedenen Labors hatte er schon früher am Abend geschlossen und kontrolliert. Schließlich gingen sie durch die Haupttür hinaus, und er drehte die letzten beiden Schlüssel um. Brendas Fahrrad stand in einem Schuppen neben den ehemaligen Stallungen, wo auch die Autos abgestellt waren. Immer noch zusammen, gingen sie um dic Ecke hinter das Haus. Inspektor Blakelock wartete, bis sie aufgestiegen war, dann ließ er den Motor an und fuhr langsam hinter ihr die Einfahrt entlang. Am Tor hupte er zum Abschied und bog nach links ab. Brenda winkte, dann trat sie energisch in die Pedale und fuhr in die entgegengesetzte Richtung. Sie glaubte zu wissen, warum der Inspektor so besorgt gewartet hatte, bis sie sicher die Umgebung des Hauses verlassen hatte, und sie war ihm dankbar. Vielleicht, dachte sie, erinnere ich ihn an seine verstorbene Tochter, und er ist deshalb so nett zu mir.

Und dann, fast unmittelbar darauf, passierte es. Der plötzliche Ruck und das kratzende Geräusch von Metall auf Asphalt war unmißverständlich. Das Fahrrad schlingerte und warf sie fast in den Straßengraben. Sie drückte beide Bremsen, stieg ab und sah sich die Reifen im Licht der großen Taschenlampe an, die sie immer in der Satteltasche dabei hatte. Beide waren platt. Ihre erste Reaktion war, daß sie sich furchtbar ärgerte. Das mußte ihr ausgerechnet so spät am Abend passieren! Sie leuchtete mit ihrer Lampe die Straße hinter sich ab, um die Ursache der Panne festzustellen. Irgendwo mußten Glasscherben oder sonst etwas Scharfes auf der Straße liegen. Aber sie konnte nichts finden und sah ein, daß es ihr auch nichts nützen würde, wenn sie etwas entdeckte. Es war nicht daran zu denken, die Löcher zu flicken. Der nächste Bus in ihrer Richtung fuhr erst kurz nach neun am Institut vorbei, und dort war niemand mehr, der sie mit dem Auto hätte mitnehmen können. Das beste war sicher, das Fahrrad wieder in seinen Ständer zu stellen und zu Fuß durch das neue Laborgebäude nach Hause zu gehen. Mit dieser Abkürzung würde sie zwei Meilen sparen und könnte, wenn sie sich beeilte, kurz nach halb acht zu Hause sein.

Zorn und nutzloses Geschimpfe über ein Mißgeschick sind ein kräftiges Mittel gegen Angst. Die gleiche Wirkung haben Hunger und die natürliche Müdigkeit, die sich nach dem heimischen Kamin sehnt. Brenda hatte das Fahrrad, das jetzt nur noch ein lächerlich altmodisches, hinderliches Stück Blech war, in den Schuppen geworfen und war energisch über das Insitutsgelände marschiert. Erst als sie das Holztor aufgeriegelt hatte, das zu dem Bauplatz führte, bekam sie es mit der Angst zu tun. Als sie im Labor dieses halb abergläubische Grauen heraufbeschworen hatte, war Inspektor Blakelock in beruhigender Nähe gewesen, und sie hatte sich sicher gefühlt. Aber jetzt, allein in der Dunkelheit, begann die Furcht an ihren Nerven zu reißen. Vor ihr ragte die schwarze Masse des halbfertigen Labors drohend auf wie ein vorgeschichtliches, sich den unerbittlichen Göttern entgegenreckendes Monument, dessen große Steinplatten mit dem Blut von uralten Opfern besudelt waren. Es war eine sehr dunkle Nacht. Die niedrige Wolkendecke, die die Sterne verbarg, riß nur gelegentlich auf.

Als sie zögernd stehenblieb, teilten sich die Wolken wie Riesenhände und enthüllten den Vollmond, der zart und durchscheinend wie eine Hostie aussah. Als sie ihn betrachtete, konnte sie beinahe die an ihrem

Gaumen schmelzende, weiche Masse schmecken. Dann rückten die Wolken wieder zusammen, und die Dunkelheit umschloß sie. Der Wind wurde stärker.

Sie packte die Taschenlampe fester. Sie lag schwer und beruhigend in ihrer Hand. Entschlossen suchte sie sich ihren Weg zwischen den mit Planen zugedeckten Steinhaufen, den in Reihen liegenden langen Trägern und den zwei sauberen Hütten auf Pfählen, die dem Bauunternehmen als Büro dienten, und ging auf die Lücke in der Mauer zu, die den Eingang zum Hauptgebäude bezeichnete. Dann zögerte sie noch einmal. Die Lücke schien sich vor ihren Augen zu verengen, fast symbolisch verhängnisvoll und beängstigend zu werden – ein Eingang in die Dunkelheit und das Unbekannte. Die Ängste einer noch nicht so lange zurückliegenden Kindheit stellten sich wieder ein. Sie war in Versuchung umzukehren.

Dann ermahnte sie sich streng, nicht so dumm zu sein. Es gab nichts Seltsames oder Düsteres an einem halbfertigen Gebäude, es war ein Produkt aus Stein, Beton und Stahl, das keine Erinnerungen der Vergangenheit umfing, keine geheimen schlimmen Schicksale hinter alten Mauern verbarg. Das Personal des Instituts sollte eigentlich nicht die Abkürzung durch das neue Gebäude nehmen – Dr. Howarth hatte einen entsprechenden Anschlag am Schwarzen Brett aushängen lassen –, aber es war allgemein bekannt, daß viele es dennoch taten. Bevor der Neubau begonnen worden war, hatte es einen Fußweg durch die Felder des Hoggatt gegeben. Es war ganz normal, daß alle so taten, als wäre der Weg noch vorhanden. Und sie war müde und hungrig. Es war lächerlich, jetzt noch zu zögern.

Dann dachte sie an ihre Eltern. Zu Hause wußten sie nichts von der Panne, und ihre Mutter würde bald anfangen, sich Sorgen zu machen. Sie oder ihr Vater würden vermutlich im Hoggatt anrufen und, da sie keine Antwort bekämen, merken, daß alle weggegangen waren. Sie würden sich ausmalen, daß sie tot wäre oder verletzt auf der Straße läge und bewußtlos in einen Krankenwagen gehoben würde. Schlimmer noch, wenn sie sie, ein weiteres Opfer, zusammengekrümmt auf dem Boden des Labors vor sich sehen würden. Es war schwer genug gewesen, ihre Eltern zu überreden, sie auf ihrer Stelle zu lassen, und diese neue Angst, die mit jeder Minute, die sie überfällig war, wachsen mußte und in Erleichterung und nachträglichem Ärger gipfeln würde, konnte leicht den Ausschlag geben, daß sie unvernünftig, aber hartnäckig darauf bestehen würden, sie nicht mehr hingehen zu lassen. Sie richtete die Taschenlampe fest auf die Mauerlücke und trat beherzt in die Dunkelheit.

Sie versuchte, sich das Modell des neuen Labors, das in der Bibliothek aufgebaut war, vorzustellen. Diese weite Halle, noch ohne Dach, mußte der Annahmebereich sein, von dem die beiden Hauptflügel ausgingen. Sie mußte sich links halten und durch die zukünftige biologische Abteilung gehen, um den kürzesten Weg zur Straße nach Guy's Marsh zu finden. Sie leuchtete mit ihrer Lampe die Backsteinwände ab, dann ging sie vorsichtig über den unebenen Boden auf die Öffnung linker Hand zu. Der Lichtkreis fand eine weitere Tür und wieder eine. Die Dunkelheit schien dichter zu werden, der Geruch nach Steinstaub und festgetretener Erde war bedrückend. Und jetzt war der blasse Schimmer des Nachthimmels ausgelöscht, und sie befand sich in dem bereits überdachten Teil des Gebäudes. Es war vollkommen still.

Sie tastete sich mit angehaltenem Atem langsam weiter und wandte die Augen nicht von dem kleinen Lichtkreis vor ihren Füßen. Und plötzlich war da nichts mehr, kein Himmel über ihr, keine Tür, nichts als schwarze Dunkelheit. Sie ließ den Schein der Taschenlampe über die Wände gleiten. Sie waren beängstigend nahe. Dieser Raum war gewiß viel zu klein für ein Büro. Sie schien in eine Art Kammer oder in ein Lager geraten zu sein. Irgendwo, wußte sie, mußte es eine Lücke in der Mauer geben. Sie war ja auch hereingekommen. Aber sie hatte in dieser beengenden Dunkelheit die Orientierung verloren und konnte die Wände und die Decke nicht mehr auseinanderhalten. Mit jeder Bewegung der Taschenlampe schienen die rauhen Mauersteine näher auf sie einzudringen, schien die Decke unerbittlich wie der langsam sich schließende Deckel einer Gruft auf sie herabzusinken. Mit aller Kraft versuchte sie, sich zusammenzunehmen. Sie tastete sich Stückchen für Stückchen an einer Wand entlang und sagte sich, daß sie so auf eine Türöffnung stoßen müßte.

Plötzlich zuckte ihr Hand, die die Lampe hielt, und der Lichtschein fiel auf den Boden. Entsetzt über ihre gefährliche Lage, blieb sie abrupt stehen. In der Mitte des Raums war ein viereckiger Schacht, der nur mit zwei Brettern abgesichert war. Ein unüberlegter Schritt, und sie hätte sie vielleicht mit dem Fuß beiseite gestoßen, wäre gestolpert und in das pechschwarze Nichts gefallen. In ihrer Phantasie war der Schacht bodenlos, ihre Leiche würde niemals gefunden werden. Sie malte sich aus, wie sie da unten in Schmutz und Dunkelheit läge, zu schwach, um sich bemerkbar zu machen. Und alles, was sie hören könnte, wären die Stimmen der Arbeiter, die sie Stein um Stein in ihrem schwarzen Grab lebendig einmauerten. Und dann packte sie ein anderes, ein rationaleres Entsetzen.

Sie dachte an die durchlöcherten Reifen. Konnte das wirklich Zufall gewesen sein? Die Reifen waren in Ordnung gewesen, als sie ihr Fahrrad am Morgen abgestellt hatte. Vielleicht hatten gar keine Glasscherben auf der Straße gelegen. Vielleicht hatte es jemand absichtlich getan, einer, der wußte, daß sie erst so spät aus dem Institut käme, daß keiner mehr da wäre, der sie mit dem Auto nach Hause fahren würde, daß sie vermutlich durch den Neubau laufen würde. Sie stellte sich vor, wie er lautlos im Schutz der frühen Dunkelheit in den Schuppen schlich, sich mit dem Messer in der Hand vor die Reifen hockte, auf das Zischen der entweichenden Luft horchte, berechnete, wie groß der Schlitz sein müsse, damit die Reifen platt wären, bevor sie sich zu weit vom Institut entfernt hätte. Und jetzt wartete er mit demselben Messer in der Hand irgendwo in der Dunkelheit auf sie. Er hatte lächelnd die Klinge befühlt, auf ihre Schritte gelauscht, das Licht ihrer Taschenlampe beobachtet. Er hatte natürlich auch eine Lampe. Bald würde sie ihr ins Gesicht leuchten, würde ihre Augen blenden, damit sie den grausamen, triumphierenden Mund und das aufblitzende Messer nicht sähe. Instinktiv knipste sie die Taschenlampe aus und lauschte. Ihr Herz klopfte so laut, daß sie meinte, selbst die steinernen Wände müßten erzittern.

Und dann hörte sie das Geräusch, leise wie ein auftretender Fuß, weich wie ein Mantelärmel, der über Holz streifte. Er kam. Er war hier. Und dann war nur noch Panik in ihr. Schluchzend taumelte sie an der Wand entlang, schlug mit zerkratzten Handflächen auf die sandigen unnachgiebigen Steine. Plötzlich kam eine Lücke. Sie fiel hindurch, strauchelte und ließ die Taschenlampe aus der Hand fallen. Keuchend lag sie da und wartete auf den Tod. Dann stieß der Schrecken mit einem wilden Jubelschrei und Flügelschlag auf sie herab, daß ihr die Haare zu Berge standen. Sie wollte schreien, aber sie brachte nur ein klägliches Wimmern hervor, das in dem Vogelschrei unterging, als die Eule die offene Fensterhöhle fand und in die Nacht hinausschwebte.

Sie wußte nicht, wie lange sie liegenblieb und ihre wunden Hände in die Erde krallte. Ihr Mund war voller Staub, so daß sie kaum atmen konnte. Aber nach einer Weile hörte sie auf zu schluchzen und hob den Kopf. Sie sah das Fenster ganz deutlich, ein großes, leuchtend helles, mit Sternen übersätes Viereck. Und rechts davon schimmerte eine Türöffnung. Sie kam mühsam auf die Beine. Sie suchte nicht erst nach der Taschenlampe, sondern ging schnurstracks auf die gesegnete helle Öffnung zu. Dahinter war eine weitere Tür. Und dann plötzlich gab es keine Mauern mehr, nur noch einen Himmel voller Sterne, der sich über ihr wölbte.

Immer noch weinend, aber jetzt vor Erleichterung, rannte sie, ohne zu überlegen, hinaus in die mondhelle Nacht. Ihr Haar wehte im Wind, und ihre Füße schienen kaum den Boden zu berühren. Dann sah sie einen Ring von Bäumen vor sich, und durch das herbstliche Laub schimmerte einladend und heilig die Wren-Kapelle. Durch die Fenster drang Licht, und sie sah aus wie ein Bild auf einer Weihnachtskarte. Sie rannte mit ausgebreiteten Händen darauf zu, wie Hunderte ihrer Vorfahren im dunklen Marschland schutzsuchend zu ihren Altären gelaufen sein mußten. Die Tür war angelehnt, und ein Lichtstrahl lag wie ein Pfeil auf dem Weg. Sie warf sich gegen das Eichenholz, und die Tür gab nach und ließ sie in die gleißende Helligkeit ein.

Zuerst war ihr Kopf von dem überstandenen Schrecken noch so benommen, daß er sich weigerte zu begreifen, was ihre verwirrten Augen so deutlich sahen. Verständnislos streckte sie tastend die Hand aus und streichelte über die weichen Kordhosen, die schlaffe feuchte Hand. Langsam, als müsse sie sich dazu zwingen, gingen ihre Augen nach oben, und dann sah und verstand sie. Stella Mawsons Gesicht, im Tod verzerrt, hing über ihr. Die Augen waren halb offen, und die Handflächen zeigten nach außen, als bäten sie stumm um Erbarmen und Hilfe. Um ihren Hals lag doppelt eine blaue Seidenschnur, deren mit Quasten geschmückte Enden an einen Haken hoch an der Wand gebunden waren. Um einen Haken daneben war der Glockenstrang gewunden. Unter den baumelnden Füßen lag ein umgekippter niedriger Schemel, stöhnend stellte Brenda ihn auf, ergriff den Strang und zog dreimal daran, bevor er ihren nachgebenden Händen entglitt und sie ohnmächtig wurde.

10

Am anderen Ende des Hoggattgeländes, weniger als eine Meile von der Kapelle entfernt, lenkte Massingham den Rover in die Einfahrt zum Institut, fuhr rückwärts unter die Bäume und stellte den Motor ab. Dann schaltete er die Scheinwerfer aus. Die Straßenlampe gegenüber der Einfahrt warf ein schwaches Licht auf den Weg, und die Tür des Instituts war im Mondlicht deutlich zu erkennen. Er sagte:

«Ich hatte vergessen, Sir, daß wir heute nacht Vollmond haben. Er hätte warten müssen, bis der Mond hinter einer Wolke verschwand. Aber auch so hätte er sicher ungesehen aus dem Haus und über die Einfahrt gelangen können, wenn er einen glücklichen Augenblick abpaßte. Schließlich war Doyle mit seinen Gedanken – und nicht nur mit denen – bei anderen Dingen.»

«Aber das konnte der Mörder nicht wissen. Wenn er gesehen hatte, wie das Auto angekommen war, hätte er es wohl nicht riskiert. Nun, wir können wenigstens versuchen herauszubekommen, ob es möglich war – auch ohne die Mitarbeit von Mrs. Meakin. Dabei muß ich an ein Spiel aus meiner Kindheit denken. Wollen Sie zuerst probieren, oder soll ich?»

Aber das Experiment sollte nie stattfinden. Im selben Augenblick hörten sie leise, aber unmißverständlich die drei hellen Glockenschläge von der Kapelle.

II

Massingham fuhr den Wagen mit hoher Geschwindigkeit hart an die Grasböschung und bremste ein Haarbreit vor dem Gebüsch. Unter ihnen wand sich die Straße in leichten Kurven durch einen schütteren Saum von windgepeitschten Hecken, vorbei an einer baufälligen Scheune aus geschwärzten Balken und weiter durch die nackten Felder nach Guy's Marsh. Rechts lagen die dunklen Mauern des neuen Laborgebäudes. Massingham leuchtete mit der Taschenlampe die Hecke ab und entdeckte eine Stelle, an der man hinübersteigen konnte, und dahinter einen Fußweg, der über das Feld zu dem Ring von Bäumen führte, die sich aus der Ferne jetzt nur als dunkler Fleck gegen den Nachthimmel abhoben. Er sagte:

«Seltsam, wie weit vom Haus und wie einsam die Kapelle liegt. Wenn man es nicht wüßte, würde man dort gar nichts vermuten. Man könnte fast glauben, die ursprünglichen Besitzer hätten sie für irgendwelche geheimen Geisterbeschwörungen gebaut.»

«Vermutlich eher als Familienmausoleum. Sie hatten ihr baldiges Aussterben nicht eingeplant.»

Keiner von beiden sprach weiter. Sie waren automatisch die anderthalb Meilen zu dem günstigsten Zugang zur Kapelle von der Straße nach Guy's Marsh aus weitergefahren. Das war zwar nicht der direkte Weg, ging aber sicher schneller und einfacher, als wenn sie versucht hätten, den Pfad über das Laborgelände und durch den Neubau zu finden. Sie beschleunigten ihren Schritt und rannten schließlich beinahe auf die vor ihnen liegenden Bäume zu, als triebe sie eine uneingestandene Angst.

Und jetzt hatten sie den Kreis von dicht beieinanderstehenden Buchen erreicht. Sie mußten zwischen den niedrigen Zweigen die Köpfe einziehen, und ihre Füße schlurften geräuschvoll durch die knisternden Haufen dürrer Blätter. Endlich sahen sie den schwachen Schimmer durch die Fenster der Kapelle. An der angelehnten Tür machte Massingham unwillkürlich eine halbe Drehung, als wolle er sich mit der Schulter dagegen werfen, dann trat er grinsend einen Schritt zurück.

«Tut mir leid, ich habe ganz vergessen, wo wir sind. Sinnlos, mich hineinzustürzen. Wahrscheinlich ist es nur Miss Willard, die das Messing poliert, oder der Pfarrer, der ein obligatorisches Gebet spricht, um die Weihe des Hauses zu erhalten.»

Er drückte leise die Tür auf und trat mit einer kleinen Verbeugung beiseite, Dalgliesh betrat vor ihm den erleuchteten Vorraum.

Danach fiel kein Wort mehr. Keiner dachte einen bewußten Gedanken, ihre Handlungen waren rein instinktiv. Wie ein Mann sprangen sie vor. Massingham packte die baumelnden Beine und hob sie an, Dalgliesh nahm den Stuhl, den Brenda im Fallen umgeworfen hatte, löste das doppelt geschlungene Seil von Stella Mawsons Hals und ließ sie auf den Boden gleiten. Massingham riß ihren Dufflecoat auf, bog ihren Kopf zurück, warf sich neben sie und preßte seinen Mund auf ihren. Das an der Wand kauernde Bündel bewegte sich und stöhnte. Dalgliesh kniete hin und legte einen Arm um Brendas Schultern. Bei der Berührung wehrte sie sich einen Augenblick heftig, winselte wie eine junge Katze, öffnete die Augen und erkannte ihn. Ihr Körper entspannte sich, und sie lehnte sich an ihn. Sie sagte kaum hörbar:

«Der Mörder. Im neuen Labor. Er wartete auf mich. Ist er weg?»

Links von der Tür fand Dalgliesh ein Brett mit Lichtschaltern. Er knipste alle mit einer einzigen Handbewegung an, und die innere Kapelle wurde strahlend hell. Er ging hinter den geschnitzten Lettner und in den Chor. Er war leer. Die Tür zur Orgelempore war angelehnt. Er kletterte die enge Wendeltreppe zur Galerie hinauf. Sie war ebenfalls leer. Er blickte hinunter in die stille Leere des Chors, ließ die Augen über die wunderbare Stuckdecke gleiten, über den gemusterten Marmorboden, die Doppelreihe der zierlich geschnitzten Chorstühle, die mit ihren hohen Lehnen vor der Nord- und Südwand standen, und den Eichentisch vor dem Retabel unter dem Ostfenster. Die Altardecke war weggenommen. Es standen nur zwei silberne Kerzenhalter darauf, die großen weißen Kerzen waren halb heruntergebrannt, die Dochte geschwärzt. Und links vom Altar, wo sie eigentlich nicht hinpaßte, hing eine hölzerne Tafel, auf der die Zahlen standen:

29

10

18

40

Er rief sich Mr. Lorrimers Stimme ins Gedächtnis. «Sie sagte etwas von einer Karte, die verbrannt wäre, und sie hätte die Zahlen.» Die letzten beiden Zahlen waren 18 und 40 gewesen. Und was verbrannt war, war keine Karte, sondern zwei Altarkerzen.

12

Vierzig Minuten später war Dalgliesh allein in der Kapelle. Dr. Greene war gerufen worden. Er hatte kurz und bündig Stella Mawson für tot erklärt und war wieder weggegangen. Massingham hatte Brenda Pridmore nach Hause gefahren, um ihren Eltern zu erklären, was sich ereignet hatte, um in der Sprogg-Kate reinzuschauen und Dr. Howarth herzubitten. Dr. Greene hatte Brenda eine Beruhigungsspritze injiziert, hatte ihnen aber keine Hoffnung gemacht, daß sie vor dem nächsten Morgen vernehmungsfähig wäre. Der Gerichtsmediziner war benachrichtigt worden; er war bereits unterwegs. Die Stimmen, die Fragen, die hallenden Schritte – alles war für den Augenblick zum Schweigen gebracht.

Dalgliesh fühlte sich seltsam allein in der Stille der Kapelle, um so mehr, weil da ihr Körper lag, und ihm war, als sei jemand – oder etwas – vor kurzem weggegangen und habe etwas Wesentliches mitgenommen. Dieses Gefühl der Vereinsamung war ihm nicht neu; er hatte es schon häufiger in der Gegenwart eines gerade Verstorbenen gespürt. Jetzt kniete er neben der toten Frau und betrachtete sie aufmerksam. Im Leben hatten nur die Augen diesem abgehärmten Gesicht Individualität gegeben. Jetzt waren sie glasig und klebrig wie Bonbons, die man unter die halb geöffneten Lider gedrückt hatte. Es war kein friedvolles Gesicht. Ihre Gesichtszüge waren im Tod noch nicht zur Ruhe gekommen, sondern drückten noch die Anspannung eines rastlosen Lebens aus. Er hatte so viele Gesichter von Toten gesehen. Er war darin erfahren, die Zeichen von Gewalt zu lesen. Manchmal konnten sie ihm etwas über das Wie, das Wo oder Wann erzählen. Aber im wesentlichen sagten sie ihm nichts, auch jetzt nicht.

Er nahm das Ende der Schnur, das noch lose um ihren Hals lag, in die Hand. Sie war aus königsblauer Seide gewebt, lang genug, um einen schweren Vorhang zu raffen, und hatte am Ende eine Zierquaste in Silber und Blau. An der Wand stand eine große geschnitzte Truhe. Er streifte seine Handschuhe über und hob den Deckel hoch. Ein Geruch von Mottenkugeln strömte ihm stechend wie ein Betäubungsmittel entgegen. In der Truhe lagen zusammengefaltet zwei abgeblaßte blaue Samtvorhänge, ein gestärktes, aber zerknittertes Chorhemd, eine schwarz-weiße Magistermütze und zuoberst auf diesem Stapel eine zweite Quastenschnur. Wer immer diese Schnur um ihren Hals gelegt hatte – sie selbst oder ein anderer –, er mußte vorher gewußt haben, wo er sie finden würde.

Er begann, die Kapelle zu erkunden. Er trat leise auf, und dennoch klangen seine Schritte unheilvoll laut auf dem Marmorboden. Langsam ging er zwischen den zwei Reihen wunderschön geschnitzter Chorstühle auf den Altar zu. Grundriß und Ausstattung des Gebäudes erinnerten ihn an die Kapelle in seinem College. Sogar der Geruch war der gleiche, ein Schülergeruch, kalt und streng, der nur wenig an eine Kirche erinnerte. Jetzt, wo der Altar von allem Zubehör bis auf die beiden Leuchter entblößt war, wirkte die Kapelle entweiht, ganz und gar weltlich. Vielleicht war sie immer so gewesen. Ihr formaler Klassizismus lehnte Gefühle ab. Sie diente dem Menschen als Behausung, nicht Gott, der Vernunft, nicht dem Mysterium. Dies war der Ort, wo gewisse beruhigende Rituale vollzogen worden waren, die seinem Besitzer seine Ansicht der rechten Ordnung des Universums und seinen eigenen Platz in dieser Ordnung immer wieder bestätigt hatten. Er sah sich nach einem Hinweis auf den ursprünglichen Besitzer um und fand ihn. Rechts vom Altar stand das einzige Erinnerungsstück der Kapelle, die mit einer Marmordrapierung geschmückte Büste eines Herrn aus dem 18. Jahrhundert mit Perücke. Die Inschrift lautete: *Dieu aye merci de son âme.*

Die schlichte zeitlose Bitte stand in einem seltsamen Widerspruch zu dem förmlichen Selbstvertrauen des Standbilds, der stolzen Haltung des Kopfes, dem selbstzufriedenen Lächeln auf den üppigen Marmorlippen. Er hatte seine Kapelle gebaut und sie in einen dreifachen Ring von Bäumen gestellt, aber der Tod hatte seine Hand nicht lange genug zurückgehalten, um ihm Zeit zu lassen, einen Fahrweg anzulegen.

Zu beiden Seiten des Lettners, mit Blick auf das Ostfenster, standen zwei reich verzierte Chorstühle unter geschnitzten Baldachinen, die mit blauen Samtvorhängen, ähnlich denen in der Truhe, gegen Zugluft geschützt waren. Auf den Sitzen lagen dazu passende Kissen. Weiche Kissen mit Silberquasten an den Ecken lagen auf den Lesepulten. Er setzte sich auf den rechten Stuhl. Auf dem Kissen lag, in schweres schwarzes Leder gebunden, das anglikanische Gebetbuch. Es sah wie neu aus. Die Blätter waren steif, und die kräftigen schwarzen und roten Lettern glänzten auf dem Papier.

«Denn ich bin ein Fremder bei Dir: und ein Gast, wie es meine Vorväter waren. Oh, schone mich eine kleine Weile, auf daß ich meine Kräfte sammle: bevor ich von dannen gehe und nicht mehr gesehen werde.»

Er hielt das Buch am Rücken fest und schüttelte es. Kein Papier flatterte aus den steifen Blättern. Aber wo es gelegen hatte, waren vier Haare, ein blondes und drei schwarze, auf dem flauschigen Samt hängengeblieben. Er zog einen Umschlag aus seiner Tasche und nahm sie mit dem gummierten Blättchen auf. Er wußte, wie wenig die Kriminologen mit nur vier Haaren anfangen konnten, aber die Möglichkeit, daß daraus Erkenntnisse gewonnen werden könnten, bestand dennoch.

Die Kapelle, dachte er, mußte ideal für sie gewesen sein. Sie war durch die Bäume abgeschirmt, sicher, abgelegen und sogar warm. Die Einheimischen blieben nach Einbruch der Dunkelheit in ihren Häusern und würden, sogar schon in der Dämmerung, eine fast abergläubische, ehrfürchtige Scheu haben, dieses leere fremde Heiligtum zu betreten. Auch ohne abzuschließen, brauchten sie keinen zufälligen Eindringling zu fürchten. Sie mußte nur aufpassen, daß niemand sie beobachtete, wenn sie mit dem roten Jaguar die Einfahrt zum Hoggatt hinauffuhr, um den Wagen außer Sicht in einer der Garagen im Stalltrakt abzustellen. Und was dann? Sie brauchte nur zu warten, bis das Licht im biologischen Labor ausging, bis sie den Lichtkegel aus Lorrimers Taschenlampe aufleuchten sah. Dann ging sie mit ihm über das Institutsgelände auf die Baumgruppe zu. Er fragte sich, ob sie die Samtkissen an die heilige Stätte gebracht hatte, ob es die Erregung gesteigert hatte, Lorrimer vor dem entblößten Altar zu lieben, während die neue Leidenschaft über die alte triumphierte.

Massinghams Feuerschopf tauchte in der Tür auf. Er sagte:

«Das Mädchen ist versorgt. Ihre Mutter hat sie sofort ins Bett gesteckt, und jetzt schläft sie. Ich fuhr dann bei der Sprogg-Kate vorbei. Die Tür war offen, und das Licht im Wohnzimmer brannte, aber es war niemand da. Howarth war zu Hause, als ich anrief, Mrs. Schofield allerdings nicht. Dr. Kerrison ist im Krankenhaus bei irgendeiner Konferenz. Seine Haushälterin sagte, er sei kurz nach sieben weggegangen. Ich habe nicht im Krankenhaus angerufen. Wenn er dort ist, wird er eine ganze Menge Zeugen nennen können.»

«Und Middlemass?»

«Keine Antwort. Er wird auswärts essen oder vielleicht im Dorfgasthaus sitzen. Auch bei Blakelocks meldete sich niemand. Gibt's hier etwas, Sir?»

«Nein, nur was wir sowieso erwartet hatten. Haben Sie einen Mann postiert, der Blain-Thomson den Weg zeigt, wenn er kommt?»

«Ja, Sir. Aber ich glaube, da kommt er schon.»

13

Dr. Reginald Blain-Thomson hatte, bevor er mit einer Untersuchung begann, die eigenartige Angewohnheit, um die Leiche herumzutrippeln und sie mit wachsamer Gespanntheit zu fixieren, als erwarte er jeden Augenblick, sie würde quicklebendig aufspringen und ihn an der Gurgel packen. Auch jetzt drehte er seine Kreise, makellos in seinem grauen Nadelstreifenanzug, mit der unvermeidlichen Rose in der silbernen Klammer am Revers, die so frisch aussah, als sei es eine eben gepflückte Juniblüte. Er war ein hochgewachsener, aristokratisch wirkender Junggeselle mit einem schmalen Gesicht, dessen Haut so rosig frisch und glatt wie die eines jungen Mädchens war. Man hatte ihn noch nie einen Kittel überziehen sehen, bevor er eine Leiche untersuchte, und er erinnerte Dalgliesh an einen jener Fernsehköche, die eine Mahlzeit mit vier Gängen, um die wesentliche Verfeinerung ihrer Kunst zu demonstrieren, im formvollendeten Abendanzug zubereiteten. Es ging sogar – allerdings zu Unrecht – das Gerücht, daß Blain-Thomson die Autopsie im Straßenanzug vornahm.

Aber trotz dieser persönlichen Extravaganzen war er ein hervorragender Gerichtsmediziner. Er war sehr beliebt bei den Geschworenen. Wenn er im Zeugenstand auftrat, um mit einer der Welt überdrüssigen Förmlichkeit und seiner Schauspielerstimme die Ergebnisse seiner gewaltigen Fähigkeiten und Erfahrungen vorzutragen, starrten sie ihn mit der respektvollen Bewunderung von Menschen an, die auf den ersten Blick einen ausgezeichneten Gutachter erkennen und ganz sicher nicht die Absicht haben, so undankbar zu sein, seinen Reden keinen Glauben zu schenken.

Jetzt ging er neben der Leiche in die Hocke, lauschte, schnupperte, faßte sie an. Dann knipste er seine Lampe aus und richtete sich auf. Er sagte:

«Hm, ja. Sie ist eindeutig tot, und zwar seit sehr kurzer Zeit. Höchstens zwei Stunden, wenn Sie mich festlegen wollen. Aber Sie müssen selbst zu diesem Schluß gekommen sein, sonst hätten Sie sie nicht abgeschnitten. Wann, sagten Sie, haben Sie sie gefunden? Drei Minuten nach acht. Dann wäre sie anderthalb Stunden tot gewesen. Das könnte sein. Sie werden mich fragen, ob es sich um Selbstmord oder Mord handelt. Im Augenblick kann ich nicht mehr sagen, als daß es um ihren Hals zwei Druckstellen gibt, die der Schnur entsprechen. Doch das können Sie selbst sehen. Es gibt keine Würgemale von einer Hand, und es sieht nicht so aus, als sei die Schnur nachträglich über ein dünneres Band gelegt worden. Sie ist eine zierliche Frau, keine hundert Pfund, schätze ich. Es wäre also keine besondere Kraft erforderlich, sie zu überwältigen. Aber es gibt keine Anzeichen für einen Kampf, und die Fingernägel sehen völlig sauber aus, so daß sie wahrscheinlich keine Gelegenheit zu kratzen gehabt hat. Falls es sich um Mord handelt, muß der Mörder sich sehr rasch von hinten genähert und die Schlinge über sie geworfen haben. Dann hat er sie an den Haken gebunden, sobald sie bewußtlos war. Was die Todesursache angeht – Strangulierung, gebrochenes Genick, Vagusinhibition –, nun, da werden Sie warten müssen, bis ich sie auf dem Tisch habe. Ich kann sie gleich mitnehmen, wenn Sie fertig sind.»

«Bis wann können Sie die Autopsie vornehmen?»

«Ja, am besten wäre es wohl sofort, nicht wahr? Sie halten mich auf Trab, Herr Oberkriminalrat. Sie haben wohl keine Fragen mehr zu meinem Bericht über Lorrimer?»

Dalgliesh antwortete: «Nein, vielen Dank. Ich hatte allerdings versucht, Sie telefonisch zu erreichen.»

«Es tut mir leid, daß ich nicht erreichbar war. Ich wurde praktisch den ganzen Tag auf irgendwelchen Sitzungen festgehalten. Wann ist die gerichtliche Untersuchung wegen Lorrimer?»

«Morgen, um zwei Uhr.»

«Ich werde da sein. Sie wird nach diesem neuen Todesfall wohl sicher vertagt werden. Und ich rufe Sie an und gebe Ihnen einen vorläufigen Bericht durch, sobald ich sie zugenäht habe.»

Er zog seine Handschuhe langsam Finger für Finger an und ging weg. Sie hörten ihn ein paar Worte mit dem Konstabler wechseln, der draußen auf ihn gewartet hatte, um ihn mit der Taschenlampe über das Feld zu seinem Auto zu begleiten. Dann verklangen die Stimmen.

Massingham streckte seinen Kopf durch die Tür. Die beiden dunkel uniformierten Männer vom Leichenwagen, anonyme Funktionäre des Todes, schoben lässig und geschickt die Bahre durch die Tür. Stella Mawsons Körper wurde mit unpersönlicher Behutsamkeit darauf gelegt. Die Männer machten kehrt und rollten die Bahre auf die Tür zu. Doch plötzlich wurde ihnen der Weg von zwei dunklen Schatten versperrt. Howarth und seine Schwester betraten gleichzeitig leise die hell erleuchtete Kapelle. Die Gestalten neben der Bahre blieben stehen, stocksteif wie antike Heloten, nichts sehend, nichts hörend.

Massingham erschien ihr Auftritt genauso auf seine dramatische Wirkung berechnet wie die Ankunft zweier Filmstars bei einer Premiere. Sie waren gleich gekleidet: Hosen und hellbraune Lederjacken mit zottigem Fellbesatz, hochgestellte Kragen. Und zum erstenmal fiel ihm auf, wie sehr sie sich ähnlich sahen. Der Eindruck, einen Film zu sehen, verstärkte sich noch. Als er die beiden blassen arroganten Köpfe in ihrer Pelzumrahmung betrachtete, dachte er, sie sähen aus wie dekadente Zwillinge, deren hübsche Profile sich theatralisch von der schwarzen Eichentäfelung abhoben. Wiederum gleichzeitig gingen ihre Augen zu dem zugedeckten Bündel auf der Bahre, dann richteten sie sich auf Dalgliesh. Er sagte zu Howarth:

«Sie haben sich Zeit gelassen.»

«Meine Schwester war mit dem Auto unterwegs, und ich wartete, bis sie zurückkam. Sie sagten, Sie wollten uns beide sehen. Man gab mir zu verstehen, es sei äußerst dringend. Was ist denn passiert? Inspektor Massingham war nicht sehr zuvorkommend, als er uns so dringend herbeizitierte.»

«Stella Mawson starb durch Erhängen.»

Er war sicher, daß Howarth die Bedeutung seiner sorgfältigen Wortwahl erfaßte. Ihre Augen wanderten von den zwei Haken an der Wand, von denen einer den Glockenstrang festhielt, zu der blauen Schnur mit der Quaste, die von Dalglieshs Hand baumelte. Howarth sagte:

«Ich frage mich nur, woher sie wußte, wo sie die Schnur finden würde. Und warum suchte sie sich diesen Ort aus?»

«Sie erkennen die Schnur?»

«Ist das nicht die aus der Truhe? Dort müßten zwei davon liegen. Als wir am 26. August unser Konzert gaben, dachten wir zunächst daran, die beiden Vorhänge an den Eingang zum Altarraum zu hängen. Wie es nun mal so geht, machten wir es dann doch nicht. Der Abend war so warm, daß man keine Angst vor Zugluft zu haben brauchte. Damals lagen zwei solche Quastenschnüre in der Truhe.»

«Wer könnte sie gesehen haben?»

«Eigentlich alle, die bei den Vorbereitungen halfen: ich, meine Schwester, Miss Foley, Martin, Blakelock. Middlemass legte beim Aufstellen der ausgeliehenen Stühle Hand an, und noch ein paar andere aus dem Institut halfen ihm. Ein paar Frauen kümmerten sich um die Getränke nach dem Konzert, und sie machten sich auch am Nachmittag hier zu schaffen. Die Truhe ist nicht abgeschlossen. Jeder, der neugierig war, hätte einen Blick hineinwerfen können. Ich kann mir jedoch nicht vorstellen, wie Miss Mawson von der Schnur gewußt haben kann. Sie war zwar im Konzert, hatte aber nichts mit den Vorbereitungen zu tun.»

Dalgliesh nickte den beiden Männern mit der Bahre zu. Sie schoben sie vorsichtig weiter, und Howarth und Mrs. Schofield traten zur Seite, um sie vorbeizulassen. Dann fragte Dalgliesh:

«Wie viele Schlüssel gibt es für die Kapelle?»

«Ich sagte es Ihnen schon gestern. Ich weiß nur von einem. Er hängt an dem Brett im Zimmer des Verbindungsmanns.»

«Und das ist der, der jetzt im Schloß steckt?»

Howarth wandte sich nicht um. Er sagte:

«Wenn der Institutsanhänger dran ist, ja.»

«Wissen Sie, ob er heute jemandem ausgehändigt wurde?»

«Nein. Mit solchen Kleinigkeiten würde Blakelock mich nicht belästigen.»

Dalgliesh wandte sich an Mrs. Schofield: «Und es ist vermutlich derjenige, den Sie sich ausliehen, um Nachschlüssel davon machen zu lassen, als Sie beschlossen, die Kapelle für Ihre Stelldicheins mit Lorrimer zu benutzen. Wie viele Schlüssel ließen Sie machen?»

Sie sagte ruhig: «Zwei. Einen fanden Sie bei der Leiche. Dieser hier ist der zweite.»

Sie nahm ihn aus der Jackentasche und hielt ihn mit einer Geste abweisender Verachtung auf der Handfläche hin. Einen Augenblick sah es so aus, als wolle sie die Hand umdrehen und ihn auf den Boden klirren lassen.

«Sie leugnen nicht, daß Sie hierherkamen?»

«Warum sollte ich? Das ist kein Verbrechen. Wir waren beide erwachsen, beide im Vollbesitz unserer geistigen Kräfte und ungebunden. Es war nicht einmal Ehebruch, nur ganz gewöhnliche Unzucht. Mein Geschlechtsleben scheint Sie zu faszinieren, Herr Oberkriminalrat, sogar mitten in Ihren normaleren Beschäftigungen. Haben Sie keine Angst, daß das langsam zu einer fixen Idee wird?»

Dalglieshs Stimme blieb unverändert. Er fuhr fort:

«Und Sie verlangten den Schlüssel nicht zurück, als Sie mit Lorrimer brachen?»

«Noch einmal, warum sollte ich? Ich brauchte ihn nicht. Es war kein Verlobungsring.»

Howarth hatte seine Halbschwester während dieses Wortwechsels nicht angesehen. Plötzlich sagte er schroff:

«Wer hat sie gefunden?»

«Brenda Pridmore. Sie ist inzwischen nach Hause gebracht worden. Dr. Greene ist bei ihr.»

Domenicas Stimme klang unerwartet sanft: «Das arme Kind. Sie scheint es zu einer Gewohnheit werden zu lassen, Leichen zu finden. Wollen Sie sonst noch etwas von uns heute abend, nachdem wir jetzt die Frage nach den Schlüsseln geklärt haben?»

«Ich möchte Sie nur noch fragen, wo Sie seit sechs Uhr waren.»

Howarth sagte: «Ich verließ das Hoggatt ungefähr um Viertel vor sechs und war von da an zu Hause. Meine Schwester war seit sieben Uhr mit dem Wagen unterwegs. Sie hat manchmal Lust, in der Gegend herumzufahren.»

Domenica Schofield sagte: «Ich kann Ihnen die Strecke wohl nicht ganz genau angeben, aber ich kehrte gegen acht Uhr in einem Gasthaus in Whittlesford ein, um etwas zu essen und zu trinken. Man wird sich an mich erinnern. Ich bin dort ziemlich gut bekannt. Warum? Wollen Sie etwa sagen, daß es sich hier um Mord handelt?»

«Es ist ein ungeklärter Todesfall.»

«Und vermutlich ein verdächtiger. Aber haben Sie nicht in Betracht gezogen, daß sie vielleicht Lorrimer ermordet und sich dann das Leben genommen hat?»

«Können Sie mir einen guten Grund nennen, warum sie das getan haben könnte?»

Sie lachte leise.

«Edwin ermordet? Aus dem besten und gewöhnlichsten aller Gründe – so habe ich es wenigstens gelesen. Weil sie einmal mit ihm verheiratet war. Hatten Sie das etwa noch nicht herausbekommen, Herr Oberkriminalrat?»

«Woher wissen Sie es?»

«Weil er es mir erzählte. Ich bin wahrscheinlich die einzige Person auf der Welt, der er es überhaupt jemals erzählte. Er sagte, die Ehe sei nie vollzogen worden. Innerhalb von zwei Jahren wurde sie annulliert. Ich denke, deshalb hat er die Braut nie nach Hause gebracht. Es ist eine peinliche Geschichte, seine frisch Angetraute den Eltern und dem Dorf vorzuführen, besonders wenn sie gar keine Ehefrau ist und man vermuten muß, daß sie es nie sein wird. Ich glaube, seine Eltern haben nie etwas erfahren, und deshalb ist es eigentlich nicht überraschend, daß auch Sie nichts davon hörten. Allerdings geht man bei Ihnen davon aus, daß Sie alles aufspüren, was die privaten Angelegenheiten betrifft.»

Bevor Dalgliesh antworten konnte, hörten alle gleichzeitig eilige Schritte auf der steinernen Treppe, und Angela Foley stand in der Tür. Sie war vom Laufen gerötet. Schwer atmend sah sie verstört von Gesicht zu Gesicht und brachte keuchend hervor:

«Wo ist sie? Wo ist Stella?»

Dalgliesh ging einen Schritt auf sie zu, aber sie wich zurück, als habe sie Angst, er würde sie anfassen. Sie sagte:

«Diese Männer. Unter den Bäumen. Die Männer mit der Lampe. Sie rollen irgend etwas davon. Was ist das? Was haben Sie mit Stella gemacht?»

Ohne ihren Halbbruder anzusehen, streckte Domenica Schofield ihre Hand aus. Seine Hand kam ihrer entgegen. Sie rückten nicht näher zusammen, sondern blieben stehen, voneinander entfernt, aber doch unzertrennlich verbunden durch diese verschlungenen Hände. Dalgliesh sagte:

«Es tut mir leid, Miss Foley. Ihre Freundin ist tot.»

Vier Augenpaare sahen zu, wie ihre Augen von den blauen Schlingen, die von Dalglieshs Hand baumelten, nach oben zu den beiden Haken wanderten und schließlich an dem Stuhl hängenblieben, der jetzt ordentlich vor der Wand stand. Sie flüsterte:

«O nein! Nein!»

Massingham machte eine Bewegung, um ihren Arm zu nehmen, aber sie schüttelte ihn ab. Sie warf ihren Kopf zurück wie ein aufheulendes Tier und rief klagend:

«Stella! Stella!» Bevor Massingham sie aufhalten konnte, war sie aus der Kapelle gerannt, und sie hörten ihren wilden, verzweifelten Schrei, den der leichte Wind zu ihnen herübertrug.

Massingham lief hinter ihr her. Sie war jetzt still und rannte im Zickzack geschickt zwischen den Bäumen durch. Aber er holte sie mit Leichtigkeit ein, bevor sie die beiden Gestalten mit ihrer grauenvollen Last erreicht hatte. Zuerst wehrte sie sich verbissen, dann wurde sie plötzlich in seinen Armen schlaff, so daß er sie hochheben und ins Auto tragen konnte.

Als er dreißig Minuten später wieder zur Kapelle kam, saß Dalgliesh, offenbar in das Gebetbuch vertieft, still auf einem der Chorstühle. Er sah von dem Buch auf und sagte:

«Wie geht es ihr?»

«Dr. Greene hat ihr ein Beruhigungsmittel gegeben. Er hat mit der Bezirksschwester vereinbart, daß sie die Nacht über bei ihr bleibt. Sonst ist ihm niemand dafür eingefallen. Es sieht so aus, als wäre sie ebensowenig wie Brenda Pridmore vor morgen früh vernehmungsfähig.»

Er warf einen Blick auf den kleinen Stapel mit Ziffern bedruckter Karten auf dem Stuhl neben Dalgliesh. Sein Chef sagte:

«Ich fand sie ganz unten in der Truhe. Ich will diese und die an der Tafel auf Fingerabdrücke untersuchen lassen. Aber wir wissen schon, was wir finden werden.»

Massingham fragte: «Glauben Sie an Mrs. Schofields Geschichte, daß Lorrimer und Stella Mawson verheiratet waren?»

«Aber ja, ich denke doch. Warum sollte sie lügen, wenn die Fakten so leicht überprüft werden können? Und es erklärt so viel, zum Beispiel diese überraschende Änderung des Testaments, sogar seinen Ausbruch, als er mit Bradley sprach. Dieser erste sexuelle Mißerfolg muß ihn tief getroffen haben. Sogar nach so vielen Jahren konnte er nicht ertragen, daß sie, wenn auch nur indirekt, aus seinem Testament einen Nutzen ziehen würde. Oder war es der Gedanke, daß sie im Unterschied zu ihm ihr Glück gefunden hatte – bei einer Frau gefunden hatte –, den er so unerträglich fand?»

Massingham sagte: «Sie und Angela Foley bekommen also gar nichts. Aber das ist kein Grund, sich umzubringen. Und warum hat sie sich ausgerechnet diesen Platz ausgesucht?»

Dalgliesh stand auf.

«Ich glaube nicht, daß sie sich selbst umgebracht hat. Das war Mord.»

Die Kalkgrube

I

Sie waren auf Bowlems Farm, bevor es richtig hell wurde. Mrs. Pridmore hatte in aller Frühe mit dem Backen angefangen. Auf dem Küchentisch standen schon zwei große irdene Schüsseln, über denen sich Leinentücher wölbten. Von dem gehenden Teig ging ein warmer, angenehmer Duft nach Hefe aus, der das ganze Haus durchdrang. Als Dalgliesh und Massingham ankamen, verstaute Dr. Greene, ein gedrungener Mann mit breiten Schultern und dem Gesicht einer gutmütigen Kröte, gerade sein Stethoskop in seinem geräumigen altmodischen Ärztekoffer. Es war noch keine zwölf Stunden her, daß Dalgliesh und er sich zuletzt begegnet waren, da er als Polizeiarzt als erster zu Stella Mawsons Leiche geholt worden war. Er hatte sie kurz untersucht und dann verkündet:

«Ist sie tot? Antwort: Ja. Todesursache? Antwort: Erhängen. Todeszeit? Vor ungefähr einer Stunde. Jetzt sollten sie besser den Fachmann rufen, und der wird Ihnen erklären, warum die erste Frage die einzige ist, die er im Augenblick mit Gewißheit beantworten kann.»

Jetzt verschwendete er keine Zeit mit Höflichkeiten oder Fragen, sondern nickte ihnen nur kurz zu und sprach weiter mit Mrs. Pridmore.

«Dem Mädchen geht es blendend. Sie hatte einen schlimmen Schock, aber nichts, was nicht durch einen tiefen Nachtschlaf wieder in Ordnung gekommen wäre. Sie ist jung und gesund, und es braucht mehr als ein paar Leichen, um aus ihr ein Nervenbündel zu machen, wenn Sie das etwa befürchtet haben. Meine Familie hat ihre drei Generationen lang verarztet, und es war noch keiner darunter, der verrückt geworden ist.» Er nickte Dalgliesh zu. «Sie können jetzt nach oben gehen.»

Arthur Pridmore stand neben seiner Frau. Seine Hand lag fest auf ihrer Schulter. Niemand hatte ihn Dalgliesh vorgestellt, aber das war auch nicht nötig. Er sagte:

«Dem Schlimmsten hat sie noch nicht ins Auge gesehen, oder nicht? Dies ist nun die zweite Leiche. Wie, glauben Sie, wird das Leben im Dorf für sie aussehen, wenn diese Todesfälle nicht aufgeklärt werden?»

Dr. Greene war ungeduldig. Er ließ seine Tasche zuschnappen.

«Du meine Güte, Mann, kein Mensch wird Brenda verdächtigen! Sie hat ihr ganzes Leben hier verbracht. Ich habe ihr in die Welt verholfen.»

«Das ist aber noch lange kein Schutz gegen Verleumdungen. Ich sage nicht, daß man sie beschuldigen wird. Aber Sie kennen ja die Marschen. Die Leute hier können abergläubisch, unversöhnlich und nachtragend sein. Es gibt so etwas wie vom Unglück vergiftet sein.»

«Aber doch nicht bei Ihrer hübschen Brenda, bei ihr nicht. Sie wird höchstwahrscheinlich die Heldin des Dorfes sein. Schlagen Sie sich diesen krankhaften Unsinn aus dem Kopf, Arthur. Begleiten Sie mich zum Auto? Ich möchte gern mit Ihnen über diese letzte Entscheidung des Kirchenvorstands sprechen.» Sie gingen zusammen hinaus. Mrs. Pridmore sah Dalgliesh an. Er merkte, daß sie geweint hatte. Sie sagte:

«Und jetzt wollen Sie ihr Fragen stellen, sie zum Reden bringen und das alles wieder aufrühren.»

«Seien Sie ganz unbesorgt», sagte Dalgliesh freundlich, «es wird ihr guttun, darüber zu reden.»

Sie machte keine Anstalten, ihn zu begleiten, und Dalgliesh war ihr für dieses Feingefühl dankbar. Er hätte kaum etwas dagegen sagen können, vor allem, weil die Zeit zu knapp gewesen war, eine Polizistin hinzuzuziehen, aber er hatte eine Ahnung, daß Brenda ohne ihre Mutter nicht nur entspannter, sondern auch mitteilsamer sein würde. Sie rief fröhlich «Herein!», als er anklopfte. Das kleine Schlafzimmer mit seiner niedrigen Balkendecke und den zugezogenen Vorhängen, die die morgendliche Dunkelheit draußenhielten, war voller Licht und Farbe. Sie saß aufrecht in ihrem Bett, frisch und strahlend, mit dem üppigen Haarkranz um ihre Schultern. Dalgliesh wunderte sich aufs neue über die Spannkraft der Jugend. Massingham blieb unwillkürlich an der Tür stehen und dachte, sie gehöre eigentlich in die Uffizien; er sah ihre Füße über eine Wiese voller Frühlingsblumen schweben und die ganze sonnenbeschienene italienische Landschaft sich hinter ihr ins Grenzenlose ausdehnen.

Es war immer noch ganz das Zimmer eines Schulmädchens. Es gab zwei Regalbretter mit Schulbüchern, eines mit einer Sammlung von Puppen in Nationaltrachten und eine Korktafel, an die sie Ausschnitte aus Sonntagsbeilagen und Fotos ihrer Freundinnen geheftet hatte. Auf einem Korbstuhl neben ihrem Bett saß ein großer Teddybär. Dalgliesh nahm den Bär und setzte ihn neben sie aufs Bett, dann nahm er selbst Platz. Er sagte:

«Wie fühlen Sie sich? Besser?»

Sie rückte impulsiv näher zu ihm hin. Der Ärmel ihres cremefarbenen Morgenmantels fiel über den sommersprossigen Arm. Sie sagte:

«Ich bin so froh, daß Sie gekommen sind. Keiner will mit mir darüber reden. Keiner kann begreifen, daß ich irgendwann davon sprechen muß, und besser jetzt, solange es noch frisch in meiner Erinnerung ist. Sie haben mich gefunden, nicht wahr? Ich erinnere mich, wie Sie mich aufgehoben haben – fast wie Marianne Dashwood in *Vernunft und Gefühl* – und an den angenehmen Geruch Ihres Tweedjacketts. Aber danach weiß ich nichts mehr. Doch, ich erinnere mich allerdings noch daran, die Glocke geläutet zu haben.»

«Das war klug von Ihnen. Wir parkten in der Einfahrt zum Institut und hörten sie, andernfalls hätte es vielleicht Stunden gedauert, bis man die Leiche gefunden hätte.»

«Es war eigentlich nicht klug von mir, es war einfach Panik. Wahrscheinlich haben Sie schon gemerkt, was passiert ist. Ich hatte eine Reifenpanne mit dem Fahrrad und beschloß, durch den Laborneubau nach Hause zu laufen. Dann habe ich mich irgendwie verirrt und bekam es mit der Angst zu tun. Ich mußte an Dr. Lorrimers Mörder denken, und dann stellte ich mir vor, daß er dort auf der Lauer läge. Ich bildete mir sogar ein, er hätte die Fahrradreifen vielleicht absichtlich durchlöchert. Jetzt kommt es mir albern vor, aber gestern war es anders.»

Dalgliesh sagte: «Wir haben das Fahrrad untersucht. Gestern nachmittag fuhr ein Lastwagen mit Kies am Institut vorbei und verlor unterwegs etwas von seiner Ladung. Sie hatten in jedem Reifen einen scharfen Splitter. Aber Ihre Furcht war ganz natürlich. Können Sie sich erinnern, ob wirklich jemand in dem Gebäude war?»

«Eigentlich nicht. Ich sah niemanden, und ich glaube, die meisten Geräusche, die ich hörte, bildete ich mir nur ein. Was mich in Wirklichkeit erschreckt hat, war eine Eule. Dann fand ich irgendwie aus dem Gebäude heraus und rannte in panischer Angst quer über die Felder auf die Kapelle zu.»

«Hatten Sie den Eindruck, daß sich jemand in der Kapelle befand? Ein lebendiger Mensch?»

«Säulen, hinter denen man sich verstecken könnte, gibt es ja nicht. Es ist überhaupt eine eigenartige Kapelle. Kein richtiger heiliger Ort. Vielleicht ist nicht genug darin gebetet worden. Davor war ich erst einmal dort, als Dr. Howarth und drei Laborangestellte ein Konzert gaben, aber von daher weiß ich, wie es dort aussieht. Glauben Sie etwa, er hätte vielleicht zusammengekauert in einem der Chorstühle gesessen und mich beobachtet? Schrecklich, sich das vorzustellen.»

«Allerdings. Aber jetzt, wo Sie in Sicherheit sind, ertragen Sie es, darüber nachzudenken?»

«Jetzt, wo Sie bei mir sind, kann ich es.» Sie machte eine Pause. «Ich glaube nicht, daß er da war. Ich habe niemanden gesehen, und ich glaube, auch nichts gehört. Aber ich war so durcheinander, daß ich wahrscheinlich überhaupt nichts gemerkt hätte. Alles, was ich sehen konnte, war dieses an der Wand aufgeknüpfte Bündel Kleider und das Gesicht, das kraftlos herunterhing.»

Er brauchte sie nicht auf die Wichtigkeit seiner nächsten Frage aufmerksam zu machen.

«Wissen Sie noch, wo Sie den Stuhl fanden, seine genaue Lage?»

«Er lag umgekippt rechts von der Leiche, als hätte sie ihn mit dem Fuß umgestoßen. Ich glaube, er war nach hinten gefallen, aber vielleicht lag er auch auf der Seite.»

«Aber Sie sind ganz sicher, daß er umgefallen war?»

«Ganz bestimmt. Ich weiß noch, daß ich ihn aufgestellt habe, damit ich mich draufstellen konnte, um an den Glockenstrang zu kommen.» Sie sah ihn mit strahlenden Augen an.

«Das hätte ich wohl nicht tun sollen? Jetzt können Sie wohl nicht mehr feststellen, ob irgendwelche Spuren oder Schmutz von meinen oder ihren Schuhen stammen. Nahm Inspektor Massingham deshalb gestern abend meine Schuhe mit? Meine Mutter sagte es.»

«Ja, das war der Grund.»

Der Stuhl würde nach Abdrücken untersucht und danach zur gründlichen Überprüfung in das Londoner Labor geschickt werden. Aber wenn es sich hier um Mord handelte, dann war es ein vorsätzlicher Mord. Dalgliesh überlegte, ob der Mörder vielleicht dieses Mal einen Fehler gemacht hatte.

Brenda sagte: «Etwas ist mir allerdings aufgefallen. Ist es nicht eigenartig, daß das Licht an war?»

«Danach wollte ich Sie auch noch fragen. Sind Sie ganz sicher, daß die Kapelle erleuchtet war? Sie haben das Licht nicht selbst angemacht?»

«Nein, ganz bestimmt nicht. Ich sah das Licht durch die Bäume schimmern, fast wie die Stadt Gottes, wissen Sie. Es wäre vernünftiger gewesen, zur Straße zu laufen, als ich erst einmal aus dem Gebäude herausgefunden hatte. Aber plötzlich sah ich die Umrisse der Kapelle und das schwache Licht, das durch die Fenster schien, und ich lief fast instinktiv darauf zu.»

«Sicher haben Sie das instinktiv gemacht. Ihre Vorfahren haben das gleiche getan. Nur hätten sie in St. Nikolai Zuflucht gesucht.»

«Seit ich aufgewacht bin, habe ich über das brennende Licht nachgedacht. Es sieht nach Selbstmord aus, nicht wahr? Ich glaube nicht, daß sich Menschen im Dunkeln umbringen. Ich würde es bestimmt nicht. Ich kann mir überhaupt nicht vorstellen, daß ich mich umbringen würde, es sei denn, ich wäre hoffnungslos krank und einsam und hätte furchtbare Schmerzen, oder jemand würde mich foltern, um wichtige Informationen aus mir herauszuholen. Aber wenn ich es täte, würde ich das Licht nicht ausschalten. Ich würde das letzte Restchen Licht sehen wollen, bevor ich in die Dunkelheit gelangte, Sie nicht auch? Aber Mörder wollen das Auffinden der Leiche immer hinauszögern, nicht wahr? Warum hat er also das Licht nicht ausgeschaltet und die Tür abgeschlossen?»

Sie sprach ganz unbefangen. Krankheit, Einsamkeit und Schmerzen waren genauso weit weg und unwirklich wie Folter. Dalgliesh sagte:

«Vielleicht weil er wollte, daß es nach Selbstmord aussähe. War Ihr erster Gedanke, als Sie die Leiche fanden, daß sie sich das Leben genommen hatte?»

«In dem Augenblick nicht. Ich hatte zuviel Angst, um überhaupt etwas zu denken. Aber seit ich wach bin und mir alles durch den Kopf gehen ließ – ja, ich glaube schon, ich halte es für Selbstmord.»

«Aber Sie sind sich nicht sicher, warum Sie das glauben?»

«Vielleicht, weil Erhängen eine so ungewöhnliche Art des Mordes ist. Aber Selbstmörder erhängen sich doch oft, nicht wahr? Zum Beispiel Mr. Bowlems früherer Schweinehirt – in der Zehntscheune. Und die alte Annie Makepeace. Mir ist aufgefallen, daß die Menschen in den Marschen sich gewöhnlich erschießen oder erhängen. Wissen Sie, ein Gewehr oder einen Strick gibt es auf jedem Bauernhof.»

Sie redete frisch und ohne Angst drauflos. Sie hatte ihr ganzes Leben auf einem Bauernhof verbracht. Da gab es immer Geburt und Tod, Geburt und Tod von Tieren und Menschen. Und die langen dunklen Nächte der Winter im Marschland brachten gewiß ihre eigenen Keime des Wahnsinns und der Verzweiflung hervor. Aber nicht für sie. Er sagte:

«Sie erschrecken mich. Das klingt ja wie ein Massensterben.»

«Nein, es kommt nicht oft vor, aber wenn, dann vergißt man es nicht. Ich verbinde jedenfalls Erhängen mit Selbstmord. Glauben Sie, daß ich damit unrecht habe?»

«Das halte ich für möglich. Aber wir werden es herausbekommen. Sie haben uns sehr geholfen.»

Er unterhielt sich noch fünf weitere Minuten mit ihr, aber sie konnte dem nichts mehr hinzufügen. Sie hatte Inspektor Blakelock nicht in das Büro von Chefinspektor Martin begleitet, als er die Nachtalarmanlage einschaltete, und konnte deshalb nicht sagen, ob der Schlüssel zur Kapelle an seinem Haken gewesen war oder nicht. Sie hatte Stelle Mawson nur ein einziges Mal vorher gesehen, als sie bei dem Konzert in der Kapelle in derselben Reihe wie Angela Foley, Stella Mawson, Mrs. Schofield und Dr. Kerrison mit seinen Kindern gesessen hatte.

Als Dalgliesh und Massingham gehen wollten, sagte sie: «Ich glaube nicht, daß Mama und Papa mich wieder ins Hoggatt gehen lassen. Ja, ich bin sicher, daß sie mich nicht mehr hinlassen. Sie wollen, daß ich Gerald Bowlem heirate. Ich meine, ich würde Gerald gern heiraten, wenigstens habe ich nie daran gedacht, ich könnte einmal einen andern heiraten, aber doch noch nicht so bald. Es wäre schön, eine wissenschaftliche Ausbildung zu erhalten und sich erst einmal im Beruf richtig zu bewähren. Aber Mutter wird keine ruhige Minute mehr haben, wenn ich im Labor bleibe. Sie liebt mich, und ich bin ihr ein und alles. Man kann einen Menschen, der einen liebt, nicht verletzen.»

Dalgliesh begriff den Hilferuf. Er ging zurück und setzte sich wieder auf den Stuhl. Massingham war verblüfft und tat so, als sähe er aus dem Fenster. Er fragte sich, was sie wohl beim Yard dächten, wenn sie sehen könnten, daß der alte Herr sich während einer Morduntersuchung die Zeit nahm, moralische Ratschläge über die zwei Seiten der Frauenemanzipation zu geben. Aber in Wirklichkeit wäre es ihm am liebsten gewesen, wenn sie ihn gefragt hätte. Seit sie in das Zimmer gekommen waren, hatte sie nur Dalgliesh angesehen. Jetzt hörte er ihn sagen:

«Ich könnte mir vorstellen, daß ein wissenschaftlicher Beruf nicht so einfach mit dem Leben als Bauersfrau in Einklang zu bringen ist.»

«Ich glaube, es wäre Gerald gegenüber ungerecht.»

«Ich habe immer geglaubt, wir könnten vom Leben fast alles bekommen, was wir wollten, wenn wir es nur richtig anstellten. Aber jetzt fange ich an zu denken, daß wir, öfter als wir wollen, eine Wahl treffen müssen. Das Wichtigste dabei ist, dafür zu sorgen, daß es unsere eigene Wahl ist, nicht die eines anderen, und daß wir sie ehrlich treffen. Aber in einer Sache bin ich mir sicher. Es ist nicht gut, eine Entscheidung zu fällen, wenn man sich nicht ganz wohl fühlt. Warum lassen Sie nicht noch ein bißchen Zeit vergehen, bis wir den Mord an Dr. Lorrimer aufgeklärt haben? Ihre Mutter denkt dann vielleicht auch wieder anders darüber.»

Sie sagte: «Das ist es vermutlich, was ein Mord bewirkt. Er verändert das Leben der Menschen und verdirbt es.»

«Sicher verändert er es. Aber er muß es nicht zwangsläufig verderben. Sie sind jung und intelligent und tapfer, Sie werden sich Ihr Leben nicht verderben lassen.»

Unten, in der Küche des Bauernhauses, legte Mrs. Pridmore gebratene Speckscheiben zwischen dicke, knusprige Brotscheiben. Sie sagte barsch:

«Sie sehen beide aus, als könnten Sie ein kräftiges Frühstück vertragen. Sie sind sicher die ganze Nacht auf den Beinen gewesen. Es wird Ihnen nicht schaden, wenn Sie sich hinsetzen und sich die paar Minuten Zeit nehmen, das hier zu essen. Und ich habe frischen Tee aufgegossen.»

Das Abendessen am vorigen Tag hatte aus ein paar belegten Broten bestanden, die ein Konstabler aus dem *Moonraker* geholt hatte und die sie in der Vorhalle der Kapelle gegessen hatten. Erst als Massingham den Speck roch, merkte er, wie ausgehungert er war. Er biß dankbar in das noch warme Brot und den salzigen, selbstgeräucherten Speck und spülte es mit starkem, heißem Tee hinunter. Er fühlte sich verwöhnt in der Wärme und Gemütlichkeit der Küche, in diesem behaglichen, schoßähnlichen Schutz vor den dunklen Marschen. Dann läutete das Telefon, und Mrs. Pridmore nahm das Gespräch an. Sie sagte:

«Das war Dr. Greene. Er rief aus der Sprogg-Kate an und läßt Ihnen sagen, Angela Foley ginge es gut genug, um jetzt mit Ihnen zu sprechen.»

2

Angela Foley kam langsam ins Zimmer. Sie war angekleidet und vollkommen ruhig, aber beide Männer waren von der Veränderung, die an ihr vorgegangen war, schockiert. Sie bewegte sich steif, und ihr Gesicht wirkte gealtert und gezeichnet, als habe sie die ganze Nacht unter Anfällen von physischem Schmerz gelitten. Ihre kleinen Augen waren glanzlos und hinter hervorspringenden Knochen eingesunken, ihre Wangen ungesund fleckig, der zarte Mund war geschwollen, und an der Oberlippe hatte sie einen beginnenden Herpes. Nur ihre Stimme war unverändert, die kindliche, ausdruckslose Stimme, mit der sie ihre ersten Fragen beantwortet hatte.

Die Bezirksschwester, die die Nacht in der Sprogg-Kate verbracht hatte, hatte Feuer gemacht. Angela betrachtete die knisternden Holzscheite und sagte:

«Stella machte nie vor dem späten Nachmittag Feuer. Ich bereitete es meistens morgens vor, bevor ich ins Institut ging, und sie hielt eine halbe Stunde, bevor ich nach Hause kam, ein Streichholz daran.»

Dalgliesh sagte: «Wir fanden Miss Mawsons Hausschlüssel bei ihr.

Wir mußten leider ihren Schreibtisch aufschließen, um ihre Papiere durchzusehen. Sie schliefen noch, deshalb konnten wir Sie nicht fragen.»

Sie sagte undeutlich: «Das hätte ja wohl auch keinen Unterschied gemacht. Sie hätten ohnehin nachgesehen. Das mußten Sie ja.»

«Wußten Sie, daß Ihre Freundin eine Art Ehe mit Edwin Lorrimer hinter sich hatte? Es gab keine Scheidung; die Ehe wurde nach zwei Jahren annulliert, da sie nicht vollzogen worden war. Hat sie Ihnen davon erzählt?»

Sie wandte sich um und sah ihn an, aber es war unmöglich, den Ausdruck in diesen kleinen, tiefliegenden Augen einzuschätzen. Falls eine Gefühlsregung in ihrer Stimme lag, klang es eher belustigt als überrascht.

«Verheiratet? Sie und Edwin? Deshalb also wußte sie ...» Sie unterbrach sich. «Nein, davon sagte sie nichts. Als ich hierherkam, um hier zu leben, war es für uns beide ein neuer Anfang. Ich sprach nicht gern über die Vergangenheit und sie wohl auch nicht. Sie erzählte mir manchmal von ihrer Zeit an der Universität, von ihrer Arbeit, von seltsamen Menschen, die sie kennengelernt hatte. Aber davon erzählte sie nichts.»

Dalgliesh fragte vorsichtig: «Fühlen Sie sich in der Lage, mir zu berichten, was sich gestern abend abspielte?»

«Sie sagte, sie wolle spazierengehen. Das tat sie oft, aber meistens erst nach dem Abendessen. Dabei dachte sie über ihre Bücher nach und entwarf die Handlung und die Dialoge, während sie allein durch die Dunkelheit marschierte.»

«Um wieviel Uhr ging sie weg?»

«Kurz vor sieben.»

«Hatte sie den Schlüssel für die Kapelle bei sich?»

«Sie fragte mich gestern nach dem Mittagessen danach, als ich gerade ins Institut zurückfahren wollte. Sie sagte, sie wolle in einem Buch eine Familienkapelle aus dem 17. Jahrhundert beschreiben, aber ich wußte nicht, daß sie sie schon so bald besichtigen wollte. Als sie um halb elf noch nicht zu Hause war, machte ich mir Sorgen und ging los, um sie zu suchen. Ich lief fast eine Stunde, bevor ich daran dachte, einen Blick in die Kapelle zu werfen.»

Dann sprach sie Dalgliesh direkt an, geduldig, als erkläre sie einem widerspenstigen Kind etwas.

«Sie tat es für mich. Sie brachte sich um, damit ich das Geld aus ihrer Lebensversicherung bekäme. Sie sagte mir, ich sei ihre einzige Erbin. Der Besitzer, wissen Sie, will dieses Haus möglichst schnell verkaufen; er braucht Bargeld. Wir wollten es kaufen, aber wir hatten nicht genug

Geld für die Anzahlung. Kurz bevor sie ging, fragte sie mich, wie es wäre, von der Fürsorge zu leben, was es bedeute, kein richtiges Zuhause zu haben. Als Edwin ermordet wurde, dachten wir, es würde vielleicht etwas für mich in seinem Testament abfallen. Aber es war nichts damit. Darum fragte sie mich nach dem Schlüssel. Es stimmte nicht, daß sie eine Beschreibung der Kapelle in ihrem Buch unterbringen wollte, wenigstens nicht in diesem Buch. Es wird in London gedruckt und ist halb fertig. Ich weiß es. Ich habe es in die Maschine geschrieben. Es kam mir auch seltsam vor, als sie nach dem Schlüssel fragte, aber ich habe gelernt, Stella keine Fragen zu stellen.

Aber jetzt verstehe ich. Sie wollte mir hier, wo wir glücklich gewesen waren, ein sicheres Leben verschaffen, sicher für immer. Sie wußte, was sie tun würde. Als ich ihr den Nacken massierte, um ihre Kopfschmerzen zu lindern, wußte sie, daß ich sie zum letztenmal berührte.»

Dalgliesh fragte: «Würde ein Schriftsteller, ein Schriftsteller, der in gesunder geistiger Verfassung ist, jemals den Entschluß fassen, sich das Leben zu nehmen, bevor sein Buch fertig ist?»

Sie sagte teilnahmslos: «Ich weiß nicht. Ich verstehe nichts von den Gefühlen eines Schriftstellers.»

Dalgliesh sagte: «Aber ich verstehe etwas davon. Und ich sage, sie hätte es nicht getan.»

Sie erwiderte nichts. Er fuhr freundlich fort:

«War sie glücklich hier mit Ihnen?»

Sie sah ihn eifrig an, und zum erstenmal wurde ihre Stimme lebhaft, als wolle sie ihn zwingen, sie zu verstehen.

«Sie sagte, sie sei in ihrem ganzen Leben noch nicht so glücklich gewesen. Sie sagte, das sei Liebe, zu wissen, daß man einen anderen Menschen glücklich machen könne und umgekehrt von ihm glücklich gemacht werde.»

«Und warum sollte sie sich dann das Leben nehmen? Meinen Sie denn, sie hätte wirklich geglaubt, Sie möchten lieber ihr Geld als sie selbst haben? Warum hätte sie auf solche Gedanken kommen sollen?»

«Stella hat sich immer unterschätzt. Sie mag gedacht haben, ich würde sie mit der Zeit vergessen, aber das Geld und die Sicherheit würden mir immer bleiben. Sie meinte vielleicht sogar, es sei schlecht für mich, mit ihr zusammenzuleben – das Geld würde mir einen Freiraum verschaffen. Sie äußerte einmal etwas in dieser Richtung.»

Dalgliesh betrachtete die schmale, aufrechte Gestalt, die ihm gegenüber, ihre Hände im Schoß gefaltet, auf dem hohen Ohrensessel saß. Dann sah er ihr fest ins Gesicht und sagte ruhig:

«Aber es wird kein Geld geben. Die Lebensversicherungspolice hatte eine Selbstmordklausel. Wenn Miss Mawson sich selbst getötet hat, bekommen Sie nichts.»

Das hatte sie nicht gewußt. Dessen konnte er sich wenigstens sicher sein. Die Neuigkeit überraschte sie, aber sie schockierte sie nicht. Das war keine Mörderin, die sich um ihre Beute gebracht sieht.

Sie lächelte und sagte leise: «Das ist nicht wichtig.»

«Für diese Untersuchung ist es wichtig. Ich habe einen Roman von Ihrer Freundin gelesen. Miss Mawson war eine hochintelligente Schriftstellerin, das heißt, sie war eine intelligente Frau. Ihr Herz war schwach, und ihre Versicherungsprämien waren nicht niedrig. Es kann nicht einfach gewesen sein, sie regelmäßig zu bezahlen. Glauben Sie tatsächlich, daß sie die Bedingungen des Vertrags nicht kannte?»

«Was wollen Sie damit sagen?»

«Miss Mawson wußte oder glaubte zu wissen, wer Dr. Lorrimer ermordete, nicht wahr?»

«Ja. Das sagte sie. Aber sie erzählte mir nicht, wer es war.»

«Auch nicht, ob es ein Mann oder eine Frau war?»

Sie dachte nach.

«Nein, nicht einmal das. Nur, daß sie es wußte. Ich weiß nicht genau, ob sie es so sagte, wenigstens nicht in so vielen Worten. Aber als ich sie fragte, leugnete sie es nicht.»

Sie machte eine Pause und fuhr dann lebhafter fort: «Sie glauben, sie sei dorthin gegangen, um den Mörder zu treffen, nicht wahr? Und habe versucht, ihn zu erpressen? Nein, das hätte Stella niemals getan. Nur ein Narr würde so der Gefahr in die Arme laufen, und das war sie nicht. Das haben Sie selbst gesagt. Sie wäre nicht allein einem Mörder gegenübergetreten, nicht für alles Geld. Keine vernünftige Frau würde das tun.»

«Auch nicht, wenn der Mörder eine Frau war?»

«Nicht allein und nicht bei Nacht. Stella war so klein und zierlich, und sie hatte ein schwaches Herz. Wenn ich meine Arme um sie legte, war es, als hielte ich einen Vogel.» Sie sah ins Feuer und sagte fast verwundert:

«Ich werde sie nie wieder sehen. Nie. Sie saß auf diesem Sessel und zog ihre Stiefel an, gerade so wie immer. Ich bot ihr nie an, sie abends zu begleiten. Ich wußte, daß sie das Alleinsein brauchte. Es war alles so wie immer, bis sie zur Tür ging. Da bekam ich es mit der Angst zu tun und bat sie, nicht wegzugehen. Und ich werde sie nie wiedersehen. Sie wird nie wieder sprechen, zu mir nicht und zu keinem anderen. Sie wird nie mehr ein Wort schreiben. Ich glaube es noch nicht. Ich weiß, es muß wahr sein, sonst wären Sie nicht hier, aber ich glaube es immer noch nicht. Wie werde ich es ertragen, wenn ich soweit bin?»

Dalgliesh sagte: «Miss Foley, wir müssen erfahren, ob sie in der Nacht, als Dr. Lorrimer ermordet wurde, aus war.«

Sie sah zu ihm auf.

«Ich weiß, was Sie von mir hören wollen. Wenn ich sage, sie war aus, ist der Fall für Sie erledigt, nicht wahr? Dann paßt alles hübsch zusammen: Mittel, Motiv, Gelegenheit. Er war ihr früherer Mann, und sie haßte ihn wegen des Testaments. Sie suchte ihn auf, versuchte ihn zu überreden, uns mit etwas Geld auszuhelfen. Als er sich weigerte, ergriff sie die erstbeste Waffe und schlug ihn nieder.»

Dalgliesh sagte: «Er hätte sie vielleicht in das Institut hineingelassen, obwohl auch das unwahrscheinlich ist. Aber wie ist sie hinausgekommen?»

«Sie werden sagen, ich hätte die Schlüssel aus Dr. Howarths Safe genommen und Stella geliehen. Dann hätte ich sie am nächsten Morgen wieder an ihren Platz gelegt.»

«Haben Sie das getan?»

Sie schüttelte den Kopf.

«Das hätten Sie nur tun können, wenn Inspektor Blakelock mit Ihnen unter einer Decke steckte. Und was für einen Grund könnte er haben, Dr. Lorrimer den Tod zu wünschen? Als sein einziges Kind überfahren wurde und der Schuldige Fahrerflucht beging, trug die Aussage des Gutachters dazu bei, daß der Fahrer freigesprochen wurde. Aber das liegt zehn Jahre zurück, und der Gutachter war nicht Dr. Lorrimer. Als Miss Pridmore mir von diesem Kind erzählte, gingen wir der Sache nach. Das Gutachten hatte mit Lackpartikeln zu tun, und das ist die Aufgabe eines Chemikers, nicht eines Biologen. Wollen Sie mir erzählen, daß Inspektor Blakelock log, als er sagte, die Schlüssel wären im Safe gewesen?»

«Er log nicht. Die Schlüssel waren da.»

«Dann steht ein Fall, den wir möglicherweise gegen Miss Mawson aufbauen könnten, auf schwachen Füßen, nicht wahr? Könnte tatsächlich jemand auf die Idee kommen, sie sei aus dem Fenster im dritten Stock geklettert? Sie müssen uns glauben, daß wir hier sind, um die Wahrheit zu finden und nicht, um uns eine einfache Lösung auszudenken.»

Aber sie hatte recht, dachte Massingham. Hätte Angela Foley erst einmal zugegeben, daß ihre Freundin nicht den ganzen Abend in der Sprogg-Kate verbracht hatte, wäre es schwer, einen anderen mit dem Verbrechen in Verbindung zu bringen. Die Lösung, die sie vorgeschlagen hatte, bot sich fast von selbst an, und die Verteidigung würde das weidlich ausnutzen, ganz gleich, wem wegen des Mordes an Dr. Lorrimer der Prozeß gemacht würde. Er beobachtete das Gesicht seines Chefs. Dalgliesh sagte:

«Ich bin wie Sie der Ansicht, daß keine vernünftige Frau nachts allein ausgehen würde, um einen Mörder zu treffen. Deshalb glaube ich auch nicht, daß sie es tat. Sie glaubte zu wissen, wer Edwin Lorrimer umgebracht hatte, und wenn sie letzte Nacht eine Verabredung hatte, dann sicher nicht mit ihm. Miss Foley, bitte sehen Sie mich an. Sie müssen mir vertrauen. Ich weiß nicht, ob Ihre Freundin sich selbst umbrachte oder ermordet wurde. Aber wenn ich die Wahrheit aufdecken soll, muß ich wissen, ob sie in der Nacht, als Dr. Lorrimer starb, das Haus verließ.»

Sie sagte tonlos: «Wir waren den ganzen Abend zusammen. Wir sagten es bereits.»

Dann trat eine Stille ein. Sie schien Massingham Minuten zu dauern. Plötzlich flackerte das Holzfeuer auf, und es knackte wie ein Pistolenschuß. Ein Scheit rollte auf den Kaminvorleger. Dalgliesh kniete nieder und legte es mit der Zange wieder in das Feuer. Die Stille hielt an. Schließlich sagte sie:

«Bitte sagen Sie mir zuerst die Wahrheit. Glauben Sie, daß Stella ermordet wurde?»

«Ich habe keine Gewißheit. Ich werde es vielleicht nie beweisen können. Aber doch – ich glaube es.»

Sie sagte: «Stella ging in jener Nacht wirklich aus. Sie war von halb neun bis ungefähr halb zehn weg. Sie sagte mir nicht, wo sie gewesen war, und sie war ganz wie immer, ganz gefaßt, als sie nach Hause kam. Sie erzählte nichts, aber sie war tatsächlich weg.»

Sie sagte schließlich: «Ich möchte gern allein gelassen werden, bitte.»

«Ich meine, Sie sollten jemanden bei sich haben.»

«Ich bin kein Kind. Ich möchte weder Mrs. Swaffield noch die Bezirksschwester, noch sonst einen Wohltäter aus dem Dorf bei mir haben. Und ich brauche auch keine Polizistin. Ich habe kein Verbrechen begangen, also haben Sie kein Recht, sich mir aufzudrängen. Ich habe Ihnen alles gesagt, was ich weiß. Sie haben Stellas Schreibtisch abgeschlossen, es kann also niemand an ihre Sachen. Ich werde keine Dummheiten machen – so drücken sich doch die Leute aus, wenn sie taktvoll erkunden wollen, ob man vorhat, sich umzubringen. Ich habe es nicht vor. Ich fühle mich jetzt ganz gut. Ich möchte nur einfach allein gelassen werden.»

Dalgliesh sagte: «Ich fürchte, wir werden uns später noch einmal aufdrängen müssen.»

«Später ist besser als jetzt.»

Es sollte nicht beleidigend klingen. Es war einfach die Feststellung einer Tatsache. Sie erhob sich steif und ging auf die Tür zu. Sie hielt den Kopf starr erhoben, als könne sie nur durch körperliche Disziplin das empfindliche Gleichgewicht der Gedanken bewahren. Dalgliesh und Massingham tauschten Blicke. Sie hatte recht. Sie konnten ihr weder Trost noch Gesellschaft aufzwingen, wenn keines von beiden erwünscht war. Sie hatten keine rechtliche Handhabe, hierzubleiben oder sie zu nötigen, mit ihnen zu kommen. Und sie hatten noch einiges zu erledigen.

Sie ging hinüber ans Fenster und sah durch die Vorhänge das Auto um die Ecke biegen und sich auf das Dorf zu entfernen. Dann lief sie in die Diele und zerrte das Telefonbuch aus seinem Fach. Sie blätterte ein paar Sekunden fieberhaft darin, dann hatte sie die gesuchte Nummer gefunden. Sie wählte, wartete und sprach. Sie legte auf und ging ins Wohnzimmer zurück. Langsam und feierlich nahm sie das französische Schwert von der Wand, stand ganz still und ließ die Waffe mit ausgestreckten Armen auf ihren Handflächen ruhen. Nach einer Weile schloß sie ihre linke Hand um die Scheide und zog mit der rechten langsam und bedächtig die Klinge heraus. Dann stellte sie sich mit dem blanken Schwert in der Hand an die Wohnzimmertür und maß den Raum mit den Augen, betrachtete die Anordnung der Möbelstücke und Kunstgegenstände, aufmerksam wie eine Fremde, berechnete ihre Aussichten bei der kommenden Prüfung.

Nach ein paar Minuten ging sie in das Arbeitszimmer, blieb wieder still stehen und sah sich prüfend um. Neben dem Kamin stand ein hoher viktorianischer Lehnsessel. Sie zog ihn an die Tür und versteckte das blanke Schwert dahinter, so daß die Spitze auf dem Boden stand; dann schob sie die Scheide darunter. Befriedigt, daß beides nicht zu sehen war, kehrte sie ins Wohnzimmer zurück. Sie setzte sich auf den Stuhl am Kamin und wartete, ohne sich zu rühren, auf das Geräusch des sich nähernden Autos.

3

Gleich bei ihrer Ankunft im Institut kurz vor neun wurde Claire Easterbrook von Inspektor Blakelock gebeten, sofort Oberkriminalrat Dalgliesh aufzusuchen. Falls sie überrascht war, ließ sie sich nichts anmerken. Sie schlüpfte erst in ihren weißen Kittel, tat sonst aber nicht mehr, als unbedingt nötig war, um ihre Unabhängigkeit zu unterstreichen. Als sie in das Büro des Direktors kam, sah sie die beiden Detektive, den dunklen Kopf und den roten, am Fenster stehen. Sie unterhielten sich leise, fast als sei, dachte sie, ihre Anwesenheit nichts Besonderes, ihre Beschäftigung ganz alltäglich. Auf Dr. Howarths Schreibtisch lag ein ihr unbekannter Ordner; ein Plan des Instituts und ein Meßtischblatt des Dorfes waren auf dem Konferenztisch ausgebreitet. Sonst schien sich nichts im Zimmer verändert zu haben. Dalgliesh ging zum Schreibtisch und sagte:

«Guten Morgen, Miss Easterbrook. Sie haben gehört, was letzte Nacht geschehen ist?»

«Nein. Sollte ich das? Ich war nach dem Abendessen im Theater, so daß mich niemand erreichen konnte, und habe mit niemandem außer Inspektor Blakelock gesprochen. Er hat mir nichts erzählt.»

«Stella Mawson, Miss Foleys Freundin, wurde erhängt in der Kapelle gefunden.»

Sie runzelte die Stirn, als sei die Nachricht eine persönliche Beleidigung. Ihre Stimme drückte nicht mehr als höfliches Interesse aus:

«Ach so. Ich kenne sie, glaube ich, nicht. Oder doch, ich erinnere mich. Sie war bei dem Konzert in der Kapelle – grauhaarig mit auffallenden Augen. Was war los? Hat sie sich das Leben genommen?»

«Das ist eine der beiden Möglichkeiten. Ein Unfall kann es wohl kaum gewesen sein.»

«Wer hat sie gefunden?»

«Miss Pridmore.»

Sie sagte überraschend liebenswürdig: «Das arme Kind.»

Dalgliesh klappte den Ordner auf, zog zwei durchsichtige Hüllen heraus und sagte:

«Ich möchte Sie bitten, einen Blick auf diese vier Haare zu werfen. Es ist mir äußerst wichtig, und die Zeit reicht nicht, um sie in das Londoner Labor zu schicken. Ich möchte gern wissen, falls es möglich ist, ob die dunklen Haare von demselben Kopf stammen.»

«Ob nicht, wäre einfacher zu sagen. Ich kann sie gern unter das Mikroskop legen, aber ich weiß nicht, ob ich Ihnen helfen kann. Die Identifizierung von Haaren ist immer problematisch, und mit nur dreien werde ich nicht viel anfangen können. Neben der mikroskopischen Untersuchung wenden wir gewöhnlich die Massenspektrometrie an, um zu versuchen, Unterschiede bei den Spurenelementen festzustellen, aber auch das ist mit drei Haaren nicht möglich. Wenn mir diese Aufgabe gestellt würde, müßte ich sagen, ich könnte dazu keine Meinung äußern.»

Dalgliesh sagte: «Ich wäre dennoch dankbar, wenn Sie sie ansehen würden. Es ist nur so eine Ahnung von mir, aber ich möchte wissen, ob die Sache es wert ist, daß ich ihr nachgehe.»

Massingham sagte: «Ich würde Ihnen gern zusehen, wenn Sie nichts dagegen haben.»

Sie starrte ihn an.

«Hätte es etwas zu sagen, wenn ich etwas dagegen hätte?»

Zehn Minuten später hob sie den Kopf von dem Vergleichsmikroskop und sagte:

«Da wir von Ahnungen sprechen – meine, wenn sie etwas wert ist, sagt mir, daß sie von verschiedenen Köpfen kommen. Kutikula, Rinde und Mark weisen auffallende Unterschiede auf. Aber ich glaube, es sind Männerhaare. Sehen Sie selbst.»

Massingham beugte seinen Kopf über das Okular. Was er sah, schien ihm das Stück eines gemusterten und gemaserten Baumstamms zu sein. Und daneben lagen zwei andere Stämme mit rissiger Rinde. Aber er konnte erkennen, daß es verschiedene Stämme waren, daß sie zu verschiedenen Bäumen gehörten. Er sagte:

«Danke. Ich werde Mr. Dalgliesh Bescheid geben.»

4

Es gab nichts, was er zwischen sich und dieses rasierklingenscharfe Schwert bringen konnte. Ihm kam der abwegige Gedanke, daß eine Kugel schlimmer gewesen wäre; aber dann fragte er sich, ob das richtig war. Der Gebrauch eines Gewehres erforderte zumindest ein wenig Geschicklichkeit, man mußte wenigstens flüchtig zielen. Eine Kugel konnte überallhin gehen, und wenn ihr erster Schuß ihn verfehlt hätte, hätte er wenigstens verhindern können, daß sie eine zweite Möglichkeit bekäme. Aber sie hatte fast einen Meter kalten Stahl in der Hand, und auf diesem eingeengten Raum brauchte sie nur einen einzigen Stoß oder Hieb zu führen, und er wäre bis auf die Knochen getroffen. Jetzt war ihm klar, warum sie ihn ins Arbeitszimmer gebeten hatte. Es gab hier nicht genug Platz, sich zu bewegen, und keinen Gegenstand in seinem Blickfeld, den er hätte erreichen und auf sie schleudern können. Und er wußte, daß er sich nicht umsehen durfte, sondern seine Augen fest und furchtlos auf ihr Gesicht richten mußte. Er versuchte, ruhig und vernünftig zu sprechen. Ein nervöses Lächeln, eine einzige Andeutung von Feindseligkeit oder Herausforderung, und es könnte zum Verhandeln zu spät sein. Er sagte:

«Sehen Sie, meinen Sie nicht, wir sollten erst einmal miteinander reden? Sie haben den falschen Mann, glauben Sie mir.»

Sie sagte: «Lesen Sie diesen Zettel. Den auf dem Schreibtisch hinter Ihnen. Lesen Sie ihn vor.»

Er wagte nicht, seinen Kopf zu wenden, sondern langte hinter sich und tastete danach. Seine Hand fand ein einzelnes Stück Papier. Er las:

«Sie sollten sich um die Haschisch-Beweisstücke kümmern, wenn Detektiv-Inspektor Doyle in der Nähe ist. Was glauben Sie wohl, wie er sich sein Haus hat leisten können?»

«Was sagen Sie nun?»

«Woher haben Sie das?»

«Von Edwin Lorrimers Schreibtisch. Stella fand es und gab es mir. Sie töteten sie, weil sie es wußte, weil sie versuchte, Sie damit zu erpressen. Sie vereinbarte ein Treffen mit Ihnen, letzte Nacht in der Wren-Kapelle, und Sie erwürgten sie.»

Er hätte über die Ironie, die darin lag, lachen mögen, aber er wußte, daß lachen tödlich wäre. Doch sie hatten wenigstens ein Gespräch begonnen. Je länger sie wartete, desto größer wurde seine Chance.

«Wollen Sie etwa sagen, Ihre Freundin glaubte, ich hätte Edwin Lorrimer ermordet?»

«Sie wußte, daß Sie es nicht waren. Sie ging in der Nacht, als er starb, spazieren, und ich glaube, sie sah jemanden, den sie kannte, das Institut verlassen. Sie wußte, daß Sie es nicht waren. Sie hätte es nicht riskiert, Sie allein zu treffen, wenn sie Sie für einen Mörder gehalten hätte. Mr. Dalgliesh machte mir das klar. Sie fühlte sich sicher, als sie in die Kapelle ging, und glaubte, sie könnte mit Ihnen zu einer Einigung kommen. Aber Sie ermordeten sie. Deshalb werde ich Sie töten. Stella haßte den Gedanken, Menschen in Gefängnisse einzusperren. Aber mir ist der Gedanke unerträglich, daß ihr Mörder jemals wieder frei herumläuft. Zehn Jahre gegen Stellas Leben. Warum sollten Sie leben, wenn sie tot ist?»

Er hatte nicht die geringsten Zweifel, daß sie meinte, was sie sagte. Er hatte schon öfter mit Menschen zu tun gehabt, die durch übergroßen Schmerz in den Wahnsinn getrieben worden waren, hatte schon öfter diesen feierlich fanatischen Blick gesehen. Er stand sehr still, hielt sich sprungbereit, ließ die Arme locker hängen, beobachtete ihre Augen, wartete auf das erste instinktive Anspannen der Muskeln vor dem Zuschlagen. Er versuchte, leise und ruhig zu sprechen, aber ohne jede Spur von Spott.

«Das ist ein vernünftiger Gesichtspunkt. Glauben Sie nicht, daß ich dagegen bin. Ich habe nie verstanden, warum die Leute so zimperlich sind und einen überführten Mörder nicht sofort hinrichten, sondern ihn statt dessen über zwanzig Jahre hin töten. Aber wenigstens ist er vorher überführt worden. Da gibt es eben diese Kleinigkeit einer Gerichtsverhandlung. Keine Hinrichtung ohne Prozeß. Und glauben Sie mir, Miss Foley, Sie haben den falschen Mann. Ich habe Lorrimer nicht getötet, und zum Glück kann ich es auch beweisen.»

«Edwin Lorrimer ist mir völlig egal. Mir geht es nur um Stella. Und Sie haben sie umgebracht.»

«Ich wußte nicht einmal, daß sie tot ist. Aber wenn sie gestern irgendwann zwischen halb vier und halb acht ermordet wurde, dann bin ich aus der Sache draußen. Ich habe das bestmögliche Alibi. Ich war in der Polizeistation Guy's Marsh und wurde fast die ganze Zeit vom Yard verhört. Und als Dalgliesh und Massingham gegangen waren, war ich noch zwei weitere Stunden dort. Rufen Sie dort an. Fragen Sie, wen Sie wollen. Hören Sie, Sie können mich in einen Schrank einsperren – irgendwo, wo ich Ihnen nicht entkommen kann –, während Sie in Guy's Marsh anrufen. Sie wollen doch um Gottes willen keinen Fehler machen! Sie kennen mich. Wollen Sie mich auf diese schmutzige, schreckliche Art töten, während der echte Mörder entkommt? Eine inoffizielle Hinrichtung ist eine Sache, Mord eine andere.»

Er glaubte zu sehen, daß ihre Hand, die das Schwert hielt, etwas von ihrer Spannung verlor. Aber in dem strengen weißen Gesicht regte sich nichts. Sie sagte:

«Und diese Notiz?»

«Ich weiß, wer den Zettel geschickt hat – meine Frau. Sie möchte, daß ich bei der Polizei aufhöre, und sie weiß, daß es nur einer kleinen offiziellen Belästigung bedarf, um mich dazu zu bringen, meinen Beruf aufzugeben. Ich hatte schon einmal vor zwei Jahren Ärger mit meiner Dienststelle. Ich wurde in einem Disziplinarverfahren entlastet, aber ich war damals drauf und dran, den Dienst zu quittieren. Erkennen Sie nicht die Gehässigkeit einer Frau, wenn Sie das sehen? Dieser Zettel beweist nichts, als daß sie mir schaden will, damit ich aus dem Polizeidienst entlassen werde.»

«Aber Sie haben Haschisch gestohlen und durch wirkungslose Substanzen ersetzt?»

«Ach, das ist eine ganz andere Frage. Aber deswegen wollen Sie mich nicht töten. Sie werden es nämlich nicht beweisen können. Der letzte Schub von Haschisch-Beweisstücken, mit dem ich zu tun hatte, sollte laut gerichtlicher Vollmacht vernichtet werden. Ich half mit, das Zeug zu verbrennen. Glücklicherweise noch rechtzeitig, denn kurz danach ging der Verbrennungsofen kaputt.»

«Und war es Haschisch, was Sie verbrannten?»

«Zum Teil. Aber Sie werden niemals beweisen, daß ich etwas vertauscht habe, auch nicht, wenn Sie von diesem Zettel Gebrauch machen wollen, wenigstens jetzt nicht mehr. Aber was für eine Rolle spielt das überhaupt? Ich bin nicht mehr bei der Polizei. Sehen Sie, Sie wissen doch, daß ich an dem Mord in der Kalkgrube gearbeitet habe. Nehmen Sie wirklich an, ich säße um diese Tageszeit zu Hause und hätte Zeit, sofort nach Ihrem Anruf herüberzufahren, nur um meine Neugier zu befriedigen, wenn ich noch mit einem Mordfall befaßt wäre, wenn ich nicht suspendiert wäre oder gekündigt hätte? Ich bin vielleicht kein leuchtendes Beispiel von Redlichkeit für die Polizei, aber ich bin kein Mörder, und ich kann es beweisen. Rufen Sie Dalgliesh an und fragen Sie ihn.»

Jetzt bestand kein Zweifel mehr, ihr Griff um das Schwert hatte sich gelockert. Sie stand da, ganz still, sah ihn nicht mehr an, sondern starrte aus dem Fenster. Ihr Gesicht blieb unbewegt, aber er sah, daß sie weinte. Die Tränen strömten aus den starren kleinen Augen und rollten ungehindert über ihre Wange. Er bewegte sich leise vorwärts und nahm das Schwert aus ihrer nachgebenden Hand. Er legte einen Arm auf ihre Schulter. Sie zuckte nicht zurück. Er sagte:

«Hören Sie, Sie hatten einen Schock. Sie hätten hier nicht allein gelassen werden sollen. Sollten wir jetzt nicht eine Tasse Tee trinken? Zeigen Sie mir, wo die Küche ist, und ich koche ihn. Oder noch besser – haben Sie etwas Stärkeres?»

Sie sagte tonlos: «Es ist Whisky da, aber der ist für Stella. Ich trinke nicht davon.»

«Jetzt werden Sie davon trinken. Er wird Ihnen guttun. Und ich habe, bei Gott, einen Schluck nötig. So, jetzt setzen Sie sich lieber ruhig hin und erzählen mir alles.»

Sie sagte: «Aber wenn Sie es nicht waren, wer hat Stella dann umgebracht?»

«Meine Vermutung ist, dieselbe Person, die Lorrimer ermordete. Gleich zwei Mörder, die in einer so kleinen Gemeinde frei herumlaufen, wären ein zu großer Zufall. Aber hören Sie, Sie müssen die Polizei von dieser Notiz benachrichtigen. Mir kann es nicht mehr schaden, jetzt nicht mehr, aber es kann ihnen vielleicht helfen. Wenn Ihre Freundin in Lorrimers Schreibtisch ein belastendes Stück fand, entdeckte sie vielleicht auch noch ein anderes. Sie machte von diesem Zettel keinen Gebrauch. Vermutlich wußte sie, wie wenig er wert war. Aber wie steht es mit der Information, die sie tatsächlich benutzt hat?»

Sie sagte gleichgültig: «Sagen Sie es der Polizei, wenn Sie wollen. Es spielt jetzt keine Rolle mehr.»

Aber damit wartete er, bis er Tee gekocht hatte. Die aufgeräumte, saubere Küche gefiel ihm, und er gab sich viel Mühe mit dem Anrichten. Er stellte das Tablett auf den kleinen Tisch vor ihr und rückte ihn näher ans Feuer. Er hängte das Schwert über den Kamin und trat ein paar Schritte zurück, um zu prüfen, ob es richtig hing. Dann brachte er das Feuer wieder in Gang. Sie hatte den Kopf geschüttelt, als er ihr Whisky anbot, aber er goß sich einen kräftigen Schluck ein und setzte sich ihr gegenüber vor das Feuer. Er fand sie nicht attraktiv. Auch bei ihren kurzen Begegnungen im Institut hatte er sie kaum wahrgenommen und ihr höchstens im Vorbeigehen kurz zugenickt. Für ihn war es ungewohnt, sich mit einer Frau abzugeben, von der er nichts wollte, und das Gefühl uneigennütziger Freundlichkeit war ihm zwar nicht vertraut, aber es machte ihn zufrieden. Während er ihr schweigend gegenübersaß, verblaßten die Aufregungen des Tages, und eine eigenartige Ruhe kam über ihn. Sie hatte einige ganz hübsche Stücke in ihrem Haus, stellte er fest, als er sich in dem gemütlichen, vollgestopften Wohnzimmer umsah. Er fragte sich, ob sie das alles erben würde.

Zehn Minuten später ging er zum Telefon. Als er zurückkehrte, rüttelte sie der Anblick seines Gesichts aus ihrem betäubten Zustand auf.

Sie fragte: «Und? Was hat er gesagt?»

Er kam ins Zimmer, verwirrt, mit gerunzelter Stirn. Er sagte:

«Er war nicht da. Er und Massingham waren weder in Guy's Marsh noch im Institut. Sie sind in Muddington. Sie sind zur Kalkgrube gefahren.»

5

Sie fuhren wieder dieselbe Strecke wie in der vorigen Nacht, als sie die drei Glockenschläge von der Kapelle gehört hatten – die anderthalb Meilen bis zur Kreuzung mit der Straße nach Guy's Marsh, dann geradeaus durch die Hauptstraße des Dorfs. Beide schwiegen. Massingham hatte das Gesicht seines Chefs von der Seite angesehen und sich gesagt, daß es klüger wäre, kein Gespräch anzufangen. Und es war gewiß noch nicht an der Zeit, sich selbst zu beglückwünschen. Der Beweis fehlte immer noch, die eine entscheidende Tatsache, die den Fall offenlegen würde. Und Massingham fragte sich, ob sie ihn jemals bekommen würden. Sie hatten es mit intelligenten Männern und Frauen zu tun, die wußten, daß sie nur den Mund halten mußten, und nichts könnte bewiesen werden.

Auf der Dorfstraße zeigten sich die ersten Leute, die zu ihren Samstagseinkäufen unterwegs waren. Die Frauen, die in Gruppen zusammenstanden und den neuesten Klatsch austauschten, wandten flüchtig die Köpfe nach dem vorbeifahrenden Auto. Und dann wurde die Bebauung spärlicher, und rechts tauchte das Gelände des Hoggatt-Instituts auf. Massingham hatte heruntergeschaltet, um in die Einfahrt zum alten Pfarrhaus einzubiegen, als es passierte. Der blau-gelbe Ball hüpfte auf die Straße, und dahinter leuchteten Williams rote Stiefelchen auf. Sie fuhren schon zu langsam, als daß es hätte gefährlich werden können, dennoch fluchte Massingham, als er das Steuer herumriß und bremste. Und dann kamen zwei schreckliche Sekunden.

Nachher kam es Dalgliesh vor, als wäre die Zeit stehengeblieben, so daß er in der Erinnerung den Unfall wie in einem Film in Zeitlupe ablaufen sah. Der rote Jaguar, hochgehoben, in der Luft schwebend; ein Aufleuchten von Blau aus den entsetzten Augen; der Mund, aufgerissen zu einem lautlosen Schrei; die weißen Knöchel, verkrampft um das Lenkrad. Instinktiv hielt er die Hände vors Gesicht und machte sich auf den Ruck gefaßt. Der Jaguar prallte auf die hintere Stoßstange und riß mit einem kreischenden Geräusch das Metall auf. Das Auto wurde durch den heftigen Stoß um die eigene Achse gedreht. Einen Augenblick war es vollkommen still. Dann lösten er und Massingham die Sicherheitsgurte und rannten auf die andere Straßenseite zu dem reglosen kleinen Körper. Ein Stiefel lag auf der Straße und der Ball rollte langsam auf die Grasböschung zu.

William war auf einen Heuhaufen geschleudert worden, der vom letzten Mähen am Straßenrand liegengeblieben war. Er lag mit ausgebreiteten Armen und Beinen so entspannt und völlig reglos da, daß Massingham im ersten Moment entsetzt dachte, sein Genick sei gebrochen. In den paar Sekunden, in denen er dem Drang widerstand, den Kleinen in die Arme zu nehmen, und sich statt dessen zum Auto umwandte, um nach einem Notarztwagen zu telefonieren, kam William zu sich und begann, sich aus dem kratzenden feuchten Heuhaufen freizustrampeln. In seiner Ehre gekränkt, dazu ohne seinen Ball, begann William zu schreien. Domenica Schofield, die Haare wirr über dem bleichen, bestürzten Gesicht, kam zu ihnen.

«Ist ihm etwas passiert?»

Massingham ließ seine Hand über den Jungen gleiten, dann nahm er ihn auf den Arm.

«Ich glaube nicht. Er hört sich ganz gesund an.»

Sie hatten die Einfahrt zum alten Pfarrhaus erreicht, als Eleanor Kerrison den Weg herunter auf sie zugerannt kam. Sie hatte offenbar gerade ihr Haar gewaschen. Es hing in tropfend nassen Strähnen auf ihre Schultern. Als William sie sah, schrie er noch lauter. Massingham eilte auf das Haus zu, und sie lief unbeholfen neben ihm her und klammerte sich an seinen Arm. Wassertropfen spritzten von ihrem Haar und blieben wie Perlen auf Williams Gesicht liegen.

«Papa ist zu einer Leiche geholt worden. Er sagte, er würde William und mich danach zum Mittagessen nach Cambridge mitnehmen. Wir wollen ein großes Bett für William kaufen. Ich habe extra die Haare gewaschen. Ich habe William bei Miss Willard gelassen. Er ist doch nicht verletzt? Sind Sie sicher, daß ihm nichts fehlt? Sollten wir ihn nicht besser ins Krankenhaus bringen? Wie ist es überhaupt passiert?»

«Das haben wir nicht gesehen. Ich glaube, er wurde von der vorderen Stoßstange des Jaguar erwischt und zur Seite geschleudert. Zum Glück fiel er auf einen Heuhaufen.»

«Er hätte tot sein können. Ich habe sie wegen der Straße gewarnt. Er soll eigentlich nicht allein im Garten spielen. Meinen Sie wirklich, wir brauchen Dr. Greene nicht zu holen?»

Massingham ging durch das Haus direkt ins Wohnzimmer und legte William auf das Sofa. Er sagte:

«Das könnten wir natürlich trotzdem tun, aber ich glaube, es geht ihm wirklich gut. Sie brauchen ihn bloß anzuhören.»

William hörte, als habe er es verstanden, sofort auf zu schreien und setzte sich auf dem Sofa auf. Er bekam einen lauten Schluckauf, aber die Krämpfe, die seinen Körper schüttelten, schienen ihn nicht zu stören, denn er betrachtete interessiert die Versammlung und sah dann nachdenklich auf seinen nackten linken Fuß. Dann blickte er Dalgliesh an und sagte bestimmt:

«Wo ist Williams Ball?»

«Im Straßengraben, denke ich», sagte Massingham. «Ich gehe ihn holen. Aber das Tor an der Einfahrt müßte unbedingt repariert werden.»

Sie hörten Schritte in der Halle, und Miss Willard stand aufgeregt und leicht schwankend in der Tür. Eleanor hatte auf dem Sofa bei ihrem Bruder gesessen. Jetzt stand sie auf und bedachte die Frau mit einem so unmißverständlichen Ausdruck stiller Verachtung, daß Miss Willard rot wurde. Sie sah die abwartenden Gesichter in der Runde und sagte unterwürfig:

«Das ist ja eine richtige Versammlung. Mir war, als hätte ich Stimmen gehört.»

Dann sprach das Mädchen. Die Stimme, dachte Massingham, klang so herablassend und grausam wie die einer Matrone aus dem vorigen

Jahrhundert, die ihr Küchenmädchen entläßt. Die Konfrontation hätte fast komisch gewirkt, wäre sie nicht gleichzeitig erschütternd und schrecklich gewesen.

«Sie können Ihre Koffer packen und verschwinden. Sie sind entlassen. Ich habe Sie nur gebeten, auf William aufzupassen, solange ich beim Haarewaschen war. Nicht einmal das schaffen Sie. Er hätte tot sein können. Sie sind eine überflüssige, häßliche, dumme alte Person. Sie trinken und stinken, und wir alle hassen Sie. Wir brauchen Sie nicht mehr. Also verschwinden Sie. Packen Sie Ihre miesen, scheußlichen Sachen zusammen und gehen Sie. Ich kann mich um William und Papa kümmern. Er braucht niemanden außer mir.»

Das dumme, einschmeichelnde Lächeln verschwand aus Miss Willards Gesicht. Zwei rote Striemen traten auf ihren Wangen und auf der Stirn hervor, als seien die Worte ein echter Schlag mit der Peitsche gewesen. Dann war sie auf einmal blaß und zitterte am ganzen Körper. Sie tastete nach einer Stuhllehne, um sich zu stützen, und sagte mit lauter und vor Wut verzerrter Stimme:

«Du! Glaubst du, er braucht dich? Ich bin vielleicht alt und habe meine besten Jahre hinter mir, aber ich bin wenigstens nicht halb verrückt. Und wenn ich häßlich bin, dann sieh dich doch selbst an. Er gibt sich nur wegen William mit dir ab. Du könntest morgen weglaufen, und es wäre ihm egal. Froh wäre er. An William hängt er, nicht an dir. Ich habe sein Gesicht beobachtet, ich habe ihn reden hören, ich weiß Bescheid. Er hat vor, dich zu deiner Mutter gehen zu lassen. Das hast du wohl nicht gewußt, wie? Und noch was weißt du nicht. Was, glaubst du, stellt dein feiner Papa an, wenn er dir dein Schlafmittel gegeben hat? Er schleicht sich in die Wren Kapelle und schläft mit der.»

Eleanor wandte den Kopf und sah Domenica Schofield an. Dann drehte sie sich um und sagte zu Dalgliesh:

«Sie lügt! Sagen Sie, daß sie lügt! Das ist nicht wahr.»

Dann herrschte Stille. Sie konnte nur ein paar Sekunden gedauert haben, während Dalgliesh sich eine vorsichtige Antwort zurechtlegte. Dann, als wolle er ihm unbedingt zuvorkommen, sagte Massingham mit klarer Stimme, ohne seinem Chef ins Gesicht zu sehen:

«Doch, es ist wahr.»

Ihr Blick ging von Dalgliesh zu Domenica Schofield. Dann schwankte sie, als würde sie ohnmächtig. Dalgliesh ging auf sie zu, aber sie wich zurück. Sie sagte leise und ausdruckslos:

«Ich dachte, er hätte es für mich getan. Ich ließ den Kakao stehen, den er für mich bereitet hatte. Ich schlief nicht, als er zurückkam. Ich ging aus meinem Zimmer und sah ihm zu, wie er den weißen Kittel auf der

Feuerstelle im Garten verbrannte. Ich wußte, daß Blut daran war. Ich dachte, er hätte Dr. Lorrimer aufgesucht, weil er unverschämt zu William und mir gewesen war. Ich dachte, er hätte es für mich getan, weil er mich liebhat.»

Plötzlich stieß sie einen hellen verzweifelten Schrei aus, wie ein Tier, das gequält wird, und doch so menschlich und erwachsen, daß es Dalgliesh kalt über den Rücken lief.

«Papa! Papa! Oh, nein!»

Sie griff sich an den Hals und zog das Lederband unter ihrem Pullover vor, zerrte daran und wand sich dabei wie ein Tier in der Falle. Dann platzte der Knoten. Über den dunklen Teppich hüpften und rollten sechs frisch polierte Messingknöpfe, leuchtend wie geschliffene Juwelen.

Massingham bückte sich und las sie sorgsam in sein Taschentuch auf. Immer noch sprach niemand. William rutschte vom Sofa, lief zu seiner Schwester und schlang seine Arme um ihr Bein. Seine Lippen zitterten. Domenica Schofield sah Dalgliesh an und sagte:

«Mein Gott, ist das ein schmutziges Geschäft.»

Dalgliesh beachtete sie nicht. Er sagte zu Massingham:

«Sie kümmern sich um die Kinder. Ich telefoniere nach einer Polizistin, und am besten lassen wir Mrs. Swaffield kommen. Sonst fällt mir niemand ein. Lassen Sie sie nicht allein, bis beide da sind. Ich kümmere mich um den Rest.»

Massingham wandte sich an Domenica Schofield.

«Kein Geschäft. Nur unsere Aufgabe. Oder wollen Sie etwa behaupten, daß Sie die nicht getan haben wollen?»

Er ging zu dem Mädchen. Sie zitterte erbärmlich. Dalgliesh dachte, sie würde vor ihm zurückzucken. Aber sie blieb ganz still stehen. Mit drei Worten hatte er sie vernichtet. Aber an wen hätte sie sich wenden sollen? Massingham zog seinen Tweedmantel aus und legte ihn ihr um die Schultern. Ohne sie zu berühren, sagte er freundlich:

«Kommen Sie mit. Zeigen Sie mir, wo wir Tee kochen können. Und dann legen Sie sich hin, und William und ich leisten Ihnen Gesellschaft. Ich lese William etwas vor.»

Sie ging mit ihm, demütig wie eine Gefangene mit dem Aufseher, ohne ihn anzusehen. Der lange Mantel schleifte auf dem Boden. Massingham nahm William an der Hand. Die Tür schloß sich hinter ihnen. Dalgliesh hätte sich gewünscht, Massingham nie mehr zu sehen. Aber er würde ihn wiedersehen und, mit der Zeit, sich nichts mehr daraus machen, nicht mehr daran denken. Er hätte sich gewünscht, nie mehr mit ihm zusammenzuarbeiten; er wußte, er würde es wieder tun. Er war nicht der Mann, der die Karriere eines Untergebenen zerstört hätte, nur weil er Gefühle mit Füßen trat, wozu er, Dalgliesh, kein Recht hatte. Was Massingham getan hatte, erschien ihm im Augenblick unverzeihlich. Aber das Leben hatte ihn gelehrt, daß das Unverzeihliche häufig am leichtesten vergeben war. Es war möglich, die Polizeiarbeit ehrlich zu tun; das war tatsächlich die einzige Möglichkeit, sie zu tun. Aber es war nicht möglich, diese Arbeit zu verrichten, ohne Schmerzen zu verursachen.

Miss Willard hatte sich zum Sofa geschleppt. Sie murmelte vor sich hin, als wolle sie es sich selbst erklären:

«Ich habe es nicht so gemeint. Sie brachte mich dazu, das zu sagen. Ich habe es nicht gewollt. Ich wollte ihm nicht schaden.»

Domenica Schofield wandte sich zum Gehen. «Nein, das will man meistens nicht.» Sie sagte zu Dalgliesh: «Wenn Sie mich brauchen, wissen Sie, wo Sie mich erreichen.»

«Wir werden Ihre Aussage brauchen.»

«Natürlich. Ist es nicht immer dasselbe? Sehnsucht und Einsamkeit, Entsetzen und Verzeiflung, das ganze menschliche Durcheinander, auf anderthalb Seiten amtlichen Papiers säuberlich dokumentiert.»

«Nein, nur die Fakten.»

Er fragte sie nicht, wann es begonnen hatte. Das war eigentlich nicht wichtig, und er glaubte, nicht fragen zu müssen. Brenda Pridmore hatte ihm erzählt, sie habe bei dem Konzert in der Kapelle in derselben Reihe wie Mrs. Schofield, Dr. Kerrison und seine Kinder gesessen. Das war am Donnerstag, dem 26. August, gewesen. Und Anfang September hatte Domenica mit Edwin Lorrimer Schluß gemacht.

An der Tür zögerte sie und wandte sich um. Dalgliesh fragte:

«Rief er Sie am Morgen nach dem Mord an, um Ihnen zu sagen, er habe Lorrimer den Schlüssel in die Tasche gesteckt?»

«Er rief mich nie an. Beide nicht. So hatten wir es abgemacht. Und ich rief ihn auch nie an.» Sie brach ab, dann sagte sie barsch:

«Ich wußte es nicht. Vielleicht hatte ich einen Verdacht, aber ich wußte es nicht. Wir waren – wie drücken Sie sich aus? – keine Komplicen. Ich bin nicht dafür verantwortlich. Es war nicht meinetwegen.»

«Nein», sagte Dalgliesh. «Das habe ich auch nicht angenommen. Ein Motiv für einen Mord ist selten so unbedeutend.»

Sie richtete ihre unvergeßlichen Augen auf ihn und sagte:

«Was haben Sie gegen mich?»

Der Egoismus, der aus dieser, dazu zu diesem Zeitpunkt gestellten Frage sprach, verblüffte ihn. Aber er kannte sich gut genug, um sich selbst noch mehr zu verabscheuen. Er verstand nur zu gut, was diese beiden Männer dazu gebracht hatte, sich mit schlechtem Gewissen wie gierige Schuljungen zu diesen Rendezvous zu stehlen, bei ihrem esoterischen erotischen Spiel mitzuspielen. Hätte er Gelegenheit gehabt, dachte er bitter, hätte er das gleiche getan.

Sie war fort. Er ging zu Miss Willard.

«Haben Sie Dr. Lorrimer angerufen und ihm von den heruntergebrannten Kerzen erzählt und die Zahlen auf der Tafel mitgeteilt?»

«Ich plauderte mit ihm, als er mich am vorletzten Sonntag zur Messe fuhr. Ich mußte ja während der Fahrt über irgend etwas reden; er sagte von sich aus nie etwas. Die Altarkerzen beunruhigten mich. Ich merkte zum erstenmal, daß jemand sie angezündet hatte, als ich Ende September in die Kapelle kam. Bei meinem letzten Besuch waren sie noch weiter heruntergebrannt. Ich dachte, die Kapelle würde vielleicht zu Schwarzen Messen mißbraucht. Ich weiß, daß sie kein Gotteshaus mehr ist. Aber es ist dennoch ein heiliger Platz. Und sie ist so abgelegen. Kein Mensch geht dorthin. Die Leute in den Marschen gehen nach Einbruch der Dunkelheit nicht gern aus dem Haus. Ich überlegte, ob ich mit dem Pfarrer reden oder Pater Gregory um Rat fragen sollte. Dr. Lorrimer bat mich, am nächsten Tag wieder in die Kapelle zu gehen und ihm zu sagen, welche Zahlen auf der Tafel ständen. Ich hielt das für eine seltsame Bitte, aber ihm schien es wichtig zu sein. Ich hatte nicht einmal bemerkt, daß es jedesmal andere Zahlen waren. Ich konnte nach dem Schlüssel fragen, wissen Sie. Er tat das nicht gern.»

Aber er hätte ihn nehmen können, ohne sich einzutragen, dachte Dalgliesh. Warum hatte er es dann nicht getan? Wegen des Risikos, daß man ihn dabei ertappen würde? Weil es seiner verbohrten, angepaßten Persönlichkeit widersprach, gegen die Bestimmungen des Instituts zu verstoßen? Oder – was wahrscheinlicher war – weil er nicht ertragen konnte, die Kapelle noch einmal zu betreten, mit den eigenen Augen den Beweis des Verrats zu sehen? Sie hatte sich nicht einmal die Mühe gemacht, einen anderen Ort für ihr Stelldichein zu suchen. Sie hatte immer noch denselben raffinierten Code benutzt, um das Datum für das nächste Treffen mitzuteilen. Selbst der Schlüssel, den sie Kerrison ausgehändigt hatte, war Lorrimers Schlüssel gewesen. Und kein anderer hatte besser als er gewußt, was jene vier Zahlen bedeuteten. Der 29. Tag des 10. Monats um 18 Uhr 40. Er sagte:

«Und letzten Freitag warteten Sie zusammen unter den Bäumen?»

«Das war seine Idee. Er brauchte einen Zeugen, wissen Sie. Oh, er hatte wirklich recht, daß er sich Sorgen machte. Eine Frau wie die durfte auf keinen Fall Williams Stiefmutter werden. Ein Mann nach dem anderen, sagte Dr. Lorrimer. Deshalb mußte sie auch von London wegziehen. Sie konnte die Finger nicht von den Männern lassen. Jeder wäre ihr recht gewesen. Er wußte nämlich über sie Bescheid. Er sagte, das ganze Institut wüßte es. Sie hatte sogar einmal versucht, sich an ihn ranzumachen. Schrecklich. Er hatte vor, an Mrs. Kerrison zu schreiben, um dem ein Ende zu machen. Ich konnte ihm allerdings die Adresse nicht geben. Dr. Kerrison tut so heimlich mit seinen Briefen, und ich bin nicht einmal sicher, ob er selbst genau weiß, wo seine Frau lebt. Aber wir wußten, daß sie mit einem Arzt davongelaufen ist, und wir kannten dessen Namen. Es ist ein ganz gewöhnlicher Name, aber Dr. Lorrimer sagte, er könne ihn im Ärzteverzeichnis finden.»

Das Ärzteverzeichnis. Deshalb also hatte er dort nachschlagen wollen, deshalb hatte er die Tür so schnell geöffnet, als Bradley klingelte. Er hatte nur den kurzen Weg vom Büro des Direktors im Erdgeschoß zur Haustür zu gehen brauchen. Und er hatte sein Notizbuch dabeigehabt. Was hatte Howarth noch gesagt? Er haßte Zettelwirtschaft. Alles Wichtige notierte er in diesem Buch. Und das war etwas Wichtiges gewesen. Die Namen und Adressen von Mrs. Kerrisons möglichen Liebhabern.

Miss Willard sah zu ihm auf. Dalgliesh merkte, daß sie weinte. Die Tränen liefen über ihr Gesicht und tropften ungehindert auf ihre sich windenden Hände. Sie sagte:

«Was passiert jetzt? Was werden Sie mit ihm tun?»

Das Telefon läutete. Dalgliesh ging durch die Halle in das Arbeitszimmer und nahm den Hörer ab. Es war Clifford Bradley. Seine Stimme klang schrill und aufgeregt wie die eines jungen Mädchens. Er sagte:

«Oberkriminalrat Dalgliesh? Sie sagten in der Polizeistation, Sie wären vielleicht da. Ich muß Ihnen sofort etwas mitteilen. Es ist wichtig. Mir ist plötzlich eingefallen, wieso ich so sicher war, daß der Mörder sich noch im Gebäude aufhielt. Ich hörte ein Geräusch, als ich auf die Haustür zuging. Ich hörte das gleiche Geräusch wieder, als ich vor zwei Minuten aus dem Bad nach unten ging. Sue hatte gerade ein Telefongespräch mit ihrer Mutter beendet. Was ich hörte, war das Klicken, als jemand den Telefonhörer auflegte.»

Das war nicht mehr als eine Bestätigung dessen, was er schon lange vermutet hatte. Er ging ins Wohnzimmer zurück und sagte zu Miss Willard:

«Warum haben Sie uns erzählt, daß Sie hörten, wie Dr. Kerrison um neun Uhr von seinem Arbeitszimmer aus telefonierte? Bat er Sie, für ihn zu lügen?»

Das fleckige Gesicht mit den in Tränen schwimmenden Augen sah zu ihm auf.

«O nein, das hätte er niemals getan! Er fragte mich nur, ob ich ihn zufällig gehört hätte. Das war, als er nach Hause zurückkam, nachdem er zu der Leiche gerufen worden war. Ich wollte ihm helfen, wollte ihm gefällig sein. Es war so eine kleine, unbedeutende Lüge. Eigentlich war es überhaupt keine Lüge. Ich dachte, ich hätte ihn vielleicht doch gehört. Sie hätten ihn womöglich verdächtigt, und ich wußte, daß er es nicht getan haben konnte. Er ist so freundlich und gut und zartfühlend. Mir schien es eine verzeihliche Sünde, einen Unschuldigen zu schützen. Diese Frau hatte ihn in ihren Krallen, aber ich war sicher, daß er nie im Leben töten könnte.»

Er hatte vermutlich von Anfang an vorgehabt, das Krankenhaus vom Institut aus anzurufen, wenn er nicht rechtzeitig zu Hause wäre. Als dann aber Lorrimer tot dort oben lag, mußte es ihn Nerven gekostet haben. Er konnte kaum den Hörer aufgelegt haben, als er die näherkommenden Schritte gehört hatte. Was nun? In die Dunkelkammer und aufpassen und abwarten? Das mußte für ihn einer der schlimmsten Augenblicke gewesen sein, als er dort mit klopfendem Herzen reglos in der Dunkelheit gestanden, den Atem angehalten und überlegt hatte, wer wohl zu dieser späten Stunde gekommen sein könnte, wer ihn hereingelassen haben könnte. Es hätte ja auch Blakelock gewesen sein können; Blakelock, der gleich die Polizei gerufen und sofort das Institut durchsucht hätte.

Aber es war nur ein ängstlicher Bradley gewesen. Niemand hatte telefoniert, niemand hatte Hilfe herbeigerufen, da war nur der Widerhall von Füßen gewesen, die in panischer Angst durch den Korridor geeilt waren. Und er hatte nur noch hinterherzugehen, ruhig das Institut zu verlassen und über die Baustelle, wie er gekommen war, nach Hause zu gehen brauchen. Er hatte das Licht gelöscht und war schon an der Eingangstür gewesen, als er die Scheinwerfer von Doyles Auto gesehen hatte, das gerade in die Einfahrt einbog und dann im Rückwärtsgang unter die Bäume fuhr. Er hatte sich nicht mehr getraut, durch diese Tür hinauszugehen. Dieser Weg war versperrt gewesen. Und er hatte nicht warten können, bis sie weiterfuhren. Da war Nell, die zu Hause aufwachen und nach ihm fragen mochte. Da war der erwartete Rückruf um zehn Uhr. Er hatte einfach nach Hause kommen müssen.

Aber er hatte nicht den Kopf verloren. Es war klug gewesen, Lorrimers Schlüssel zu holen und das Gebäude abzuschließen. Die Nachforschungen der Polizei würden sich unweigerlich auf die vier Sätze Schlüssel und die wenigen Personen, denen sie zugänglich waren, konzentrieren. Und er hatte an den einzigen möglichen Ausweg gedacht und das Geschick und die Nerven gehabt, ihn zu benutzen. Er hatte Middlemass' Kittel übergezogen, um seine Kleider zu schützen; er wußte, wie gefährlich ein einziges herausgerissenes Fädchen eines Kleidungsstükkes sein konnte. Aber es war nichts am Verputz hängengeblieben. Und in den frühen Morgenstunden hatte ein leichter Regen alle Spuren an den Wänden und Fenstern, die ihn hätten verraten können, weggewaschen.

Er war sicher nach Hause gelangt und hatte unter einem Vorwand bei Miss Willard geklopft, um sein Alibi zu untermauern. Niemand hatte ihn am Telefon verlangt; niemand war vorbeigekommen. Und er wußte, daß er am nächsten Tag als einer der ersten die Leiche untersuchen würde. Howarth hatte ausgesagt, er habe an der Tür gestanden, während Kerrison die Untersuchung vornahm. Bei dieser Gelegenheit mußte er den Schlüssel in Lorrimers Tasche geschmuggelt haben. Aber das war einer seiner Fehler gewesen. Lorrimer trug seine Schlüssel in einem Etui, nicht lose in der Tasche.

Auf dem Kies der Einfahrt knirschten Autoreifen. Dalgliesh schaute aus dem Fenster und sah das Polizeiauto mit Detektiv-Sergeant Reynolds am Steuer und zwei Polizistinnen auf dem Rücksitz. Der Fall war gelöst, doch wie immer wollte sich kein echtes Gefühl der Erleichterung einstellen. Dafür waren zu viele Menschen in Mitleidenschaft gezogen worden. Und jetzt hatten er und Massingham das letzte Verhör, und das schwierigste von allen, vor sich.

Am Rand der Kalkgrube ließ ein Junge einen roten Drachen steigen. Von dem auffrischenden Wind gepackt, wurde er hochgetragen und heruntergedrückt, und sein Schwanz beschrieb Zickzacklinien vor dem azurblauen Himmel, der so klar und leuchtend wie an einem Sommertag war. Über das Feld wehten Stimmen und Lachen herüber. Selbst die weggeworfenen Bierdosen glitzerten wie hübsches Spielzeug, und die Papierfetzen wirbelten fröhlich vor dem Wind daher. Die Luft war frisch und roch nach der See. Man hätte sich fast vorstellen können, daß die von ihren Samstagseinkäufen kommenden Menschen, die mit ihren Kindern über das verwilderte Feld zogen, zu einem Picknick an der See unterwegs wären, daß dieses Feld zu Dünen und Strandhafer, zu dem vom Kindergeschrei widerhallenden Meeresstrand führte. Sogar der Schirm, den die Polizisten gegen den Wind aufzustellen versuchten, sah nicht aufregender aus als ein Kasperletheater, vor dem in einigem Abstand eine Gruppe neugieriger Leute stand, die geduldig auf den Anfang des Schauspiels warteten.

Kriminalrat Mercer kam als erster den Abhang der Kalkgrube hinauf auf sie zu. Er sagte:

«Eine schmutzige Arbeit. Der Mann des Mädchens, das am Mittwoch hier gefunden wurde. Er ist Metzgergeselle. Gestern nahm er ein Messer mit nach Hause, und letzte Nacht kam er hierher, um sich die Kehle durchzuschneiden. Er hinterließ eine Nachricht, in der er den Mord an ihr gestand, der arme Teufel. Es wäre nicht passiert, wenn wir ihn gestern hätten verhaften können. Aber Lorrimers Tod und der Ausfall von Doyle haben uns aufgehalten. Wir bekamen erst gestern abend das Ergebnis der Blutuntersuchung. Wen möchten Sie sprechen?»

«Dr. Kerrison.»

Mercer sah Dalgliesh scharf an, sagte aber nur: «Er ist sowieso hier fertig. Ich sage ihm Bescheid.»

Drei Minuten später tauchte Kerrisons Gestalt am Rand der Kalkgrube auf. Er kam auf sie zu und sagte:

«Es war Nell, nicht wahr?»

«Ja.»

Er fragte nicht, wie oder wann. Als Dalgliesh ihm erklärte, daß alles, was er von jetzt an sage, gegen ihn verwandt werden könne, hörte er aufmerksam zu, als habe er die übliche Formel noch nie gehört und wolle sie auswendig lernen. Dann sah er Dalgliesh an und sagte:

«Ich möchte lieber nicht zur Polizeistation nach Guy's Marsh mitkommen, das heißt vorerst nicht. Ich möchte Ihnen hier alles sagen, nur Ihnen, keinem sonst. Ich werde keine Schwierigkeiten machen. Ich will ein volles Geständnis ablegen. Was immer geschieht – ich möchte nicht, daß Nell aussagen muß. Können Sie mir das versprechen?»

«Sie dürften wissen, daß ich das nicht kann. Aber ich sehe keinen Grund, warum sie vor Gericht zitiert werden sollte, wenn Sie vorhaben, sich schuldig zu bekennen.»

Dalgliesh öffnete die Autotür, aber Kerrison schüttelte den Kopf. Er sagte ohne jede Spur von Selbstmitleid:

«Ich bleibe lieber draußen. Ich werde so viele Jahre sitzen müssen und nicht mehr unter diesem Himmel spazierengehen können. Vielleicht für den Rest meiner Tage. Ginge es nur um Lorrimers Tod, hätte ich noch auf eine Verurteilung wegen Totschlags hoffen können. Das war kein vorsätzlicher Mord. Aber das andere, das war Mord.»

Massingham blieb beim Auto, während Dalgliesh und Kerrison zusammen um die Kalkgrube herumgingen. Kerrison sagte:

«Es begann hier, genau an dieser Stelle, vor nur drei Tagen. Es kommt mir wie eine Ewigkeit vor. Wie ein anderes Leben, eine andere Zeit. Wir waren beide hierher zum Tatort gerufen worden, und danach nahm er mich beiseite und sagte mir, ich solle ihn abends um halb neun im Labor aufsuchen. Es war keine Bitte, eher ein Befehl. Und er sagte mir auch, worüber er sich mit mir unterhalten wollte. Über Domenica.»

Dalgliesh fragte: «Wußten Sie, daß er vor Ihnen ihr Liebhaber gewesen war?»

«Ich erfuhr es erst an jenem Abend. Sie hatte nie mit mir von ihm gesprochen, nicht einmal seinen Namen erwähnt. Aber als er dann seine Flut von Haß und Neid und Eifersucht über mich ergoß, wußte ich natürlich Bescheid. Ich fragte ihn nicht, wie er das mit mir herausbekommen hatte. Er war wie irrsinnig. Vielleicht waren wir beide verrückt.»

«Und er drohte damit, Ihrer Frau zu schreiben, um zu verhindern, daß Ihnen das Sorgerecht für die Kinder zugesprochen werde, falls Sie sie nicht aufgäben.»

«Er wollte auf jeden Fall schreiben. Er wollte sie zurückhaben, und ich glaube, der arme Teufel glaubte tatsächlich, das sei möglich. Aber er wollte mich dennoch bestrafen. Mir ist erst einmal vorher ein derartiger Haß begegnet. Er stand vor mir, weiß im Gesicht, beschimpfte und verhöhnte mich, sagte mir, daß ich als Vater nichts taugte, daß ich die Kinder verlieren würde, daß ich sie nie wiedersehen würde. Und plötzlich war es nicht mehr Lorrimer, der da sprach. Sehen Sie, ich hatte das alles schon von meiner Frau zu hören bekommen. Es war seine Stimme, aber es waren ihre Worte. Und ich wußte, daß das zuviel für mich war. Ich war fast die ganze Nacht aufgewesen, hatte danach zu Hause eine schreckliche Szene mit Nell gehabt, und es hatte mich den ganzen Tag über beunruhigt, was Lorrimer mir zu sagen hätte.

In diesem Augenblick läutete das Telefon. Es war sein Vater, der sich über den Fernseher beklagte. Er sprach nur kurz und legte wieder auf. Aber während er mit seinem Vater sprach, sah ich den Schlagstock. Und ich wußte, daß ich Handschuhe in meiner Manteltasche hatte. Der Anruf schien ihn nüchtern gemacht zu haben. Er sagte mir, das sei alles gewesen, was er mir habe mitteilen wollen. Als er mir den Rücken zukehrte, um mir zu zeigen, daß ich entlassen wäre, packte ich den Stock und schlug zu. Er fiel lautlos auf den Boden. Ich legte den Stock wieder auf den Tisch, und dabei sah ich das aufgeschlagene Notizbuch mit den Namen und Adressen von drei Ärzten. Einer von ihnen war der Liebhaber meiner Frau. Ich riß das Blatt heraus und stopfte es in meine Tasche. Dann ging ich ans Telefon und erledigte den Anruf. Es war gerade neun Uhr. Den Rest wissen Sie wohl.»

Sie waren nebeneinander einmal um die Kalkgrube herumgegangen, die Augen auf das glänzende Gras gerichtet. Jetzt wandten sie sich um und gingen in der anderen Richtung wieder zurück. Dalgliesh sagte:

«Sie sollten es mir dennoch erzählen.»

Aber er erfuhr nichts Neues. Es war genauso abgelaufen, wie er es sich gedacht hatte. Nachdem Kerrison geschildert hatte, wie er den Kittel und die Seite aus dem Notizbuch verbrannt hatte, fragte Dalgliesh: «Und Stella Mawson?»

«Sie rief mich gestern im Krankenhaus an und bat mich, um halb acht in die Kapelle zu kommen. Sie deutete an, worum es ihr ginge. Sie sagte, sie habe in einem gewissen Schreibtisch den Entwurf eines Briefes gefunden, über den sie mit mir sprechen wollte. Ich wußte, was darin stand.»

Sie mußte ihn mit in die Kapelle genommen haben, dachte Dalgliesh. Er war nicht in ihrem Schreibtisch gewesen, weder das Original noch eine Kopie. Es kam ihm eigenartig vor, daß sie tatsächlich riskiert hatte, Kerrison wissen zu lassen, sie habe den Brief bei sich. Wie konnte er, wenn er sie tötete, sicher sein, daß sie keine Kopie hinterlassen hatte? Und wie konnte sie sich sicher fühlen, daß er sie nicht überwältigen und ihr den Brief abnehmen würde?

Fast als wüßte er, welche Gedanken Dalgliesh durch den Kopf gingen, sagte Kerrison:

«Es war anders, als Sie denken. Sie wollte mir den Brief nicht verkaufen. Sie wollte überhaupt nichts verkaufen. Sie sagte, sie hätte ihn in einer plötzlichen Eingebung von Lorrimers Schreibtisch genommen, weil sie nicht wollte, daß die Polizei ihn fände. Aus irgendeinem Grund, den sie mir nicht erklärte, haßte sie Lorrimer, und sie wollte mir nicht übel. Sie sagte: ‹Er hat genug Elend in seinem Leben bewirkt. Warum sollte er nach seinem Tode noch Böses tun?› Sie sagte noch etwas Seltsames: ‹Ich war einmal sein Opfer. Ich sehe nicht ein, warum Sie jetzt sein Opfer werden sollten.› Sie fühlte sich auf meiner Seite, als jemand, der mir einen Dienst erwiesen hatte. Und jetzt fragte sie mich, ob ich umgekehrt ihr einen Gefallen tun könnte, etwas ganz Einfaches und Gewöhnliches. Etwas, wovon sie wußte, daß ich es mir leisten konnte.»

Dalgliesh sagte: «Bargeld, um die Sprogg-Kate kaufen zu können, Sicherheit für sich und Angela Foley.»

«Nicht einmal als Geschenk, sondern als Darlehen. Sie wollte viertausend Pfund über fünf Jahre, zu einem Zinssatz, den sie sich leisten konnte. Sie brauchte das Geld unbedingt, und sie brauchte es sofort. Sie erklärte mir, sie wisse niemanden sonst, den sie fragen könnte. Sie war sogar bereit, eine schriftliche Abmachung zu treffen. Sie war die liebenswürdigste, vernünftigste Erpresserin.»

Und sie hatte geglaubt, mit dem liebenswürdigsten, vernünftigsten Mann zu verhandeln. Sie hatte sich kein bißchen gefürchtet, bis zu dem letzten schrecklichen Augenblick nicht, als er die Schnur aus der Tasche gezogen und sie gemerkt hatte, wem sie gegenüberstand, nicht einem Mitopfer, sondern ihrem Mörder. Dalgliesh sagte:

«Sie müssen die Schnur schon bereitgehalten haben. Wann beschlossen Sie ihren Tod?»

«Auch das war, wie Lorrimers Tod, fast zufällig. Sie hatte den Schlüssel von Angela Foley bekommen und war vor mir in der Kapelle. Sie saß im Altarraum, auf einem der Chorstühle. Sie hatte die Tür offengelassen, und als ich die Vorhalle betrat, fiel mein Blick auf die Truhe. Ich wußte, daß die Schnur darin war. Ich hatte genug Zeit gehabt, die Kapelle gründlich kennenzulernen, wenn ich auf Domenica wartete. Ich nahm sie also heraus und steckte sie in meine Tasche. Dann ging ich zu ihr hin, und wir redeten miteinander. Sie hatte den Brief dabei, in ihrer Tasche. Sie holte ihn vor und zeigte ihn mir ohne die geringste Angst. Es war nicht der endgültige Brief, sondern nur ein Entwurf, an dem er gearbeitet hatte. Es muß ihm Spaß gemacht haben, ihn zu schreiben, denn er hatte sich offenbar viel Mühe mit der richtigen Formulierung gegeben.

Ich sagte ihr, ich würde ihr das Geld leihen und von einem Anwalt einen ordnungsgemäßen Vertrag aufsetzen lassen. In der Kapelle lag ein Gebetbuch, und sie ließ mich die Hand darauflegen und schwören, daß ich keinem Menschen sagen würde, was zwischen uns vorgefallen war. Ich nehme an, sie hatte Angst, Angela Foley könnte davon erfahren. Als ich merkte, daß sie, und nur sie, über dieses gefährliche Wissen verfügte, beschloß ich, sie zu töten.»

Er blieb stehen, sah Dalgliesh an und sagte: «Sehen Sie, ich konnte bei ihr kein Risiko eingehen. Ich versuche nicht, mich zu rechtfertigen. Ich versuche nicht einmal, Ihnen das alles begreiflich zu machen. Sie sind kein Vater, Sie würden es sowieso nicht verstehen. Ich konnte es nicht riskieren, meiner Frau eine solche Waffe gegen mich in die Hand zu geben, wenn vor Gericht über das Sorgerecht verhandelt würde. Wahrscheinlich würde es keine so große Rolle spielen, daß ich eine Geliebte hätte; das würde nichts an meiner Eignung ändern, für meine Kinder zu sorgen. Wäre es anders, welche Chance hätten dann die meisten Väter oder Mütter, das Sorgerecht zugesprochen zu bekommen? Aber eine heimliche, der Polizei verschwiegene Affäre mit einer Frau, deren ehemaliger Liebhaber ermordet wurde, ein Mord, für den ich nur ein schwaches Alibi, aber ein starkes Motiv hatte? Würde das nicht den Ausschlag gegen mich geben? Meine Frau ist attraktiv und einnehmend, äußerlich vollkommen gesund. Gerade das macht es so unmöglich. Wahnsinn ist nicht so schwer zu diagnostizieren; eine Neurose ist weniger dramatisch, aber genauso tödlich, wenn man damit leben muß. Sie hat mir Nell entfremdet. Ich konnte ihr William und Nell nicht überlassen. Als ich in der Kapelle Stella Mawson gegenüberstand, wurde mir klar, daß ihre Leben gegen ihres standen.

Und es war so leicht. Ich schlang die doppelte Schnur um ihren Hals und zog sie fest. Sie muß sofort gestorben sein. Dann trug ich sie in die Vorhalle und knüpfte sie an dem Haken auf. Ich erinnere mich, ihre Stiefel an dem Stuhl abgestreift und den Stuhl umgekippt liegengelassen zu haben. Ich ging quer über das Feld zurück, wo ich meinen Wagen geparkt hatte. Ich hatte ihn dort abgestellt, wo Domenica immer parkt, wenn wir uns treffen, im Schutz einer alten Scheune an der Straße nach Guy's Marsh. Auch der Zeitplan stimmte. Ich wurde zu einer Sitzung des medizinischen Komitees im Krankenhaus erwartet, aber ich hatte geplant, vorher ins Institut zu gehen und einiges zu erledigen. Selbst wenn jemand meine Ankunftszeit im Krankenhaus registriert hätte, hätte ich nur zwanzig Minuten nicht nachweisen können. Und ich hätte leicht zwanzig Minuten länger für die Fahrt brauchen können.»

Sie gingen schweigend auf das Auto zu. Dann fing Kerrison wieder an zu sprechen.

«Ich verstehe es immer noch nicht. Sie ist so schön. Und es ist nicht nur ihre Schönheit. Sie hätte jeden Mann haben können, den sie gewollt hätte. Das war ja das Wunderbare, daß sie aus irgendeinem seltsamen Grund mich wollte. Wenn wir zusammen waren und bei Kerzenlicht in der Stille der Kapelle lagen, nachdem wir uns geliebt hatten, waren alle Ängste, alle Spannungen, alle Verpflichtungen vergessen. Es war einfach für uns, weil es so früh dunkel wird. Sie konnte ihren Wagen sicher neben der Scheune parken. Niemand geht nachts auf der Straße nach Guy's Marsh spazieren, und es kommt kaum ein Auto vorbei. Ich wußte, es würde im Frühjahr, wenn es länger hell ist, schwieriger werden. Aber andererseits erwartete ich nicht, daß sie so lange Interesse an mir hätte. Es war ohnehin ein Wunder, daß sie mich überhaupt wollte. Ich dachte nie weiter als bis zum nächsten Treffen, bis zum nächsten Datum auf der Tafel. Ich durfte sie nicht anrufen. Ich sah und sprach sie nur, wenn wir allein in der Kapelle waren. Ich wußte, daß sie mich nicht liebte, aber das war nicht wichtig. Sie gab, was sie geben konnte, und das war genug für mich.»

Sie waren jetzt wieder beim Auto angelangt. Massingham hielt die Tür auf. Kerrison wandte sich an Dalgliesh und sagte:

«Es war nicht Liebe, aber auf seine besondere Weise war es eine Art des Liebens. Und es bedeutete Frieden. Auch das ist Frieden, wenn man weiß, daß man nichts mehr zu tun braucht. Wenn die Verantwortung und die Unruhe aufhören. Ein Mörder schließt sich für immer aus der gesamten menschlichen Gesellschaft aus. Es ist eine Art des Todes. Ich fühle mich jetzt wie ein sterbender Mann; die Probleme sind noch vorhanden, aber ich bewege mich von ihnen fort in eine neue Dimension.

Ich habe so viele Rechte verwirkt, als ich Stella Mawson tötete, auch das Recht, Schmerz zu empfinden.»

Er setzte sich ohne ein weiteres Wort auf den Rücksitz des Autos. Dalgliesh schlug die Tür zu. Dann machte sein Herz einen Sprung. Der blau-gelbe Ball kam über das Feld auf ihn zugehüpft, und hinterher lief das Kind, das laut auflachte, als seine Mutter ihm nachrief. Einen schrecklichen Augenblick lang glaubte Dalgliesh, es sei Williams dunkler Lockenschopf, Williams Lachen, Williams rote, in der Sonne aufblitzende Stiefelchen.

P. D. James

Adam Dalgliesh ist Lyriker von Passion, vor allem aber ist er einer der besten Polizisten von Scotland Yard. Und er ist die Erfindung von **P. D. James**. «Im Reich der Krimis regieren die Damen», schrieb die Sunday Times und spielte auf Agatha Christie und Dorothy L.Sayers an, «ihre Königin aber ist P. D. James.» In Wirklichkeit heißt sie Phyllis White, ist 1920 in Oxford geboren, und hat selbst lange Jahre in der Kriminal-abteilung des britischen Innenministeriums gearbeitet.

Ein reizender Job für eine Frau
Kriminalroman
(rororo 5298 und als gebundene Ausgabe im Wunderlich Verlag)
Der Sohn eines berühmten Wissenschaftlers in Cambridge hat sich angeblich umgebracht. Aber die ehrfürchtig bewunderte Idylle der Gelehrsamkeit trügt.

Der schwarze Turm
Kriminalroman
(rororo 5371)
Ein Kommissar entkommt mit knapper Not dem Tod und muß im Pflegeheim schon wieder unnatürliche Todesfälle aufdecken.

Eine Seele von Mörder
Kriminalroman
(rororo 4306 und als gebundene Ausgabe im Wunderlich Verlag)
Als in einer vornehmen Nervenklinik die bestgehaßte Frau ermordet wird, scheint der Fall klar – aber die Lösung stellt alle Prognosen über den Schuldigen auf den Kopf.

rororo Unterhaltung

Tod eines Sachverständigen
Kriminalroman
(rororo 4923)
Wie mit einem Seziermesser untersucht P. D. James die Lebensverhältnisse eines verhaßten Kriminologen und zieht den Leser in ein kunstvolles Netz von Spannung und psychologischer Raffinesse.

Tod im weißen Häubchen
Kriminalroman
(rororo 4698)
In der Schwesternschule soll ein Fall künstlicher Ernährung demonstriert werden. Tatsächlich ereignet sich ein gräßlicher Tod... Für Kriminalrat Adam Dalgliesh von Scotland Yard wird es einer der bittersten Fälle seiner Laufbahn.

Ein unverhofftes Geständnis
Kriminalroman
(rororo 5509)
«P. D. James versteht es, detektivischen Scharfsinn mit der präzisen Analyse eines Milieus zu verbinden.»
Abendzeitung, München

3241/1

Dorothy L. Sayers

Dorothy Leigh Sayers stammte aus altem englischem Landadel. Ihr Vater war Pfarrer und Schuldirektor. Sie selbst studierte als einer der ersten Frauen überhaupt an der Universität Oxford, wurde zunächst Lehrerin, wechselte dann für zehn Jahre in eine Werbeagentur. Weltberühmt aber wurde sie mit ihren Kriminalromanen und ihrem Helden Lord Peter Wimsey, der elegant und scharfsinnig Verbrechen aufklärt, vor denen die Polizei ratlos kapituliert. Dorothy L. Sayers starb 1957 in Whitham/Essex.

Ärger im Bellona-Club
Kriminalroman
(rororo 5179)

Die Akte Harrison
Kriminalroman
(rororo 5418)

Aufruhr in Oxford
Kriminalroman
(rororo 5271)

Das Bild im Spiegel *und andere überraschende Geschichten*
(rororo 5783)

Diskrete Zeugen
Kriminalroman
(rororo 4783)

Figaros Eingebung *und andere vertrackte Geschichten*
(rororo 5840)

Fünf falsche Fährten
Kriminalroman
(rororo 4614)

Hochzeit kommt vor dem Fall
Kriminalroman
(rororo 5599)

rororo Unterhaltung

Der Glocken Schlag *Variationen über ein altes Thema in zwei kurzen Sätzen und zwei vollen Zyklen. Kriminalroman*
(rororo 4547)

Keines natürlichen Todes
Kriminalroman
(rororo 4703)

Der Mann mit den Kupferfingern
Lord Peter-Geschichten und andere
(rororo 5647)

Mord braucht Reklame
Kriminalroman
(rororo 4895)

Starkes Gift *Kriminalroman*
(rororo 4962)

Ein Toter zu wenig
Kriminalroman
(rororo 5496)

Zur fraglichen Stunde
Kriminalroman
(rororo 5077)

3273/1

Martha Grimes

Die Amerikanerin **Martha Grimes** gilt zu Recht als die legitime Thronerbin Agatha Christies. Mit ihrem Superintendant Jury von Scotland Yard belebte sie eine fast ausgestorbene Gattung neu: die typisch britische Mystery Novel, das brillante Rätselspiel um die Frage «Wer war's?».
Martha Grimes kündigte ihren Job bei der Regierung, um Kriminalromane zu schreiben. Sie lebt, wenn sie nicht gerade in England unterwegs ist, in Maryland/ USA.

Inspektor Jury küßt die Muse
Roman
(rororo 12176 und als gebundene Ausgabe)
Für Richard Jury endet der Urlaub jäh in dem Shakespeare-Städtchen Stratford-on-Avon. Eine reiche Amerikanerin wurde ermordet.

Inspektor Jury schläft außer Haus
Roman
(rororo 5947)
Der Inspektor darf wieder einmal reisen – in das idyllische Örtchen Log Piddleton. Aber er weiß, daß einer der liebenswerten Dorfbewohner ein Mörder ist.

Inspektor Jury spielt Domino
Roman
(rororo 5948)
Die Karnevalsstimmung im Fischerdörfchen Rackmoor ist feuchtfröhlich, bis eine auffällig kostümierte, schöne Unbekannte ermordet aufgefunden wird.

rororo Unterhaltung

Inspektor Jury sucht den Kennington-Smaragd *Roman*
(rororo 12161 und als gebundene Ausgabe)
Ein kostbares Halsband wird der ahnungslosen Katie zum Verhängnis – und nicht nur ihr...

Im Wunderlich Verlag sind außerdem erschienen:

Inspektor Jury besucht alte Damen
Roman
Deutsch von D. Asendorf
304 Seiten. Gebunden.

Inspektor Jury bricht das Eis
Roman
Deutsch von U. Goridis und J. Riehle
320 Seiten. Gebunden.

Inspektor Jury geht übers Moor
Roman
Deutsch von D. Asendorf
448 Seiten. Gebunden.

«Es ist das reinste Vergnügen, diese Kriminalgeschichten vom klassischen Anfang bis zu ihrem ebenso klassischen Ende zu lesen.»
The New Yorker

Crime Ladies

«Frauen morden einfach besser.»
Bild am Sonntag

Patricia Highsmith
Venedig kann sehr kalt sein
(thriller 2202)
Peggy, jung, hübsch, verträumt, liegt eines Morgens tot in der Badewanne. Niemand zweifelt, daß sie sich selbst die Schlagader aufgeschnitten hat. Nur für den Vater ist klar: der Ehemann muß schuldig sein...
«Unter den Großen der Kriminalliteratur ist Patricia Highsmith die edelste.»
Die Zeit

Linda Barnes
Carlotta steigt ein
(thriller 2917)
Eine neue Privatdeketivin gibt es zu bewundern: Carlotta Carlyle, rothaarig, Ex-Cop, Ex-Ehefrau und erster weiblicher Privat Eye in Boston.
Carlotta fängt Schlangen
(thriller 2959)

Nancy Livingston
Ihr Auftritt, Mr.Pringle!
(thriller 2904)
«Wer treffenden, sarkastischen, teils tief eingeschwärzten Humor und exzentrische Milieus schätzt, kommt mit Privatdetektiv G.D.H.Pringle, einem pensionierten Steuerbeamten, der die Kunst liebt, ganz auf seine Kosten.»
Westdeutscher Rundfunk

Anne D.LeClaire
Die Ehre der Väter
(thriller 2902)
Herr, leite mich in Deiner Gerechtigkeit
(thriller 2783)

Jen Green (Hg.)
Morgen Bring ich Ihn um! *Ladies in Crime I - Stories*
(thriller 2962)
Diese Anthologie von sechzehn Kriminalgeschichten von Amanda Cross über Sarah Paretsky bis Barbara Wilson zeigt in Stil und Humor die breite schriftstellerische Palette der Autorinnen.

Jutta Schwarz (Hg.)
Je eher, desto tot *Ladies in Crime II - Stories*
(thriller 3027)

Irene Rodrian
Schlaf Bübchen, schlaf
(thriller 2935)
«Böse, bedrückend, typisch deutsch.»
Schädelspalter, Nürnberg

«Es liegt in der Tradition des Kriminalromans, daß Frauen bessere Morde erfinden. Das ist schon seit Agatha Christie so. Aber warum? Diese Frage kann einen wirklich um den Schlaf bringen!»
Milena Moser in «Annabelle»

rororo thriller